MA COMPIL' de spécialités
Maths
Physique-Chimie

NOUVEAU BAC

T^le

Objectif BAC

Mathématiques

Éric BARBAZO
Professeur agrégé de Mathématiques

Nadine BILLA
Professeure agrégée de Mathématiques

Physique-Chimie

Cédric DÉTRÉ
Professeur certifié de Physique-Chimie

Rudy LATCHIMY
Professeur certifié de Physique-Chimie

Étienne LOUGUES
Professeur agrégé de Physique-Chimie

Ginaud NARALINGOM
Professeur certifié de Physique-Chimie

Sébastien ZARDET
Professeur certifié de Physique-Chimie

Grand Oral

Conseils généraux

Isabelle DE LISLE
Professeure agrégée de Lettres modernes

Sylvie BEAUTHIER
Professeure agrégée de Lettres classiques

Exemples de questions de Maths

Éric BARBAZO
Nadine BILLA

Exemples de questions de Physique-Chimie

Rudy LATCHIMY

Maths expertes

Geneviève GUILLAUMIN
Professeure de chaire supérieure
en Mathématiques

Claudine RENARD
Professeure agrégée de Mathématiques

hachette
ÉDUCATION

AVANT-PROPOS

Nous avons sélectionné pour vous **les savoirs et savoir-faire indispensables** pour aborder en toute confiance vos deux épreuves de spécialité, ainsi que l'épreuve du Grand Oral en lien avec ces spécialités.

Pour chaque spécialité, vous trouverez dans cet ouvrage :

- **les rappels de cours détaillés** des chapitres au programme du Bac, avec tout ce que vous devez connaître ;
- **les exercices types incontournables du Bac,** dont il faut maîtriser la résolution, accompagnés de leurs corrigés expliqués pas à pas.
- **des sujets du Bac,** et leurs corrigés commentés, pour vous entraîner.

Pour réussir votre Grand Oral, cet ouvrage vous propose :

- **les méthodes** pour construire vos questions ;
- **les conseils indispensables** pour convaincre le jury, adopter la bonne posture et contrôler votre stress ;
- **des exemples de questions traitées** dans chacune de vos deux spécialités.

Enfin, pour travailler toute l'année **votre Option Maths expertes,** vous trouverez ici :

- **les rappels de cours détaillés** du programme ;
- **des exercices d'entraînement** et leurs corrigés commentés.

En vous souhaitant de bonnes révisions et une excellente réussite au Bac,

Les auteurs

Conception graphique
Couverture : Stéphanie Benoît
Intérieur : Manon Guérin

Composition et mise en pages : Grafatom
Dessins, cartographie : Nathalie Guéveneux Nourry (Domino)
Édition : Adeline Pécout

Illustrations (p. 16, 26, 50, 62, 85, 94, 113, 132, 142, 163, 169, 182) : Christophe Ansar ; (p. 406, 409, 410, 411, 413) : Julien Flamand

Crédits photographiques : p. 3 et 5 © Shutterstock/Mikhail Doroshenko ; p. 3 et 197 © Shutterstock ; p. 3 et 397 © Shutterstock ; p. 3 et 421 Shutterstock/Setuplights ; © Shutterstock : pp. 3 et 197, guteksk7 ; p. 206, Ekaterina43 ; p. 243, Nitr ; p. 264, Chesky ; p. 290, Bildagentur Zoonar Gmbh ; p. 341, Yellow Cat ; p. 373, Pierre-Olivier ; p. 378, Kim Christensen ; © Photothèque Hachette : p. 371 ; p. 376 ; p. 379.

Achevé d'imprimer en juin 2021 en Pologne par Drukarnia Dimograf
Dépôt légal : juillet 2021 -Édition 01
31/8228/9

I.S.B.N. 978-2-01-787741-7

www.parascolaire.hachette-education.com

SOMMAIRE

MATHÉMATIQUES

PHYSIQUE-CHIMIE

GRAND ORAL

OPTION MATHS EXPERTES

MATHÉMATIQUES

- Tous les chapitres au programme du Bac
- Les exercices-types du Bac entièrement résolus et commentés
- 12 sujets du Bac et leurs corrigés détaillés

SOMMAIRE

CHAPITRES 1 À 12

COURS / EXERCICES-TYPES CORRIGÉS / SUJETS DU BAC / CORRIGÉS

ANALYSE

ALGÈBRE ET GÉOMÉTRIE

PROBABILITÉS

DÉFINITION DE L'ÉPREUVE

L'épreuve du Bac de Mathématiques est constituée d'une épreuve **écrite** et d'une épreuve **orale**. Elle porte sur le programme de la spécialité « mathématiques » de la classe de Terminale.

Durée	4 heures
Coefficient	16

- Le sujet de l'épreuve écrite de mathématiques comporte 3 à 5 exercices indépendants les uns des autres.
- Cette épreuve est notée sur **20 points**. Chaque exercice est noté sur 4 à 8 points.

IMPORTANT ! Le Bulletin officiel spécial n° 2 du 13 février 2020 précise :

Le sujet aborde une grande variété des contenus du programme de spécialité, à l'exception des sections suivantes du programme de spécialité de terminale :
– fonctions sinus et cosinus ;
– calcul intégral ;
– concentration, loi des grands nombres.

- De plus, la section « Combinatoire et dénombrement » du programme de spécialité de terminale est mobilisable mais ne peut constituer le ressort essentiel d'un exercice.

- Le sujet précise si l'usage de la calculatrice, dans les conditions précisées par les textes en vigueur, est autorisé.

Suites numériques et récurrence

CHAPITRE 1

1 Raisonnement par récurrence

A. Propriété dépendant d'un entier naturel n

En mathématiques, on s'intéresse aux propriétés qui sont vraies. Pour affirmer qu'une propriété est vraie, on doit la démontrer.
Lorsque la propriété concerne un entier naturel n, on la note $P(n)$. Cette propriété peut être :

- une **égalité** : soit n un entier naturel. $P(n)$: $\mathbf{1+2+\ldots+n=\frac{n(n+1)}{2}}$
- une **inégalité** : soit a un réel positif. Soit n un entier naturel. $P(n)$: $\mathbf{(1+a)^n \geqslant 1+na}$
- une **phrase** : soit n un entier naturel. $P(n)$: **$n(n+1)$ est un multiple de 2**.

B. Raisonnement par récurrence

Soient $P(n)$ une propriété dépendant d'un entier naturel n et n_0 un entier naturel.
Pour démontrer que $P(n)$ est vraie pour tout entier $n \geqslant n_0$, on procède ainsi :

- **Initialisation.** On vérifie que $P(n_0)$ est vraie (c'est-à-dire que la propriété est vraie au rang n_0).

- **Hérédité.**
On démontre pour tout k supérieur ou égal à n_0, l'implication :
$P(k)$ vraie $\Rightarrow$ $P(k+1)$ vraie.
Pour cela, on considère un entier quelconque k, $k \geqslant n_0$, et on suppose que $P(k)$ est vraie (c'est-à-dire qu'on suppose que la propriété est vraie au rang k).
C'est **l'hypothèse de récurrence**.
On démontre alors que $P(k+1)$ est vraie (c'est-à-dire que la propriété est vraie au rang $k+1$) en utilisant l'hypothèse de récurrence.

- **Conclusion.**
On conclut que **$P(n)$ est vraie pour tout entier $n \geqslant n_0$.**

Remarque : L'initialisation se fait souvent pour $n_0 = 0$ ou $n_0 = 1$. On vérifie donc que $P(0)$ ou $P(1)$ est vraie.

2 Comportement global d'une suite

A. Suites monotones

Définition

On dit qu'une suite (u_n) définie sur $\mathbb{N}$ est :

- **croissante** si et seulement si **pour tout entier naturel n, $u_{n+1} \geqslant u_n$** ;
- **décroissante** si et seulement si **pour tout entier naturel n, $u_{n+1} \leqslant u_n$**.

La suite (u_n) est dite **monotone** lorsqu'elle est **croissante ou décroissante**.

B. Méthodes d'étude de la monotonie d'une suite

Méthode algébrique

Elle consiste à comparer directement u_n et u_{n+1} :

- soit en étudiant le signe de la différence $u_{n+1} - u_n$;
- soit en comparant le quotient $\dfrac{u_{n+1}}{u_n}$ à 1, si, pour tout n, $u_n > 0$.

Méthode fonctionnelle

Elle s'applique aux suites définies par une formule explicite de la forme $u_n = f(n)$, (f étant une fonction) et consiste à étudier le sens de variation de f sur $[0 ; +\infty[$. Le sens de variation de (u_n) s'en déduit.

Méthode du raisonnement par récurrence

Elle s'applique aux suites définies par une relation de récurrence de la forme $u_{n+1} = f(u_n)$ et consiste à démontrer qu'une des propriétés $P(n)$: « $u_{n+1} \leqslant u_n$ » ou $P(n)$: « $u_{n+1} \geqslant u_n$ » est vraie pour tout entier naturel n.

C. Suites majorées, minorées, bornées

Définition

On dit qu'une suite (u_n) définie sur $\mathbb{N}$ est :

- **majorée** s'il existe un réel M tel que, **pour tout entier naturel n, $u_n \leqslant M$.**
M est appelé un majorant de (u_n).
- **minorée** s'il existe un réel m tel que, **pour tout entier naturel n, $u_n \geqslant m$.**
m est appelé un minorant de (u_n).
- **bornée** si elle est à la fois **majorée et minorée**.

Remarques :

- Une suite majorée admet une infinité de majorants. En effet, si M est un majorant de (u_n), tous les réels supérieurs à M sont également des majorants de (u_n). De même, une suite minorée admet une infinité de minorants.
- Toute suite croissante est minorée par son premier terme et toute suite décroissante est majorée par son premier terme.

CARTE MENTALE

Démontrer par récurrence

Pour démontrer qu'une propriété $P(n)$ est vraie pour tout $n \geqslant n_0$ (en général, $n_0 = 0$ ou $n_0 = 1$) :

1. Initialisation	2. Hérédité
On vérifie que $\boldsymbol{P(n_0)}$ **est vraie**.	Hypothèse de récurrence : Soit k un entier quelconque tel que $k \geqslant n_0$. On suppose que $P(k)$ est vraie On démontre l'implication : **« $\boldsymbol{P(k)}$ vraie » ⇒ « $\boldsymbol{P(k+1)}$ vraie »**

3. Conclusion

$P(n)$ est vraie pour tout $n \geqslant n_0$.

Suites numériques et récurrence

Étudier la monotonie d'une suite

• Une suite (u_n) définie sur $\mathbb{N}$ est **croissante** si et seulement si, pour tout entier naturel n, $u_{n+1} \geqslant u_n$.

• Une suite (u_n) définie sur $\mathbb{N}$ est **décroissante** si et seulement si, pour tout entier naturel n, $u_{n+1} \leqslant u_n$.

• Pour démontrer qu'une suite est croissante ou décroissante :

– on peut étudier le signe de la différence $u_{n+1} - u_n$.

– si $u_n = f(n)$, on peut étudier le sens de variation de f sur $[0\,;+\infty[$.

– si $u_{n+1} = f(u_n)$, on peut démontrer par récurrence qu'une des propriétés $P(n)$: « $u_{n+1} \leqslant u_n$ » ou $P(n)$: « $u_{n+1} \geqslant u_n$ » est vraie pour tout entier naturel n.

Montrer qu'une suite est majorée, minorée ou bornée

• Une suite (u_n) définie sur $\mathbb{N}$ est **majorée** s'il existe un réel M tel que, pour tout entier naturel n, $u_n \leqslant M$.

M est appelé un **majorant** de (u_n).

Une suite majorée admet une infinité de majorants.

• Une suite (u_n) définie sur $\mathbb{N}$ est **minorée** s'il existe un réel m tel que, pour tout entier naturel n, $u_n \geqslant m$.

m est appelé un **minorant** de (u_n).

Une suite minorée admet une infinité de minorants.

• Une suite (u_n) définie sur $\mathbb{N}$ est **bornée** si elle est à la fois majorée et minorée.

• Pour démontrer qu'une suite est majorée, minorée ou bornée, on raisonne parfois par récurrence.

EXERCICES TYPES

1 Démontrer une égalité ou une inégalité par récurrence

EXEMPLE 1 **DÉMONTRER UNE ÉGALITÉ**

Démontrer par récurrence que, pour tout entier naturel $n \geqslant 1$:

$$1^3 + 2^3 + 3^3 + \ldots + n^3 = \frac{n^2(n+1)^2}{4}.$$

On note $\mathcal{P}(n)$ cette propriété.
On veut donc démontrer que $\mathcal{P}(n)$ est vraie pour tout entier naturel $n \geqslant 1$.

CORRIGÉ COMMENTÉ

Initialisation. On vérifie que la propriété est vraie pour $n = 1$.
D'une part, $1^3 = 1$.
D'autre part, $\frac{1^2 \times 2^2}{4} = \frac{4}{4} = 1$. $\mathcal{P}(1)$ est vraie.

Hérédité. Soit k un entier naturel, $k \geqslant 1$. On suppose que $\mathcal{P}(k)$ est vraie (hypothèse de récurrence) c'est-à-dire que $1^3 + 2^3 + 3^3 + \ldots + k^3 = \frac{k^2(k+1)^2}{4}$.

On veut démontrer que $\mathcal{P}(k+1)$ est vraie, c'est-à-dire que :

$$1^3 + 2^3 + 3^3 + \ldots + k^3 + (k+1)^3 = \frac{(k+1)^2(k+2)^2}{4}$$

On a : $1^3 + 2^3 + 3^3 + \ldots + k^3 + (k+1)^3 = \frac{k^2(k+1)^2}{4} + (k+1)^3$ d'après l'hypothèse de récurrence.

On a remplacé $1^3 + 2^3 + 3^3 + \ldots + k^3$ par $\frac{k^2(k+1)^2}{4}$

On a alors :

$$1^3 + 2^3 + 3^3 + \ldots + k^3 + (k+1)^3 = (k+1)^2 \times \left[\frac{k^2}{4} + k + 1\right]$$

On a factorisé par $(k+1)^2$

$$= (k+1)^2 \times \frac{k^2 + 4k + 4}{4}$$

On reconnaît une identité remarquable $a^2 + 2ab + b^2 = (a+b)^2$ avec $a = k$ et $b = 2$.

$$= \frac{(k+1)^2(k+2)^2}{4}$$

$\mathcal{P}(k+1)$ est donc vraie.

Conclusion : La propriété est initialisée et héréditaire donc elle est vraie pour tout $n \geqslant 1$.

> **Rappel**
> Pour démontrer une égalité, on part d'un membre que l'on transforme jusqu'à trouver l'autre membre.

EXEMPLE 2 **DÉMONTRER UNE INÉGALITÉ**

Démontrer par récurrence que pour tout entier $n \geqslant 6$, $2^n \geqslant 6n+7$.

CORRIGÉ COMMENTÉ

On note $\mathcal{P}(n)$ la propriété $2^n \geqslant 6n+7$.

Initialisation. On vérifie que la propriété est vraie pour $n = 6$. D'une part, $2^6 = 64$; d'autre part $6 \times 6 + 7 = 43$. Comme $64 > 43$, la propriété $P(6)$ est vraie.

Hérédité. Soit k un entier naturel, $k \geqslant 6$. On suppose que $\mathcal{P}(k)$ est vraie (hypothèse de récurrence) c'est-à-dire que $2^k \geqslant 6k+7$.

On veut démontrer que $\mathcal{P}(k+1)$ est vraie, c'est-à-dire que : $2^{k+1} \geqslant 6(k+1)+7$.

On a, par hypothèse de récurrence, $2^k \geqslant 6k+7$.

On multiplie chaque membre de l'inégalité par le réel 2 strictement positif :

$$2 \times 2^k \geqslant 2 \times (6k+7)$$

c'est-à-dire $2^{k+1} \geqslant 12\,k+14$.

Or $12k+14 = 6(k+1)+7+6k+1$

et $6(k+1)+7+6k+1 \geqslant 6(k+1)+7$ car $k \geqslant 0$.

On obtient donc : $2^{k+1} \geqslant 6(k+1)+7$.

La propriété est donc vraie au rang $k+1$.

Conclusion : La propriété est initialisée et héréditaire donc elle est vraie pour tout $n \geqslant 6$.

> **Rappel**
> On peut multiplier chaque membre d'une inégalité par un réel strictement positif sans changer le sens de l'inégalité.

2 Démontrer qu'une suite est majorée ou minorée

EXEMPLE 1 **EN UTILISANT LES PROPRIÉTÉS SUR LES INÉGALITÉS**

Montrer que la suite (u_n) définie pour tout entier naturel n par $u_0 = 1$ *et* $u_{n+1} = 0{,}5u_n - 1$ est minorée par -2 et majorée par 1.

CORRIGÉ COMMENTÉ

On considère pour tout entier naturel n, la propriété $\mathcal{P}(n)$: $-2 \leqslant u_n \leqslant 1$.

Initialisation. On vérifie que la propriété est vraie pour $n = 0$.

$u_0 = 1$ donc $-2 \leqslant u_0 \leqslant 1$. $\mathcal{P}(0)$ est vraie.

Hérédité. Soit k un entier naturel. On suppose que $\mathcal{P}(k)$ est vraie (hypothèse de récurrence) c'est-à-dire que $-2 \leqslant u_k \leqslant 1$.

On veut démontrer que $\mathcal{P}(k+1)$ est vraie, c'est-à-dire que $-2 \leqslant u_{k+1} \leqslant 1$.

On a par hypothèse de récurrence : $-2 \leqslant u_k \leqslant 1$.

On multiplie chaque membre des inégalités par le réel 0,5 strictement positif, on obtient :

$$-1 \leqslant 0{,}5u_k \leqslant 0{,}5$$

on ajoute à chaque membre des inégalités le nombre −1 et on obtient :

$$-2 \leqslant 0{,}5u_k - 1 \leqslant -0{,}5$$

or $0{,}5u_k - 1 = u_{k+1}$ donc $-2 \leqslant u_{k+1} \leqslant -0{,}5 \leqslant 1$.

La propriété est donc vraie au rang $k + 1$.

Conclusion : La propriété est initialisée et héréditaire donc elle est vraie pour tout $n \geqslant 0$.

La suite (u_n) est donc bornée.

EXEMPLE 2 EN UTILISANT UNE FONCTION CROISSANTE

On considère la suite définie par $u_0 = 3$ et pour tout entier naturel n par : $u_{n+1} = \dfrac{2u_n}{u_n + 1}$.

1. On considère la fonction f définie sur $[0\,;+\infty[$ par $f(x) = \dfrac{2x}{x+1}$.

Démontrer que f est croissante sur $[0\,;+\infty[$.

2. a) Démontrer par récurrence que pour tout entier naturel n, $u_n \geqslant 1$.

b) En déduire que la suite (u_n) est minorée.

CORRIGÉ COMMENTÉ

1. On calcule la dérivée de f sur $[0\,;+\infty[$:

$f(x)$ est de la forme $f(x) = \dfrac{u(x)}{v(x)}$ avec $u(x) = 2x$ et $v(x) = x + 1$ deux fonctions dérivables sur $[0\,;+\infty[$ et telle que $v(x) \neq 0$ pour tout réel $x \geqslant 0$. Donc f est dérivable sur $[0\,;+\infty[$ et :

$$f'(x) = \frac{u'(x)v(x) - u(x)v'(x)}{v^2(x)} = \frac{2(x+1) - 2x}{(x+1)^2} = \frac{2}{(x+1)^2}$$

Pour tout réel x, $(x+1)^2 \geqslant 0$ donc $f'(x)$ est positive sur $[0\,;+\infty[$ donc f est croissante sur $[0\,;+\infty[$.

2. a) On considère pour tout entier naturel n, la propriété $\mathcal{P}(n)$: $u_n \geqslant 1$.

Initialisation. On vérifie que la propriété est vraie pour $n = 0$.

$u_0 = 3$ donc $u_0 \geqslant 1$. $\mathcal{P}(0)$ est vraie.

Hérédité. Soit k un entier naturel. On suppose que $\mathcal{P}(k)$ est vraie (hypothèse de récurrence) c'est-à-dire que $u_k \geqslant 1$.

On veut démontrer que $\mathcal{P}(k+1)$ est vraie, c'est-à-dire que : $u_{k+1} \geqslant 1$.

On a par hypothèse de récurrence : $u_k \geqslant 1$.

On applique à chaque membre la fonction f croissante sur $[0\,;+\infty[$: $f(u_k) \geqslant f(1)$.

Or $f(u_k) = u_{k+1}$ car $f(u_k) = \dfrac{2u_k}{u_k+1} = u_{k+1}$

et $f(1) = \dfrac{2 \times 1}{1+1} = \dfrac{2}{2} = 1$.

On obtient donc : $u_{k+1} \geqslant 1$.

La propriété est donc vraie au rang $k+1$.

Conclusion : La propriété est initialisée et héréditaire donc elle est vraie pour tout $n \geqslant 0$.

b) Pour tout entier naturel n, on a démontré que $u_n \geqslant 1$.

La suite (u_n) est donc minorée par 1.

> **Rappel**
> Une fonction croissante conserve l'ordre. C'est-à-dire : Si $a \geqslant b$ alors $f(a) \geqslant f(b)$.

3 Démontrer qu'une suite est croissante ou décroissante

EXEMPLE 1 AVEC UNE SUITE DÉFINIE PAR UNE FORMULE EXPLICITE

La suite (u_n) est définie, pour tout entier naturel n, par $u_n = n^2 + 4n + 2$.

Montrer que (u_n) est croissante.

> **Remarque**
> Pour montrer que cette suite est croissante, on aurait pu étudier le signe de la différence $u_{n+1} - u_n$ et montrer que $u_{n+1} - u_n \geqslant 0$ pour tout entier naturel n.

CORRIGÉ COMMENTÉ

On étudie les variations de la fonction $f : x \mapsto f(x) = x^2 + 4x + 2$ sur $[0\,;+\infty[$.

$f'(x) = 2x + 4 \geqslant 0$ sur $[0\,;+\infty[$ donc la fonction f est croissante sur $[0\,;+\infty[$.

Pour tout entier naturel n, on a : $0 \leqslant n \leqslant n+1$.

On applique à chaque membre la fonction f croissante sur $[0\,;+\infty[$. On obtient $f(n) \leqslant f(n+1)$, c'est-à-dire que pour tout entier naturel n, $u_n \leqslant u_{n+1}$. La suite (u_n) est donc croissante.

> **Rappel**
> Une fonction croissante conserve l'ordre. C'est-à-dire : si $a \leqslant b$ alors $f(a) \leqslant f(b)$.

EXEMPLE 2 AVEC UNE SUITE DÉFINIE PAR UNE RELATION DE RÉCURRENCE

On considère la suite (u_n) définie par $u_0 = 7$ et pour tout entier naturel n, $u_{n+1} = 0{,}2u_n + 4$.

Démontrer par récurrence que pour tout entier naturel n, (u_n) est décroissante.

CORRIGÉ COMMENTÉ

> **Rappel**
> Une suite est décroissante lorsque pour tout entier naturel n, $u_{n+1} \leqslant u_n$. C'est pour cela que l'on pose la propriété $\mathcal{P}(n)$ à démontrer par récurrence.

On pose pour tout entier naturel n : $\mathcal{P}(n)$: $u_{n+1} \leqslant u_n$

Initialisation. On vérifie que la propriété est vraie au rang $n = 0$.

On calcule u_1 : $u_1 = 0{,}2u_0 + 4 = 0{,}2 \times 7 + 4 = 5{,}4$.

On a bien $u_1 \leqslant u_0$ donc $\mathcal{P}(0)$ est vraie.

Hérédité. Soit k un entier naturel. On suppose que $\mathcal{P}(k)$ est vraie (hypothèse de récurrence) c'est-à-dire que $u_{k+1} \leqslant u_k$. On veut démontrer que $\mathcal{P}(k+1)$ est vraie, c'est-à-dire que : $u_{k+2} \leqslant u_{k+1}$.

On considère la fonction f définie sur $\mathbb{R}$ par $f(x) = 0{,}2x + 4$.

f est une fonction affine croissante sur $\mathbb{R}$. **f est croissante car le coefficient $m = 0{,}2$ est positif.**

On a par hypothèse de récurrence : $u_{k+1} \leqslant u_k$.

On applique à chaque membre de l'inégalité la fonction f croissante sur $\mathbb{R}$:

$f(u_{k+1}) \leqslant f(u_k)$

Or $f(u_k) = u_{k+1}$ et $f(u_{k+1}) = u_{k+2}$.

On obtient donc : $u_{k+2} \leqslant u_{k+1}$. La propriété est donc vraie au rang $k+1$.

Conclusion : La propriété est initialisée et héréditaire donc elle est vraie pour tout $n \geqslant 0$.

Pour tout entier naturel n, (u_n) est donc décroissante.

Al-Karaji est un mathématicien d'origine persane du Xe siècle.

Il est l'un des premiers à utiliser le raisonnement « par récurrence », qui sera formalisé des siècles plus tard par l'Italien Giuseppe Peano et le français Blaise Pascal.

SUJET DU BAC

Exercice 1 35 min 6 points

Une équipe de biologistes souhaite étudier l'évolution d'une population de singes dans un parc national d'Amérique centrale. Cette population est estimée à 12 000 individus en 2019. Les contraintes du milieu naturel font que la population ne peut pas dépasser les 60 000 individus.

Partie A

Dans un premier temps, les biologistes estiment que la population croît de 5 % par an. Ils modélisent l'évolution annuelle de la population par une suite (v_n) où v_n représente le nombre d'individus, exprimé en milliers, en $2019 + n$.

1. Déterminer v_0 puis calculer v_1 et v_2.

2. Déterminer la nature de la suite (v_n) et donner l'expression de v_n en fonction de n.

3. a) Calculer le nombre d'individus, arrondi à l'unité, que compterait cette population de singes en 2053 selon ce modèle.

b) Cette modélisation répond-elle aux contraintes du milieu naturel ?

Partie B

Les biologistes modélisent ensuite l'évolution annuelle de la population de singes par une suite (u_n) définie par $u_0 = 12$ et pour tout entier naturel n, $u_{n+1} = -\frac{1,1}{605}u_n^2 + 1,1u_n$.

1. On considère la fonction g définie sur $\mathbb{R}$ par :

$$g(x) = -\frac{1,1}{605}x^2 + 1,1x .$$

On remarquera que $u_{n+1} = g(u_n)$.

a) Justifier que g est croissante sur $[0 ; 60]$.

b) Résoudre dans $\mathbb{R}$ l'équation $g(x) = x$.

c) Calculer la valeur arrondie à 10^{-3} de u_1. Interpréter.

d) Démontrer par récurrence que, pour tout entier naturel n, $0 \leqslant u_n \leqslant 55$.

e) Démontrer que la suite (u_n) est croissante.

f) Les biologistes souhaitent déterminer le nombre d'années au bout duquel la population dépassera les 50 000 individus avec ce second modèle.

Compléter l'algorithme ci-dessous pour qu'à la fin de son exécution, la variable N contienne la valeur du plus petit entier n tel que $u_n > 50$.

```
N ← 0
U ← 12
Tant que ……
    N ← ……
    U ← ……
```

→ Corrigé p. 19

Exercice 2 30 min 5 points

Soit (u_n) la suite définie par son premier terme $u_0 = 5$ et, pour tout entier naturel n, par :

$$u_{n+1} = 0{,}5u_n + 0{,}5n - 1{,}5.$$

1. Compléter l'algorithme suivant pour qu'il affiche le terme de rang n de la suite (u_n) :

```
u ← 5
Pour k variant de 1 à .........
        u ← ...........
Afficher u
```

2. Calculer, à l'aide de la calculatrice u_1 ; u_2 ; u_3 et u_4.

3. On considère la somme S_n définie par :

$$S_n = \sum_{k=0}^{k=n} u_k.$$

Modifier l'algorithme précédent pour qu'il affiche la valeur de S_n.

4. Que vaut S_4 ?

5. Démontrer par récurrence que pour tout entier naturel n supérieur ou égal à 3, $u_{n+1} > u_n$.

Que peut-on en déduire quant au sens de variation de la suite (u_n) ?

6. Soit (v_n) la suite définie pour tout entier naturel n par :

$$v_n = 0{,}1u_n - 0{,}1n + 0{,}5.$$

Démontrer que la suite (v_n) est géométrique de raison 0,5 et exprimer alors v_n en fonction de n.

7. En déduire que, pour tout entier naturel n :

$$u_n = 10 \times 0{,}5^n + n - 5.$$

→ Corrigé p. 20

CORRIGÉS

Exercice 1 → Énoncé p. 17

Partie A. Un premier modèle

1. Il y a 12 000 singes en 2019 donc $v_0 = 12$.
$v_1 = 12 \times 1{,}05 = 12{,}6$ et $v_2 = 12{,}6 \times 1{,}05 = 13{,}23$.

2. Augmenter de 5 % revient à multiplier par $1{,}05$, la suite (v_n) est donc une suite géométrique de raison $1{,}05$ et de premier terme $v_0 = 12$.
On a $v_n = 12 \times 1{,}05^n$.

3. a) $2053 = 2019 + 34$. $v_{34} = 12 \times 1{,}05^{34} \approx 63{,}040$.
Selon ce modèle, il y aurait environ 63 040 singes en 2053.

b) Cette modélisation ne répond pas aux contraintes du milieu naturel car, dans ces conditions de vie, la population ne peut pas dépasser les 60 000 individus.

Partie B. Un second modèle

a) g est une fonction polynôme de degré 2 avec $a < 0$, $b = 1{,}1$ et $c = 0$ de sommet $S\left(\frac{-b}{2a} = 302{,}5 \; ; \; g(302{,}5) = 166{,}375\right)$.
La fonction g est donc croissante sur $[0 \; ; 60]$.

> **Remarque**
> On aurait pu calculer la dérivée de g puis étudier son signe pour montrer que g est croissante sur $[0 \; ; 60]$.

b) $g(x) = x \Leftrightarrow -\frac{1{,}1}{605}x^2 + 1{,}1x = x \Leftrightarrow -\frac{1{,}1}{605}x^2 + 0{,}1x = 0$

$$\Leftrightarrow x\left(-\frac{1{,}1}{605}x + 0{,}1\right) = 0 \Leftrightarrow x = 0 \text{ ou } -\frac{1{,}1}{605}x + 0{,}1 = 0.$$

Or $-\frac{1{,}1}{605}x + 0{,}1 = 0 \Leftrightarrow x = \frac{605 \times 0{,}1}{1{,}1} = 55$

Cette équation a deux solutions $x = 0$ et $x = 55$.

c) $u_1 = g(12) = -\frac{1{,}1}{605} \times 12^2 + 1{,}1 \times 12 = \frac{3\,558}{275}$, $u_1 \approx 12{,}938$.
La population de singes en 2020 sera environ de 12 938 singes d'après ce modèle.

d) Pour tout entier naturel n, on note $\mathcal{P}(n)$ la propriété $0 \leqslant u_n \leqslant 55$.
Initialisation. $u_0 = 12$ donc on a bien $0 \leqslant u_0 \leqslant 55$. $\mathcal{P}(0)$ est vraie.
Hérédité. Soit k un entier naturel. On suppose que $\mathcal{P}(k)$ est vraie c'est à dire que $0 \leqslant u_k \leqslant 55$.
Montrons que $\mathcal{P}(k+1)$ est vraie c'est-à-dire que $0 \leqslant u_{k+1} \leqslant 55$.
Par hypothèse de récurrence, on a :
$0 \leqslant u_k \leqslant 55$. Or g est croissante sur $[0 \; ; 60]$ d'après la question **1. a)**, donc on peut appliquer la fonction g à chaque membre :
$g(0) \leqslant g(u_k) \leqslant g(55)$ mais $g(0) = 0$ et $g(55) = 55$ d'après la question **1. b)**.
Donc $0 \leqslant u_{k+1} \leqslant 55$. La propriété $\mathcal{P}(k+1)$ est donc vraie.
Conclusion : La propriété est initialisée et héréditaire, elle est donc vraie pour tout entier naturel n.

e) $u_{n+1} - u_n = -\frac{1,1}{605}u_n^{\ 2} + 1,1u_n - u_n = -\frac{1,1}{605}u_n^{\ 2} + 0,1u_n = u_n\left(-\frac{1,1}{605}u_n + 0,1\right).$

D'après ce qui précède, $u_n \geqslant 0$ et $0 \leqslant u_n \leqslant 55$ donc $0 \geqslant -\frac{1,1}{605}u_n \geqslant \frac{-1,1 \times 55}{605}$ car $-\frac{1,1}{605} < 0$ donc $0 \geqslant -\frac{1,1}{605}u_n \geqslant -0,1$.

On ajoute 0,1 à chaque membre : $0,1 \geqslant -\frac{1,1}{605}u_n + 0,1 \geqslant 0$.

Donc $u_{n+1} - u_n \geqslant 0$ pour tout entier n. La suite (u_n) est croissante.

f)

$N \leftarrow 0$
$U \leftarrow 12$
Tant que $U \leqslant 50$
    $N \leftarrow N + 1$
    $U \leftarrow -\frac{1,1}{605}U^2 + 1,1U$

Exercice 2

→ Énoncé p. 18

1.

$u \leftarrow 5$.
Pour k variant de 1 à n
    $u \leftarrow 0,5u + 0,5(k - 1) - 1,5$
Afficher u

2. $u_1 = 1 \quad u_2 = -0,5 \quad u_3 = -0,75 \quad u_4 = -0,375$.

3.

$u \leftarrow 5$
$S \leftarrow 5$
Pour k variant de 1 à n
    $u \leftarrow 0,5u + 0,5(k - 1) - 1,5$
    $S \leftarrow S + u$
Afficher S

4. $S_4 = u_0 + u_1 + u_2 + u_3 + u_4 = 5 + 1 - 0,5 - 0,75 - 0,375 = 4,375$.

5. On veut démontrer que la propriété $\mathcal{P}(n)$: $u_{n+1} > u_n$ est vraie pour tout entier $n \geqslant 3$.

Initialisation. D'après la question **2.**, $u_4 > u_3$ donc la propriété $\mathcal{P}(3)$ est vraie.

Hérédité. Soit k un entier naturel supérieur ou égal à 3, on suppose que $\mathcal{P}(k)$ est vraie c'est-à-dire que $u_{k+1} > u_k$.

Montrons que $\mathcal{P}(k + 1)$ est vraie c'est-à-dire que $u_{k+2} > u_{k+1}$.

$u_{k+2} = 0,5u_{k+1} + 0,5(k + 1) - 1,5 = 0,5u_{k+1} + 0,5k - 1$.

Or, par hypothèse de récurrence : $u_{k+1} > u_k$.

En multipliant chaque membre de l'inégalité par le réel strictement positif 0,5 puis en ajoutant à chaque membre $0,5k - 1$, on obtient :
$0,5u_{k+1} + 0,5k - 1 > 0,5\, u_k + 0,5k - 1$.
Or, $0,5\, u_k + 0,5k - 1 > 0,5\, u_k + 0,5k - 1 - 0,5$ et $0,5u_k + 0,5k - 1 - 0,5 = u_{k+1}$
Donc $u_{k+2} > 0,5u_k + 0,5k - 1 > u_{k+1}$.
Donc $\mathcal{P}(k+1)$ est vraie.
Conclusion : La propriété est initialisée et héréditaire, elle est donc vraie pour tout entier naturel n supérieur ou égal à 3.
La suite (u_n) est donc strictement croissante pour tout $n \geqslant 3$.

6. Pour tout entier naturel n,
$v_{n+1} = 0,1u_{n+1} - 0,1(n+1) + 0,5 = 0,1(0,5u_n + 0,5n - 1,5) - 0,1\, n + 0,4$
$= 0,05u_n - 0,05n + 0,25 = 0,5(0,1u_n - 0,1n + 0,5) = 0,5v_n$.
La suite (v_n) est donc une suite géométrique de raison $q = 0,5$:
$v_0 = 0,1u_0 - 0,1 \times 0 + 0,5 = 0,1 \times 5 + 0,5 = 1$.
Donc pour tout entier naturel, $v_n = 0,5^n$.

7. Pour tout entier naturel n, $v_n = 0,1u_n - 0,1 \times n + 0,5$.

Donc $u_n = \dfrac{v_n + 0,1 \times n - 0,5}{0,1} = 10 \times (v_n + 0,1n - 0,5) = 10 \times 0,5^n + n - 5$.

CHAPITRE 2

Limites de suites

1 Définitions des limites

A. Limite finie et suites convergentes

■ **Définition**

Soit ℓ un réel. Une suite (u_n) a pour **limite** ℓ quand n tend vers $+\infty$ lorsque tout intervalle ouvert contenant ℓ contient tous les termes u_n à partir d'un certain rang.
On dit alors que (u_n) **converge** vers ℓ.

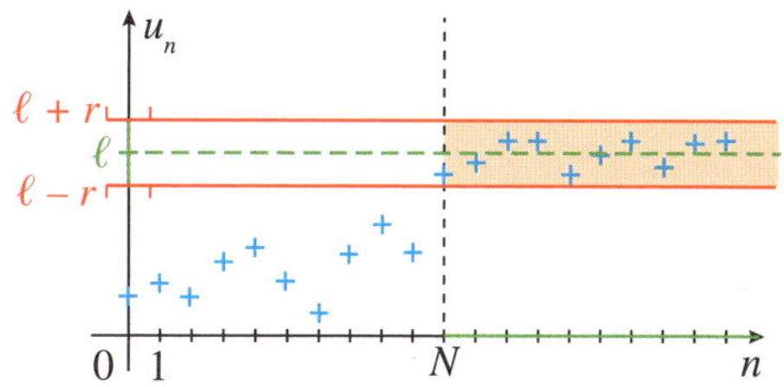

Remarque :

(u_n) converge vers ℓ lorsque, pour tout $r > 0$, il existe un rang N tel que pour tout $n \geqslant N$, $|u_n - \ell| < r$.

■ **Propriété**

La limite d'une suite (u_n) **convergente** est unique. On note $\lim\limits_{n \to +\infty} u_n = \ell$.

■ **Propriété. Limites des suites usuelles**

Soit un entier $k \geqslant 1$. $\lim\limits_{n \to +\infty} \dfrac{1}{n^k} = 0$ **et** $\lim\limits_{n \to +\infty} \dfrac{1}{\sqrt{n}} = 0.$

B. Suites divergentes

■ **Définition**

Une suite qui n'est pas convergente est dite **divergente**.

■ **Définitions**

Une suite (u_n) tend vers $+\infty$ (respectivement vers $-\infty$) lorsque tout intervalle de la forme $]A\,;+\infty[$ (respectivement de la forme $]-\infty\,;A[$) contient tous les termes u_n à partir d'un certain rang.
On note $\lim\limits_{n \to +\infty} u_n = +\infty$ (respectivement $\lim\limits_{n \to +\infty} u_n = -\infty$).
On dit alors que (u_n) diverge vers $+\infty$ (respectivement vers $-\infty$).

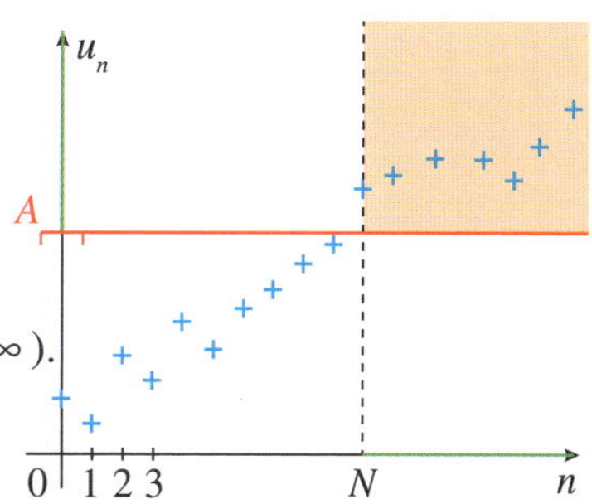

Remarques :

• (u_n) diverge vers $+\infty$ lorsque, pour tout réel A, il existe un rang N tel que pour tout $n \geqslant N$, $u_n > A$.

• (u_n) diverge vers $-\infty$ lorsque pour tout réel A, il existe un rang N tel que pour tout $n \geqslant N$, $u_n < A$.

• La suite (u_n) définie pour tout n par $u_n = (-1)^n$ diverge mais n'a pas de limite.

■ Propriété. Limites des suites usuelles

Soit un entier $k \geqslant 1$. $\lim\limits_{n \to +\infty} n^k = +\infty$ **et** $\lim\limits_{n \to +\infty} \sqrt{n} = +\infty$.

2 Limites et opérations

A. Somme

■ Propriété

Soient (u_n) et (v_n) deux suites et soient ℓ et ℓ' deux réels.

Si $\lim\limits_{n \to +\infty} u_n =$	ℓ	ℓ	ℓ	$+\infty$	$-\infty$	$+\infty$
et $\lim\limits_{n \to +\infty} v_n =$	ℓ'	$+\infty$	$-\infty$	$+\infty$	$-\infty$	$-\infty$
alors $\lim\limits_{n \to +\infty} (u_n + v_n) =$	$\ell + \ell'$	$+\infty$	$-\infty$	$+\infty$	$-\infty$	forme indéterminée

B. Produit

■ Propriété

Soient (u_n) et (v_n) deux suites et soient ℓ et ℓ' deux réels. Le symbole ∞ désigne soit $+\infty$ soit $-\infty$.

Si $\lim\limits_{n \to +\infty} u_n =$	ℓ	$\ell \neq 0$	∞	0
et $\lim\limits_{n \to +\infty} v_n =$	ℓ'	∞	∞	∞
alors $\lim\limits_{n \to +\infty} (u_n \times v_n) =$	$\ell \times \ell'$	∞	∞	forme indéterminée

Remarque :

Quand le tableau indique $\lim\limits_{n \to +\infty} (u_n \times v_n) = \infty$, il faut utiliser la règle des signes d'un produit pour conclure.

C. Quotient

■ Propriété

Soient (u_n) et (v_n) deux suites et soient ℓ et ℓ' deux réels. On suppose ici que tous les termes v_n sont non nuls.

Si $\lim\limits_{n\to+\infty} u_n =$	ℓ	ℓ	∞	ℓ ou ∞	0	∞
et $\lim\limits_{n\to+\infty} v_n =$	$\ell' \neq 0$	∞	$\ell' \neq 0$	0 avec v_n de signe constant	0	∞
alors $\lim\limits_{n\to+\infty} \frac{u_n}{v_n} =$	$\frac{\ell}{\ell'}$	0	∞	∞	forme indéterminée	forme indéterminée

Remarque :

Si $\lim\limits_{n\to+\infty} v_n = 0$, il faut que, à partir d'un certain rang, le signe de v_n soit constamment positif ou constamment négatif pour pouvoir appliquer la règle des signes d'un quotient et conclure sur la limite de $\left(\frac{u_n}{v_n}\right)$.

3 Limites et comparaison

A. Limite infinie

■ **Théorème**

Soit N un entier naturel.

Soient (u_n) et (v_n) deux suites telles que, pour tout $n \geqslant N$, $u_n \leqslant v_n$.

- Si $\lim\limits_{n\to+\infty} u_n = +\infty$, alors $\lim\limits_{n\to+\infty} v_n = +\infty$.
- Si $\lim\limits_{n\to+\infty} v_n = -\infty$, alors $\lim\limits_{n\to+\infty} u_n = -\infty$.

B. Limite finie

■ **Théorème des gendarmes**

Soit N un entier naturel et soit ℓ un réel.

Soient (u_n), (v_n) et (w_n) trois suites telles que, pour tout $n \geqslant N$, $u_n \leqslant v_n \leqslant w_n$.

Si (u_n) et (w_n) convergent vers la même limite ℓ, alors (v_n) converge aussi vers ℓ.

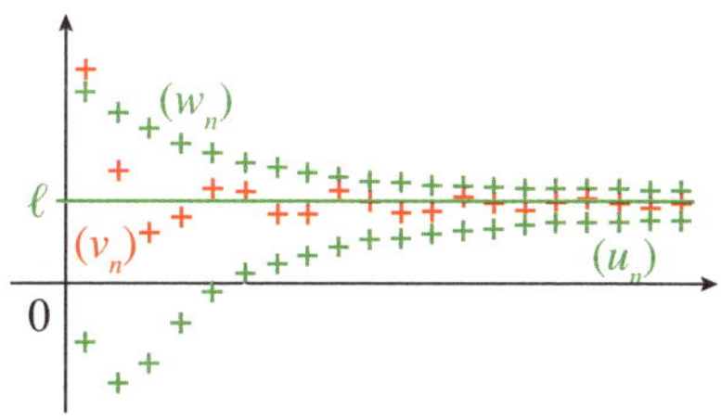

■ **Propriété**

Soit N un entier naturel, soient ℓ et ℓ' deux réels.

- Si (u_n) et (v_n) sont deux suites telles que, pour tout $n \geqslant N$, $u_n \leqslant v_n$ et si (u_n) converge vers ℓ et (v_n) converge vers ℓ', alors $\ell \leqslant \ell'$.
- Si (u_n) est une suite croissante qui converge vers ℓ, alors, pour tout $n \in \mathbb{N}$, $u_n \leqslant \ell$.
- Si (u_n) est une suite décroissante qui converge vers ℓ, alors, pour tout $n \in \mathbb{N}$, $u_n \geqslant \ell$.

4 Suites géométriques, suites monotones

A. Suites du type (q^n)

Propriétés

Soit q un réel.

- Si $q \leqslant -1$, alors la suite (q^n) diverge et n'admet pas de limite.
- Si $-1 < q < 1$, alors la suite (q^n) converge vers 0.
- Si $q = 1$, alors la suite (q^n) converge vers 1.
- Si $q > 1$, alors la suite (q^n) diverge vers $+\infty$.

B. Suites monotones

Soit (u_n) une suite de nombres réels. Soient M et m deux réels.

Théorème (croissance dominée)

- Si (u_n) est croissante et majorée, alors (u_n) converge.
- Si (u_n) est décroissante et minorée, alors (u_n) converge.

Remarques :

- Si (u_n) est croissante et majorée par M, alors (u_n) converge vers une limite ℓ telle que $\ell \leqslant M$.
- Si (u_n) est décroissante et minorée par m, alors (u_n) converge vers une limite ℓ telle que $\ell \geqslant m$.

Théorème

- Si (u_n) est croissante et non majorée, alors (u_n) diverge vers $+\infty$.
- Si (u_n) est décroissante et non minorée, alors (u_n) diverge vers $-\infty$.

Srinivasa Ramanujan (1887 - 1920) est un mathématicien indien.
Il a laissé des cahiers entiers de résultats (suites, limites, etc.) non démontrés qui, encore aujourd'hui, continuent à être étudiés.

CARTE MENTALE

Étudier le comportement de u_n quand n tend vers $+\infty$

• Suite convergente

$\lim\limits_{n\to+\infty} u_n = \ell$

(u_n) converge vers ℓ lorsque, pour tout $r > 0$, il existe un rang N tel que pour tout $n \geqslant N$, $|u_n - \ell| < r$.

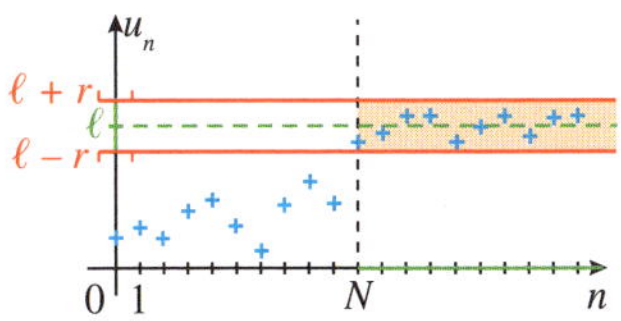

• Suite divergente

1er cas : $\lim\limits_{n\to+\infty} u_n = \pm\infty$

(u_n) diverge vers $+\infty$ lorsque, pour tout réel A, il existe un rang N tel que, pour tout $n \geqslant N$, $u_n > A$.

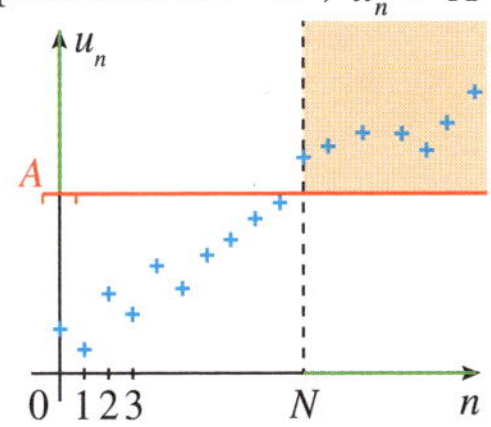

2e cas : pas de limite

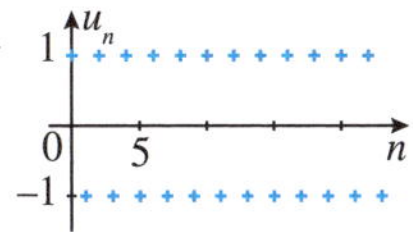

Lorsque n tend vers $+\infty$, la suite (u_n) n'admet pas de limite.

LIMITES DE SUITES

Repérer les formes indéterminées

Limites et opérations :

si					
$\lim\limits_{n\to+\infty} u_n =$	$+\infty$	$-\infty$	$+\infty$	0	∞
$\lim\limits_{n\to+\infty} v_n =$	$+\infty$	$-\infty$	$-\infty$	∞	0
alors					
$\lim\limits_{n\to+\infty} (u_n + v_n) =$	$+\infty$	$-\infty$	***FI***	∞	∞
$\lim\limits_{n\to+\infty} (u_n v_n) =$	$+\infty$	$+\infty$	$-\infty$	***FI***	***FI***
$\lim\limits_{n\to+\infty} \dfrac{u_n}{v_n} =$	***FI***	***FI***	***FI***	0	∞

FI = Forme Indéterminée

Étudier la convergence de suites de références

• Soit un entier $k \geqslant 1$.

$\lim\limits_{n\to+\infty} \dfrac{1}{n^k} = 0$ et $\lim\limits_{n\to+\infty} \dfrac{1}{\sqrt{n}} = 0$

$\lim\limits_{n\to+\infty} n^k = +\infty$ et $\lim\limits_{n\to+\infty} \sqrt{n} = +\infty$

• Soit q un réel.

Si $q \leqslant -1$, alors la suite (q^n) n'admet pas de limite.

Si $-1 < q < 1$, alors la suite (q^n) converge vers 0.

Si $q = 1$, alors la suite (q^n) converge vers 1.

Si $q > 1$, alors la suite (q^n) diverge vers $+\infty$.

Comparer pour étudier la convergence

• Soit N un entier naturel. Soient (u_n) et (v_n) deux suites telles que, pour tout $n \geqslant N$, $\boldsymbol{u_n \leqslant v_n}$.

Si $\lim\limits_{n\to+\infty} u_n = +\infty$, alors $\lim\limits_{n\to+\infty} v_n = +\infty$. Si $\lim\limits_{n\to+\infty} v_n = -\infty$, alors $\lim\limits_{n\to+\infty} u_n = -\infty$.

• Si $\lim\limits_{n\to+\infty} u_n = \ell$; $\lim\limits_{n\to+\infty} v_n = \ell'$ et à partir d'un certain rang, $u_n \leqslant v_n$ alors, $\ell \leqslant \ell'$

• Théorème des gendarmes

Si $\lim\limits_{n\to+\infty} u_n = \ell$; $\lim\limits_{n\to+\infty} w_n = \ell$ et à partir d'un certain rang, $u_n \leqslant v_n \leqslant w_n$, alors $\lim\limits_{n\to+\infty} v_n = \ell$.

• Si (u_n) est croissante et majorée par M, alors (u_n) converge et sa limite ℓ est telle que $\ell \leqslant M$.

• Si (u_n) est décroissante et minorée par m, alors (u_n) converge vers ℓ et $\ell \geqslant m$.

EXERCICES TYPES

1 Étudier le comportement d'une suite lorsque n tend vers $+\infty$

EXEMPLE 1 CONJECTURER UNE LIMITE

1. On a représenté ci-dessous les premiers termes d'une suite (u_n).
Conjecturer graphiquement le comportement de la suite (u_n) quand n tend vers $+\infty$.

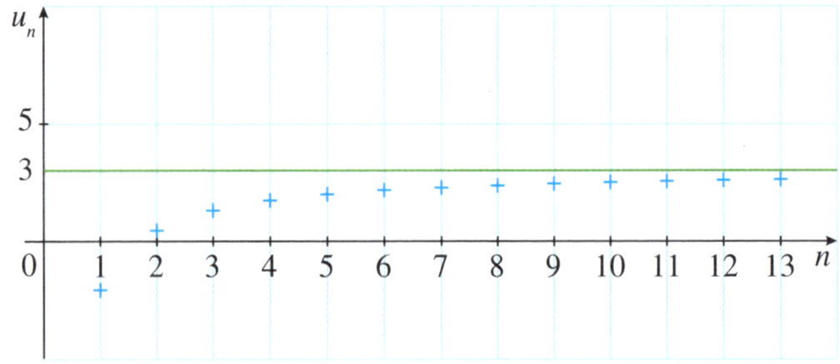

2. On considère la suite (v_n), définie pour tout entier n par $v_n = n^2 - n + 5$.
Compléter le tableau ci-contre et conjecturer le comportement de la suite (v_n) quand n tend vers $+\infty$.

n	1	10	100	1 000
v_n				

CORRIGÉ COMMENTÉ

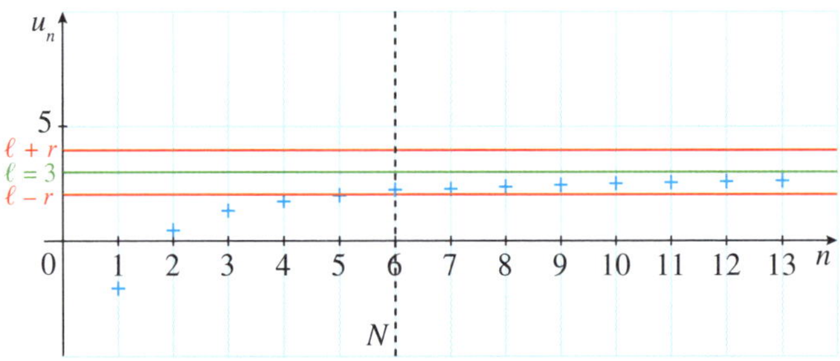

À l'aide du graphique, il semble que pour tout $r > 0$, il existe un rang N tel que pour tout $n \geqslant N$, $|u_n - 3| < r$. On peut donc conjecturer que la suite (u_n) converge vers 3 lorsque n tend vers $+\infty$.

2. On complète le tableau à l'aide d'une calculatrice ou d'un tableur.
D'après les valeurs obtenues, il semble que la suite (v_n) diverge vers $+\infty$.

n	1	10	100	1 000
v_n	5	95	9 905	999 005

EXEMPLE 2 DÉTERMINER UNE LIMITE EN UTILISANT LA DÉFINITION

1. On considère la suite (u_n) définie pour tout entier naturel n par $u_n = 5 - 2n$. Démontrer que $\lim\limits_{n\to+\infty} u_n = -\infty$.

2. On considère la suite (v_n) définie pour tout entier naturel n par $v_n = \dfrac{1}{n+1}$.

Montrer que $\lim\limits_{n\to+\infty} v_n = 0$.

CORRIGÉ COMMENTÉ

1. Soit A un réel. On cherche un rang N à partir duquel, pour tout $n \geqslant N$, tous les u_n appartiennent à $]-\infty\ ;A[$, c'est-à-dire $5 - 2n < A$.

Or $5 - 2n < A \Leftrightarrow n > \dfrac{5-A}{2}$. On prend pour N le premier entier strictement supérieur à $\dfrac{5-A}{2}$.

> **Rappel**
> Une suite tend vers $-\infty$ lorsque n tend vers $+\infty$ si tout intervalle de la forme $]-\infty\ ;A[$ contient tous les termes u_n à partir d'un certain rang.

Donc, pour tout entier n supérieur ou égal à N, on a $u_n < A$. On en déduit $\lim\limits_{n\to+\infty} u_n = -\infty$.

2. On montre que $\lim\limits_{n\to+\infty} v_n = 0$.

Soit $]-r\ ;r[$ un intervalle centré en 0, avec r réel strictement positif.

On cherche un rang N à partir duquel pour tout $n \geqslant N$, tous les u_n appartiennent à $]-r\ ;r[$, c'est-à-dire $-r < \dfrac{1}{n+1} < r$.

> **Rappel**
> Une suite tend vers 0 lorsque n tend vers $+\infty$ si tout intervalle centré en 0 contient tous les termes u_n à partir d'un certain rang.

Or $\dfrac{1}{n+1} > 0$ donc :

$$-r < \frac{1}{n+1} < r \Leftrightarrow 0 < \frac{1}{n+1} < r \Leftrightarrow n+1 > \frac{1}{r} \Leftrightarrow n > \frac{1}{r} - 1.$$

Il suffit de prendre le premier entier naturel N strictement supérieur à $\dfrac{1}{r} - 1$.

On a alors pour tout $n \geqslant N$, $u_n \in\ ]-r\ ;r[$.

D'où $\lim\limits_{n\to+\infty} v_n = 0$.

2 Déterminer la limite d'une suite par le calcul

EXEMPLE 1 **PAR OPÉRATIONS SUR LES LIMITES**

1. Déterminer la limite de la suite géométrique de premier terme $u_0 = -3$ et de raison $q = 2$.

2. Déterminer la limite de la suite définie pour tout entier naturel n par $u_n = n^2 + 3n$.

CORRIGÉ COMMENTÉ

1. On a pour tout entier naturel n, $u_n = -3 \times 2^n$. Or $\lim\limits_{n \to +\infty} 2^n = +\infty$ car $q > 1$.

Comme $u_0 < 0$, par produit des limites, on a alors $\lim\limits_{n \to +\infty} (-3 \times 2^n) = -\infty$.

2. $\lim\limits_{n \to +\infty} n = +\infty$ donc, par produit, $\lim\limits_{n \to +\infty} (3n) = +\infty$.

$\lim\limits_{n \to +\infty} n^2 = +\infty$ et $\lim\limits_{n \to +\infty} (3n) = +\infty$ donc, par somme, $\lim\limits_{n \to +\infty} u_n = +\infty$.

EXEMPLE 2 **EN LEVANT UNE INDÉTERMINATION**

On considère les suites (u_n) et (v_n) définies pour tout entier naturel n par :

$$u_n = n^2 - 8n + 15 \quad \text{et} \quad v_n = \frac{2n - 5}{4 + n}.$$

1. Montrer que, pour chacune de ces suites, les opérations sur les limites ne permettent pas de conclure sans transformer les expressions.

2. En transformant l'écriture des termes généraux de chaque suite, calculer leur limite.

CORRIGÉ COMMENTÉ

1. • $\lim\limits_{n \to +\infty} n = +\infty$ donc, par produit, $\lim\limits_{n \to +\infty} (-8n) = -\infty$ puis, par somme, $\lim\limits_{n \to +\infty} (-8n + 15) = -\infty$.

$\lim\limits_{n \to +\infty} n^2 = +\infty$ et $\lim\limits_{n \to +\infty} (-8n + 15) = -\infty$: on ne peut donc pas conclure avec la limite d'une somme. On a une forme indéterminée.

• $\lim\limits_{n \to +\infty} n = +\infty$, donc, par produit, $\lim\limits_{n \to +\infty} (2n) = +\infty$ puis, par somme, $\lim\limits_{n \to +\infty} (2n - 5) = +\infty$.

$\lim\limits_{n \to +\infty} n = +\infty$, donc, par somme, $\lim\limits_{n \to +\infty} (4 + n) = +\infty$.

$\lim\limits_{n \to +\infty} (2n - 5) = +\infty$ et $\lim\limits_{n \to +\infty} (4 + n) = +\infty$: on ne peut donc pas conclure avec la limite d'un quotient. On a une forme indéterminée.

2. • Pour tout entier $n \geqslant 1$, on factorise par n^2.

On a $u_n = n^2\left(1 - \dfrac{8}{n} + \dfrac{15}{n^2}\right)$. On a simplifié $\dfrac{8n}{n^2} = \dfrac{8}{n}$.

$\lim\limits_{n \to +\infty} n = +\infty$ donc, par quotient, $\lim\limits_{n \to +\infty} \left(-\dfrac{8}{n}\right) = 0$.

> **Astuce**
> Pour lever une indétermination dans un polynôme, on factorise par le terme de plus haut degré.

$\lim\limits_{n\to+\infty} n^2 = +\infty$ donc, par quotient, $\lim\limits_{n\to+\infty} \dfrac{15}{n^2} = 0$. Par somme : $\lim\limits_{n\to+\infty}\left(1-\dfrac{8}{n}+\dfrac{15}{n^2}\right) = 1$.

Ainsi, $\lim\limits_{n\to+\infty} n^2 = +\infty$ et $\lim\limits_{n\to+\infty}\left(1-\dfrac{8}{n}+\dfrac{15}{n^2}\right) = 1$, donc, par produit, $\lim\limits_{n\to+\infty} u_n = +\infty$.

• Pour tout entier $n \geqslant 1$, on factorise par n au numérateur et au dénominateur ; on a :

$$v_n = \frac{n\left(2-\dfrac{5}{n}\right)}{n\left(\dfrac{4}{n}+1\right)} = \frac{2-\dfrac{5}{n}}{\dfrac{4}{n}+1}.$$

Astuce

Pour lever une indétermination dans un quotient de deux polynômes, on factorise par le terme de plus haut degré au numérateur et au dénominateur

Pour simplifier une fraction par un même nombre non nul, il faut que le nombre soit en facteur au numérateur et au dénominateur. On a ici simplifié par le facteur *n* au numérateur et au dénominateur.

$\lim\limits_{n\to+\infty} n = +\infty$ donc, par quotient, $\lim\limits_{n\to+\infty}\left(-\dfrac{5}{n}\right) = 0$ et $\lim\limits_{n\to+\infty} \dfrac{4}{n} = 0$.

Donc, par somme : $\lim\limits_{n\to+\infty}\left(2-\dfrac{5}{n}\right) = 2$ et $\lim\limits_{n\to+\infty}\left(\dfrac{4}{n}+1\right) = 1$.

On a alors, par quotient, $\lim\limits_{n\to+\infty} v_n = \dfrac{2}{1} = 2$.

3 Étudier la limite d'une suite par comparaison

EXEMPLE 1 AVEC UNE MAJORATION OU UNE MINORATION

Déterminer la limite de la suite (u_n) définie pour tout entier n par $u_n = -n^2 + (-1)^n$.

CORRIGÉ COMMENTÉ

Pour tout $n \in \mathbb{N}$, $(-1)^n \leqslant 1$.

En effet, $(-1)^n$ vaut soit 1, lorsque *n* est pair, soit −1, lorsque *n* est impair, donc, dans tous les cas $(-1)^n \leqslant 1$.

Donc on a $-n^2 + (-1)^n \leqslant -n^2 + 1$, soit $u_n \leqslant -n^2 + 1$ pour tout entier naturel n.

On a additionné à chaque membre le nombre $-n^2$.

Or $\lim\limits_{n\to+\infty} n^2 = +\infty$, donc $\lim\limits_{n\to+\infty}(-n^2) = -\infty$ et, par somme, $\lim\limits_{n\to+\infty}(-n^2+1) = -\infty$.

Donc, par comparaison, $\lim\limits_{n\to+\infty} u_n = -\infty$.

EXEMPLE 2 AVEC LE THÉORÈME DES GENDARMES

Déterminer la limite de la suite (v_n), définie pour tout entier naturel n par :

$$v_n = \frac{1}{n^2 + \cos(n)}.$$

CORRIGÉ COMMENTÉ

Pour tout entier naturel n, on a $-1 \leqslant \cos(n) \leqslant 1$.

On a donc $n^2 - 1 \leqslant n^2 + \cos(n) \leqslant n^2 + 1$.

On a additionné n^2 à chaque membre.

Or, la fonction inverse est strictement décroissante sur $]0 ; +\infty[$,

donc $\dfrac{1}{n^2 - 1} \geqslant \dfrac{1}{n^2 + \cos(n)} \geqslant \dfrac{1}{n^2 + 1}$ pour tout $n \geqslant 2$.

Une fonction décroissante inverse l'ordre des images par rapport à l'ordre des antécédents : si $a \leqslant b$ et f est décroissante alors $f(a) \geqslant f(b)$.

Donc $\dfrac{1}{n^2 + 1} \leqslant v_n \leqslant \dfrac{1}{n^2 - 1}$ pour tout $n \geqslant 2$.

Or, $\lim\limits_{n \to +\infty} (n^2 + 1) = +\infty$ et $\lim\limits_{n \to +\infty} (n^2 - 1) = +\infty$. D'où, par passage à l'inverse :

$\lim\limits_{n \to +\infty} \dfrac{1}{n^2 + 1} = 0$ et $\lim\limits_{n \to +\infty} \dfrac{1}{n^2 - 1} = 0$.

D'après le théorème des gendarmes, on a donc $\lim\limits_{n \to +\infty} v_n = 0$.

EXEMPLE 3 AVEC LA CROISSANCE DOMINÉE

Soit la suite (u_n) définie par $u_0 = 4$ et, pour tout entier naturel n, $u_{n+1} = \dfrac{1}{2}u_n + 1$.

1. Montrer par récurrence que la suite (u_n) est minorée par 2.
2. En déduire que la suite (u_n) est décroissante.
3. Que peut-on en déduire pour la convergence de la suite (u_n) ?

CORRIGÉ COMMENTÉ

1. Pour tout entier naturel n, soit la propriété $P(n)$: $u_n \geqslant 2$.

On montre $P(n)$ par récurrence.

• **Initialisation :** pour $n = 0$, $u_0 = 4$ donc $P(0)$ est vraie.

• **Hérédité :** soit k un entier naturel. On suppose que $P(k)$ est vraie c'est-à-dire que $u_k \geqslant 2$ (hypothèse de récurrence).

On veut démontrer que $P(k+1)$ est vraie c'est-à-dire que $u_{k+1} \geqslant 2$.

Par hypothèse de récurrence on a $u_k \geqslant 2$,

donc $\dfrac{1}{2}u_k \geqslant 1$. **On a multiplié chaque membre par $\dfrac{1}{2} > 0$.**

Donc $\dfrac{1}{2}u_k + 1 \geqslant 2$. **On a additionné 1 à chaque membre.**

On trouve donc $u_{k+1} \geqslant 2$.

$P(k+1)$ est donc vraie.

• **Conclusion :** Pour tout entier naturel n, $P(n)$ est initialisée et héréditaire, donc $P(n)$ est vraie pour tout n. La suite (u_n) est minorée par 2.

2. Soit n un entier naturel.

$u_{n+1} - u_n = \frac{1}{2}u_n + 1 - u_n = -\frac{1}{2}u_n + 1$

Or $u_n \geqslant 2$ d'après la question 1, donc $-\frac{1}{2}u_n \leqslant -1$.

On a multiplié chaque membre par $-\frac{1}{2} < 0$, donc on a changé le sens de l'inégalité.

Donc $-\frac{1}{2}u_n + 1 \leqslant 0$. **On a additionné 1 à chaque membre.**

On trouve donc que $u_{n+1} - u_n \leqslant 0$, soit $u_{n+1} \leqslant u_n$.
Donc la suite (u_n) est décroissante.

3. La suite (u_n) est minorée et décroissante, donc elle est convergente, c'est-à-dire qu'elle admet une limite réelle.
Si on note ℓ cette limite, sachant que pour tout entier naturel n, $u_n \geqslant 2$, on peut en conclure que $\ell \geqslant 2$.

> **Remarque**
> Pour étudier la monotonie de la suite (u_n), on cherche le signe de la différence :
> $u_{n+1} - u_n$.

> **Remarque**
> Une suite décroissante et minorée converge. Il en est de même d'une suite croissante et majorée.
> Mais le théorème ne donne pas la valeur de la limite ℓ.

SUJET DU BAC

Exercice 1 — 35 min — Algorithmique et programmation 5 points

Un biologiste souhaite étudier l'évolution de la population d'une espèce animale dans une réserve.
Cette population est estimée à 12 000 individus en 2019. Les contraintes du milieu naturel font que la population ne peut pas dépasser un seuil de 60 000 individus.

Partie A. Un premier modèle

Dans une première approche, le biologiste estime que la population croît de 5 % par an. L'évolution de la population est ainsi modélisée par une suite (v_n), où v_n représente le nombre d'individus, exprimé en millier, l'année $2019 + n$.

1. Quelle est la valeur de v_0 ?
2. Déterminer la nature de la suite (v_n) et donner l'expression de v_n en fonction de n.
3. Ce modèle répond-il aux contraintes du milieu naturel ?

Partie B. Un second modèle

Le biologiste modélise l'évolution annuelle de la population par une suite (u_n) où u_n représente le nombre d'individus, exprimé en milliers, l'année 2019 + n. Cette suite (u_n) est définie par $u_0 = 12$ et, pour tout entier naturel n, par :

$$u_{n+1} = -\frac{1,1}{605}u_n^2 + 1,1u_n .$$

1. On considère la fonction g définie pour tout réel x par $g(x) = -\frac{1,1}{605}x^2 + 1,1x$.

a) Justifier que g est croissante sur $[0 ; 60]$.
b) Résoudre dans $\mathbb{R}$ l'équation $g(x) = x$.

2. On remarque que $u_{n+1} = g(u_n)$.

a) Calculer la valeur arrondie à 10^{-3} près de u_1. Interpréter le résultat.
b) Expliquer pourquoi, pour tout n, u_n est inférieur ou égal à un nombre réel M dont on donnera la valeur.
c) Le biologiste met en place une feuille de tableur pour affiner le nombre M majorant les termes u_n de la suite.
Reproduire et compléter la feuille de tableur commencée ci-dessous et conjecturer la valeur d'un nouveau majorant strictement inférieur à 60 (recopier les cellules vers le bas au moins jusqu'à la cellule B150).

	A	B
1	n	u_n
2	0	12
3	1	

d) On admet que 55 est un majorant. Démontrer que la suite (u_n) est convergente vers une limite notée ℓ.
e) On admet que la limite ℓ vérifie l'égalité $g(\ell) = \ell$. Quelle est la valeur de ℓ et son interprétation dans le contexte de l'étude ?
3. a) Le biologiste souhaite connaître l'année où la population dépassera les 50 000 individus avec ce modèle.
Recopier et compléter la fonction commencée en Python ci-dessous dans un éditeur.

```
def population():
    n=0
    u=12
    while ...:
        u=...
        n=...
    return ...
```

b) Quelle année trouve-t-il ?

→ Corrigé p. 37

Exercice 2 — 45 min — Algorithmique et programmation 7 points

Un groupe de spécialistes en environnement étudie le taux de disponibilité des ressources nécessaires pour le développement d'une population de grenouilles autour d'un étang. Ce taux dépend notamment du nombre de grenouilles présentes sur les lieux, de la quantité de nourriture à disposition, de l'espace disponible et de la qualité de l'environnement.
Une étude menée en 2020 par ce groupe de scientifiques a permis d'estimer le taux de disponibilité des ressources à 0,9 ; cela signifie que 90 % des ressources sont disponibles.
On modélise le taux de disponibilité des ressources par la suite (T_n) qui, à tout entier naturel n, associe le taux de disponibilité de ressources n années après 2020. On a ainsi $T_0 = 0{,}9$.
Le modèle choisi est tel que pour tout entier naturel n, on a : $T_{n+1} = T_n - 0{,}1T_n^2$.
1. Certains spécialistes en environnement estiment qu'en 2024, le taux de disponibilité des ressources sera proche de 0,4. Cette affirmation est-elle conforme au modèle ? Pourquoi ?
2. On définit la fonction f sur l'intervalle $[0\ ;\ 1]$ par $f(x) = x - 0{,}1x^2$. Ainsi, la suite (T_n) vérifie pour tout entier naturel n, $T_{n+1} = f(T_n)$.
a) Étudier les variations de la fonction f sur $[0\ ;\ 1]$.
b) Démontrer que pour tout entier naturel n, on a : $0 \leqslant T_{n+1} \leqslant T_n \leqslant 1$.
c) La suite (T_n) est-elle convergente ? Justifier la réponse.

d) Le groupe de spécialistes en environnement affirme que, selon ce modèle, le taux de disponibilité des ressources peut descendre en dessous de 0,4 au cours des vingt premières années qui suivent le début de l'étude et qu'il est capable de déterminer en quelle année ce seuil serait atteint pour la première fois.
Cette affirmation est-elle vraie ? Pourquoi ? On pourra utiliser la calculatrice pour répondre à cette question.
e) Écrire un algorithme, en langage naturel, qui détermine la première année où le taux de disponibilité des ressources sera inférieur à 0,4.

→ *Corrigé p. 38*

CORRIGÉS

Exercice 1 → Énoncé p. 34

Partie A

1. $v_0 = 12$, puisque la population en 2019 est de 12 000 et que les nombres v_n sont exprimés en millier.

2. Une augmentation de 5 % correspond à un coefficient multiplicateur de 1,05.
Ainsi, pour tout entier n, $v_{n+1} = 1{,}05v_n$, et la suite (v_n) est donc géométrique de raison 1,05 et de premier terme $v_0 = 12$.
Pour tout entier n, on a alors : $v_n = v_0 \times 1{,}05^n = 12 \times 1{,}05^n$.

3. On a $1{,}05 > 1$, ainsi $\lim\limits_{n\to+\infty} 1{,}05^n = +\infty$ et $\lim\limits_{n\to+\infty} v_n = +\infty$.
La population étant limitée à 60 milliers, ce modèle ne répond pas aux contraintes.

Partie B

1. a) Pour tout réel x, $g'(x) = -\dfrac{1{,}1}{605} \times 2x + 1{,}1 = -\dfrac{2{,}2}{605}x + 1{,}1$.

$$\text{Or, } g'(x) \geqslant 0 \Leftrightarrow -\frac{2{,}2}{605}x + 1{,}1 \geqslant 0 \Leftrightarrow = -\frac{2{,}2}{605}x \geqslant -1{,}1$$
$$\Leftrightarrow x \leqslant (-1{,}1) \times \left(-\frac{605}{2{,}2}\right) \Leftrightarrow x \leqslant 302{,}5$$

Ainsi, la fonction g' est positive sur $]-\infty\ ;\ 302{,}5]$ et donc, en particulier, sur $[0\ ;\ 60]$, et alors la fonction g est croissante sur $[0\ ;\ 60]$.

b) $g(x) = x \Leftrightarrow -\dfrac{1{,}1}{605}x^2 + 1{,}1x = x$

$$\Leftrightarrow -\frac{1{,}1}{605}x^2 + 0{,}1x = 0 \Leftrightarrow x\left(-\frac{1{,}1}{605}x + 0{,}1\right) = 0$$
$$\Leftrightarrow x = 0 \text{ ou } -\frac{1{,}1}{605}x + 0{,}1 = 0.$$

La deuxième équation donne : $-\dfrac{1{,}1}{605}x + 0{,}1 = 0 \Leftrightarrow x = 0{,}1 \times \dfrac{605}{1{,}1} = 55.$

Les solutions de l'équation $g(x) = x$ sont 0 et 55.

2. a) $u_1 = -\dfrac{1{,}1}{605}u_0^2 + 1{,}1u_0 = -\dfrac{1{,}1}{605} \times 12^2 + 1{,}1 \times 12 \approx 12{,}938$ à 10^{-3} près.

En 2020, la population s'élèvera à 12938 individus.

b) D'après la contrainte du milieu, le nombre d'individus ne peut pas dépasser 60 000.
Donc, pour tout entier naturel n, $u_n \leqslant 60$. On a donc $M = 60$.

c)

	A	B
1	n	u_n
2	0	12
3	1	12,9381818
4	2	13,9276426
5	3	14,9677174

144	142	54,9999261
145	143	54,9999335
146	144	54,9999401
147	145	54,9999461
148	146	54,9999515
149	147	54,9999564
150	148	54,9999607

On conjecture que 55 est un majorant.

d) La suite est majorée par 55. Montrons par récurrence qu'elle est croissante.

On pose, pour tout entier naturel n, $P(n)$: $u_n \leqslant u_{n+1}$.

• **Initialisation.** On a $u_0 = 12$ et $u_1 = 12{,}938$ donc $u_0 \leqslant u_1$ donc $P(0)$ est vraie.

• **Hérédité.** Soit k un entier naturel. On suppose que $P(k)$ est vraie c'est-à-dire que $u_k \leqslant u_{k+1}$.

On va montrer que $P(k + 1)$ est vraie c'est-à-dire que $u_{k+1} \leqslant u_{k+2}$.

On a $u_k \leqslant u_{k+1}$ par hypothèse de récurrence.

On applique à chaque membre la fonction g qui est croissante :

on obtient $g(u_k) \leqslant g(u_{k+1})$. Or $g(u_k) = u_{k+1}$ et $g(u_{k+1}) = u_{k+2}$

on obtient alors $u_{k+1} \leqslant u_{k+2}$.

• **Conclusion.** La propriété $P(n)$ est initialisée et héréditaire. Elle est donc vraie pour tout n.

La suit (u_n) est donc croissante. Comme elle est majorée par 55, elle est convergente vers une limite notée ℓ .

e) ℓ vérifie $g(\ell) = \ell$. Or, d'après la question 1. b), $g(\ell) = \ell \Leftrightarrow \ell = 0$ ou $\ell = 55$.

$\ell = 0$ est impossible car (u_n) est croissante et $u_0 = 12 > 0$.

Donc $\ell = 55$.

Ainsi, la limite de la suite (u_n) est 55 , ce qui veut dire que, selon ce modèle, la population tendra vers 55 000 individus au fur et à mesure que le temps passera.

3. a)

```
def population():
    n=0
    u=12
    while u<=50:
        u=-1.1/605*u**2+1.1*u
        n=n+1
    return n
```

b) Après exécution, on trouve $n = 36$, ce qui correspond à l'année 2055 .

Exercice 2 → Énoncé p. 35

1. On calcule T_4 :

$T_1 = T_0 - 0{,}1T_0^2 = 0{,}9 - 0{,}1 \times 0{,}9^2 = 0{,}819$

$T_2 = T_1 - 0{,}1T_1^2 = 0{,}819 - 0{,}1 \times 0{,}819^2 \approx 0{,}752$
$T_3 = T_2 - 0{,}1T_2^2 \approx 0{,}695$
$T_4 = T_3 - 0{,}1T_3^2 \approx 0{,}647$
La valeur de T_4 est le taux de ressources en 2024. L'affirmation du groupe de spécialistes est loin du modèle.

2. a) La fonction f est une fonction polynôme du second degré de la forme : $f(x) = ax^2 + bx + c$. Ici, $a = -0{,}1 < 0$ donc la parabole est tournée vers le bas.
Le sommet $S(\alpha \,;\, \beta)$ a pour coordonnées :

$$\alpha = -\frac{b}{2a} = \frac{-1}{-0{,}2} = 5 \;;\; \beta = f(5) = 2{,}5.$$

La fonction f est croissante sur $]-\infty \,;\, 2{,}5[$ donc croissante sur $[0 \,;\, 1]$.
Son minimum sur cet intervalle est $f(0) = 0$. Son maximum est $f(1) = 0{,}9$.

b) Pour tout entier naturel n, on pose $P(n) : 0 \leqslant T_{n+1} \leqslant T_n \leqslant 1$.

• **Initialisation.** Pour $n = 0$, on a : $T_0 = 0{,}9$ et $T_1 = 0{,}819$
Or $0 \leqslant 0{,}819 \leqslant 0{,}9 \leqslant 1$ donc $P(0)$ est vraie.

• **Hérédité.** Soit k un entier naturel. On suppose que $P(k)$ est vraie, c'est-à-dire $0 \leqslant T_{k+1} \leqslant T_k \leqslant 1$.
On va démontrer que $P(k+1)$ est vraie, c'est-à-dire que $0 \leqslant T_{k+2} \leqslant T_{k+1} \leqslant 1$.
Par hypothèse de récurrence, on a :
$0 \leqslant T_{k+1} \leqslant T_k \leqslant 1$. On applique à chaque membre la fonction f qui est croissante.
$f(0) \leqslant f(T_{k+1}) \leqslant f(T_k) \leqslant f(1)$.
Or $f(0) = 0$; $f(T_{k+1}) = T_{k+2}$; $f(T_k) = T_{k+1}$ et $f(1) = 0{,}9$
Donc $0 \leqslant T_{k+2} \leqslant T_{k+1} \leqslant 0{,}9$. De plus, comme $0{,}9 \leqslant 1$, on a bien $0 \leqslant T_{k+2} \leqslant T_{k+1} \leqslant 1$.
Donc $P(k + 1)$ est vraie.

• **Conclusion :** la propriété est initialisée et héréditaire, donc elle est vraie pour tout entier naturel n.

c) La suite est décroissante car pour tout entier naturel n, on a montré que $T_{n+1} \leqslant T_n$.
La suite est minorée car, pour tout entier naturel n, on a montré que $0 \leqslant T_n$.
La suite est donc convergente vers un réel ℓ.

d) Avec la calculatrice, on trouve que $T_{20} \approx 0{,}31$, donc les spécialistes ont raison, le taux pourra être inférieur à 0,4 d'ici 2040.
Avec la calculatrice, on trouve aussi $T_{14} \approx 0{,}385$ et aucun terme avant le rang 14 n'est inférieur à 0,4.

11	0.4375
12	0.4183
13	0.4008
14	0.3848

La première année où le taux sera inférieur à 0,4 sera 2034.

e)

$u \leftarrow 0{,}9$
$n \leftarrow 0$
Tant que $u > 0{,}4$ faire
$\quad n \leftarrow u - 0{,}1u^2$
$\quad n \leftarrow n + 1$

La valeur de la variable n à la fin de l'algorithme sera 14.

Limites de fonctions

CHAPITRE 3

1 Limites en $+\infty$ et en $-\infty$

A. Limite infinie

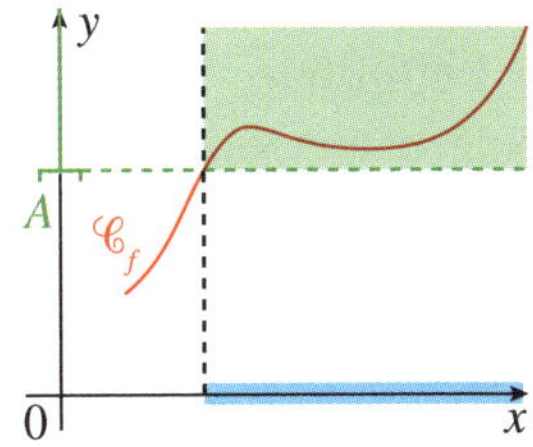

Définition

• Une fonction ***f*** **a pour limite** $+\infty$ **en** $+\infty$ si tout intervalle ouvert de la forme $]A\ ;+\infty[$ contient toutes les valeurs de $f(x)$ pour x assez grand.
On note $\lim\limits_{x\to+\infty} f(x)=+\infty$.

• Une fonction ***f*** **a pour limite** $-\infty$ **en** $+\infty$ si tout intervalle ouvert de la forme $]-\infty\ ;A[$ contient toutes les valeurs de $f(x)$ pour x assez grand.
On note $\lim\limits_{x\to+\infty} f(x)=-\infty$.

• On définit de façon analogue les limites infinies en $-\infty$.

Propriétés

Soit n un entier supérieur ou égal à 1.

• $\lim\limits_{x\to+\infty}\sqrt{x}=+\infty$ • $\lim\limits_{x\to+\infty}x^n=+\infty$ • $\lim\limits_{x\to-\infty}x^n=\begin{cases}-\infty \text{ si } n \text{ impair}\\+\infty \text{ si } n \text{ pair}\end{cases}$ • $\lim\limits_{x\to+\infty}\mathrm{e}^x=+\infty$.

B. Limite finie

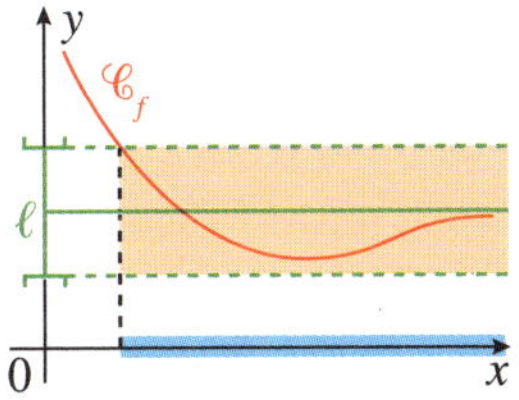

Définition

Soit ℓ un réel.

• Une fonction ***f*** **a pour limite** ℓ **en** $+\infty$ lorsque tout intervalle ouvert contenant ℓ contient toutes les valeurs de $f(x)$ pour x assez grand.
On note $\lim\limits_{x\to+\infty} f(x)=\ell$.

• On définit de façon analogue la limite de *f* en $-\infty$.

• **Interprétation graphique**
Quand x devient grand, la courbe représentative de la fonction *f* est proche de la droite d'équation $y=\ell$.

Définition

• Si une fonction *f* a pour limite un réel ℓ en $+\infty$, on dit que sa courbe représentative admet en $+\infty$ pour **asymptote horizontale** la droite d'équation $y=\ell$.

• On définit de façon analogue une asymptote horizontale en $-\infty$.

■ Propriétés

Soit n un entier supérieur ou égal à 1.

• $\lim\limits_{x \to +\infty} \dfrac{1}{x^n} = 0$ • $\lim\limits_{x \to +\infty} \dfrac{1}{\sqrt{x}} = 0$ • $\lim\limits_{x \to -\infty} \dfrac{1}{x^n} = 0$ • $\lim\limits_{x \to -\infty} e^x = 0.$

2 Limite infinie en un réel a

A. Limite infinie en un réel a

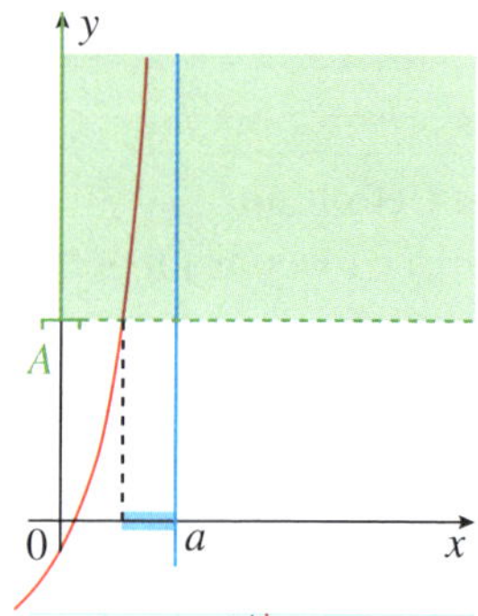

■ Définition

Soit a un réel.

■ Une fonction ***f*** **a pour limite** $+\infty$ **en** a si tout intervalle de la forme $]A\,;+\infty[$ contient toutes les valeurs de $f(x)$ pour x assez proche de a. On note $\lim\limits_{x \to a} f(x) = +\infty$.

■ Une fonction ***f*** **a pour limite** $-\infty$ **en** $\boldsymbol{a}$ si tout intervalle de la forme $]-\infty\,;A[$ contient toutes les valeurs de $f(x)$ pour x assez proche de a.

On note $\lim\limits_{x \to a} f(x) = -\infty$.

Remarque :

Une fonction peut avoir une limite « à droite » et une limite « à gauche » qui sont différentes.

Dans l'exemple ci-contre, on note

$\lim\limits_{\substack{x \to 0 \\ x>0}} \dfrac{1}{x} = +\infty$ et $\lim\limits_{\substack{x \to 0 \\ x<0}} \dfrac{1}{x} = -\infty.$

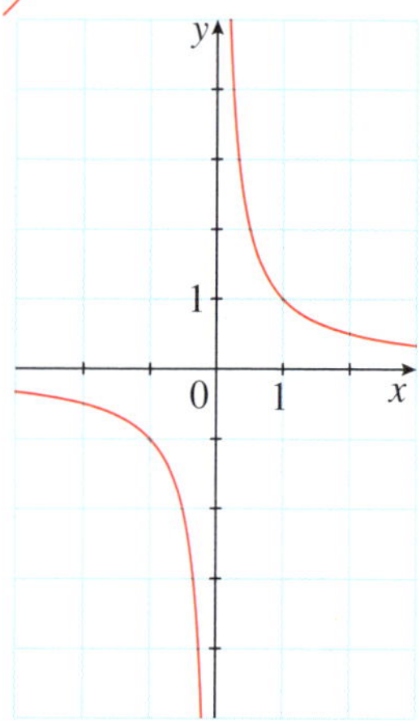

B. Interprétation graphique

■ Définition

Soit a un réel.

Si une fonction f a pour limite $+\infty$ ou $-\infty$ en a (à gauche ou à droite), on dit que sa courbe représentative admet la droite d'équation $x = a$ comme **asymptote verticale**.

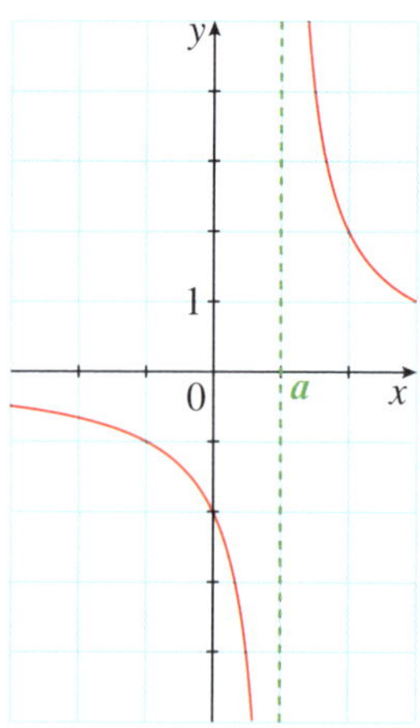

3 Limites et opérations

f et g désignent deux fonctions, ℓ et ℓ' deux réels. Le symbole ∞ désigne soit $+\infty$, soit $-\infty$.

Les propriétés suivantes portent sur les limites en $+\infty$, en $-\infty$ ou en un réel a.

A. Somme

Propriété

Si lim f = …	ℓ	ℓ	ℓ	$+\infty$	$-\infty$	$+\infty$
et lim g = …	ℓ'	$+\infty$	$-\infty$	$+\infty$	$-\infty$	$-\infty$
alors lim $(f+g)$ = …	$\ell + \ell'$	$+\infty$	$-\infty$	$+\infty$	$-\infty$	forme indéterminée

B. Produit et quotient

Propriété

Si lim f = …	ℓ	$\ell \neq 0$	∞	0
et lim g = …	ℓ'	∞	∞	∞
alors lim $(f \times g)$ = …	$\ell\ell'$	∞	∞	forme indéterminée

Remarque :

Quand le tableau indique $\lim(f \times g) = \infty$, il faut utiliser la règle des signes d'un produit pour conclure.

Propriété

Si lim f = …	ℓ	$\ell \neq 0$	ℓ	∞	∞	0
et lim g = …	$\ell' \neq 0$	0	∞	ℓ	∞	0
alors lim $\left(\frac{f}{g}\right)$ = …	$\frac{\ell}{\ell'}$	∞	0	∞	forme indéterminée	forme indéterminée

Remarque :

Si $\lim g = 0$, il faut connaître le signe de $g(x)$ pour pouvoir appliquer la règle des signes d'un quotient et conclure sur la limite de $\frac{f}{g}$.

C. Composition

Propriété

a, b et c désignent soit des réels, soit $+\infty$, soit $-\infty$.

Si $\begin{cases} \lim\limits_{x \to a} f(x) = b \\ \lim\limits_{X \to b} g(X) = c \end{cases}$, alors $\lim\limits_{x \to a} g(f(x)) = c$.

Remarque :

Le nombre $g(f(x))$ est l'image par g du nombre $X = f(x)$, lui-même image de x par f.

■ Propriété

• Soient f une fonction et (u_n) la suite définie pour tout entier naturel n par $u_n = f(n)$.

$$\text{Si } \lim_{x \to +\infty} f(x) = a, \text{ alors } \lim_{n \to +\infty} u_n = a.$$

• Soient f une fonction définie sur un intervalle I et (u_n) une suite définie sur $\mathbb{N}$ dont tous les termes appartiennent à I.

$$\text{Si } \lim_{n \to +\infty} u_n = a \text{ et } \lim_{x \to a} f(x) = b, \text{ alors } \lim_{n \to +\infty} f(u_n) = b.$$

4 Limites et comparaison

A. Limite infinie

■ Propriété

Soient deux fonctions f et g telles que $f(x) \leqslant g(x)$ sur un intervalle du type $[A\ ;+\infty[$ où A est un réel.

• Si $\lim\limits_{x \to +\infty} f(x) = +\infty$, alors $\lim\limits_{x \to +\infty} g(x) = +\infty$.

• Si $\lim\limits_{x \to +\infty} g(x) = -\infty$, alors $\lim\limits_{x \to +\infty} f(x) = -\infty$.

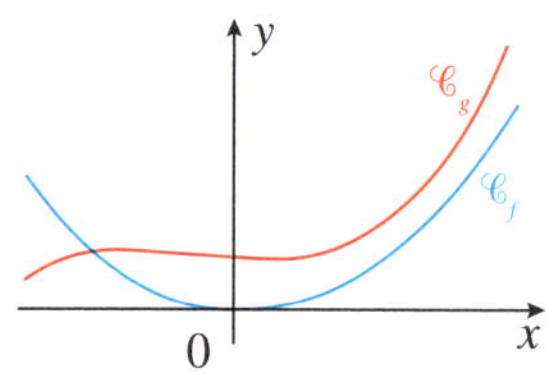

Par analogie, on peut écrire les mêmes propriétés lorsque x tend vers $-\infty$ ou vers un réel a.

B. Limite finie

■ Théorème des gendarmes

Soient ℓ un réel et trois fonctions f, g et h telles que $f(x) \leqslant g(x) \leqslant h(x)$ sur un intervalle du type $[A\ ;+\infty[$ où A est un réel.

Si $\lim\limits_{x \to +\infty} f(x) = \ell$ et $\lim\limits_{x \to +\infty} h(x) = \ell$, alors $\lim\limits_{x \to +\infty} g(x) = \ell$.

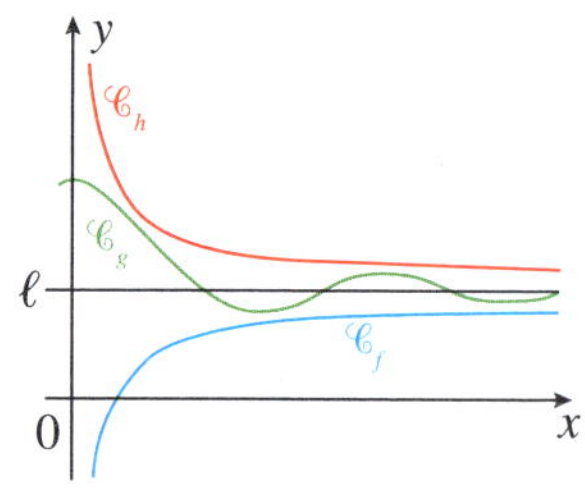

Par analogie, on peut écrire les mêmes propriétés lorsque x tend vers $-\infty$ ou vers un réel a.

C. Croissances comparées

■ Théorème des croissances comparées

Pour tout entier naturel n, on a :

• $\lim\limits_{x \to +\infty} \dfrac{e^x}{x^n} = +\infty$ • $\lim\limits_{x \to -\infty} x^n e^x = 0$

Remarque :

Ce théorème illustre le fait que la fonction exponentielle croît en $+\infty$ bien plus vite que toute fonction puissance.

CARTE MENTALE

Définir limites et asymptotes

Limite en ±∞

Limite infinie

$\lim\limits_{x \to +\infty} f(x) = +\infty$ lorsque tout intervalle $]A\ ;+\infty[$ contient toutes les valeurs de $f(x)$ pour x assez grand. (Définition analogue pour la limite de f en $-\infty$)

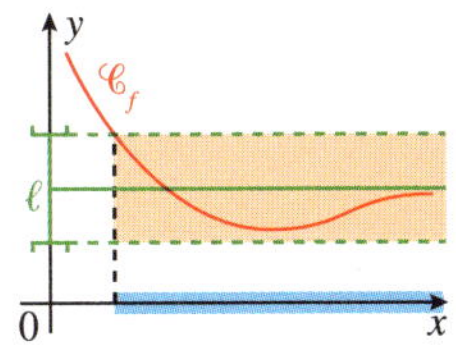

Limite finie

$\lim\limits_{x \to +\infty} f(x) = \ell$ lorsque tout intervalle ouvert contenant ℓ contient toutes les valeurs de $f(x)$ pour x assez grand.
(Définition analogue pour la limite de f en $-\infty$)

La droite d'équation $y = \ell$ est une asymptote horizontale.

Limite en a

Limite infinie en a

$\lim\limits_{x \to a} f(x) = +\infty$ si tout intervalle $]A\ ;+\infty[$ contient toutes les valeurs de $f(x)$ pour x assez proche de a.
(Définition analogue pour $\lim\limits_{x \to a} f(x) = -\infty$)

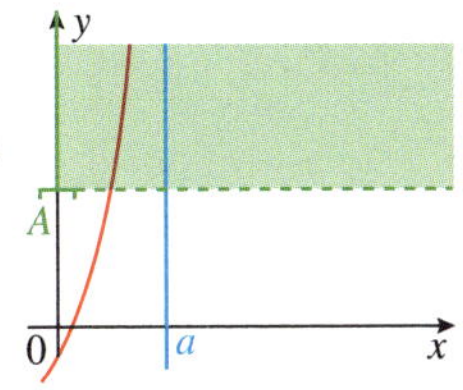

La droite d'équation $x = a$ est une asymptote verticale.

LIMITES DE FONCTIONS

Calculer une limite

- **Limites de références** $(n \geqslant 1)$
- $\lim\limits_{x \to +\infty} \sqrt{x} = +\infty$ • $\lim\limits_{x \to +\infty} x^n = +\infty$
- $\lim\limits_{x \to -\infty} x^n = \begin{cases} -\infty \text{ si } n \text{ impair} \\ +\infty \text{ si } n \text{ pair} \end{cases}$
- $\lim\limits_{x \to +\infty} e^x = +\infty$ • $\lim\limits_{x \to \pm\infty} \dfrac{1}{x^n} = 0$
- $\lim\limits_{x \to +\infty} \dfrac{1}{\sqrt{x}} = 0$ • $\lim\limits_{x \to -\infty} e^x = 0$
- $\lim\limits_{\substack{x \to 0 \\ x>0}} \dfrac{1}{x} = +\infty$ • $\lim\limits_{\substack{x \to 0 \\ x<0}} \dfrac{1}{x} = -\infty$
- $\lim\limits_{x \to +\infty} \dfrac{e^x}{x^n} = +\infty$ • $\lim\limits_{x \to -\infty} x^n e^x = 0$

- **Limites et formes indéterminées (*FI*)**

Si $\lim f =$	$+\infty$	$-\infty$	$+\infty$	0	∞
et si $\lim g =$	$+\infty$	$-\infty$	$-\infty$	∞	0
alors					
$\lim(f+g) =$	$+\infty$	$-\infty$	*FI*	∞	∞
$\lim(fg) =$	$+\infty$	$+\infty$	$-\infty$	*FI*	*FI*
$\lim \dfrac{f}{g} =$	*FI*	*FI*	*FI*	0	∞

Comparer pour déterminer une limite

- f et g telles que $f(x) \leqslant g(x)$ sur $[A\ ;+\infty[$
- Si $\lim\limits_{x \to +\infty} f(x) = +\infty$, alors $\lim\limits_{x \to +\infty} g(x) = +\infty$
- Si $\lim\limits_{x \to +\infty} g(x) = -\infty$, alors $\lim\limits_{x \to +\infty} f(x) = -\infty$

- **Théorème des gendarmes**

f, g et h telles que

$$f(x) \leqslant g(x) \leqslant h(x) \text{ sur } [A\ ;+\infty[$$

Si $\lim\limits_{x \to +\infty} f(x) = \ell$ et $\lim\limits_{x \to +\infty} h(x) = \ell$,

alors $\lim\limits_{x \to +\infty} g(x) = \ell$

On peut écrire les mêmes propriétés en $-\infty$.

EXERCICES TYPES

1 Lire les limites et les asymptotes

EXEMPLE 1 SUR UN GRAPHIQUE

Soit f la fonction définie sur $]-\infty\,;-3[\cup]-3\,;3[\cup]3\,;+\infty[$ dont la courbe représentative $\mathscr{C}_f$ est donnée ci-dessous. Conjecturer graphiquement les limites de f aux bornes de son ensemble de définition, puis déterminer les équations des éventuelles asymptotes à $\mathscr{C}_f$.

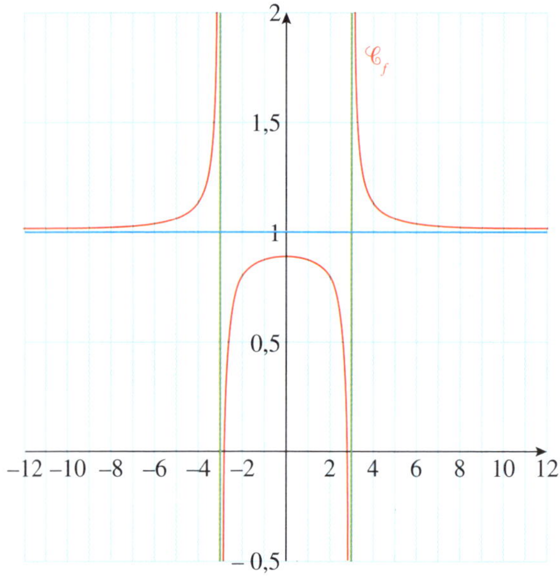

Astuce

Graphiquement, la courbe est aussi proche que l'on veut de ses asymptotes.

CORRIGÉ COMMENTÉ

On peut conjecturer graphiquement que :

$\lim\limits_{x\to-\infty} f(x)=1$; $\lim\limits_{\substack{x\to-3\\x<-3}} f(x)=+\infty$; $\lim\limits_{\substack{x\to-3\\x>-3}} f(x)=-\infty$

$\lim\limits_{\substack{x\to3\\x<3}} f(x)=-\infty$; $\lim\limits_{\substack{x\to3\\x>3}} f(x)=+\infty$; $\lim\limits_{x\to+\infty} f(x)=1$.

La courbe $\mathscr{C}_f$ semble admettre pour asymptotes verticales les droites d'équation $x=-3$ et $x=3$ et pour asymptote horizontale la droite d'équation $y=1$.

EXEMPLE 2 DANS UN TABLEAU DE VARIATIONS

On a dressé ci-dessous le tableau de variations de la fonction g définie sur $]-\infty\,;-3[\cup]-3\,;2[\cup]2\,;+\infty[$. Lire les limites de g aux bornes de son ensemble de définition, puis déterminer les équations des éventuelles asymptotes à la courbe représentative de g.

x	$-\infty$		-3		2		$+\infty$
$g(x)$	0	↗	$+\infty$ ‖ $-\infty$	↗	$+\infty$ ‖ $-\infty$	↗	0

Astuce

Dans un tableau de variations, on lit les limites comme on lit les images des nombres de la première ligne du tableau.

CORRIGÉ COMMENTÉ

$\lim\limits_{x\to-\infty} g(x)=0$; $\lim\limits_{\substack{x\to-3\\x<-3}} g(x)=+\infty$; $\lim\limits_{\substack{x\to-3\\x>-3}} g(x)=-\infty$; $\lim\limits_{\substack{x\to2\\x<2}} g(x)=+\infty$;

$\lim\limits_{\substack{x\to2\\x>2}} g(x)=-\infty$; $\lim\limits_{x\to+\infty} g(x)=0$

La courbe $\mathscr{C}_g$ admet pour asymptotes verticales les droites d'équations $x=-3$ et $x=2$ et pour asymptote horizontale la droite d'équation $y=0$ (axe des abscisses).

2 Calculer une limite

EXEMPLE 1 À L'AIDE DE PROPRIÉTÉS

1. Étudier les limites des fonctions définies par les expressions suivantes quand x tend vers $+\infty$.

a) $f(x)=x^2+2x-2$ **b)** $g(x)=\left(\sqrt{x}+1\right)(7-2x)$

2) Soit h la fonction définie sur $]-\infty\,;1[\cup]1\,;+\infty[$ par $h(x)=\dfrac{1}{x-1}$.

Déterminer les limites de h quand x tend vers 1 par valeurs inférieures puis supérieures.

3) Soit k la fonction définie sur $\mathbb{R}$ par $k(x)=x^5e^x-3$.

Déterminer la limite de k lors que x tend vers $-\infty$.

CORRIGÉ COMMENTÉ

1) a. $\lim\limits_{x\to+\infty} x^2=+\infty$ et $\lim\limits_{x\to+\infty}(2x-2)=+\infty$. Donc, par **somme**, $\lim\limits_{x\to+\infty} f(x)=+\infty$.

b) $\lim\limits_{x\to+\infty}\left(\sqrt{x}+1\right)=+\infty$ et $\lim\limits_{x\to+\infty}(7-2x)=-\infty$.

Donc, par **produit**, $\lim\limits_{x\to+\infty} g(x)=-\infty$ (on a utilisé la règle des signes).

2. $\lim\limits_{x\to 1}(x-1)=0$ donc, par inverse, $h(x)$ tend vers une limite infinie ($+\infty$ ou $-\infty$).

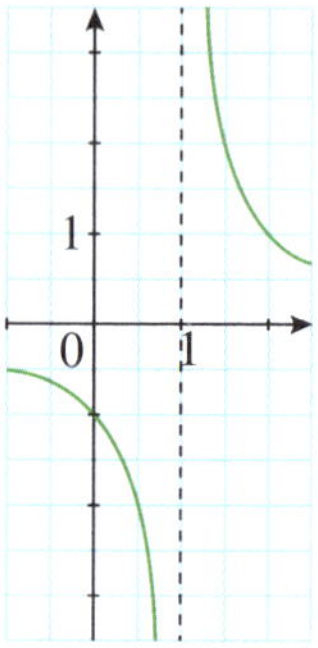

Pour conclure, il faut utiliser la règle des signes et donc connaître le signe de $h(x)$.

• **1er cas** : quand x tend vers 1 et $x > 1$ (**limite à droite**)

$x > 1$, donc $x - 1 > 0$, soit $h(x) > 0$; donc $\lim\limits_{\substack{x\to 1\\ x>1}} h(x) = +\infty$

• **2e cas** : quand x tend vers 1 et $x < 1$ (**limite à gauche**)

$x < 1$ donc $x - 1 < 0$, soit $h(x) < 0$; donc $\lim\limits_{\substack{x\to 1\\ x<1}} h(x) = -\infty$

3. D'après le **théorème des croissances comparées**, $\lim\limits_{x\to-\infty} x^n e^x = 0$ pour tout entier naturel n.

On en déduit que $\lim\limits_{x\to-\infty} x^5 e^x = 0$ et, par somme, que $\lim\limits_{x\to-\infty} k(x) = -3$.

EXEMPLE 2 EN LEVANT L'INDÉTERMINATION

Soit f la fonction définie sur $]-\infty\,;-1[\,\cup\,]-1\,;1[\,\cup\,]1\,;+\infty[$ par $f(x)=\dfrac{3x-5}{1-x^2}$.

Déterminer la limite de f quand x tend vers $+\infty$.

CORRIGÉ COMMENTÉ

Astuce
On factorise au numérateur et au dénominateur par le terme de plus haut degré.

$\lim\limits_{x\to+\infty}(3x-5)=+\infty$ et $\lim\limits_{x\to+\infty}(1-x^2)=-\infty$ donc, par quotient, on rencontre une **forme indéterminée.**

Or, pour tout $x > 1$ $\quad f(x)=\dfrac{3x-5}{1-x^2}=\dfrac{x\left(3-\dfrac{5}{x}\right)}{x^2\left(\dfrac{1}{x^2}-1\right)}=\dfrac{\left(3-\dfrac{5}{x}\right)}{x\left(\dfrac{1}{x^2}-1\right)}$

On a simplifié par x au numérateur et au dénominateur, car x était en facteur.

Donc $\lim\limits_{x\to+\infty} f(x)=\lim\limits_{x\to+\infty}\dfrac{\left(3-\dfrac{5}{x}\right)}{x\left(\dfrac{1}{x^2}-1\right)}$

On a alors : $\lim\limits_{x\to+\infty}\left(3-\dfrac{5}{x}\right)=3$

De plus : $\lim\limits_{x\to+\infty}\left(\dfrac{1}{x^2}-1\right)=-1$ et $\lim\limits_{x\to+\infty} x=+\infty$ donc, par produit, $\lim\limits_{x\to+\infty} x\left(\dfrac{1}{x^2}-1\right)=-\infty$ en utilisant la règle des signes.

On en déduit par quotient que $\lim\limits_{x\to+\infty} f(x)=\lim\limits_{x\to+\infty}\dfrac{\left(3-\dfrac{5}{x}\right)}{x\left(\dfrac{1}{x^2}-1\right)}=0$.

3 Étudier une limite par comparaison

EXEMPLE 1 AVEC UNE FONCTION DE RÉFÉRENCE

Soit la fonction définie sur $\mathbb{R}$ par $f(x) = x + \cos(x)$.
Donner un encadrement de $\cos(x)$ puis déterminer les limites de f en $-\infty$ et en $+\infty$.

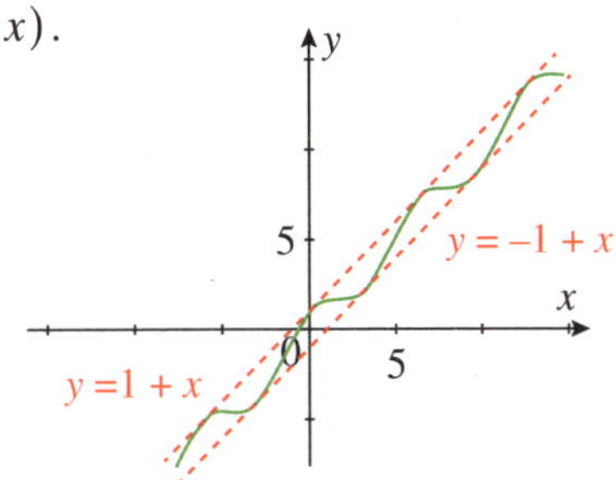

CORRIGÉ COMMENTÉ

Pour tout x réel, on sait que $-1 \leqslant \cos(x) \leqslant 1$.
Donc $-1 + x \leqslant x + \cos(x) \leqslant 1 + x$.

- Limite en $-\infty$: on sait que $\lim\limits_{x \to -\infty} (1 + x) = -\infty$ et $f(x) \leqslant 1 + x$.
Donc $\lim\limits_{x \to -\infty} f(x) = -\infty$.
- Limite en $+\infty$: on sait que $\lim\limits_{x \to +\infty} (-1 + x) = +\infty$ et $-1 + x \leqslant f(x)$. Donc $\lim\limits_{x \to +\infty} f(x) = +\infty$.

Remarque
On se sert de la minoration pour la limite en $+\infty$ et de la majoration pour la limite en $-\infty$.

EXEMPLE 2 À L'AIDE DU THÉORÈME DES GENDARMES

Soit f la fonction définie sur $]-\infty\,;0[\,\cup\,]0\,;+\infty[$ par $f(x) = \dfrac{\cos(x)}{x} + 5$.

Déterminer ses limites en $+\infty$ et en $-\infty$.

CORRIGÉ COMMENTÉ

On sait que, pour tout x réel, $-1 \leqslant \cos(x) \leqslant 1$.

- **1er cas :** $x > 0$ (pour la limite en $+\infty$)

On peut alors multiplier chaque membre de cette double inégalité par $\dfrac{1}{x} > 0$:

$-\dfrac{1}{x} \leqslant \dfrac{\cos(x)}{x} \leqslant \dfrac{1}{x}$.

Donc $\dfrac{1}{x} + 5 \leqslant \dfrac{\cos(x)}{x} + 5 \leqslant \dfrac{1}{x} + 5$,

donc $-\dfrac{1}{x} + 5 \leqslant f(x) \leqslant \dfrac{1}{x} + 5$.

Or, $\lim\limits_{x \to +\infty} \dfrac{1}{x} = \lim\limits_{x \to +\infty} \left(-\dfrac{1}{x}\right) = 0$,

donc $\lim\limits_{x \to +\infty} \left(\dfrac{1}{x} + 5\right) = \lim\limits_{x \to +\infty} \left(-\dfrac{1}{x} + 5\right) = 5$.

Donc, en appliquant le théorème des gendarmes, $\lim\limits_{x \to +\infty} f(x) = 5$.

Rappel
Lorsqu'on multiplie chaque membre d'une inégalité par un nombre strictement positif, on ne change pas le sens de l'inégalité.

• **2e cas** : $x < 0$ (pour la limite en $-\infty$)

On peut alors multiplier chaque membre de cette double inégalité par $\frac{1}{x}$, mais les inégalités changent de sens :

$$-\frac{1}{x} \geqslant \frac{\cos(x)}{x} \geqslant \frac{1}{x}.$$

Donc $-\frac{1}{x} + 5 \geqslant \frac{\cos(x)}{x} + 5 \geqslant \frac{1}{x} + 5$,

donc $-\frac{1}{x} + 5 \geqslant f(x) \geqslant \frac{1}{x} + 5$.

Or, $\lim\limits_{x \to -\infty} \frac{1}{x} = \lim\limits_{x \to -\infty} \left(-\frac{1}{x}\right) = 0$,

donc $\lim\limits_{x \to -\infty} \left(\frac{1}{x} + 5\right) = \lim\limits_{x \to -\infty} \left(-\frac{1}{x} + 5\right) = 5$.

Donc, en appliquant le théorème des gendarmes, $\lim\limits_{x \to -\infty} f(x) = 5$.

Rappel

Lorsqu'on multiplie chaque membre d'une inégalité pas un nombre strictement négatif, on change le sens de l'inégalité.

Jean Le Rond d'Alembert est un savant et philosophe du XVIIIe siècle qui a grandement participé à ce « siècle des Lumières ».

Ses travaux mathématiques sont variés et portent sur de nombreux domaines des mathématiques dont l'analyse.

SUJET DU BAC

Exercice 1 — 30 min — Algorithmique et programmation 4 points

Un groupe de scientifiques étudie le nombre de poissons qui vivent dans un étang. Après plusieurs études de terrain, ils modélisent ce nombre par la fonction P, définie sur $[0\,;+\infty[$ par $P(t)=\dfrac{1\,000}{0{,}4+3{,}6\mathrm{e}^{-0{,}5t}}$, où t est le temps, mesuré en année, écoulé depuis le 1er janvier 2020.

On note $\mathscr{C}_P$ la courbe représentative de la fonction P dans un repère.

1. Combien y avait-il de poissons au 1er janvier 2020 ?

2. Calculer $P'(t)$ pour tout réel t positif. En déduire le sens de variation de la fonction P sur $[0\,;+\infty[$.

3. Déterminer la limite de P lorsque t tend vers $+\infty$. Interpréter graphiquement cette limite.

4. Interpréter dans le contexte de l'exercice la limite trouvée à la question **3.**

5. Justifier que le nombre de poissons va dépasser 2 000 individus lors d'une certaine année.

6. a) Compléter la fonction Python ci-dessous afin qu'elle renvoie l'année à partir de laquelle le nombre de poissons va dépasser les 2 000 individus.

```
from math import exp
def seuil():
    n=0
    t=0
    while ...:
        t=...
    return ...
```

b) Quelle année trouve-t-on ?

→ Corrigé p. 54

Exercice 2 — 40 min — Algorithmique et programmation 7 points

On dispose de deux béchers A et B qui contiennent chacun 5 000 bactéries de la même famille. On souhaite comparer l'efficacité de deux antibiotiques A et B différents sur ces bactéries. On introduit l'antibiotique A dans le bécher A et, au même instant, l'antibiotique B dans le bécher B. On mesure alors, selon le temps t écoulé, la quantité (en millier) de bactéries restantes dans les béchers A et B au fur et à mesure de l'action des antibiotiques.

Partie 1

Les valeurs mesurées dans le bécher A lors de l'expérience conduisent à modéliser l'évolution du nombre (en millier) de bactéries dans ce bécher par la fonction f définie sur l'intervalle $[0\,;+\infty[$ par

$$f(t) = 0{,}05t^2 - t + 5$$

où t représente la durée (en heure) écoulée depuis le début de l'expérience.

1. a) Calculer $f(0)$. Ce résultat est-il cohérent avec le nombre de bactéries présentes dans le bécher A au début de l'expérience ?

b) Calculer, selon ce modèle, le nombre de bactéries qui seront présentes dans le bécher A au bout de deux heures.

2. a) Déterminer les variations de la fonction f sur $[0\,;+\infty[$ et dresser son tableau de variations.

b) Déterminer la limite de la fonction f lorsque t tend vers $+\infty$. Interpréter le résultat dans le contexte de l'exercice.

Partie 2

Les valeurs mesurées dans le bécher B lors de l'expérience conduisent à modéliser l'évolution du nombre (en millier) de bactéries dans ce bécher par la fonction g définie sur l'intervalle $[0\,;+\infty[$ par

$$g(t) = (5 + t)\mathrm{e}^{-0{,}36t}$$

où t représente la durée (en heure) écoulée depuis le début de l'expérience.

1. Calculer $g(0)$. Ce résultat est-il cohérent avec le nombre de bactéries présentes dans le bécher B au début de l'expérience ?

2. a) Déterminer l'expression de $g'(t)$ pour tout réel t positif.

b) En déduire le sens de variation de g sur $[0\,;+\infty[$.

3. a) Déterminer la limite de la fonction g en $+\infty$.

b) Dresser le tableau de variations de la fonction g sur $[0\,;+\infty[$.

Partie 3

On a tracé graphiquement les courbes représentatives des fonctions f et g ci-dessous.

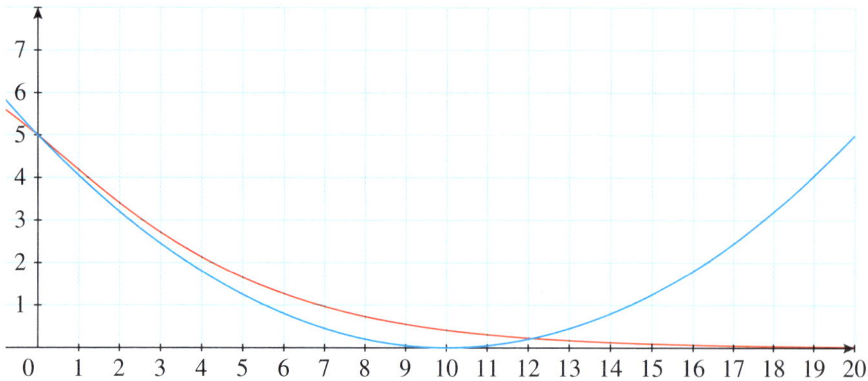

1. Quelle est la courbe de f ?

2. Déterminer graphiquement un encadrement entre deux entiers, de la durée (en heure) à partir de laquelle la quantité de bactéries dans le bécher A semble devenir supérieure à celle du bécher B.

3. Compléter la fonction Python suivante afin qu'elle renvoie la valeur du plus petit entier t, exprimée en heure, telle que la quantité de bactéries dans le bécher A soit supérieure à celle du bécher B.

```
from math import exp
def quantite():
    t=1
    while ...:
        t=...
    return ...
```

4. Qu'obtient-on en utilisant la fonction Python précédente ?

→ *Corrigé p. 55*

Exercice 1 → Énoncé p. 51

1. Le 1er janvier 2020 correspond à $t = 0$.

Le nombre de poissons est donc $f(0) = \dfrac{1\,000}{0{,}4 + 3{,}6 \times 1} = \dfrac{1\,000}{4} = 250$.

Il y avait 250 poissons qui vivaient dans l'étang en 2020.

2. On pose $u(t) = 0{,}4 + 3{,}6\mathrm{e}^{-0{,}5t}$ on a alors $u'(t) = 3{,}6 \times (-0{,}5) \times \mathrm{e}^{-0{,}5t} = -1{,}8\mathrm{e}^{-0{,}5t}$.

Donc $P'(t) = 1\,000 \times \left(-\dfrac{u'(t)}{u^2(t)}\right) = \dfrac{1\,800\mathrm{e}^{-0{,}5t}}{(0{,}4 + 3{,}6\mathrm{e}^{-0{,}5t})^2}$.

Pour tout réel $t \geqslant 0$, $P'(t) > 0$.

La fonction P est alors strictement croissante.

3. On a $\lim\limits_{t \to +\infty} -0{,}5t = -\infty$ et $\lim\limits_{X \to -\infty} \mathrm{e}^X = 0$ avec $X = -0{,}5t$.

Donc, par composition, $\lim\limits_{t \to +\infty} \mathrm{e}^{-0{,}5t} = 0$. Par produit avec 3,6, $\lim\limits_{t \to +\infty} 3{,}6\mathrm{e}^{-0{,}5t} = 0$.

Par somme avec $0{,}4$, on en déduit : $\lim\limits_{t \to +\infty} (0{,}4 + \mathrm{e}^{-0{,}5t}) = 0{,}4$.

Par inverse, on a alors : $\lim\limits_{t \to +\infty} \dfrac{1\,000}{0{,}4 + 3{,}6\mathrm{e}^{-0{,}5t}} = \dfrac{1\,000}{0{,}4} = 2\,500$.

Graphiquement, cela signifie que la courbe $\mathscr{C}_P$ admet une asymptote horizontale d'équation $y = 2\,500$.

4. Après un grand nombre d'années, le nombre de poissons tendra vers un effectif de 2 500 individus.

5. La fonction est continue et strictement croissante sur $[0\,;+\infty[$. De plus, $f(0) = 250$ et $\lim\limits_{t \to +\infty} P(t) = 2\,500$. On a également $2\,000 \in [250\,; 2\,500[$.

Donc, d'après le cas particulier du théorème des valeurs intermédiaires, l'équation $P(t) = 2\,000$ a une unique solution a appartenant à l'intervalle $[0\,;+\infty[$.

Comme P est strictement croissante, pour tout $t > a$, $P(t) > 2\,000$. Donc il existe une année à partir de laquelle le nombre de poissons va dépasser 2 000.

6. a)

```python
from math import exp
def seuil():
    n=0
    t=0
    while 1000/(0.4+3.6*exp(-0.5*t))<=2000:
        t=t+1
    return 2020+t
```

b) On écrit dans la console l'instruction :

```
>>> seuil()
2028
```

C'est à partir de l'année 2028 que le nombre de poissons de l'étang dépassera les 2 000 individus.

Exercice 2 → Énoncé p. 51

Partie 1

1. a) $f(0) = 5$ donc, à l'instant $t = 0$, il y a 5 milliers soit 5 000 bactéries dans le bécher A. Ce résultat est donc cohérent avec le nombre de bactéries présentes dans le bécher A au début de l'expérience.

b) $f(2) = 3{,}2$

Au bout de 2 heures, le nombre de bactéries présentes dans le bécher A sera 3 200.

2. a) La fonction est un polynôme du second degré avec $a = 0{,}05$; $b = -1$ et $c = 5$. Sa courbe représentative est une parabole.

$a > 0$ donc la parabole est tournée vers le haut.

Les coordonnées du sommet S sont $\alpha = -\dfrac{b}{2a} = 10$ et $\beta = f(\alpha) = 0$.

La fonction f est donc décroissante sur $[0\,;10]$ et croissante sur $[10\,;+\infty[$.

On a le tableau de variations suivant :

t	0		10		$+\infty$
$f(t)$		↘	0	↗	

b) On a $0{,}05t^2 - t + 5 = 0{,}05t^2\left(1 - \dfrac{20}{t} + \dfrac{100}{t^2}\right)$.

D'une part, $\lim\limits_{t\to+\infty} \dfrac{100}{t^2} = 0$; $\lim\limits_{t\to+\infty} \dfrac{20}{t} = 0$ donc, par somme, $\lim\limits_{t\to+\infty}\left(1 - \dfrac{20}{t} + \dfrac{100}{t^2}\right) = 1$.

D'autre part, $\lim\limits_{t\to+\infty} 0{,}05t^2 = +\infty$.

Par produit, $\lim\limits_{t\to+\infty} 0{,}05t^2\left(1 - \dfrac{20}{t} + \dfrac{100}{t^2}\right) = +\infty$.

Le nombre de bactéries dans le bécher A va progresser de manière infinie au cours du temps.

Partie 2

1. $g(0) = 5 \times e^0 = 5$ donc, à l'instant $t = 0$, il y a 5 milliers soit 5 000 bactéries dans le bécher B. Ce résultat est donc cohérent avec le nombre de bactéries présentes dans le bécher B au début de l'expérience.

2. a) $g(t)$ est de la forme $g(t) = u(t)v(t)$ avec $u(t) = 5 + t$ et $v(t) = e^{-0{,}36t}$.

On a alors $u'(t) = 1$ et $v'(t) = -0{,}36e^{-0{,}36t}$.

On en déduit $g'(t) = e^{-0{,}36t} + (5+t)(-0{,}36e^{-0{,}36t}) = (-0{,}8 - 0{,}36t)e^{-0{,}36t}$.

b) Pour tout réel t positif, $-0{,}8 - 0{,}36t < 0$ donc $g'(t) < 0$ car $e^{-0{,}36t} > 0$.

On en déduit que g est strictement décroissante sur $[0\,;+\infty[$.

3. a) On a en développant : $g(t) = 5\mathrm{e}^{-0,36t} + t\mathrm{e}^{-0,36t}$.

$\lim\limits_{t\to+\infty}(-0,36t) = -\infty$ et $\lim\limits_{X\to-\infty}\mathrm{e}^X = 0$ en posant $X = -0,36t$.

Donc, par composition, $\lim\limits_{t\to+\infty}\mathrm{e}^{-0,36t} = 0$.

Par ailleurs, $t\mathrm{e}^{-0,36t} = \dfrac{-1}{0,36}(-0,36t)\mathrm{e}^{-0,36t} = \dfrac{-1}{0,36}X\mathrm{e}^X$ avec $X = -0,36t$.

Or $\lim\limits_{t\to+\infty}(-0,36t) = -\infty$ et $\lim\limits_{X\to-\infty}X\mathrm{e}^X = 0$ par croissances comparées.

Donc, par composition, $\lim\limits_{t\to+\infty}(0,36t)\mathrm{e}^{-0,36t} = 0$.

On en déduit, par somme, que $\lim\limits_{t\to+\infty}g(t) = 0$.

b)

t	0	10	$+\infty$
$g(t)$	5	↘	0

Partie 3

1. La courbe représentative de f est la parabole, donc la courbe bleue.

2.

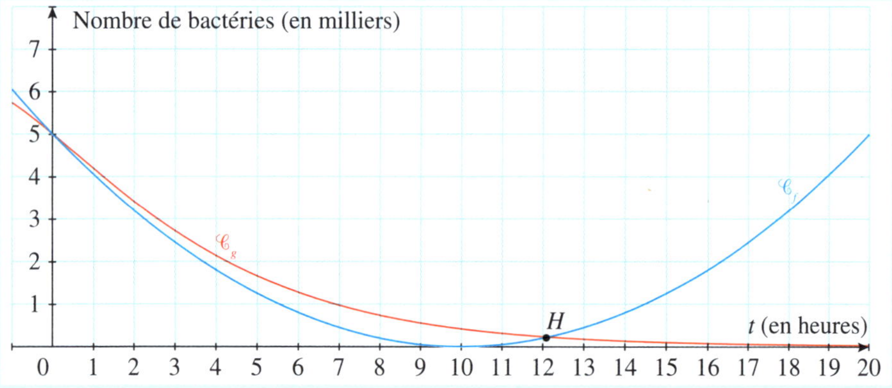

Les courbes semblent se couper au point H d'abscisse comprise entre 12 et 13. La quantité de bactéries dans le bécher A semble devenir supérieure à celle du bécher B entre 12 h et 13 h après le début.

3.

```
from math import exp
def quantite():
    t=1
    while (5+t)*exp(-0.36*t)>0.05*t**2-t+5:
        t=t+1
    return t
```

4. On obtient en utilisant la fonction :

```
>>> quantite()
13
```

La valeur du plus petit entier t, exprimée en heure, telle que la quantité de bactéries dans le bécher A soit supérieure à celle du bécher B est 13.

Dérivabilité, convexité, continuité

CHAPITRE 4

1 Complément de dérivation

A. Dérivée des fonctions composées

■ **Définition**

Soient u et v deux fonctions dont les ensembles de définition sont notés $\mathcal{D}_u$ et $\mathcal{D}_v$.
Soit $\mathcal{D}$ l'ensemble des réels x appartenant à $\mathcal{D}_u$ tels que $u(x)$ appartient à $\mathcal{D}_v$.
La fonction composée de u par v, notée $\boldsymbol{v \circ u}$, est la fonction définie pour tout réel x appartenant à $\mathcal{D}$ par :

$$x \overset{u}{\mapsto} u(x) = X \overset{v}{\mapsto} v(X) = v(u(x))$$
$$\underset{v \circ u}{\longmapsto}$$

■ **Propriété**

Soient u une fonction dérivable sur un intervalle I et v une fonction dérivable sur un intervalle J, tels que pour tout $x \in I$, $u(x) \in J$.
La fonction $v \circ u$ est dérivable sur I et on a : $(v \circ u)' = (v' \circ u) \times u'$.

■ **Propriétés**

- La fonction f définie sur I par $f(x) = \mathrm{e}^{u(x)}$ est dérivable sur I et $f'(x) = u'(x)\mathrm{e}^{u(x)}$.
- Si pour tout x de I, $u(x) > 0$, alors la fonction f définie sur I par $f(x) = \sqrt{u(x)}$ est dérivable sur I et $f'(x) = \dfrac{u'(x)}{2\sqrt{u(x)}}$.
- Soient n un entier tel que $n \geqslant 1$ et u une fonction définie et dérivable sur un intervalle I.
Soit f la fonction définie sur I par $f(x) = u^n(x)$.
Alors f est dérivable sur I et $f'(x) = nu'(x)\, u^{n-1}(x)$.
- Soient n un entier relatif tel que $n \leqslant -1$ et u une fonction définie et dérivable sur un intervalle I telle que u ne s'annule pas sur I.
Soit f la fonction définie sur I par $f(x) = u^n(x)$.
Alors f est dérivable sur I et $f'(x) = nu'(x)\, u^{n-1}(x)$.

B. Dérivée seconde

■ **Définition**

Soient f une fonction dérivable sur un intervalle I et f' sa fonction dérivée.
La fonction f est deux fois dérivable sur I si f' est elle-même dérivable sur I.
On note f'' la dérivée de f'. Elle est appelée **dérivée seconde** de f.

2 Convexité

A. Fonction convexe, concave

Définitions

Soient f une fonction définie sur un intervalle I et $\mathscr{C}$ sa courbe représentative dans un repère.
f est convexe sur I si pour tous réels a et b de I, en notant $A(a, f(a))$ et $B(b, f(b))$, la portion de la courbe $\mathscr{C}$ située entre A et B est **au-dessous** de la sécante (AB).
f est dite concave sur I si pour tous réels a et b de I, en notant $A(a, f(a))$ et $B(b, f(b))$, la portion de la courbe $\mathscr{C}$ située entre A et B est **au-dessus** de la sécante (AB).

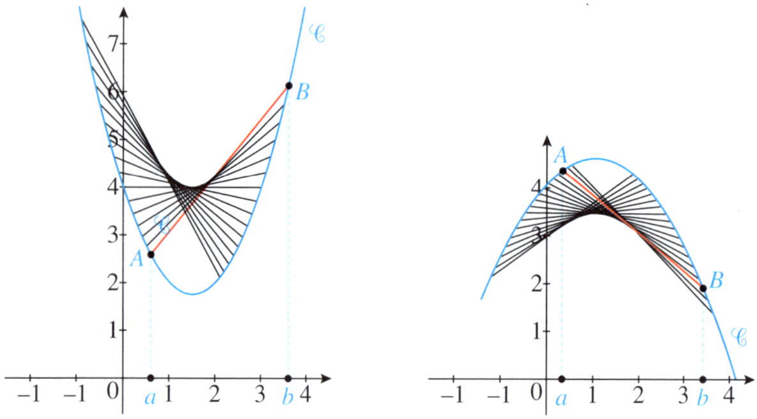

Fonction convexe

Fonction concave

Propriété

La fonction carré et la fonction exponentielle sont convexes sur $\mathbb{R}$.
La fonction racine carrée est concave sur $[0;+\infty[$.
La fonction inverse est concave sur $]-\infty;0[$ et convexe sur $]0;+\infty[$.
La fonction cube est concave sur $]-\infty;0]$ et convexe sur $[0;+\infty[$.

B. Point d'inflexion

Définition

Soient f une fonction définie sur un intervalle I, $\mathscr{C}$ sa courbe représentative et A un point de $\mathscr{C}$.
A est un point d'inflexion de $\mathscr{C}$ si $\mathscr{C}$ admet une tangente en A et si $\mathscr{C}$ traverse cette tangente en A.

Ex. :

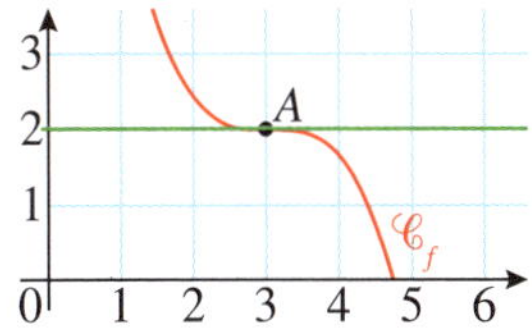

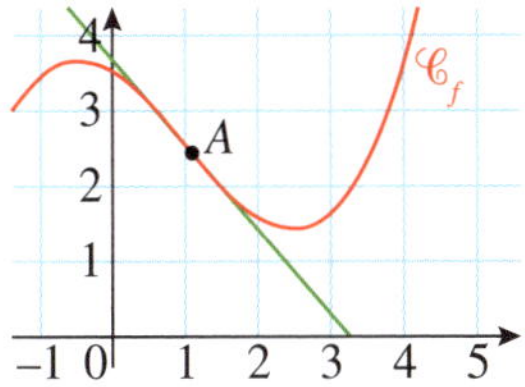

Remarque :
Graphiquement, en un point d'inflexion A de la courbe représentative de f, la fonction f change de convexité.

3 Fonctions dérivables et convexité

A. Convexité et tangentes

■ Propriété
Soit f une fonction définie et dérivable sur un intervalle I et $\mathscr{C}$ sa courbe représentative dans un repère.
f est convexe sur I si et seulement si $\mathscr{C}$ est au-dessus de toutes ses tangentes.
f est concave sur I si et seulement si $\mathscr{C}$ est au-dessous de toutes ses tangentes.

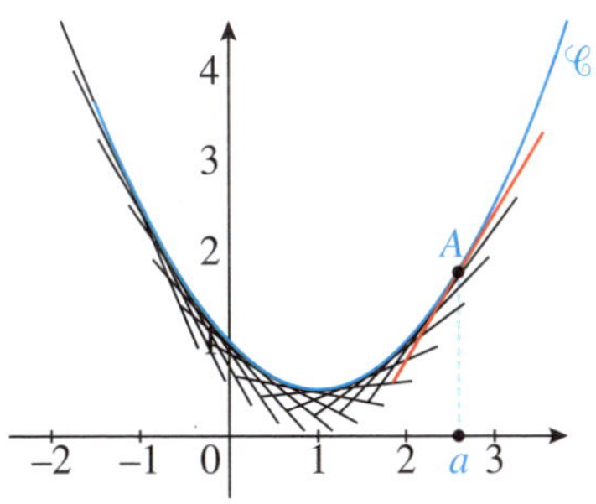

Fonction convexe

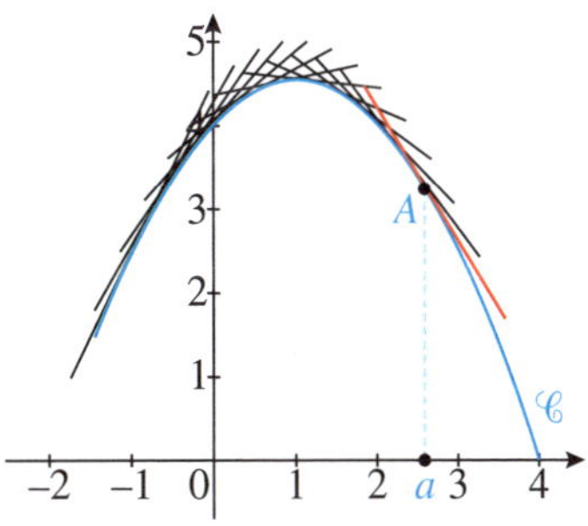

Fonction concave

B. Caractérisation de la convexité

■ Propriété
Soient f une fonction définie et deux fois dérivable sur un intervalle I et f'' sa dérivée seconde.
f est convexe sur I si et seulement si f'' est positive sur I.
f est concave sur I si et seulement si f'' est négative sur I.

■ **Propriété**

Soient f une fonction définie et dérivable sur un intervalle I et f' sa fonction dérivée.
f est convexe sur I si et seulement si f' est croissante sur I.
f est concave sur I si et seulement si f' est décroissante sur I.

C. Caractérisation d'un point d'inflexion

■ **Propriété**

Soient f une fonction définie et deux fois dérivable sur un intervalle I, f'' sa dérivée seconde et a un réel appartenant à I.
Si f' change de sens de variation en a alors, la courbe représentative de f admet un point d'inflexion au point d'abscisse a.
Si f'' s'annule et change de signe en a alors la courbe représentative de f admet un point d'inflexion au point d'abscisse a.

f' change de sens de variation

x		a	
$f'(x)$	↗		↘

f'' s'annule et change de signe en a

x		a	
$f''(x)$	$-$	0	$+$

4 Fonctions continues

A. Définition de la continuité d'une fonction

■ **Définition**

Soit f une fonction définie sur un intervalle I. Soit $a \in I$.
On dit que la fonction f est continue en a lorsque $\lim\limits_{x \to a} f(x) = f(a)$.
On dit que la fonction f est continue sur I lorsque, pour tout réel a appartenant à I, f est continue en a.

Remarque :
La courbe représentative d'une fonction continue se trace sans lever le crayon.

B. Continuité des fonctions usuelles

■ **Propriété : continuité des fonctions usuelles**

Les fonctions affines, polynômes, la fonction racine carrée et la fonction exponentielle sont continues sur leur ensemble de définition.
Les sommes, produits, quotients et composées de fonctions continues sont des fonctions continues sur les intervalles formant leur ensemble de définition.

■ **Propriété : continuité et dérivabilité**

Une fonction dérivable sur un intervalle I est continue sur I.

Remarque :
La réciproque de cette propriété est fausse.
Par exemple, la fonction valeur absolue est continue sur $\mathbb{R}$ mais elle n'est pas dérivable en 0.

C. Image d'une suite convergente par une fonction continue

■ **Propriété**
Soit f une fonction continue sur un intervalle I, a un réel appartenant à I et (u_n) une suite à valeurs dans I.
Si (u_n) converge vers a alors la suite $\left(f(u_n)\right)$ converge vers $f(a)$.

5 Théorème des valeurs intermédiaires

A. Cas d'un intervalle fermé

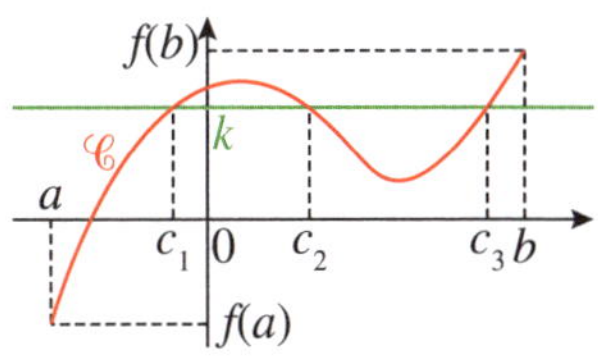

■ **Théorème des valeurs intermédiaires**
Soit f une fonction continue sur un intervalle $[a\ ;\ b]$.
Pour tout réel k compris entre $f(a)$ et $f(b)$, l'équation $f(x) = k$ admet au moins une solution sur $[a\ ;\ b]$.

Remarque :
Cela signifie que, quand x varie entre a et b, $f(x)$ prend toutes les valeurs intermédiaires comprises entre $f(a)$ et $f(b)$.

■ **Cas particulier du théorème des valeurs intermédiaires pour les fonctions strictement monotones**
Soit f une fonction **continue et strictement monotone** sur un intervalle $[a\ ;b]$.
Pour tout réel k compris entre $f(a)$ et $f(b)$), l'équation $f(x) = k$ admet une unique solution dans $[a\ ;b]$.

• Cas où f est strictement croissante

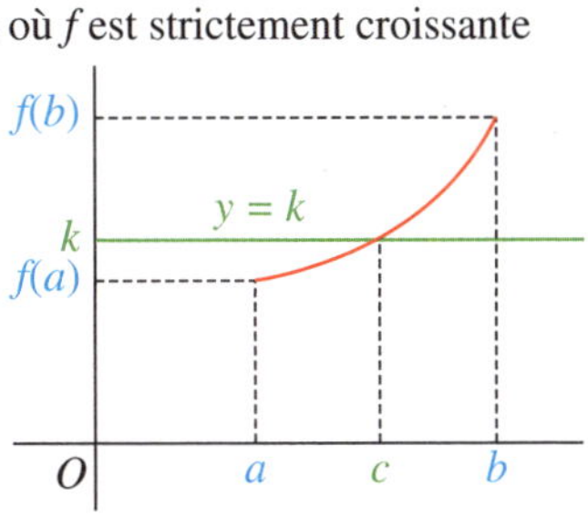

x	a		c		b
f(x)	$f(a)$	↗	k	↗	$f(b)$

• Cas où f est strictement décroissante

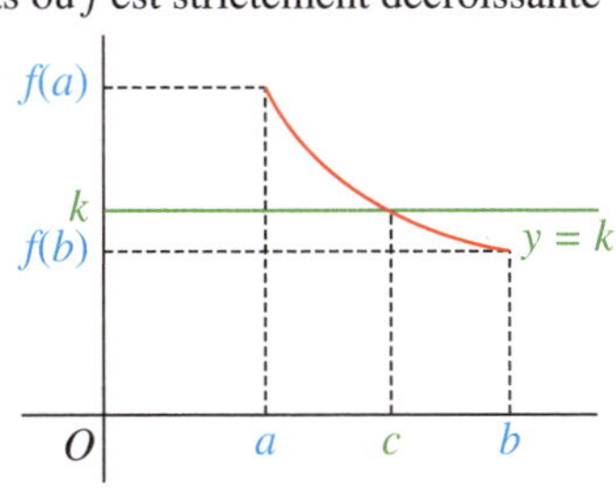

x	a		c		b
f(x)	$f(a)$	↘	k	↘	$f(b)$

Remarque :
Dans un tableau de variation, les flèches obliques indiquent que la fonction est continue et strictement monotone sur l'intervalle considéré.

B. Extension à d'autres intervalles

■ **Théorème**
a désigne soit un réel, soit $-\infty$; b désigne soit un réel, soit $+\infty$.
Soit f une fonction **continue** sur l'intervalle]a ; b[.
Pour tout réel k strictement compris entre $\lim\limits_{x \to a} f(x)$ et $\lim\limits_{x \to b} f(x)$, l'équation $f(x) = k$ admet au moins une solution dans $]a\,;b[$.
Si de plus, f est strictement monotone sur $]a\,;b[$, alors cette solution est unique.

Ex. : Cas où f est strictement croissante sur $\mathbb{R}$.

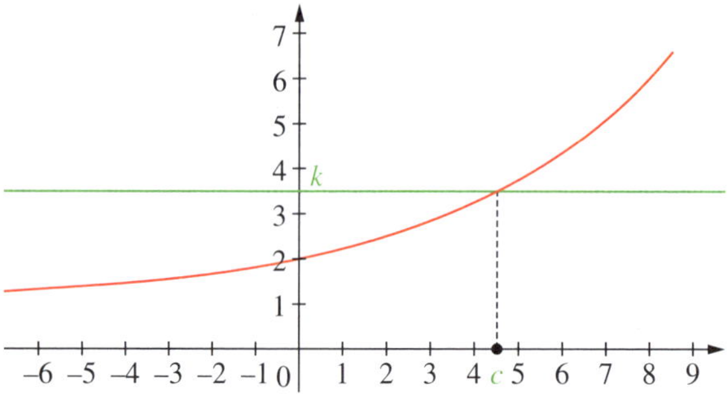

Johan Jensen (1859 - 1925) est un mathématicien danois, en partie autodidacte.
Il est surtout connu pour ses travaux d'analyse, entre autres sur les fonctions dites convexes.

CARTE MENTALE

Déterminer la convexité d'une fonction

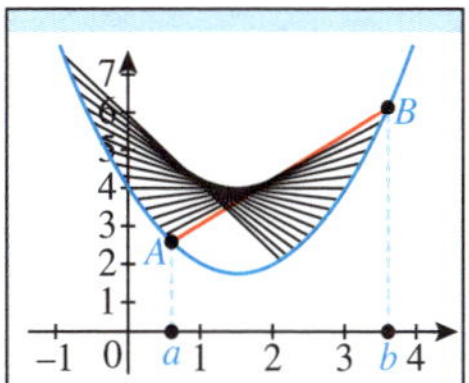

Convexe : courbe en dessous des sécantes

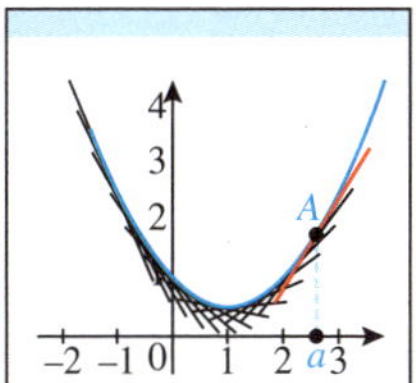

Convexe : courbe au-dessus des tangentes

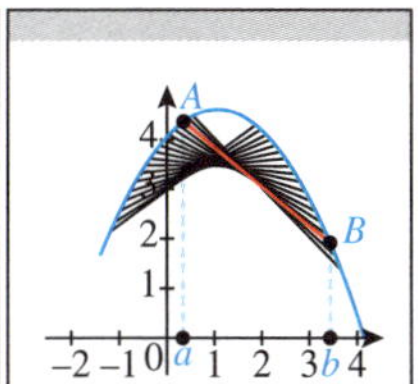

Concave : courbe au-dessus des sécantes

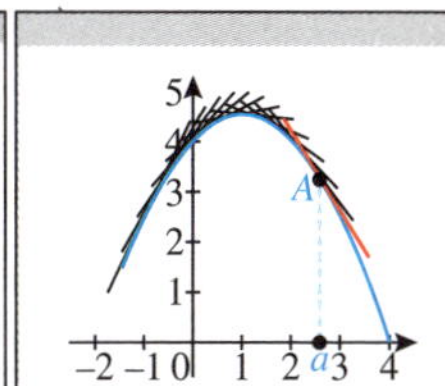

Concave : courbe en dessous des tangentes

Propriété : Soit f deux fois dérivable sur I.

f est convexe sur $I \Leftrightarrow f'$ est croissante sur $I \Leftrightarrow f''$ est positive sur I

f est concave sur $I \Leftrightarrow f'$ est décroissante sur $I \Leftrightarrow f''$ est négative sur I

Point d'inflexion : La courbe traverse sa tangente et la fonction change de convexité.

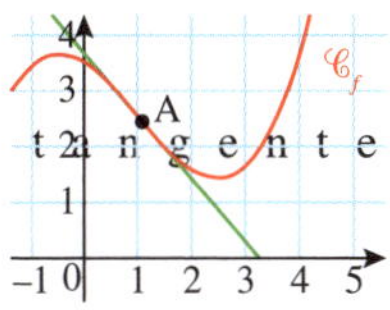

Propriété : Soit f deux fois dérivable.

- f' change de sens de variation en a $\Rightarrow A(a\,;f(a))$ est un point d'inflexion.
- f'' s'annule et change de signe en a $\Rightarrow A(a\,;f(a))$ est un point d'inflexion

Dérivabilité, convexité, continuité

Étudier les solutions de $f(x) = k$ sur I sachant que f est continue sur I

- f est continue en a lorsque $\lim\limits_{x \to a} f(x) = f(a)$.
- f continue sur I : courbe $\mathscr{C}_f$ tracée sur I sans lever le crayon
- Les fonctions affines, polynômes, la fonction racine carrée et la fonction exponentielle sont continues sur D_f.
- Les sommes, produits, quotients et composées de fonctions continues sont des fonctions continues

• Théorème des valeurs intermédiaires (TVI)

Soit f définie et continue sur $[a\,;b]$

Pour tout réel k compris entre $f(a)$ et $f(b)$, l'équation $f(x) = k$ admet au moins une solution sur $[a\,;b]$.

• Cas particulier du TVI :

Soit f une fonction continue et strictement monotone sur un intervalle $[a\,;b]$.

Pour tout réel k compris entre $f(a)$ et $f(b)$, l'équation $f(x) = k$ admet une unique solution dans $[a\,;b]$.

Calculer la dérivée d'une fonction composée

Calculer la dérivée d'une fonction composée

- Fonction composée : $\boldsymbol{v} \circ \boldsymbol{u}(x) = \boldsymbol{v}(\boldsymbol{u}(x))$.

Ne pas confondre $\boldsymbol{v} \circ \boldsymbol{u}$ et $\boldsymbol{u} \circ \boldsymbol{v}$

- Dérivée :

$$(\boldsymbol{v} \circ \boldsymbol{u})' = (\boldsymbol{v}' \circ \boldsymbol{u}) \times \boldsymbol{u}'$$

- Dérivées de fonctions composées usuelles :

$$(\mathbf{e}^{u})' = \boldsymbol{u}'\mathbf{e}^{u}.$$

$$\left(\sqrt{\boldsymbol{u}}\right)' = \frac{\boldsymbol{u}'}{2\sqrt{\boldsymbol{u}}}.$$

$$(\boldsymbol{u}^{n})' = n\boldsymbol{u}^{n-1}\boldsymbol{u}'$$

EXERCICES TYPES

1 Déterminer l'expression d'une fonction composée

EXEMPLE

Soient :

u la fonction définie sur $\mathbb{R}$ par $u(x) = x^2 + 1$;

v la fonction définie sur $\mathbb{R}$ par $v(x) = x - 3$;

w la fonction définie sur $[0\,;+\infty[$ par $w(x) = \sqrt{x}$.

1. Préciser l'ensemble de définition de $u \circ v$ puis déterminer explicitement $u \circ v(x)$.

2. Préciser l'ensemble de définition de $w \circ v$ puis déterminer explicitement $w \circ v(x)$.

3. Préciser l'ensemble de définition de $u \circ w$ puis déterminer explicitement $u \circ w(x)$.

CORRIGÉ COMMENTÉ

1. u et v sont définies sur $\mathbb{R}$ donc pour tout réel x, $v(x)$ appartient à l'ensemble de définition de u. La fonction $u \circ v$ est donc définie sur $\mathbb{R}$.

> **Rappel**
> La fonction composée de v par u s'écrit $u \circ v$.

On a : $u \circ v(x) = u(v(x)) = u(x-3) = (x-3)^2 + 1$

On développe l'expression $(x-3)^2+1$ avec l'identité remarquable $(a-b)^2$

$$= x^2 - 6x + 10$$

> **Remarque**
> Pour déterminer $u(v(x))$, on remplace x par $x - 3$ dans l'expression de $u(x)$.

Donc $u \circ v : \mathbb{R} \to \mathbb{R}$

$$x \mapsto u \circ v(x) = x^2 - 6x + 10.$$

2. Pour tout réel x appartenant à $\mathcal{D}_v = \mathbb{R}$, $v(x)$ doit appartenir à $\mathcal{D}_w = [0\,;+\infty[$ ce qui est équivalent à $x - 3$ doit être positif.

Or $x - 3 \geqslant 0 \Leftrightarrow x \geqslant 3$.

La fonction $w \circ v$ est donc définie sur $[3\,;+\infty[$.

On a : $w \circ v(x) = w(v(x)) = w(x-3) = \sqrt{x-3}$

Donc $w \circ v : [3\,;+\infty[\to \mathbb{R}$

$$x \mapsto w \circ v(x) = \sqrt{x-3}.$$

3. Pour tout réel x appartenant à $\mathcal{D}_w = [0\,;+\infty[$, $w(x)$ doit appartenir à $\mathcal{D}_u = \mathbb{R}$ ce qui est le cas. Donc la fonction $u \circ w$ est définie sur $[0\,;+\infty[$.

On a : $u \circ w(x) = u(w(x)) = u(\sqrt{x}) = \sqrt{x}^2 + 1$.

$$= x + 1$$

Pour tout réel $x \geqslant 0$, $\sqrt{x}^2 = x$.

Donc $u \circ w : [0\,;+\infty[\to \mathbb{R}$

$$x \mapsto u \circ w(x) = x + 1.$$

2 Calculer la dérivée d'une fonction composée

EXEMPLE 1 COMPOSÉE D'UNE FONCTION AVEC LA FONCTION RACINE CARRÉE

On considère la fonction f définie pour tout réel x par $f(x) = \sqrt{3x^2 + 1}$.
On admet que f est dérivable sur $\mathbb{R}$.
Déterminer l'expression de $f'(x)$.

CORRIGÉ COMMENTÉ

$f(x)$ est de la forme $f(x) = \sqrt{u(x)}$ avec $u(x) = 3x^2 + 1$. $u'(x) = 6x$.

On a alors $f'(x) = \dfrac{u'(x)}{2\sqrt{u(x)}}$

$= \dfrac{6x}{2\sqrt{3x^2 + 1}}$

On simplifie le numérateur et le dénominateur par 2.

$= \dfrac{3x}{\sqrt{3x^2 + 1}}$

Rappel
La dérivée de $\sqrt{u}$ est $\dfrac{u'}{2\sqrt{u}}$.

EXEMPLE 2 COMPOSÉE D'UNE FONCTION AVEC LA FONCTION PUISSANCE *n*

On considère la fonction f définie pour tout réel $x \geqslant 0$ par $f(x) = \left(\sqrt{x} + 1\right)^3$.
On admet que f est dérivable sur $]0\,;+\infty[$.
Déterminer l'expression de $f'(x)$.

CORRIGÉ COMMENTÉ

$f(x)$ est de la forme $f(x) = u(x)^n$ avec
$u(x) = \sqrt{x} + 1$ et $n = 3$.

$u'(x) = \dfrac{1}{2\sqrt{x}}$

On a alors : $f'(x) = nu^{n-1}(x) \times u'(x) = 3\left(\sqrt{x} + 1\right)^2 \times \dfrac{1}{2\sqrt{x}} = \dfrac{3\left(\sqrt{x} + 1\right)^2}{2\sqrt{x}}$.

Rappel
La dérivée de u^n est $nu^{n-1}u'$.

EXEMPLE 3 COMPOSÉE D'UNE FONCTION AVEC LA FONCTION EXPONENTIELLE

On considère la fonction f définie pour tout réel x par $f(x) = \mathrm{e}^{x^2 - x + 3}$.
On admet que f est dérivable pour tout réel x.
Déterminer l'expression de $f'(x)$.

CORRIGÉ COMMENTÉ

$f(x)$ est de la forme $f(x) = \mathrm{e}^{u(x)}$ avec $u(x) = x^2 - x + 3$.
$u'(x) = 2x - 1$
On a alors $f'(x) = u'(x)\mathrm{e}^{u(x)} = (2x - 1)\mathrm{e}^{x^2 - x + 3}$.

Rappel
La dérivée de e^u est $u'\mathrm{e}^u$.

3 Démontrer qu'une fonction est convexe

EXEMPLE 1 GRAPHIQUEMENT, À L'AIDE DES TANGENTES

On considère une fonction f définie sur l'intervalle $[-4\,;8]$, dont la courbe représentative est donnée ci-dessous. Quelques tangentes à la courbe représentative de f ont également été tracées.

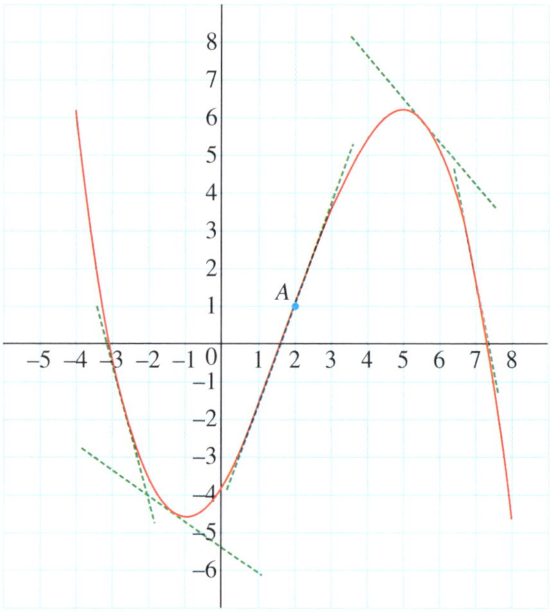

Déterminer graphiquement les intervalles sur lesquels la fonction f est convexe et ceux où elle est concave. Déterminer son ou ses éventuels points d'inflexion.

CORRIGÉ COMMENTÉ

Sur l'intervalle $[-4\,;2]$, la fonction est convexe car sa courbe représentative se trouve au-dessus de toutes ses tangentes.
Sur l'intervalle $[2\,;8]$ la fonction est concave car sa courbe représentative se trouve au-dessous de toutes ses tangentes.
Le point $A(2\,;1)$ est un point d'inflexion de la courbe représentative $\mathscr{C}$ de f car $\mathscr{C}$ traverse sa tangente en A.

Rappel
f est convexe sur *I* si et seulement si sa courbe représentative est située au-dessus de toutes ses tangentes sur *I*.

EXEMPLE 2 GRAPHIQUEMENT, À L'AIDE DES VARIATIONS DE LA DÉRIVÉE

On considère une fonction f définie et deux fois dérivable sur l'intervalle $[-1\,;6]$.
La courbe représentative de sa fonction dérivée est représentée ci-dessous.
On admet que f' possède un minimum, de valeur $-0,2$ atteint en 2.

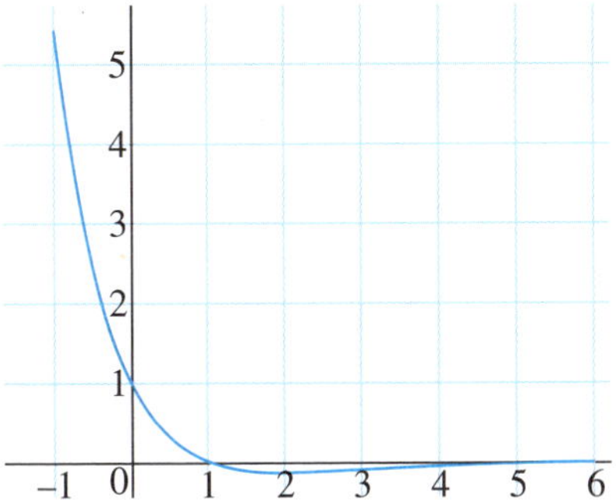

En utilisant le graphique, étudier la convexité de la fonction f et déterminer le ou les points d'inflexion.

> **Rappel**
> f est convexe sur I, si et seulement si f' est croissante sur I.

CORRIGÉ COMMENTÉ

Sur l'intervalle $[-1\,;2]$, la fonction f' est décroissante donc la fonction f est concave sur $[-1\,;2]$.
Sur l'intervalle $[2\,;6]$, la fonction f' est croissante donc la fonction f est convexe sur $[2\,;6]$.
f' admet un minimum en 2. Donc f' change de sens de variation en 2.
Le point de la courbe de coordonnées $(2\,;-0,2)$ est donc un point d'inflexion de la courbe représentative de f.

EXEMPLE 3 PAR LE CALCUL

On considère la fonction f définie pour tout réel x appartenant à l'intervalle $[-5\,;6]$ par :

$$f(x) = 2x^3 - 4x^2 + x - 1$$

1. Calculer $f''(x)$ pour tout réel x de $[-5\,;6]$.
2. Déterminer les intervalles sur lesquels la fonction f est convexe.
3. Déterminer les coordonnées des points d'inflexion s'ils existent.

CORRIGÉ COMMENTÉ

1. On a :
$f'(x) = 2 \times 3x^2 - 4 \times 2x + 1 = 6x^2 - 8x + 1$
On calcule la dérivée seconde de f en dérivant f' :

$$f''(x) = 6 \times 2x - 8 = 12x - 8.$$

> **Remarque**
> Pour calculer f'', on doit d'abord calculer f' puis dériver f'.

2. On cherche les intervalles sur lesquels la fonction f'' est positive.

$f''(x) \geqslant 0 \Leftrightarrow 12x - 8 \geqslant 0 \Leftrightarrow 12x \geqslant 8 \Leftrightarrow x \geqslant \frac{8}{12}$

$\Leftrightarrow x \geqslant \frac{2}{3}$.

Sur $\left[\frac{2}{3}; 6\right]$, la fonction f est convexe car $f''(x) \geqslant 0$.

Sur $\left[-5; \frac{2}{3}\right]$, la fonction f est concave car $f''(x) \leqslant 0$.

Astuce

Pour déterminer le signe de $f''(x)$, on résout l'inéquation $f''(x) \geqslant 0$ ou $f''(x) \leqslant 0$.

3. f'' s'annule et change de signe en $\frac{2}{3}$ donc le point de coordonnées $\left(\frac{2}{3}; f\left(\frac{2}{3}\right)\right)$ est un point d'inflexion de la courbe représentative de la fonction f.

Rappel

Si f'' s'annule et change de signe en a alors la courbe représentative de f admet un point d'inflexion au point d'abscisse a.

4 Démontrer une inégalité en utilisant la convexité

EXEMPLE

En utilisant la convexité de la fonction exponentielle, démontrer que pour tout réel x, $e^x \geqslant x + 1$.

CORRIGÉ COMMENTÉ

La fonction exponentielle est convexe sur $\mathbb{R}$.
On en déduit que la courbe représentative de la fonction exponentielle est au-dessus de toutes ses tangentes sur $\mathbb{R}$. Calculons l'équation de la tangente au point O d'abscisse 0 :

$$y = \exp'(0)(x - 0) + \exp(0) = x + 1.$$

On en déduit que pour tout réel x, $e^x \geqslant x + 1$

5 Étudier la continuité d'une fonction

EXEMPLE 1 GRAPHIQUEMENT

Soit f la fonction définie sur $\mathbb{R}$ par $f(x) = \begin{cases} x + 2 \text{ si } x < 1 \\ -2x + 3 \text{ si } x \geqslant 1 \end{cases}$

1. Tracer à l'aide de la calculatrice ou d'un logiciel, la courbe représentative de la fonction f.

2. Étudier la continuité de la fonction f :

a) sur l'intervalle $]-\infty\,;1[$;

b) sur l'intervalle $[1\,;+\infty[$.

3. En utilisant le graphique, que peut-on dire de la continuité de f sur $\mathbb{R}$?

CORRIGÉ COMMENTÉ

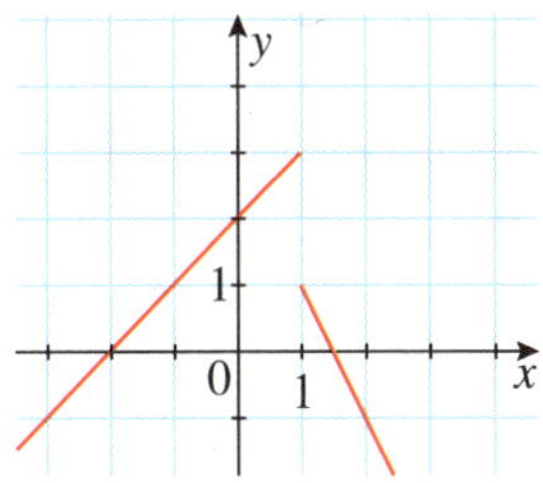

1. Voir courbe ci-contre.

2. a) f est continue sur l'intervalle $]-\infty\,;1[$ car f est affine.

b) f est continue sur l'intervalle $[1\,;+\infty[$ car f est affine.

3. On constate sur le graphique que la courbe représentative de f présente une discontinuité en 1. On en déduit que f n'est pas continue sur $\mathbb{R}$.

EXEMPLE 2 PAR LE CALCUL

On considère la fonction f définie pour tout réel x par :

$$f(x)=\begin{cases}2x-3 \text{ si } x\leqslant 2\\ x^2-3 \text{ si } x>2\end{cases}$$

1. Justifier que f est continue sur $]-\infty\,;2]$.

2. Justifier que f est continue sur $]2\,;+\infty[$.

3. Justifier que f est continue en 2.

CORRIGÉ COMMENTÉ

1. Sur l'intervalle $]-\infty\,;2]$, f est une fonction affine. Elle est donc continue sur cet intervalle.

2. Sur l'intervalle $]2\,;+\infty[$, f est une fonction polynôme. Elle est donc continue sur cet intervalle.

3. On calcule la limite de $f(x)$ lorsque x tend vers 2.

Premier cas : x tend vers 2 en étant inférieur à 2.

Comme f est continue sur $]-\infty\,;2]$, $\lim\limits_{\substack{x\to 2\\ x<2}} f(x)=f(2)=1$

Deuxième cas : x tend vers 2 en étant supérieur à 2.

$\lim\limits_{\substack{x\to 2\\ x>2}} (x^2)=4$ donc $\lim\limits_{\substack{x\to 2\\ x>2}} (x^2-3)=4-3=1$ donc

$\lim\limits_{\substack{x\to 2\\ x>2}} f(x)=1$

On a donc $\lim\limits_{\substack{x\to 2\\ x<2}} f(x)=\lim\limits_{\substack{x\to 2\\ x>2}} f(x)=f(2)$.

Par définition, la fonction est continue en 2.

Rappel
Les fonctions de référence sont continues sur leur ensemble de définition.

Remarque
On distingue deux cas car la fonction n'est pas définie par la même expression pour x inférieur à 2 et pour x supérieur à 2.

6 Étudier le nombre de solutions d'une équation

EXEMPLE 1 **AVEC LE THÉORÈME DES VALEURS INTERMÉDIAIRES**

Soit f la fonction définie sur $[-1\,;3]$ par $f(x) = x^3 - 3x^2 + 2$.
Montrer qu'il existe au moins un réel c appartenant à $[-1\,;3]$ tel que $f(c) = 0$.

CORRIGÉ COMMENTÉ

f est une fonction polynôme donc f est continue sur l'intervalle [–1 ; 3].
$f(-1) = -2$ et $f(3) = 2$ donc 0 est compris entre $f(-1)$ et $f(3)$.
D'après le théorème des valeurs intermédiaires, il existe au moins un réel c appartenant à $[-1\,;3]$ tel que $f(c) = 0$.

EXEMPLE 2 **AVEC LE CAS PARTICULIER DU THÉORÈME DES VALEURS INTERMÉDIAIRES POUR LES FONCTIONS STRICTEMENT MONOTONES**

Soit f la fonction définie sur $[-2\,;+\infty[$ par $f(x) = 2x^3 - 3x^2 - 12x + 1$.
Montrer que l'équation $f(x) = 2$ admet exactement 3 solutions sur $[-2\,;+\infty[$.

CORRIGÉ COMMENTÉ

Étape 1

On calcule la limite de $f(x)$ lorsque x tend vers $+\infty$.
$\lim\limits_{x\to+\infty} 2x^3 = +\infty$, $\lim\limits_{x\to+\infty} -3x^2 = -\infty$ et $\lim\limits_{x\to+\infty} (-12x+1) = -\infty$.
On a donc une forme indéterminée.
On factorise $f(x)$ par $2x^3$:

$$f(x) = 2x^3\left(1 - \frac{3x^2}{2x^3} - \frac{12x}{2x^3} + \frac{1}{2x^3}\right) = 2x^3\left(1 - \frac{3}{2x} - \frac{12}{2x^2} + \frac{1}{2x^3}\right)$$

$\lim\limits_{x\to+\infty} -\dfrac{3}{2x} = 0$, $\lim\limits_{x\to+\infty} -\dfrac{12}{2x^2} = 0$ et $\lim\limits_{x\to+\infty} \dfrac{1}{2x^3} = 0$ donc par somme :
$\lim\limits_{x\to+\infty}\left(1 - \dfrac{3}{2x} - \dfrac{12}{2x^2} + \dfrac{1}{2x^3}\right) = 1$ et $\lim\limits_{x\to+\infty} 2x^3 = +\infty$.

On en déduit par produit, que $\lim\limits_{x\to+\infty} 2x^3\left(1 - \dfrac{3}{2x} - \dfrac{12}{2x^2} + \dfrac{1}{2x^3}\right) = +\infty$.

Et on conclut que $\lim\limits_{x\to+\infty} f(x) = +\infty$.

Étape 2

On détermine les variations de la fonction *f*.

$$f'(x) = 6x^2 - 6x - 12$$

On étudie le signe de $f'(x)$ qui est un trinôme du second degré.

$\Delta = (-6)^2 - 4 \times 6 \times (-12) = 324.$

$\Delta > 0$ donc $f'(x)$ admet deux racines $x_1 = \dfrac{6 + \sqrt{324}}{2 \times 6} = 2$; $x_2 = \dfrac{6 - \sqrt{324}}{2 \times 6} = -1$

et $f'(x)$ est négatif entre les racines.

De plus, $f(-2) = -3$.

On obtient le tableau de variation suivant :

x	-2		-1		2		$+\infty$
Signe de $f'(x)$		$+$	0	$-$	0	$+$	
Variation de f	-3	↗	8	↘	-19	↗	$+\infty$

Étape 3

On applique le cas particulier du TVI.

Sur l'intervalle $[-2\,;-1]$ f est continue et strictement croissante. $2 \in [-3\,;8]$ donc d'après le cas particulier du théorème des valeurs intermédiaires pour les fonctions strictement monotones, l'équation $f(x) = 2$ admet une unique solution dans l'intervalle $[-2\,;-1]$.

Sur l'intervalle $[-1\,;2]$ f est continue et strictement décroissante. $2 \in [-19\,;8]$ donc, d'après le cas particulier du théorème des valeurs intermédiaires pour les fonctions strictement monotones, l'équation $f(x) = 2$ admet une unique solution dans l'intervalle $[-1\,;2]$.

Sur l'intervalle $[2\,;+\infty[$ f est continue et strictement croissante. $2 \in [-19\,;+\infty[$ donc, d'après le cas particulier du théorème des valeurs intermédiaires pour les fonctions strictement monotones, l'équation $f(x) = 2$ admet une unique solution dans l'intervalle $[2\,;+\infty[$

On en déduit que l'équation $f(x) = 2$ admet exactement trois solutions.

x	-2	x_1	-1	x_2	2	x_3	$+\infty$
Signe de $f'(x)$		$+$	0	$-$	0	$+$	
Variation de f	-3 ↗	2 ↗	8 ↘	2 ↘	-19 ↗	2 ↗	$+\infty$

SUJET DU BAC

Exercice 1 20 min 4 points

On désigne par f la fonction définie sur l'intervalle $[-2\,;4]$ par :

$$f(x) = (2x+1)e^{-2x} + 3.$$

On note $\mathscr{C}_f$ la courbe représentative de la fonction f dans un repère.

1. On note f' la fonction dérivée de f. Montrer que pour tout réel $x \in [-2\,;4]$:

$$f'(x) = -4xe^{-2x}.$$

2. Étudier les variations de la fonction f et dresser le tableau de variation de la fonction f.

3. Montrer que l'équation $f(x) = 0$ admet une solution unique notée α, sur $[-2\,;0]$ et donner une valeur approchée au dixième de α en utilisant la calculatrice.

4. On note f'' la fonction dérivée de f'. On admet que pour tout réel $x \in [-2\,;4]$,

$$f''(x) = (8x-4)e^{-2x}.$$

a) Étudier le signe de $f''(x)$ sur l'intervalle $[-2\,;4]$.

b) En déduire le plus grand intervalle sur lequel f est convexe.

c) $\mathscr{C}_f$ admet-elle un point d'inflexion ? Si oui, donner ses cordonnées.

→ Corrigé p. 74

Exercice 2 35 min 6 points

Dans le repère ci-dessous, on note $\mathscr{C}_f$ la courbe représentative d'une fonction f définie sur l'intervalle $[-10\,;2]$. On a placé les points $A(0\,;2)$, $B(2\,;0)$ et $C(-2\,;0)$.

On dispose des renseignements suivants :

- le point B appartient à la courbe $\mathscr{C}_f$;
- la droite (AC) est tangente en A à la courbe $\mathscr{C}_f$;
- la tangente à la courbe $\mathscr{C}_f$ au point d'abscisse 1 est une droite horizontale.

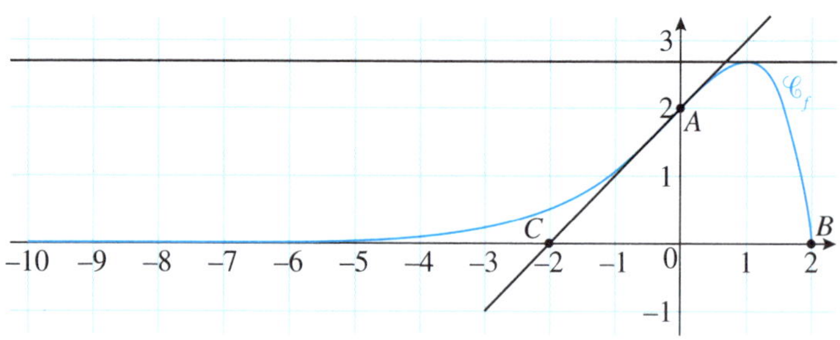

Partie A

Répondre aux questions suivantes par lecture graphique.

1. Indiquer la valeur de $f(0)$ et de $f(2)$.

2. Indiquer la valeur de $f'(1)$.
3. Donner une équation de la tangente à la courbe $\mathscr{C}_f$ au point A.
4. Indiquer le nombre de solutions de l'équation $f(x) = 1$ dans l'intervalle $[-10\,;2]$ et le sens de variation de f sur $[-10\,;2]$.
5. Déterminer l'intervalle sur lequel la fonction f est convexe et celui sur lequel elle est concave.

Partie B

Dans cette question, on cherche à vérifier par le calcul les résultats lus graphiquement dans la **Partie A**.
On sait désormais que la fonction f est définie sur l'intervalle $[-10\,;2]$ par :

$$f(x) = (2 - x)e^x.$$

1. a) Calculer $f(0)$ et $f(2)$.
b) Calculer $f'(x)$ pour tout réel x appartenant à l'intervalle $[-10\,;2]$.
c) En déduire $f'(1)$.
2. Déterminer une équation de la tangente à la courbe représentative de f au point d'abscisse 0.
3. a) Dresser le tableau de variation de la fonction f sur l'intervalle $[-10\,;2]$.
b) En déduire, en justifiant la réponse, le nombre de solutions de l'équation $f(x) = 1$ dans l'intervalle $[-10\,;2]$.
4. On donne la fonction Python suivante :

```
from math import exp
def solution(p):
    x=-2
    while 1-(2-x)*exp(x)>0:
        x=x+10**-p
    return x
```

a) On écrit dans la console l'instruction :

```
>>> solution(1)
```

Compléter le tableau ci-dessous et déterminer l'affichage du résultat.

x	-2									
Condition $1 - f(x)$	V									

V signifie que la condition $1 - f(x) > 0$ est vraie.
b) Quel sera l'affichage ? Interpréter le résultat de l'affichage.
5. On rappelle que f'' est la dérivée de la fonction f'.
a) Calculer $f''(x)$ pour tout réel x appartenant à l'intervalle $[-10\,;2]$.
b) Étudier la convexité de la fonction f sur l'intervalle $[-10\,;2]$.

→ *Corrigé p. 75*

CORRIGÉS

Exercice 1 → Énoncé p. 72

1. f est de la forme $f = u \times v$ avec $u(x) = 2x + 1$ et $v(x) = \mathrm{e}^{-2x}$.
On a : $u'(x) = 2$ et $v'(x) = -2\mathrm{e}^{-2x}$.
On en déduit :

$$\begin{aligned} f'(x) &= u'(x)v(x) + u(x)v'(x) \\ &= 2\mathrm{e}^{-2x} + (2x+1)\left(-2\mathrm{e}^{-2x}\right) \\ &= \mathrm{e}^{-2x}\left(2 - 2(2x+1)\right) \\ &= -4x\mathrm{e}^{-2x}. \end{aligned}$$

2. Comme $\mathrm{e}^{-2x} > 0$ pour tout réel x, on déduit de l'expression de $f'(x)$ que $f'(x)$ est du signe de $-4x$.

$$-4x \geqslant 0 \Leftrightarrow x \leqslant 0.$$

Sur l'intervalle $[-2\,;0]$, $f'(x) \geqslant 0$ donc la fonction f est croissante sur l'intervalle $[-2\,;0]$.
Sur l'intervalle $[0\,;4]$, $f'(x) \leqslant 0$ donc la fonction f est décroissante sur l'intervalle $[0\,;4]$.
On en déduit le tableau de variation de la fonction f :

x	-2		0		4
$f'(x)$		↗	4	↘	

$f(-2) = -3\mathrm{e}^{4} + 3 \approx -161$; $f(4) = 9\mathrm{e}^{-8} + 3 \approx 3$.

3. La fonction f est le produit d'une fonction affine continue sur $\mathbb{R}$ et d'une fonction exponentielle composée avec une fonction affine donc continue sur $\mathbb{R}$. La fonction f est donc continue sur $\mathbb{R}$ donc sur $[-2\,;0]$.
De plus, sur cet intervalle, la fonction est strictement croissante. De plus, 0 est compris entre $f(-2) < 0$ et $f(0) = 4 > 0$.
D'après le cas particulier du théorème des valeurs intermédiaires pour les fonctions strictement croissantes, on en déduit que l'équation $f(x) = 0$ admet une solution unique sur l'intervalle $[-2\,;0]$.
En utilisant la calculatrice, on trouve : $\alpha \approx -0{,}8$.

4. On note f'' la fonction dérivée de f'. On admet que pour tout réel $x \in [-2\,;4]$,

$$f''(x) = (8x-4)e^{-2x}.$$

a) Comme $\mathrm{e}^{-2x} > 0$ pour tout réel x, $f''(x)$ est du signe de $8x - 4$.

Or $8x - 4 \geqslant 0 \Leftrightarrow 8x \geqslant 4 \Leftrightarrow x \geqslant \dfrac{4}{8} \Leftrightarrow x \geqslant \dfrac{1}{2}$.

Sur l'intervalle $\left[-2\,;\dfrac{1}{2}\right]$, $f''(x) \leqslant 0$.

Sur l'intervalle $\left[\dfrac{1}{2};4\right]$; $f''(x) \geqslant 0$.

b) f est convexe sur l'intervalle $\left[\frac{1}{2}; 4\right]$ car $f''(x) \geqslant 0$.

c) Le point de coordonnées $\left(\frac{1}{2}; f\left(\frac{1}{2}\right)\right)$ est un point d'inflexion de $\mathscr{C}_f$ car $f''(x)$ s'annule et change de signe en $\frac{1}{2}$.

Exercice 2 → Énoncé p. 72

Partie A

1. $f(0) = 2$; $f(2) = 0$.
2. $f'(1) = 0$.
3. La tangente à $\mathscr{C}_f$ au point $A(0;2)$ passe par les points A et C.
L'ordonnée à l'origine est 2.
Le coefficient directeur de la tangente est $\frac{y_C - y_A}{x_C - x_A} = \frac{0-2}{-2-0} = -\frac{2}{-2} = 1$.
L'équation de la tangente à $\mathscr{C}_f$ au point $A(0;2)$ est donc :
$y = x + 2$.
4. L'équation $f(x) = 1$ admet deux solutions dans l'intervalle $[-10;2]$.
La fonction f est croissante sur l'intervalle $[-10;1]$ et décroissante sur l'intervalle $[1;2]$.
5. f est convexe sur l'intervalle $[-10;0]$ et concave sur l'intervalle $[0;2]$.

Partie B

1. a) $f(0) = (2-0)e^0 = 2$; $f(2) = (2-2)e^2 = 0$.
b) f est de la forme $f = u \times v$ avec $u(x) = 2 - x$ et $v(x) = e^x$.
On a :
$u'(x) = -1$ et $v'(x) = e^x$.
On en déduit :

$$\begin{aligned} f'(x) &= u'(x)v(x) + u(x)v'(x) \\ &= -1e^x + (2-x)e^x \\ &= e^x(-1+2-x) \\ &= (1-x)e^x. \end{aligned}$$

Comme pour tout réel x, $e^x > 0$, $f'(x)$ est du signe de $1 - x$. Or :

$$1 - x \geqslant 0 \Leftrightarrow x \leqslant 1.$$

On en déduit que la fonction f est croissante sur l'intervalle $[-10;1]$ et décroissante sur l'intervalle $[1;2]$.
c) $f'(1) = (1-1)e^1 = 0$.

2. L'équation de la tangente au point A d'abscisse 0 est :

$$y = f'(0)(x-0) + f(0) = 1(x-0) + (2-0)e^0 = x + 2.$$

3. a) On dresse le tableau de variation de la fonction f sur l'intervalle $[-10\,;2]$.

x	-10		1		2
$f'(x)$		↗	e	↘	0

$f(-10) \approx 5{,}4 \times 10^{-4}$.

b) Sur l'intervalle $[-10\,;1]$, la fonction f est le produit d'une fonction affine continue sur $\mathbb{R}$ et de la fonction exponentielle continue sur $\mathbb{R}$. La fonction f est donc continue sur $\mathbb{R}$ donc sur l'intervalle $[-10\,;1]$. De plus, sur cet intervalle, f est strictement croissante et 1 est compris entre $f(-10)$ et $f(1)$.
D'après le cas particulier du théorème des valeurs intermédiaires pour les fonctions strictement monotones, l'équation $f(x) = 1$ admet une solution unique sur l'intervalle $[-10\,;1]$.
Sur l'intervalle $[1\,;2]$, la fonction f est le produit d'une fonction affine continue sur $\mathbb{R}$ et de la fonction exponentielle continue sur $\mathbb{R}$. La fonction f est donc continue sur $\mathbb{R}$ donc sur l'intervalle $[1\,;2]$.
De plus, sur cet intervalle, f est strictement décroissante et 1 est compris entre $f(1)$ et $f(2)$.
D'après le cas particulier du théorème des valeurs intermédiaires pour les fonctions strictement monotones, l'équation $f(x) = 1$ admet une solution unique sur l'intervalle $[1\,;2]$.
On en conclut que l'équation $f(x) = 1$ admet exactement deux solutions sur l'intervalle $[-10\,;2]$.

4. a)

x	–2	–1,9	–1,8	–1,7	–1,6	–1,5	–1,4	–1,3	–1,2	–1,1
Condition $1 - f(x)$	*V*	*V*	*V*	*V*	*V*	*V*	*V*	*V*	*V*	*F*

b) L'affichage sera $-1{,}1$. La solution de l'équation $f(x) = 1$ sera donc comprise entre $-1{,}2$ et $-1{,}1$.

5. On rappelle que f'' est la dérivée de la fonction f'.

a) f' est de la forme $f' = u \times v$ avec $u(x) = 1 - x$ et $v(x) = \mathrm{e}^x$.
On a :
$u'(x) = -1$ et $v'(x) = \mathrm{e}^x$.
On en déduit :

$$\begin{aligned} f''(x) &= u'(x)v(x) + u(x)v'(x) \\ &= -1\mathrm{e}^x + (1 - x)\mathrm{e}^x \\ &= \mathrm{e}^x(-1 + 1 - x) \\ &= -x\mathrm{e}^x. \end{aligned}$$

b) Comme pour tout réel x, $e^x > 0$, on en déduit que $f''(x)$ est du signe de $-x$.
Pour tout réel x appartenant à l'intervalle $[-10\,;0]$, $-x \geqslant 0$ donc $f''(x) \geqslant 0$.
La fonction f est convexe sur l'intervalle $[-10\,;0]$.
Pour tout réel x appartenant à l'intervalle $[0\,;2]$, $-x \leqslant 0$ donc $f''(x) \leqslant 0$.
La fonction f est concave sur l'intervalle $[0\,;2]$.

Fonction logarithme népérien

CHAPITRE 5

1 Fonction réciproque de la fonction exponentielle

Propriété

Pour tout réel $a > 0$, l'équation $e^x = a$, d'inconnue x, admet une solution unique dans $\mathbb{R}$. Cette solution se note $x = \ln(a)$ et s'appelle le logarithme népérien de a.

Définition

La fonction qui, à tout réel a **strictement positif**, associe le réel $\ln(a)$ s'appelle la fonction **logarithme népérien**. Elle est notée ln et on a :

$$\ln :]0\,;+\infty[\to \mathbb{R}$$
$$a \mapsto \ln(a)$$

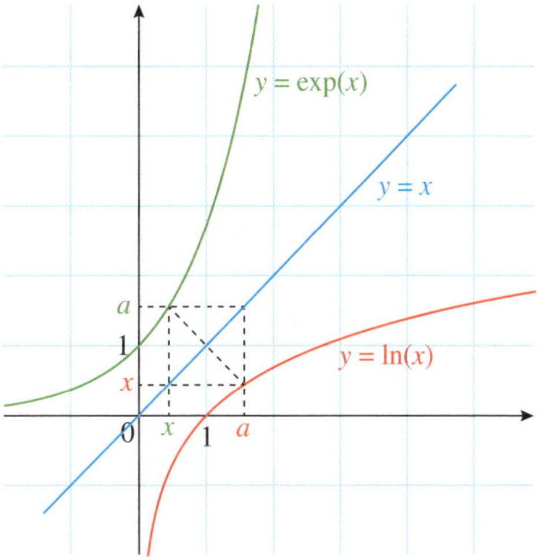

ln est la **fonction réciproque de la fonction exponentielle.**

Propriétés

- Dans un repère orthonormé, les courbes représentatives des fonctions **exponentielle** et **logarithme népérien** sont symétriques par rapport à **la droite d'équation $y = x$**.
- Pour tout réel $b > 0$ et tout réel a :

$e^a = b \Leftrightarrow a = \ln(b)$.

$\ln(1) = 0$ et $\ln(e) = 1$.

$\ln(e^a) = a$.

$e^{\ln(b)} = b$.

2 Propriétés algébriques

Pour tous réels $x > 0$ et $y > 0$, on a :

- $\ln(xy) = \ln(x) + \ln(y)$
- $\ln\left(\frac{1}{x}\right) = -\ln(x)$
- $\ln\left(\frac{x}{y}\right) = \ln(x) - \ln(y)$

Pour tout entier relatif n :

- $\ln(x^n) = n \times \ln(x)$
- $\ln\left(\sqrt{x}\right) = \frac{1}{2}\ln(x)$

Remarque : En sciences, on utilise aussi la fonction logarithme décimal, notée log, définie pour tout réel strictement positif par : $\mathbf{log}(x) = \dfrac{\mathbf{ln}(x)}{\mathbf{ln}(10)}$.

3 Variations et limites

A. Dérivée et variations

Propriétés

• La fonction logarithme népérien est continue et dérivable sur $]0\,;+\infty[$ et, pour tout réel $x > 0$:

$$\ln'(x) = \frac{1}{x}.$$

• La fonction logarithme népérien est **strictement croissante sur $]0\,;+\infty[$.**

• Pour tous réels a et b strictement positifs :

$$\ln(a) = \ln(b) \Leftrightarrow a = b$$
$$\ln(a) \leqslant \ln(b) \Leftrightarrow a \leqslant b.$$

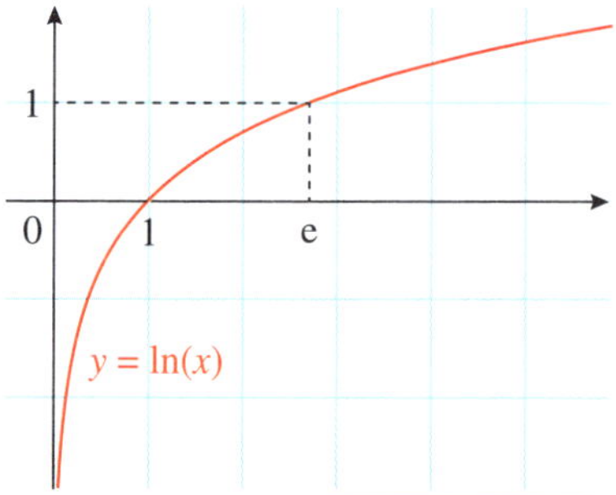

En particulier, on a :

$$\ln(a) \leqslant 0 \Leftrightarrow a \in]0\,;1] \text{ et}$$
$$\ln(a) \geqslant 0 \Leftrightarrow a \in [1\,;+\infty[.$$

• Soit u une fonction dérivable sur un intervalle I telle que, pour tout x appartenant à I, $u(x) > 0$. La fonction $\ln \circ u : x \mapsto \ln(u(x))$ **est dérivable sur I et** $(\ln \circ u)' = \dfrac{u'}{u}$.

B. Limites

Propriété

$\lim\limits_{x \to 0} \ln(x) = -\infty$. La courbe de la fonction ln admet une **asymptote verticale d'équation $x = 0$.**

$\lim\limits_{x \to +\infty} \ln(x) = +\infty$.

x	0	$+\infty$
Variation de ln	‖ $-\infty$ ↗	$+\infty$

Propriété : croissance comparée

$$\lim_{x \to +\infty} \frac{\ln(x)}{x} = 0. \qquad \lim_{x \to 0} x\ln(x) = 0.$$

Pour tout entier naturel $n \geqslant 2$: $\lim\limits_{x \to +\infty} \dfrac{\ln(x)}{x^n} = 0$ **et** $\lim\limits_{x \to 0} x^n \ln(x) = 0$.

CARTE MENTALE

Appliquer des définitions et des propriétés

• La fonction logarithme népérien est la fonction réciproque de la fonction exponentielle. $\ln :]0\,;+\infty[\to \mathbb{R}$
$a \mapsto \ln(a)$

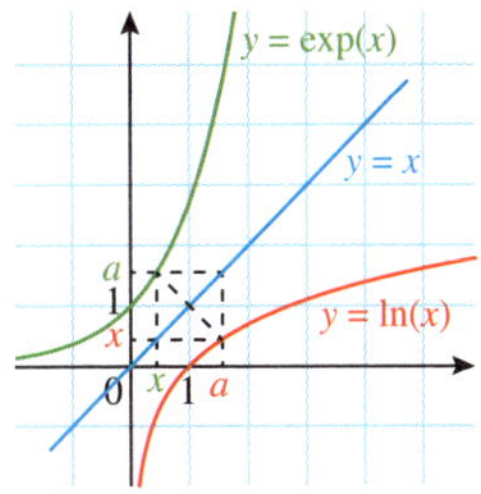

• Dans un repère orthonormé, les courbes représentatives des fonctions exponentielle et logarithme népérien sont symétriques par rapport à la droite d'équation $y = x$.

• $\ln(1) = 0$ et $\ln(\mathrm{e}) = 1$ • $\mathrm{e}^{\ln(a)} = a \quad (a > 0)$ • $\ln(\mathrm{e}^a) = a$.

• Pour tous réels $x > 0$ et $y > 0$:

$$\ln(xy) = \ln(x) + \ln(y)\ ;\ \ln\left(\frac{1}{x}\right) = -\ln(x)\ ;\ \ln\frac{x}{y} = \ln(x) - \ln(y).$$

Pour tout entier relatif n : $\ln(x^n) = n \times \ln(x)$; $\ln(\sqrt{x}) = \frac{1}{2}\ln(x)$

FONCTION LOGARITHME NÉPÉRIEN

Étudier les variations

• **Dérivées**

pour tout réel $x > 0$, $\ln'(x) = \frac{1}{x}$

Si $u(x) > 0$ $\quad (\ln \circ u)' = \frac{u'}{u}$.

• **Variations**

x	0	$+\infty$
$\ln(x)$	‖ $-\infty$ ↗	$+\infty$

Résoudre des équations ou inéquations

• $\mathrm{e}^a = b \Leftrightarrow a = \ln(b)$
• $\ln(a) = \ln(b) \Leftrightarrow a = b$
• $\ln(a) \leqslant \ln(b) \Leftrightarrow a \leqslant b$
• $\ln(a) \leqslant 0 \Leftrightarrow a \in]0\,;1]$
• $\ln(a) \geqslant 0 \Leftrightarrow a \in [1\,;+\infty[$

Calculer des limites

• $\lim\limits_{x\to 0} \ln(x) = -\infty$ et $\lim\limits_{x\to+\infty} \ln(x) = +\infty$.

• La courbe de la fonction ln admet une **asymptote verticale** d'équation $x = 0$.

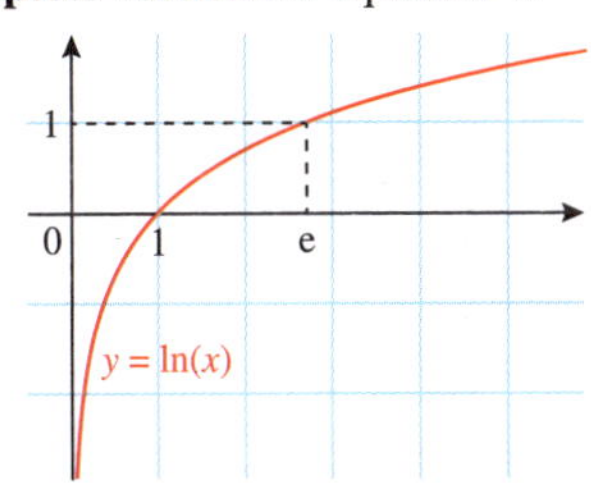

• $\lim\limits_{x\to+\infty} \frac{\ln(x)}{x} = 0$ • $\lim\limits_{x\to 0} x\ln(x) = 0$.

• $\lim\limits_{x\to+\infty} \frac{\ln(x)}{x^n} = 0$ • $\lim\limits_{x\to 0} x^n\ln(x) = 0$

pour tout entier naturel $n \geqslant 2$

EXERCICES TYPES

1 Transformer des écritures

EXEMPLE

Écrire les calculs suivants en fonction de $\ln(2)$.

$A = \ln(8) + 3\ln(128) - 7\ln(32)$

$B = \ln(\sqrt{5} - 1) + \ln(\sqrt{5} + 1)$.

CORRIGÉ COMMENTÉ

$$A = \ln(8) + 3\ln(128) - 7\ln(32)$$

On décompose, lorsque c'est possible, les nombres entiers dont on prend le logarithme sous forme d'une puissance de 2.

$$A = \ln(2^3) + 3 \times \ln(2^7) - 7\ln(2^5)$$

On utilise les propriétés algébriques du logarithme népérien :

$$A = 3\ln(2) + 3 \times 7\ln(2) - 7 \times 5\ln(2)$$

$$A = 3\ln(2) + 21\ln(2) - 35\ln(2)$$

$$\mathbf{A = -11\ln(2)}.$$

> **Rappel**
> Pour tout entier relatif n et pour tout réel $x > 0$:
> $\ln(x^n) = n \times \ln(x)$

$$B = \ln(\sqrt{5} - 1) + \ln(\sqrt{5} + 1)$$

On utilise les propriétés algébriques du logarithme népérien

$$B = \ln\left((\sqrt{5} - 1) \times (\sqrt{5} + 1)\right)$$

$$B = \ln\left((\sqrt{5})^2 - 1^2\right)$$

$$B = \ln(4) = \ln(2^2) = \mathbf{2\ln(2)}.$$

> **Rappel**
> Pour tout réel $x > 0$ et $y > 0$:
> $\ln(x) + \ln(y) = \ln(xy)$.

2 Résoudre des équations

EXEMPLE 1 AVEC DES EXPONENTIELLES

Résoudre dans $\mathbb{R}$ l'équation : $e^{2x+7} = 2$.

CORRIGÉ COMMENTÉ

$$e^{2x+7} = 2 \Leftrightarrow 2x + 7 = \ln(2) \Leftrightarrow x = \frac{\ln(2) - 7}{2}.$$

La solution est $\dfrac{\ln(2) - 7}{2}$.

> **Rappel**
> Pour tout réel $b > 0$ et tout réel a :
> $e^a = b \Leftrightarrow a = \ln(b)$.

EXEMPLE 2 **AVEC DES LOGARITHMES**

Résoudre dans $\left]-\infty\,;\frac{5}{3}\right[$ l'équation : $\ln(-3x+5)=-1$.

CORRIGÉ COMMENTÉ

Pour tout $x<\frac{5}{3}$, $\ln(-3x+5)$ existe.

Pour $x<\frac{5}{3}$, $\ln(-3x+5)=-1 \Leftrightarrow -3x+5=\mathrm{e}^{-1}$

$$\Leftrightarrow -3x=\mathrm{e}^{-1}-5$$

$$\Leftrightarrow x=\frac{\mathrm{e}^{-1}-5}{-3}$$

$$\Leftrightarrow x=\frac{5}{3}-\frac{\mathrm{e}^{-1}}{3}.$$

Or $\frac{5}{3}-\frac{\mathrm{e}^{-1}}{3}\in\left]-\infty\,;\frac{5}{3}\right[$. La solution est donc le nombre $\frac{5}{3}-\frac{\mathrm{e}^{-1}}{3}$.

> **Rappel**
> Pour tout réel $a>0$ et tout réel b :
> $\ln(a)=b \Leftrightarrow a=\mathrm{e}^{b}$.

3 Résoudre des inéquations

EXEMPLE

Résoudre l'inéquation $\ln(5x+4)\geqslant 9$.

CORRIGÉ COMMENTÉ

$\ln(5x+4)$ existe si et seulement si

$5x+4>0 \Leftrightarrow x>-\frac{4}{5}$.

Pour $x>-\frac{4}{5}$:

$\ln(5x+4)\geqslant 9 \Leftrightarrow \ln(5x+4)\geqslant \ln(\mathrm{e}^{9})$ car $\ln(\mathrm{e}^{9})=9$

$$\Leftrightarrow 5x+4\geqslant \mathrm{e}^{9}$$

$$\Leftrightarrow x\geqslant \frac{\mathrm{e}^{9}-4}{5}$$

$$\Leftrightarrow x\geqslant -\frac{4}{5}+\frac{\mathrm{e}^{9}}{5}.$$

$S=\left[-\frac{4}{5}+\frac{\mathrm{e}^{9}}{5}\,;+\infty\right[$.

> **Rappel**
> Pour tous réels a et b strictement positifs :
> $\ln(a)\geqslant\ln(b) \Leftrightarrow a\geqslant b$.

4 Dériver la composée de deux fonctions

EXEMPLE

Soit f la fonction définie sur $\left]\frac{2}{5}\,;+\infty\right[$ par $f(x)=\ln(5x-2)$.
f est dérivable sur $\left]\frac{2}{5}\,;+\infty\right[$. On note f' sa dérivée.

Calculer l'expression de $f'(x)$ pour tout $x\in\left]\frac{2}{5}\,;+\infty\right[$.

CORRIGÉ COMMENTÉ

$f(x)=(\ln\circ u)(x)=\ln(u(x))$ avec $u(x)=5x-2$ et $u'(x)=5$.
On en déduit que $f'(x)=\dfrac{u'(x)}{u(x)}$ donc $f'(x)=\dfrac{5}{5x-2}$.

Pour tout réel : $x>\dfrac{2}{5}$, $f'(x)=\dfrac{5}{5x-2}$.

> **Rappel**
> $(\ln\circ u)'=\dfrac{u'}{u}$

5 Calculer des limites

EXEMPLE 1 **LEVER UNE INDÉTERMINATION**

Calculer :

1. $\displaystyle\lim_{x\to+\infty}\frac{\ln(x)}{x+1}$

2. $\displaystyle\lim_{\substack{x\to0\\x>0}}\left(\frac{1}{x}+\ln(x)\right)$.

CORRIGÉ COMMENTÉ

1. La forme est indéterminée.

En effet, lorsque x tend vers $+\infty$, $\ln(x)$ tend vers $+\infty$ et $\dfrac{1}{x+1}$ tend vers 0 ; donc on a une forme indéterminée du produit des limites.

On transforme l'écriture pour faire apparaître $\dfrac{\ln(x)}{x}$.

$\dfrac{\ln(x)}{x+1}=\dfrac{\ln(x)}{x}\times\dfrac{x}{x+1}$. Or, on sait que

$\displaystyle\lim_{x\to+\infty}\frac{\ln(x)}{x}=0$ par croissances comparées.

Par ailleurs,

$$\lim_{x\to+\infty}\frac{x}{x+1}=\lim_{x\to+\infty}\frac{x}{x\left(1+\frac{1}{x}\right)}=\lim_{x\to+\infty}\frac{1}{1+\frac{1}{x}}=1.$$

> **Astuce**
> Pour calculer une limite lorsque la forme est indéterminée, on peut transformer l'écriture ou factoriser pour faire apparaître les résultats suivants :
>
> $\displaystyle\lim_{x\to+\infty}\frac{\ln(x)}{x}=0$ $\qquad\displaystyle\lim_{x\to0}x\ln(x)=0$.
>
> Pour tout entier naturel $n\geqslant2$:
>
> $\displaystyle\lim_{x\to+\infty}\frac{\ln(x)}{x^n}=0$ $\qquad\displaystyle\lim_{x\to0}x^n\ln(x)=0$.

Par produit, on obtient : $\lim\limits_{x \to +\infty} \dfrac{\ln(x)}{x+1} = 0$.

2. La forme est indéterminée.

En effet, lorsque x tend vers 0 par valeurs supérieures, $\ln(x)$ tend vers $-\infty$ et $\dfrac{1}{x}$ tend vers $+\infty$.

On a une forme indéterminée de la somme des limites. On factorise par $\dfrac{1}{x}$.

$\dfrac{1}{x} + \ln(x) = \dfrac{1}{x}(1 + x\ln(x))$.

On sait que $\lim\limits_{\substack{x \to 0 \\ x>0}} (x \ln(x)) = 0$ et par suite $\lim\limits_{\substack{x \to 0 \\ x>0}} (1 + x \ln(x)) = 1$.

Par ailleurs, $\lim\limits_{\substack{x \to 0 \\ x>0}} \dfrac{1}{x} = +\infty$.

Par produit, on obtient $\lim\limits_{\substack{x \to 0 \\ x>0}} \left(\dfrac{1}{x} + \ln(x)\right) = +\infty$.

EXEMPLE 2 FAIRE UN CHANGEMENT DE VARIABLE

Déterminer la limite de la fonction f définie sur $]-1\,;+\infty[$ par $f(x) = \ln\left(\dfrac{1}{x+1}\right)$ lorsque x tend vers $+\infty$.

CORRIGÉ COMMENTÉ

$\lim\limits_{x \to +\infty} \left(\dfrac{1}{x+1}\right) = 0.$

On pose $X = \dfrac{1}{x+1}$ donc $\lim\limits_{x \to +\infty} \left(\dfrac{1}{x+1}\right) = \lim\limits_{X \to 0} X = 0$.

On en conclut que : $\lim\limits_{x \to +\infty} \ln\left(\dfrac{1}{x+1}\right) = \lim\limits_{X \to 0} \ln(X) = -\infty$.

John Napier (1550 - 1617) est un mathématicien, astronome écossais, connu en France sous le nom de Jean Neper.
Il a publié en 1614 une table de correspondance pour calculer un produit ab et a ainsi introduit le logarithme Neperien qui porte son nom.

SUJET DU BAC

Exercice 1 — 30 min — Algorithmique et programmation 5 points

Une entreprise produit chaque année entre 100 et 900 pneus de voitures de course.
On considère la fonction f définie sur l'intervalle [1 ; 9] par :

$$f(x) = 0{,}5x^2 - 7x + 14 + 6\ln(x).$$

On admet que la fonction f modélise le coût moyen annuel de fabrication d'un pneu, exprimé en centaines d'euros, pour x centaines de pneus produits.

1. La fonction f est dérivable sur l'intervalle [1 ; 9] et on note f' sa fonction dérivée.

Démontrer que pour tout réel x de l'intervalle [1 ; 9], on a : $f'(x) = \dfrac{x^2 - 7x + 6}{x}$.

2. a) Justifier les variations suivantes de la fonction f sur l'intervalle [1 ; 9].

x	1		6		9
Variation de f		↘		↗	

b) Pour quelle quantité de pneus, le coût moyen annuel de fabrication d'un pneu est-il minimal ? À combien s'élève ce coup minimal ?

3. a) Justifier que l'équation $f(x) = 5$ admet une solution unique sur l'intervalle $[1;9]$.

b) On considère la fonction Python ci-dessous.

```python
from math import log
def min(x):
    y=7.5
    while y>5:
        x=x+0.01
        y=0.5*x**2-7*x+14+6*log(x)
    return x
```

Quelle valeur est renvoyée par cette fonction lorsqu'on l'utilise avec l'argument $x = 1$?

→ *Corrigé p. 88*

Exercice 2 — 35 min — 6 points

Un site est spécialisé dans la diffusion de vidéos sur Internet. Le responsable du site a constaté que la durée de téléchargement des vidéos évoluait en fonction du nombre d'internautes connectés simultanément.
On cherche à estimer la durée du téléchargement en fonction du nombre de personnes connectées simultanément.

Partie A

On note u_n la durée, en seconde, du téléchargement pour n milliers de personnes connectées simultanément.
Le responsable du site sait que lorsqu'il y a 1 000 personnes connectées simultanément, la durée du téléchargement est égale à 12 s. Lorsqu'il y en a 2 000, la durée du téléchargement est de 15 s.
Il sait également que la suite (u_n) est géométrique.

1. Déterminer la raison de la suite (u_n).

2. Exprimer u_n en fonction de n, pour tout entier naturel $n \geqslant 1$.

3. Quelle est la durée de téléchargement pour $8\ 000$ personnes ?

4. Déterminer le nombre de personnes à partir duquel la durée du téléchargement est supérieure ou égale à 90 s. On donnera une valeur exacte puis une valeur arrondie au nombre entier de personnes près.

Partie B

Le responsable du site envisage une autre modélisation.
On note x le nombre, exprimé en millier, d'internautes connectés simultanément. On considère la fonction f, définie pour tout réel $x \geqslant 0{,}5$ par $f(x) = 10x - 8\ln(x)$.
On admet que $f(x)$ modélise le temps de téléchargement, en seconde.

1. Calculer $f'(x)$ et en déduire les variations de la fonction f.

2. Dresser le tableau de variation de la fonction f sur l'intervalle $[0{,}5\ ;\ 15]$.

3. a) Montrer que l'équation $f(x) = 90$ admet une solution unique α dans l'intervalle $[0{,}5\ ;\ 15]$.

b) Déterminer une valeur approchée arrondie à l'unité près, du nombre de personnes connectés simultanément pour que le temps de téléchargement soit de 90 s.

→ Corrigé p. 89

CORRIGÉS

Exercice 1 → Énoncé p. 86

1. $f'(x) = x - 7 + \dfrac{6}{x} = \dfrac{x^2 - 7x + 6}{x}$.

2. a) Pour tout $x \in [1;9]$: $f'(x) = 0 \Leftrightarrow x^2 - 7x + 6 = 0$.

On cherche donc les racines d'un polynôme du second degré de la forme $ax^2 + bx + c$ avec $a = 1$ $b = -7$ et $c = 6$.

On a $\Delta = (-7)^2 - 4 \times 1 \times 6 = 25$.

Les solutions sont donc :

$$x_1 = \frac{-(-7) + \sqrt{25}}{2} = \frac{7 + 5}{2} = 6 \text{ et } x_2 = \frac{-(-7) - \sqrt{25}}{2} = \frac{7 - 5}{2} = 1.$$

Pour tout $x \in [1 ; 6]$ $f'(x) \leqslant 0$ et pour tout $x \in [6 ; 9]$ $f'(x) \geqslant 0$.

Un polynôme du second degré de la forme $ax^2 + bx + c$ est du signe de a à l'extérieur des racines ou du signe de $-a$ entre ses racines

Le tableau de variations de f est donc :

x	1		6		9
$f'(x)$		−	0	+	
Variation de f	7,5	↘	≈ 0,75	↗	≈ 4,7

b) Le coût moyen annuel de fabrication d'un pneu est minimal pour 600 pneus. Il s'élève à $f(6) \approx 0,75$ centaines d'euros, c'est-à-dire 75 euros.

3. a) Sur l'intervalle $[1 ; 6]$: f est continue (car dérivable) et strictement décroissante.

$f(1) = 7,5$, $f(6) \approx 0,75$.

Or $5 \in [f(1) ; f(6)]$.

D'après le cas particulier du théorème des valeurs intermédiaires pour les fonctions strictement monotones, $f(x) = 5$ admet une unique solution α sur l'intervalle $[1 ; 6]$.

> **Rappel**
>
> Cas particulier du TVI pour les fonctions strictement monotones :
> Soit f définie, continue et strictement monotone sur un intervalle $[a ; b]$.
> Pour tout réel k compris entre $f(a)$ et $f(b)$ l'équation $f(x) = k$ admet une unique solution sur l'intervalle $[a ; b]$.

Sur l'intervalle $[6 ; 9]$: le maximum de la fonction f est $f(9) \approx 4,7$. Donc l'équation $f(x) = 5$ n'admet pas de solution sur cet intervalle.

Conclusion : L'équation $f(x) = 5$ admet une unique solution α sur l'intervalle $[1 ; 9]$.

b) Lorsque l'on utilise la fonction, la valeur renvoyée x est $2{,}56$. C'est une approximation par excès à 10^{-2} près de α.
Cela signifie que si l'entreprise produit annuellement environ $2{,}56 \times 100 = 256$ pneus, le coût moyen de fabrication d'un pneu est égal à 5 centaines d'euros, soit 500 euros.

Exercice 2 → Énoncé p. 87

Partie A

1. On a $u_1 = 12$ et $u_2 = 15$ donc la raison est $q = \dfrac{u_2}{u_1} = \dfrac{5}{4}$.

> **Rappel**
> Si (u_n) est une suite géométrique de 1er terme u_1 et de raison q alors pour tout entier natuerl n :
> $$u_{n+1} = qu_n$$
> et $$u_n = u_1 q^{n-1}$$

2. Pour tout entier naturel $n \geqslant 1$, on a

$$u_n = 12 \times \left(\frac{5}{4}\right)^{n-1}.$$

3. La durée de téléchargement pour 8 000 personnes est $u_8 = 12 \times \left(\dfrac{5}{4}\right)^7 \approx 57$ secondes.

4. On a
$$12 \times \left(\frac{5}{4}\right)^{n-1} \geqslant 90 \Leftrightarrow \left(\frac{5}{4}\right)^{n-1} \geqslant 7{,}5$$
$$\Leftrightarrow \ln\left(\left(\frac{5}{4}\right)^{n-1}\right) \geqslant \ln(7{,}5)$$
$$\Leftrightarrow n - 1 \geqslant \frac{\ln(7{,}5)}{\ln(1{,}25)}$$
$$\Leftrightarrow n \geqslant \frac{\ln(7{,}5)}{\ln(1{,}25)} + 1.$$

> **Rappel**
> Pour tous réels a et b strictement positifs :
> $a \geqslant b \Leftrightarrow \ln(a) \geqslant \ln(b)$.

Donc, la durée du téléchargement est supérieure ou égale à 90 s à partir de $\dfrac{\ln(7{,}5)}{\ln(1{,}25)} + 1 \approx 10{,}030$ milliers de personnes et donc environ 10 030 personnes.

Partie B

Pour tout réel $x \geqslant 0{,}5$, par $f(x) = 10x - 8\ln(x)$.

1. f est dérivable sur $[0{,}5\,;+\infty[$ et on a pour tout $x \in [0{,}5\,;+\infty[$ $f'(x) = 10 - \dfrac{8}{x}$.

On a pour tout $x \geqslant 0{,}5$: $f'(x) \geqslant 0 \Leftrightarrow 10 \geqslant \dfrac{8}{x} \Leftrightarrow x \geqslant 0{,}8$.

Ainsi, f est décroissante sur $[0{,}5\,;0{,}8]$ et croissante sur $[0{,}8\,;+\infty[$.

2.

x	0,5	0,8	15
Variation de f	$\approx 10{,}5$ ↘	$\approx 9{,}8$ ↗	$\approx 128{,}3$

Rappel

Cas particulier du TVI pour les fonctions strictement monotones :
Soit f définie, continue et strictement monotone sur un intervalle $[a\ ;b]$.
Pour tout réel k compris entre $f(a)$ et $f(b)$ l'équation $f(x) = k$ admet une unique solution sur l'intervalle $[a\ ;\ b]$.

3. a) Sur l'intervalle $[0{,}5\ ;\ 0{,}8]$: le maximum de f est $f(0{,}5) \approx 10{,}5$.
Donc, l'équation $f(x) = 90$ n'admet pas de solution.
Sur l'intervalle $[0{,}8\,;15]$, f est continue et strictement monotone.
On a : $f(0{,}8) \approx 9{,}8$ et $f(15) \approx 128{,}3$. Or, $90 \in [f(0{,}8)\ ;\ f(15)]$.
D'après le cas particulier du théorème des valeurs intermédiaires pour les fonctions strictement monotones, on conclut que l'équation $f(x) = 90$ admet exactement une solution α sur $[0{,}8\ ;\ 15]$.

b) En utilisant la calculatrice, on trouve qu'une valeur approchée, arrondie à l'unité près, du nombre de personnes connectées simultanément pour que le temps de téléchargement soit de 90 secondes est de 10, 912 milliers soit 10 912 personnes.

Primitives, équations différentielles

CHAPITRE 6

1 Équation différentielle $y' = f$

A. Définition de l'équation différentielle $y' = f$

Définitions

Soit f une fonction continue sur un intervalle I.

• On dit qu'une fonction F est **solution de l'équation différentielle** $y' = f$ lorsque F est dérivable sur I et $F' = f$.

• **Résoudre sur I l'équation différentielle $y' = f$**, c'est trouver toutes les fonctions dérivables sur I telles que leur fonction dérivée soit égale à f.

B. Primitive d'une fonction

• Une **primitive** d'une fonction f sur intervalle I est une fonction F dérivable sur I telle que $F' = f$.
Remarque : **Les solutions de l'équation différentielle $y' = f$ sont donc toutes les primitives de f sur I.**

Propriétés

• Toute fonction continue sur un intervalle I admet des primitives sur I.

• Soient f une fonction continue sur un intervalle I et F une primitive de f sur I. Toutes les primitives de f sur I (c'est-à-dire les solutions de l'équation différentielle $y' = f$) sont les fonctions G définies sur I par $G(x) = F(x) + \mathrm{C}$ où C est une constante réelle.

• Soit f une fonction continue sur un intervalle I.
Quels que soient $x_0 \in I$ et $y_0 \in \mathbb{R}$, il existe une unique primitive F de f sur I telle que $F(x_0) = y_0$.
(Autrement dit, l'équation différentielle $y' = f$ admet une unique solution F vérifiant la condition initiale $F(x_0) = y_0$).

2 Primitive des fonctions de référence et opérations

A. Primitives des fonctions de référence

Fonction $f : x \mapsto ...$	Une primitive $F : x \mapsto ...$	Sur l'intervalle $I = ...$
a (constante réelle)	ax	$\mathbb{R}$
x^n pour $n \in \mathbb{Z}$, $n \neq 0$ et $n \neq -1$	$\dfrac{x^{n+1}}{n+1}$	• $\mathbb{R}$ si $n > 0$, • $]-\infty\,;0[$ ou $]0\,;+\infty[$ si $n < -1$
$\dfrac{1}{x^2}$	$\dfrac{-1}{x}$	$]-\infty\,;0[$ ou $]0\,;+\infty[$
$\dfrac{1}{x}$	$\ln(x)$	$]0\,;+\infty[$
$\dfrac{1}{\sqrt{x}}$	$2\sqrt{x}$	$]0\,;+\infty[$
$\sin(x)$	$-\cos(x)$	$\mathbb{R}$
$\cos(x)$	$\sin(x)$	$\mathbb{R}$
e^x	e^x	$\mathbb{R}$

Remarque : on obtient ce tableau par lecture inverse du tableau des dérivées des fonctions de référence.

B. Primitives et opérations sur les fonctions

■ **Propriété**. Soient f et g deux fonctions admettant respectivement les fonctions F et G comme primitives sur un intervalle I.
- $F + G$ est une primitive de $f + g$ sur I.
- Pour tout réel k, kF est une primitive de kf sur I.

C. Composition et primitives

Soit u une fonction dérivable sur un intervalle I.

Fonction f de la forme	Une primitive F	Condition
$u'u^n$	$\dfrac{u^{n+1}}{n+1}$	$n \neq -1$ et si $n < -1$, $u(x) \neq 0$ pour tout x de I
$\dfrac{u'}{u^2}$	$-\dfrac{1}{u}$	$u(x) \neq 0$ pour tout x de I
$\dfrac{u'}{u}$	$\ln(\lvert u \rvert)$	$u(x) > 0$ pour tout x de I ou $u(x) < 0$ pour tout x de I

$\dfrac{u'}{2\sqrt{u}}$	$\sqrt{u}$	$u(x)>0$ pour tout x de I
$u'e^{u}$	e^{u}	
$(v' \circ u)\times u'$	$v \circ u$	v est une fonction dérivable sur J et $u(x)\in J$ pour tout $x \in I$

3 Équations différentielles de la forme $y' = ay + f$

A. Résolution de l'équation différentielle $y' = ay$

■ **Propriété.** Soit a un nombre réel non nul. Les solutions de l'équation différentielle $y' = ay$ sont les fonctions f définies sur $\mathbb{R}$ par $\boldsymbol{f(x) = Ce^{ax}}$ où C est une constante réelle.

Remarque : soit a un nombre réel fixé. Les courbes des solutions de l'équation $y' = ay$ sont les suivantes :

si $a>0$ 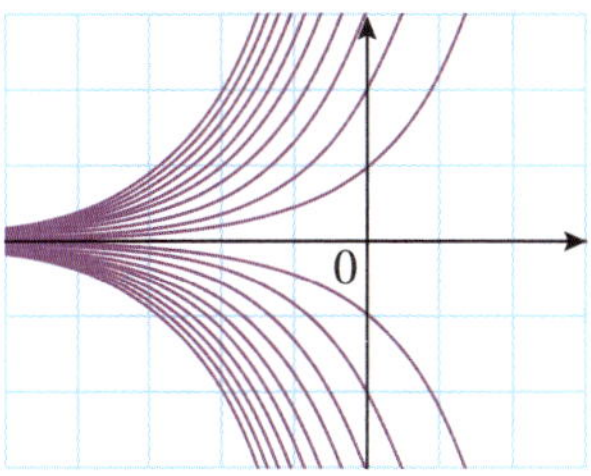

si $a<0$ 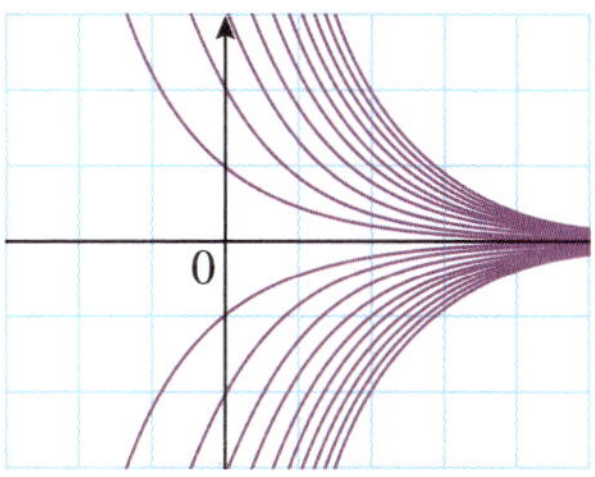

B. Résolution de l'équation différentielle $y' = ay + b$

■ **Propriété.** Soient a et b deux nombres réels non nuls. On considère l'équation différentielle (E) : $y' = ay + b$.
Les solutions de (E) sont les fonctions f définies sur $\mathbb{R}$ par $\boldsymbol{f(x) = Ce^{ax} - \dfrac{b}{a}}$ où C est une constante réelle.

Remarques :

• (E) admet une unique solution particulière constante qui est la fonction $x \mapsto -\dfrac{b}{a}$.

• Si $a = 0$, l'équation différentielles s'écrit $y' = b$. Ses solutions sont les fonctions affines définies sur $\mathbb{R}$ par $f(x) = bx + C$ où C est une constante réelle.

■ **Propriété.** Soient a et b deux nombres réels non nuls.
Quels que soient les nombres réels x_0 et y_0, l'équation différentielle $y' = ay + b$ admet une unique solution h vérifiant la condition initiale $h(x_0) = y_0$.

C. Résolution de l'équation différentielle $y' = ay + f$

■ **Propriété.** Soient a un nombre réel et f une fonction définie sur un intervalle I. Soient (E) l'équation différentielle $y' = ay + f$ et g est une solution particulière de (E).
Les solutions de (E) sont les fonctions h définies sur I par $h(x) = \mathrm{C}e^{ax} + g(x)$ où C est une constante réelle.

Florimond de Beaune (1601 - 1652) est un juriste et mathématicien français.
Disciple et ami de Descartes, il lui soumet un problème de résolution d'une équation différentielle considéré maintenant comme le premier exemple du procédé « de la tangente inverse ».

CARTE MENTALE

- **Les solutions de l'équation différentielle $y' = f$** sont **les primitives F de f**
- **F est une primitive de $f \Leftrightarrow F' = f$.**
- **Toutes les primitives G de f sont les fonctions G définies par $G(x) = F(x) + C$** où C est une constante
- Toute fonction **continue** sur un intervalle ***I* admet des primitives** sur ***I***.
- Soient x_0 et y_0 deux réels, il existe **une unique primitive F** de f telle que $F(x_0) = y_0$.

Fonction f	a (constante réelle)	x^n, $n \neq 0$ et $n \neq -1$	$\frac{1}{x}$	$\frac{1}{\sqrt{x}}$	$\sin(x)$	$\cos(x)$	e^x
Une primitive F	ax	$\frac{x^{n+1}}{n+1}$	$\ln(x)$	$2\sqrt{x}$	$-\cos(x)$	$\sin(x)$	e^x

Fonction f de la forme	$u'u^n$	$\frac{u'}{u^2}$	$\frac{u'}{u}$	$\frac{u'}{2\sqrt{u}}$	$u'e^u$	$(v' \circ u) \times u'$
Une primitive F	$\frac{u^{n+1}}{n+1}$	$-\frac{1}{u}$	$\ln(\lvert u \rvert)$	$\sqrt{u}$	e^u	$v \circ u$

Soient F et G deux primitives respectives de f et de g

- **$F + G$** est une primitive de $f + g$
- **kF** est une primitive de kf (k réel donné)

Déterminer une primitive F de f

PRIMITIVES, ÉQUATIONS DIFFÉRENTIELLES

Résoudre $y' = ay$

Les solutions de l'équation différentielle $y' = ay$ sont

$$h : \mathbb{R} \mapsto \mathbb{R}$$
$$x \mapsto Ce^{ax}$$

où C est une constante réelle.

Résoudre $y' = ay + b$

- l'unique solution particulière constante est la fonction :

$$x \mapsto -\frac{b}{a}.$$

- Les solutions sont :

$$\boldsymbol{h} : \mathbb{R} \mapsto \mathbb{R}$$
$$\boldsymbol{x \mapsto Ce^{ax} - \frac{b}{a}}$$

où C est une constante réelle.

Résoudre $y' = ay + f$ (f définie sur I)

Les solutions sont :

$$\boldsymbol{h : I \mapsto \mathbb{R}}$$
$$\boldsymbol{x \mapsto Ce^{ax} + g(x)}$$

où C est une constante réelle et g une solution particulière de l'équation différentielle.

EXERCICES TYPES

1 Déterminer les primitives d'une fonction

EXEMPLE 1 AVEC DES FONCTIONS DE RÉFÉRENCE

Déterminer une primitive de la fonction $f : x \mapsto x^4 + \dfrac{1}{x^3} - 2$ sur l'intervalle $I =]0\,;+\infty[$.

> **Remarque**
> Soient f et g deux fonctions admettant respectivement les fonctions F et G comme primitives alors $F + G$ est une primitive de $f + g$.

CORRIGÉ COMMENTÉ

> **Remarque**
> Toutes les fonctions G définies sur I telles que $G(x) = F(x) + C$ où C est une constante réelle, sont des primitives de f. On peut donc prendre n'importe quelle constante, ici 0 par exemple.

Pour tout entier $n \neq 0$ *et* $n \neq -1$, une primitive sur I de la fonction $x \mapsto x^n$ est la fonction $x \mapsto \dfrac{x^{n+1}}{n+1}$, donc la fonction $x \mapsto \dfrac{x^5}{5}$ est une primitive de $x \mapsto x^4$ et la fonction $x \mapsto \dfrac{x^{-2}}{-2} = -\dfrac{1}{2x^2}$ est une primitive de $x \mapsto x^{-3} = \dfrac{1}{x^3}$.

$\dfrac{x^{-2}}{-2} = -\dfrac{1}{2}x^{-2} = -\dfrac{1}{2} \times \dfrac{1}{x^2} = -\dfrac{1}{2x^2}$

Par ailleurs, une primitive sur I de la fonction $x \mapsto -2$ est la fonction $x \mapsto -2x$.

Donc la fonction F définie par $F(x) = \dfrac{x^5}{5} - \dfrac{1}{2x^2} - 2x$ est une primitive de f sur $]0\,;+\infty[$.

EXEMPLE 2 À L'AIDE D'UNE FORME PARTICULIÈRE

Dans chacun des cas suivants, déterminer une primitive de la fonction f sur l'intervalle I.

1. $f(x) = 2x(x^2+1)^4$ et $I = \mathbb{R}$
2. $f(x) = \dfrac{1}{(2x-1)^3}$ et $I =]1\,;+\infty[$
3. $f(x) = \dfrac{e^{3x}}{e^{3x}+1}$ et $I = \mathbb{R}$.

CORRIGÉ COMMENTÉ

1. $f(x)$ est de la forme $u'u^n$ avec $u(x) = x^2 + 1$, $u'(x) = 2x$ et $n = 4$.

On a $f = u'u^4$ donc la fonction F définie par $F = \dfrac{u^5}{5}$ est une primitive de f sur $\mathbb{R}$.

On a :

$$F(x) = \frac{(x^2+1)^5}{5}.$$

2. $f(x) = (2x-1)^{-3} = \frac{1}{2} \times 2(2x-1)^{-3}$ et on reconnaît la forme $u'u^n$ avec $u(x) = 2x-1$, $u'(x) = 2$ et $n = -3$.

On a $f = \frac{1}{2}u'u^{-3}$ donc la fonction F définie par $F = \frac{1}{2} \times \frac{u^{-2}}{-2}$ est une primitive de f sur $]1\,;+\infty[$. On a : $F(x) = \frac{1}{2} \times \frac{(2x-1)^{-2}}{-2} = -\frac{1}{4(2x-1)^2}$.

3. $f(x) = \frac{1}{3} \times \left(\frac{3e^{3x}}{(e^{3x}+1)}\right)$ et on reconnaît la forme $\frac{u'}{u}$ avec $u(x) = e^{3x}+1$ et $u'(x) = 3e^{3x}$ et pour tout nombre réel x, $u(x) > 0$.

On a $f = \frac{1}{3}\frac{u'}{u}$ donc la fonction F définie par

$F = \frac{1}{3} \times \ln(u)$ est une primitive de f sur I.

On a : $F(x) = \frac{1}{3} \times \ln(e^{3x}+1)$.

> **Remarque**
> Une primitive de $k \times f$ est $k \times F$ où F est une primitive de f.

2 Montrer qu'une fonction est solution d'une équation différentielle

EXEMPLE

Dans chacun des cas suivants, vérifier que la fonction f est une solution particulière de l'équation (E) sur $\mathbb{R}$.

1. $f(x) = e^{\frac{1-4x}{3}}$ et (E) : $6y' + 8y = 0$ **2.** $f(x) = e^{3x+1} - 2$ et (E) : $y' = 3y + 6$.

CORRIGÉ COMMENTÉ

On remplace, dans l'équation différentielle, *y* par *f*(*x*) et *y′* par *f′*(*x*), puis on vérifie que l'égalité est vraie.

1. f est dérivable sur $\mathbb{R}$ et $f'(x) = -\frac{4}{3}e^{\frac{1-4x}{3}}$ d'où

$$6f'(x) + 8f(x) = 6 \times \left(-\frac{4}{3}e^{\frac{1-4x}{3}}\right) + 8e^{\frac{1-4x}{3}} = -\frac{24}{3}e^{\frac{1-4x}{3}} + 8e^{\frac{1-4x}{3}}$$
$$= -8e^{\frac{1-4x}{3}} + 8e^{\frac{1-4x}{3}} = 0,$$

donc f est une solution particulière de (E).

2. f est dérivable sur $\mathbb{R}$ et $f'(x) = 3e^{3x+1}$ et $3f(x) + 6 = 3(e^{3x+1} - 2) + 6 = 3e^{3x+1}$, donc $f'(x) = 3f(x) + 6$ et f est une solution particulière de (E).

3 Résoudre une équation différentielle

EXEMPLE 1 RÉSOUDRE LES ÉQUATIONS DIFFÉRENTIELLES $y' = ay + b$

Résoudre les équations différentielles suivantes :

1. $(E_1) : y' = 5y$ **2.** $(E_2) : y' = -y + 2$.

CORRIGÉ COMMENTÉ

1. $y' = 5y$ est de la forme $y' = ay$ avec $a = 5$.
Les solutions de l'équation (E_1) sont les fonctions f définies sur $\mathbb{R}$ par $f(x) = \mathrm{C}e^{5x}$ où C est une constante réelle.

2. L'équation (E_2) est de la forme $y' = ay + b$ avec $a = -1$ et $b = 2$ donc les solutions de l'équation différentielle $y' = -y + 2$ sont les fonctions f définies sur $\mathbb{R}$ par :

$f(x) = \mathrm{C}e^{-x} - \dfrac{2}{-1} = \mathrm{C}e^{-x} + 2$ où C est une constante réelle.

> **Rappel**
> Les solutions de $y' = ay + b$ sont les fonctions F définies par $F(x) = \mathrm{C}e^{ax} - \dfrac{b}{a}$ où C est une constante réelle.

EXEMPLE 2 RÉSOUDRE LES ÉQUATIONS DIFFÉRENTIELLES $y' = ay + f$

On considère l'équation différentielle $(E) : y' - \dfrac{1}{2}y = \dfrac{1}{2}x$.

1. Vérifier que la fonction g définie sur $\mathbb{R}$ par $g(x) = -x - 2$ est solution de l'équation (E).

2. En déduire toutes les solutions de l'équation (E).

CORRIGÉ COMMENTÉ

1. On remplace y' par $g'(x)$ et y par $g(x)$ et on vérifie que l'égalité est vraie.

$g'(x) = -1$ donc $g'(x) - \dfrac{1}{2}g(x) = -1 - \dfrac{1}{2}(-x - 2) = \dfrac{1}{2}x$ et donc l'égalité est vraie. g est solution de (E).

2. $y' - \dfrac{1}{2}y = \dfrac{1}{2}x \Leftrightarrow y' = \dfrac{1}{2}y + \dfrac{1}{2}x.$

Comme g est une solution particulière de l'équation (E), alors les solutions de l'équation (E) sont les fonctions h définies sur $\mathbb{R}$ par

$h(x) = \mathrm{C}e^{\frac{1}{2}x} + g(x) = \mathrm{C}e^{\frac{1}{2}x} - x - 2$ où C est une constante réelle.

> **Rappel**
> Les solutions de $(E) : y' = ay + f$ sont les fonctions h définies par $h(x) = \mathrm{C}e^{ax} + g(x)$ où C est une constante réelle et g est une solution particulière de (E).

4 Déterminer l'unique solution d'une équation différentielle qui vérifie une condition initiale

EXEMPLE

Déterminer l'unique solution h de (E) : $y' - \frac{1}{2}y = \frac{1}{2}x$ telle que $h(2) = 0$.

CORRIGÉ COMMENTÉ

Dans l'exemple 2 de la méthode 3, on a montré que les solutions de l'équation différentielle (E) sont les fonctions h telles que $h(x) = \mathrm{C}e^{\frac{1}{2}x} - x - 2$.

D'après la condition initiale, on sait que $h(2) = 0$. On calcule l'image de 2 en remplaçant x par 2, puis l'égalité $h(2) = 0$ permet de calculer la constante C.

$h(2) = 0 \Leftrightarrow \mathrm{C}e^{1} - 4 = 0 \Leftrightarrow \mathrm{C} = 4e^{-1}$.

Ainsi l'unique solution h de (E) : $y' - \frac{1}{2}y = \frac{1}{2}x$ telle que $h(2) = 0$ est la fonction h définie par $h(x) = 4e^{-1} \times e^{\frac{1}{2}x} - x - 2 = 4e^{\frac{1}{2}x-1} - x - 2$.

Remarque

Lorsqu'on a une condition initiale, on cherche la valeur de la constante C pour que la condition initiale soit réalisée.

SUJET DU BAC

Exercice 1 — 30 min — Algorithmique et programmation 4 points

La solubilité s exprimée en pourcentage massique (« % m ») du dioxyde de soufre dans l'eau en fonction de la température t en °C (degrés Celsius) est une solution de l'équation différentielle (E) : $y' + 0{,}04y = 0$.

1. Résoudre l'équation différentielle (E).

2. Sachant que la solubilité à la température 0 °C est de 23 % m, déterminer $s(t)$.

3. Déterminer $\lim\limits_{t \to +\infty} s(t)$. Interpréter le résultat.

4. Étudier les variations de s sur l'intervalle $[0\,;+\infty[$.

5. On souhaite déterminer la température, arrondie à l'unité, à partir de laquelle la solubilité s du dioxyde de soufre en pourcentage massique sera inférieure à un réel A donné en argument.

a) Compléter la fonction Python ci-dessous pour qu'elle renvoie la valeur de A :

```python
from math import exp
def solubilite(A):
    t=0
    while ...:
        t=...
    return ...
```

b) Que renvoie `solubilité(2)` ? Justifier algébriquement.

→ Corrigé p. 102

Exercice 2 — 30 min — Algorithmique et programmation 5 points

Les trois parties de ce problème peuvent être traitées séparément.
Une note de musique est émise en pinçant la corde d'une guitare électrique. La puissance du son émis, initialement de 100 watts, diminue avec le temps t, mesuré en seconde. On modélise cette situation par une fonction *puissance du son* émis, exprimée en watt, t secondes après le pincement de la corde.

Partie A

On considère l'équation différentielle (E) suivante :

$$(\mathrm{E}) : 25y' + 3y = 0,$$

où y est une fonction de la variable t définie et dérivable sur l'intervalle $[0\,;+\infty[$ et où y' est la fonction dérivée de y.

1. Résoudre l'équation différentielle $25y' + 3y = 0$.

2. Déterminer la fonction f solution de l'équation différentielle (E) qui vérifie la condition initiale $f(0) = 100$.

3. On admet que la *puissance du son* est donnée par cette fonction f. Quelle est la puissance du son deux secondes après le pincement de la corde ? Arrondir au watt près.

Pour la suite de l'exercice, on admet que la fonction *puissance du son* est définie sur l'intervalle $[0\,;+\infty[$ par :

$$t \mapsto 100\ \mathrm{e}^{-0{,}12t}.$$

Partie B

On s'intéresse à l'instant à partir duquel la *puissance du son* émis après le pincement de la corde sera inférieure à 80 watts.

On considère la fonction Python suivante :

```python
from math import exp
def probleme_son(a,b):
    while abs(b-a)>0.2:
        m=(a+b)/2
        if 100*exp(-0.12*m)>80:
            a=m
        else:
            b=m
    return a,b
```

1. Quelles sont les valeurs renvoyées par cette fonction ?

2. Dans le contexte de cet exercice, que représentent ces valeurs ?

Partie C

On note f la fonction *puissance du son*.

1. Résoudre par le calcul l'équation $f(t) = 80$.

Donner la valeur exacte et la valeur approchée à 10^{-3} près. Interpréter ce résultat.

2. Calculer et interpréter la limite de f lorsque t tend vers $+\infty$.

→ *Corrigé p. 103*

Exercice 1 → Énoncé p. 100

1. $y' + 0{,}04y = 0 \Leftrightarrow y' = -0{,}04y$

Cette équation est de la forme $y' = ay$ avec $a = -0{,}04$.

Les solutions sont les fonctions f définies pour tout réel t par $f(t) = \mathrm{C}e^{-0{,}04t}$, avec $\mathrm{C} \in \mathbb{R}$.

2. La solubilité s est une solution de l'équation différentielle, donc s est de la forme $s(t) = \mathrm{C}e^{-0{,}04t}$, avec $\mathrm{C} \in \mathbb{R}$.

Or $s(0) = 23 \Leftrightarrow \mathrm{C}e^0 = 23 \Leftrightarrow \mathrm{C} = 23$.

Pour tout réel t, $s(t) = 23e^{-0{,}04t}$.

3. $\lim\limits_{t \to +\infty} -0{,}04t = -\infty$ donc, par composition des limites, $\lim\limits_{t \to +\infty} s(t) = 0$. La solubilité du dioxyde de soufre dans l'eau tend à disparaitre lorsque la température augmente.

4. Pour tout $t \geqslant 0$, $s'(t) = -0{,}04 \times 23e^{-0{,}04t} = -0{,}92e^{-0{,}04t} < 0$.

Ainsi, la fonction s est strictement décroissante sur $[0 ; +\infty[$.

5. a)

```python
from math import exp
def solubilite(A):
    t=0
    while 23*exp(-0.04*t)>A:
        t=t+1
    return t
```

b) L'algorithme renvoie la valeur 62 pour solubilité(2).

On résout l'inéquation $s(t) \leqslant 2$.

$$s(t) \leqslant 2 \Leftrightarrow 23e^{-0{,}04t} \leqslant 2 \Leftrightarrow e^{-0{,}04t} \leqslant \frac{2}{23} \Leftrightarrow \ln\left(e^{-0{,}04t}\right) \leqslant \ln\left(\frac{2}{23}\right)$$

$$\Leftrightarrow -0{,}04t \leqslant \ln\left(\frac{2}{23}\right)$$

On a utilisé le fait que la fonction ln est strictement croissante sur $]0 ; +\infty[$.

$$\Leftrightarrow t \geqslant -\frac{\ln\left(\frac{2}{23}\right)}{0{,}04}.$$ On a divisé par $-0{,}04 < 0$, donc le sens de l'inégalité a changé.

De plus, $-\dfrac{\ln\left(\frac{2}{23}\right)}{0{,}04} \approx 61{,}06$. Ainsi c'est bien à partir de 62° C que la solubilité est inférieure à 2 % m.

Exercice 2 → Énoncé p. 100

Partie A

1. $25y' + 3y = 0 \Leftrightarrow 25y' = -3y \Leftrightarrow y' = -\dfrac{3}{25}y \Leftrightarrow y(t) = Ce^{-\frac{3}{25}t}$, avec $C \in \mathbb{R}$

2. $f(0) = 100 \Leftrightarrow Ce^0 = 100 \Leftrightarrow C = 100$

Ainsi, pour tout réel $t \geqslant 0$, $f(t) = 100e^{-\frac{3}{25}t}$.

3. $f(2) = 100e^{-\frac{3}{25}\times 2} \approx 79$ W.

Partie B

1. Les valeurs renvoyées par la fonction sont les bornes d'un intervalle de taille $0{,}2$ qui encadre la valeur à partir de laquelle $f(t) \leqslant 80$.

2. Ces valeurs permettent d'avoir une valeur approchée de l'instant où la puissance du son est inférieure à 80 watts.

Partie C

1. $f(t) = 80 \Leftrightarrow 100e^{-0{,}12t} = 80 \Leftrightarrow e^{-0{,}12t} = 0{,}8 \Leftrightarrow -0{,}12t = \ln(0{,}8)$

$$\Leftrightarrow t = -\frac{\ln(0{,}8)}{0{,}12} \approx 1{,}860\ s.$$

La puissance du son atteint 80 watts après 1,860 seconde.

2. $\lim\limits_{t\to+\infty} -0{,}12t = -\infty$ donc par composition $\lim\limits_{t\to+\infty} e^{-0{,}12t} = 0$ donc $\lim\limits_{t\to+\infty} f(t) = 0$.

À partir d'un certain temps la puissance du son est proche de 0 watt.

Combinatoire et dénombrement

CHAPITRE 7

1 Principes fondamentaux du dénombrement

A. Ensemble fini et cardinal

Définition

Soit n un entier naturel. Lorsqu'un ensemble E a n éléments, on dit que E est un **ensemble fini.**

Le nombre n d'éléments de E est appelé **cardinal** de E. On note $\text{Card}(E) = n$.

Remarques :

• $\text{Card}(\varnothing) = 0$

• Certains ensembles ne sont pas finis comme, par exemple, l'ensemble $\mathbb{N}$ des entiers naturels ou l'ensemble des réels de l'intervalle [0 ; 1], etc.

B. Principe additif

Propriété

Soient $A_1, A_2, \ldots, A_p$, p ensembles finis deux à deux disjoints. On a :

$$\text{Card}(A_1 \cup A_2 \cup \ldots \cup A_p) = \text{Card}(A_1) + \text{Card}(A_2) + \ldots + \text{Card}(A_p)$$

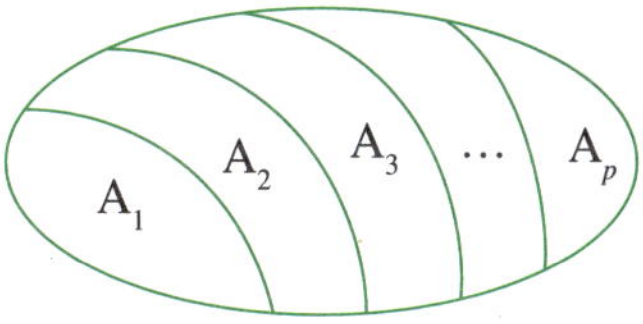

C. Principe multiplicatif

Définitions

Soient k un entier supérieur ou égal à 2 et $E_1, E_2, \ldots, E_k$, k ensembles non vides.

• Toute liste ordonnée $(x_1 ; x_2 ; \ldots ; x_k)$, avec $x_i \in E_i$ pour i allant de 1 à k, est appelée ***k*-uplet** (ou k-liste).

• L'ensemble formé par tous les k-uplets est appelé le **produit cartésien** $E_1 \times E_2 \times \ldots \times E_k$.

Remarques :

• Les 2-uplets sont aussi appelés « couples ».

• Les 3-uplets sont aussi appelés « triplets ».

Si E et F sont deux ensembles non vides, le **produit cartésien** de E par F, noté $E \times F$, est l'ensemble des couples $(x ; y)$ avec $x \in E$ et $y \in F$.

■ **Propriété**
Lorsque les ensembles $E_1, E_2, \ldots, E_k$ sont finis,

$$\text{Card}(E_1 \times E_2 \times \ldots \times E_k) = \text{Card}(E_1) \times \text{Card}(E_2) \times \ldots \times \text{Card}(E_k).$$

2 *k*-uplets d'un ensemble fini

A. Nombre de *k*-uplets d'un ensemble à n éléments

■ **Définition**
Soit k un entier naturel non nul et E un ensemble non vide.
Un k-uplet $(x_1 ; x_2 ; \ldots ; x_k)$ d'éléments de E est un élément du **produit cartésien** $E^k = E \times E \times \ldots \times E$ (k facteurs).

■ **Théorème**
Soient n et k deux entiers naturels non nuls et E un ensemble fini de cardinal n.
Le nombre de k-uplets de E, noté $\text{Card}(E^k)$, est : $\mathbf{Card(E^k) = n^k}$.

B. *k*-uplets d'éléments distincts d'un ensemble, permutations

■ **Théorème**
Soit n un entier naturel non nul et k un entier naturel tel que $1 \leqslant k \leqslant n$.
Soit E un ensemble fini de cardinal n.
Le nombre de k-uplets d'éléments deux à deux distincts de E est le produit de k facteurs dont l'expression est :

$$\boldsymbol{n(n-1)\ldots(n-k+1).}$$

■ **Définition**
On appelle **permutation** d'un ensemble E à n éléments tout n-uplet d'éléments deux à deux distincts de E.

■ **Théorème et définition**
Le nombre de permutations d'un ensemble non vide à n éléments est égal à :

$$\boldsymbol{n \times (n-1) \times (n-2) \times \ldots \times 2 \times 1}$$

Ce nombre est appelé **factorielle** $\boldsymbol{n}$ et se note :

$$\boldsymbol{n! = n \times (n-1) \times (n-2) \times \ldots \times 2 \times 1 = 1 \times 2 \times \ldots \times n}$$

Remarques :
- On convient que $0! = 1$.
- $1! = 1$

3 Parties d'un ensemble et combinaisons

A. Nombre de parties d'un ensemble

Définition

Soit E un ensemble.
F est une **partie** de E (ou F est un sous ensemble de E ou F est inclus dans E) si et seulement si tous les éléments de F sont des éléments de E.
On note alors $F \subset E$.

Théorème

Soit n un entier naturel. **Le nombre de parties d'un ensemble à n éléments est égal à 2^n**. C'est aussi le nombre de n-uplets de l'ensemble $\{0 ; 1\}$.

B. Combinaison

Définition

Soient n et k deux entiers naturels tels que $0 \leqslant k \leqslant n$ et E un ensemble fini de cardinal n.
On appelle **combinaison** de k éléments parmi les n éléments de E, toute partie de E ayant k éléments.

Propriété

Soient n et k deux entiers naturels.
Le nombre de combinaisons de k éléments parmi n éléments, noté $\binom{n}{k}$, est donné par :

$$\binom{n}{k} = \frac{n(n-1)\dots(n-k+1)}{k!} = \frac{n!}{(n-k)!k!}$$

Exemple :

Pour calculer le nombre de combinaisons « à la main », on utilise la première formule (qui est l'écriture simplifiée de la seconde). (Sinon, la calculatrice permet aussi de le déterminer.)

$$\binom{33}{5} = \frac{33 \times 32 \times \dots \times 29}{5 \times 4 \times 3 \times 2 \times 1} = 237\ 336.$$

4 Propriétés des combinaisons et triangle de Pascal

A. Propriétés des combinaisons

Propriétés

Soit n un entier naturel.

• $\binom{n}{0} = 1$. Dans un ensemble à n éléments, il existe une seule partie à 0 élément : la partie vide.

• $\binom{n}{1} = n$. Dans un ensemble à n éléments, il y a n parties ayant un élément.

• $\binom{n}{2} = \dfrac{n(n-1)}{2}$. Dans un ensemble à n éléments, il y a $\dfrac{n(n-1)}{2}$ parties ayant deux éléments.

• $\binom{n}{n} = 1$. Dans un ensemble à n éléments, il y a une seule partie à n éléments : l'ensemble lui-même.

• Pour tous entiers n et k vérifiant $0 \leqslant k \leqslant n$ on a $\binom{n}{k} = \binom{n}{n-k}$. Dénombrer les parties à k éléments revient à dénombrer les parties à $n - k$ éléments qui en sont les complémentaires.

Propriété

Pour tout entier naturel n :

$$\sum_{k=0}^{n} \binom{n}{k} = 2^n$$

B. Relation et triangle de Pascal

Pour tous entiers $n \geqslant 2$ et k vérifiant $1 \leqslant k \leqslant n-1$,

$$\binom{n}{k} = \binom{n-1}{k-1} + \binom{n-1}{k}$$

Dans le tableau ci-contre, à l'intersection de la ligne n et de la colonne k, on lit l'entier $\binom{n}{k}$.

Pour réaliser ce tableau appelé **triangle de Pascal :**

1. On remplit avec des « 1 » :

• la colonne $k = 0$ (car $\binom{n}{0} = 1$) ;

• la diagonale (car $\binom{n}{n} = 1$) ;

2. On utilise ensuite la relation de Pascal, suivant le schéma :

n \ k	0	1	2	3	4	5	6	7	8
0	1								
1	1	1							
2	1	2	1						
3	1	3	3	1					
4	1	4	6	4	1				
5	1	5	10	10 +	5	1			
6	1	6	15 +	20 =	15	6	1		
7	1	7	21 =	35	35	21	7	1	
8	1	8	28	56	70	56	28	8	1

$\binom{n-1}{k-1}$ +	$\binom{n-1}{k}$
	= $\binom{n}{k}$

CARTE MENTALE

Déterminer le cardinal de E

- Si E a n éléments alors $\mathbf{Card(E)} = \boldsymbol{n}$.
- Si $A_1, A_2, \ldots, A_p$, sont p ensembles finis **deux à deux disjoints** alors :
$\mathbf{Card(A_1 \cup A_2 \cup \ldots \cup A_p)}$
$= \mathbf{Card(A_1) + Card(A_2) + \ldots + Card(A_p)}$
- Le **produit cartésien** $E_1 \times E_2 \times \ldots \times E_k$ est l'ensemble de tous les k-uplets $(x_1 ; x_2 ; \ldots ; x_k)$, avec $x_i \in E_i$.

$\mathbf{Card(E_1 \times E_2 \times \ldots \times E_k)}$
$= \mathbf{Card(E_1) \times Card(E_2) \times \ldots \times Card(E_k)}$

Modéliser à l'aide de k-uplets d'un ensemble E

Un k-uplet $(x_1 ; x_2 ; \ldots ; x_k)$ de E (tous les $x_i \in E$) est un élément de l'ensemble $E^k = E \times \ldots \times E$.

Exemple : $(a ; b ; c ; a ; c ; a)$ et $(b ; a ; c ; a ; c ; a)$ sont différents et sont deux 6-uplets de $E = \{a ; b ; c\}$.

Le nombre de k-uplets de E à n éléments est :

$$n^k = \mathrm{Card}(E^k) = (\mathrm{Card}(E))^k.$$

COMBINATOIRE ET DÉNOMBREMENT

Modéliser à l'aide de k-uplets d'éléments distincts d'un ensemble E à n éléments

$(x_1 ; x_2 ; \ldots ; x_k)$ tous les $x_i \in E$
et $x_1 \neq x_2 \neq \ldots.. \neq x_k$

- **Nombre de k-uplets** de E deux à deux **distincts** $= \boldsymbol{n(n-1)\ldots(n-k+1)}$
- **Permutation** d'un ensemble E à n éléments = **n-uplet** d'éléments **deux à deux distincts** de E.

Le nombre de permutations d'un ensemble non vide à n éléments est :
$\boldsymbol{n! = n \times (n-1) \times (n-2) \times \ldots \times 2 \times 1}$

Modéliser à l'aide de combinaisons

- **F est une partie de E** signifie que tous les éléments de F sont éléments de E. On note alors $\mathbf{F \subset E}$.
- **Le nombre de parties** d'un ensemble à n éléments est égal à $\mathbf{2^n}$.
- **Une combinaison** de k éléments parmi les n éléments de E = toute partie de E ayant k éléments.
- **Le nombre de combinaisons** de k éléments parmi n éléments est :

$$\binom{n}{k} = \frac{n(n-1)\ldots(n-k+1)}{k!} = \frac{n!}{(n-k)!\,k!}$$

$$\binom{n}{0} = 1 \quad \binom{n}{1} = n \quad \binom{n}{2} = \frac{n(n-1)}{2}$$

$$\binom{n}{n} = 1 \quad \binom{n}{k} = \binom{n}{n-k}$$

Triangle de Pascal

n \ k	0	1	2	3	4
0	1				
1	1	1			
2	1	2	1		
3	1	$\binom{n-1}{k-1}$ +	$\binom{n-1}{k}$	1	
4	1	4 =	$\binom{n}{k}$	4	1

MATHÉMATIQUES
PHYSIQUE-CHIMIE
GRAND ORAL
MATHS EXPERTES

EXERCICES TYPES

1 Déterminer le cardinal d'un ensemble

EXEMPLE 1 PRINCIPE ADDITIF

Dans un groupe de 35 personnes, 20 personnes pratiquent un sport, 15 jouent d'un instrument de musique et 7 ne font ni sport, ni musique.
Combien de personnes font à la fois du sport et de la musique ?

CORRIGÉ COMMENTÉ

On peut représenter la situation à l'aide d'un diagramme appelé diagramme de Venn ci-contre.

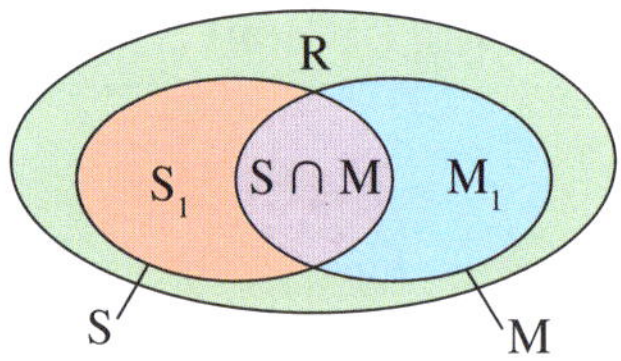

On note :

- Ω l'ensemble total des personnes, $\text{Card}(\Omega) = 35$;
- S l'ensemble des personnes qui font du sport, $\text{Card}(S) = 20$;
- M l'ensemble des personnes qui font de la musique, $\text{Card}(M) = 15$;
- S_1 l'ensemble des personnes qui ne font que du sport ;
- M_1 l'ensemble des personnes qui ne font que de la musique ;
- R l'ensemble des personnes qui ne font ni sport ni musique, $\text{Card}(R) = 7$.

Rappel
Pour utiliser le principe additif, il faut avoir des ensembles disjoints dont la réunion est égale à l'ensemble total.

On a alors $\Omega = S_1 \cup M_1 \cup (S \cap M) \cup R$ car l'ensemble total des personnes est la réunion de l'ensemble des personnes qui ne pratiquent que du sport, de l'ensemble des personnes qui ne font que de la musique, de l'ensemble des personnes qui font musique et sport et de l'ensemble des personnes qui ne font ni musique, ni sport.

On dit que S_1, M_1, $S \cap M$ et R forment une partition de l'ensemble Ω.

D'après le principe additif, on a

$$\text{Card}(\Omega) = \text{Card}(S_1) + \text{Card}(S \cap M) + \text{Card}(M_1) + \text{Card}(R).$$

On a donc : $35 = \text{Card}(S_1) + \text{Card}(S \cap M) + \text{Card}(M_1) + 7$.

Soit $28 = \text{Card}(S_1) + \text{Card}(S \cap M) + \text{Card}(M_1)$.

Or $\text{Card}(S_1) + \text{Card}(S \cap M) + \text{Card}(M_1) = \text{Card}(S \cup M)$
$= \text{Card}(S) + \text{Card}(M) - \text{Card}(S \cap M)$

donc on trouve :

$28 = \text{Card}(S) + \text{Card}(M) - \text{Card}(S \cap M) = 20 + 15 - \text{Card}(S \cap M)$

$\Leftrightarrow \text{Card}(S \cap M) = 20 + 15 - 28 = 7$

L'ensemble des personnes qui font sport et musique a pour cardinal 7.
Il y a 7 personnes qui font du sport et de la musique.

EXEMPLE 2 PRINCIPE MULTIPLICATIF

Dans un repère orthonormé, combien y a-t-il de points $M(x\,;\,y)$ à coordonnées entières x et y, telles que $3 \leqslant x \leqslant 7$ et $-2 \leqslant y \leqslant 6$?

CORRIGÉ COMMENTÉ

> **Rappel**
> Le cardinal du produit cartésien de plusieurs ensembles est le produit des cardinaux de chaque ensemble.

On note $E_1 = \{3\,;4\,;5\,;6\,;7\}$
et $E_2 = \{-2\,;-1\,;0\,;1\,;2\,;3\,;4\,;5\,;6\}$.
$x \in E_1$ et $y \in E_2$.
Donc les couples $(x\,;y)$ appartiennent au produit cartésien $E_1 \times E_2$.
Le nombre de couples $(x\,;y)$ est donc le cardinal de l'ensemble $E_1 \times E_2$.
D'après le principe multiplicatif, on a :

$$\text{Card}(E_1 \times E_2) = \text{Card}(E_1) \times \text{Card}(E_2) = 5 \times 9 = 45.$$

Il y a 45 points M à coordonnées entières telles que $3 \leqslant x \leqslant 7$ et $-2 \leqslant y \leqslant 6$.

2 Dénombrer en modélisant par des *k*-uplets

EXEMPLE

On considère un alphabet à quatre lettres $\{A\,;B\,;C\,;D\}$.
1. Combien de mots de deux lettres peut-on faire ? Un mot peut contenir plusieurs fois la même lettre. On pourra s'aider d'un arbre.
2. Combien de mots de 12 lettres peut-on faire ? Un mot peut contenir plusieurs fois la même lettre.

CORRIGÉ COMMENTÉ

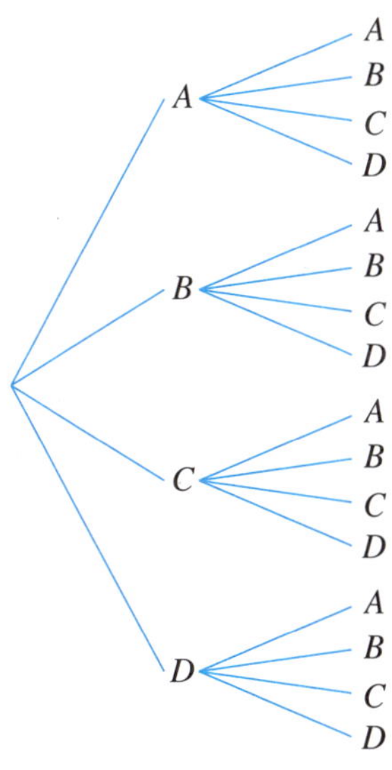

1. On peut faire tous les mots de deux lettres de l'arbre ci-contre.
Il y a quatre branches pour le choix de la première lettre et, pour chacune de ces premières lettres, il y a quatre branches pour la seconde lettre. Il y a donc 16 branches dans l'arbre, soit 16 mots possibles.

Autre méthode

On note $E = \{A\,;B\,;C\,;D\}$. $\text{Card}(E) = 4$.
Un mot de deux lettres est un 2-uplet d'éléments de E.
Il y a donc 4^2 couples d'éléments de E, soit 16 mots de deux lettres.

Remarque

Choisir des éléments dans un ensemble et les remettre après chaque choix revient à faire un k-uplet d'éléments de cet ensemble.

2. On note $E = \{A ; B ; C ; D\}$. $Card(E) = 4$.
Un mot de 12 lettres est un 12-uplet d'éléments de E.
Le nombre de 12-uplets d'éléments de E est 4^{12}.
Le nombre de mots formés avec 12 lettres est donc 16 777 216.
Remarque : il n'est pas question ici de faire un arbre car il serait trop grand.

3 Dénombrer en modélisant par des k-uplets distincts

EXEMPLE

Dans une association constituée de 40 adhérents, il faut élire un bureau constitué de six personnes : un président, un vice-président, un trésorier, un vice-trésorier, un secrétaire et un vice-secrétaire.
On suppose que tous les adhérents de l'association peuvent se présenter et qu'une personne ne peut pas occuper deux postes à la fois.
Combien y a-t-il de bureaux possibles dans cette association ?

CORRIGÉ COMMENTÉ

Un bureau est un 6-uplet d'éléments distincts choisis parmi les $n = 40$ adhérents de l'association.
Il y a n choix possibles pour le président, $n - 1$ choix possibles pour le vice-président, $n - 2$ choix possibles pour le trésorier, $n - 3$ choix possibles pour le vice-trésorier, $n - 4$ choix possibles pour le sercétaire et $n - 5$ choix possibles pour le vice-secrétaire.
Il y a donc $40 \times 39 \times 38 \times 37 \times 36 \times 35 = 2\ 763\ 633\ 600$ bureaux possibles.

Astuce

Choisir des personnes les unes après les autres sans remise revient à faire des k-uplets d'éléments distincts d'un ensemble.

4 Dénombrer en modélisant par des combinaisons

EXEMPLE

Dans une classe de 36 élèves, on veut faire des équipes de basket, chacune constituée de 5 joueurs.
Combien y a-t-il d'équipes possibles ?

CORRIGÉ COMMENTÉ

Faire une équipe consiste à choisir 5 élèves parmi les 35 élèves de la classe, c'est-à-dire faire une combinaison de 5 éléments choisis parmi 35.
Le nombre d'équipes possibles est donc le nombre de combinaisons de 5 éléments parmi 35.

Il y en a $\binom{35}{5} = 324\ 632$.

On peut donc faire 324 632 équipes.

Remarque

Choisir un groupe de *k*-éléments pris **simultanément** dans un ensemble revient à choisir une partie à k éléments de cet ensemble.
On modélise alors les choix possibles **de parties (sous-ensembles) à *k* éléments par des combinaisons.**

Édouard Lucas (1842 - 1891) est un mathématicien français qui a utilisé l'échiquier dans un grand nombre de recherches arithmétiques et notamment pour résoudre des problèmes de permutations.

SUJET DU BAC

Exercice 1 — 25 min — Algorithmique et programmation 4 points

Un groupe d'amis constitué de trois filles et quatre garçons veut se faire photographier par un photographe professionnel.
Le photographe propose plusieurs types de photos. Il dispose pour cela les membres du groupe assis côte à côte sur un banc.

1. Pour le premier type de photo, toutes les filles veulent rester ensemble côte à côte et tous les garçons aussi.
Combien de photos différentes peut prendre le photographe ?

2. Pour le deuxième type de photo, seules toutes les filles veulent rester ensemble côte à côte.
Combien de photos différentes peut prendre le photographe ?

3. Pour le troisième type de photo, tout le monde peut se placer comme il le souhaite sur le banc.
Combien de photos différentes peut prendre le photographe ?

4. Compléter la fonction nommée `factorielle` suivante, d'argument n, afin qu'elle renvoie le nombre $n!$.

```
def factorielle(n):
    f=1
    for i in range(...,...):
        f=...
    return ...
```

5. Retrouver, en utilisant cette fonction, les résultats des questions **1. 2.** et **3.**

→ *Corrigé p. 116*

Exercice 2 — 30 min — 5 points

Une entreprise fabrique des pièces mécaniques. Le service du contrôle qualité met en place plusieurs procédures de test sur les pièces fabriquées.

Procédure 1. Dans un lot de 20 pièces fabriquées, le service en prélève simultanément quatre.

1. Combien de prélèvements différents peut-il réaliser ?

2. On suppose que sur les 20 pièces, quatre sont mauvaises.

a) Quel est le nombre de prélèvements où les quatre pièces sont bonnes ?

b) Quel est le nombre de prélèvements où au moins une pièce est mauvaise ?

c) Quel est le nombre de prélèvement où exactement une pièce est mauvaise ?

Procédure 2. Dans un lot de 20 pièces, le service en choisit quatre les unes après les autres sans remise dans le lot.

1. Combien de prélèvements différents peut-il réaliser ?

2. On suppose que sur les 20 pièces, quatre sont mauvaises.

a) Quel est le nombre de prélèvements où les quatre pièces sont bonnes ?

b) Quel est le nombre de prélèvements où au moins une pièce est mauvaise ?

c) Quel est le nombre de prélèvements où exactement une pièce est mauvaise ?

→ *Corrigé p. 116*

Exercice 1 → Énoncé p. 114

1. Il y a 7 places sur le banc. Les filles veulent rester ensemble côte à côte et les garçons aussi. Il n'y a que 2 façons de répartir les groupes de filles et de garçons côte à côte sur le banc :

$FFFGGGG$ ou $GGGGFFF$.

Pour chacune de ces positions, il y a $3!$ permutations possibles pour les filles et $4!$ permutations possibles pour les garçons.

Par le principe multiplicatif, il y a donc $2 \times 3! \times 4! = 288$ photos différentes possibles.

2. Les filles veulent rester ensemble mais le groupe des filles peut s'intercaler entre deux garçons.

Il y a donc 5 façons de répartir le groupe des filles côte à côte sur le banc :

$FFFGGGG$ ou $GFFFGGG$ ou $GGFFFGG$ ou $GGGFFFG$ ou $GGGGFFF$.

Pour chacune de ces positions, il y a $3!$ permutations possibles des filles et $4!$ permutations possibles des garçons.

Par le principe multiplicatif, il y a donc $5 \times 3! \times 4! = 720$ photos différentes possibles.

3. Tout le monde peut s'installer où il veut sur le banc. Il y a donc 7 choix possibles pour la première personne, puis 6 choix possibles pour la deuxième personne, 5 choix pour la troisième personne, 4 choix pour la quatrième personne, 3 choix pour la cinquième personne, 2 choix pour la sixième personne et plus qu'un choix pour la septième personne.

Il y a donc $7! = 5\ 040$ photos différentes possibles.

4. Solution

```python
def factorielle(n):
    f=1
    for i in range(1,n+1):
        f=f*i
    return f
```

5.

```
>>> 2*factorielle(3)*factorielle(4)
288
>>> 5*factorielle(3)*factorielle(4)
720
>>> factorielle(7)
5040
```

Exercice 2 → Énoncé p. 114

Procédure 1

1. Prélever quatre pièces simultanément revient à faire une combinaison de quatre éléments dans l'ensemble E des 20 pièces.

Il y a donc $\binom{20}{4} = 4\ 845$ prélèvements possibles.

2. a) Si les quatre pièces prélevées sont bonnes, elles ont été prélevées parmi les 16 bonnes pièces. Le nombre de prélèvements est donc le nombre de combinaisons de 4 pièces parmi 16 bonnes pièces, soit $\binom{16}{4} = 1\ 820$.

b) On considère l'ensemble A des prélèvements qui contiennent au moins une pièce défectueuse. Alors $\overline{A}$ est l'ensemble des prélèvements qui ne contiennent aucune pièce défectueuse, c'est-à-dire dont les quatre pièces sont bonnes. D'après la question précédente, $\text{Card}(\overline{A}) = 1\ 820$.

Donc $A \cup \overline{A}$ est l'ensemble de tous les prélèvements possibles.

Par le principe additif, on a $\text{Card}(A) + \text{Card}(\overline{A}) = 4\ 845$

soit $\text{Card}(A) = 4\ 845 - 1\ 820 = 3\ 025$.

c) Il y a quatre choix possibles pour la pièce défectueuse.

Il y a ensuite $\binom{16}{3} = 560$ choix possibles pour les trois pièces qui sont bonnes.

Par le principe multiplicatif, il y a $4 \times 560 = 2\ 240$ prélèvements possibles.

Procédure 2

1. Prélever les quatre pièces les unes après les autres sans remise revient à faire un 4-uplet d'éléments distincts de l'ensemble des pièces fabriquées.

Il y a donc $20 \times 19 \times 18 \times 17 = 116\ 280$ prélèvements possibles.

2. a) Si les quatre pièces prélevées sont bonnes, elles ont été prélevées parmi les 16 bonnes pièces. Prélever quatre pièces les unes après les autres, sans remise, dans les 16 bonnes pièces revient à faire un 4-uplet d'éléments distincts de l'ensemble des 16 pièces bonnes.

Il y a donc $16 \times 15 \times 14 \times 13 = 43\ 680$ prélèvements possibles.

b) On considère l'ensemble A des prélèvements qui contiennent au moins une pièce défectueuse. Alors $\overline{A}$ est l'ensemble des prélèvements qui ne contiennent aucune pièce défectueuse, c'est-à-dire dont les quatre pièces sont bonnes. D'après la question précédente, $\text{Card}(\overline{A}) = 43\ 680$.

Donc $A \cup \overline{A}$ est l'ensemble de tous les prélèvements possibles.

Par le principe additif, on a $\text{Card}(A) + \text{Card}(\overline{A}) = 116\ 280$

soit $\text{Card}(A) = 116\ 280 - 43\ 680 = 72\ 600$.

c) Il y a quatre choix possibles pour la pièce défectueuse.

On prélève ensuite trois pièces les unes après les autres et sans remise parmi les 16 bonnes.

Il y a donc $16 \times 15 \times 14 = 3\ 360$ choix possibles pour les trois pièces qui sont bonnes.

Par le principe multiplicatif, il y a $4 \times 3\ 360 = 13\ 440$ prélèvements possibles.

Vecteurs, droites et plans de l'espace

CHAPITRE 8

1 Vecteurs de l'espace

A. Définition d'un vecteur de l'espace

■ **Définition.** Soient A et B deux points de l'espace. On associe le vecteur $\overrightarrow{AB}$ à la translation qui transforme A en B.
Deux vecteurs $\overrightarrow{AB}$ et $\overrightarrow{CD}$ sont égaux si et seulement si $ABDC$ est un parallélogramme (éventuellement aplati).
On peut alors noter $\vec{u} = \overrightarrow{AB} = \overrightarrow{CD}$, $\overrightarrow{AB}$ et $\overrightarrow{CD}$ sont des représentants du vecteur $\vec{u}$.

Remarques :

- Le vecteur $\overrightarrow{AA}$ est le vecteur nul, noté $\vec{0}$.
- La direction du vecteur $\overrightarrow{AB}$ est la droite (AB) ou toute droite parallèle à (AB).
- Le sens du vecteur $\overrightarrow{AB}$ est le sens de A vers B.
- La longueur AB est la norme du vecteur $\overrightarrow{AB}$ notée $\|\overrightarrow{AB}\|$.
- Deux vecteurs sont égaux s'ils ont même direction, même sens, même norme.

■ **Propriété.** Soit A un point de l'espace et $\vec{u}$ un vecteur.
Il existe un unique point M tel que $\overrightarrow{AM} = \vec{u}$.

Remarque :
Le vecteur $\overrightarrow{AM}$ est le représentant de $\vec{u}$ d'origine A.

B. Opérations sur les vecteurs

■ **Propriété (règle du parallélogramme)**
Soient $\vec{u}$ et $\vec{v}$ deux vecteurs de l'espace de représentants respectifs $\vec{u} = \overrightarrow{AB}$ et $\vec{v} = \overrightarrow{AC}$.

La **somme des vecteurs $\vec{u}$ et $\vec{v}$** *est le vecteur noté $\vec{u} + \vec{v}$ de représentant $\overrightarrow{AD}$.*

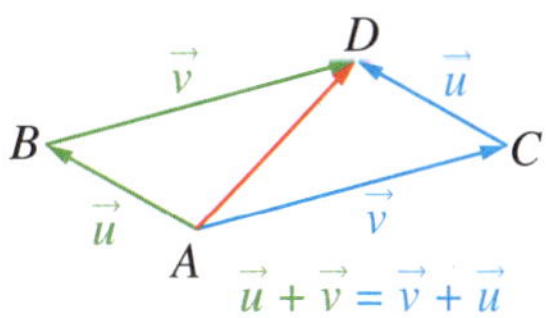

■ **Propriété. Relation de Chasles**
Pour tous points A, B et C de l'espace, on a :

$$\overrightarrow{AB} + \overrightarrow{BC} = \overrightarrow{AC}.$$

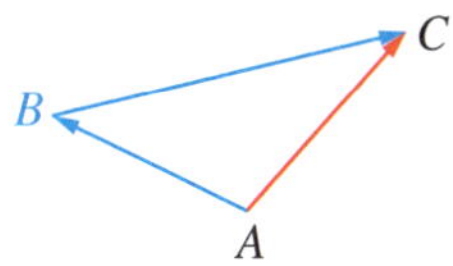

■ **Définition et propriété**
Pour tous points A et B de l'espace, $\overrightarrow{AB} + \overrightarrow{BA} = \vec{0}$.
Le vecteur $\overrightarrow{BA}$ s'appelle le vecteur opposé de $\overrightarrow{AB}$. On le note $\overrightarrow{BA} = -\overrightarrow{AB}$.
En général, on note $-\vec{u}$ le vecteur opposé au vecteur $\vec{u}$.
On a alors $\vec{u} + (-\vec{u}) = (-\vec{u}) + \vec{u} = \vec{0}$.

■ **Définition.** Soient $\vec{u}$ un vecteur non nul et k un réel non nul. Le vecteur $k\vec{u}$ est le vecteur qui a :
- la même direction que le vecteur $\vec{u}$;
- le même sens que $\vec{u}$ si $k > 0$, le sens contraire de $\vec{u}$ si $k < 0$;
- pour norme $|k| \times \|\vec{u}\|$.

Remarques :
- Pour tout réel k, $k\vec{0} = \vec{0}$.
- $0 \times \vec{u} = \vec{0}$

■ **Propriété**. Soient $\vec{u}$ et $\vec{v}$ deux vecteurs de l'espace. Soient k et k' deux réels.

$$k\vec{u} = \vec{0} \Leftrightarrow k = 0 \text{ ou } \vec{u} = \vec{0}$$
$$k(k'\vec{u}) = kk'\vec{u}$$
$$(k + k')\vec{u} = k\vec{u} + k'\vec{u}$$
$$k(\vec{u} + \vec{v}) = k\vec{u} + k\vec{v}$$

Remarque :
Les opérations sur les vecteurs du plan se prolongent aux vecteurs de l'espace.

C. Vecteurs colinéaires

■ **Définition**. Soient $\vec{u}$ et $\vec{v}$ deux vecteurs de l'espace.
On dit que $\vec{u}$ et $\vec{v}$ sont **colinéaires** s'ils ont la même direction.

■ **Propriété.** $\vec{u}$ et $\vec{v}$ sont **colinéaires** si, et seulement si, il existe un réel k tel que :

$$\vec{u} = k\vec{v} \text{ ou } \vec{v} = k\vec{u}.$$

Remarque :
Le vecteur nul est colinéaire à tout vecteur de l'espace.

2 Caractérisation des droites et plans

A. Caractérisation vectorielle d'une droite

■ **Définition**
Soient A et B deux points distincts de l'espace.
La droite (AB) est l'ensemble des points M de l'espace pour lesquels il existe un réel k tel que

$$\overrightarrow{AM} = k\overrightarrow{AB}$$

$\overrightarrow{AB}$ est appelé vecteur directeur de la droite (AB).

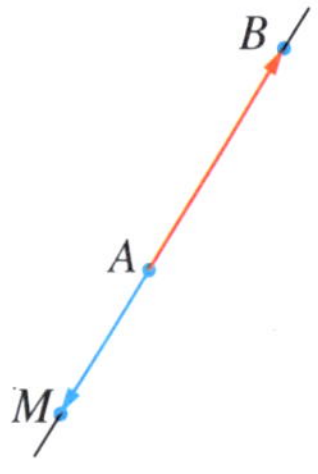

Remarque :
Une droite est entièrement déterminée par la donnée d'un point de cette droite et d'un vecteur directeur.

B. Caractérisation vectorielle d'un plan

■ **Définition.** Soient $\vec{u}$, $\vec{v}$ et $\vec{w}$ trois vecteurs de l'espace tels que $\vec{u}$ et $\vec{v}$ ne sont pas colinéaires.
$\vec{u}$, $\vec{v}$ et $\vec{w}$ sont **coplanaires** lorsqu'il existe deux réels x et y tels que $\vec{w} = x\vec{u} + y\vec{v}$.
L'expression $x\vec{u} + y\vec{v}$ s'appelle une combinaison linéaire des vecteurs $\vec{u}$ et $\vec{v}$.

■ **Définition**. Soient A , B et C trois points non alignés de l'espace.
Le plan (ABC) est l'ensemble des points M pour lesquels il existe deux réels x et y tels que $\overrightarrow{AM} = x\overrightarrow{AB} + y\overrightarrow{AC}$, où $x \in \mathbb{R}$ et $y \in \mathbb{R}$.
On dit que $\overrightarrow{AB}$ et $\overrightarrow{AC}$ sont des **vecteurs directeurs** du plan (ABC).
Le couple $(\overrightarrow{AB}, \overrightarrow{AC})$ s'appelle **une base du plan** (ABC).
$(A\ ;\ \overrightarrow{AB}, \overrightarrow{AC})$ s'appelle **un repère du plan** (ABC).

Remarques :
- Trois points sont toujours coplanaires.
- Un plan est entièrement déterminé par la donnée d'un point et de deux vecteurs non colinéaires de ce plan.

■ **Propriété**. Soient $\vec{u}$, $\vec{v}$ et $\vec{w}$ trois vecteurs du plan. On note A , B , C et D les points de l'espace tels que : $\vec{u} = \overrightarrow{AB}$; $\vec{v} = \overrightarrow{AC}$ et $\vec{w} = \overrightarrow{AD}$.

$\vec{u}$, $\vec{v}$ et $\vec{w}$ sont coplanaires si et seulement si A , B, C et D sont coplanaires.

3 Positions relatives des droites et des plans

A. Positions relatives de deux droites

■ **Définitions**. Soient D une droite de vecteur directeur $\vec{u}$ et D' une droite de vecteur directeur $\vec{u'}$.
- D et D' sont **parallèles** lorsque $\vec{u}$ et $\vec{u'}$ sont colinéaires.
- D et D' sont **coplanaires** lorsqu'il existe un plan contenant D et D'.

■ **Propriétés**. Soient A, B, C et D quatre points distincts de l'espace.
- Les droites (AB) et (CD) sont coplanaires si, et seulement si, les points A, B, C et D sont coplanaires, c'est-à-dire s'il existe un plan contenant les quatre points A, B, C et D.
- Deux droites sont coplanaires si et seulement si elles sont sécantes ou parallèles.
- Si deux droites ne sont pas coplanaires, alors leur intersection est vide.

Sécantes :
$(EF) \cap (HF) = \{F\}$

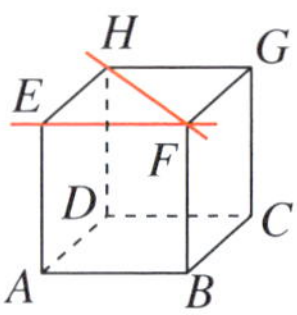

Parallèles :
$(EF) \cap (HG) = \varnothing$
et E, F, G, H sont coplanaires

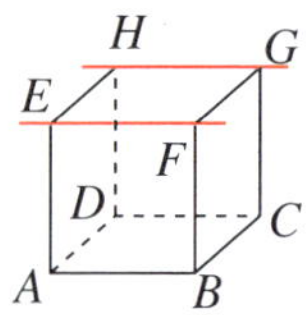

Non coplanaires :
$(HB) \cap (EF) = \varnothing$

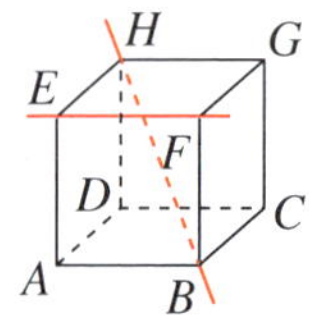

Remarque :
Deux droites de l'espace non parallèles ne sont donc pas nécessairement sécantes.

B. Positions relatives d'une droite et d'un plan

■ **Définition**. Une droite est parallèle à un plan lorsqu'elle admet un vecteur directeur colinéaire à un vecteur directeur du plan.

Remarque :
Une droite **parallèle** à un plan peut être strictement parallèle au plan (intersection vide entre la droite et le plan) ou incluse dans le plan (tous les points de la droite appartiennent au plan).

■ **Propriété**. Lorsqu'une droite **n'est pas parallèle** à un plan, elle a un unique point d'intersection avec le plan.

Sécants :
$(HC) \cap (ABC) = \{C\}$

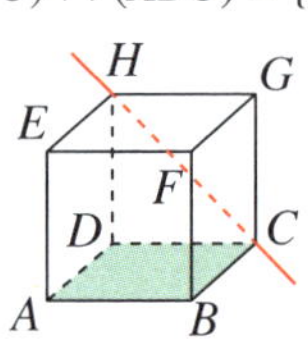

Strictement parallèles :
$(AB) \,//\, (DCG)$

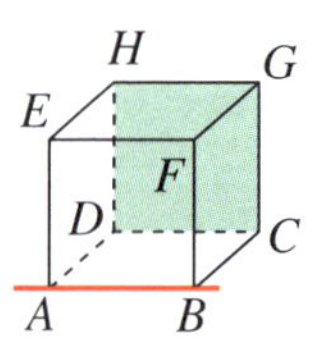

Droite parallèle incluse dans le plan : $(HC) \subset (DCG)$

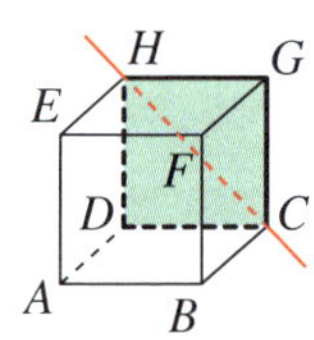

C. Positions relatives de deux plans

■ **Définition**. Deux plans sont parallèles lorsqu'ils admettent un même couple de vecteurs directeurs non colinéaires.

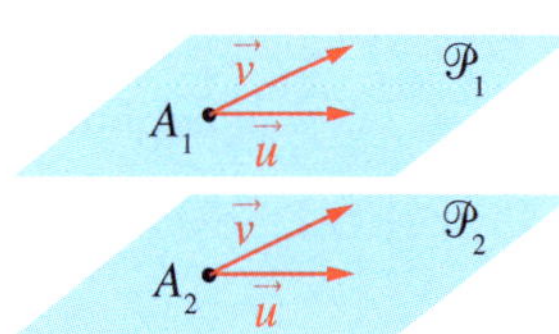

■ **Propriété**. Deux plans non parallèles sont sécants. Leur intersection est une droite. Exemple dans le cube $ABCDEFGH$

Sécants en une droite	Parallèles	
	Confondus	**Strictement parallèles**
$(HAB) \cap (ABC) = (AB)$ 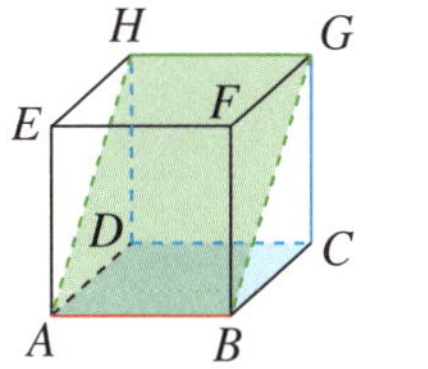	$(FBC) \cap (GCB) = (FBC)$ 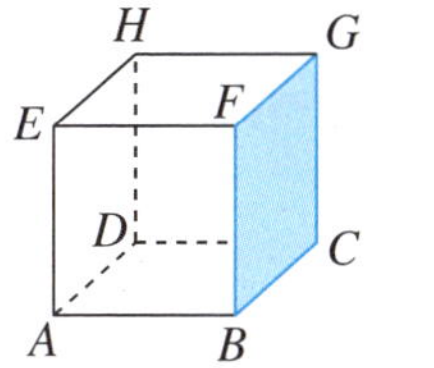	$(FBC) \cap (EAD) = \varnothing$ 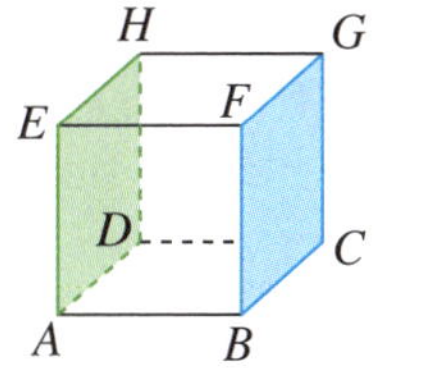

■ **Propriété.** Si deux plans $\mathcal{P}$ et $\mathcal{P}'$ sont parallèles, alors tout plan $\mathcal{R}$ coupant $\mathcal{P}$, coupe le plan $\mathcal{P}'$.

Les droites d'intersection entre $\mathcal{P}$ et $\mathcal{R}$ d'une part, et $\mathcal{P}'$ et $\mathcal{R}$ d'autre part, sont parallèles.

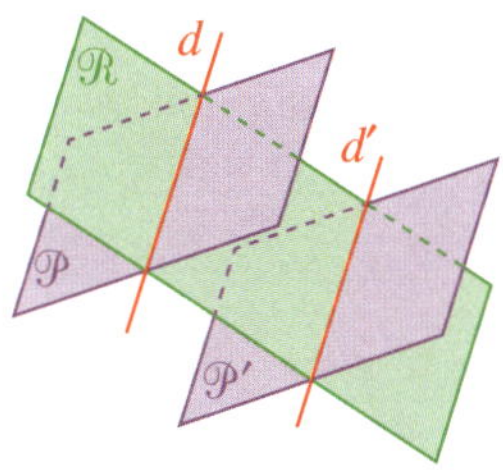

■ **Théorème (théorème du toit).** Soient $\mathcal{P}$ et $\mathcal{P}'$ deux plans. Soient d une droite incluse dans $\mathcal{P}$ et d' une droite incluse dans $\mathcal{P}'$ telles que d est parallèle à d'.

Si $\mathcal{P}$ et $\mathcal{P}'$ sont sécants en une droite Δ, alors Δ est parallèle à d et Δ est parallèle à d'.

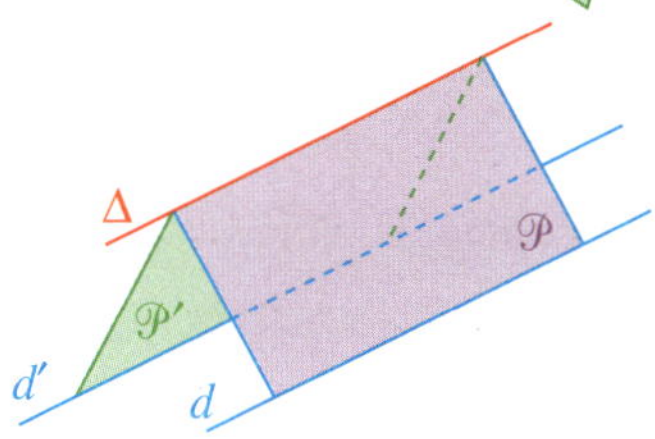

4 Repère de l'espace

A. Base de l'espace

■ **Définition**. Soient $\vec{i}, \vec{j}$ et $\vec{k}$ trois vecteurs de l'espace non nuls et deux à deux non colinéaires.

Si $\vec{i}, \vec{j}$ et $\vec{k}$ sont non coplanaires, le triplet $(\vec{i}, \vec{j}, \vec{k})$ s'appelle une base de l'espace.

■ **Propriété et définition.** Soit $(\vec{i}, \vec{j}, \vec{k})$ une base de l'espace.

Pour tout vecteur $\vec{u}$ de l'espace, il existe un unique triplet (x, y, z) de nombres réels, tel que : $\vec{u} = x\vec{i} + y\vec{j} + z\vec{k}$.

(x, y, z) sont appelées les **coordonnées** de $\vec{u}$ dans la base $(\vec{i}, \vec{j}, \vec{k})$.

On note $\vec{u}\begin{pmatrix} x \\ y \\ z \end{pmatrix}$.

B. Repère de l'espace

Définition. Un repère de l'espace est constitué d'un point donné O et d'une base $(\vec{i}, \vec{j}, \vec{k})$.

On note **$(O ; \vec{i}, \vec{j}, \vec{k})$ un repère de l'espace.**

O s'appelle l'origine du repère.

Remarque :

L'ordre des vecteurs de la base est important. En changeant l'ordre, on change de repère.

Propriété et définitions. Soit $(O ; \vec{i}, \vec{j}, \vec{k})$ un repère de l'espace.

• Pour tout point M de l'espace, il existe un unique triplet (x, y, z) de nombres réels tel que

$$\overrightarrow{OM} = x\vec{i} + y\vec{j} + z\vec{k}.$$

• (x, y, z) s'appellent les **coordonnées** de M dans le repère $(O ; \vec{i}, \vec{j}, \vec{k})$.

• x s'appelle **l'abscisse** de M ; y s'appelle **l'ordonnée** de M ; z s'appelle **la côte** (ou l'altitude) de M.

On note **$M(x, y, z)$** le point M de coordonnées (x, y, z).

Propriétés. Soit $(O ; \vec{i}, \vec{j}, \vec{k})$ un repère de l'espace.

Soient $\vec{u}(x ; y ; z)$ et $\vec{v}(x' ; y' ; z')$ deux vecteurs.

Soient k un réel et $A(x_A ; y_A ; z_A)$ et $B(x_B ; y_B ; z_B)$ deux points de l'espace.

Le **milieu du segment $[AB]$** a pour coordonnées $\left(\dfrac{x_A + x_B}{2} ; \dfrac{y_A + y_B}{2} ; \dfrac{z_A + z_B}{2}\right)$.

Dans la base $(\vec{i}, \vec{j}, \vec{k})$:

• $\vec{u} + \vec{v}\begin{pmatrix} x + x' \\ y + y' \\ z + z' \end{pmatrix}$

• $k\vec{u}\begin{pmatrix} kx \\ ky \\ kz \end{pmatrix}$

• $\overrightarrow{AB}\begin{pmatrix} x_B - x_A \\ y_B - y_A \\ z_B - z_A \end{pmatrix}$

• $\vec{u}$ et $\vec{v}$ sont **colinéaires** si et seulement si leurs **coordonnées sont proportionnelles**.

• $\vec{u}$ et $\vec{v}$ sont égaux si et seulement si leurs coordonnées sont égales.

CARTE MENTALE

VECTEURS, DROITES ET PLANS DE L'ESPACE

Représenter des vecteurs de l'espace

$\overrightarrow{AB} = \overrightarrow{CD} \Leftrightarrow ABDC$ est un parallélogramme	
Somme de deux vecteurs : $\overrightarrow{AB} + \overrightarrow{AC} = \overrightarrow{AD}.$	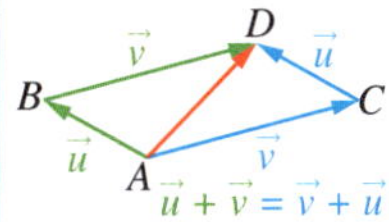
Relation de Chasles : $\overrightarrow{AB} + \overrightarrow{BC} = \overrightarrow{AC}$	
Les vecteurs $\vec{u}$ et $\vec{v} = k\vec{u}$ sont **colinéaires.** $\Leftrightarrow$ leurs coordonnées sont proportionnelles	 $k > 0$ $k < 0$

Caractériser un plan de l'espace

- $\vec{u}$, $\vec{v}$ et $\vec{w}$ **sont coplanaires :** $\vec{w} = x\vec{u} + y\vec{v}$ avec $\vec{u}$ et $\vec{v}$ non colinéaires
- Le plan (ABC) est l'ensemble des points M tels que $\overrightarrow{AM} = x\overrightarrow{AB} + y\overrightarrow{AC}$. $\overrightarrow{AB}$ et $\overrightarrow{AC}$ sont des **vecteurs directeurs**.

Caractériser une droite de l'espace

La **droite** (AB) **est** l'ensemble des points M tels que $\overrightarrow{AM} = k\overrightarrow{AB}$.
$\overrightarrow{AB}$ est un **vecteur directeur**.

Étudier la position relative de plans et de droites

Positions relatives de $\mathscr{D}_1$ et $\mathscr{D}_2$			
Coplanaires			**Non coplanaires**
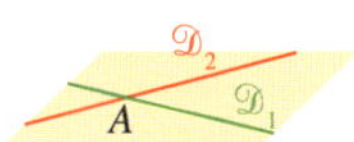	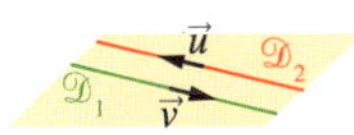 (Les vecteurs $\vec{u}$ et $\vec{v}$ sont colinéaires)		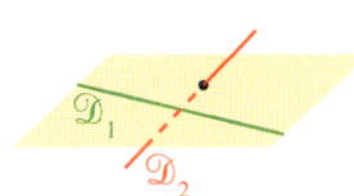

Positions relatives de $\mathscr{D}$ et $\mathscr{P}$		
Sécants	**Parallèles**	
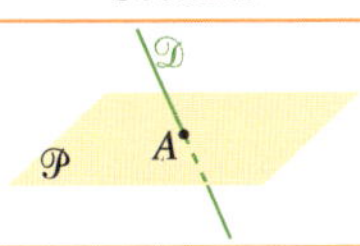	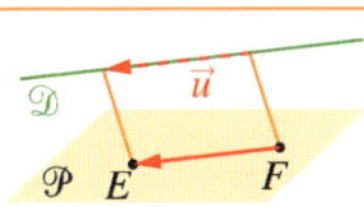	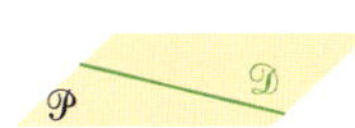

Positions relatives des plans $\mathscr{P}_1$ et $\mathscr{P}_2$			
Sécants	**Parallèles**		**Théorème du toit**
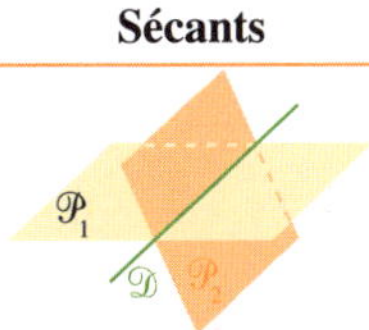		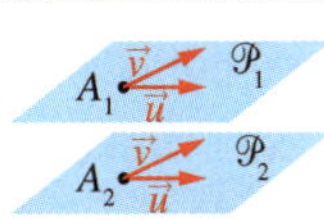	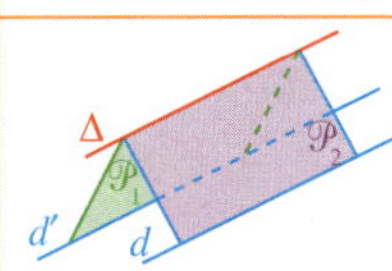

EXERCICES TYPES

1 Montrer la colinéarité de deux vecteurs

EXEMPLE 1 **AVEC L'ÉCRITURE SUR UNE BASE D'UN PLAN**

On considère, dans l'espace, trois points A, B et C non alignés. On définit les points M et N par :

$\overrightarrow{AM} = \frac{1}{2}\overrightarrow{AB} + \overrightarrow{AC}$ et $\overrightarrow{CN} = \overrightarrow{AC}$.

1. Montrer que $\overrightarrow{BM} = -\frac{1}{2}\overrightarrow{AB} + \overrightarrow{AC}$ et $\overrightarrow{BN} = -\overrightarrow{AB} + 2\overrightarrow{AC}$.
2. En déduire que les vecteurs $\overrightarrow{BM}$ et $\overrightarrow{BN}$ sont colinéaires.
3. Qu'en déduit-on pour les points B, M et N ?

CORRIGÉ COMMENTÉ

1. $\overrightarrow{AM} = \frac{1}{2}\overrightarrow{AB} + \overrightarrow{AC} \Leftrightarrow \overrightarrow{AB} + \overrightarrow{BM} = \frac{1}{2}\overrightarrow{AB} + \overrightarrow{AC}$ On a utilisé la relation de Chasles.

$$\Leftrightarrow \overrightarrow{BM} = -\overrightarrow{AB} + \frac{1}{2}\overrightarrow{AB} + \overrightarrow{AC}$$

$$\Leftrightarrow \overrightarrow{BM} = -\frac{1}{2}\overrightarrow{AB} + \overrightarrow{AC}$$

On a par ailleurs :

$\overrightarrow{CN} = \overrightarrow{AC} \Leftrightarrow \overrightarrow{CB} + \overrightarrow{BN} = \overrightarrow{AC}$

On a utilisé la relation de Chasles.

$$\Leftrightarrow \overrightarrow{BN} = \overrightarrow{AC} - \overrightarrow{CB}$$

$$\Leftrightarrow \overrightarrow{BN} = \overrightarrow{AC} + \overrightarrow{BC}$$

$$\Leftrightarrow \overrightarrow{BN} = \overrightarrow{AC} + \overrightarrow{BA} + \overrightarrow{AC}$$

On a utilisé la relation de Chasles.

$$\Leftrightarrow \overrightarrow{BN} = -\overrightarrow{AB} + 2\overrightarrow{AC}$$

> **Astuce**
> Pour démontrer que deux vecteurs sont colinéaires, on les exprime en fonction de deux mêmes vecteurs non colinéaires (qui forment une base d'un plan). On déduit s'il existe une relation de colinéarité.

2. Les vecteurs $\overrightarrow{AB}$ et $\overrightarrow{AC}$ ne sont pas colinéaires car (ABC) est un plan. Ils forment donc une base du plan (ABC).

On a $2\overrightarrow{BM} = 2\left(-\frac{1}{2}\overrightarrow{AB} + \overrightarrow{AC}\right) = -\overrightarrow{AB} + 2\overrightarrow{AC} = \overrightarrow{BN}$.

Les vecteurs $\overrightarrow{BM}$ et $\overrightarrow{BN}$ sont colinéaires.

3. Les vecteurs $\overrightarrow{BM}$ et $\overrightarrow{BN}$ sont colinéaires, donc les points B, M et N sont alignés.

EXEMPLE 2 **AVEC LES COORDONNÉES**

On considère, dans un repère de l'espace, les points $A(3\,;-1\,;4)$, $B(2\,;5\,;7)$ et $C(6\,;-19\,;-5)$.

1. Calculer les coordonnées des vecteurs $\overrightarrow{AB}$ et $\overrightarrow{AC}$.

2. En déduire que les vecteurs $\overrightarrow{AB}$ et $\overrightarrow{AC}$ sont colinéaires.

CORRIGÉ COMMENTÉ

1. $\overrightarrow{AB}\begin{pmatrix} x_B - x_A \\ y_B - y_A \\ z_B - z_A \end{pmatrix}$ donc $\overrightarrow{AB}\begin{pmatrix} -1 \\ 6 \\ 3 \end{pmatrix}$ et $\overrightarrow{AC}\begin{pmatrix} x_C - x_A \\ y_C - y_A \\ z_C - z_A \end{pmatrix}$ donc $\overrightarrow{AC}\begin{pmatrix} 3 \\ -18 \\ -9 \end{pmatrix}$.

2. On a : $\dfrac{x_{\overrightarrow{AC}}}{x_{\overrightarrow{AB}}} = \dfrac{3}{-1} = -3$;

$\dfrac{y_{\overrightarrow{AC}}}{y_{\overrightarrow{AB}}} = \dfrac{-18}{6} = -3$ et $\dfrac{z_{\overrightarrow{AC}}}{z_{\overrightarrow{AB}}} = \dfrac{-9}{3} = -3$.

> **Rappel**
> Deux vecteurs sont colinéaires si et seulement si leurs coordonnées sont proportionnelles.

Les coordonnées des vecteurs $\overrightarrow{AB}$ et $\overrightarrow{AC}$ sont proportionnelles, donc les vecteurs $\overrightarrow{AB}$ et $\overrightarrow{AC}$ sont colinéaires.

On aurait pu aussi remarquer que $-3\overrightarrow{AB} = \overrightarrow{AC}$.

2 Montrer une coplanarité

EXEMPLE 1 **AVEC UNE ÉCRITURE SUR UNE BASE**

On considère, dans un repère de l'espace, les points $A(2\,;1\,;3)$, $B(0\,;-1\,;1)$ et $C(-2\,;4\,;5)$ et $D(-12\,;15\,;13)$.

1. Démontrer que $\overrightarrow{AD} = -\overrightarrow{AB} + 4\overrightarrow{AC}$.

2. En déduire que les points A, B, C et D sont coplanaires.

CORRIGÉ COMMENTÉ

1. On a $\overrightarrow{AB}\begin{pmatrix} x_B - x_A \\ y_B - y_A \\ z_B - z_A \end{pmatrix}$ donc $\overrightarrow{AB}\begin{pmatrix} -2 \\ -2 \\ -2 \end{pmatrix}$; $\overrightarrow{AC}\begin{pmatrix} x_C - x_A \\ y_C - y_A \\ z_C - z_A \end{pmatrix}$

donc $\overrightarrow{AC}\begin{pmatrix} -4 \\ 3 \\ 2 \end{pmatrix}$ et $\overrightarrow{AD}\begin{pmatrix} x_D - x_A \\ y_D - y_A \\ z_D - z_A \end{pmatrix}$ donc $\overrightarrow{AD}\begin{pmatrix} -14 \\ 14 \\ 10 \end{pmatrix}$.

On a par ailleurs :
$-\overrightarrow{AB} + 4\overrightarrow{AC}$ a pour coordonnées

$$\begin{pmatrix} -1 \times (-2) + 4 \times (-4) \\ -1 \times (-2) + 4 \times 3 \\ -1 \times (-2) + 4 \times 2 \end{pmatrix} = \begin{pmatrix} -14 \\ 14 \\ 10 \end{pmatrix}.$$

On en déduit que : $-\overrightarrow{AB} + 4\overrightarrow{AC} = \overrightarrow{AD}$

> **Rappel**
> Deux vecteurs sont égaux si et seulement si ils ont les mêmes coordonnées.

2. On a : $\dfrac{x_{\overrightarrow{AC}}}{x_{\overrightarrow{AB}}} = \dfrac{-4}{-2} = 2$ et $\dfrac{y_{\overrightarrow{AC}}}{y_{\overrightarrow{AB}}} = \dfrac{3}{-2} = -\dfrac{3}{2}$

$\dfrac{x_{\overrightarrow{AC}}}{x_{\overrightarrow{AB}}} \neq \dfrac{y_{\overrightarrow{AC}}}{y_{\overrightarrow{AB}}}$ Les coordonnées des vecteurs ne sont pas proportionnelles.

> **Rappel**
> $\vec{u}$, $\vec{v}$ sont **colinéaires** si et seulement si leurs coordonnées sont proportionnelles.

Donc les vecteurs $\overrightarrow{AB}$ et $\overrightarrow{AC}$ ne sont pas colinéaires, donc les points A, B et C définissent un plan.
$\overrightarrow{AD}$ est égal à une combinaison linéaire des vecteurs non colinéaires $\overrightarrow{AB}$ et $\overrightarrow{AC}$, donc A, B, C et D sont coplanaires.

EXEMPLE 2 DANS UNE FIGURE

On considère un tétraèdre $ABCD$.
On définit le point M par
$\overrightarrow{DM} = \overrightarrow{CA} + \dfrac{1}{2}\overrightarrow{DB} + \dfrac{1}{2}\overrightarrow{DC}$.

1. Construire le point M.
2. Montrer que les points A, B, C et M sont coplanaires.

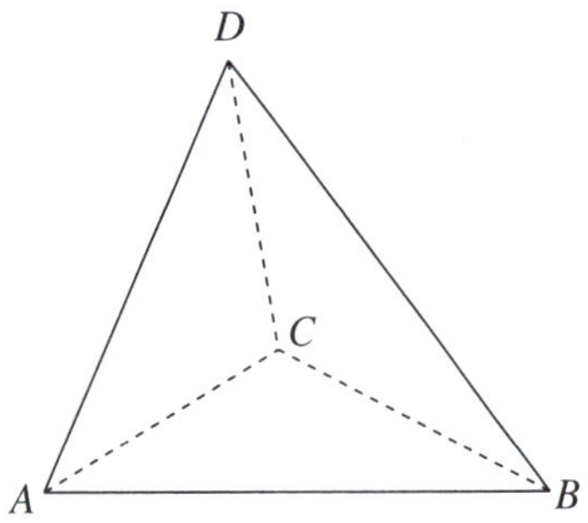

CORRIGÉ COMMENTÉ

1.

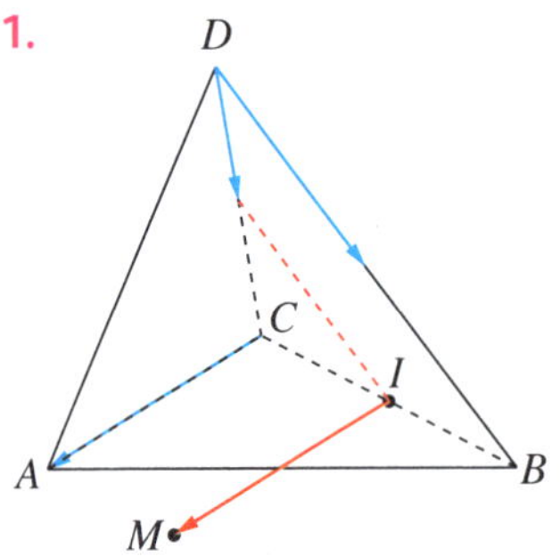

On a placé le point I à l'aide de la règle du parallélogramme pour additionner $\dfrac{1}{2}\overrightarrow{DB} + \dfrac{1}{2}\overrightarrow{DC}$.

2. A, B et C sont trois points non alignés par définition du tétraèdre.
Soit I le milieu de $[BC]$. On considère le point D' tel que $\overrightarrow{DC} + \overrightarrow{DB} = \overrightarrow{DD'}$.

$DCD'B$ est donc un parallélogramme. **On a appliqué la règle du parallélogramme.**
Donc $\overrightarrow{DC} + \overrightarrow{DB} = 2\overrightarrow{DI}$ car le centre du parallélogramme $DCD'B$ est I le milieu de $[BC]$.
Le point I appartient donc au plan ABC.

Donc $\overrightarrow{DM} = \overrightarrow{CA} + \frac{1}{2}(\overrightarrow{DB} + \overrightarrow{DC}) = \overrightarrow{CA} + \overrightarrow{DI}$.

On a alors $\overrightarrow{DM} - \overrightarrow{DI} = \overrightarrow{CA} \Leftrightarrow \overrightarrow{DM} + \overrightarrow{ID} = \overrightarrow{CA}$
$\Leftrightarrow \overrightarrow{IM} = \overrightarrow{CA}$.

La droites (IM) et (CA) sont donc parallèles. Comme I, C et A appartiennent au plan (ABC), le point M appartient au plan (ABC).

> **Rappel**
> Une droite parallèle à un plan peut être strictement parallèle au plan (intersection vide entre la droite et le plan) ou incluse dans le plan (tous les points de la droite appartiennent au plan).

3 Construire une intersection

EXEMPLE 1 **INTERSECTION DE DEUX DROITES**

Dans le cube $ABCDEFGH$ ci-dessous, on considère le point I du segment $[BF]$ tel que $FI = \frac{3}{4}FB$.

Construire l'intersection L des droites (EI) et (AB).

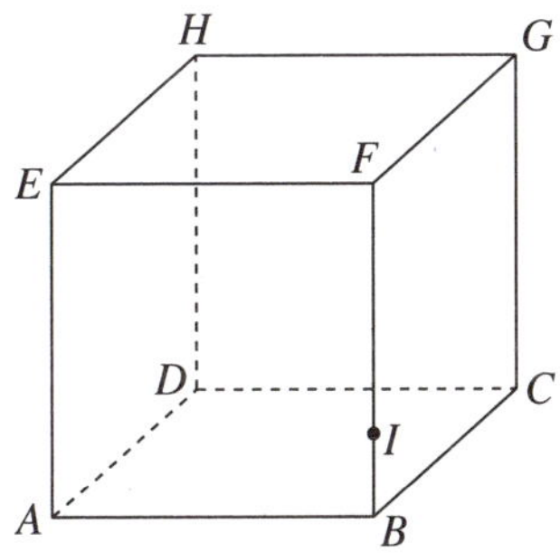

CORRIGÉ COMMENTÉ

Les droites (EI) et (AB) sont dans le plan (ABF). De plus, elles ne sont pas parallèles car I n'appartient pas à (EF).
Ces droites sont donc sécantes en L.

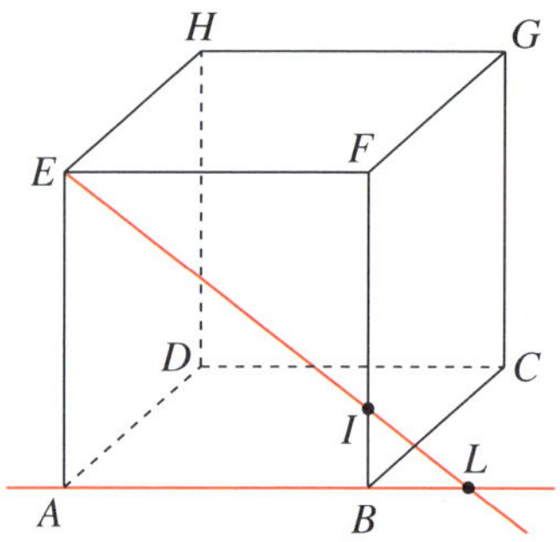

Rappel
Deux droites sont sécantes lorsqu'elles sont coplanaires et non parallèles.

EXEMPLE 2 INTERSECTION D'UNE DROITE ET D'UN PLAN

Dans le cube $ABCDEFGH$ ci-dessous, on considère le point K du segment $[GC]$ tel que $GK = \frac{2}{3}GC$.

Construire l'intersection L de la droite (FK) et du plan (ABC).

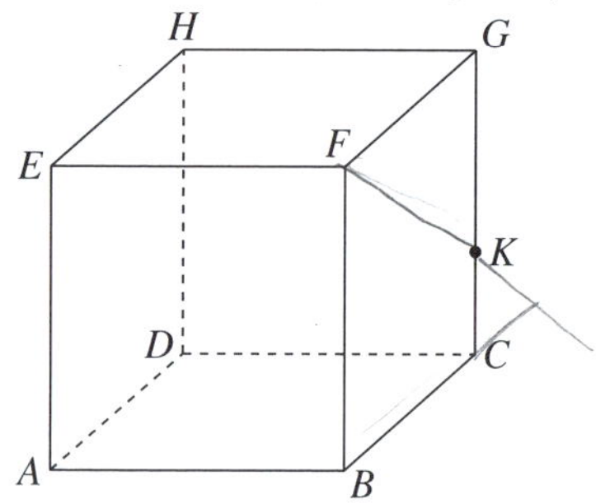

CORRIGÉ COMMENTÉ

Les droites (FK) et (BC) sont dans le plan (FBC).
De plus, elles ne sont pas parallèles car K n'appartient pas à (FG).
Elles sont donc sécantes en un point L.

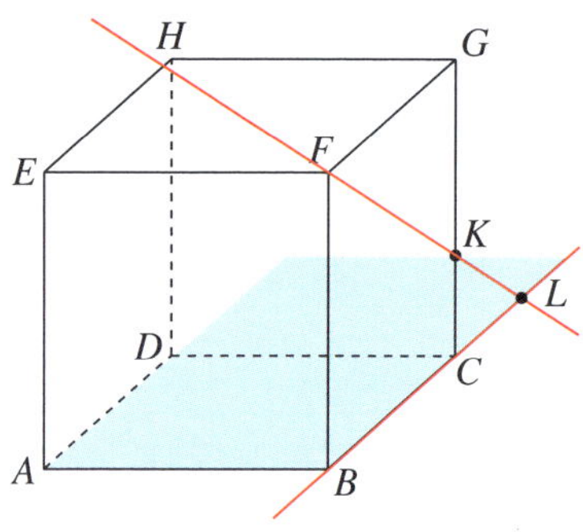

L appartient à la droite (FK) par construction. Or L appartient aussi à la droite (BC) incluse dans le plan (ABC), donc L appartient au plan (ABC).
L est donc l'intersection de la droite (FK) avec le plan (ABC).

Rappel
Une droite d et un plan sont sécants en un point, intersection entre la droite d et une droite du plan.

EXEMPLE 3 INTERSECTION DE DEUX PLANS

Dans le cube $ABCDEFGH$ ci-dessous, on considère le point I du segment $[FB]$ tel que $FI = \frac{3}{4}FB$, le point J du segment $[EF]$ tel que $EJ = \frac{3}{4}EF$ et le point K du segment $[GC]$ tel que $GK = \frac{1}{4}GC$.

1. Construire l'intersection d du plan (IJK) et du plan (ABC).

2. Construire la section du cube avec le plan (IJK).

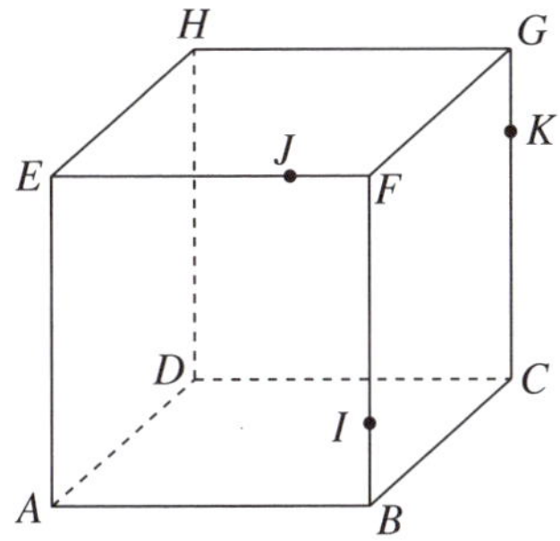

CORRIGÉ COMMENTÉ

1. Les droites (IJ) et (AB) sont dans le plan (ABF). Elles ne sont pas parallèles car I n'appartient pas à (EF).

Elles sont donc sécantes en un point L qui appartient à (AB) donc au plan (ABC).

De même, les droites (IK) et (BC) sont dans le plan (BCG). Elles ne sont pas parallèles car $FI \neq GK$.

Elles sont donc sécantes en un point M qui appartient à (BC) donc au plan (ABC).

L et M appartiennent au plan (ABC) donc la droite (LM) est dans le plan (ABC).

L appartient à (IJ) donc L est dans le plan (IJK). De même, M appartient à (IK) donc M appartient au plan (IJK).

La droite (LM) est donc aussi incluse dans le plan (IJK).

L'intersection des plans (IJK) et (ABC) est donc la droite (LM).

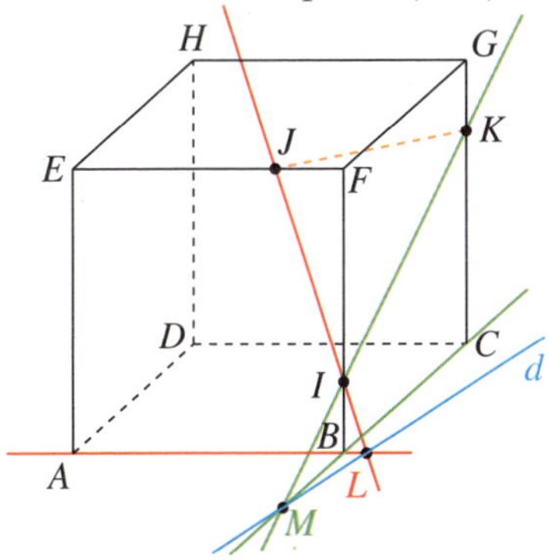

Rappel

Deux plans sont sécants selon une droite. Pour trouver cette droite, on cherche deux points, chacun étant l'intersection d'une droite du premier plan et d'une droite du second plan.

2. On trace les segments $[IJ]$ et $[IK]$ intersections du plan (IJK) avec les faces du cube.

La face (DCG) est parallèle à la face (ABF) donc tout plan qui coupe l'une, coupe l'autre selon une droite parallèle. On trace donc la parallèle à la droite (IJ) passant par K.

On note L le point d'intersection de cette droite avec le segment $[HG]$.

On trace les segments $[JL]$ et $[KL]$.

Le quadrilatère obtenu est la section du cube par le plan (IJK).

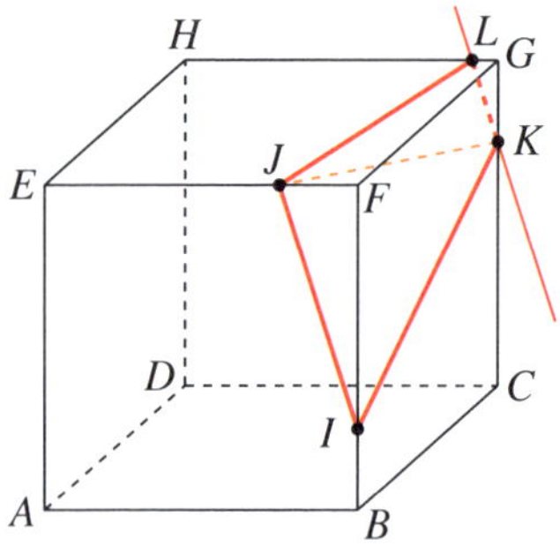

Remarque

Le quadrilatère formé par les segments $[IJ]$, $[IK]$, $[KL]$ et $[JL]$ s'appelle la section du cube par le plan (IJK).

Roger Penrose est un mathématicien, astrophysicien britannique né en 1931.
Il a travaillé, avec Stephen Hawking, sur des « pavages » et des objets impossibles, comme le triangle dit « de Penrose ».

SUJET DU BAC

Exercice 1 — 25 min — 4 points

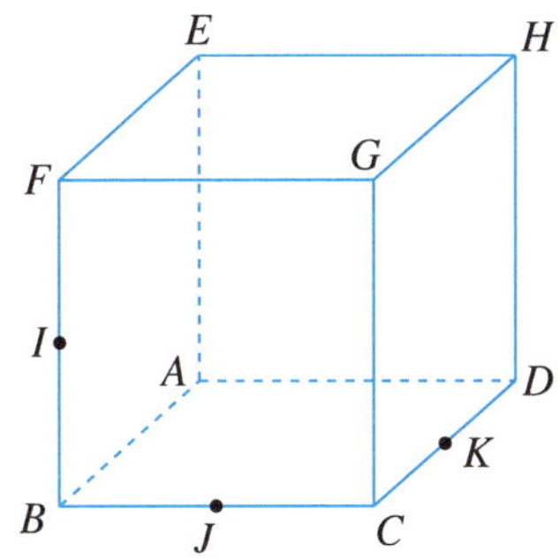

$ABCDEFGH$ désigne un cube de côté 1.
Le point I est le milieu du segment $[BF]$
Le point J est le milieu du segment $[BC]$
Le point K est le milieu du segment $[CD]$

1. Démontrer que les droites (IJ) et (CG) sont sécantes en un point L.

2. Reproduire le cube ci-contre et construire en laissant les traits de construction apparents :

a) le point L ;

b) la droite $\mathcal{D}$, intersection des plans (IJK) et (CDH). Justifier.

c) la section du cube par le plan (IJK). On ne justifiera pas les tracés.

→ Corrigé p. 134

Exercice 2 — 25 min — 4 points

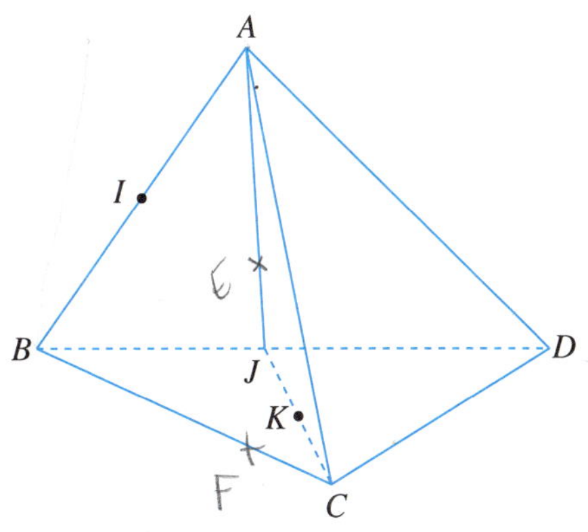

On considère le tétraèdre $ABCD$ ci-contre. On note I le milieu de $[AB]$, J le milieu de $[BD]$ et K le milieu de $[JC]$.

1. Montrer que $(B;\overrightarrow{BC},\overrightarrow{BD},\overrightarrow{BA})$ est un repère de l'espace.

2. Déterminer les coordonnées de tous les points de la figure. On justifiera les valeurs pour les coordonnées des points I, J et K.

3. On note E le point tel que
$$\overrightarrow{AE}=\frac{2}{3}\overrightarrow{AJ}$$
et le point F tel que $\overrightarrow{BF}=\frac{2}{3}\overrightarrow{BC}$.

a) Déterminer les coordonnées de E et F en justifiant la réponse par des calculs.

b) Déterminer deux réel a et b tels que $\overrightarrow{IK}=a\overrightarrow{IF}+b\overrightarrow{IE}$.

c) Que peut-on en déduire pour les points I, E, F et K ?

4. Reproduire la figure et construire la section du tétraèdre par le plan (IEF).

→ Corrigé p. 134

CORRIGÉS

Exercice 1 → Énoncé p. 133

1. Les points I, J, C et G appartiennent au plan (BCG) par construction.
Le point I appartient à la droite (BF) par construction mais le point J n'appartient pas à la droite (BF), donc la droite (IJ) n'est pas parallèle à (BF), donc non parallèle à (CG). Ces droites sont donc sécantes dans le plan (BCG) en un point L.

2. a) On prolonge les droites (IJ) et (GC).
b) La droite (IJ) est incluse dans le plan (IJK).
L appartient à (IJ) d'après la question **1.** donc la droite (KL) est incluse dans le plan (IJK).
Or L appartient à (GC) donc au plan (CDH).
Par ailleurs, K appartient aussi au plan (CDH).
La droite (LK) est donc incluse dans les plans (IJK) et (CDH). C'est donc la droite d'intersection de ces deux plans nommée $\mathcal{D}$.
c) La section du cube par le plan (IJK) est le polygone *IJKMNO*.

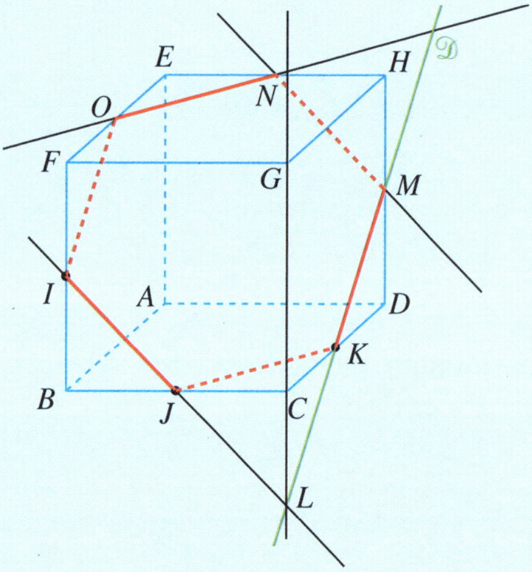

Exercice 2 → Énoncé p. 133

1. Par construction du tétraèdre, les vecteurs $\overrightarrow{BC}$, $\overrightarrow{BD}$ et $\overrightarrow{BA}$ ne sont pas coplanaires car les points A, B, C et D ne sont pas coplanaires.
De plus, ces vecteurs ne sont pas colinéaires deux à deux car les faces du tétraèdre sont des triangles non aplatis.
$(B\,;\overrightarrow{BC}, \overrightarrow{BD}, \overrightarrow{BA})$ est donc un repère de l'espace.

2. On a $B(0\,;0\,;0)$; $C(1\,;0\,;0)$; $D(0\,;1\,;0)$; $A(0\,;0\,;1)$.

$x_I = \dfrac{x_A + x_B}{2} = 0$

$y_I = \dfrac{y_A + y_B}{2} = 0$

$z_I = \dfrac{z_A + z_B}{2} = 0{,}5$

Donc $I(0\,;0\,;0{,}5)$.

$x_J = \dfrac{x_B + x_D}{2} = 0$

$y_J = \dfrac{y_B + y_D}{2} = 0{,}5$

$z_J = \dfrac{z_B + z_D}{2} = 0$

Donc $J(0\,;0{,}5\,;0)$.

$x_K = \dfrac{x_J + x_C}{2} = 0{,}5$

$y_K = \dfrac{y_J + y_C}{2} = 0{,}25$

$z_K = \dfrac{z_J + z_C}{2} = 0$

Donc $K(0{,}5\,;0{,}25\,;0)$.

3. a) $\overrightarrow{AE} = \dfrac{2}{3}\overrightarrow{AJ}$.

On a $\overrightarrow{AE}\begin{pmatrix} x_E - x_A \\ y_E - y_A \\ z_E - z_A \end{pmatrix}$ donc $\overrightarrow{AE}\begin{pmatrix} x_E \\ y_E \\ z_E - 1 \end{pmatrix}$.

Par ailleurs :

$$\frac{2}{3}\overrightarrow{AJ}\begin{pmatrix} \frac{2}{3}\times 0 \\ \frac{2}{3}\times 0{,}5 \\ \frac{2}{3}\times(-1) \end{pmatrix} \text{ donc } \frac{2}{3}\overrightarrow{AJ}\begin{pmatrix} 0 \\ \frac{1}{3} \\ -\frac{2}{3} \end{pmatrix}.$$

Comme deux vecteurs égaux ont les mêmes coordonnées, on a donc :

$$\begin{cases} x_E = 0 \\ y_E = \frac{1}{3} \\ z_E - 1 = -\frac{2}{3} \end{cases} \text{ donc on trouve } \begin{cases} x_E = 0 \\ y_E = \frac{1}{3} \\ z_E = \frac{1}{3} \end{cases}$$

$E\left(0\,;\frac{1}{3}\,;\frac{1}{3}\right)$

De même, on a : $\overrightarrow{BF} = \dfrac{2}{3}\overrightarrow{BC} = \dfrac{2}{3}\overrightarrow{BC} + 0\overrightarrow{BD} + 0\,\overrightarrow{BA}$.

Donc en en déduit : $F\left(\dfrac{2}{3}\,;0\,;0\right)$.

b) On cherche deux réel a et b tels que $\overrightarrow{IK} = a\overrightarrow{IF} + b\overrightarrow{IE}$.

$$\text{On a } \overrightarrow{IK}\begin{pmatrix} 0{,}5 \\ 0{,}25 \\ -0{,}5 \end{pmatrix} \text{ et } a\overrightarrow{IF} + b\overrightarrow{IE}\begin{pmatrix} \frac{2}{3}a + b\times 0 \\ a\times 0 + b\times\frac{1}{3} \\ a\times(-0{,}5) + b\times\left(-\frac{1}{6}\right) \end{pmatrix}$$

donc on en déduit :

$$\begin{cases} \dfrac{2}{3}a = \dfrac{1}{2} \\ \dfrac{1}{3}b = \dfrac{1}{4} \\ -\dfrac{1}{2}a - \dfrac{1}{6}b = -\dfrac{1}{2} \end{cases}$$

On trouve alors avec les deux premières équations : $b = \dfrac{3}{4}$ et $a = \dfrac{3}{4}$.

On vérifie la dernière : $-\dfrac{1}{2} \times \dfrac{3}{4} - \dfrac{1}{6} \times \dfrac{3}{4} = -\dfrac{3}{8} - \dfrac{1}{8} = -\dfrac{4}{8} = -\dfrac{1}{2}$.

Donc on a $\overrightarrow{IK} = \dfrac{3}{4}\overrightarrow{IF} + \dfrac{3}{4}\overrightarrow{IE}$.

c) Les vecteurs $\overrightarrow{IF}$ et $\overrightarrow{IE}$ ne sont pas colinéaires donc les points I, E, F et K sont coplanaires.

4. La section du tétraèdre par le plan (IEF) est le triangle IFH

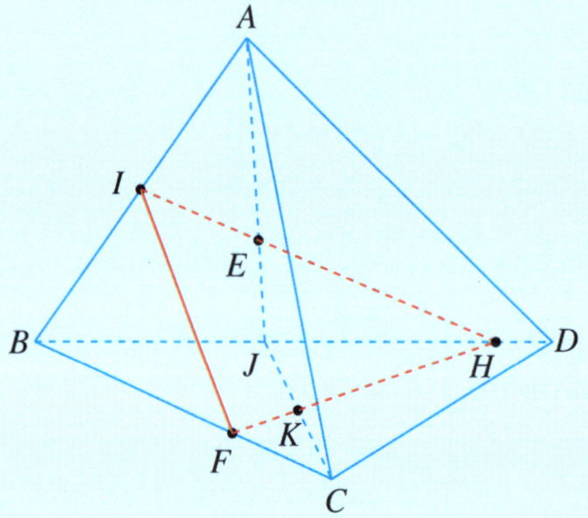

CHAPITRE 9

Orthogonalité et distances dans l'espace

1 Produit scalaire dans l'espace

A. Définition. Extension à l'espace du produit scalaire plan

Soient $\vec{u}$ et $\vec{v}$ deux vecteurs de l'espace. On considère les points A, B et C tels que $\vec{u} = \overrightarrow{AB}$ et $\vec{v} = \overrightarrow{AC}$. Les points A, B et C étant coplanaires, le produit scalaire des vecteurs $\vec{u}$ et $\vec{v}$, noté $\vec{u} \cdot \vec{v}$, est le réel $\overrightarrow{AB} \cdot \overrightarrow{AC}$ calculé dans un plan contenant les points A, B et C.

Remarque :

$\vec{u} \cdot \vec{v}$ ne dépend pas des représentants $\overrightarrow{AB}$ et $\overrightarrow{AC}$ choisis.

B. Propriétés

■ Soient A, B et C trois points de l'espace, B et C étant distincts de A.

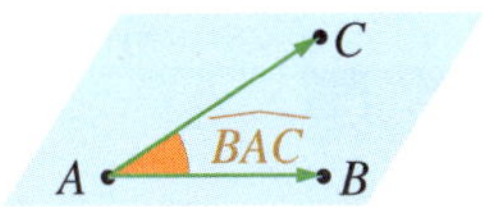

Si les vecteurs $\vec{u}$ et $\vec{v}$ sont tels que $\vec{u} = \overrightarrow{AB}$ et $\vec{v} = \overrightarrow{AC}$, alors :
$\vec{u} \cdot \vec{v} = \|\vec{u}\| \times \|\vec{v}\| \times \cos(\widehat{BAC}) = AB \times AC \times \cos(\widehat{BAC})$.

■ Soit H le projeté orthogonal de C sur la droite (AB).
$\overrightarrow{AB} \cdot \overrightarrow{AC} = AB \times AH$ si $\overrightarrow{AB}$ et $\overrightarrow{AH}$ ont le même sens.
$\overrightarrow{AB} \cdot \overrightarrow{AC} = -AB \times AH$ si $\overrightarrow{AB}$ et $\overrightarrow{AH}$ sont de sens contraires.

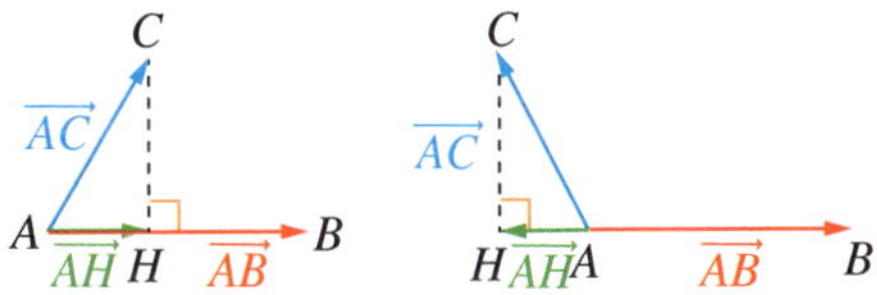

■ $\vec{u} \cdot \vec{u} = \|\vec{u}\| \times \|\vec{u}\| \times \cos(\widehat{BAB}) = \|\vec{u}\|^2 \times \cos(0) = \|\vec{u}\|^2$

Remarque :

$\vec{u} \cdot \vec{u}$ est noté $\vec{u}^2$ et est appelé carré scalaire de $\vec{u}$.

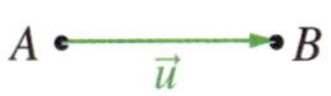

2 Propriétés algébriques du produit scalaire de l'espace

Toutes les propriétés du produit scalaire du plan sont prolongées au produit scalaire de l'espace.

Propriétés

Soient $\vec{u}$, $\vec{v}$ et $\vec{w}$ trois vecteurs de l'espace et k un nombre réel.

- $\vec{u}\cdot\vec{v} = \vec{v}\cdot\vec{u}$ (symétrie)
- $\vec{u}\cdot(\vec{v}+\vec{w}) = \vec{u}\cdot\vec{v}+\vec{u}\cdot\vec{w}$ et $\vec{u}\cdot(\overrightarrow{kv}) = (k\vec{u})\cdot\vec{v} = k(\vec{u}\cdot\vec{v})$ (bilinéarité)
- $\|\vec{u}+\vec{v}\|^2 = \|\vec{u}\|^2 + 2\vec{u}\cdot\vec{v} + \|\vec{v}\|^2$
- $\|\vec{u}-\vec{v}\|^2 = \|\vec{u}\|^2 - 2\vec{u}\cdot\vec{v} + \|\vec{v}\|^2$
- $(\vec{u}+\vec{v})\cdot(\vec{u}-\vec{v}) = \|\vec{u}\|^2 - \|\vec{v}\|^2$

Formules de polarisation

Soient $\vec{u}$ et $\vec{v}$ deux vecteurs de l'espace.

- $\vec{u}\cdot\vec{v} = \dfrac{1}{2}\left(\|\vec{u}+\vec{v}\|^2 - \|\vec{u}\|^2 - \|\vec{v}\|^2\right)$
- $\vec{u}\cdot\vec{v} = \dfrac{1}{2}\left(\|\vec{u}\|^2 + \|\vec{v}\|^2 - \|\vec{u}-\vec{v}\|^2\right)$
- $\vec{u}\cdot\vec{v} = \dfrac{1}{4}\left(\|\vec{u}+\vec{v}\|^2 - \|\vec{u}-\vec{v}\|^2\right)$

3 Orthogonalité dans l'espace

A. Orthogonalité de deux vecteurs

Définition

Deux vecteurs $\vec{u}$ et $\vec{v}$ sont orthogonaux lorsque $\vec{u}\cdot\vec{v} = 0$.

Remarque :

Le vecteur nul est orthogonal à tout vecteur de l'espace car $\vec{u}\cdot\vec{0} = \vec{0}\cdot\vec{u} = 0$.

B. Orthogonalité de deux droites

Définition

Soient $\mathscr{D}$ et $\mathscr{D}'$ deux droites de l'espace. $\mathscr{D}$ et $\mathscr{D}'$ sont orthogonales si un vecteur directeur de l'une est orthogonal à un vecteur directeur de l'autre.

Propriété

Deux droites $\mathscr{D}$ et $\mathscr{D}'$ de l'espace sont orthogonales si et seulement si tout vecteur directeur de $\mathscr{D}$ est orthogonal à tout vecteur directeur de $\mathscr{D}'$.

Remarques :

- Deux droites de l'espace ne sont pas nécessairement coplanaires.
- Dans l'espace, deux droites sont perpendiculaires si et seulement si elles sont sécantes (donc coplanaires) et sont perpendiculaires dans ce plan.

Propriétés

• Deux droites $\mathscr{D}$ et $\mathscr{D}'$ de l'espace sont orthogonales si et seulement si il existe une droite Δ parallèle à $\mathscr{D}$ et perpendiculaire à $\mathscr{D}'$.

• Si deux droites sont parallèles, alors toute droite orthogonale à l'une est orthogonale à l'autre.

• Si deux droites sont orthogonales, alors toute droite parallèle à l'une est orthogonale à l'autre.

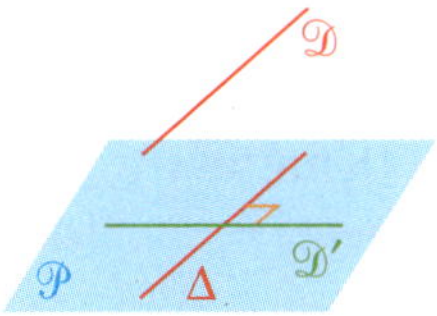

C. Orthogonalité d'une droite et d'un plan

Définition

Soient $\mathscr{P}$ un plan de l'espace de base $(\vec{u}\,;\vec{v})$ et $\mathscr{D}$ une droite de vecteur directeur $\vec{w}$. La droite $\mathscr{D}$ et le plan $\mathscr{P}$ sont dits orthogonaux ou perpendiculaires lorsque $\vec{w}$ est orthogonal à $\vec{u}$ et à $\vec{v}$.

Propriétés

• Une droite est orthogonale à un plan si et seulement si elle est orthogonale à deux droites sécantes du plan.

• Si une droite est orthogonale à un plan, alors elle est orthogonale à toute droite de ce plan.

• Si deux droites sont parallèles, alors tout plan orthogonal à l'une est orthogonal à l'autre.

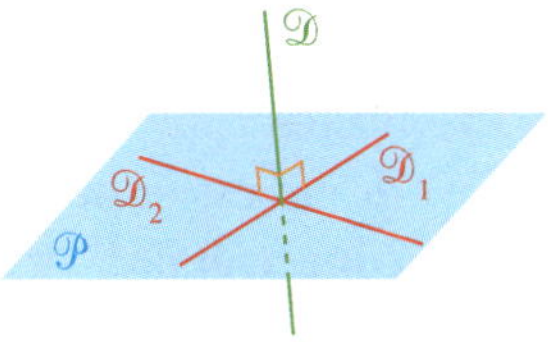

Propriétés

• Si deux plans sont parallèles alors toute droite orthogonale à l'un est orthogonale à l'autre.

• Si deux plans sont orthogonaux à une même droite, alors ils sont parallèles entre eux.

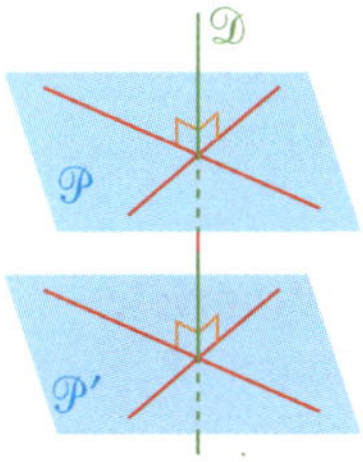

4 Vecteur normal à un plan

Définition

Soit $\mathscr{P}$ un plan de l'espace de base $(\vec{u}\,;\vec{v})$. On appelle vecteur normal au plan $\mathscr{P}$, tout vecteur $\vec{n}$ non nul et orthogonal à $\vec{u}$ et à $\vec{v}$.

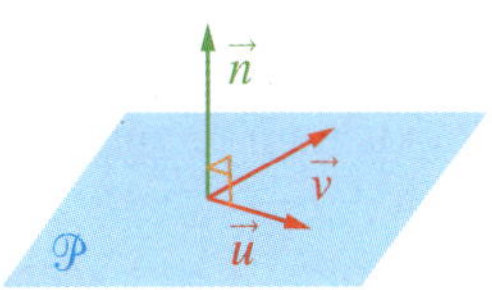

■ **Propriété**

Soit A un point. Soit $\vec{n}$ un vecteur non nul. Il existe un unique plan passant par A de vecteur normal $\vec{n}$.

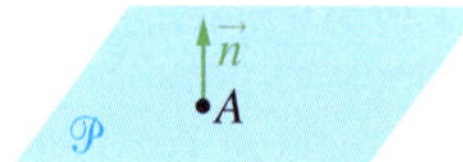

■ **Définition**

Soient $\mathcal{P}_1$ un plan de vecteur normal $\vec{n_1}$ et $\mathcal{P}_2$ un plan de vecteur normal $\vec{n_2}$.

$\mathcal{P}_1$ et $\mathcal{P}_2$ sont perpendiculaires si et seulement si $\vec{n_1}$ et $\vec{n_2}$ sont orthogonaux.

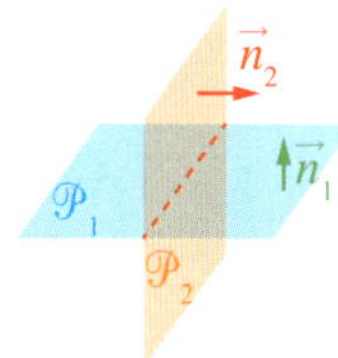

Remarques :

• Tout vecteur non nul et colinéaire à un vecteur normal à un plan est aussi un vecteur normal à ce plan.

• Si deux vecteurs sont normaux à un même plan, alors ils sont colinéaires.

■ **Propriété**

Un vecteur est normal à un plan si et seulement s'il est orthogonal à tout vecteur du plan.

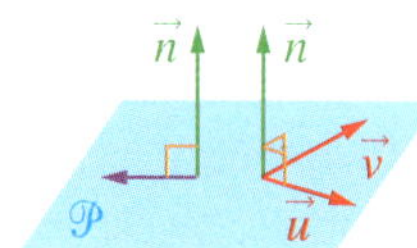

■ **Propriétés**

• Une droite est orthogonale à un plan si et seulement si un vecteur directeur de la droite est colinéaire à un vecteur normal au plan.

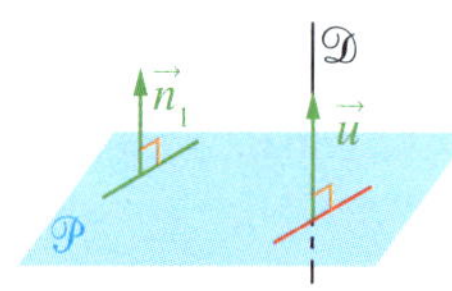

• Une droite est parallèle à un plan si et seulement si un vecteur directeur de la droite est orthogonal à un vecteur normal au plan.

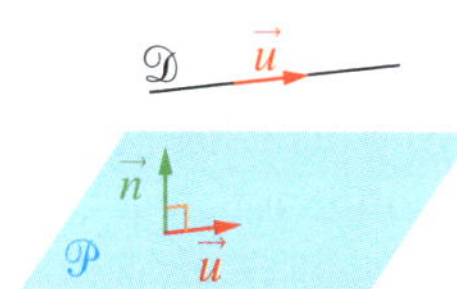

■ **Propriété**

Soient $\mathcal{P}_1$ un plan de vecteur normal $\vec{n_1}$ et $\mathcal{P}_2$ un plan de vecteur normal $\vec{n_2}$.

$\mathcal{P}_1$ est parallèle à $\mathcal{P}_2$ si et seulement si $\vec{n_1}$ et $\vec{n_2}$ sont colinéaires.

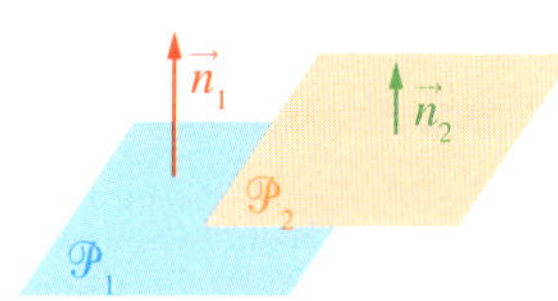

5 Projeté orthogonal d'un point

■ **Définition et propriété (projeté orthogonal d'un point sur une droite)**

Soient A un point et $\mathcal{D}$ une droite de l'espace.

Il existe un unique plan $\mathcal{P}$ passant par A et orthogonal à la droite $\mathcal{D}$.

La droite $\mathcal{D}$ est sécante avec $\mathcal{P}$ en un point H appelé le projeté orthogonal de A sur $\mathcal{D}$.

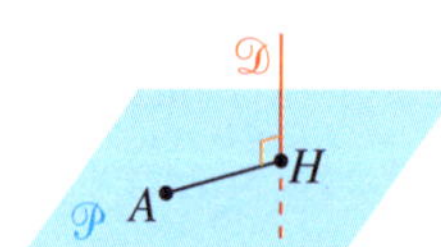

■ Définition et propriété (projeté orthogonal d'un point sur un plan)

Soient A un point et $\mathcal{P}$ un plan de l'espace.
Il existe une unique droite $\mathcal{D}$ passant par A et orthogonale à $\mathcal{P}$.
Le plan $\mathcal{P}$ est sécant avec $\mathcal{D}$ en un point H appelé le projeté orthogonal de A sur $\mathcal{P}$.

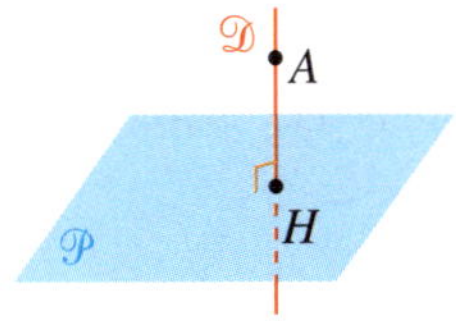

6 Calculs de distances dans l'espace

A. Base orthonormée de l'espace

■ Définition

Une base orthonormée de l'espace $(\vec{i}, \vec{j}, \vec{k})$ est une base de l'espace dont les trois vecteurs sont orthogonaux deux à deux et tous de norme égale à 1.

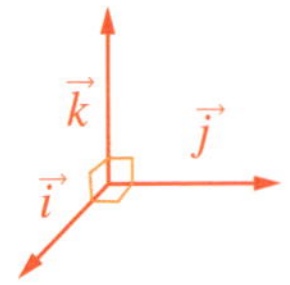

Remarque :

Dans une base orthonormée de l'espace $(\vec{i}, \vec{j}, \vec{k})$:
$\vec{i} \cdot \vec{j} = \vec{j} \cdot \vec{k} = \vec{i} \cdot \vec{k} = 0$ et $\|\vec{i}\| = \|\vec{j}\| = \|\vec{k}\| = 1$.

B. Repère orthonormé de l'espace

■ Définition

On appelle repère orthonormé de l'espace, un repère $(O ; \vec{i}, \vec{j}, \vec{k})$ tel que la base $(\vec{i}, \vec{j}, \vec{k})$ est orthonormée.

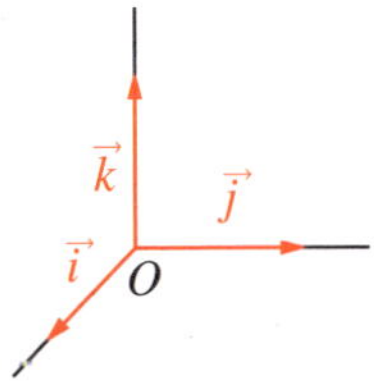

C. Normes et distances

■ Propriété

On considère deux vecteurs de l'espace $\vec{u}\begin{pmatrix} x \\ y \\ z \end{pmatrix}$ et $\vec{u'}\begin{pmatrix} x' \\ y' \\ z' \end{pmatrix}$ dans une base orthonormée $(\vec{i}, \vec{j}, \vec{k})$.

$\vec{u} \cdot \vec{u'} = xx' + yy' + zz'$

$\|\vec{u}\| = \sqrt{x^2 + y^2 + z^2}$

Propriété (distance entre deux points)

On considère $A(x_A\,;y_A\,;z_A)$ et $B(x_B\,;y_B\,;z_B)$ deux points de l'espace dans un repère orthonormé $(O\,;\vec{i},\vec{j},\vec{k})$.

$$AB = \sqrt{(x_B - x_A)^2 + (y_B - y_A)^2 + (z_B - z_A)^2} = \sqrt{(x_A - x_B)^2 + (y_A - y_B)^2 + (z_A - z_B)^2}$$

D. Distance d'un point à une droite

Propriétés

Soit A un point et $\mathcal{D}$ une droite de l'espace passant par un point B et de vecteur directeur $\vec{u}$.

Le projeté orthogonal de A sur $\mathcal{D}$ est le point H de $\mathcal{D}$ tel que la distance AH est la plus petite.

La distance AH s'appelle distance de A à la droite $\mathcal{D}$.

$$AH = \left\| \overrightarrow{AB} - \frac{\overrightarrow{AB}\cdot\vec{u}}{\|\vec{u}\|^2}\vec{u} \right\|$$

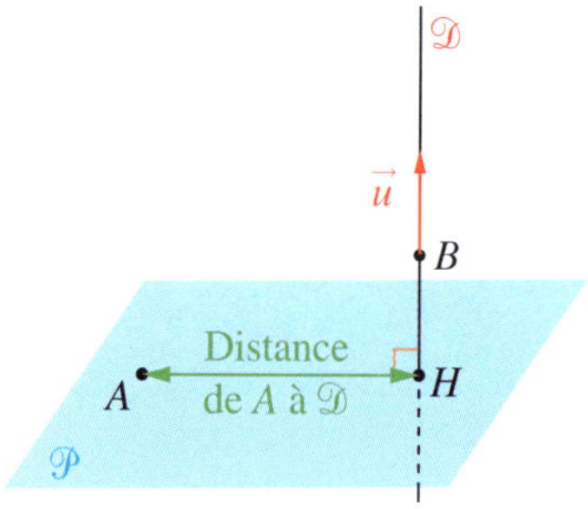

E. Distance d'un point à un plan

Propriété

Soit A un point et $\mathcal{P}$ un plan de l'espace passant par un point B et de vecteur normal $\vec{n}$.

Le projeté orthogonal de A sur $\mathcal{P}$ est le point H de $\mathcal{P}$ tel que la distance AH est la plus petite.

La distance AH s'appelle distance de A au plan $\mathcal{P}$.

$$AH = \frac{\left|\overrightarrow{AB}\cdot\vec{n}\right|}{\|\vec{n}\|}$$

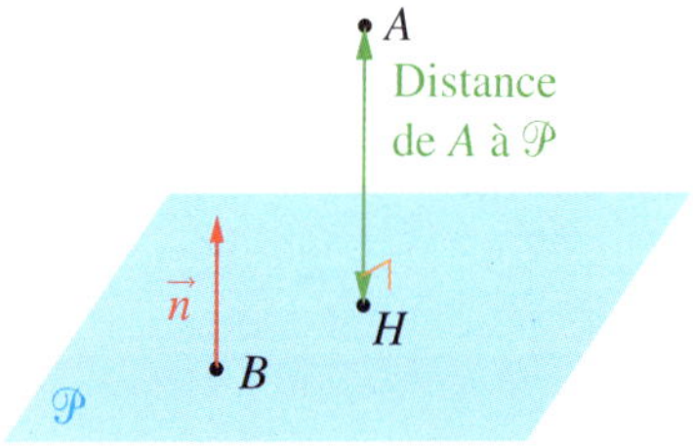

Hermann Grassmann (1809 - 1877) est un mathématicien allemand.

Dans son ouvrage « La théorie de l'extension linéaire, une nouvelle branche des mathématiques », il introduit l'extension du calcul vectoriel du plan à l'espace.

CARTE MENTALE

Caractériser l'orthogonalité de deux droites

- d et d' sont **orthogonales** si un vecteur directeur de l'une est orthogonal à un vecteur directeur de l'autre.
- Si deux droites sont **perpendiculaires**, alors elles sont orthogonales.

La réciproque est fausse car deux droites orthogonales ne sont pas toujours coplanaires.

Caractériser l'orthogonalité d'un plan et d'une droite

Avec des vecteurs directeurs

- La droite d de vecteur directeur $\vec{w}$ et le plan $\mathcal{P}$ de base $(\vec{u}, \vec{v})$ sont **orthogonaux** si $\vec{w}$ est orthogonal à la fois à $\vec{u}$ et à $\vec{v}$.
- Si une droite est orthogonale à un plan, alors elle est orthogonale à toute droite de ce plan.

Avec un vecteur normal

- Un vecteur $\vec{n}$ est **normal** au plan $\mathcal{P}$ de base $(\vec{u}, \vec{v})$ s'il est non nul et orthogonal à la fois à $\vec{u}$ et à $\vec{v}$.
- Une droite est **orthogonale** à un plan si et seulement si un vecteur directeur de cette droite est colinéaire à un vecteur normal à ce plan.

Caractériser l'orthogonalité de deux vecteurs

$\overrightarrow{AB}$ et $\overrightarrow{AC}$ sont **orthogonaux** $\Leftrightarrow \overrightarrow{AB} \cdot \overrightarrow{AC} = 0 \Leftrightarrow AB \times AC \times \cos(\widehat{BAC}) = 0$

ORTHOGONALITÉ ET DISTANCES DANS L'ESPACE

Caractériser le parallélisme d'une droite $\mathcal{D}$ et d'un plan $\mathcal{P}$

$\mathcal{D}$ est **parallèle** à $\mathcal{P}$ $\Leftrightarrow$ un vecteur directeur de $\mathcal{D}$ est orthogonal à un vecteur normal à $\mathcal{P}$.

Caractériser le parallélisme de deux plans $\mathcal{P}_1$ et $\mathcal{P}_2$

- $\mathcal{P}_1$ de vecteur normal $\overrightarrow{n_1}$ est **parallèle** à $\mathcal{P}_2$ de vecteur normal $\overrightarrow{n_2} \Leftrightarrow \overrightarrow{n_1}$ et $\overrightarrow{n_2}$ sont colinéaires.
- Si deux plans sont orthogonaux à une même droite, alors ils sont parallèles entre eux.

Calculer des distances

- H est le projeté orthogonal de A sur $\mathcal{P}$ et **la distance de A à $\mathcal{P}$** est :

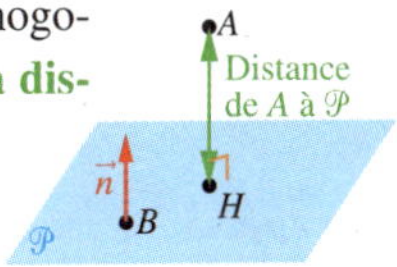

$$AH = \frac{\left|\overrightarrow{AB} \cdot \vec{n}\right|}{\|\vec{n}\|}$$

où $B \in \mathcal{P}$ et $\vec{n}$ est un vecteur normal à $\mathcal{P}$.

- H est le projeté orthogonal de A sur $\mathcal{D}$ et **la distance de A à $\mathcal{D}$** est :

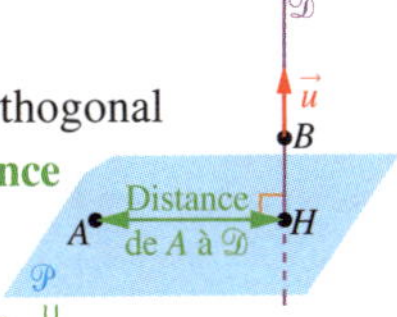

$$AH = \left\| \overrightarrow{AB} - \frac{\overrightarrow{AB} \cdot \vec{u}}{\|\vec{u}\|^2} \vec{u} \right\|$$

où $B \in \mathcal{D}$ et $\vec{u}$ est un vecteur directeur de $\mathcal{D}$.

Calculer dans une base et un repère orthonormés

- $(\vec{i}, \vec{j}, \vec{k})$ est une **base orthonormée** signifie que :
$\vec{i} \cdot \vec{j} = \vec{j} \cdot \vec{k} = \vec{i} \cdot \vec{k} = 0$ et $\|\vec{i}\| = \|\vec{j}\| = \|\vec{k}\| = 1$
$(O ; \vec{i}, \vec{j}, \vec{k})$ est alors un **repère orthonormé**.
- $\vec{u}\begin{pmatrix} x \\ y \\ z \end{pmatrix}$, $\vec{v}\begin{pmatrix} x' \\ y' \\ z' \end{pmatrix}$, $A(x_A ; y_A ; z_A)$ et $B(x_B ; y_B ; z_B)$
- Produit scalaire: $\vec{u} \cdot \vec{v} = xx' + yy' + zz'$.
- Norme : $\|\vec{u}\| = \sqrt{x^2 + y^2 + z^2}$
- $AB = \sqrt{(x_B - x_A)^2 + (y_B - y_A)^2 + (z_B - z_A)^2}$

EXERCICES TYPES

1 Choisir une expression adaptée pour calculer un produit scalaire

EXEMPLE 1 **DANS UNE FIGURE DONNÉE**

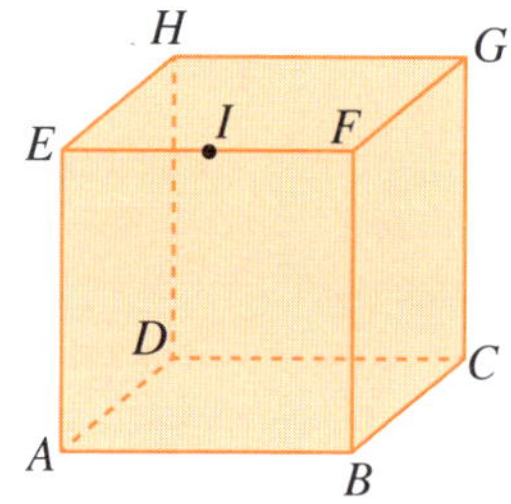

On considère le cube $ABCDEFGH$ de côté $AB = 10$.
On note I le milieu de $[EF]$.
Calculer les produits scalaires suivants :

1. $\overrightarrow{AB} \cdot \overrightarrow{AE}$
2. $\overrightarrow{AB} \cdot \overrightarrow{AF}$
3. $\overrightarrow{EF} \cdot \overrightarrow{AC}$
4. $\overrightarrow{AI} \cdot \overrightarrow{AB}$

CORRIGÉ COMMENTÉ

1. $\overrightarrow{AB} \cdot \overrightarrow{AE} = AB \times AE \times \cos(\widehat{BAE}) = 100 \times \cos(90°) = 0.$

2. $\overrightarrow{AB} \cdot \overrightarrow{AF} = AB \times AF \times \cos(\widehat{BAF})$

Or $\widehat{BAF} = 45°$ donc $\cos(\widehat{BAF}) = \dfrac{\sqrt{2}}{2}$

On trouve donc :

$$\overrightarrow{AB} \cdot \overrightarrow{AF} = AB \times AF \times \frac{\sqrt{2}}{2}$$

$$= AB \times AB\sqrt{2} \times \frac{\sqrt{2}}{2}$$ car $AF = AB \times \sqrt{2}$

$$= 100$$ car $\sqrt{2} \times \dfrac{\sqrt{2}}{2} = \dfrac{2}{2} = 1$

> **Remarque**
> Dans une figure, on utilise les éléments particuliers de la figure : perpendicularité ou parallélisme des côtés, des faces, etc.

3. $\overrightarrow{EF} \cdot \overrightarrow{AC} = \overrightarrow{AB} \cdot \overrightarrow{AC}$ car $\overrightarrow{EF} = \overrightarrow{AB}$

$\overrightarrow{EF} \cdot \overrightarrow{AC} = AB \times AC \times \cos(\widehat{BAC})$.

Or $AC = AB \times \sqrt{2}$ et $\widehat{BAC} = 45°$ donc $\cos(\widehat{BAC}) = \dfrac{\sqrt{2}}{2}$.

On n'a pas besoin d'angle orienté car la fonction cosinus est paire. Donc $\cos(\widehat{BAC}) = \cos(\widehat{CAB})$.

On trouve donc $\overrightarrow{EF} \cdot \overrightarrow{AC} = AB \times AB \times \sqrt{2} \times \dfrac{\sqrt{2}}{2} = 100$.

4. Soit I' le projeté orthogonal de I sur (AB).

Il est plus facile ici de projeter orthogonalement le point I sur (AB) que de calculer l'angle $\widehat{BAI}$ pour utiliser la définition avec le cosinus.

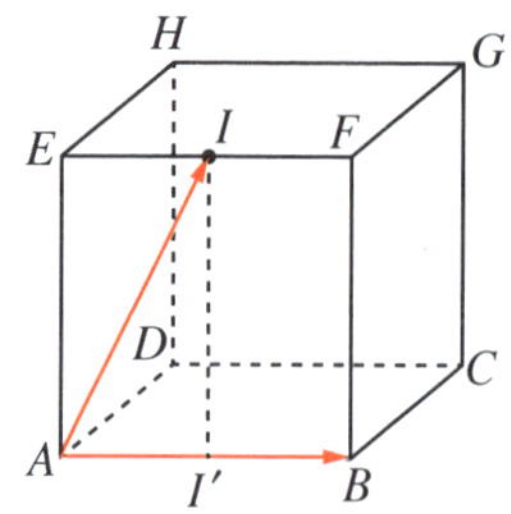

On a : $\overrightarrow{AI} \cdot \overrightarrow{AB} = \overrightarrow{AI'} \cdot \overrightarrow{AB}$ où I' est le milieu de $[AB]$

$$= AI' \times AB = \frac{1}{2} AB \times AB = 50.$$

EXEMPLE 2 EN UTILISANT LES PROPRIÉTÉS DE LINÉARITÉ

On considère un pavé droit $ABCDEFGH$ tel que $AB = 10$, $AD = 6$ et $AE = 4$.

On note I et J les points définis par $\overrightarrow{AI} = \frac{1}{3}\overrightarrow{AB}$ et $\overrightarrow{AJ} = \frac{3}{4}\overrightarrow{AD}$.

Calculer les produits scalaires suivants :

1. $\overrightarrow{AI} \cdot \overrightarrow{AB}$ **2.** $\overrightarrow{AJ} \cdot \overrightarrow{EH}$ **3.** $\overrightarrow{AI} \cdot \overrightarrow{AC}$

CORRIGÉ COMMENTÉ

1. $\overrightarrow{AI} \cdot \overrightarrow{AB} = \frac{1}{3}\overrightarrow{AB} \cdot \overrightarrow{AB} = \frac{1}{3}\overrightarrow{AB}^2 = \frac{1}{3}AB^2 = \frac{100}{3}$

2. $\overrightarrow{AJ} \cdot \overrightarrow{EH} = \frac{3}{4}\overrightarrow{AD} \cdot \overrightarrow{EH} = \frac{3}{4}AD^2 = \frac{3}{4} \times 36 = 27$

3. $\overrightarrow{AI} \cdot \overrightarrow{AC} = \frac{1}{3}\overrightarrow{AB} \cdot \overrightarrow{AC} = \frac{1}{3}\overrightarrow{AB} \cdot (\overrightarrow{AB} + \overrightarrow{BC})$ On a remplacé $\overrightarrow{AI}$ en fonction de $\overrightarrow{AB}$.

$= \frac{1}{3}AB^2 + \frac{1}{3}\overrightarrow{AB} \cdot \overrightarrow{BC} = \frac{100}{3}$ car $\overrightarrow{AB} \cdot \overrightarrow{BC} = 0$

> **Remarque**
> On décompose les vecteurs avec la relation de Chasles, pour obtenir des vecteurs colinéaires ou orthogonaux quand c'est possible.

EXEMPLE 3 EN UTILISANT LES FORMULES DE POLARISATION

1. On considère deux vecteurs $\vec{u}$ et $\vec{v}$ de l'espace tels que $\|\vec{u}\| = 6$, $\|\vec{v}\| = 3$ et $\|\vec{u} - \vec{v}\| = 7$.
Calculer $\vec{u} \cdot \vec{v}$.

2. On considère deux vecteurs $\vec{u}$ et $\vec{v}$ de l'espace tels que $\|\vec{u} + \vec{v}\| = 8$ et $\|\vec{u} - \vec{v}\| = 4$.
Calculer $\vec{u} \cdot \vec{v}$.

CORRIGÉ COMMENTÉ

1. $\vec{u} \cdot \vec{v} = \frac{1}{2}\left(\|\vec{u}\|^2 + \|\vec{v}\|^2 - \|\vec{u} - \vec{v}\|^2\right) = \frac{1}{2}(6^2 + 3^2 - 7^2) = -\frac{4}{2} = -2.$

2. $\vec{u} \cdot \vec{v} = \frac{1}{4}\left(\|\vec{u} + \vec{v}\|^2 - \|\vec{u} - \vec{v}\|^2\right) = \frac{1}{4}(8^2 - 4^2) = \frac{48}{4} = 12.$

> **Remarque**
> Les données de l'énoncé permettent de déterminer la bonne expression à utiliser.

2 Étudier une orthogonalité

EXEMPLE 1 ORTHOGONALITÉ DE VECTEURS DANS UNE FIGURE

On considère le pavé droit $ABCDEFGH$ ci-contre.
Montrer que les vecteurs $\overrightarrow{AB}$ et $\overrightarrow{ED}$ sont orthogonaux.

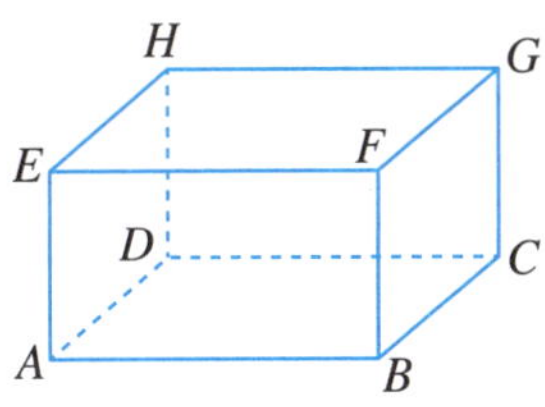

CORRIGÉ COMMENTÉ

$\overrightarrow{AB}\cdot\overrightarrow{ED} = \overrightarrow{AB}\cdot(\overrightarrow{EA} + \overrightarrow{AD})$ en décomposant avec la relation de Chasles

$= \overrightarrow{AB}\cdot\overrightarrow{EA} + \overrightarrow{AB}\cdot\overrightarrow{AD}$ en utilisant la linéarité

$= 0 + 0$ car les vecteurs $\overrightarrow{AB}$ et $\overrightarrow{EA}$ sont orthogonaux, ainsi que les vecteurs $\overrightarrow{AB}$ et $\overrightarrow{AD}$.

On en conclut que $\overrightarrow{AB}\cdot\overrightarrow{ED} = 0$. Les vecteurs $\overrightarrow{AB}$ et $\overrightarrow{ED}$ sont orthogonaux.

> **Remarque**
> On décompose un vecteur avec la relation de Chasles et on utilise la linéarité.

EXEMPLE 2 ORTHOGONALITÉ DE VECTEURS DANS UNE BASE ORTHONORMÉE

On se place dans une base orthonormée de l'espace. Dans chaque cas suivant, déterminer si les vecteurs sont orthogonaux.

1. $\vec{u}\begin{pmatrix}3\\-2\\5\end{pmatrix}$ et $\vec{v}\begin{pmatrix}-1\\-4\\-1\end{pmatrix}$ **2.** $\vec{u}\begin{pmatrix}-1\\4\\3\end{pmatrix}$ et $\vec{v}\begin{pmatrix}0\\6\\1\end{pmatrix}$

CORRIGÉ COMMENTÉ

1. On calcule $\vec{u}\cdot\vec{v}$.

$$\vec{u}\cdot\vec{v} = 3\times(-1)+(-2)\times(-4)+5\times(-1) = -3+8-5 = 5-5 = 0$$

$\vec{u}\cdot\vec{v} = 0$ donc les vecteurs $\vec{u}$ et $\vec{v}$ sont orthogonaux.

2. On calcule $\vec{u}\cdot\vec{v}$.

$\vec{u}\cdot\vec{v} = (-1)\times 0 + 4\times 6 + 3\times 1 = 24 + 3 = 27$.

$\vec{u}\cdot\vec{v} \neq 0$ donc les vecteurs $\vec{u}$ et $\vec{v}$ ne sont pas orthogonaux.

> **Rappel**
> Dans une base orthonormée, deux vecteurs $\vec{u}\begin{pmatrix}x\\y\\z\end{pmatrix}$ et $\vec{v}\begin{pmatrix}x'\\y'\\z'\end{pmatrix}$ sont orthogonaux si et seulement si $xx' + yy' + zz' = 0$.

EXEMPLE 3 ORTHOGONALITÉ DE DEUX DROITES

Dans un repère orthonormé, on considère les points $A(3\,;1\,;-2)$, $B(-1\,;3\,;2)$, $C(4\,;0\,;2)$ et $D(-1\,;1\,;0)$. Les droites (AB) et (CD) sont-elles orthogonales ?

CORRIGÉ COMMENTÉ

On calcule un vecteur directeur de chaque droite.

$\overrightarrow{AB}\begin{pmatrix}x_B - x_A\\y_B - y_A\\z_B - z_A\end{pmatrix}$ donc $\overrightarrow{AB}\begin{pmatrix}-4\\2\\4\end{pmatrix}$ est un vecteur directeur de la droite (AB).

$\overrightarrow{CD}\begin{pmatrix}x_D - x_C\\y_D - y_C\\z_D - z_C\end{pmatrix}$ donc $\overrightarrow{CD}\begin{pmatrix}-5\\1\\-2\end{pmatrix}$ est un vecteur directeur de la droite (CD).

> **Rappel**
> Deux droites $\mathscr{D}$ et $\mathscr{D}'$ de l'espace sont orthogonales si et seulement si tout vecteur directeur de $\mathscr{D}$ est orthogonal à tout vecteur directeur de $\mathscr{D}'$.

On calcule $\overrightarrow{AB}\cdot\overrightarrow{CD} = (-4)\times(-5) + 2\times 1 + 4\times(-2) = 20 + 2 - 8 = 14$.

$\overrightarrow{AB}\cdot\overrightarrow{CD} \neq 0$ donc les vecteurs $\overrightarrow{AB}$ et $\overrightarrow{CD}$ ne sont pas orthogonaux et donc les droites (AB) et (CD) ne sont pas orthogonales.

EXEMPLE 4 **ORTHOGONALITÉ D'UNE DROITE ET D'UN PLAN**

On se place dans un repère orthonormé de l'espace.

On considère la droite $\mathscr{D}$ passant par un point A et de vecteur directeur $\vec{u}\begin{pmatrix}2\\1\\1\end{pmatrix}$.

On considère un point B et deux vecteurs $\vec{v}\begin{pmatrix}-1\\1\\1\end{pmatrix}$ et $\vec{w}\begin{pmatrix}1\\3\\-5\end{pmatrix}$.

1. Montrer que B et les vecteurs $\vec{v}$ et $\vec{w}$ définissent un plan noté $\mathscr{P}$.

2. Montrer que $\mathscr{D}$ est orthogonale à $\mathscr{P}$.

CORRIGÉ COMMENTÉ

1. $\dfrac{x_{\vec{w}}}{x_{\vec{v}}} = \dfrac{1}{-1} = -1$. Par ailleurs, $\dfrac{y_{\vec{w}}}{y_{\vec{v}}} = \dfrac{3}{1} = 3$. On a $\dfrac{x_{\vec{w}}}{x_{\vec{v}}} \neq \dfrac{y_{\vec{w}}}{y_{\vec{v}}}$.

Si deux rapports ne sont pas égaux, ce n'est pas la peine de tester le rapport avec la troisième coordonnée. En revanche, si les trois rapports sont égaux, les vecteurs sont colinéaires.

Les coordonnées des vecteurs $\vec{v}$ et $\vec{w}$ ne sont pas proportionnelles, donc les vecteurs $\vec{v}$ et $\vec{w}$ ne sont pas colinéaires.

Le point B et les vecteurs $\vec{v}$ et $\vec{w}$ définissent bien un plan que l'on note $\mathscr{P}$.

2. Il suffit de montrer que $\vec{u}$ est orthogonal à $\vec{v}$ et $\vec{w}$.

$\vec{u}\cdot\vec{v} = 2\times(-1)+1\times 1+1\times 1 = -2+1+1 = 0$

$\vec{u}\cdot\vec{w} = 2\times 1+1\times 3+1\times(-5) = 2+3-5 = 0$

$\vec{u}$ est orthogonal à deux vecteurs non colinéaires du plan $\mathscr{P}$ donc $\vec{u}$ est un vecteur normal à $\mathscr{P}$. La droite $\mathscr{D}$ est donc orthogonale à $\mathscr{P}$.

> **Rappel**
> Une droite $\mathscr{D}$ de vecteur directeur $\vec{w}$ est orthogonale à un plan $\mathscr{P}$ de base $(\vec{u}\,;\vec{v})$ si et seulement si $\vec{w}$ est orthogonal à $\vec{u}$ et à $\vec{v}$.

3 Calculer une distance dans l'espace

EXEMPLE 1 **EN UTILISANT UN VECTEUR DIRECTEUR D'UNE DROITE**

On se place dans un repère orthonormé de l'espace. On considère les points $A(4\,;2\,;-3)$, $B(1\,;5\,;0)$ et $C(-1\,;1\,;3)$.

Calculer la distance du point C à la droite (AB).

CORRIGÉ COMMENTÉ

Le vecteur $\overrightarrow{AB}$ est un vecteur directeur de la droite (AB) :

$\overrightarrow{AB}\begin{pmatrix}-3\\3\\3\end{pmatrix}$.

> **Remarque**
> Pour calculer la distance d'un point à une droite, il faut connaître les coordonnées d'un point de la droite et celles d'un vecteur directeur de cette droite.

Soit H le projeté orthogonal de C sur la droite (AB). La distance de C à (AB) est la distance CH donnée par la formule :

$$CH = \left\| \overrightarrow{CA} - \frac{\overrightarrow{CA} \cdot \overrightarrow{AB}}{AB^2} \overrightarrow{AB} \right\|.$$

Or $\overrightarrow{CA}\begin{pmatrix} 5 \\ 1 \\ -6 \end{pmatrix}$ donc $\overrightarrow{CA} \cdot \overrightarrow{AB} = 5 \times (-3) + 1 \times 3 + (-6) \times 3 = -15 + 3 - 18 = -30$.

On utilise la formule du produit scalaire avec les coordonnées puisqu'on est dans un repère orthonormé.

De plus, $AB^2 = (-3)^2 + 3^2 + 3^2 = 27$.

On utilise la formule de la norme $\|\vec{u}\| = \sqrt{x^2 + y^2 + z^2}$.

Donc le vecteur $\overrightarrow{CA} - \frac{\overrightarrow{CA} \cdot \overrightarrow{AB}}{AB^2} \overrightarrow{AB}$ a pour coordonnées :

$$\begin{pmatrix} 5 - \frac{-30}{27} \times (-3) \\ 1 - \frac{-30}{27} \times 3 \\ -6 - \frac{-30}{27} \times 3 \end{pmatrix} = \begin{pmatrix} \frac{5}{3} \\ \frac{13}{3} \\ -\frac{8}{3} \end{pmatrix}.$$

On a alors $CH = \sqrt{\left(\frac{5}{3}\right)^2 + \left(\frac{13}{3}\right)^2 + \left(-\frac{8}{3}\right)^2} = \sqrt{\frac{86}{3}}$.

EXEMPLE 2 EN DÉTERMINANT UN VECTEUR NORMAL À UN PLAN

On se place dans un repère orthonormé de l'espace. On considère le tétraèdre $EFGH$ tel que $E(0\,;0\,;3)$, $F(2\sqrt{2}\,;0\,;-1)$, $G(-\sqrt{2}\,;-\sqrt{6}\,;-1)$ et $H(-\sqrt{2}\,;\sqrt{6}\,;-1)$.

1. Déterminer les coordonnées d'un vecteur normal au plan (EFG).

2. Calculer la hauteur du tétraèdre.

CORRIGÉ COMMENTÉ

1. On pose $\vec{n}\begin{pmatrix} a \\ b \\ c \end{pmatrix}$ un vecteur normal au plan (EFG), avec a, b et c trois réels.

On doit avoir $\vec{n} \cdot \overrightarrow{EF} = 0$ et $\vec{n} \cdot \overrightarrow{EG} = 0$.

On calcule les coordonnées des vecteurs $\overrightarrow{EF}$ et $\overrightarrow{EG}$.

$\overrightarrow{EF}\begin{pmatrix} 2\sqrt{2} \\ 0 \\ -4 \end{pmatrix}$ et $\overrightarrow{EG}\begin{pmatrix} -\sqrt{2} \\ -\sqrt{6} \\ -4 \end{pmatrix}$.

Remarque

Un vecteur est normal à un plan si et seulement si il est orthogonal à deux vecteurs non colinéaires de ce plan.

On cherche a, b et c tels que :

$\vec{n} \cdot \overrightarrow{EF} = a2\sqrt{2} - 4c = 0$

$\vec{n} \cdot \overrightarrow{EG} = -a\sqrt{2} - b\sqrt{6} - 4c = 0$.

Comme il y a une infinité de vecteurs orthogonaux au plan, il y a une infinité de solutions à ce système. Il suffit d'en trouver une. C'est pour cela qu'on prend une valeur arbitraire pour *a* afin de trouver trois nombres solutions de ce système.

On choisit $a = \sqrt{2}$.

Ce choix est dicté par la première équation. Il simplifie les calculs.

On résout le système

$$\Leftrightarrow \begin{cases} a2\sqrt{2} - 4c = 0 \\ -a\sqrt{2} - b\sqrt{6} - 4c = 0 \end{cases} \Leftrightarrow \begin{cases} 4c = 2 \times 2 = 4 \text{ soit } c = 1 \\ -b\sqrt{6} = a\sqrt{2} + 4c = 2 + 4 = 6 \end{cases}.$$

$$\Leftrightarrow \begin{cases} c = 1 \\ b = -\sqrt{6} \end{cases}$$

Un vecteur normal au plan (EFG) est donc $\vec{n}\begin{pmatrix} \sqrt{2} \\ -\sqrt{6} \\ 1 \end{pmatrix}$.

2. La hauteur du tétraèdre est égale à la distance du point H au plan EFG.

Notons H' le projeté orthogonal de H sur le plan (EFG).

On a alors $HH' = \dfrac{\left|\overrightarrow{HE} \cdot \vec{n}\right|}{\|\vec{n}\|}$.

On calcule les coordonnées du vecteur $\overrightarrow{HE}$:

$\overrightarrow{HE}\begin{pmatrix} \sqrt{2} \\ -\sqrt{6} \\ 4 \end{pmatrix}$.

On a alors $HH' = \dfrac{\left|\sqrt{2} \times \sqrt{2} + \left(-\sqrt{6}\right) \times \left(-\sqrt{6}\right) + 4 \times 1\right|}{\sqrt{\sqrt{2}^2 + \left(-\sqrt{6}\right)^2 + 1^2}} = \dfrac{12}{3} = 4$.

La hauteur du tétraèdre est donc $HH' = 4$.

> **Remarque**
> Pour calculer la distance d'un point à un plan, il faut connaître les coordonnées d'un point du plan et celle d'un vecteur normal à ce plan.

$\overrightarrow{GB}\begin{pmatrix} 0 \\ -1 \\ -1 \end{pmatrix}$ EI = 10 − 1 = 1 2

$\overrightarrow{EG}\begin{pmatrix} 1 \\ 1 \\ 0 \end{pmatrix}$

E(0 ; 0 ; 1) G(1 ; 1 ; 1)

SUJET DU BAC

Exercice 1 — 25 min — 3 points

On se place dans un repère orthonormé de l'espace.
On considère les points $B(1;2;2)$, $C(3;1;-3)$ et $D(2;4;2)$.

1. Justifier que B, C et D définissent un plan.

2. a) Soient $A(3;0;2)$ et $E(1;1;1)$. Démontrer que la droite (AE) est orthogonale au plan (BCD).

b) En déduire un vecteur normal au plan (BCD).

3. a) Montrer que $5\overrightarrow{BE} = \overrightarrow{BC} - 2\overrightarrow{BD}$.

b) En déduire que les points B, C, D et E sont coplanaires.

4. Calculer la distance du point A au plan (BCD).

→ Corrigé p. 151

Exercice 2 — 30 min — 4 points

On se place dans un repère orthonormé de l'espace.
On considère les points $A(2;4;2)$, $B(-4;1;2)$, $C(0;3;8)$ et $D(2;-1;6)$.
Le volume du tétraèdre $ABCD$ est $V = \frac{1}{3} \times \mathscr{A} \times h$ où $\mathscr{A}$ est l'aire de la base, c'est-à-dire du triangle BCD, et h la hauteur du tétraèdre, c'est-à-dire la distance du point A au plan (BCD).

1. Vérifier que les points B, C et D définissent un plan.

2. a) Déterminer les coordonnées d'un vecteur normal au plan (BCD).

b) En déduire la distance du point A au plan (BCD).

3. Soit I le milieu de $[CD]$.

a) Calculer les coordonnées de I.

b) Montrer que les droites (BI) et (CD) sont perpendiculaires.

c) En déduire l'aire $\mathscr{A}$ du triangle (BCD).

4. Calculer le volume du tétraèdre $ABCD$.

→ Corrigé p. 152

CORRIGÉS

Exercice 1 → Énoncé p. 150

1. On vérifie que les vecteurs $\overrightarrow{BC}$ et $\overrightarrow{BD}$ ne sont pas colinéaires.

On a : $\overrightarrow{BC}\begin{pmatrix}2\\-1\\-5\end{pmatrix}$ et $\overrightarrow{BD}\begin{pmatrix}1\\2\\0\end{pmatrix}$. Or $\dfrac{x_{\overrightarrow{BD}}}{x_{\overrightarrow{BC}}}=\dfrac{1}{2}$ et $\dfrac{y_{\overrightarrow{BD}}}{y_{\overrightarrow{BC}}}=\dfrac{2}{-1}=-2$.

$\dfrac{x_{\overrightarrow{BD}}}{x_{\overrightarrow{BC}}}\neq\dfrac{y_{\overrightarrow{BD}}}{y_{\overrightarrow{BC}}}$ donc les coordonnées des vecteurs $\overrightarrow{BC}$ et $\overrightarrow{BD}$ ne sont pas proportionnelles. Les vecteurs ne sont donc pas colinéaires et les points B, C et D définissent bien un plan.

2. a) On démontre que le vecteur $\overrightarrow{AE}$ est orthogonal à deux vecteurs non colinéaires du plan (BCD), par exemple à $\overrightarrow{BC}$ et $\overrightarrow{BD}$.

On a $\overrightarrow{AE}\begin{pmatrix}-2\\1\\-1\end{pmatrix}$.

Donc $\overrightarrow{AE}\cdot\overrightarrow{BC}=(-2)\times 2+1\times(-1)+(-1)\times(-5)=-4-1+5=0$.

De plus, $\overrightarrow{AE}\cdot\overrightarrow{BD}=(-2)\times 1+1\times 2+(-1)\times 0=-2+2=0$.

Le vecteur $\overrightarrow{AE}$ est orthogonal à deux vecteurs non colinéaires du plan (BCD), donc il est orthogonal au plan (BCD).

b) $\overrightarrow{AE}$ est un vecteur normal au plan (BCD) par définition.

3. a) $\overrightarrow{BE}\begin{pmatrix}0\\-1\\-1\end{pmatrix}$ donc $5\overrightarrow{BE}\begin{pmatrix}0\\-5\\-5\end{pmatrix}$. Par ailleurs $\overrightarrow{BC}\begin{pmatrix}2\\-1\\-5\end{pmatrix}$ et $-2\overrightarrow{BD}\begin{pmatrix}-2\\-4\\0\end{pmatrix}$.

Donc $\overrightarrow{BC}-2\overrightarrow{BD}\begin{pmatrix}2-2\\-1-4\\-5+0\end{pmatrix}$ soit $\overrightarrow{BC}-2\overrightarrow{BD}\begin{pmatrix}0\\-5\\-5\end{pmatrix}=5\overrightarrow{BE}$.

b) D'après, la question précédente, $\overrightarrow{BE}=\dfrac{1}{5}\overrightarrow{BC}-\dfrac{2}{5}\overrightarrow{BD}$

Les vecteurs $\overrightarrow{BC}$ et $\overrightarrow{BD}$ sont non colinéaires et forment donc une base du plan (BCD).

Or $\overrightarrow{BE}=\dfrac{1}{5}\overrightarrow{BC}-\dfrac{2}{5}\overrightarrow{BD}$ donc les vecteurs $\overrightarrow{BE}$, $\overrightarrow{BC}$ et $\overrightarrow{BD}$ sont coplanaires, et les points B, C, D et E sont coplanaires.

4. (AE) est orthogonale au plan (BCD) et E appartient au plan (BCD), donc le point E est le projeté orthogonal de A sur le plan (BCD).

La distance du point A au plan (BCD) est donc la distance AE :

D'après la question **2. a)**, on a $\overrightarrow{AE}\begin{pmatrix}-2\\1\\-1\end{pmatrix}$

donc $AE = \|\overrightarrow{AE}\| = \sqrt{(-2)^2 + 1^2 + (-1)^2} = \sqrt{6}$.
La distance du point A au plan (BCD) est $\sqrt{6}$.

Exercice 2 → *Énoncé p. 150*

1. On vérifie que les vecteurs $\overrightarrow{BC}$ et $\overrightarrow{BD}$ ne sont pas colinéaires.

On a : $\overrightarrow{BC}\begin{pmatrix}4\\2\\6\end{pmatrix}$ et $\overrightarrow{BD}\begin{pmatrix}6\\-2\\4\end{pmatrix}$. Or $\dfrac{x_{\overrightarrow{BD}}}{x_{\overrightarrow{BC}}} = \dfrac{6}{4} = \dfrac{3}{2}$ et $\dfrac{y_{\overrightarrow{BD}}}{y_{\overrightarrow{BC}}} = \dfrac{-2}{2} = -1$. $\dfrac{x_{\overrightarrow{BD}}}{x_{\overrightarrow{BC}}} \neq \dfrac{y_{\overrightarrow{BD}}}{y_{\overrightarrow{BC}}}$,
donc les coordonnées des vecteurs $\overrightarrow{BC}$ et $\overrightarrow{BD}$ ne sont pas proportionnelles. Les vecteurs ne sont donc pas colinéaires et les points B, C et D définissent bien un plan.

2. a) On cherche un vecteur $\vec{u}\begin{pmatrix}a\\b\\c\end{pmatrix}$ orthogonal au plan (BCD), c'est-à-dire orthogonal aux vecteurs $\overrightarrow{BC}$ et $\overrightarrow{BD}$. On a alors : $\begin{cases}4a + 2b + 6c = 0\\6a - 2b + 4c = 0\end{cases}$.

On cherche trois valeurs a, b et c solutions de ce système. On peut choisir arbitrairement $a = 1$. On a alors $\begin{cases}2b + 6c = -4\\-2b + 4c = -6\end{cases}$.

En additionnant ces deux égalités, on trouve : $10c = -10$ soit $c = -1$.

On a alors $b = \dfrac{-6c - 4}{2} = 1$. Le vecteur $\vec{u}\begin{pmatrix}1\\1\\-1\end{pmatrix}$ convient.

b) Soit H le projeté orthogonal de A sur (BCD). On a alors $AH = \dfrac{|\overrightarrow{AB}\cdot\vec{u}|}{\|\vec{u}\|}$.

Or : $\overrightarrow{AB}\begin{pmatrix}-6\\-3\\0\end{pmatrix}$ donc $|\overrightarrow{AB}\cdot\vec{u}| = |-6 - 3 + 0| = 9$ et $\|\vec{u}\| = \sqrt{1^2 + 1^2 + (-1)^2} = \sqrt{3}$.

On a donc $AH = \dfrac{9}{\sqrt{3}}$.

3. a) On a : $x_I = \dfrac{x_C + x_D}{2} = 1$, $y_I = \dfrac{y_C + y_D}{2} = 1$ et $z_I = \dfrac{z_C + z_D}{2} = 7$.

On a donc $I(1;1;7)$.

b) On a : $\overrightarrow{BI}\begin{pmatrix}5\\0\\5\end{pmatrix}$ et $\overrightarrow{CD}\begin{pmatrix}2\\-4\\-2\end{pmatrix}$

donc $\overrightarrow{BI}\cdot\overrightarrow{CD} = 5 \times 2 + 0 \times (-4) + 5 \times (-2) = 10 - 10 = 0$.

Les vecteurs sont orthogonaux donc les droites (BI) et (CD) sont orthogonales. Or I appartient à (CD) et donc au plan (BCD). Les droites (BI) et (CD) sont donc coplanaires. Elles sont perpendiculaires.

c) L'aire $\mathcal{A}$ vaut :

$$\mathcal{A} = \frac{BI \times CD}{2} = \frac{\sqrt{25+0+25} \times \sqrt{4+16+4}}{2} = \frac{\sqrt{50} \times \sqrt{24}}{2} = 10\sqrt{3}.$$

4. Le volume du tétraèdre est alors $\frac{1}{3}\mathcal{A} \times AH = \frac{1}{3} \times 10\sqrt{3} \times \frac{9}{\sqrt{3}} = 30$.

Représentations paramétriques et équations cartésiennes

CHAPITRE 10

1 Représentations paramétriques des droites

A. Caractérisation de l'appartenance d'un point à une droite

Propriété

Soit $A(x_A\,;y_A\,;z_A)$ un point de l'espace dans un repère orthonormé.

Soit $\vec{u}\begin{pmatrix}a\\b\\c\end{pmatrix}$ un vecteur non nul.

On considère la droite d passant par le point A et de vecteur directeur $\vec{u}$.
Soit $M(x\,;\,y\,;\,z)$ un point de l'espace.

M appartient à d si et seulement si il existe un réel t tel que $\begin{cases}x = x_A + at\\ y = y_A + bt\\ z = z_A + ct\end{cases}$.

B. Représentation paramétrique d'une droite

Propriété

Soient α, β, γ trois réels et la variable t décrivant $\mathbb{R}$.
L'ensemble des points $M(x\,;\,y\,;\,z)$ de l'espace dont les coordonnées $(x\,;\,y\,;\,z)$ vérifient le système d'équations $\begin{cases}x = \alpha + at\\ y = \beta + bt\\ z = \gamma + ct\end{cases}$ est la droite passant par le point $A(\alpha\,;\beta\,;\gamma)$ et de vecteur directeur $\vec{u}\begin{pmatrix}a\\b\\c\end{pmatrix}$.

Le système s'appelle une représentation paramétrique de la droite.

Remarque :
Il existe une infinité de représentations paramétriques d'une même droite. Il suffit de choisir un autre point de la droite ou un autre vecteur directeur.

2 Équation cartésienne d'un plan

A. Caractérisation vectorielle d'un plan

■ Propriété

Soit $\mathcal{P}$ un plan passant par A et de vecteur normal $\vec{n}$.
Soit M un point de l'espace.

$$M \in \mathcal{P} \Leftrightarrow \overrightarrow{AM} \cdot \vec{n} = 0.$$

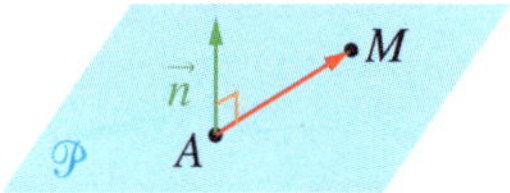

B. Équation cartésienne d'un plan

■ Propriété et définition

Dans un repère orthonormé, on considère le plan $\mathcal{P}$ passant par le point $A(x_A\,;y_A\,;z_A)$ et de vecteur normal $\vec{n}\begin{pmatrix} a \\ b \\ c \end{pmatrix}$.

Soit $M(x\,;y\,;z)$ un point de l'espace.

$$\begin{aligned} M \in \mathcal{P} &\Leftrightarrow \overrightarrow{AM}.n = 0 \\ &\Leftrightarrow (x - x_A) \times a + (y - y_A) \times b + (z - z_A) \times c = 0 \\ &\Leftrightarrow ax + by + cz - ax_A - by_A - cz_A = 0 \\ &\Leftrightarrow ax + by + cz + d = 0 \text{ avec } d \ \square\ -ax_A - by_A - cz_A. \end{aligned}$$

L'équation $ax + by + cz + d = 0$ s'appelle une équation cartésienne de $\mathcal{P}$.

Remarque :

Un plan admet une infinité d'équations cartésiennes. Pour en obtenir une autre, Il suffit de :

- multiplier une équation par n'importe quel nombre réel non nul ;
- prendre un autre point du plan ;
- prendre un autre vecteur normal au plan.

■ Propriété

Soient a , b , c et d quatre réels tels que $(a\,;b\,;c) \neq (0\,;0\,;0)$.
L'ensemble des points $M\left(x\,;y\,;z\right)$ de l'espace tels que $ax + by + cz + d = 0$ est un plan de vecteur normal $\vec{n}\begin{pmatrix} a \\ b \\ c \end{pmatrix}$.

Remarque :

La donnée d'un vecteur normal ne caractérise pas entièrement le plan. Il faut aussi déterminer les coordonnées d'un point du plan.

CARTE MENTALE

Déterminer et exploiter une représentation paramétrique d'une droite

L'espace est muni d'un repère orthonormé.

La droite $\mathscr{D}$ de vecteur directeur $\vec{u}\begin{pmatrix} a \\ b \\ c \end{pmatrix}$ et passant par le point; $A(\alpha\ ;\ \beta\ ;\ \gamma)$ a pour représentation paramétrique :

$$\begin{cases} x = \alpha + at \\ y = \beta + bt \\ z = \gamma + ct \end{cases}$$, où t décrit l'ensemble des réels.

- Chaque valeur de t permet de déterminer les coordonnées d'un point de la droite.
Réciproquement, à chaque point de la droite correspond une valeur de t.
- Une droite admet une infinité de représentations paramétriques: en prenant un autre vecteur directeur ou un autre point de cette droite, on obtient une nouvelle représentation paramétrique.

REPRÉSENTATIONS PARAMÉTRIQUES ET ÉQUATIONS CARTÉSIENNES

Déterminer une équation cartésienne d'un plan en identifiant les coefficients

L'espace est muni d'un repère orthonormé.

- Le plan $\mathscr{P}$ passant par le point $A(x_A\ ;\ y_A\ ;\ z_A)$ et de vecteur normal $\vec{n}\begin{pmatrix} a \\ b \\ c \end{pmatrix}$ est l'ensemble des points de l'espace dont les coordonnées $(x\ ;\ y\ ;\ z)$ vérifient l'équation :
$ax + by + cz + d = 0$, où $d = -ax_A - by_A - cz_A$.
Cette équation est une équation cartésienne du plan $\mathscr{P}$.
- Un plan admet une infinité d'équations cartésiennes.

Déterminer une équation cartésienne d'un plan à l'aide du produit scalaire

L'espace est muni d'un repère orthonormé.
On considère le plan $\mathscr{P}$ passant par le point $A(x_A\ ;\ y_A\ ;\ z_A)$ et de vecteur normal $\vec{n}\begin{pmatrix} a \\ b \\ c \end{pmatrix}$.

- Un point $M(x\ ;\ y\ ;\ z)$ de l'espace appartient au plan $\mathscr{P}$ si et seulement si :

$$\overrightarrow{AM} \cdot \vec{n} = 0.$$

- L'expression de ce produit scalaire nul en fonction de x, y et z permet d'obtenir une équation cartésienne du plan $\mathscr{P}$.

EXERCICES TYPES

1 Déterminer l'appartenance d'un point à une droite ou à un plan

EXEMPLE 1 **MONTRER QU'UN POINT APPARTIENT OU NON À UNE DROITE**

On considère la droite d de représentation paramétrique $\begin{cases} x = 6 - t \\ y = -1 + 3t \\ z = 5 + 2t \end{cases}$.

1. Le point $A(5\,;2\,;7)$ appartient-il à d ?

2. Le point $B(-1\,;0\,;4)$ appartient-il à d ?

CORRIGÉ COMMENTÉ

1. On cherche s'il existe un réel t tel que $\begin{cases} 5 = 6 - t \\ 2 = -1 + 3t \\ 7 = 5 + 2t \end{cases}$.

On calcule t avec la première équation :
$5 = 6 - t \Leftrightarrow t = 6 - 5 = 1$.
On vérifie si les deux autres équations sont vérifiées :
$3t - 1 = 3 \times 1 - 1 = 2$ donc la deuxième équation est vérifiée.
$5 + 2t = 5 + 2 \times 1 = 7$ donc la troisième équation est vérifiée.
Le point A appartient à d.

> **Remarque**
> À tout point M de la droite correspond un réel t unique. Réciproquement, à tout réel t correspond un point M unique de la droite.

2. On cherche s'il existe un réel t tel que $\begin{cases} -1 = 6 - t \\ 0 = -1 + 3t \\ 4 = 5 + 2t \end{cases}$.

On calcule t avec la première équation :
$-1 = 6 - t \Leftrightarrow t = 6 + 1 = 7$.
On vérifie si les deux autres équations sont vérifiées :
$3t - 1 = 3 \times 7 - 1 = 20 \neq 0$ donc la deuxième équation n'est pas vérifiée.
Ce n'est pas la peine de vérifier la troisième équation car si une seule n'est pas vérifiée, cela suffit à prouver que le système n'est pas vérifié.
Le point B n'appartient pas à d.

EXEMPLE 2 **MONTRER QU'UN POINT APPARTIENT OU NON À UN PLAN**

On considère un plan d'équation cartésienne $4x - y + 3z - 1 = 0$.

1. Le point $A(-5\,;3\,;0)$ appartient-il à $\mathcal{P}$?

2. Le point $B(2\,;10\,;1)$ appartient-il à $\mathcal{P}$?

CORRIGÉ COMMENTÉ

1. On remplace x, y et z par les valeurs des coordonnées de A :

$4 \times (-5) - 3 + 3 \times 0 - 1 = -20 - 3 - 1 = -24 \neq 0$.

Le point A n'appartient pas au plan $\mathcal{P}$.

2. On remplace x, y et z par les valeurs des coordonnées de B :

$$4 \times 2 - 10 + 3 \times 1 - 1 = 8 - 10 + 3 - 1 = 0.$$

Le point B appartient au plan $\mathcal{P}$.

Remarque
Un point appartient à un plan si et seulement si ses coordonnées vérifient l'équation cartésienne du plan.

2 Déterminer une position relative

EXEMPLE 1 **POSITION RELATIVE DE DEUX DROITES**

On considère la droite d de représentation paramétrique $\begin{cases} x = 3 + 2t \\ y = -t \\ z = 5 + 2t \end{cases}$ où t est un nombre réel et la droite d' passant par $A(0;4;8)$ et de vecteur directeur $\vec{u}\begin{pmatrix} -1 \\ 3 \\ 5 \end{pmatrix}$.

1. Déterminer les coordonnées d'un vecteur directeur $\vec{v}$ de d.
2. Les droites d et d' sont-elles sécantes ? Si oui, déterminer les coordonnées de leur point d'intersection.

CORRIGÉ COMMENTÉ

1. $\vec{v}\begin{pmatrix} 2 \\ -1 \\ 2 \end{pmatrix}$ est un vecteur directeur de d.

2. On détermine si les droites d et d' sont parallèles.

$\frac{x_{\vec{v}}}{x_{\vec{u}}} = \frac{2}{-1} = -2$; $\frac{y_{\vec{v}}}{y_{\vec{u}}} = \frac{-1}{3} = -\frac{1}{3}$.

Donc $\frac{x_{\vec{v}}}{x_{\vec{u}}} \neq \frac{y_{\vec{v}}}{y_{\vec{u}}}$, donc les vecteurs ne sont pas colinéaires. On en déduit que les droites ne sont pas parallèles.

Rappel
Deux vecteurs sont colinéaires si et seulement si leurs coordonnées sont proportionnelles.

Dans l'espace, si deux droites ne sont pas parallèles, cela ne suffit pas à dire qu'elles sont sécantes. En revanche, si elles avaient été parallèles, elles n'auraient pas pu être sécantes et on aurait répondu à la question.

On détermine si les droites sont sécantes.

On détermine une représentation paramétrique de d' :

$\begin{cases} x = 0 - t' \\ y = 4 + 3t' \\ z = 8 + 5t' \end{cases}$ avec t' réel.

On cherche s'il existe un réel t et un réel t' tels que les systèmes d'équations paramétriques de chaque droite soient tous les deux vérifiés pour le même point de coordonnées $(x ; y ; z)$.

On résout alors :

$$\begin{cases} x = 3 + 2t = -t' \\ y = -t = 4 + 3t' \\ z = 5 + 2t = 8 + 5t' \end{cases}.$$

On résout un système formé par deux des trois équations précédentes :

> **Remarque**
> Un point est le point d'intersection de deux droites s'il appartient aux deux droites en même temps, c'est-à-dire si ses coordonnées vérifient chaque système paramétrique en même temps.

$$\begin{cases} 3 + 2t = -t' \\ -t = 4 + 3t' \end{cases} \Leftrightarrow \begin{cases} -3 - 2t = t' \\ -t = 4 + 3(-3 - 2t) \end{cases} \Leftrightarrow \begin{cases} -3 - 2t = t' \\ t = -1 \end{cases} \Leftrightarrow \begin{cases} t' = -1 \\ t = -1 \end{cases}.$$

On ne trouve pas toujours la même valeur pour *t* et *t′*. L'important est que *t* et *t′* vérifient les trois équations en même temps.

On vérifie si la troisième équation est aussi vérifiée avec ces valeurs de t et t' trouvées.

$5 + 2t = 5 - 2 = 3$ et $8 + 5t' = 8 - 5 = 3$.

Il existe donc t et t' tels que les deux systèmes paramétriques soient vérifiés simultanément. Les droites sont donc sécantes au point $A(1 ; 1 ; 3)$.

Pour trouver les coordonnées de *A*, on remplace dans l'un des deux systèmes paramétriques la valeur de *t* ou de *t′*.

EXEMPLE 2 POSITION RELATIVE D'UNE DROITE ET D'UN PLAN

On considère la droite d de représentation paramétrique $\begin{cases} x = -1 + 4t \\ y = 2 + t \\ z = -3 + 3t \end{cases}$ où t est un nombre réel, la droite d' passant par le point $A(2 ; 6 ; -1)$ et de vecteur directeur $\vec{v}\begin{pmatrix} 3 \\ 1 \\ -1 \end{pmatrix}$, ainsi que le plan $\mathcal{P}$ d'équation cartésienne $x - 2y + z - 2 = 0$.

1. Déterminer la position relative de d et de $\mathcal{P}$.
2. Déterminer la position relative de d' et de $\mathcal{P}$.

CORRIGÉ COMMENTÉ

1. $\vec{n}\begin{pmatrix} 1 \\ -2 \\ 1 \end{pmatrix}$ est un vecteur normal au plan $\mathcal{P}$. $\vec{u}\begin{pmatrix} 4 \\ 1 \\ 3 \end{pmatrix}$ est un vecteur directeur de d.

$\vec{u} \cdot \vec{n} = 4 \times 1 + 1 \times (-2) + 3 \times 1 = 4 - 2 + 3 = 5 \neq 0$.

Les vecteurs ne sont pas orthogonaux donc d n'est pas parallèle à $\mathcal{P}$.

La droite d et le plan $\mathcal{P}$ sont donc sécants en un point $M(x ; y ; z)$. On cherche la valeur de t de la représentation paramétrique de d telle que les coordonnées de M vérifient l'équation cartésienne de $\mathcal{P}$.

On remplace x, y et z dans l'équation de $\mathcal{P}$:

$-1+4t-2(2+t)-3+3t-2=0 \Leftrightarrow -1+4t-4-2t-3+3t-2=0$

$\Leftrightarrow 5t-10=0 \ \Leftrightarrow t=2.$

On a alors $x=-1+4\times 2=7$; $y=2+2=4$ et $z=-3+3\times 2=3$.

Il existe donc un réel t tel que le point $M(7\,;4\,;3)$ appartient à d et à $\mathcal{P}$.

d et $\mathcal{P}$ sont donc sécants en M.

2. $\vec{v}\begin{pmatrix}3\\1\\-1\end{pmatrix}$ est un vecteur directeur de d'.

$$\vec{v}\cdot\vec{n}=3\times 1+1\times(-2)+(-1)\times 1=3-2-1=0$$

$\vec{v}$ et $\vec{n}$ sont orthogonaux, donc la droite d' est parallèle au plan $\mathcal{P}$.

On remplace les coordonnées de A dans l'équation cartésienne de $\mathcal{P}$:

$2-2\times 6+(-1)-2=2-12-1-2=-13\neq 0$.

Le point A n'appartient pas à $\mathcal{P}$ donc la droite d' est strictement parallèle à $\mathcal{P}$.

Si *A* avait appartenu à $\mathcal{P}$, la droite *d'* aurait été incluse dans $\mathcal{P}$.

EXEMPLE 3 POSITION RELATIVE DE DEUX PLANS

On considère les plans $\mathcal{P}$ et $\mathcal{P}'$ d'équations cartésiennes respectives :

$$4x-y+8z+4=0 \text{ et } -2x+\frac{1}{2}y-4z+1=0.$$

Quelle est la position relative des plans $\mathcal{P}$ et $\mathcal{P}'$?

CORRIGÉ COMMENTÉ

$\vec{n}\begin{pmatrix}4\\-1\\8\end{pmatrix}$ est un vecteur normal de $\mathcal{P}$. $\overrightarrow{n'}\begin{pmatrix}-2\\\frac{1}{2}\\-4\end{pmatrix}$ est un vecteur normal de $\mathcal{P}'$.

On a : $-2\overrightarrow{n'}\begin{pmatrix}-2\times(-2)\\(-2)\times\frac{1}{2}\\(-2)\times(-4)\end{pmatrix}$ donc $-2\overrightarrow{n'}\begin{pmatrix}4\\-1\\8\end{pmatrix}$ donc $-2\overrightarrow{n'}=\vec{n}$.

Les vecteurs $\vec{n}$ et $\overrightarrow{n'}$ sont colinéaires, donc les plans sont parallèles.

Déterminons un point de $\mathcal{P}$.

On prend $x=0$; $y=0$. On a alors $8z+4=0$ soit $z=-\frac{1}{2}$.

Le point $A\left(0\,;0\,;-\frac{1}{2}\right)$ appartient à $\mathcal{P}$.

On remplace les coordonnées de A dans l'équation cartésienne de $\mathcal{P}'$:

$$-2\times 0+\frac{1}{2}\times 0-4\times\left(-\frac{1}{2}\right)+1=2+1=3\neq 0$$

A n'appartient pas à $\mathcal{P}'$ donc les deux plans ne sont pas confondus. Ils sont donc strictement parallèles.

SUJET DU BAC

Exercice 1 30 min 5 points

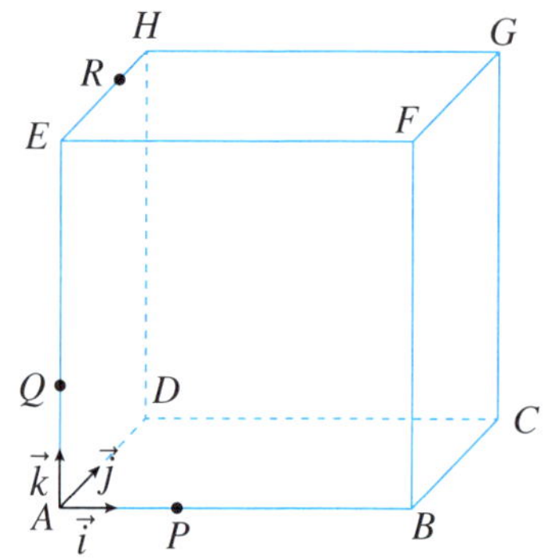

Dans l'espace, on considère un cube $ABCDEFGH$ de centre Ω et d'arrête de longueur 6.
Les points P, Q et R sont définis par :

$$\overrightarrow{AP} = \frac{1}{3}\overrightarrow{AB}\,;\ \overrightarrow{AQ} = \frac{1}{3}\overrightarrow{AE}\,;\ \overrightarrow{HR} = \frac{1}{3}\overrightarrow{HE}.$$

Dans l'exercice, on se place dans le repère orthonormé $(A\,;\vec{i},\vec{j},\vec{k})$ avec :

$$\vec{i} = \frac{1}{6}\overrightarrow{AB},\ \vec{j} = \frac{1}{6}\overrightarrow{AD} \text{ et } \vec{k} = \frac{1}{6}\overrightarrow{AE}.$$

On a alors $B(6\,;0\,;0)$, $F(6\,;0\,;6)$ et $R(0\,;4\,;6)$.

1. a) Donner sans justifier, les coordonnées des points P, Q et Ω.

b) Déterminer les nombres réels b et c tels que $\vec{n}\begin{pmatrix}1\\b\\c\end{pmatrix}$ soit un vecteur normal au plan (PQR).

c) En déduire une équation du plan (PQR).

2. On note Δ la droite perpendiculaire au plan (PQR) passant par Ω.

a) Donner une représentation paramétrique de Δ.

b) En déduire que la droite Δ coupe le plan (PQR) au point $I\left(\frac{8}{3}\,;\frac{10}{3}\,;\frac{8}{3}\right)$.

3. On considère les points $J(6\,;4\,;0)$ et $K(6\,;6\,;2)$.

a) Justifier que J appartient au plan (PQR).

b) Vérifier que les droites (JK) et (QR) sont parallèles.

→ Corrigé p. 164

Exercice 2 30 min 5 points

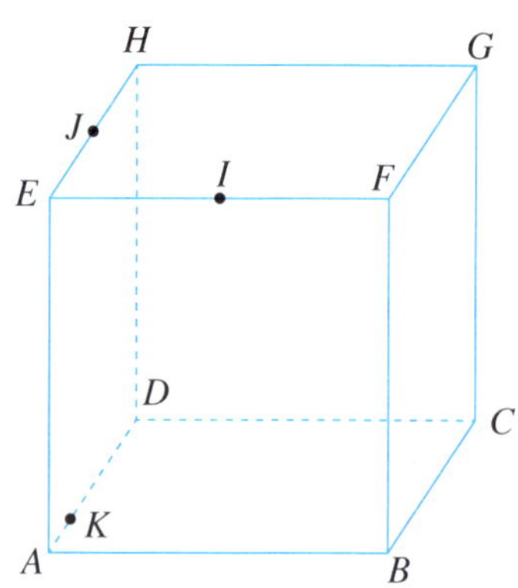

On considère un cube $ABCDEFGH$ d'arête de longueur 1, représenté ci-dessous.
On note I le milieu du segment $[EF]$, J le milieu du segment $[EH]$ et K le point du segment $[AD]$ tel que $\overrightarrow{AK} = \frac{1}{4}\overrightarrow{AD}$.

On note $\mathcal{P}$ le plan passsant par I et parallèle au plan (FHK).
On munit l'espace du repère orthonormé $(A\,;\overrightarrow{AB},\overrightarrow{AD},\overrightarrow{AE})$

1. a) Montrer que le vecteur $\vec{n}\begin{pmatrix}4\\4\\-3\end{pmatrix}$ est un vecteur normal au plan (FHK).

b) En déduire une équation cartésienne du plan (FHK).

c) Déterminer une équation du plan $\mathcal{P}$.

d) Calculer les coordonnées du point M', point d'intersection du plan $\mathcal{P}$ et de la droite (AE).

2. On note Δ la droite passant par le point E et orthogonale au plan $\mathcal{P}$.

a) Déterminer une représentation paramétrique de Δ.

b) Calculer les coordonnées du point L, intersection de la droite Δ et du plan (ABC).

c) Les droites Δ et (BF) sont-elles sécantes ?

→ *Corrigé p. 165*

Jean-Dominique Cassini (1625 - 1712) est un astronome et ingénieur italo-français.
Il a travaillé sur des équations de courbes dans l'espace (3D) dont les célèbres « ovales de Cassini ».

CORRIGÉS

Exercice 1 → Énoncé p. 162

1. a) $P(2\,;0\,;0)$; $Q(0\,;0\,;2)$ et $\Omega(3\,;3\,;3)$.

b) $R(0\,;4\,;6)$ donc on a : $\overrightarrow{PR}\begin{pmatrix}-2\\4\\6\end{pmatrix}$ et $\overrightarrow{QR}\begin{pmatrix}0\\4\\4\end{pmatrix}$. Ce sont deux vecteurs non colinéaires.

$\vec{n}\begin{pmatrix}1\\b\\c\end{pmatrix}$ est un vecteur normal au plan (PQR) si et seulement si il est orthogonal à deux vecteurs non colinéaires du plan (PQR). On cherche donc b et c tels que :

$\vec{n}\cdot\overrightarrow{PR} = -2 + 4b + 6c = 0$

$\vec{n}\cdot\overrightarrow{QR} = 0 + 4b + 4c = 0$

La deuxième équation donne $b = -c$. En remplaçant dans la première équation, on trouve : $2c - 2 = 0$ ce qui équivaut à $c = 1$. On a alors $b = -1$.

$\vec{n}\begin{pmatrix}1\\-1\\1\end{pmatrix}$ est un vecteur normal au plan (PQR).

c) Une équation du plan (PQR) est de la forme $x - y + z + d = 0$.

Or P appartient au plan (PQR) donc ses coordonnées vérifient l'équation du plan :

$2 - 0 + 0 + d = 0 \Leftrightarrow d = -2$

Le plan (PQR) a pour équation $x - y + z - 2 = 0$.

2. a) La droite Δ est orthogonale au plan (PQR) donc le vecteur $\vec{n}\begin{pmatrix}1\\-1\\1\end{pmatrix}$ est un vecteur directeur de Δ. Une représentation paramétrique de Δ est alors :

$\begin{cases}x = 3 + t\\y = 3 - t\\z = 3 + t\end{cases}$ avec t réel.

b) Soit $I(x\,;y\,;z)$ le point d'intersection de Δ avec (PQR).

Comme I appartient à Δ, il existe donc un réel t tel que $\begin{cases}x = 3 + t\\y = 3 - t\\z = 3 + t\end{cases}$.

Comme I appartient au plan (PQR), ses coordonnées vérifient l'équation du plan :

$(3 + t) - (3 - t) + (3 + t) - 2 = 0 \Leftrightarrow 1 + 3t = 0 \Leftrightarrow t = -\dfrac{1}{3}$.

On a alors $x = 3 - \dfrac{1}{3} = \dfrac{8}{3}$; $y = 3 + \dfrac{1}{3} = \dfrac{10}{3}$ et $z = 3 - \dfrac{1}{3} = \dfrac{8}{3}$, donc $I\left(\dfrac{8}{3}\,;\dfrac{10}{3}\,;\dfrac{8}{3}\right)$.

3. a) On vérifie que les coordonnées de J vérifient l'équation cartésienne de (PQR) :

$6 - 4 + 0 - 2 = 6 - 6 = 0$.

Donc J appartient au plan (PQR).

b) On a : $\overrightarrow{JK}\begin{pmatrix}0\\2\\2\end{pmatrix}$ et $\overrightarrow{QR}\begin{pmatrix}0\\4\\4\end{pmatrix}$ donc $2\overrightarrow{JK} = \overrightarrow{QR}$.

Les vecteurs sont colinéaires donc les droites sont parallèles.

Exercice 2 → Énoncé p. 162

1. a) On a $F(1\,;0\,;1)$, $H(0\,;1\,;1)$ et $K\left(0\,;\dfrac{1}{4}\,;0\right)$ et $\vec{n}\begin{pmatrix}4\\4\\-3\end{pmatrix}$.

Donc $\overrightarrow{FH}\begin{pmatrix}-1\\1\\0\end{pmatrix}$ et $\overrightarrow{FK}\begin{pmatrix}-1\\\dfrac{1}{4}\\-1\end{pmatrix}$.

Les deux vecteurs $\overrightarrow{FH}$ et $\overrightarrow{FK}$ ne sont pas colinéaires car leurs coordonnées ne sont pas proportionnelles. On a alors :

$\vec{n}\cdot\overrightarrow{FH} = 4\times(-1)+4\times1+(-3)\times0 = -4+4 = 0$

$\vec{n}\cdot\overrightarrow{FK} = 4\times(-1)+4\times\dfrac{1}{4}+(-3)\times(-1) = -4+1+3 = 0.$

Le vecteur $\vec{n}$ est orthogonal à deux vecteurs non colinéaires du plan, donc $\vec{n}$ est normal au plan (FHK).

b) Une équation cartésienne du plan (FHK) est de la forme :
$4x+4y-3z+d=0$.
Or le point $F(1\,;0\,;1)$ appartient à ce plan, donc ses coordonnées vérifient l'équation du plan :
$4\times1+4\times0-3\times(1)+d=0 \Leftrightarrow d=-1$.
Le plan (FHK) a pour équation $4x+4y-3z-1=0$.

c) $\mathcal{P}$ et (FHK) sont deux plans parallèles, donc ils ont les mêmes vecteurs normaux.
Une équation cartésienne de $\mathcal{P}$ est de la forme : $4x+4y-3z+d=0$.

Or $I\left(0\,;\dfrac{1}{2}\,;1\right)$ appartient à $\mathcal{P}$ donc ses coordonnées vérifient l'équation de $\mathcal{P}$:

$4\times0+4\times\dfrac{1}{2}-3\times1+d=0 \Leftrightarrow d=1$.

Une équation cartésienne du plan $\mathcal{P}$ est $4x+4y-3z+1=0$.

d) On détermine une représentation paramétrique de la droite (AE), passant par le point $A(0\,;0\,;0)$ et de vecteur directeur $\overrightarrow{AE}\begin{pmatrix}0\\0\\1\end{pmatrix}$.

$$\begin{cases} x = 0 \\ y = 0 \\ z = t \end{cases}$$ où t est un réel.

Soit $M'(x\ ;\ y\ ;\ z)$ le point d'intersection de (AE) avec $\mathcal{P}$. Il existe alors un réel t tel que :

$$\begin{cases} x = 0 \\ y = 0 \\ z = t \end{cases}$$ et les coordonnées de M' vérifient l'équation de $\mathcal{P}$.

Donc : $4 \times 0 + 4 \times 0 - 3 \times t + 1 = 0 \Leftrightarrow t = \dfrac{1}{3}$.

Le point M' a donc pour coordonnées $M'\left(0\ ;\ 0\ ;\ \dfrac{1}{3}\right)$.

2. a) Δ est la droite passant par le point E et orthogonale au plan $\mathcal{P}$. $\vec{n}\begin{pmatrix} 4 \\ 4 \\ -3 \end{pmatrix}$ est donc un vecteur directeur de Δ. De plus, $E(0\ ;\ 0\ ;\ 1)$ appartient à cette droite, donc une représentation paramétrique de Δ est :

$$\begin{cases} x = 4t' \\ y = 4t' \\ z = 1 - 3t' \end{cases}$$ où t' est un réel.

b) On note $L(x\ ;\ y\ ;\ z)$ le point d'intersection de Δ et du plan (ABC).

Il existe alors un réel t' tel que $\begin{cases} x = 4t' \\ y = 4t' \\ z = 1 - 3t' \end{cases}$ et les coordonnées de L vérifient l'équation du plan (ABC).

Or le plan (ABC) a pour équation $z = 0$. Donc $1 - 3t' = 0 \Leftrightarrow t' = \dfrac{1}{3}$.

On a donc $L\left(\dfrac{4}{3}\ ;\ \dfrac{4}{3}\ ;\ 0\right)$.

c) L n'appartient pas à la droite (AB) qui est l'axe des abscisses du repère car son ordonnée n'est pas nulle.

Si Δ et (BF) sont sécantes, elles sont coplanaires et appartiennent au plan (BFE) qui est aussi le plan (ABF).

L appartient à (ABF) et L appartient à (ABC) équivaut à dire que L appartient à la droite (AB), intersection de ces deux plans, ce qui est faux.

Les droites Δ et (BF) ne sont donc pas coplanaires, on en déduit qu'elles ne sont pas sécantes.

Loi binomiale

CHAPITRE 11

1 Succession d'épreuves indépendantes

A. Univers d'une succession d'épreuves

■ Définition

Lorsqu'une expérience aléatoire se compose d'une succession de n épreuves indépendantes $E_1, E_2, E_3, \dots, E_n$, l'univers des issues possibles est le produit cartésien $\Omega_1 \times \Omega_2 \times \Omega_3 \times \dots \times \Omega_n$ où Ω_i désigne l'univers de l'épreuve E_i pour tout entier i allant de 1 à n.
Une issue de l'expérience est donc un n-uplet $(i_1, i_2, i_3, \dots, i_n)$, où i_p est une issue de E_p.
On représente cette situation par un arbre dans lequel un chemin correspond à une issue.

B. Calcul de probabilités

■ Propriété

Lors d'une succession de n épreuves indépendantes, la probabilité d'une issue $(i_1, i_2, i_3, \dots, i_n)$ est égale au produit des probabilités de chacune des issues du n-uplet.

■ Cas où $n = 2$

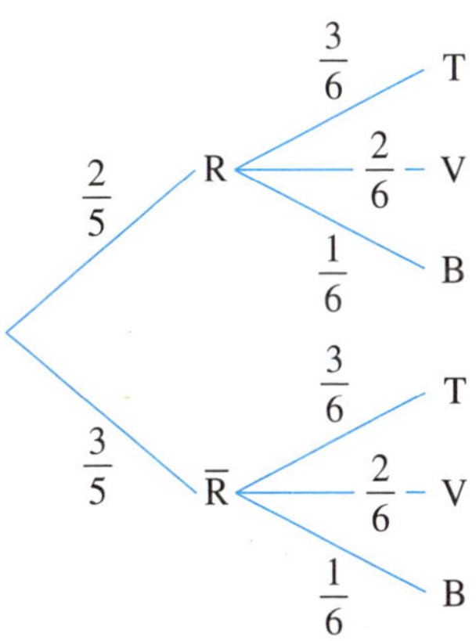

$(R ; T) \rightarrow P((R ; T)) = \frac{2}{5} \times \frac{3}{6} = \frac{6}{30} = \frac{1}{5}$

$(R ; V) \rightarrow P((R ; V)) = \frac{2}{5} \times \frac{2}{6} = \frac{4}{30} = \frac{2}{15}$

$(R ; B) \rightarrow P((R ; B)) = \frac{2}{5} \times \frac{1}{6} = \frac{2}{30} = \frac{1}{15}$

$(\overline{R} ; T) \rightarrow P((\overline{R} ; T)) = \frac{3}{5} \times \frac{3}{6} = \frac{9}{30} = \frac{3}{10}$

$(\overline{R} ; V) \rightarrow P((\overline{R} ; V)) = \frac{3}{5} \times \frac{2}{6} = \frac{6}{30} = \frac{1}{5}$

$(\overline{R} ; B) \rightarrow P((\overline{R} ; B)) = \frac{3}{5} \times \frac{1}{6} = \frac{3}{30} = \frac{1}{10}$

2 Schéma de Bernoulli et loi binomiale

A. Épreuve et schéma de Bernoulli

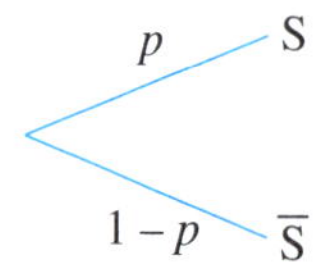

■ **Définition**

Soit p un réel compris entre 0 et 1.

On appelle **épreuve de Bernoulli de paramètre *p*** une expérience aléatoire ayant deux issues, l'une nommée « **succès** » notée **S** ou **1** de probabilité ***p***, et l'autre « **échec** », notée $\overline{\mathbf{S}}$ ou **0**.

■ **Propriété : loi de Bernoulli**

La loi de probabilité d'une épreuve de Bernoulli est donnée par le tableau ci-contre.

Issue	S	$\overline{S}$
Probabilité	p	$1-p$

$\Omega = \{S\ ;\ \overline{S}\}$. On écrit aussi $\Omega = \{0\ ;\ 1\}$.

■ **Définitions**

• On considère une épreuve de Bernoulli de paramètre *p*, où *p* est un réel compris entre 0 et 1.

Soit *n* un entier naturel non nul.

On définit un **schéma de Bernoulli de paramètres *n* et *p*** lorsqu'on répète *n* fois de façon indépendante cette épreuve de Bernoulli.

• On définit **la variable aléatoire *X* égale au nombre de succès** dans ce schéma.

X prend ses valeurs dans l'ensemble $\{0\ ;\ 1\ ;\ 2\ ;\ \ldots\ ;\ n\}$.

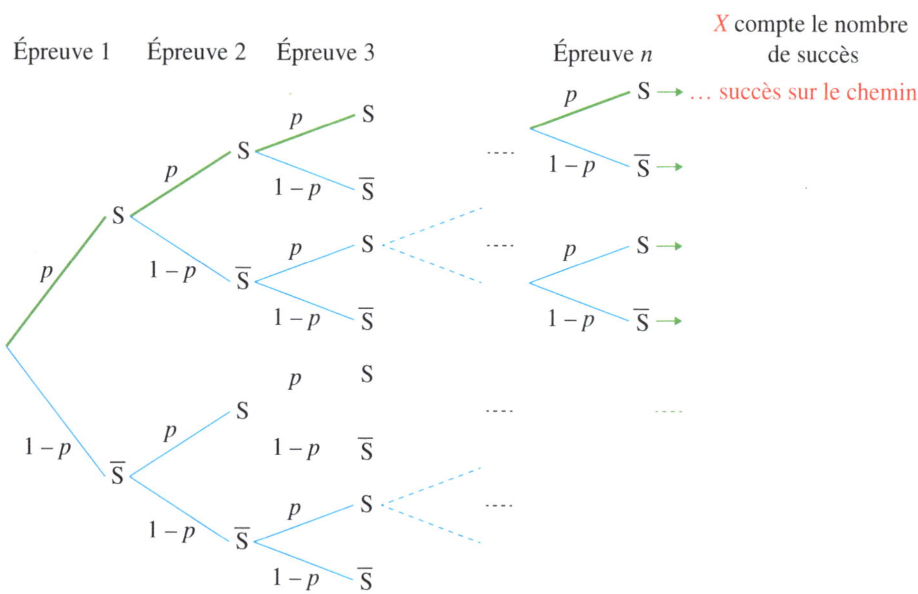

B. Loi binomiale

■ **Définition**

Soit n entier naturel non nul et p un réel compris entre 0 et 1.

On considère un schéma de Bernoulli de paramètres n et p et X la variable aléatoire comptant le nombre de succès obtenus dans ce schéma.

On dit alors que **X suit la loi binomiale de paramètres n et p** (on note $X \rightsquigarrow \mathcal{B}(n\ ;\ p)$) et pour tout entier k compris entre 0 et n :

$$P(X = k) = \binom{n}{k} p^k (1-p)^{n-k}.$$

■ Soient n un entier naturel et p un réel compris entre 0 et 1.

Si X suit la loi binomiale de paramètres n et p, alors :

- $E(X) = np$
- $V(X) = np(1-p)$
- $\sigma(X) = \sqrt{np(1-p)}$

C. Représentation graphique de la loi binomiale

On peut représenter graphiquement une loi binomiale par un diagramme en bâtons en mettant en abscisse les valeurs prises par la variable aléatoire et en ordonnée les probabilités correspondantes.

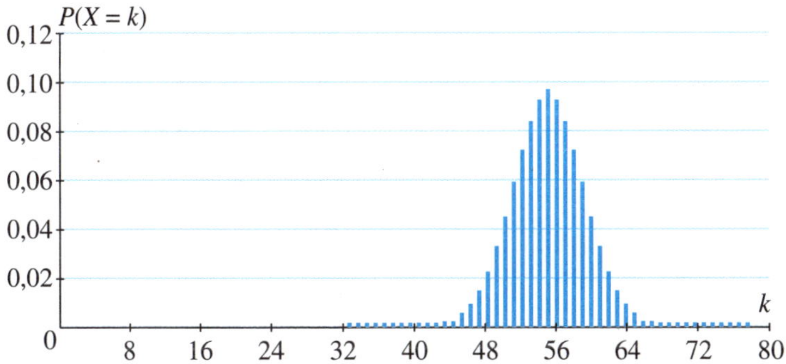

Francis Galton (1822 - 1912) est un scientifique britannique.

Cousin de Charles Darwin, il s'intéresse aux statistiques, probabilités et à la psychologie. Il est à l'origine de l'identification humaine par les empreintes digitales.

CARTE MENTALE

LOI BINOMIALE

Représenter une succession de n épreuves indépendantes

Expérience aléatoire = succession de n épreuves indépendantes. L'univers des issues possibles est :

$$\Omega = \Omega_1 \times \Omega_2 \times \Omega_3 \times \ldots \times \Omega_n$$

Une issue est un n-uplet $(i_1, i_2, i_3, \ldots, i_n)$.

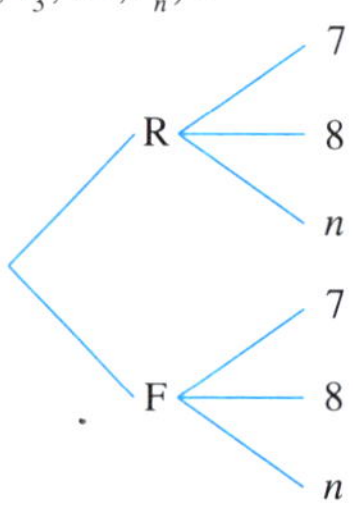

Calculer la probabilité d'une issue $(i_1, i_2, i_3, \ldots, i_n)$

Lors d'une succession de n épreuves indépendantes, on calcule la probabilité d'une issue en multipliant les probabilités inscrites sur chaque branche du chemin représentant cette issue.

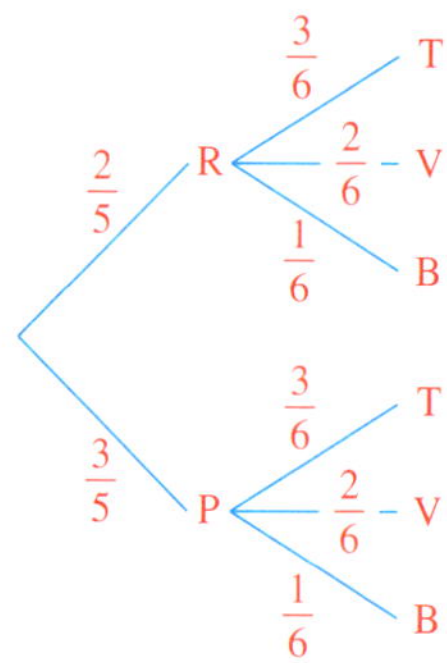

Issues	Probabilités
(R,T)	$P((\text{R} ; \text{T})) = \frac{2}{5} \times \frac{3}{6} = \frac{6}{30} = \frac{1}{5}$
(R,V)	$P((\text{R} ; \text{V})) = \frac{2}{5} \times \frac{2}{6} = \frac{4}{30} = \frac{2}{15}$
(R,B)	$P((\text{R} ; \text{B})) = \frac{2}{5} \times \frac{1}{6} = \frac{2}{30} = \frac{1}{15}$
(P,T)	$P((\text{P} ; \text{T})) = \frac{3}{5} \times \frac{3}{6} = \frac{9}{30} = \frac{3}{10}$
(P,V)	$P((\text{P} ; \text{V})) = \frac{3}{5} \times \frac{2}{6} = \frac{6}{30} = \frac{1}{5}$
(P,B)	$P((\text{P} ; \text{B})) = \frac{3}{5} \times \frac{1}{6} = \frac{3}{30} = \frac{1}{10}$

Reconnaître un schéma de Bernoulli

• **Épreuve de Bernoulli de paramètre p** : expérience aléatoire ayant deux issues : l'une, le « succès » S, de probabilité p, et l'autre, « l'échec » $\overline{S}$, de probabilité $1 - p$.

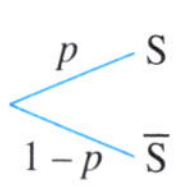

• Lorsqu'on répète n fois, de façon indépendante, cette épreuve de Bernoulli on obtient un **schéma de Bernoulli de paramètres n et p**.

Calculer la probabilité de k succès : la loi binomiale

• Dans un schéma de Bernoulli de paramètres n et p, **la variable aléatoire X égale au nombre de succès obtenus au cours des n répétitions, suit la loi binomiale de paramètres n et p.** ($X \rightsquigarrow \mathcal{B}(n ; p)$).

$$P(X = k) = \binom{n}{k} p^k (1-p)^{n-k}.$$

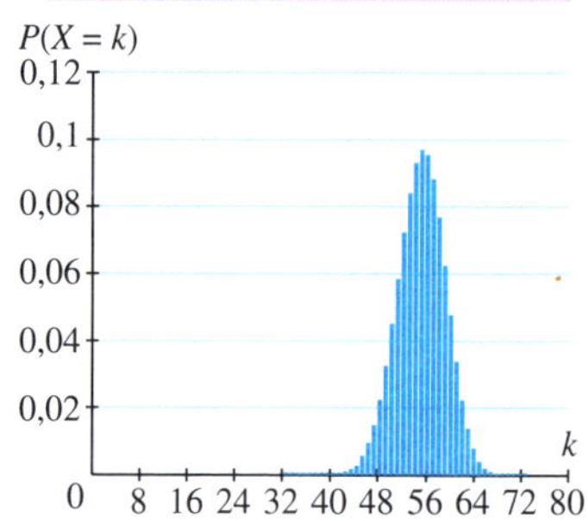

• $E(X) = np$, $V(X) = np(1-p)$ et $\sigma(X) = \sqrt{np(1-p)}$

EXERCICES TYPES

1 Modéliser à l'aide d'une succession d'épreuves indépendantes

EXEMPLE 1 CAS GÉNÉRAL D'UNE SUCCESSION D'ÉPREUVES

À l'arrivée d'une course, un participant se rend à un stand où une collation constituée d'un sachet à grignoter et d'une boisson est offerte. Il pioche un sachet au hasard dans un carton contenant 20 sachets de barres de céréales (événement noté C) et 30 sachets de fruits secs (événement noté F), puis au hasard dans un deuxième carton qui contient 30 canettes de jus d'oranges (événement noté O), 20 canettes de jus d'ananas (événement noté A) et 10 canettes de jus de mangue (événement noté M).

1. À l'aide du produit cartésien, lister les différents types de collations que ce participant peut obtenir.

2. Donner la probabilité de chaque type de collations après avoir dressé un arbre représentant la situation.

CORRIGÉ COMMENTÉ

1. La constitution de la collation repose sur la succession de deux épreuves indépendantes car le tirage se fait au hasard dans chacun des deux cartons bien distincts. La première épreuve a pour univers $\Omega_1 = \{C\ ;\ F\}$ et la deuxième épreuve $\Omega_2 = \{O\ ;\ A\ ;\ M\}$.

> **Rappel**
> Le produit cartésien de deux ensembles est l'ensemble des couples formés d'un élément de chacun des deux ensembles.

Les différents types de collations sont donc donnés par l'ensemble $\Omega_1 \times \Omega_2$, c'est à dire $\{(C\ ;\ O), (C\ ;\ A), (C\ ;\ M), (F\ ;\ O), (F\ ;\ A), (F\ ;\ M)\}$.

2.

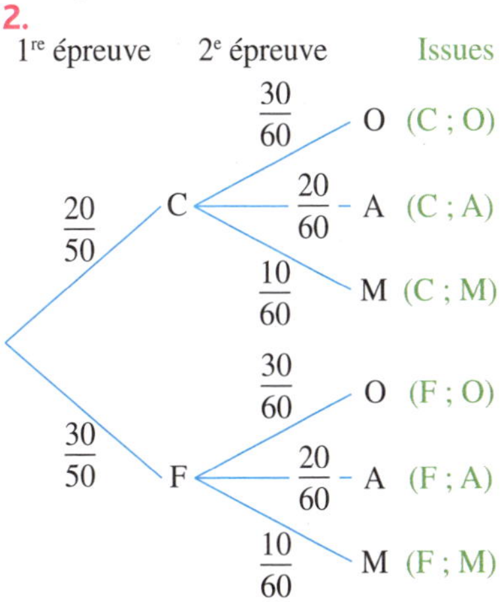

(C ; O) → $P((C\ ;\ O)) = \frac{20}{50} \times \frac{30}{60} = \frac{1}{5}$

(C ; A) → $P((C\ ;\ A)) = \frac{20}{50} \times \frac{20}{60} = \frac{2}{15}$

(C ; M) → $P((C\ ;\ M)) = \frac{20}{50} \times \frac{10}{60} = \frac{1}{15}$

(F ; O) → $P((F\ ;\ O)) = \frac{30}{50} \times \frac{30}{60} = \frac{3}{10}$

(F ; A) → $P((F\ ;\ A)) = \frac{30}{50} \times \frac{20}{60} = \frac{1}{5}$

(F ; M) → $P((F\ ;\ M)) = \frac{30}{50} \times \frac{10}{60} = \frac{1}{10}$

> **Rappel**
> Dans un arbre :
> – la probabilité d'un chemin est le produit des probabilités de chaque branche du chemin ;
> – la probabilité d'un événement est égale à la somme des probabilités des chemins qui mènent à cet événement.

EXEMPLE 2 CAS PARTICULIER DU SCHÉMA DE BERNOULLI

Une urne contient six boules indiscernables au toucher : quatre jaunes et deux rouges. On tire successivement au hasard deux boules de l'urne, en prenant soin de remettre dans l'urne la première boule tirée avant de prendre la seconde. On s'intéresse aux boules jaunes tirées.

1. Expliquer pourquoi l'énoncé précédent peut être modélisé par un schéma de Bernoulli.
2. Donner la probabilité de chaque issue après avoir dressé un arbre représentant la situation.

CORRIGÉ COMMENTÉ

1. On répète **deux fois** une **épreuve de Bernoulli** (pour chaque épreuve, il y a deux issues : « Jaune » considéré comme « Succès » noté S de probabilité $p = \frac{4}{6}$ et « Rouge » considéré comme « échec » noté $\overline{S}$) avec une répétition **identique** et **indépendante** (car le tirage est avec remise).
C'est un schéma de Bernoulli de paramètre $n = 2$ et $p = \frac{4}{6}$.

2.

Probabilités

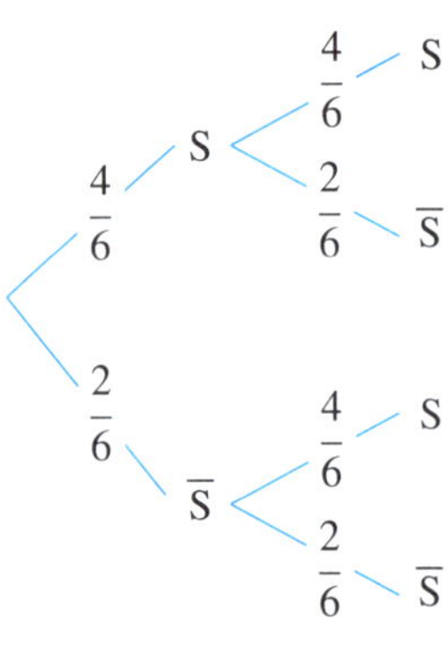

$\frac{4}{6} \times \frac{4}{6} = \frac{16}{36} = \frac{4}{9}$

$\frac{4}{6} \times \frac{2}{6} = \frac{8}{36} = \frac{2}{9}$

$\frac{2}{6} \times \frac{4}{6} = \frac{8}{36} = \frac{2}{9}$

$\frac{2}{6} \times \frac{2}{6} = \frac{4}{36} = \frac{1}{9}$

Astuce

Pour repérer un schéma de Bernoulli, il faut avoir une expérience à **deux issues**, connaître la **probabilité de l'une** de ces deux issues et répéter cette expérience un certain nombre de fois de manière **indépendante**.

2 Déterminer les paramètres *n* et *p* d'une loi binomiale

EXEMPLE

On a représenté ci-dessous, le graphique représentant la loi de probabilité d'une variable aléatoire X qui suit une loi binomiale de paramètres n et p.

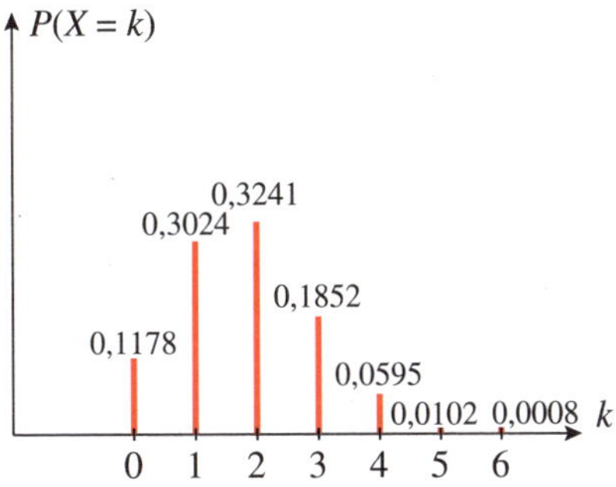

1. Donner la valeur de n.
2. Calculer l'espérance mathématique de X.
3. En déduire la valeur de p.

CORRIGÉ COMMENTÉ

1. $n = 6$ **Il n'y a que 6 bâtons dessinés et la somme des probabilités écrites est égale à 1**

2. Par définition de l'espérance mathématique d'une variable aléatoire :

$$E(X) = \sum_{i=1}^{i=n} p_i x_i$$

$$E(X) = 0 \times 0{,}1178 + 1 \times 0{,}3024 + 2 \times 0{,}3241 + 3 \times 0{,}1852 + 4 \times 0{,}0595 + 5 \times 0{,}0102 + 6 \times 0{,}0008$$

$E(X) = 1{,}8$

3. Comme X suit une loi binomiale de paramètres n et p, on a $E(X) = np$. Donc $np = 1{,}8$.

On trouve donc $6p = 1{,}8$. D'où $p = \dfrac{1{,}8}{6} = 0{,}3$.

Rappel

Pour une variable aléatoire X qui suit la loi binomiale de paramètres n et p :
$E(x) = np$.

3 Calculer des probabilités à l'aide de la loi binomiale

EXEMPLE

Une urne contient 100 boules dont 70 sont bleues et les autres sont vertes.
On tire au hasard, successivement et avec remise, dix boules de ce sac.
On note X la variable aléatoire comptant le nombre de boules bleues obtenues.

1. Calculer la probabilité d'obtenir six boules bleues.

2. Calculer la probabilité d'obtenir au moins deux boules bleues.

3. Si l'on répète un grand nombre de fois cette expérience, combien de boules bleues obtient-on en moyenne ?

4. a) Calculer $\sigma(X)$.

b) Calculer la probabilité que $X \in [E(X) - 2\sigma(X) \ ; E(X) + 2\sigma(X)]$.

CORRIGÉ COMMENTÉ

On répète dix fois, de manière indépendante, la même épreuve de Bernoulli dont le succès est « obtenir une boule bleue» de paramètre $p = \frac{70}{100} = 0{,}7$.

Les épreuves successives sont indépendantes car le tirage se fait avec remise

On a donc un schéma de Bernoulli de paramètres $n = 10$ et $p = 0{,}7$. Ainsi, la variable aléatoire X comptant le nombre de boules bleues obtenues suit la loi binomiale $\mathcal{B}(10 \ ; 0{,}7)$.

1. On cherche $P(X = 6)$

$$P(X = 6) = \binom{10}{6} p^6 (1-p)^{10-6} = \frac{10 \times 9 \times 8 \times 7 \times 6 \times 5}{6 \times 5 \times 4 \times 3 \times 2 \times 1} \times 0{,}7^6 \times 0{,}3^4$$
$$= 210 \times 0{,}7^6 \times 0{,}3^4 \approx 0{,}2$$

On aurait pu aussi calculer $\binom{10}{6}$ à la calculatrice, ou calculer directement cette probabilité avec la calculatrice.

2. On cherche $P(X \geqslant 2)$.

$$P(X \geqslant 2) = 1 - P(X = 0) - P(X = 1)$$
$$= 1 - \binom{10}{0} \times 0{,}7^0 \times 0{,}3^{10} - \binom{10}{1} \times 0{,}7^1 \times 0{,}3^9 \approx 0{,}9998$$

3. Cela revient à calculer l'espérance de la variable X.

$E(X) = 10 \times 0{,}7 = 7$.

Si on réitère un grand nombre de fois cette expérience, on obtient sept boules bleues en moyenne.

> **Rappel**
> Pour une variable aléatoire X qui suit la loi binomiale de paramètres n et p :
> $\sigma(x) = \sqrt{np(1-p)}$.

4. a) $\sigma(X) = \sqrt{10 \times 0{,}7(1 - 0{,}7)} = \sqrt{2{,}1} \approx 1{,}45$

b) On cherche la probabilité que $X \in [7 - 2\sqrt{2{,}1} \ ; 7 + 2\sqrt{2{,}1}]$.

Or $7 - 2\sqrt{2{,}1} \approx 4{,}1$ et $7 + 2\sqrt{2{,}1} \approx 9{,}9$.
Cela revient donc à calculer $P(5 \leqslant X \leqslant 9)$. Avec la calculatrice on obtient :
$P(5 \leqslant X \leqslant 9) \approx 0{,}9244$.

On utilise la fonction de la calculatrice pour calculer $P(5 \leqslant X \leqslant 9)$
En faisant le calcul : $P(X \leqslant 9) - P(X \leqslant 4)$.
En effet, l'événement $\{X \leqslant 9\} = \{X \leqslant 4\} \cup \{5 \leqslant X \leqslant 9\}$.
Comme les événements $\{X \leqslant 4\}$ et $\{5 \leqslant X \leqslant 9\}$ sont incompatibles,
on a : $P(X \leqslant 9) = P(X \leqslant 4) + P(5 \leqslant X \leqslant 9)$ soit $P(5 \leqslant X \leqslant 9) = P(X \leqslant 9) - P(X \leqslant 4)$.

Astuce
On calcule les probabilités avec la calculatrice.

TI

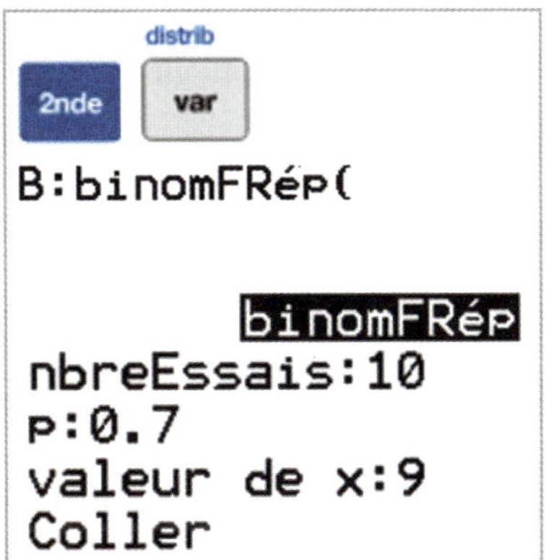

Casio

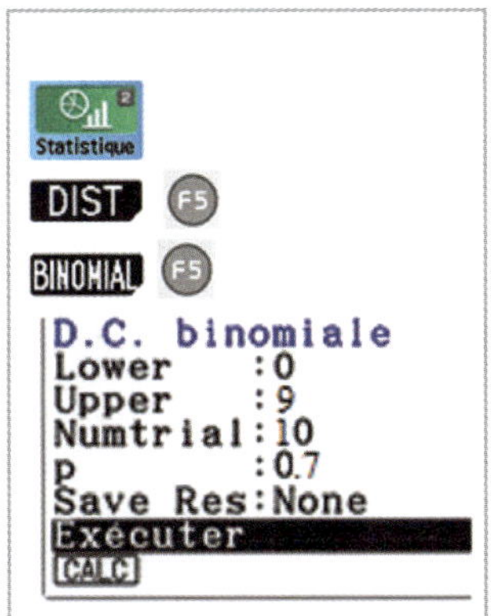

Numworks

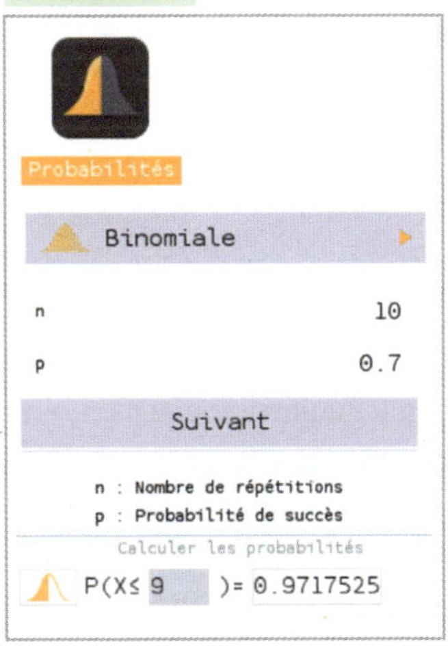

SUJET DU BAC

Exercice 1 — 20 min — 3 points

Une société de maintenance a installé un photocopieur dans dix entreprises.
On estime que la probabilité d'intervention du service de maintenance, durant un mois donné auprès de chacune de ces entreprises, en raison d'un photocopieur en panne, est égale à 0,373.
On note X la variable aléatoire qui compte le nombre de déplacements du service de maintenance durant un mois donné dans les dix entreprises. On suppose que les interventions dans les différentes entreprises sont indépendantes.
Pour répondre à certaines questions calculatoires, on pourra utiliser la calculatrice sans justification. On arrondira les résultats au millième.

1. Quelle est la loi suivie par la variable X ?

2. Déterminer, à 10^{-3} près, la probabilité qu'il y ait exactement quatre déplacements à faire dans un mois donné.

3. Déterminer, à 10^{-3} près, la probabilité qu'il y ait au moins un déplacement du service de maintenance durant un mois donné.

4. Quel est le nombre moyen par mois de déplacements que peut espérer la société de maintenance ?

→ *Corrigé p. 178*

Exercice 2 — 35 min — 5 points

Le site e-cancer.fr indique le taux de cancer du poumon selon les départements français pour la période 2007-2016.
La moyenne nationale est de 50 nouveaux cas par an pour 100 000 habitants.
Dans un échantillon de 100 000 habitants en Nouvelle-Aquitaine, on a compté 71 nouveaux cas de cancers par an.
Le but de ce problème est d'estimer le risque de se tromper lorsqu'on affirme que le nombre de cancers du poumon en Nouvelle-Aquitaine est anormalement élevé par rapport à la population totale.

1. On considèrera la survenue du cancer du poumon comme un phénomène aléatoire.
On prend comme probabilité pour un individu de développer un cancer du poumon dans l'année, le taux moyen observé en France : $p = \dfrac{5}{10^4}$.
On néglige le facteur génétique en supposant les cas de cancer comme indépendants les uns des autres.
On appelle X la variable aléatoire qui compte le nombre de cancers du poumon dans un échantillon de la population de 100 000 habitants.
Justifier que X suit une loi binomiale dont on donnera les paramètres.

2. On étudie à l'aide d'un tableur les probabilités $p(X = k)$ pour k entier naturel.

	A	B
1	k	P(X<=k)
2	0	1,90478E-22
3	1	9,71916E-21
⋮		
36	34	0,010766253
37	35	0,016193513
38	36	0,023732505
39	37	0,033921759
40	38	0,047330417
⋮		
65	63	0,968190837
66	64	0,976425625
67	65	0,982759191
68	66	0,987556627
69	67	0,991136229
70	68	0,993767843
71	69	0,995674465

a) Quelle formule a-t-on inscrite dans la cellule B2 puis étendue vers le bas ?

b) Déterminer la plus grande valeur a pour laquelle $P(X \leqslant a) \leqslant 0{,}025$ et interpréter l'intervalle $[0\ ;\ a]$.

c) Déterminer la plus petite valeur b pour laquelle $P(X > b) \leqslant 0{,}025$ et interpréter l'intervalle $]b,\ 100\ 000]$.

d) Vérifier que l'intervalle $I =]a\ ;\ b]$ est tel que : $P(a < X \leqslant b) \geqslant 0{,}95$.

3. a) Montrer que la probabilité que le nombre de cancers du poumon dans un échantillon de taille 100 000 n'appartienne pas à l'intervalle I est inférieure ou égale à 0,05. On dit que ce résultat est dû à la fluctuation d'échantillonnage.

b) Le nombre de cancers en Nouvelle-Aquitaine est-il dans l'intervalle I ? Interpréter ce résultat.

c) Calculer $P(X > 70)$. Donner la valeur du pourcentage arrondi au dix-millième.

d) En déduire qu'il existe un intervalle J ne contenant pas la valeur 71 et tel que $P(X \in J) \geqslant 0{,}997$.
Interpréter ce résultat.

e) On est tenté d'affirmer que le nombre de cancers du poumon en Nouvelle-Aquitaine est anormalement élevé par rapport à la population totale. Déduire de la question précédente le risque de se tromper (exprimé en pourcentage) dû à la fluctuation d'échantillonnage.

→ *Corrigé p. 178*

CORRIGÉS

Exercice 1 → Énoncé p. 176

1. Le fait qu'un photocopieur tombe en panne ou non est une épreuve de Bernoulli de paramètre $p = 0{,}373$.
Les interventions étant indépendantes, les déplacements dans chacune des dix entreprises constituent un schéma de Bernoulli de paramètres $n = 10$ et $p = 0{,}373$.
X est la variable aléatoire qui compte le nombre de déplacements du service de maintenance durant un mois donné dans les dix entreprises. X suit donc la loi binomiale de paramètres $n = 10$ et $p = 0{,}373$.
2. $P(X = 4) \approx 0{,}247$
3. $P(X \geqslant 1) = 1 - P(X = 0) \approx 0{,}991$
4. On a $E(X) = np = 3{,}73$.
La société peut espérer en moyenne 3,73 déplacements mensuels, c'est-à-dire entre trois et quatre par mois.

Exercice 2 → Énoncé p. 176

1. Le fait qu'une personne ait un cancer du poumon ou non est une épreuve de Bernoulli de paramètre $p = \frac{5}{10^4}$.
On la répète 100 000 fois de manière indépendante.
Ainsi X suit la loi binomiale de paramètres $n = 100\,000$
et $p = \frac{5}{10^4} = 5 \times 10^{-4}$

2. a) La formule inscrite dans la cellule B2 est

fx =LOI.BINOMIALE.N(A4;100000;0,0005;VRAI) .

> **Remarque**
> La formule =LOI.BINOMIALE.N(A4;100000;0,0005;1) est aussi valable.

b) D'après le tableur on a $P(X \leqslant 36) \approx 0{,}024$ et $P(X \leqslant 37) \approx 0{,}034$.
Ainsi $a = 36$.
Dans un échantillon de 100 000 personnes, on a au maximum 2,5 % de chances de compter entre 0 et 36 cas de cancers du poumon. La probabilité de compter entre 0 et 37 cas est, elle, légèrement supérieure à 2,5 %.
c) D'après le tableur on a $P(X \leqslant 63) \approx 0{,}968$, donc $P(X > 63) \approx 0{,}032$.
$P(X \leqslant 64) \approx 0{,}976$, donc $P(X > 64) \approx 0{,}024$.
Ainsi $b = 64$.
Dans un échantillon de 100 000 personnes, on a au maximum 2,5 % de chances de compter plus de 64 cas de cancers du poumon. La probabilité de compter plus de 63 cas est, elle, légèrement supérieure à 2,5 %.

d) $I =]a\ ;\ b] =]36\ ;\ 64]$

On a :

$P(36 < X \leqslant 64) = P(X \leqslant 64) - P(X \leqslant 36) \approx 0{,}976 - 0{,}024 \approx 0{,}952 \geqslant 0{,}95$

3. a) Puisque $P(X \in I) \geqslant 0{,}95$, on a $P(X \notin I) \leqslant 0{,}05$.

b) $71 \notin I$. Dans un échantillon de 100 000 personnes, on a au maximum 5 % de chances de compter un nombre de cas de cancers du poumon plus petit que 36 ou plus grand que 64. On a donc moins de 5 % de chances d'obtenir 71 cas de cancers du poumon.

c) $P(X > 70) = 1 - P(X \leqslant 70) \approx 0{,}029$ (à la calculatrice).

d) D'après la question précédente $P(X \leqslant 70) < 0{,}003$.

Soit $J = [0\ ;\ 70]$, on a bien $P(X \in J) \geqslant 0{,}997$ et 71 n'appartient pas à J.

Dans un échantillon de 100 000 personnes, on a au minimum 99,7 % de chances de compter entre 0 et 70 cas de cancers du poumon.

e) $1 - 0{,}997 = 0{,}003 = 0{,}3\ \%$.

Dans un échantillon de 100 000 personnes, on a au maximum 0,3 % de chances de compter plus de 70 cas de cancer du poumon.

En Nouvelle-Aquitaine, on a comptabilisé 71 cas de cancer du poumon pour 100 000 habitants. On peut donc estimer avec un risque d'erreur inférieur à 0,3 % que ce nombre de cancers est anormalement élevé.

Transformations de variables aléatoires

CHAPITRE 12

1 Transformation affine

A. Définition

Soit X une variable aléatoire. Soient a et b deux nombres réels.
On note $\{x_1 ; x_2 ; \dots ; x_n\}$ les valeurs prises par X.
La variable aléatoire Y définie par $Y = aX + b$ est la variable aléatoire prenant pour valeurs les réels $y_i = ax_i + b$, pour tout i allant de 1 à n.

B. Propriétés

Soit X une variable aléatoire et Y la variable aléatoire définie par $Y = aX + b$ où a et b sont deux réels.

- L'espérance de Y est $E(Y) = E(aX + b) = aE(X) + b$.
- La variance de Y est $V(Y) = V(aX + b) = V(aX) = a^2V(X)$.

2 Somme de deux variables aléatoires

A. Définition

Soient X et Y deux variables aléatoires. $X + Y$ est une variable aléatoire qui prend pour valeurs les sommes des valeurs possibles de X et de Y.

B. Espérance

- **Propriété.** Soient X et Y deux variables aléatoires. On a $E(X + Y) = E(X) + E(Y)$.

Remarques :

• Si $X_1, X_2, \dots, X_n$ sont n variables aléatoires alors :

$$E(X_1 + X_2 + \dots + X_n) = E(X_1) + E(X_2) + \dots + E(X_n)$$

• Les propriétés $E(aX) = aE(X)$ et $E(X + Y) = E(X) + E(Y)$ s'appellent propriétés de linéarité de l'espérance.

C. Variance

- **Propriété.** Soient X et Y deux variables aléatoires.

On suppose que X et Y sont associées à deux expériences aléatoires dont les conditions de réalisation sont indépendantes. On dit que X et Y sont **indépendantes** et on a :
$V(X + Y) = V(X) + V(Y)$.

Remarque :
Lorsque X et Y ne sont pas indépendantes, il se peut que $V(X + Y) \neq V(X) + V(Y)$.

CARTE MENTALE

Déterminer les valeurs prises par Z

Si $Z = aX + b$

Transformation affine

On note $\{x_1 ; x_2 ; \dots ; x_n\}$ les valeurs prises par la variable aléatoire X.

La variable aléatoire Z définie par :
$Z = aX + b$ avec a et b réels,
est la variable aléatoire prenant pour valeurs les réels $z_i = ax_i + b$, pour tout i allant de 1 à n.

Si $Z = X + Y$

Somme de deux variables aléatoires

Z est une variable aléatoire qui prend pour valeurs **les sommes des valeurs** possibles des variables aléatoires X et Y.

TRANSFORMATIONS DE VARIABLES ALÉATOIRES

Déterminer $E(Z)$

Propriétés de linéarité de l'espérance :

- **Si $Z = aX + b$**
  $E(Z) = E(aX + b) = aE(X) + b$
- **Si $Z = X + Y$**
  $E(Z) = E(X + Y) = E(X) + E(Y)$

Déterminer $V(Z)$

- **Si $Z = aX + b$**
  $V(Z) = V(aX + b) = V(aX) = a^2V(X)$
- **Si $Z = X + Y$**
  Et si X et Y sont indépendantes on a :
  $V(X + Y) = V(X) + V(Y)$

Andreï Kolmogorov (1903 - 1987) est un mathématicien soviétique.
En théorie des probabilités, la loi du zéro-un de Kolmogorov utilise « des suites de variables aléatoires indépendantes ». Le paradoxe du singe savant, selon lequel un singe tapant indéfiniment au hasard sur une machine à écrire produira presque sûrement n'importe quel texte donné est un exemple d'application de la loi du zéro-un de Kolmogorov.

EXERCICES TYPES

1 Déterminer la loi d'une variable aléatoire définie par une transformation de variables aléatoires

EXEMPLE 1 CAS $Y = aX + b$

On considère la variable aléatoire X dont la loi de probabilité est donnée dans le tableau suivant :

$X = x_i$	3	5	10	14	17	23
$P(X = x_i)$	0,1	0,25	0,3	0,2	0,1	0,05

On pose $Y = -2X + 5$.
Déterminer la loi de probabilité de Y.

CORRIGÉ COMMENTÉ

Les valeurs prises par Y sont les valeurs prises par X multipliées par -2 auxquelles on ajoute 5.
Donc Y prend pour valeurs :
$y_1 = -2 \times 3 + 5 = -1$; $y_2 = -2 \times 5 + 5 = -5$; $y_3 = -2 \times 10 + 5 = -15$;
$y_4 = -2 \times 14 + 5 = -23$; $y_5 = -2 \times 17 + 5 = -29$; $y_6 = -2 \times 23 + 5 = -41$.
On calcule la probabilité de $P(Y = y_i)$ pour tout entier i compris entre 1 et 6.
$P(Y = y_i) = P(-2X + 5 = y_i) = P(-2X + 5 = -2x_i + 5)$
Or, $\{-2X + 5 = -2x_i + 5\} \Leftrightarrow \{-2X = -2x_i\} \Leftrightarrow \{X = x_i\}$.
On a alors $P(Y = y_i) = P(-2X + 5 = -2x_i + 5) = P(X = x_i)$.

> **Astuce**
> On travaille avec les événements comme avec des égalités ou inégalités classiques.

La probabilité que Y prenne la valeur y_i est la même que la probabilité que X prenne la valeur x_i, pour tout entier i.

On en déduit le tableau de la loi de Y. **On ordonne les valeurs dans l'ordre croissant.**

$Y = y_i$	−41	−29	−23	−15	−5	−1
$P(Y = y_i)$	0,05	0,1	0,2	0,3	0,25	0,1

EXEMPLE 2 CAS $Z = X + Y$ AVEC X ET Y INDÉPENDANTES

On considère les variables aléatoires dont les lois de probabilité sont données par les tableaux suivants :

$X = x_i$	0	1	2
$P(X = x_i)$	$\frac{1}{2}$	$\frac{1}{4}$	$\frac{1}{4}$

$Y = y_i$	3	5	8
$P(Y = y_i)$	$\frac{1}{3}$	$\frac{1}{3}$	$\frac{1}{3}$

On suppose que les variables X et Y sont indépendantes, c'est-à-dire que les expériences aléatoires liées à chacune de ces variables aléatoires ont des conditions de réalisation indépendantes.

1. Déterminer les valeurs prises par la variable $Z = X + Y$. On pourra utiliser un arbre.

2. Déterminer la loi de probabilité de Z.

3. Déterminer $E(Z)$.

CORRIGÉ COMMENTÉ

1. On utilise un arbre pour déterminer les sommes $X + Y$ possibles.

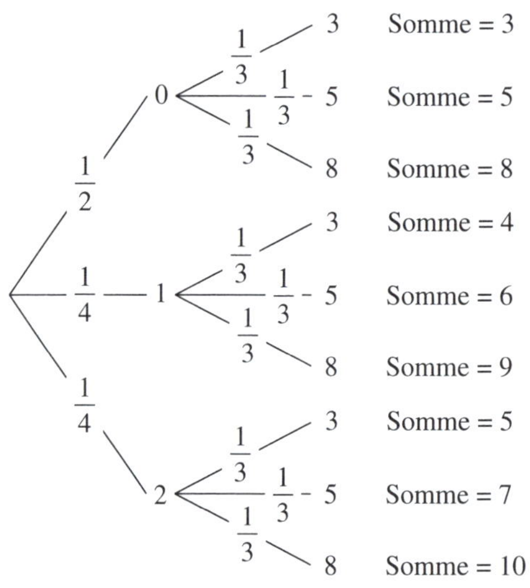

La variable $Z = X + Y$ prend pour valeurs : 3 ; 4 ; 5 ; 6 ; 7 ; 8 ; 9 ; 10.

2. Comme les variables X et Y sont indépendantes, on peut utiliser les règles de calcul de probabilités dans un arbre.

On a donc $P(Z = 3) = P(X = 0) \times P(Y = 3)$

$$= \frac{1}{2} \times \frac{1}{3} = \frac{1}{6}.$$

> **Rappel**
> La probabilité d'un chemin est le produit des probabilités le long du chemin.
> La probabilité d'un événement est la somme des probabilités des chemins qui mènent à cet événement.

De même :

$$P(Z=5) = P(X=0)\times P(Y=5) + P(X=2)\times P(Y=3)$$
$$= \frac{1}{2}\times\frac{1}{3}+\frac{1}{4}\times\frac{1}{3}=\frac{1}{4}.$$

On calcule les autres probabilités de la même manière avec l'arbre de probabilités.
On peut établir ainsi le tableau de la loi de probabilité de Z.

$Z = z_i$	3	4	5	6	7	8	9	10
$P(Z = z_i)$	$\frac{1}{6}$	$\frac{1}{12}$	$\frac{1}{4}$	$\frac{1}{12}$	$\frac{1}{12}$	$\frac{1}{6}$	$\frac{1}{12}$	$\frac{1}{12}$

3. On calcule $E(X)$ et $E(Y)$.

$$E(X) = \frac{1}{2}\times 0+\frac{1}{4}\times 1+\frac{1}{4}\times 2=\frac{3}{4}$$

$$E(Y) = \frac{1}{3}\times 3+\frac{1}{3}\times 5+\frac{1}{3}\times 8=\frac{16}{3}$$

On a alors

$$E(Z) = E(X+Y) = E(X)+E(Y) = \frac{3}{4}+\frac{16}{3}=\frac{73}{12}.$$

Rappel

$E(X) = p_1x_1 + \ldots + p_nx_n$
où x_i sont les valeurs prises par X et p_i les probabilités correspondantes à ces valeurs.

Rappel

$E(X+Y) = E(X)+E(Y)$

2 Calculer une espérance et une variance à la calculatrice

EXEMPLE

On considère la variable aléatoire X dont la loi de probabilité est donnée dans le tableau suivant :

$X = x_i$	0	2	4	6	8	10
$P(X = x_i)$	0,1	0,25	0,3	0,2	0,1	0,05

Calculer $E(X)$ et $V(X)$ en utilisant la calculatrice.

CORRIGÉ COMMENTÉ

On utilise le module « statistiques » des calculatrices et on calcule la moyenne et l'écart-type.

Avec TI

stats puis ÉDIT

L1	L2
0	0.1
2	0.25
4	0.3
6	0.2
8	0.1
10	0.05

stats puis CALC

1:Stats 1 Var

Stats 1 var
Xliste:L1
ListeFréq:L2
Calculer

Stats 1 var
$\bar{x}$=4.2
Σx=4.2
Σx²=24.4
Sx=
σx=2.6

Avec CASIO

STAT

	List 1	List 2
SUB		
1	0	0.1
2	2	0.25
3	4	0.3
4	6	0.2

1VAR 2VAR REG

SET puis

1Var XList :List1
1Var Freq :List2

1VAR puis

1-Variable
$\bar{x}$ =4.2
Σx =4.2
Σx² =24.4
xσn =2.6
xσn-1 =

Avec Numworks

Statistiques

Données | Histogramme | Boi

Valeurs V1	Effectifs N1
0	0.1
2	0.25
4	0.3
6	0.2
8	0.1
10	0.05

Données | Histogramme | Boîte | Stats

	V1/N1
Effectif total	1
Minimum	0
Maximum	10
Etendue	10
Moyenne	4.2
Ecart type	2.6
Variance	5.76
Premier quartile	2

SUJET DU BAC

Exercice 1 30 min 4 points

Un jeu de loterie consiste à lâcher une bille dans un appareil qui comporte six portes de sortie, numérotées de 1 à 6.

On note X la variable aléatoire qui, à chaque lâcher d'une bille, associe le numéro de la porte de sortie franchie.

La loi de probabilité de la variable aléatoire X est donnée dans le tableau suivant :

$X = x_i$	1	2	3	4	5	6
$P(X = x_i)$	$\frac{1}{32}$	$\frac{5}{32}$	$\frac{10}{32}$	$\frac{10}{32}$	$\frac{5}{32}$	$\frac{1}{32}$

La règle du jeu est la suivante : un joueur mise 2 €. Il reçoit 12 € si la bille franchit les portes 1 ou 6 et 2 € si elle franchit les portes 3 ou 4. Les portes 2 et 5 ne rapportent rien. Le gain d'un joueur est la différence entre ce qu'il reçoit à l'issue de la partie et sa mise. Le gain peut être un nombre négatif, positif ou nul.

Soit G la variable aléatoire qui, à chaque partie effectuée par un joueur, associe son gain.

1. Quelles sont les valeurs possibles de G ?

2. Déterminer la loi de probabilité de G .

3. Un jeu est équitable si l'espérance du gain est nulle. Ce jeu est-il équitable ?

4. À l'issue du premier jeu de loterie, le joueur joue obligatoirement à un second jeu de hasard qui consiste à lancer un dé. Si le 1 du dé sort, le joueur gagne 30 €. Sinon, il ne gagne rien.

Soient G' la variable aléatoire égale au gain de ce second jeu et G'' la variable aléatoire égale au gain total après avoir joué successivement au lâcher de bille et au lancer de dé.

a) Déterminer la loi de probabilité de G' puis celle de G''.

b) Que vaut $\mathrm{E}(\mathrm{G}')$?

5. Déterminer le gain que peut espérer gagner le joueur après avoir joué successivement au lâcher de bille et au lancer de dé.

→ *Corrigé p. 189*

Exercice 2 25 min 4 points

On considère une variable aléatoire X dont la loi de probabilité est donnée dans le tableau suivant :

$X = x_i$	–20	–12	–4	–1	0	3
$P(X = x_i)$	0,02	0,05	0,12	0,14	0,16	0,17

$X = x_i$	5	8	11	16	25
$P(X = x_i)$	0,13	0,11	0,07	0,02	0,01

On a écrit dans une feuille de tableur les éléments suivants :

	A	B	C	D	E	F	G	H	I	J	K	L	M
1	X=x i	-20	-12	-4	-1	0	3	5	8	11	16	25	
2	P(X=x i)	0,02	0,05	0,12	0,14	0,16	0,17	0,13	0,11	0,07	0,02	0,01	
3	x i *P(X=x i)												

1. a) Quelle formule faut-il écrire dans la cellule B3 et tirer vers la droite jusqu'à la cellule L3 pour compléter la ligne 3 ?

b) Quelle formule faut-il écrire dans la cellule M3 pour calculer $E(X)$?

c) Quelle valeur va-t-on trouver en cellule M3 ?

2. On considère la variable aléatoire $Y = 10X - 50$.

a) Compléter la ligne 7 de la feuille de tableur suivante de la cellule B7 à la cellule L7.

	A	B	C	D	E	F	G	H	I	J	K	L	M
1	X=x i	-20	-12	-4	-1	0	3	5	8	11	16	25	
2	P(X=x i)	0,02	0,05	0,12	0,14	0,16	0,17	0,13	0,11	0,07	0,02	0,01	
3	x i *P(X=x i)												
4													
5	Y=y i	-250	-170	-90	-60	-50	-20	0	30	60	110	200	
6	P(Y=y i)	0,02	0,05	0,12	0,14	0,16	0,17	0,13	0,11	0,07	0,02	0,01	
7	y i *P(Y=y i)												

b) Quelle formule faut-il écrire dans la cellule M7 pour calculer $E(Y)$?

c) Quelle valeur va-t-on trouver en cellule M7 ?

d) Quelle autre formule aurait-on pu écrire en cellule M7 pour calculer $E(Y)$?

3. a) En utilisant la calculatrice, déterminer $V(Y)$.

b) Calculer $V(X)$ sans utiliser la calculatrice. Expliquer.

→ Corrigé p. 190

CORRIGÉS

Exercice 1 → Énoncé p. 187

1. Les valeurs possibles de G sont :
-2 lorsque le joueur a misé 2 € mais n'a rien gagné ;
0 lorsque le joueur a misé 2 € et a gagné 2 € ;
10 lorsque le joueur a misé 2 € et a gagné 12 €.

2. $P(G = -2) = P(\{X = 2\} \cup \{X = 5\})$

Les deux événements $\{X = 2\}$ et $\{X = 5\}$ étant incompatibles, on a :

$$P(G = -2) = P(X = 2) + P(X = 5) = \frac{10}{32}.$$

$P(G = 0) = P(\{X = 3\} \cup \{X = 4\})$

Les deux événements $\{X = 3\}$ et $\{X = 4\}$ étant incompatibles, on a :

$$P(G = 0) = P(X = 3) + P(X = 4) = \frac{20}{32}.$$

$P(G = 10) = P(\{X = 1\} \cup \{X = 6\})$

Les deux événements $\{X = 1\}$ et $\{X = 6\}$ étant incompatibles, on a :

$$P(G = 10) = P(X = 1) + P(X = 6) = \frac{2}{32}.$$

On a ainsi :

$G = g_i$	-2	0	10
$P(G = g_i)$	$\frac{10}{32}$	$\frac{20}{32}$	$\frac{2}{32}$

3. $E(G) = (-2) \times \frac{10}{32} + 0 \times \frac{20}{32} + 10 \times \frac{2}{32} = -\frac{20}{32} + \frac{20}{32} = 0.$

Le jeu est équitable.

4. a) À l'issue du premier jeu, le gain du joueur est égal à -2 ou 0 ou 10.
Si le 1 du dé sort, il ajoute la valeur 30 € au gain G. Sinon, son nouveau gain reste identique au précédent.

On peut faire un arbre pour déterminer les valeurs de G''.

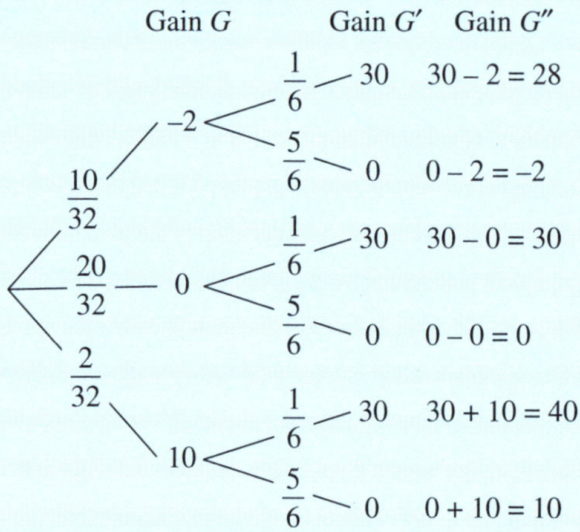

Si le 1 sort alors que le gain du premier jeu était égal à –2, le gain G'' sera donc égal à $30 - 2 = 28$ €. Sinon, le joueur aura un gain $G'' = -2$. On fait de même pour les deux autres cas. La variable G'' prend donc pour valeurs –2 ; 0 ; 10 ; 28 ; 30 ; 40.

On a :

$$P(G''=-2)=\frac{10}{32}\times\frac{5}{6}=\frac{25}{96};P(G''=0)=\frac{20}{32}\times\frac{5}{6}=\frac{25}{48};P(G''=10)=\frac{2}{32}\times\frac{5}{6}=\frac{5}{96}$$

$$P(G''=28)=\frac{10}{32}\times\frac{1}{6}=\frac{5}{96};P(G''=30)=\frac{20}{32}\times\frac{1}{6}=\frac{5}{48};P(G''=40)=\frac{2}{32}\times\frac{1}{6}=\frac{1}{96}$$

On a alors la loi de G'' :

$G'' = g_i''$	– 2	0	10	28	30	40
$P(G'' = g_i'')$	$\frac{25}{96}$	$\frac{25}{48}$	$\frac{5}{96}$	$\frac{5}{96}$	$\frac{5}{48}$	$\frac{1}{96}$

b) On a $E(G') = \frac{1}{6} \times 30 + \frac{5}{6} \times 0 = 5$.

5. $E(G'') = E(G + G') = E(G) + E(G') = 0 + 5 = 5$.

Le joueur peut espérer gagner 5 €.

Exercice 2 → *Énoncé p. 187*

1. a) On a écrit la formule =B1*B2.

b) On a écrit la formule =SOMME(B3:L3).

c) On trouve $E(X) = 1{,}76$

2. a) On a écrit la formule =B5*B6.

	A	B	C	D	E	F	G	H	I	J	K	L	M
1	$X=x_i$	-20	-12	-4	-1	0	3	5	8	11	16	25	
2	$P(X=x_i)$	0,02	0,05	0,12	0,14	0,16	0,17	0,13	0,11	0,07	0,02	0,01	
3	$x_i*P(X=x_i)$	-0,4	-0,6	-0,48	-0,14	0	0,51	0,65	0,88	0,77	0,32	0,25	1,76
4													
5	$Y=y_i$	-250	-170	-90	-60	-50	-20	0	30	60	110	200	
6	$P(Y=y_i)$	0,02	0,05	0,12	0,14	0,16	0,17	0,13	0,11	0,07	0,02	0,01	
7	$y_i*P(Y=y_i)$	-5	-8,5	-10,8	-8,4	-8	-3,4	0	3,3	4,2	2,2	2	-32,4

b) On a écrit la formule =SOMME(B7:L7)

c) On trouve $E(Y) = -32,4$.

d.) Comme $E(Y) = E(10X - 5) = 10E(X) - 5$, on aurait pu écrire aussi en cellule M7 : =10*M3-50.

3. a) Avec la calculatrice, on trouve $V(Y) = 4582,24$.

b) On a alors $Y = 10X - 50 \Leftrightarrow 10X = Y + 50 \Leftrightarrow X = 0,1Y + 5$.

Donc $V(X) = V(0,1Y + 5) = 0,01V(Y) = 45,8224$.

ALGORITHMIQUE ET PROGRAMMATION

1 Les principales structures algorithmiques en langage naturel

A. L'affectation de variable

Pour affecter une valeur à une variable, c'est-à-dire donner une valeur à une variable, on utilise en langage naturel la syntaxe *variable* ← *valeur*.

Exemple : *base* ← *10* signifie que la variable *base* reçoit la valeur *10*.

B. Les instructions conditionnelles

Pour aiguiller dans différentes directions l'exécution d'un algorithme, on peut avoir recours à des instructions conditionnelles qui permettent de déterminer si les instructions qui suivent doivent être, ou non, exécutées.

Syntaxe

Si *condition* **alors**
    Instruction(s) 1
Sinon
    Instruction(s) 2

C. La boucle bornée

Lorsqu'on doit **répéter** une ou plusieurs instructions, **un nombre défini de fois** connu à l'avance on utilise une boucle bornée.

Syntaxe

Pour *variable* **allant de** *valeur minimale* **à** *valeur maximale*
    Instruction(s) 1

D. La boucle non bornée

Lorsqu'on doit **répéter** une ou plusieurs instructions **un nombre inconnu de fois**, on utilise une boucle non bornée qui est parcourue jusqu'à ce qu'une certaine condition ne soit plus vraie.

Syntaxe

Tant que *condition* **faire**
    Instruction(s) 1

Remarque

Le décalage vers la droite (appelé aussi indentation) détermine où commencent et où se terminent les instructions conditionnelles ou les boucles.

2 Les principales structures algorithmiques en Python

Un langage informatique utilise une syntaxe qui lui est propre. Certains mots utilisés en langage naturel se traduisent en langage informatique par des mots-clés uniquement employés par ce langage.
Python est un langage dont la base linguistique est anglo-saxonne. Sa syntaxe est donc constituée de mots anglais.

E. L'instruction conditionnelle *if*

- Le mot français **Si** du langage naturel se traduit par le mot anglais `if` en langage Python.
- Le mot français **Alors** du langage naturel ne se traduit pas par un mot en anglais en langage Python mais par un retour à la ligne appelé une **indentation** (décalage vers la droite).
- Le mot français **Sinon** du langage naturel se traduit par le mot anglais `else` en langage Python.
- Une instruction conditionnelle peut exécuter une, deux ou plusieurs instructions selon la situation étudiée.
- L'instruction conditionnelle en langage Python ci-dessous **n'a qu'une seule condition** ; si la condition n'est pas réalisée, le script n'effectue pas l'instruction.

```
if condition :
        Instruction
```

- L'instruction conditionnelle en langage Python ci-dessous a une condition et une alternative : si la condition est réalisée, le script effectue la (ou les) instruction(s) 1 ; si la condition n'est pas réalisée, elle effectue la (ou les) instruction(s) 2.

```
if condition :
        Instruction(s) 1
else :
        Instruction(s) 2
```

F. La boucle bornée *for*

Le mot français **Pour** du langage naturel se traduit par le mot anglais `for` en langage Python ; la fonction `range()` permet d'énumérer le nombre de passages dans la boucle.

G. La boucle non bornée *while*

Le mot français **Tant que** en langage naturel se traduit par le mot anglais `while` en langage python

UTILISATION DE PYTHON AVEC UNE CALCULATRICE

TI 83 CE

Taper sur [2nde] [résol] et sélectionner [↓Python]

Créer un programme

– Sélectionner [Nouv] ([alpha] [zoom]) et nommer le programme.

```
NOUVEAU SCRIPT
Nom=PROG
```

```
def u(n):
  u=1
  for i in range(n):
    u=3*u-1
  return u
```

– Écrire le script du programme avec les touches alphanumériques du clavier ou utiliser des modèles grâce au menu [Fns...] où l'on retrouve les principales fonctions Python.

Remarque :

– Pour écrire les caractères spéciaux comme « : », « = » utiliser le menu [a A #] (taper sur [Sélect] puis [Coller] pour l'insérer dans le script). Les espaces sont faits avec la touche [0].

Utiliser un programme

Taper sur [Exéc] pour compiler le script et aller dans la console pour utiliser la fonction définie par le script.

```
>>> u(12)
265721
```

– Le script est enregistré automatiquement.

GRAPH 90+E

Taper sur [MENU] puis choisir le menu [Python].

Créer un programme

– Sélectionner [NEW] et nommer le programme.

```
Nom du script
[prog      ]
```

```
def u(n):
  u=1
  for i in range(n):
    u=3*u-1
  return u
```

– Écrire le script du programme avec les touches alphanumériques du clavier ou utiliser des modèles grâce au menu [COMMAND] ([F6] [F1]) où l'on retrouve les principales fonction Python.

Remarque :

– Pour écrire les caractères spéciaux comme « : », « = » utiliser le menu [CHAR].

Les espaces sont faits avec la touche [SPACE].

– En tapant sur [A⇔a], on bascule des lettres majuscules aux lettres minuscules.

Utiliser un programme

– Taper sur [RUN] pour compiler le script et aller dans la console pour utiliser la fonction définie par le script.

```
>>>u(12)
265721
```

– Le menu [FILE] permet de sauvegarder le script

Numworks

Choisir le menu [Python]

Créer un programme

– Avec les flèches sélectionner `Ajouter un script` et écrire le nom du programme `prog.py`.

```
from math import *
def u(n):
  u=1
  for i in range(n):
    u=3*u-1
  return u
```

– Écrire le script du programme avec les touches alphanumériques du clavier ou utiliser des modèles en tapant sur [paste] où l'on retrouve les principales fonctions Python.

Remarque :

Pour écrire « : », taper sur [alpha] [x,n,t] et pour « = » taper sur [shift] [π]. Les espaces sont faits avec la touche [–].

Utiliser un programme

– Taper sur [↩] et choisir `Console d'exécution` pour compiler le script et aller dans la console pour utiliser la fonction définie par le script.

```
>>> u(12)
265721
```

– Le script est enregistré automatiquement.

Al-Khwarizmi (v. 780 - v. 850) est un mathématicien du Moyen Orient.
Le mot algorithme vient de son nom latinisé. Ce savant a notamment résolu des équations du second degré par des méthodes géométriques.

PHYSIQUE-CHIMIE

- Tous les chapitres au programme du Bac
- Les exercices types du Bac entièrement résolus et commentés
- 16 sujets du Bac et leurs corrigés détaillés

SOMMAIRE

CHAPITRES 1 À 16

COURS / EXERCICES TYPES CORRIGÉS / SUJETS DU BAC / CORRIGÉS

CONSTITUTION ET TRANSFORMATIONS DE LA MATIÈRE

MOUVEMENT ET INTERACTIONS

L'ÉNERGIE : CONVERSIONS ET TRANSFERTS

ONDES ET SIGNAUX

DÉFINITION DE L'ÉPREUVE

■ L'épreuve de spécialité de physique-chimie comporte deux parties : une **partie écrite** et une **partie pratique** (appelée *évaluation des compétences expérimentales,* ECE).

■ Les **thématiques** des sujets portent sur le **programme de Terminale** et les **notions, les contenus, les capacités et les compétences** sont ceux du **cycle terminal (Première et Terminale).**

Attention !
Compte tenu du calendrier de l'épreuve, **certaines notions sont exclues du programme des parties écrite et pratique.**

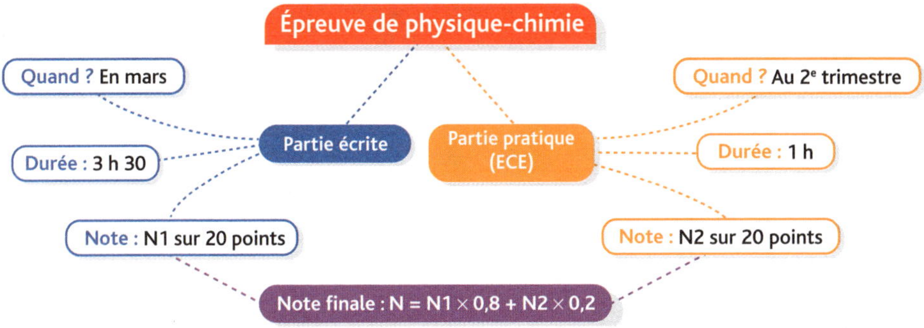

La note finale est comptabilisée avec un **coefficient 16** dans la **note totale du bac.**

1. La partie écrite

■ **Le sujet :**
– comporte **trois exercices indépendants** ;
– s'appuie de manière équilibrée sur les quatre thèmes du programme (*Constitution et transformations de la matière, Mouvement et interactions, L'énergie : conversions et transferts, Ondes et signaux*) ;
– exclut de l'épreuve écrite les chapitres du programme indiqués sur fond jaune dans notre sommaire (*cf.* Bulletin officiel spécial n° 2 du 13 février 2020) ;
– accorde une **place significative à la modélisation et à la résolution de problèmes** ;
– peut inclure des questions relevant des capacités expérimentales ou numériques ;
– précise si l'usage de la calculatrice est autorisé.

2. La partie pratique

Elle vise à évaluer les compétences expérimentales. **Les capacités expérimentales mobilisées sont celles du cycle terminal.**

■ **Le sujet :**
– se présente sous la forme d'une problématique assortie de documents ;
– induit l'élaboration ou la mise en œuvre d'un ou plusieurs protocoles ;
– nécessite la réalisation d'une ou plusieurs expériences ;
– invite le candidat à communiquer ses résultats et à les valider.

■ **Comment se fait le choix du sujet ?**
– **Une banque nationale, accessible en ligne à tous, regroupe toutes les situations d'évaluation.**
– Chaque académie retient des situations d'évaluation dans cette banque.
– Chaque lycée choisit un certain nombre d'entre elles.
– **Le candidat tire au sort son sujet parmi un sous-ensemble d'au moins quatre de ces situations (50 % à dominante physique, 50 % à dominante chimie).**

CONSEILS GÉNÉRAUX

1. La partie écrite

- Faire un **découpage du temps** : si le premier exercice est noté sur 5 points, par exemple, il faut y consacrer le quart de la durée de l'épreuve (environ 50 minutes donc). Tous les exercices seront ainsi traités et cela prévient l'impasse qui proviendrait d'un temps de composition mal géré.

- **Lors de l'entame d'un exercice**, il est préférable de ne pas « foncer » vers les questions :
  – faire une **première lecture rapide** de l'énoncé, afin de fixer des informations et d'appréhender le cadre de l'exercice : quelle(s) thématique(s) ? quelles notions ? quel(s) document(s) support(s) ?
  – **refaire une lecture, attentive** cette fois, en faisant ressortir les mots-clés (soulignés, surlignés) pour affiner ce cadre ;
  – s'aider d'un **support graphique** si besoin (schéma, carte mentale) ;
  – **repérer les données nécessaires** (notamment les constantes).

- **Pour les questions,** il est indispensable de **s'assurer de bien avoir compris la consigne avant d'y répondre** (procéder comme lors de l'entame d'un exercice si nécessaire).

- **Ne pas aligner les formules et les calculs** : il s'agit d'une composition. Il faut donc aussi **rédiger**, avec concision et précision, afin de rendre le propos et le raisonnement explicites.

> **Rappel**
>
> **Lors de l'utilisation d'une formule** : écrire l'expression littérale, isoler la grandeur à calculer, faire l'application numérique (en veillant à utiliser les bonnes unités), écrire le résultat (symbole de la grandeur, valeur en respectant le nombre de chiffres significatifs, unité).

- Très souvent, l'enchaînement dans un exercice est tel qu'une réponse sert de levier aux questions suivantes. En cas de blocage, se relire à rebours (revoir éventuellement les éléments mis en évidence dans l'énoncé) peut s'avérer utile.

- Le sujet peut comporter des **problèmes à résoudre. Trouver la problématique si elle n'est pas indiquée et l'écrire sur la copie**. Préciser également les documents utilisés pour étayer le propos. La justesse du résultat est un critère de réussite, mais il y en a d'autres : le raisonnement, l'argumentation, la qualité rédactionnelle…

2. La partie pratique

- L'autonomie, l'initiative et la démarche scientifique sont notamment évaluées.

- **Il est donc primordial d'être actif et réflexif** lors des activités menées en classe. **Ne pas faire d'impasse** durant le cycle de formation, mais profiter de ce temps pour **remédier aux difficultés**. Cette discipline évidente est un gage de réussite.

Les transformations acide-base

CHAPITRE 1

La notion de pH a été introduite au collège, ainsi que celle d'acide et de base. Mais qu'est-ce qui différencie dans leur structure un acide et une base ?

1 Transfert d'ions H^+

A. Mise en évidence expérimentale

■ Mélangeons de l'acide éthanoïque CH_3COOH et de l'eau H_2O. L'analyse des espèces chimiques en solution montre que les produits de cette transformation sont les ions oxonium H_3O^+ et les ions éthanoate CH_3COO^-. L'équation associée à cette transformation est donc :

$$CH_3COOH(\ell) + H_2O(\ell) \rightarrow CH_3COO^-(aq) + H_3O^+$$

Ainsi, il semble que cette transformation se fait par un transfert d'ion hydrogène H^+ entre l'acide éthanoïque et l'eau : l'eau récupère cet ion cédé par l'acide éthanoïque.

■ L'atome d'hydrogène ${}^1_1H$ est constitué d'un proton et d'un électron, l'ion hydrogène H^+ est donc un proton.

B. Acide et base de Brønsted

■ Il existe différentes définitions pour un acide et une base. La plus fréquemment utilisée est celle développée par Joannes Brønsted (chimiste danois, 1879-1947) en 1923 :

– **Un acide est une entité (molécule ou ion) susceptible de libérer en solution un ou plusieurs protons (H^+). On l'écrit généralement AH.**
L'équation de libération d'un proton en solution s'écrit : $AH \rightarrow A^- + H^+$.
L'acide éthanoïque CH_3COOH est donc un acide, car $CH_3COOH \rightarrow CH_3COO^- + H^+$.

Exemples d'acides :
l'acide sulfurique H_2SO_4 : $H_2SO_4 \rightarrow HSO_4^- + H^+$;
l'eau H_2O : $H_2O \rightarrow HO^- + H^+$;
l'ion ammonium NH_4^+ : $NH_4^+ \rightarrow NH_3 + H^+$;
l'ion hydrogénocarbonate HCO_3^- : $HCO_3^- \rightarrow CO_3^{2-} + H^+$.

– **Une base est une entité (molécule ou ion) susceptible de capter en solution un ou plusieurs protons (H^+). On l'écrit généralement B.**
L'équation correspondant à la capture d'un proton en solution s'écrit :
$B + H^+ \rightarrow BH^+$.
L'eau H_2O est donc une base car $H_2O + H^+ \rightarrow H_3O^+$.

Exemples de bases :
L'ion hydroxyde HO^- : $HO^- + H^+ \rightarrow H_2O$; l'ammoniac NH_3 : $NH_3 + H^+ \rightarrow NH_4^+$; l'ion carbonate CO_3^{2-} : $CO_3^{2-} + H^+ \rightarrow HCO_3^-$.

C. Couples acide/base

■ Considérons l'acide AH. AH peut donc libérer en solution un proton H^+ : on a alors $AH \rightarrow A^- + H^+$. Par conséquent, l'espèce A^- est capable de capturer un proton H^+ selon $A^- + H^+ \rightarrow AH$. A^- est donc une base, c'est la **base conjuguée** de l'acide AH. On parle de **couple acido-basique** AH/A^-.

■ Considérons la base B. B peut donc capturer en solution un proton H^+ : on a alors $B + H^+ \rightarrow BH^+$. Par conséquent, l'espèce BH^+ est capable de libérer un proton H^+ selon $BH^+ \rightarrow B + H^+$. BH^+ est donc un acide, c'est l'**acide conjugué** de la base B. On parle de **couple acido-basique** BH^+/B.

■ Par conséquent, à chaque acide correspond une base qui lui est associée et réciproquement, formant ainsi un couple acido-basique. On notera chaque couple **acide/base**. L'équation associée à la transformation de l'un en l'autre est une **demi-équation acido-basique**, que l'on écrit **Acide $\leftrightarrows$ Base + H^+**.

Exemples de couples acido-basiques :

Acide éthanoïque/ion éthanoate	$CH_3COOH(aq)/CH_3COO^-(aq)$
Chlorure d'hydrogène/ion chlorure	$HC\ell(g)/C\ell^-(aq)$
Acide sulfurique/ion hydrogénosulfate	$H_2SO_4(\ell)/HSO_4^-(aq)$
Acide phosphorique/ion dihydrogénophosphate	$H_3PO_4(\ell)/H_2PO_4^-(aq)$
Acide benzoïque/ion benzoate	$C_6H_5COOH(aq)/C_6H_5COO^-(aq)$
Acide carbonique/ion hydrogénocarbonate	$CO_2,H_2O/HCO_3^-(aq)$
Ion ammonium/ammoniaque	$NH_4^+(aq)/NH_3(aq)$

D. Réactions acido-basiques

Une réaction acido-basique a lieu si un acide d'un couple Acide1/Base1 cède à une base d'un autre couple Acide2/Base2 un **seul proton**.
On obtient alors l'équation suivante :

Acide1 $\leftrightarrows$ Base1 + H^+ — *Produits*

Acide 2 $\leftrightarrows$ Base2 + H^+ — *Réactifs*

Acide1 + Base2 + H^+ $\rightarrow$ Acide 2 + Base1 + H^+

Soit **Acide1 + Base2 $\rightarrow$ Acide2 + Base1**.

Au cours d'une réaction acido-basique, aucun proton n'est formé ni consommé : il y a autant de protons libérés par l'acide Acide1 que de protons captés par la base Base2.

2 Structure

Rappel : La représentation de Lewis d'une molécule est la représentation faisant intervenir tous les doublets (liants et non liants) de cette molécule.

Molécule ou ion	Formule semi-développée	Formule de Lewis
Acide carboxylique	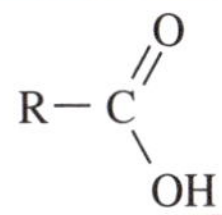	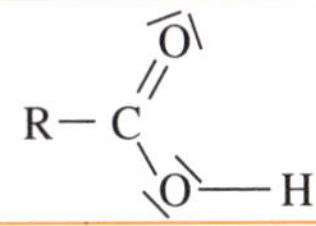
Ion carboxylate	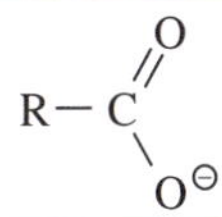	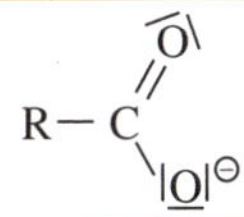
Amine	$R-NH_2$	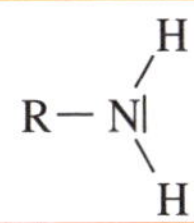
Ion ammonium	$R-NH_3^+$	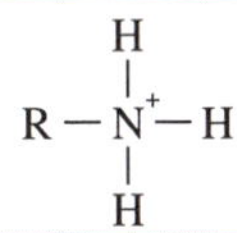

R est une chaîne carbonée quelconque ne comportant que des atomes de carbone et d'hydrogène.

3 Espèces amphotères

■ L'eau appartient à deux couples acido-basiques : H_3O^+/H_2O et H_2O/HO^-. Cela signifie que l'eau peut réagir comme un acide si elle est en présence d'une base, ou comme une base si elle est en présence d'un acide. Une telle espèce présente un caractère **amphotère**. On dit que c'est un **ampholyte**.

Exemples :

– Action de l'acide éthanoïque sur l'eau (couples CH_3COOH/CH_3COO^- et H_3O^+/H_2O) :
$CH_3COOH + H_2O \rightarrow CH_3COO^- + H_3O^+$.

– Action des ions dihydrogénophosphate sur l'eau (couples $H_3PO_4/H_2PO_4^{2-}$ et H_2O/HO^-) : $H_2PO_4^{2-} + H_2O \rightarrow H_3PO_4 + HO^-$.

■ La dissolution du dioxyde de carbone en solution donne naissance à une solution d'acide carbonique CO_2, H_2O. La base conjuguée de cet acide, l'ion hydrogénocarbonate HCO_3^-, est lui aussi un ampholyte, car il appartient aux deux couples acido-basiques $CO_2,H_2O/\mathbf{HCO_3^-}$ et $\mathbf{HCO_3^-}/CO_3^{2-}$.

■ Les acides α-aminés NH_2–CHR–COOH sont aussi des espèces ampholytes.

Rappel

Un acide aminé est une molécule qui porte à la fois les groupements amine et carboxyle. Il est dit α-aminé si ces deux fonctions sont portées par le même atome de carbone.

EXERCICES TYPES

1 Identifier des couples acide/base

EXERCICE TYPE

HOOC-COOH /

Parmi les espèces suivantes, déterminer les couples acido-basiques que l'on peut écrire :
HF ; HSO_3^- ; $HOOC–COO^-$; SO_3^{2-} ; HOOC–COOH ; F^- ; H_2SO_3.

CORRIGÉ COMMENTÉ

Un couple acide/base est fait de deux espèces dont les formules diffèrent seulement d'un proton H^+.
– **HF :** considérons que cette espèce est un acide. Ainsi, sa base conjuguée est F^- (Comment faire 1). On a donc un premier couple **HF/F^-**.
Considérons maintenant que cette espèce est une base. Son acide conjugué est donc H_2F^+ (Comment faire 2). Cette espèce n'est pas proposée !
– **HSO_3^- :** considérons que cette espèce est un acide. Ainsi, sa base conjuguée est SO_3^{2-}. On a donc le couple **HSO_3^-/SO_3^{2-}**.
Considérons maintenant que cette espèce est une base. Son acide conjugué est donc H_2SO_3. On a ainsi le couple **H_2SO_3 / HSO_3^-**.
– **$HOOC–COO^-$:** considérons que cette espèce est un acide. Ainsi, sa base conjuguée est $^-OOC–COO^-$. Cette espèce n'est pas proposée !
Considérons maintenant que cette espèce est une base. Son acide conjugué est donc HOOC–COOH. On a ainsi le couple **HOOC–COOH/$HOOC–COO^-$**.

À RETENIR

- On peut rapidement savoir si deux espèces forment un couple acide/base si les formules diffèrent d'un seul atome d'hydrogène. L'acide est alors celui qui a le plus d'hydrogène.
- Un acide porte toujours une charge positive supplémentaire par rapport à sa base conjuguée.

HF / F^-

HSO_3^- / SO_3^{2-}

2 Établir l'équation d'une réaction acido-basique

EXERCICE TYPE

$C_2H_5-COOH + HO^- \rightleftarrows C_2H_5-COO^- + H_2O$

L'acide propanoïque C_2H_5–COOH réagit avec l'ion hydroxyde HO^-. Quelle est l'équation de la réaction acido-basique entre ces deux espèces ?

CORRIGÉ COMMENTÉ

• Il faut, dans un premier temps, établir les couples acide-base impliqués dans la réaction :
– la base conjuguée de l'acide propanoïque est l'ion propanoate C_2H_5–COO^-, d'où le couple acido-basique C_2H_5–COOH/C_2H_5–COO^- ;
– l'acide conjugué de la base hydroxyde HO^- est l'eau H_2O, d'où le couple acido-basique H_2O/HO^-.
• Il faut ensuite écrire les deux demi-équations acido-basiques correspondant à ces couples :
– $\boxed{C_2H_5\text{–}COOH} \leftrightarrows C_2H_5\text{–}COO^- + H^+$;
– $H_2O \leftrightarrows \boxed{HO^-} + H^+$.
• On additionne membre à membre les deux demi-équations en mettant du même côté les réactifs (encadrés en rouge dans les demi-équations ci-dessus) et de l'autre côté les produits : $\mathbf{C_2H_5\text{–}COOH + HO^- \rightarrow C_2H_5\text{–}COO^- + H_2O}$.

À RETENIR

• Il y a autant d'ions H^+ de part et d'autre de la flèche dans l'équation, c'est pour cela qu'on ne les écrit pas.
• L'équation de la réaction s'obtient en faisant la somme des deux demi-équations.
• Pour repérer réactifs et produits, on doit s'aider des indications du texte. Ainsi, les expressions « on mélange », « réagit avec » ou « on ajoute » nous donneront les réactifs, alors que « on obtient », « donnent » ou « forment » indiquent les produits.

Remarque

Le nombre de protons échangés dans une transformation acido-basique étant toujours de 1, on peut utiliser la règle dite « Règle du γ ».
– Pour cela, il faut placer les deux couples acido-basiques l'un sous l'autre, en commençant par le couple de l'acide qui réagit.
Dans notre exemple, cela donne : C_2H_5–COOH / C_2H_5–COO^-
H_2O / HO^-
– On trace un γ : C_2H_5–COOH / C_2H_5–COO^-
H_2O / HO^-
– On écrit l'équation en ajoutant les diagonales : C_2H_5–COOH + $HO^- \rightarrow H_2O$ + C_2H_5–COO^-.

Exercice 30 min **10 points**

L'acide citrique au quotidien

L'acide citrique est un triacide présent en abondance dans le citron. Dans le monde, la synthèse de cet acide approche deux millions de tonnes par an. Il est utilisé dans les boissons, les cosmétiques, en pharmacie, etc.

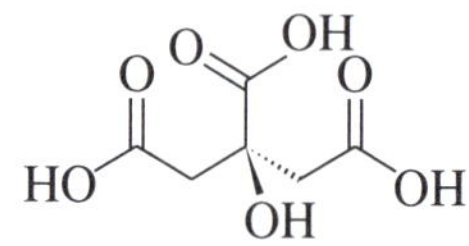

Représentation de la molécule d'acide citrique

Dans le commerce, on peut le trouver sous forme de poudre blanche anhydre ou monohydratée.

Document : Représentations des différentes espèces acido-basiques des couples de l'acide citrique.

a. 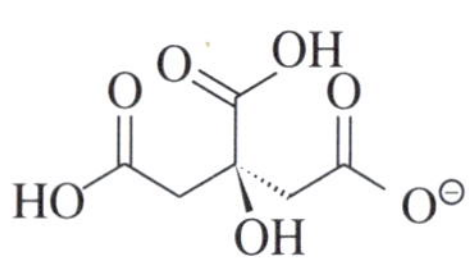

b. 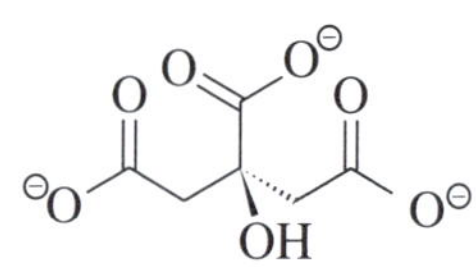

c. 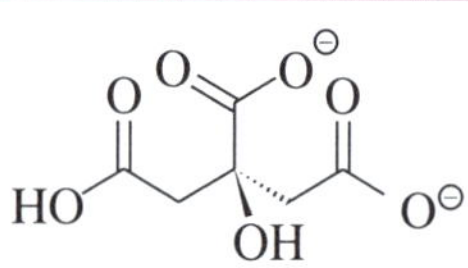

d. 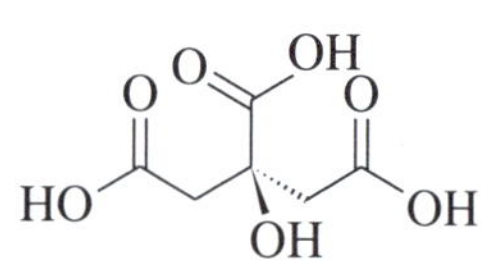

Étude des propriétés acido-basiques de l'acide citrique

1. [1 pt] Rappeler ce qu'est un acide selon Brønsted.
2. [1 pt] Expliquer pourquoi l'acide citrique est qualifié de « triacide ».
3. [3 pt] Parmi les quatre espèces acido-basiques (a, b, c, d), indiquer les couples acide/base que l'on peut former.
4. [4 pt] Représenter les quatre espèces a, b, c et d en représentation de Lewis.
5. [1 pt] Que peut-on dire des espèces a et c ?

→ Corrigé p. 207

CORRIGÉ

Exercice → *Énoncé p. 206*

1. Selon Brønsted, un acide est une espèce chimique capable de céder un ou plusieurs protons H^+.

2. L'acide citrique est qualifié de « triacide », car, étant donné qu'il possède 3 groupes carboxyle, il peut céder 3 protons H^+.

> **Rappel**
> Le groupe carboxyle peut facilement perdre un proton : il est donc responsable de l'acidité d'une molécule.

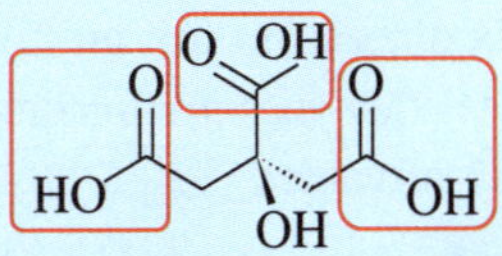

3. Les espèces a, b, c et d diffèrent par le nombre d'atomes d'hydrogène. Les couples que l'on peut former sont d/a, a/c et c/b.

4. a :

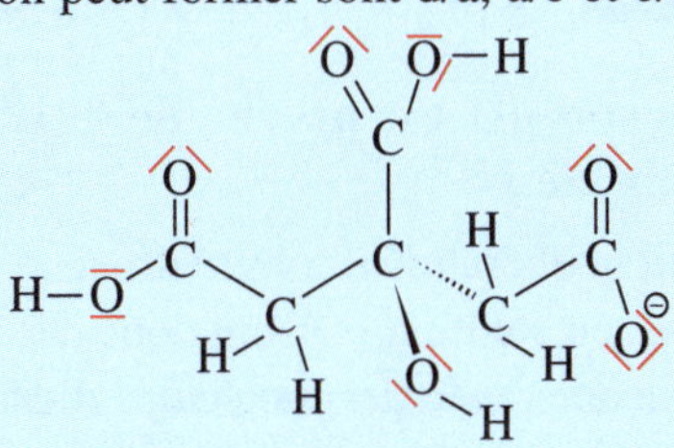

b :

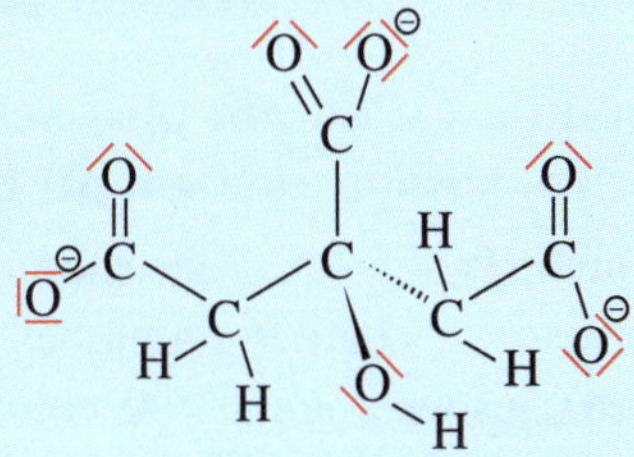

c :

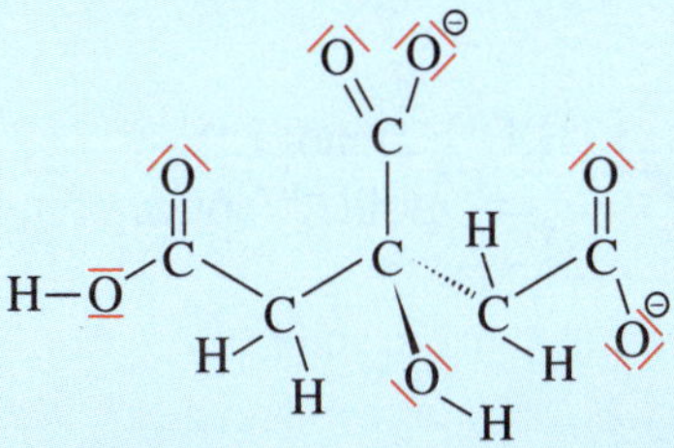

d :

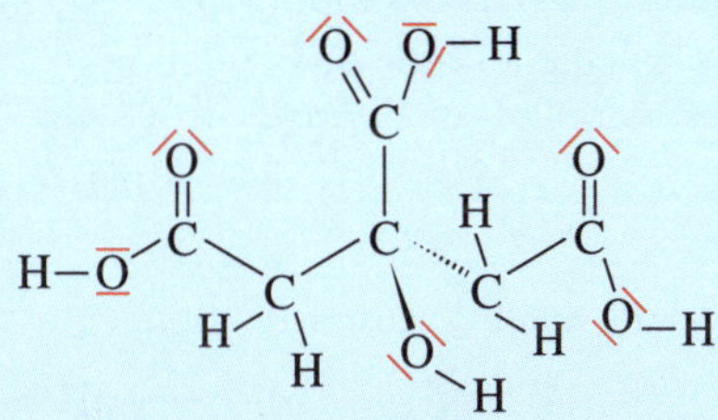

5. Les espèces a et c appartiennent toutes deux à deux couples acide/base différents, ce sont donc des ampholytes.

CHAPITRE 2

Analyser un système par des méthodes physiques

1 pH d'une solution

■ **Le pH est une grandeur sans dimension qui mesure l'acidité ou la basicité d'une solution aqueuse**. Il rend compte de la concentration en ions H_3O^+ et en ions HO^-.
Ainsi, à 25 °C, on a l'échelle pH suivante :

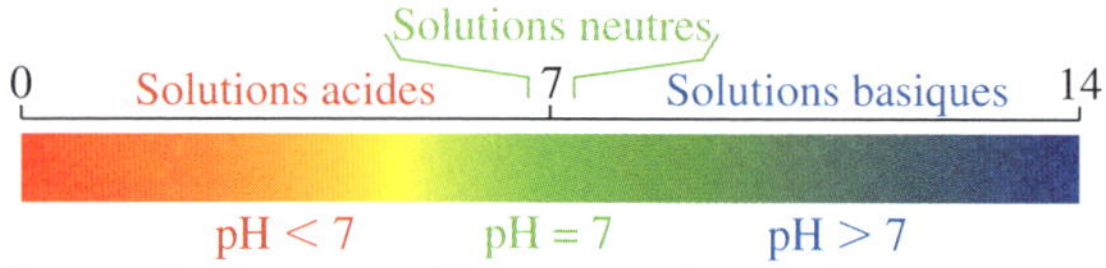

- $pH < 7$: $[H_3O^+] > [HO^-]$;
- $pH = 7$: $[H_3O^+] = [HO^-]$;
- $pH > 7$: $[H_3O^+] < [HO^-]$.

Une solution est d'autant plus acide que son pH est proche de 0. Elle est d'autant plus basique que son pH est proche de 14.

■ Le **p**otentiel **H**ydrogène d'une solution traduit la libération d'ions hydrogène H^+ par une ou plusieurs des entités chimiques présentes en solution (ce sont donc des acides de Brønsted), lesquels ions H^+ se combinent ensuite avec des molécules d'eau pour donner des ions oxonium H_3O^+.
Il se calcule à l'aide de la relation :

$$pH = -\log \frac{[H_3O^+]}{C_0}$$

$[H_3O^+]$ en $mol.L^{-1}$
$C_0 = 1\ mol.L^{-1}$ (concentration standard)

Dans un souci de simplification, cette relation sera notée par la suite :

$$pH = -\log [H_3O^+]$$

On peut également calculer la concentration en ions oxonium à partir du pH en utilisant la fonction réciproque de logarithme :

$$[H_3O^+] = 10^{-pH}$$

Domaine de validité de cette relation : il faut que $[H_3O^+] \leqslant 5{,}0 \times 10^{-2}\ mol.L^{-1}$.

2 Des lois pour déterminer une concentration ou une quantité de matière

A. Loi de Beer-Lambert

■ **Les solutions absorbent certaines radiations lumineuses de façon plus ou moins importante.** C'est l'absorption d'une partie de la lumière par les entités présentes dans le milieu qui donne à la solution sa couleur perçue.

On introduit ainsi l'**absorbance** A, grandeur sans dimension qui caractérise la capacité qu'a une solution à absorber une radiation de longueur d'onde donnée λ.
Plus la valeur de l'absorbance est élevée, plus cette radiation a été absorbée.

■ **La courbe $A = f(\lambda)$ pour une solution donnée en constitue le spectre d'absorption.**

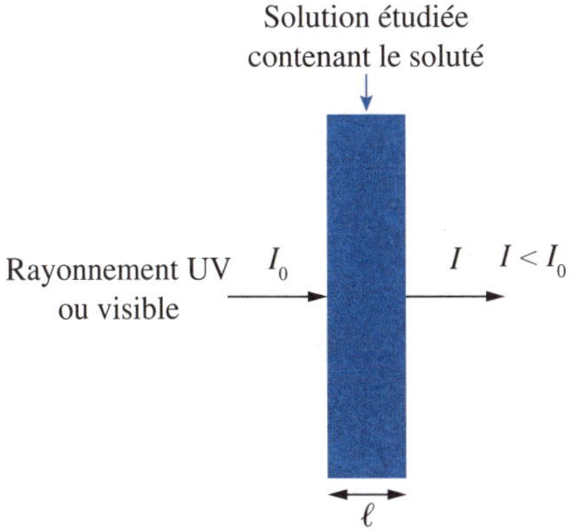

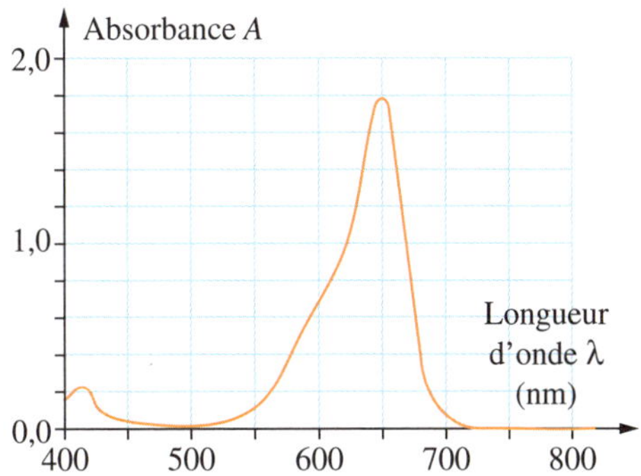

Spectre d'absorption d'un colorant alimentaire
(bleu patenté – E131)

Plus le rapport $\dfrac{I}{I_0}$ est petit, plus l'absorbance est élevée.

On parle de spectroscopie UV-visible, car les radiations utilisées appartiennent à ces domaines du spectre électromagnétique.

■ L'absorbance A et la concentration en quantité de matière C sont liées par la relation :

$$A = \varepsilon \times \ell \times C$$

avec A : absorbance de la solution, sans unité ;
ε : coefficient d'extinction molaire, en litre par mole par centimètre ($L.mol^{-1}.cm^{-1}$) ;
ℓ : épaisseur de la cuve, en centimètre (cm) ;
C : concentration en quantité de matière, en mole par litre ($mol.L^{-1}$).

Cette relation constitue la loi de Beer-Lambert.

■ Le coefficient d'extinction molaire dépend de la longueur d'onde de la radiation traversant la solution et de la nature du solvant.

Dans le cas d'étude fréquent où l'épaisseur de la cuve et le solvant sont fixés, et la lumière utilisée monochromatique, cette relation se simplifie en :

$$A = k \times C$$

($k = \varepsilon \times \ell$ et s'exprime donc en $L.mol^{-1}$.)

Domaine de validité de cette loi : il faut que $C \leqslant 5{,}0 \times 10^{-2}$ $mol.L^{-1}$.

B. Loi de Kohlrausch

■ Dans une solution, c'est la **présence d'ions qui permet le passage du courant électrique**. Intuitivement, **plus la concentration de ces ions est élevée, plus grande est la conductivité de la solution.**

Tous les porteurs de charges participent à la conductivité. Il faut donc tenir compte de tous les ions présents en solution.

Enfin, les différents ions présents ne contribuent pas de la même manière à la conduction électrique.

C'est cela que traduit la **loi de Kohlrausch** :

$$\sigma = \sum_i \lambda_i \times [X_i]$$

avec σ : conductivité de la solution, en siemens par mètre ($S.m^{-1}$) ;

λ_i : conductivité molaire ionique, en siemens mètre carré par mole ($S.m^2.mol^{-1}$) ;

$[X_i]$: concentration en quantité de matière, en mole par mètre cube ($mol.m^{-3}$) ;

Les conductivités molaires ioniques dépendent du solvant et de la température.

Domaine de validité de cette loi : il faut que $[X_i] \leqslant 1,0 \times 10^{-2}$ mol.L^{-1}.

Ion	λ (mS.m^2.mol^{-1})
ion sodium Na^+	5,01
ion argent Ag^+	6,19
ion potassium K^+	7,35
ion calcium Ca^{2+}	11,90
ion oxonium H_3O^+	35,0
ion éthanoate $CH_3CO_2^-$	4,09
ion permanganate MnO_4^-	6,10
ion nitrate NO_3^-	7,14
ion chlorure $C\ell^-$	7,63
ion sulfate SO_4^{2-}	16,0
ion hydroxyde HO^-	19,9

C. Loi des gaz parfaits

■ La loi des gaz parfaits, également appelée équation d'état des gaz parfaits, permet de déterminer la quantité de matière d'un **gaz ayant un comportement de gaz parfait et se trouvant dans un système fermé** (sans échange de matière avec le milieu extérieur) :

$$P \times V = n \times \mathrm{R} \times T$$

avec P : pression dans le système, en pascal (Pa) ;

V : volume du système, en mètre cube (m^3) ;

n : quantité de matière du gaz parfait, en mole (mol) ;

R : constante des gaz parfaits (8,314 $J.mol^{-1}.K^{-1}$) ;

T : température dans le système, en kelvin (K).

Domaine de validité de cette loi : gaz ayant un comportement de gaz parfait et se trouvant dans des conditions usuelles de température et de pression.

■ Dans le cas où le système renferme plusieurs gaz, cette relation devient :

$$PV = \sum_i n_i RT$$

3 Spectroscopie infrarouge

■ Certaines molécules sont capables d'absorber des radiations électromagnétiques situées dans le domaine des infrarouges, en fonction des atomes les constituant et de la multiplicité des liaisons covalentes liant ces atomes. Cela conduit à la vibration de certaines de ces liaisons.

■ **La détermination des longueurs d'onde pour lesquelles ces absorptions se produisent et l'importance de ces dernières permettent de tracer le spectre infrarouge de la molécule et d'identifier des groupes d'atomes présents dans celle-ci. On dit que le spectre comporte des bandes d'absorption.**

Exemple : spectre IR de l'hexan-1-ol (famille des alcools)

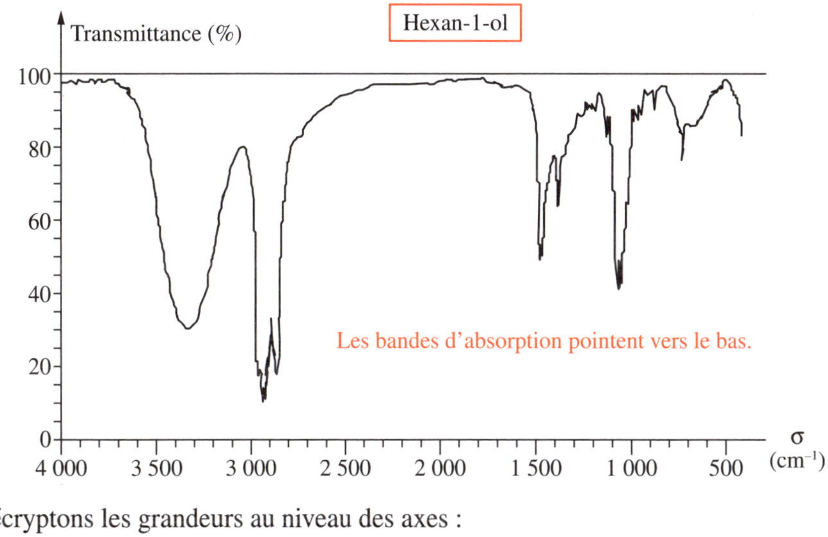

Décryptons les grandeurs au niveau des axes :

• en abscisse : **nombre d'onde σ** (en cm^{-1}) **qui est égal à l'inverse de la longueur d'onde λ** (en cm) ;

• en ordonnée : **transmittance *T*** en %. Plus l'absorption à une longueur d'onde est importante, plus la transmittance est faible.

La position des bandes et leur forme (largeur, longueur) permettent d'identifier des groupes d'atomes et notamment des groupes caractéristiques au sein de la molécule. Cette analyse nécessite l'utilisation de tables (voir p. 214).

Par exemple, sur le spectre ci-dessus, on retrouve vers 3 400 cm^{-1} une bande large qui correspond à la vibration de la liaison O–H caractéristique des alcools.

EXERCICES TYPES

1 Calculer la valeur du pH d'une solution à partir de sa concentration en ions oxonium et inversement

EXERCICE TYPE

L'acide fluorhydrique est très utilisé dans l'industrie, par exemple pour le traitement de surface des composants électroniques.

On prépare un volume $V = 10$ L de cette solution par dissolution d'une quantité de matière $n = 2{,}0 \times 10^{-2}$ mol de fluorure d'hydrogène gazeux.

L'équation-bilan de la réaction de dissolution est :

$$HF(g) + H_2O(\ell) \rightarrow F^-(aq) + H_3O^+(aq)$$

Cette réaction est totale.

1. Calculer le pH de la solution ainsi préparée.

2. On procède ensuite à la dissolution de cette solution. Le pH de la solution fille obtenue vaut alors $pH_{fille} = 4{,}0$. Calculer la valeur du facteur de dilution F.

CORRIGÉ COMMENTÉ

1. La réaction étant totale, on a :

$n(H_3O^+) = n(HF) = 2{,}0 \times 10^{-2}$ mol.

On en déduit la concentration en ions H_3O^+.

$$[H_3O^+] = \frac{n(H_3O^+)}{V} = \frac{2{,}0 \times 10^{-2}}{10} = 2{,}0 \times 10^{-3} \text{ mol.L}^{-1}$$

D'où la valeur du pH :

$$pH = -\log [H_3O^+] = -\log(2{,}0 \times 10^{-3})$$

$$\mathbf{pH = 2{,}7.}$$

> **Rappel**
> Pour calculer le pH, il faut déterminer au préalable la valeur de la concentration en ions oxonium $[H_3O^+]$.

2. Déterminons la nouvelle concentration en ions oxonium dans la solution fille.

$$[H_3O^+]_{fille} = 10^{-pH_{fille}} = 10^{-4{,}0}$$

$$[H_3O^+]_{fille} = 1{,}0 \times 10^{-4} \text{ mol.L}^{-1}.$$

Le facteur de dilution vaut alors :

$$F = \frac{[H_3O^+]}{[H_3O^+]_{fille}} = \frac{2{,}0 \times 10^{-3}}{1{,}0 \times 10^{-4}}$$

$$\mathbf{F = 20.}$$

> **Rappel**
> Lors de la dilution d'une espèce, on a la relation :
> $C_{mère} \times V_{mère} = C_{fille} \times V_{fille}$
> Il est pratique en laboratoire de travailler avec le facteur de dilution F.
> $$F = \frac{C_{mère}}{C_{fille}} = \frac{V_{fille}}{V_{mère}}$$

À RETENIR

- Déterminer au préalable la valeur de la concentration en ions oxonium permet d'accéder au pH.
- Dans une réaction faisant intervenir les ions H_3O^+, la valeur du pH permet de déterminer la composition du système (en dressant un tableau d'avancement).

2 Exploiter un spectre infrarouge

EXERCICE TYPE

On considère deux molécules organiques A et B dont les formules semi-développées sont :

Ⓐ
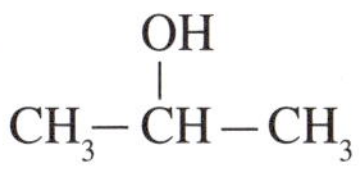

Ⓑ
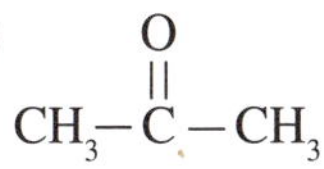

Donnée : voir table de spectroscopie IR p. suivante.

1. Nommer ces deux molécules.
2. Attribuer à chaque molécule son spectre infrarouge. Justifier.

Spectre 1

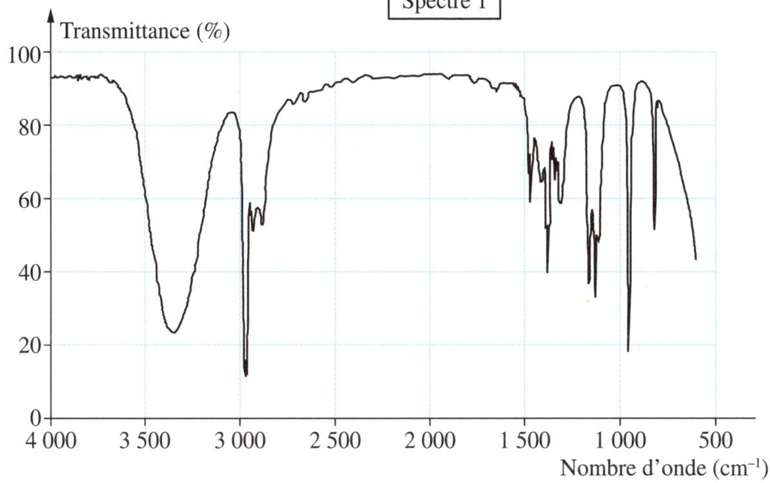

Spectre 2

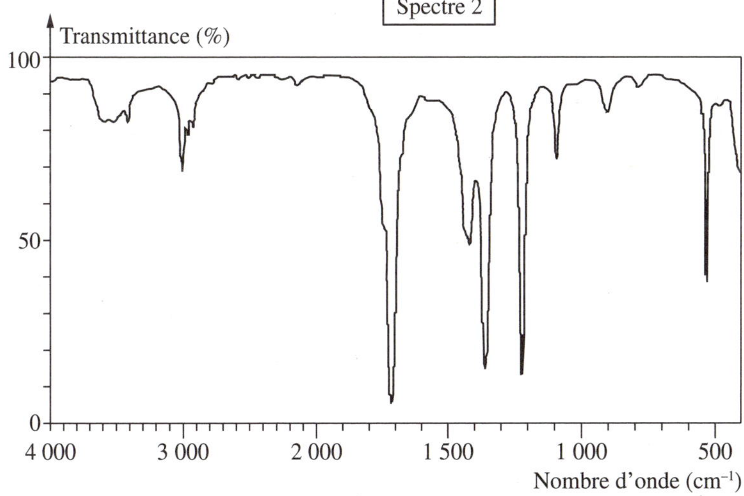

CORRIGÉ COMMENTÉ

Remarque

Pour le composé B, il n'y a pas plusieurs possibilités pour positionner la fonction cétone. La précision propan-**2**-one est donc inutile.

1. A : **propan-2-ol** ;
B : **propanone**.

2. La molécule A est un **alcool** (groupe hydroxyle). D'après les tables, on doit avoir une **bande d'intensité faible et fine entre 3 580 et 3 670 cm^{-1} s'il n'y a pas de liaison hydrogène ou une bande forte et large entre 3 200 et 3 400 cm^{-1} en cas de liaisons hydrogène.** Le spectre 1 présente une **bande forte et large vers 3 400 cm^{-1}**, ce qui n'est pas le cas du spectre 2. Il s'agit donc du spectre du propan-1-ol.
(Ce spectre nous indique également l'existence de liaisons hydrogène.)
La molécule B est une **cétone** (groupe carbonyle). Au niveau du spectre IR, cela doit se traduire par l'apparition d'une **bande forte entre 1 650 et 1 730 cm^{-1}**. Le spectre 2 présente bien une **bande forte vers 1 700 cm^{-1}**.

À RETENIR

• Pour analyser un spectre IR, il faut : identifier les bandes caractéristiques au niveau du spectre ; s'appuyer sur les tables de données pour retrouver le(s) groupe(s) caractéristique(s) présent(s) dans la molécule ; recouper les informations récoltées le cas échéant.

• Pour attribuer un spectre à une molécule, il faut : repérer le(s) groupe(s) caractéristiques(s) présent(s) dans la molécule ; rechercher les bandes associées à ce(s) groupe(s) en s'appuyant sur les tables de données ; identifier des éléments de différenciation dans le cas de molécules quasi similaires.

Liaison	**Nombre d'onde en cm^{-1}**	**Intensité F : forte ; m : moyenne ; f : faible**
O–H (sans liaison hydrogène)	3 580-3 670	**f** ; fine
O–H (avec liaison hydrogène)	3 200-3 400	**F** ; large
N–H amine	3 100-3 500	**m**
N–H amide	3 100-3 500	**F**
$C_{②}$–H	3 300-3 310	**m** ou **F**
$C_{③}$–H	3 000-3 100	**m**
$C_{④}$–H	2 800-3 000	**F**
$C_{③}$–H aldéhyde	2 750-2 900	**m**
O–H acide carboxylique	2 500-3 200	**F** à **m** ; large
C≡C	2 100-2 250	**f**
C=O anhydride	1 700-1 840	**F** ; 2 bandes

Liaison	**Nombre d'onde en cm^{-1}**	**Intensité F : forte ; m : moyenne ; f : faible**
C=O ester	1 700-1 740	**F**
C=O aldéhyde et cétone	1 650-1 730	**F**
C=O acide carboxylique	1 680-1 710	**F**
C=O amide	1 650-1 700	**F**
C=C	1 625-1 685	**m**
C=C aromatique	1 450-1 600	variable ; 3 ou 4 bandes
N–H amine ou amide	1 560-1 640	**F** ou **m**
$C_{④}$–H	1 415-1 470	**F**
$C_{④}$–H (CH_3)	1 365-1 385	**F** ; 2 bandes
C–O	1 050-1 450	**F**
C–N	1 000-1 400	**F**
C–C	1 000-1 250	**F**

Remarque : $C_{②}$: carbone digonal ; $C_{③}$: carbone trigonal ; $C_{④}$: carbone tétraédrique.

SUJET DU BAC

Exercice 25 min **10 points**

Lors d'un banquet donné en l'honneur de Marc Antoine, Cléopâtre aurait dissous une perle de grande valeur qu'elle portait comme boucle d'oreilles dans une coupe remplie de vinaigre.

Le vinaigre a été utilisé dès le début de l'Antiquité comme condiment et pour la conservation, mais aussi à des fins thérapeutiques.

Il s'agit d'une solution aqueuse d'acide acétique dont l'obtention, à partir du jus de raisin par exemple, s'effectue en deux étapes.

Le Banquet d'Antoine et de Cléopâtre, Jacob Jordaens, XVIIe siècle (© The Metropolitan Museum of Art, New York, Rogers Fund, 1963)

Étape 1 : fermentation alcoolique

Le glucose de formule brute $C_6H_{12}O_6$, contenu dans le jus de raisin, est transformé en éthanol C_2H_6O et en dioxyde de carbone CO_2, sous l'action de levures.

Lorsque la vinification est terminée, la teneur en dioxyde de carbone dans le vin est comprise entre 200 et 700 mg.L^{-1}.

On procède à la vérification de cette teneur par spectrophotométrie.

Étape 2 : fermentation acétique

Sous l'action de *Micoderma Acetii*, l'éthanol est ensuite oxydé en acide acétique suivant l'équation-bilan :

$$C_2H_6O(aq) + O_2(g) \rightarrow C_2H_4O_2(aq) + H_2O(\ell)$$

Données : $M(CO_2) = 44{,}0$ g.mol^{-1} ;
$\lambda(H_3O^+) = 35{,}0$ mS.m^2.mol^{-1} ; $\lambda(CH_3COO^-) = 4{,}09$ mS.m^2.mol^{-1} ;
table de nombres d'onde dans le domaine des infrarouges :

Liaison	Famille chimique	Nombre d'onde (en cm^{-1})
C–H	alcane alcène	2 480 – 3 000 > 3 000
O–H	alcool acide carboxylique	3 200 – 3 400 2 500 – 3 300
C=O	acide carboxylique ester aldéhyde ou cétone amide	1 700 – 1 725 1 700 – 1 750 1 650 – 1 740 1 650 – 1 695

PARTIE 1 : On considère ici un échantillon de vin dont l'absorbance vaut A = 0,048.

Les conditions de l'expérience sont telles que le dioxyde de carbone est la seule espèce à absorber et que la loi de Beer-Lambert est vérifiée.

1. [1 pt] Écrire l'équation-bilan de la réaction se produisant lors de la fermentation alcoolique.

2. [2,5 pts] Une solution étalon de concentration en dioxyde de carbone $C_0 = 10{,}0\ \text{mmol.L}^{-1}$ a une absorbance $A_0 = 0{,}041$ dans les mêmes conditions de mesure. Calculer la concentration en quantité de matière C de dioxyde de carbone dans ce vin.

3. [1,5 pt] Vérifier que cette valeur est cohérente avec l'information soulignée dans l'énoncé.

PARTIE 2 : À l'issue de la fermentation acétique, on obtient un vinaigre dont la conductivité vaut $\sigma = 0{,}196\ \text{mS.cm}^{-1}$.

Cette conductivité est due au fait que l'acide acétique réagit avec l'eau pour donner des ions acétate $CH_3COO^-(aq)$ et des ions oxonium $H_3O^+(aq)$, en égale quantité.

4. [1,5 pt] Écrire les formules semi-développées de l'éthanol et de l'acide acétique. Entourer et nommer les groupes caractéristiques présents dans ces molécules.

5. [1 pt] Attribuer le spectre ci-après à l'une de ces deux espèces en justifiant.

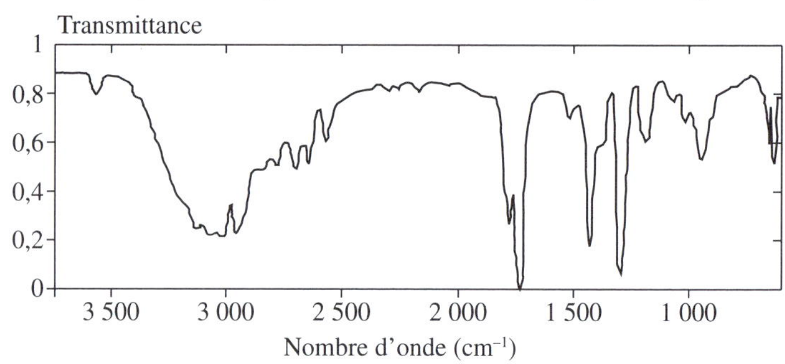

6. [2,5 pts] Calculer le pH de ce vinaigre en vous appuyant sur la loi de Kohlrausch.

→ *Corrigé p. 217*

CORRIGÉ

Exercice → Énoncé p. 215

1. $C_6H_{12}O_6(aq) \rightarrow 2\ C_2H_6O(aq) + 2\ CO_2(g)$

2. La mesure avec la solution étalon permet de calculer la valeur du coefficient de proportionnalité dans la loi de Beer-Lambert.

$A_0 = k \times C_0$.

$$k = \frac{A_0}{C_0} = \frac{0{,}041}{10{,}0 \times 10^{-3}}$$

$k = 4{,}1\ \text{L.mol}^{-1}$.

On peut maintenant calculer la valeur de la concentration C.

$$C = \frac{A}{k} = \frac{0{,}048}{4{,}1}$$

$\mathbf{C = 1{,}2 \times 10^{-2}\ mol.L^{-1}}$.

3. Déterminons la teneur en dioxyde de carbone dans ce vin. Il s'agit donc de la concentration en masse γ.

$\gamma = C \times M(CO_2) = 1{,}2 \times 10^{-2} \times 44{,}0$

$\boldsymbol{\gamma = 5{,}2 \times 10^{-1}\ g.L^{-1}}$.

Soit une teneur de 520 mg par litre, valeur qui est bien comprise dans l'encadrement précisé dans l'énoncé.

4.

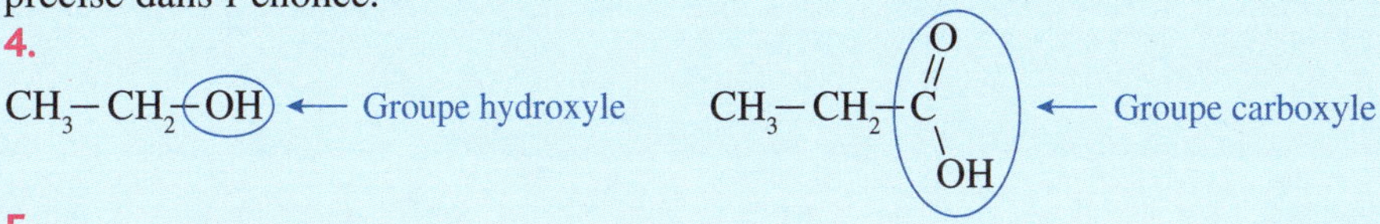

5.

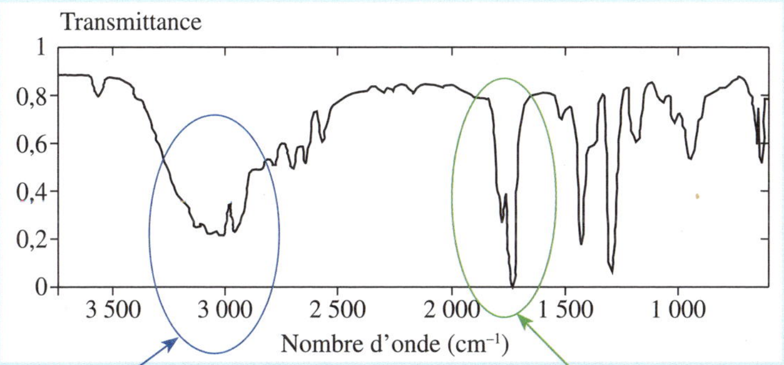

Vers 3 000 cm^{-1} : bande moyenne et large correspondant à la vibration de la liaison O-H du groupe carboxyle (pour un alcool, cette bande se trouve « plus à gauche »)

Vers 1 700 cm^{-1} : bande forte et fine correspondant à la vibration de la liaison C=O du groupe carboxyle

Il s'agit donc du spectre IR de l'acide acétique.

6. On considère ici que les seuls ions présents en solution sont les ions acétate et les ions oxonium.

D'après la loi de Kohlrausch, l'expression de la conductivité de ce vinaigre est :

$$\sigma = \lambda(CH_3COO^-) \times [CH_3COO^-] + \lambda(H_3O^+) \times [H_3O^+]$$

D'après l'énoncé, $[CH_3COO^-] = [H_3O^+]$.

Donc :

$$\sigma = \lambda(CH_3COO^-) \times [H_3O^+] + \lambda(H_3O^+) \times [H_3O^+]$$

$$\sigma = \left(\lambda(CH_3COO^-) + \lambda(H_3O^+)\right) \times [H_3O^+].$$

Soit :

$$[H_3O^+] = \frac{\sigma}{\lambda(CH_3COO^-) + \lambda(H_3O^+)}$$

$$= \frac{1{,}96 \times 10^{-2}}{35{,}0 \times 10^{-3} + 4{,}09 \times 10^{-3}}$$

$[H_3O^+] = 5{,}01 \times 10^{-1}\ mol.m^{-3}$.

On exprime cette concentration en mole par litre :

$[H_3O^+] = 5{,}01 \times 10^{-4}\ mol.L^{-1}$.

On en déduit la valeur du pH :

$pH = -\log\,[H_3O^+] = -\log\,(5{,}01 \times 10^{-4})$

pH = 3,3.

Remarque

Attention à l'unité de la conductivité !

$\sigma = 0{,}196\ mS.cm^{-1}$

$= 0{,}196 \times 10^{2}\ mS.m^{-1}$

$= 0{,}196 \times 10^{2} \times 10^{-3}\ S.m^{-1}$

$= 0{,}196 \times 10^{-1}\ S.m^{-1}$

$\sigma = 1{,}96 \times 10^{-2}\ S.m^{-1}$

Analyser un système par des méthodes chimiques

CHAPITRE 3

1 Réalisation d'une solution par dilution d'une solution concentrée

Exemple : Préparons 0,200 L d'acide chlorhydrique molaire à partir d'une solution d'acide chlorhydrique commerciale. Sur la bouteille figurent les informations suivantes : densité $d = 1,17$ et 37 % en masse. On donne $M(HC\ell) = 36,5$ g.mol^{-1}.

A. Détermination du volume de solution mère à prélever

■ Déterminons tout d'abord la masse d'un litre de solution à partir de la densité et de la masse volumique.
La densité d'un corps est le rapport entre la masse volumique de la solution donnée et la masse volumique de l'eau :

$$d = \frac{\rho}{\rho_{eau}} \text{ (avec } \rho_{eau} = 1\,000 \text{ g.L}^{-1}\text{)}.$$

Ici, $\rho = d \times \rho_{eau}$

$$\rho = 1,17 \times 1\,000 = 1\,170 \text{ g.L}^{-1}.$$

Pour un litre de solution, on a donc :

$$m = \rho \times V = 1\,170 \times 1 = 1\,170 \text{ g}.$$

■ Déterminons ensuite la masse d'acide présente dans de la solution mère :
La solution est à 37 % en masse d'acide chlorhydrique, cela veut dire qu'on a 37 g d'acide chlorhydrique pour 100 g de solution :

$$m_{acide} = 1\,170 \times 0,37 = 433 \text{ g}.$$

■ On va maintenant déterminer la quantité d'acide présente dans un litre de solution :

$$n(HC\ell) = \frac{m(HC\ell)}{M(HC\ell)} = \frac{433}{36,5} = 11,9 \text{ mol}.$$

■ Le volume de solution étant de 1 litre, la concentration en acide de la solution mère sera de 11,9 mol.L^{-1}. Appliquons la formule de dilution :

$$C_m \times V_m = C_f \times V_f$$

où C_m et V_m sont respectivement la concentration et le volume prélevé de la solution mère, et C_f et V_f représentent la concentration et le volume de la solution fille.
Le volume à prélever sera donc :

$$V_m = \frac{C_f \times V_f}{C_m} = \frac{1,0 \times 0,200}{11,9} = 17 \times 10^{-3} \text{ L} = 17 \text{ mL}.$$

B. Protocole de dilution

– Verser un volume suffisant de solution mère V_m dans un bécher.
– Prélever, à l'aide d'une pipette graduée munie d'une propipette ou d'un pipeteur, le volume de solution nécessaire.
– Verser le volume prélevé dans une fiole jaugée de 200 mL dans laquelle vous allez au préalable placer un peu d'eau distillée.
– Verser ensuite l'eau distillée jusqu'au trait de jauge. Homogénéiser.

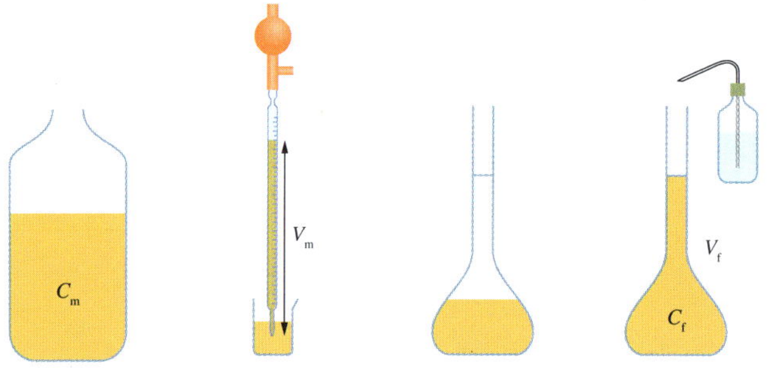

2 Principe d'un dosage par titrage

■ Lors de la réalisation d'un dosage, on cherche à déterminer précisément la quantité de matière ou la concentration molaire d'une espèce titrée présente en solution.

■ Un dosage par titrage s'appuie sur une réaction entre le réactif titré (dont la concentration est inconnue) et l'espèce titrante. Cette réaction support du dosage doit être **rapide**, **unique** et **totale.**
Lorsque l'espèce titrée et l'espèce titrante sont introduites en proportions stœchiométriques, on parle d'**équivalence.**

■ Le repérage de cette équivalence va dépendre de la technique de dosage utilisée.

3 Titrage suivi par pH-métrie

■ Un titrage par pH-métrie permet, à l'aide d'un pH-mètre, de suivre l'évolution du pH de la solution titrée lors de l'ajout de solution titrante. La réaction support est une réaction acido-basique.

■ Le tracé de la courbe obtenue, appelée **courbe de titrage pH-métrique,** relie les variations du pH et le volume de solution titrante versée.
Elle est notée $pH = f(V_{\text{solution titrante}})$.

A. Montage expérimental et courbe obtenue

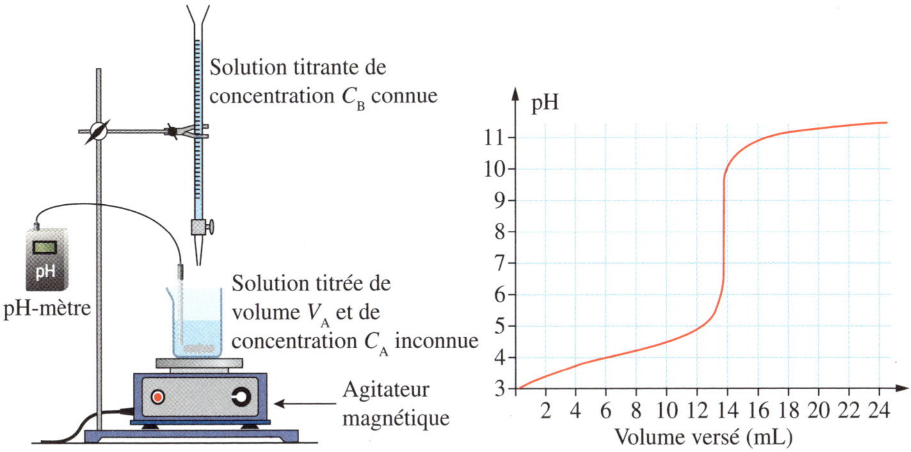

B. Exploitation de la courbe

■ **Avant l'équivalence :** le réactif titrant est en défaut, car il est consommé instantanément. C'est le réactif limitant de l'équation support du titrage. Le pH est imposé par l'espèce titrée.

■ **À l'équivalence :** le réactif titrant et le réactif titré sont introduits dans les proportions stœchiométriques. On observe alors une brusque variation de pH appelée « saut de pH ».

Le point d'équivalence peut être déterminé par deux méthodes :

Méthode des tangentes

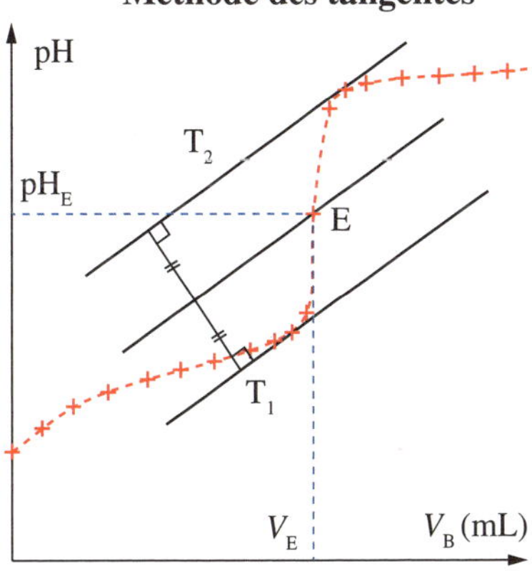

Méthode de la courbe dérivée

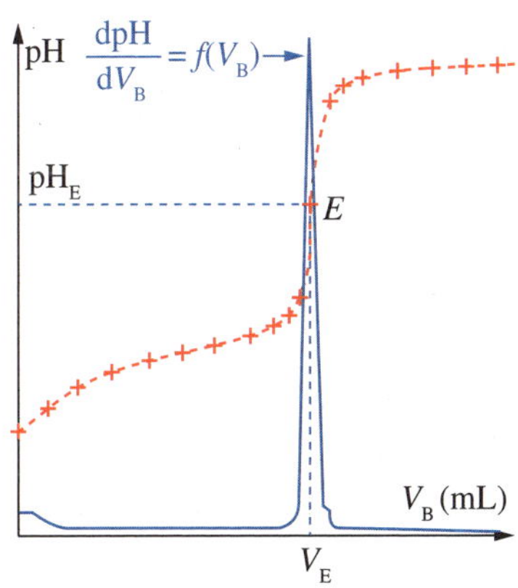

Méthode des tangentes

– On trace une première tangente T_1 à la courbe avant le saut de pH.
– On trace une seconde tangente T_2 à la courbe après le saut de pH et parallèle à T_1.
– On trace ensuite un segment orthogonal aux deux tangentes.
– On trace alors la médiatrice à ce segment ; le point d'intersection entre cette médiatrice et la courbe pH = $f(V)$ donne le point d'équivalence E et donc le volume équivalent V_E.

Méthode de la courbe dérivée

On trace la dérivée du pH en fonction du volume de réactif titrant versé.
Cette courbe présente un extremum dont l'abscisse donne le volume équivalent V_E.

> **Méthode**
> La méthode à privilégier est celle de la courbe dérivée, qui est plus précise.

À ce moment du titrage, les espèces titrée et titrante (acide et base) ont été introduites dans les proportions stœchiométriques :

$$n(AH) = n(OH^-)$$

■ **Après l'équivalence :** le réactif titré est le réactif en défaut. Le réactif titrant s'accumule dans le mélange réactionnel. Le pH est imposé par l'espèce titrante.

4 Titrage avec suivi conductimétrique

A. Principe de la conductimétrie

■ Un conductimètre permet de mesurer la conductivité σ d'une solution, grandeur physique liée à la concentration des espèces ioniques présentes dans la solution. Elle s'exprime en siemens par mètre ($S.m^{-1}$).

■ La **loi de Kohlrausch** indique ainsi qu'il y a proportionnalité entre la conductivité σ et la concentration molaire des espèces ioniques :

$$\sigma = \boldsymbol{k} \times \boldsymbol{C}$$

avec σ en $S.m^{-1}$, k en $S.m^2.mol^{-1}$, C en $mol.m^{-3}$.
Attention : ici, la concentration s'exprime en $mol.m^{-3}$.

■ Si la solution contient plusieurs ions, la conductivité est donnée par la formule :

$$\sigma = \sum_{ions} \lambda_i \times [X_{i(aq)}] \quad \begin{cases} \lambda_i = \text{conductivité molaire ionique de l'ion } X_i \text{ (en S.m}^2\text{.mol}^{-1}\text{)} \\ [X_{i(aq)}] = \text{concentration molaire de l'ion } X_i \text{ (en mol.m}^{-3}\text{)} \end{cases}$$

La conductivité molaire ionique λ est une grandeur caractéristique de chaque ion.
Tous les ions, même spectateurs, participent à la conductivité de la solution.
Attention ! Cette relation n'est valable que pour des solutions diluées de concentration inférieure à 10^{-2} $mol.L^{-1}$.

B. Application au titrage

■ Lors de l'ajout d'une solution titrante à la solution titrée, la conductance σ évolue. Le titrage conductimétrique consiste à suivre cette évolution.
La courbe de titrage obtenue, $\sigma = f(V_{\text{solution titrante}})$, donne donc la variation de la conductivité en fonction du volume de solution titrante ajoutée.

■ Pour éviter le phénomène de dilution et obtenir une évolution linéaire de la conductivité, il faut un volume initial de solution à titrer important par rapport au volume de solution titrée ajoutée.

Montage expérimental

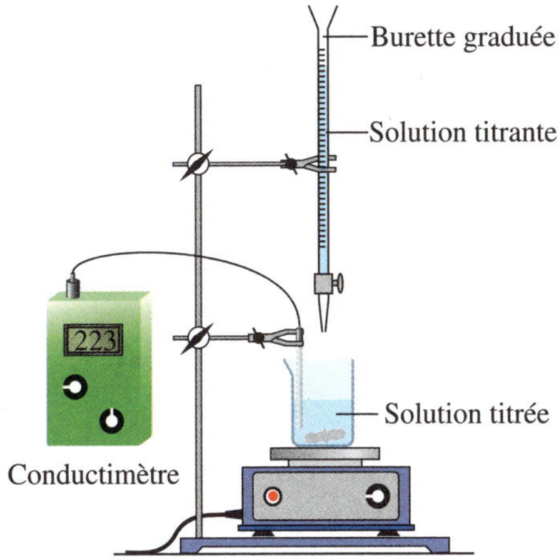

Courbe de titrage

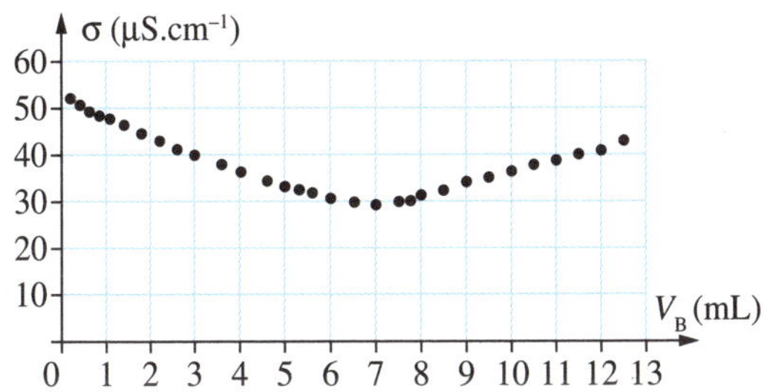

C. Exploitation de la courbe

■ **Avant l'équivalence :** la conductivité molaire varie, soit par disparition d'un ion, soit par ajout d'un ion de conductivité molaire ionique plus faible.
Parfois, lors du titrage d'un acide faible par une base forte, des ions sont formés (base faible) et font augmenter la conductivité de la solution.

■ **À l'équivalence :** le réactif titrant et le réactif titré sont introduits en proportions stœchiométriques.

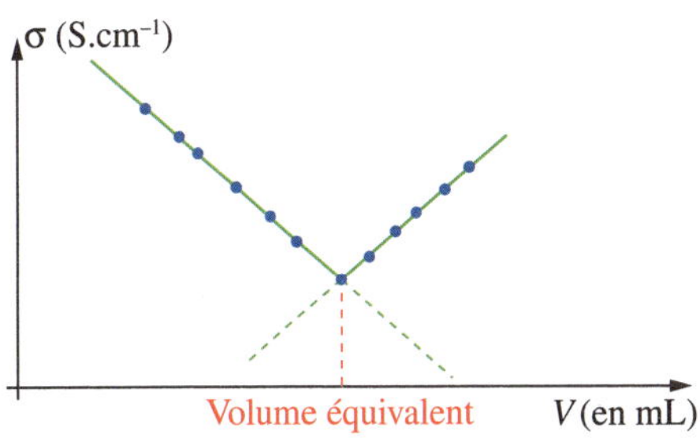

Exemple d'une courbe d'un titrage conductimétrique

■ **Après l'équivalence :** les ions apportés par la solution titrante ne réagissent plus et font augmenter la conductivité de la solution.

L'intersection des deux droites (avant et après l'équivalence) donne un point dont l'abscisse correspond au volume équivalent V_E.

EXERCICES TYPES

1 Effectuer un titrage suivi par pH-métrie

EXERCICE TYPE

On dose 20,0 mL d'une solution d'acide chlorhydrique $H_3O^+(aq)$ et $C\ell^-(aq)$ de concentration inconnue par une solution d'hydroxyde de sodium $Na^+(aq)$ et $OH^-(aq)$ de concentration $C_B = 1{,}0 \times 10^{-1}$ mol.L^{-1}. Le suivi se fait à l'aide d'un pH-mètre.

La réaction support de du dosage est :

$$H_3O^+(aq) + OH^-(aq) \rightarrow 2H_2O(\ell)$$

On obtient les courbes suivantes :

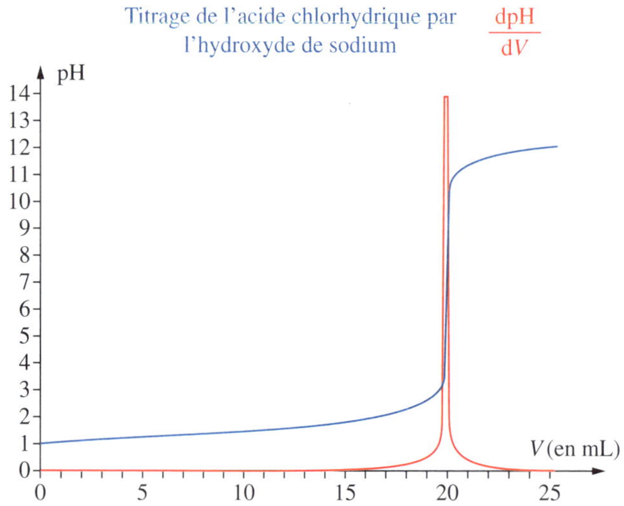

1. Qu'est-ce qu'un dosage ?
2. Quel est le réactif titrant ? le réactif titré ? Pourquoi la réaction support du dosage est-elle adaptée ?
3. Schématiser le dispositif expérimental.
4. Quel est le pH initial ?
5. Que se passe-t-il avant l'équivalence ? Quel est le réactif limitant ?
6. Après avoir défini l'équivalence, déterminer le volume équivalent.
7. Déterminer la concentration de la solution d'acide titrée.
8. Que se passe-t-il après l'équivalence ? Quel est le réactif limitant ?

CORRIGÉ COMMENTÉ

1. Un dosage est la détermination expérimentale de la quantité de matière ou de la concentration d'un réactif présent en solution.

2. Le réactif titrant est le réactif présent dans la burette : il s'agit de l'ion hydroxyde OH^-. Le réactif titré est le réactif présent dans le bécher : il s'agit de l'ion oxonium H_3O^+. La réaction entre ces ions est une réaction totale, unique et rapide.

3.

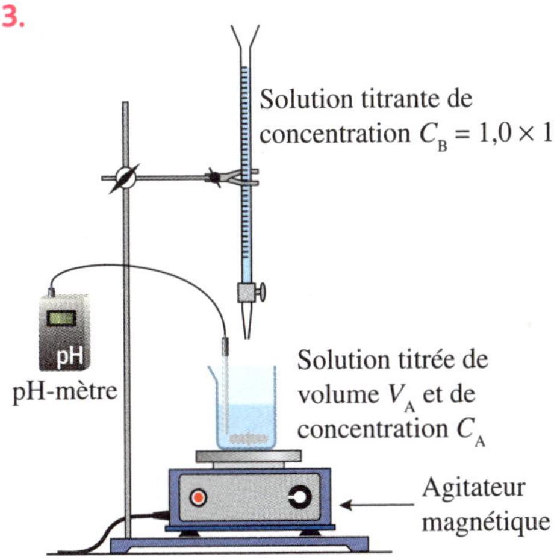

Conseil
Annoter toujours vos schémas en précisant les concentrations et volumes des différentes solutions.

4. La lecture graphique donne un pH initial de 1. La solution titrée est donc l'acide chlorhydrique.

5. Avant l'équivalence, les ions hydroxyde versés réagissent immédiatement avec les ions oxonium et disparaissent : l'hydroxyde de sodium est donc le réactif limitant.

6. À l'équivalence, le réactif titré et le réactif titrant sont dans les proportions stœchiométriques de l'équation support. Le volume équivalent se lit graphiquement grâce la courbe $\frac{dpH}{dV_B}$. On lit $V_E = 20$ mL.

7. Déterminons la quantité d'hydroxyde de sodium versée :

$$n(OH^-) = C_B \times V_E = 1,0 \times 10^{-1} \times 20 \times 10^{-3} = 2,0 \times 10^{-3} \text{ mol.}$$

D'après la définition de l'équivalence,

$$n(OH^-) = n(H_3O^+).$$

Donc :

$$C_A \times V_A = n(H_3O^+)$$

$$C_A = \frac{n(H_3O^+)}{V_A} = \frac{2,0 \times 10^{-3}}{20 \times 10^{-3}} = 1,0 \times 10^{-1} \text{ mol.L}^{-1}.$$

La concentration de la solution d'acide chlorhydrique est de $1,0 \times 10^{-1}$ mol.L^{-1}.

8. Après l'équivalence, le réactif titré a entièrement disparu ; le réactif titrant (ions hydroxyde) s'accumule dans le mélange réactionnel. Le dosage est terminé.

À RETENIR

- Un dosage sert à déterminer une concentration molaire, massique, une masse ou une quantité de matière.
- Un dosage par titrage s'appuie sur une réaction chimique rapide, totale et unique.
- Lors d'un titrage pH-métrique, on suit l'évolution du pH, à l'aide d'un pH-mètre, lors de l'ajout de réactif titrant dans un bécher contenant le réactif titré.
- Lorsque les réactifs titrant et titré sont introduits dans les proportions stœchiométriques de l'équation support du dosage, on parle d'équivalence.
- Cette équivalence se caractérise par un saut de pH. On repère le volume équivalent par la méthode des tangentes ou la méthode de la courbe dérivée.

2 Effectuer un titrage suivi par conductimétrie

EXERCICE TYPE

On dose, par titrage conductimétrique, une solution d'hydroxyde de sodium, $Na^+(aq) + HO^-(aq)$, par une solution d'acide chlorhydrique, $H_3O^+(aq) + C\ell^-(aq)$, de concentration $C_A = 1{,}0 \times 10^{-1}$ mol.L^{-1}.

Pour cela, on prélève un volume $V_B = 20{,}0$ mL de la solution à doser et on complète avec un volume suffisant d'eau déminéralisée. On négligera par la suite l'effet de cette dilution.

L'équation support de la réaction de titrage est :

$$H_3O^+(aq) + OH^-(aq) \rightarrow 2H_2O(\ell)$$

Le suivi du titrage par conductimétrie permet de tracer le graphe $\sigma = f(V_A)$ ci-après :

Titrage d'une solution de soude par une solution d'acide chlorhydrique

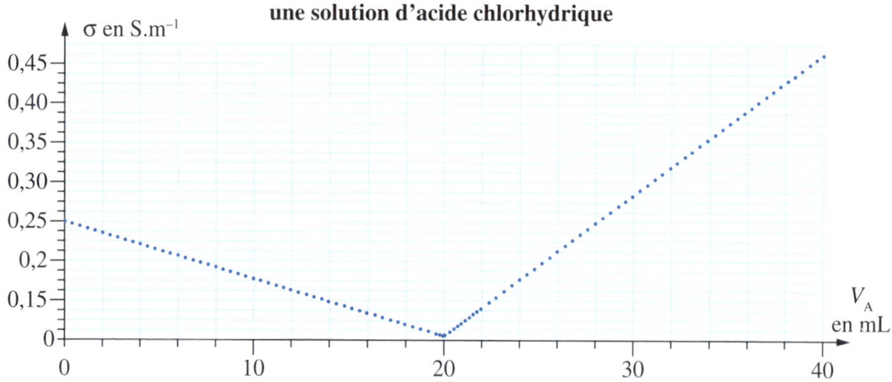

On donne les conductivités molaires ioniques : $\lambda(OH^-) = 19{,}8$ mS.m^2.mol^{-1} ; $\lambda(H_3O^+) = 35{,}0$ mS.m^2.mol^{-1} ; $\lambda(Na^+) = 5{,}01$ mS.m^2.mol^{-1} ; $\lambda(C\ell^-) = 7{,}63$ mS.m^2.mol^{-1}.

1. Faire un schéma légendé du dispositif de titrage.

2. On se place avant l'équivalence.

a) Quel est le réactif limitant ? Faire le bilan des espèces présentes.

b) À l'aide des conductivités molaires ioniques, établir l'expression de la conductivité σ.

c) Justifier l'évolution de la conductivité σ.

3. Déterminer le volume équivalent V_E du titrage et la concentration de la solution titrée.

4. On se place maintenant après l'équivalence.

a) Le réactif limitant est-il le même qu'avant l'équivalence ? Justifier.

b) Justifier l'évolution de la conductivité de la solution contenue dans le bécher après l'équivalence du titrage.

CORRIGÉ COMMENTÉ

1. Montage expérimental

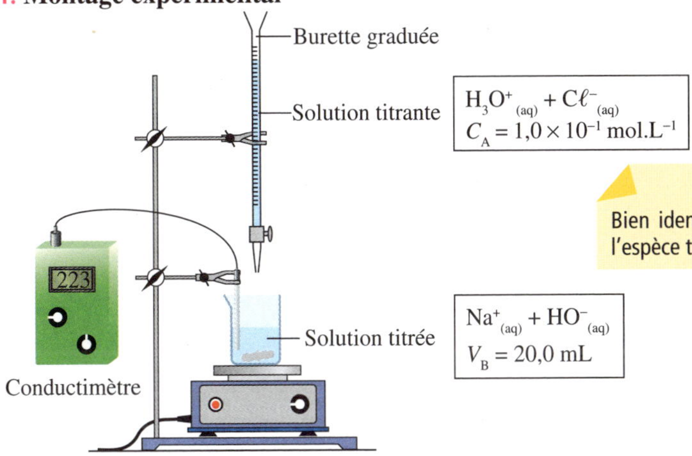

Conseil
Bien identifier l'espèce titrée et l'espèce titrante.

2. a) Le réactif limitant est ici l'ion oxonium H_3O^+, car c'est l'espèce titrante qui réagit. Les espèces présentes sont H_3O^+, HO^-, Na^+, $C\ell^-$, H_2O.

b) Avant l'équivalence, la conductivité σ s'écrit :

$$\sigma = \sum_{\text{ions}} \lambda_i \times [X_{i(\text{aq})}]$$

$$\sigma = \lambda(HO^-) \times [HO^-] + \lambda(Na^+) \times [Na^+] + \lambda(C\ell^-) \times [C\ell^-].$$

Remarque
Les ions oxonium réagissent dès leur introduction et n'apparaissent donc pas dans le calcul de σ.

c) D'après l'équation support du titrage, les ions hydroxyde OH^-, de conductivité molaire ionique importante, réagissent avec les ions H_3O^+ pour former de l'eau, espèce non conductrice. Ils sont remplacés par les ions chlorure apportés par la solution titrante, mais de plus faible conductivité molaire ionique. La conductivité de la solution décroît au fur et à mesure des ajouts de solution acide jusqu'à disparition totale des ions hydroxyde.

3. Le point équivalent se situe à l'intersection des deux droites. Le volume équivalent est donné par l'abscisse de ce point. Ici, $V_E = 20$ mL.
Pour déterminer la concentration de la solution titrée, il faut tout d'abord calculer la quantité d'ions H_3O^+ versés.

$$n(H_3O^+) = [H_3O^+] \times V_E = 1{,}0 \times 10^{-1} \times 20 \times 10^{-3}$$

$$n(H_3O^+) = 2{,}0 \times 10^{-3} \text{ mol.}$$

D'après la définition de l'équivalence, $n(OH^-) = n(H_3O^+)$.
Donc :

$$C_B \times V_B = n(OH^-)$$

$$C_B = \frac{n(OH^-)}{V_B} = \frac{2{,}0 \times 10^{-3}}{20 \times 10^{-3}} = 1{,}0 \times 10^{-1} \text{ mol.L}^{-1}.$$

La concentration de la solution d'hydroxyde de sodium est de $1{,}0 \times 10^{-1}$ mol.L^{-1}.

4. a) Après l'équivalence, le réactif titré a été entièrement consommé : l'ion hydroxyde est donc devenu le réactif limitant.

b) Le changement de réactif limitant induit un changement de pente. En effet, les ions oxonium introduits dans le mélange ne réagissent plus et leur forte conductivité molaire ionique entraîne une augmentation de la conductivité σ.

À RETENIR

• Un titrage conductimétrique consiste à suivre l'évolution de la conductivité σ de la solution titrée au cours de l'ajout de la solution titrante.
La **conductivité** σ d'une solution dépend de la nature et des concentrations des ions X_i qu'elle contient :

$$\sigma = \sum \lambda_i \times [X_{i(aq)}]$$

• La courbe de titrage obtenue, $\sigma = f(V_{\text{Sol. titrante versée}})$, donne les variations de la conductivité σ en fonction du volume de solution titrante versée.
Le volume équivalent est repéré par un changement de pente de la courbe.

SUJET DU BAC

Exercice 25 min **10 points**

Titrage de l'acide ascorbique par suivi pH-métrique

On souhaite vérifier l'indication figurant sur une boîte de comprimés de vitamine C vendue en pharmacie : le fabricant annonce que la masse d'acide ascorbique ($C_6H_8O_6$) est de 500 mg par comprimé.

Un comprimé de vitamine C est écrasé dans un mortier. La poudre est ensuite dissoute dans une fiole jaugée de 200,0 mL que l'on complète avec de l'eau distillée jusqu'au trait de jauge en homogénéisant le mélange. On obtient la solution S.

On prélève 10,0 mL de cette solution que l'on titre avec une solution d'hydroxyde de sodium ($Na^+(aq) + HO^-(aq)$) de concentration molaire $1{,}00 \times 10^{-2}$ mol.L^{-1}.

On suit le titrage par pH-métrie.

Le graphique représentant l'évolution du pH en fonction du volume de solution d'hydroxyde de sodium versé est représenté ci-dessous.

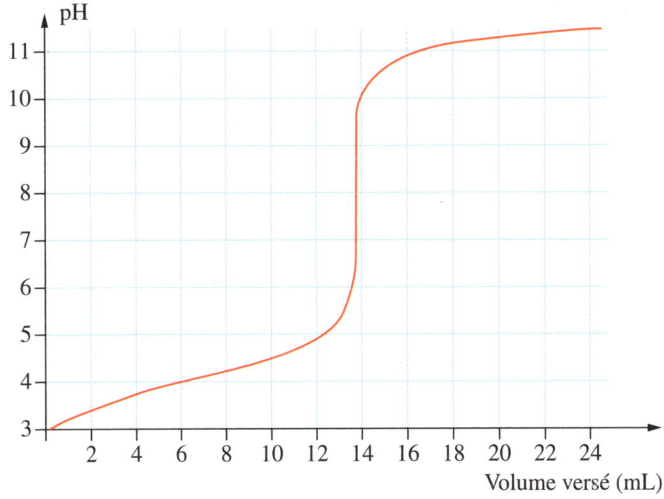

L'acide ascorbique sera noté AH dans la suite de l'exercice.

1. [1,5 pt] Réaliser un schéma annoté du montage expérimental nécessaire à la mise en œuvre du titrage.

2. [1 pt] Écrire l'équation de la réaction support du titrage.

3. [1,5 pt] À partir du protocole mis en œuvre et des résultats obtenus, déterminer la masse d'acide ascorbique contenu dans le comprimé.

4. [1 pt] Préciser les sources d'erreurs possibles. Calculer l'écart relatif entre la masse théorique et la masse expérimentale. Commenter la valeur obtenue.

Titrage conductimétrique

On envisage d'effectuer le titrage conductimétrique d'une solution S′ d'acide ascorbique, dont la concentration molaire est de l'ordre de 6×10^{-3} mol.L^{-1}, par une solution d'hydroxyde de sodium de concentration $C'_B = 1{,}00 \times 10^{-1}$ mol.L^{-1}.

On dispose de pipettes jaugées de 10,0 mL ; 20,0 mL et 25,0 mL, ainsi que de fioles jaugées de 50,0 mL ; 100 mL ; 200,0 mL et 250,0 mL.

5. [1,5 pt] Expliquer pourquoi il n'est pas pertinent de titrer la solution d'acide ascorbique S′ par la solution d'hydroxyde de sodium de concentration molaire C'_B.

6. [2 pts] À partir des réactifs proposés, établir un protocole expérimental permettant d'effectuer le titrage conductimétrique, en précisant :

- les éventuelles adaptations effectuées au niveau des concentrations ;
- le volume de solution d'acide ascorbique prélevé.

7. [1,5 pt] Plusieurs allures de courbes modélisant ce titrage sont proposées ci-dessous. En argumentant, identifier la courbe qui peut correspondre au titrage conductimétrique de l'acide ascorbique par la solution d'hydroxyde de sodium.

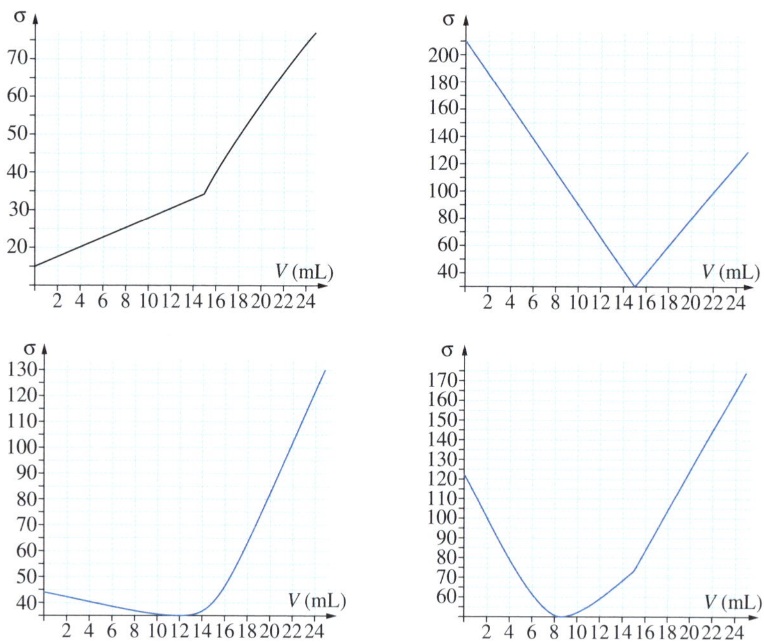

Données :

- Masses molaires atomiques : $M(\text{H}) = 1{,}0$ g.mol^{-1} ; $M(\text{C}) = 12{,}0$ g.mol^{-1} ; $M(\text{O}) = 16{,}0$ g.mol^{-1}.
- Conductivités molaires ioniques à 25 °C :
$\lambda(\text{HO}^-) = 19{,}8$ mS.m^2.mol^{-1} ; $\lambda(\text{Na}^+) = 5{,}01$ mS.m^2.mol^{-1} ;
$\lambda(\text{ion ascorbate A}^-) = 2{,}5$ mS.m^2.mol^{-1}.

→ Corrigé p. 231

CORRIGÉ

Exercice → Énoncé p. 229

1.

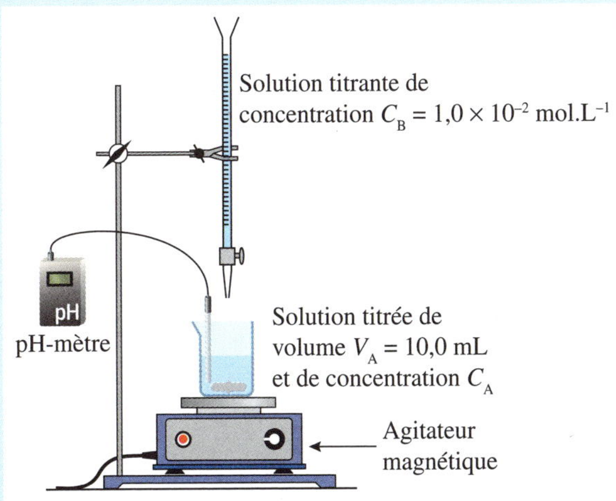

2. La solution titrée est composée d'acide ascorbique. La solution titrante est une solution d'hydroxyde de sodium.
L'équation support du titrage est donc : $AH(aq) + HO^-(aq) \rightarrow A^-(aq) + H_2O(\ell)$

3. • Déterminons tout d'abord la quantité d'acide présente dans la solution :
À l'équivalence, le réactif titrant et le réactif titré ont été introduits dans les proportions stœchiométriques. Dans un premier temps, déterminons graphiquement le volume équivalent par la méthode des tangentes :

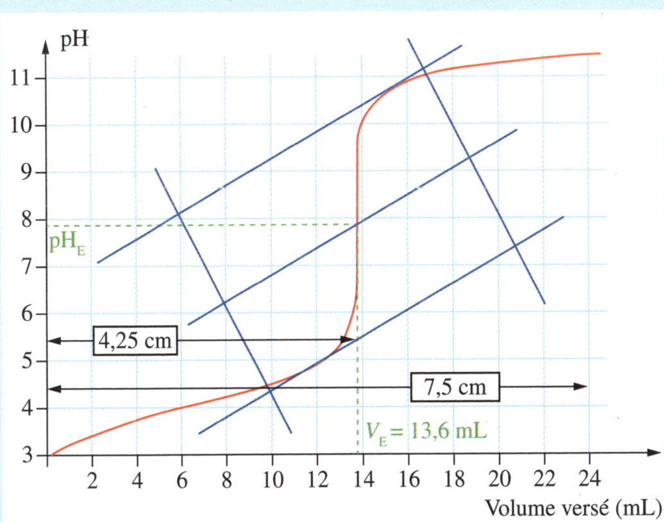

Méthode

V_E mesure 4,25 cm.
L'échelle est de 7,5 cm pour 24 mL.

Donc $V_E = \dfrac{4{,}25 \times 24}{7{,}5}$
$= 13{,}6$ mL.

On lit $V_E = 13{,}6$ mL.

• Déterminons maintenant la quantité d'hydroxyde versée à l'équivalence :

$$n(OH^-) = C_B \times V_E = 1{,}00 \times 10^{-2} \times 13{,}6 \times 10^{-3} = 1{,}36 \times 10^{-4} \text{ mol.}$$

D'après la définition de l'équivalence,

$$n(OH^-) = n(AH)$$

$$n(AH) = 1{,}36 \times 10^{-4} \text{ mol.}$$

• Nous pouvons maintenant calculer la masse d'acide ascorbique présente dans la solution de 10,0 mL :

$$m(AH) = n(AH) \times M(AH)$$

$$m(AH) = 1{,}36 \times 10^{-4} \times (6 \times 12 + 8 \times 1 + 6 \times 16) = 2{,}4 \times 10^{-2} \text{ g.}$$

Le volume de la solution mère (0,200 L) est 20 fois plus important que le volume de la prise d'essai.

La masse initiale est donc de :

$$m(AH)_i = 20 \times m(AH) = 0{,}479 \text{ g.}$$

4. Écart relatif :

$$\frac{\left|m(AH)_{\text{titré}} - m(AH)_{\text{théorique}}\right|}{m(AH)_{\text{théorique}}} = \frac{|479 - 500|}{500} = 4{,}2\ \%.$$

L'écart relatif est inférieur à 5 %, donc acceptable.

Les causes d'erreur peuvent être :

– perte de solide lors de la dissolution,

– incertitude sur la fiole jaugée

– incertitude sur la lecture du volume équivalent (lecture graphique).

5. Lors d'un dosage par suivi conductimétrique, l'équation support du dosage reste la même.

Calculons le volume équivalent théorique :

Appelons C'_A la concentration en acide de la solution titrée et V'_A son volume. D'après la verrerie présentée, le volume maximum de la prise d'essai est de 25 mL.

Calculons tout d'abord la quantité d'acide présent théoriquement :

$$n(AH) = C'_A \times V'_A = 6{,}00 \times 10^{-3} \times 25 \times 10^{-3} = 1{,}5 \times 10^{-4} \text{ mol.}$$

Nous pouvons maintenant estimer le volume équivalent théorique V_E.

$$V_E = \frac{n(OH^-)}{C_B} = \frac{n(H_3O^+)}{C_B}$$

$$= \frac{1{,}5 \times 10^{-4}}{1{,}0 \times 10^{-1}} = 1{,}5 \times 10^{-3} \text{ L}$$

$$V_E = 1{,}5 \text{ mL.}$$

Ce volume est trop faible et le risque d'erreur est trop important.

Il faut diluer la solution titrante, par exemple d'un facteur 10.

6. Mode opératoire :

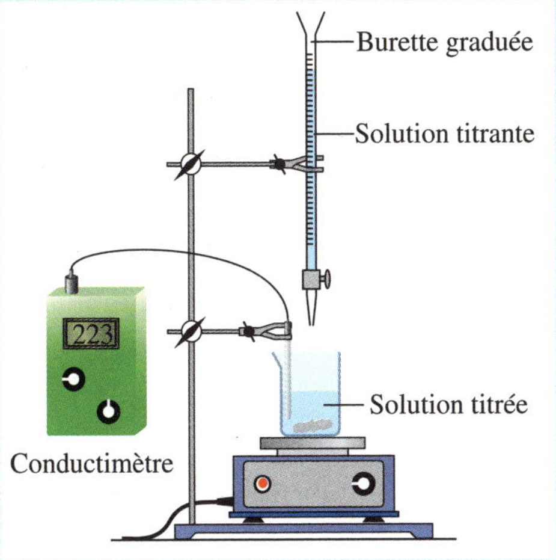

– Verser dans un bécher 25,0 mL de solution d'acide ascorbique et compléter avec un volume suffisant d'eau (pour obtenir un volume total de 200 mL, par exemple).
– Placer le bécher sur un agitateur magnétique et y incorporer la cellule conductimétrique et un barreau aimanté.
– Remplir la burette avec la solution d'hydroxyde de sodium diluée.
– Verser progressivement la solution titrante et relever la conductivité σ en fonction du volume versé.
– On trace $\sigma = f(V_{\text{sol titrante}})$. Il apparaît deux droites dont l'abscisse du point d'intersection donne V_E.

7. Interprétation des courbes :
• Avant l'équivalence : les ions hydroxyde réagissent avec la molécule d'acide ascorbique. Ils disparaissent, mais il se forme des ions A^- participant à la conductivité de la solution. Les ions sodium Na^+ ajoutés participent eux aussi à la conductivité. La conductivité σ augmente et la courbe obtenue a un coefficient directeur positif.
• Après l'équivalence : les ions hydroxyde versés ne réagissent plus, car tout l'acide a réagi. Ces ions et les ions Na^+ font augmenter la conductivité, mais la conductivité molaire ionique des ions OH^- étant supérieure à celle des ions A^-, le coefficient directeur de cette droite est supérieur à celui de la droite précédente.
La courbe 1 correspond à cette description.

CHAPITRE 4

Évolution temporelle d'une transformation chimique

1 Cinétique chimique

■ **La cinétique chimique étudie l'évolution temporelle d'un système chimique**. Elle permet notamment de quantifier la vitesse d'une transformation chimique, c'est-à-dire d'attribuer un caractère plus ou moins rapide au déroulement d'une réaction chimique en s'appuyant sur des grandeurs physico-chimiques.

■ On distingue **trois types de transformations chimiques d'un point de vue cinétique** :
– **rapide (ou instantanée)** : l'état final du système est atteint quelques dixièmes de seconde tout au plus après que les réactifs ont été mis en contact (réactions de précipitation, explosions) ;
– **lente** : la durée d'évolution varie de quelques secondes à plusieurs jours (dismutation de l'eau oxygénée, les estérifications) ;
– **infiniment lente** : la réaction chimique est à ce point lente qu'elle semble ne pas se produire. Les durées s'étalent de quelques années (formation de la rouille, vieillissement du vin) à plusieurs millions d'années (formation du pétrole).

2 Notions de vitesse volumique et de temps de demi-réaction

■ **Considérons une transformation chimique modélisée par une réaction dont l'équation-bilan s'écrit : $aA + bB \rightarrow cC + dD$.**
Pour rendre compte de l'évolution du système, le chimiste est très souvent amené à considérer les courbes $n_i = f(t)$ ou $C_i = f(t)$, courbes représentant l'évolution des quantités de matière ou des concentrations en quantité de matière en fonction du temps.

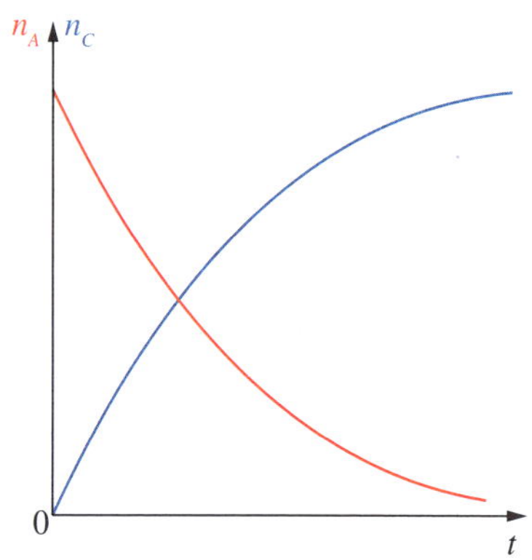

Intéressons-nous à l'allure de ces courbes pour l'un des réactifs (A) et l'un des produits (C).
Évidemment, la quantité de matière de A diminue au cours du temps et celle de C augmente.
D'autres points sont plus remarquables :
• la quantité de matière de A diminue assez rapidement à la date $t = 0$, puis bien plus lentement en fin de réaction ;

• la quantité de matière de C augmente assez rapidement au début et de plus en plus lentement à mesure que l'on se rapproche de l'état final.

■ **Pour rendre compte de cette différence de comportement en fonction de la date considérée, on introduit la notion de vitesse volumique.**

– **Vitesse volumique de disparition d'un réactif $v_{\text{réactif}}$:**

$$v_{\text{réactif}} = -\frac{\mathrm{d}[\text{réactif}]}{\mathrm{d}t}$$

Elle est égale à l'opposée de la dérivée temporelle de la concentration en quantité de matière de ce réactif et s'exprime en mole par litre par seconde ($\text{mol.L}^{-1}.\text{s}^{-1}$).

– **Vitesse volumique d'apparition d'un produit v_{produit} :**

$$v_{\text{produit}} = \frac{\mathrm{d}[\text{produit}]}{\mathrm{d}t}$$

Elle est égale à la dérivée temporelle de la concentration en quantité de matière de ce produit et s'exprime également en mole par litre par seconde ($\text{mol.L}^{-1}.\text{s}^{-1}$).

■ **Les vitesses de formation et d'apparition pour les espèces chimiques présentes dans le système ne sont pas égales, mais proportionnelles suivant les égalités :**

$$\frac{v_A}{a} = \frac{v_B}{b} = \frac{v_C}{c} = \frac{v_D}{d}$$

■ Pour savoir si une réaction est instantanée, lente, ou infiniment lente, on peut déterminer son **temps de demi-réaction, noté $t_{1/2}$. Il s'agit du temps au bout duquel l'avancement de la réaction x a atteint la moitié de sa valeur finale.**

3 Facteurs cinétiques

■ Rappelons que lors d'une réaction chimique, au niveau microscopique, se produisent des **chocs entre les réactifs** permettant une **recombinaison atomique conduisant aux produits**.

■ **Un facteur cinétique est un paramètre qui influe sur la vitesse d'une transformation chimique**. La vitesse d'une réaction augmente avec :

– **la température** : l'agitation des entités chimiques permet d'augmenter le nombre de chocs efficaces ;

– **la concentration des réactifs** : la fréquence des chocs augmente, car les entités par unité de volume sont plus nombreuses ;

– **l'utilisation d'un catalyseur** : il s'agit d'une substance chimique qui accélère considérablement la réaction, mais qui n'intervient pas dans son équation-bilan.

4 Loi de vitesse d'ordre 1

■ La vitesse d'une réaction est donc fonction de la concentration des réactifs. Il existe de nombreux cas de figure pour la relation entre ces grandeurs.
Cette étude cinétique peut permettre de déterminer l'énergie nécessaire au déroulement d'une réaction et son mécanisme réactionnel, en plus de donner l'évolution temporelle de la concentration des différentes espèces chimiques présentes dans le système.

■ **Nous nous bornerons ici à la loi de vitesse d'ordre 1**, qui constitue un cas simple d'étude cinétique.
Considérons à nouveau la réaction $aA + bB \rightarrow cC + dD$.
Si elle est d'ordre 1 par rapport à A (**lorsque B est introduit en excès ou constitue le solvant par exemple**), on a la relation suivante :

$$\frac{v_A}{a} = k \times [A]^1 = k \times [A]$$

k est appelé constante de vitesse et s'exprime en s^{-1}.

■ **De cette égalité découle une équation différentielle linéaire du premier ordre. Nous n'en verrons pas la résolution ici, mais allons nous focaliser sur les différentes méthodes possibles pour identifier une loi de vitesse d'ordre 1, en fonction des données.**

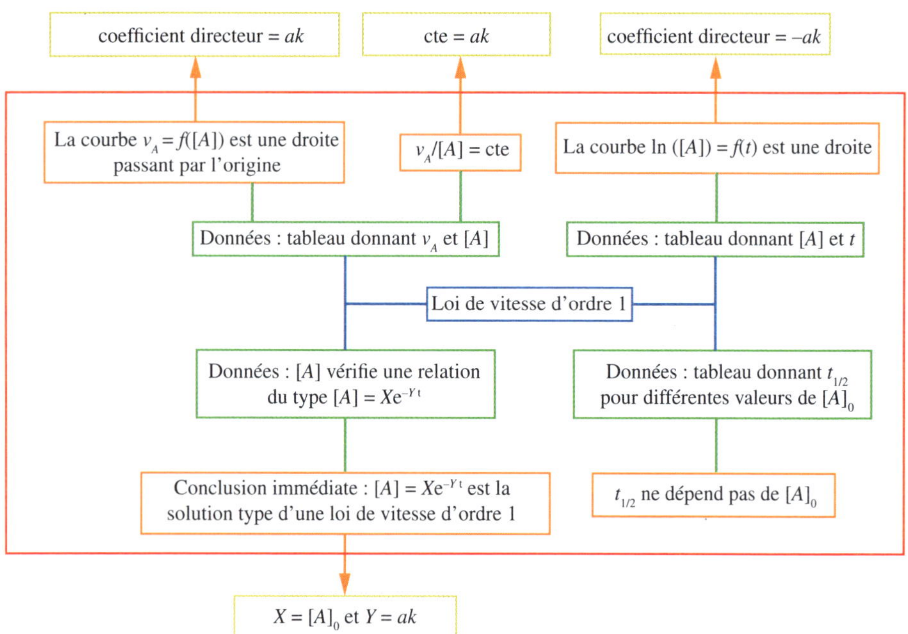

5 Mécanisme réactionnel

■ **Un mécanisme réactionnel montre ce qu'il se passe au niveau microscopique lors d'une réaction chimique**.

Comprenons-en les grands principes à travers un exemple simple : l'hydratation du propène.

Étape 1

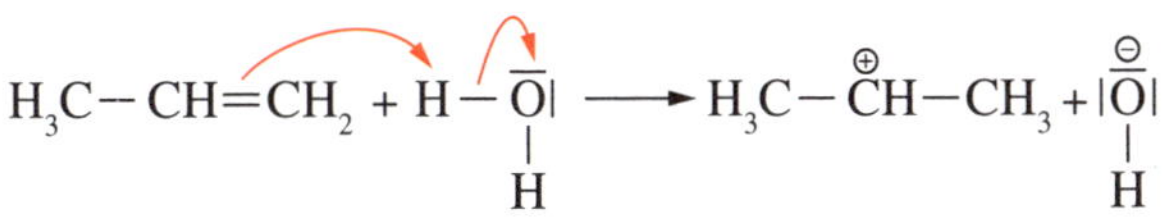

Étape 2

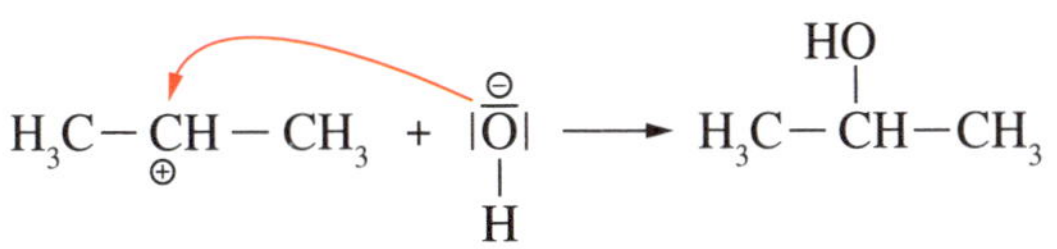

Il comporte **plusieurs étapes** correspondant à des **actes élémentaires** de la réaction chimiques.

– Chaque acte élémentaire fait intervenir une ou deux espèces chimiques.

– Chaque étape comporte **une ou deux flèches courbes qui montrent les ruptures et formations de liaisons.**

– **Une flèche est toujours orientée d'un site nucléophile** (donneur d'électrons : double liaison, doublet non liant, charge négative) **vers un site électrophile** (accepteur d'électrons : charge positive, lacune électronique).

Étape 1

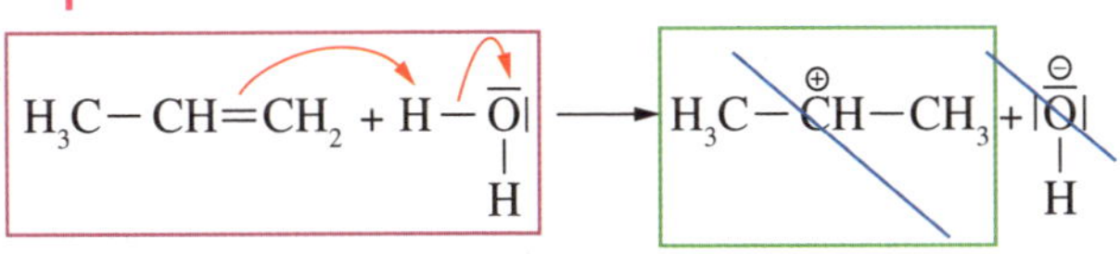

Étape 2

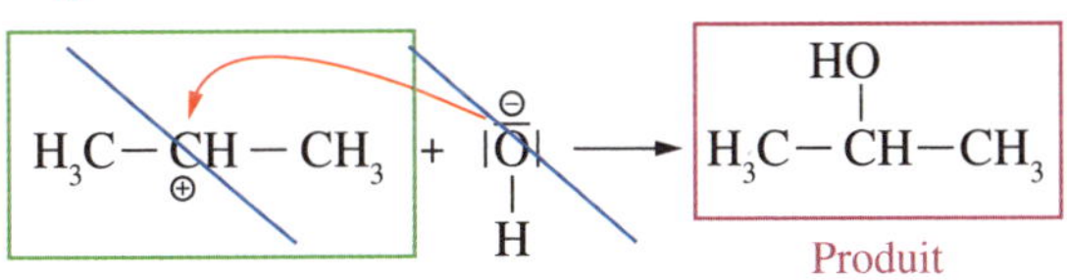

– L'équation-bilan de la réaction se déduit en additionnant toutes les étapes (en pratique, barrer comme ci-contre les « redondances » afin de parvenir rapidement à son écriture).

– **Les espèces chimiques qui ne sont ni des réactifs, ni des produits, sont appelées** ***intermédiaires réactionnels***.

Équation-bilan : $H_3C-CH=CH_2 + H_2O \longrightarrow H_3C-CH(OH)-CH_3$

EXERCICES TYPES

1 Calculer des grandeurs cinétiques

EXERCICE TYPE

On introduit dans un bécher, à la date $t = 0$, un volume $V_1 = 50,0$ mL d'eau oxygénée H_2O_2 de concentration $C_1 = 1,7 \times 10^{-2}$ mol.L^{-1}, un volume $V_2 = 40,0$ mL d'iodure de potassium (K^+(aq) + I^-(aq)) de concentration $C_2 = 5,0 \times 10^{-2}$ mol.L^{-1} et un volume $V_3 = 10,0$ mL d'acide sulfurique ($2H^+$(aq) + SO_4^{2-} (aq)) de concentration $C_3 = 1,0$ mol.L^{-1}. On observe une coloration du milieu réactionnel due à la formation de diiode. L'équation-bilan de la réaction s'écrit :

$$H_2O_2(aq) + 2\ I^-(aq) + 2\ H^+(aq) \rightarrow 2\ H_2O(\ell) + I_2(aq)$$

À différentes dates, la concentration en diiode dans le milieu est déterminée par spectrophotométrie. On obtient alors la courbe suivante :

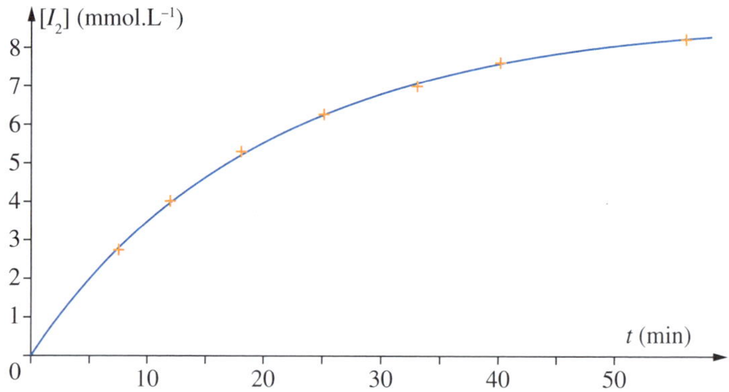

1. Calculer la vitesse volumique d'apparition du diiode à l'instant initial et à $t = 25$ min.

2. En déduire la valeur de la vitesse volumique de disparition des ions iodure aux mêmes dates.

3. Déterminer la valeur du temps de demi-réaction sachant qu'il s'agit d'une réaction totale.

CORRIGÉ COMMENTÉ

1. On a $v_{I_2} = \dfrac{d[I_2]}{dt}$.

Traçons les deux tangentes afin d'en déterminer la pente.

> **Rappel**
>
> $\dfrac{d[I_2]}{dt}$ représente la pente de la tangente à la courbe $[I_2] = f(t)$ à la date considérée.

• **À $t = 0$:** $v_{I_2}(0) = \left(\frac{d[I_2]}{dt}\right)_{t=0}$

Déterminons la pente de la tangente à la courbe à $t = 0$.

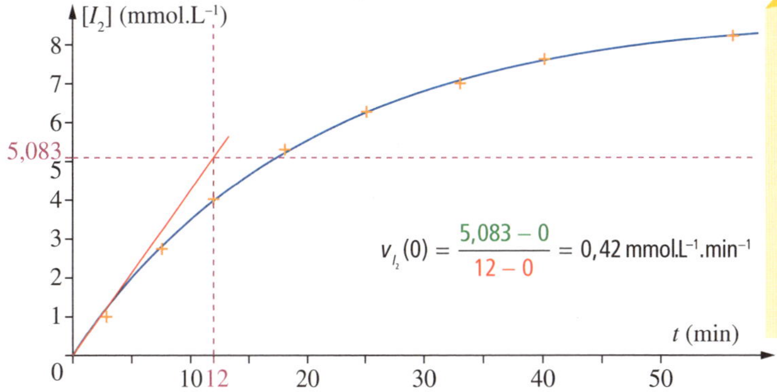

Rappel

Pour calculer une pente, on choisit deux points de la droite et on effectue le calcul $\frac{\Delta y}{\Delta x}$ en faisant attention au signe.

Ici, les deux points choisis sont (0 ; 0) et (12 ; 5,083).

Remarques

- Pour les unités, sauf indication contraire de l'énoncé, il est pratique de se cantonner à celles indiquées au niveau de la courbe (ici, le temps est exprimé en minute et la concentration en millimole par litre, et donc la vitesse en millimole par litre par minute) ou du tableau de valeurs.
- Les coordonnées affichées ici sont d'une précision exagérée au regard du nombre de chiffres significatifs des mesures et de la précision du tracé. Le prendre en considération lors de l'écriture du résultat.

• **À $t = 25$ min :** $v_{I_2}(25) = \left(\frac{d[I_2]}{dt}\right)_{t=25}$

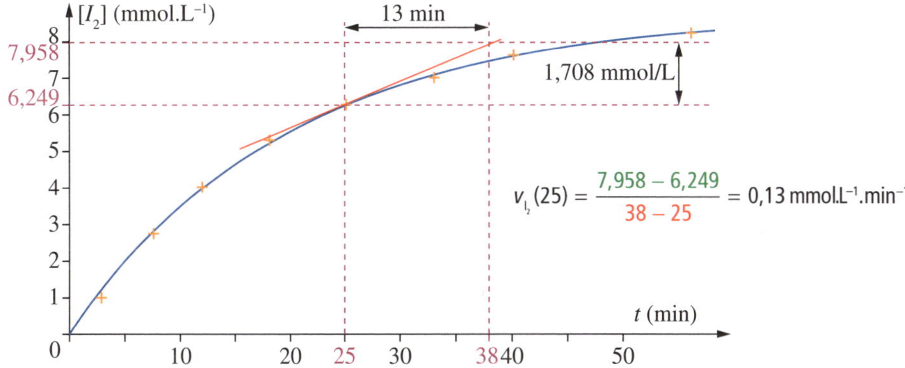

2. Calculons maintenant la vitesse de disparition des ions iodure.

Rappelons l'équation-bilan :

$H_2O_2(aq) + 2\ I^-(aq) + 2\ H^+(aq) \rightarrow 2\ H_2O(\ell) + 1\ I_2(aq)$

On a :

$$\frac{v_{I^-}}{2} = \frac{v_{I_2}}{1}$$

Donc, $v_{I^-} = 2 \times v_{I_2}$.

$$\mathbf{v_{I^-}(0) = 2 \times v_{I_2}(0) = 2 \times 0{,}42}$$
$$\mathbf{= 0{,}85 \text{ mmol.L}^{-1}\text{.min}^{-1}}$$
$$\mathbf{v_{I^-}(25) = 2 \times v_{I_2}(25) = 2 \times 0{,}13}$$
$$\mathbf{= 0{,}26 \text{ mmol.L}^{-1}\text{.min}^{-1}}$$

Rappel

Le résultat du premier calcul peut surprendre. Pourquoi 0,85 et pas 0,84 ? Lorsqu'on l'effectue, il faut tenir compte de la valeur de $v_{I_2}(0)$ avec toutes les décimales (0,42358333….).
$2 \times 0{,}4235833… = 0{,}8471666..$

3. • Établissons le tableau d'avancement de cette réaction :

Équation de la réaction		$H_2O_2(aq)$ +	$2\ I^-(aq)$	$+ 2\ H^+(aq)$	$\rightarrow 2\ H_2O(\ell)$ +	$I_2(aq)$
État du système	Avancement (mol)	Quantités de matière (mol)				
Initial	$x = 0$	$n_i(H_2O_2)$	$n_i(I^-)$	EXCÈS	EXCÈS	0
Intermédiaire	x	$n_i(H_2O_2) - x$	$n_i(I^-) - 2x$	EXCÈS	EXCÈS	x
Final	x_{max}	$n_i(H_2O_2) - x_{max}$	$n_i(I^-) - 2x_{max}$	EXCÈS	EXCÈS	x_{max}

$n_i(H_2O_2) = C_1 \times V_1 = 1{,}7 \times 10^{-2} \times 50{,}0 \times 10^{-3}$
$n_i(H_2O_2) = 8{,}5 \times 10^{-4}$ mol.

$n_i(I^-) = C_2 \times V_2 = 5{,}0 \times 10^{-2} \times 40{,}0 \times 10^{-3}$
$n_i(I^-) = 2{,}0 \times 10^{-3}$ mol.

Remarque

Ici, l'avancement final est égal à l'avancement maximal, car la réaction est totale comme précisé dans la question.

• Déterminons maintenant le réactif limitant.

– Si H_2O_2 est le réactif limitant, on aura : $n_i(H_2O_2) - x_{max1} = 0$
$x_{max1} = n_i(H_2O_2) = 8{,}5 \times 10^{-4}$ mol.

– Si I^- est le réactif limitant, on aura : $n_i(I^-) - 2x_{max2} = 0$

$$x_{max2} = \frac{n_i(I^-)}{2} = \frac{2{,}0 \times 10^{-3}}{2} = 1{,}0 \times 10^{-3} \text{ mol.}$$

$x_{max1} < x_{max2}$

Le réactif limitant est H_2O_2 et $x_{max} = x_{max1} = 8{,}5 \times 10^{-4}$ mol.

• Par définition, lorsque $t = t_{1/2}$, l'avancement a atteint la moitié de sa valeur finale. On en déduit la valeur de la concentration en quantité de matière du diiode à cet instant.

$$[I_2](t = t_{1/2}) = \frac{x(t_{1/2})}{V_{total}} = \frac{\frac{x_{max}}{2}}{(V_1 + V_2 + V_3)} = \frac{8{,}5 \times 10^{-4}}{2 \times (50{,}0 + 40{,}0 + 10{,}0) \times 10^{-3}}$$

$[I_2]_{t_{1/2}} = 4{,}2 \times 10^{-3}$ mol.L^{-1} = 4,2 mmol.L^{-1}.

Par détermination graphique, on recherche l'antécédent de cette valeur de $[I_2]$.

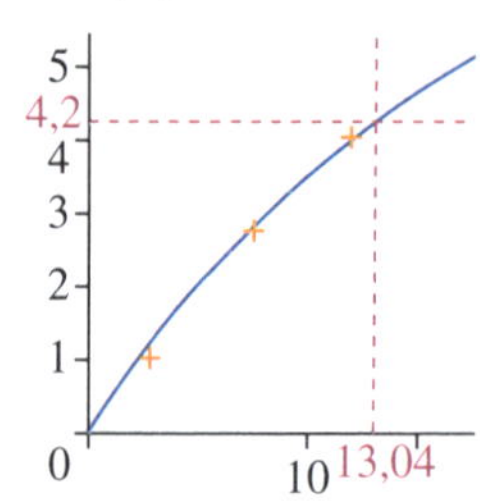

On a $t_{1/2}$ = 13 min.

À RETENIR

• Utiliser la courbe $C = f(t)$ pour déterminer graphiquement une vitesse volumique d'apparition d'un produit (ou de disparition d'un réactif), en déterminant la pente de la tangente à la courbe (ou son opposé) à la date considérée.

• Pour déterminer un temps de demi-réaction, il faut trouver la date à laquelle l'avancement a atteint la moitié de sa valeur finale. **Dans le cas d'une réaction totale et si la concentration en quantité de matière du réactif limitant dans le mélange réactionnel à $t = 0$ vaut C_0, on aura $C = \frac{C_0}{2}$ à $t = t_{1/2}$. Il est également aisé de raisonner avec les produits de la réaction en considérant leurs concentrations finales C_{f_i} : $C = \frac{C_{f_i}}{2}$ à $t = t_{1/2}$.**

2 Reconnaître une loi de vitesse d'ordre 1

EXERCICE TYPE

L'eau oxygénée, de formule H_2O_2, est utilisée pour ses propriétés oxydantes et décolorantes. Il s'agit d'une solution aqueuse instable, car cette espèce chimique peut se dismuter selon l'équation-bilan : $2\ H_2O_2(aq) \rightarrow 2\ H_2O(\ell) + O_2(g)$.

On suit l'évolution de la concentration d'une solution d'eau oxygénée telle que $[H_2O_2]_0 = 1{,}0\ \text{mol.L}^{-1}$ en réalisant un titrage manganimétrique toutes les minutes.

Les volumes équivalents mesurés sont saisis dans un tableur, et sont calculées la concentration en quantité de matière de l'eau oxygénée et sa vitesse volumique de disparition $v_{H_2O_2}$. On obtient alors le tableau suivant :

t (min)	0	1	2	3	4	5	6	7	8	9	10
$[H_2O_2]$ (mol.L^{-1})	1,0	0,97	0,94	0,92	0,88	0,86	0,83	0,81	0,79	0,76	0,74
$v_{H_2O_2}$ (mol.L^{-1}.min^{-1})	0,031	0,029	0,028	0,027	0,026	0,027	0,025	0,024	0,023	0,022	0,021

1. Quelle précaution doit être prise avec chaque fraction d'eau oxygénée devant être titrée ?

2. Montrer que l'évolution de la concentration suit une loi de vitesse d'ordre 1. En déduire la valeur de la constante de vitesse k.

3. La courbe $\ln [H_2O_2] = f(t)$ a été tracée. Vérifier qu'elle conforte les réponses à la question précédente.

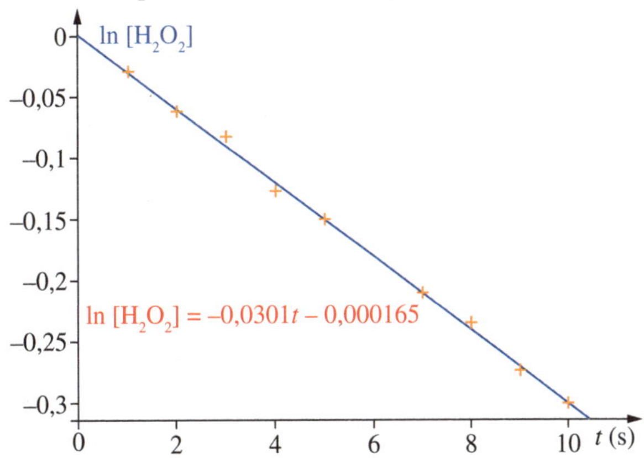

CORRIGÉ COMMENTÉ

1. Chaque fraction titrée doit être figée d'un point de vue chimique. Il faut donc ajouter de l'eau glacée à chaque fraction afin de bloquer la dismutation de l'eau oxygénée pendant le titrage. On dit que l'on a effectué une trempe du système.

Remarque

La température et la concentration sont des facteurs cinétiques. Diluer la fraction titrée avec de l'eau glacée permet d'agir sur ces deux facteurs en même temps.

2. Si la réaction est d'ordre 1, on a alors :

$$\frac{v_{H_2O_2}}{2} = k \times [H_2O_2].$$

Ajoutons au tableau une grandeur calculée :

$$Q = \frac{v_{H_2O_2}}{2 \times [H_2O_2]}.$$

Si la réaction est bien d'ordre 1, on a $Q = k = \text{cte}$.

Remarque

Il est également possible de tracer la courbe $v_{H_2O_2} = f([H_2O_2])$.

Si la réaction est d'ordre 1, on obtient une droite qui passe par l'origine et dont la pente vaut $2k$.

t (min)	0	1	2	3	4	5	6	7	8	9	10
$[H_2O_2]$ (mol.L^{-1})	1,0	0,97	0,94	0,92	0,88	0,86	0,83	0,81	0,79	0,76	0,74
$v_{H_2O_2}$ (mol.L^{-1}.min^{-1})	0,031	0,029	0,028	0,027	0,026	0,027	0,025	0,024	0,023	0,022	0,021
Q (min^{-1})	0,016	0,015	0,015	0,015	0,015	0,016	0,015	0,015	0,015	0,014	0,014

On s'aperçoit que $Q \approx$ cte. L'évolution de la concentration en eau oxygénée suit bien une loi de vitesse d'ordre 1 et $k = 0{,}015$ min^{-1}.

3. La courbe $\ln [H_2O_2] = f(t)$ est une droite. Cette concentration suit donc bien une loi de vitesse d'ordre 1. L'équation de cette droite est :

$\ln [H_2O_2] = -0{,}0301t - 0{,}000165$.

$-ak = -0{,}0301$ avec $a = 2$ (coefficient stœchiométrique affecté à H_2O_2 dans l'équation-bilan).

$$k = \frac{-0{,}0301}{-2} = 0{,}015 \text{ min}^{-1}.$$

Remarque

Procéder par identification pour déterminer la valeur de la constante de vitesse.

À RETENIR

- Pour montrer qu'une concentration suit une loi de vitesse d'ordre 1, utiliser l'une des méthodes suivantes **en fonction des données de l'énoncé** :

► $\frac{v_A}{[A]} = \text{cte}$ (graphiquement, la courbe $v_A = f([A])$ est une droite passant par l'origine) ;

► la courbe $\ln[A] = f(t)$ est une droite ;

► la courbe $[A] = f(t)$ a pour équation $[A] = [A]_0 \times e^{-akt}$;

► le temps de demi-réaction $t_{1/2}$ ne dépend pas de la concentration initiale $[A]_0$.

SUJET DU BAC

Exercice 30 min **10 points**

« Un sucre inverti vaut-il deux sucres ?
Vous avez peut-être constaté sur certaines étiquettes de pâtisseries ou de confiseries la présence d'un ingrédient mystérieux : le sucre inverti. Ça vous dit de lever ce mystère ?
Qu'est-ce que le sucre inverti ? C'est un mélange "équimolaire", comme disent les chimistes, de sirop de glucose et de sirop de fructose. Il se présente sous la forme d'une pâte translucide un peu blanchâtre. Il a un "pouvoir sucrant" plus fort que le sucre en poudre : 100 g de sucre inverti donne une saveur sucrée équivalente à 125 g de sucre en poudre environ. Le miel contient du sucre inverti. »

extrait de *https://www.monjardinchocolate.com/quest-ce-que-le-sucre-inverti/*

Le sucre est constitué de molécules de saccharose de formule $C_{12}H_{22}O_{11}$ et est extrait de la canne à sucre ou de la betterave sucrière.
Son hydrolyse en milieu acide est une réaction totale formant deux produits : le glucose et le fructose, de même formule brute $C_6H_{12}O_6$.

$$\text{saccharose(aq)} + H_2O(\ell) \rightarrow \text{glucose(aq)} + \text{fructose (aq)}$$

On écrit plus simplement :

$$S(aq) + H_2O(\ell) \rightarrow G(aq) + F(aq)$$

On effectue le suivi cinétique de cette réaction chimique, dans un milieu tamponné tel que pH = 5, après avoir dissous dans un volume V = 500 mL d'eau une masse m = 68,4 g de saccharose.
On obtient les résultats suivants pour la concentration en saccharose :

t (h)	0	100	250	500	750	1 000
[S] (mol.L^{-1})	0,400	0,346	0,280	0,196	0,140	0,100

Cela a permis de tracer les courbes [S] = $f(t)$ et ln [S] = $f(t)$:

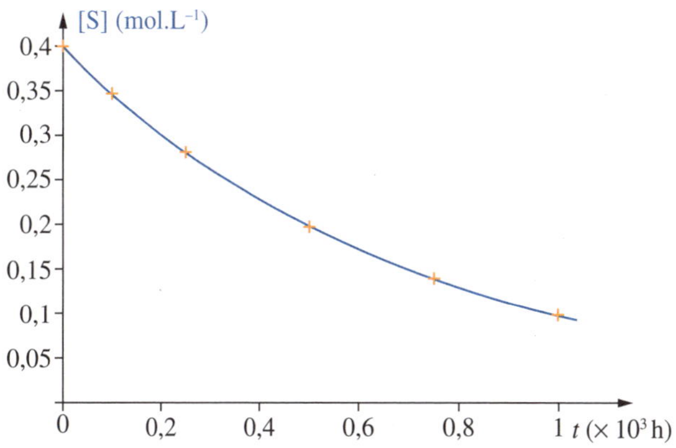

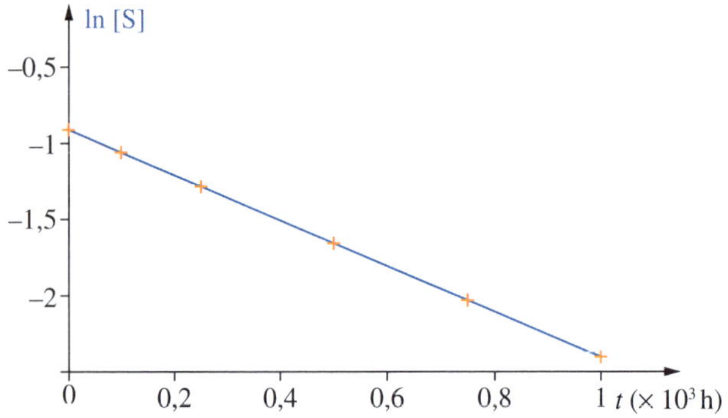

Données : $M(\text{S}) = 342{,}0\ \text{g.mol}^{-1}$; $M(\text{G}) = 180{,}0\ \text{g.mol}^{-1}$; $M(\text{F}) = 180{,}0\ \text{g.mol}^{-1}$.

1. [0,5 pt] Justifier de manière qualitative que l'hydrolyse du saccharose permet l'obtention de sucre inverti.

2. [1,5 pt] Retrouver par le calcul la valeur de la concentration initiale $[\text{S}]_0$.

3. [0,5 pt] Donner l'expression de la vitesse volumique de disparition v_s du saccharose à un instant quelconque.

4. [1 pt] Montrer que la concentration en saccharose suit une loi de vitesse d'ordre 1.

5. [1,5 pt] Définir le temps de demi-réaction $t_{1/2}$. Déterminer graphiquement sa valeur pour la réaction étudiée ici, en prenant soin de justifier et faire apparaître le tracé.

6. [0,5 pt] Tracer sur le premier graphique (page précédente) l'allure qu'aurait la courbe si l'hydrolyse avait été réalisée à une température plus élevée.

7. [0,5 pt] Quel rôle jouent les ions H^+ lors de cette réaction chimique ?

8. [1 pt] En plus des facteurs cinétiques abordés aux questions 6 et 7, quelle autre grandeur pourrait-on modifier (et dans quel sens) pour accélérer la réaction ?

9. [3 pts] Calculer la masse de sucre inverti m_i obtenue lorsque $t = 2t_{1/2}$. En déduire la masse $m_{éq}$ de saccharose donnant une saveur sucrée équivalente à m_i.

→ Corrigé p. 245

CORRIGÉ

Exercice → Énoncé p. 243

1. L'équation-bilan montre que l'hydrolyse d'une mole de saccharose conduit à la formation d'une mole de glucose et également d'une mole de fructose. Il s'agit donc d'un mélange équimolaire de glucose et de fructose, ce qu'est le sucre inverti.

2. $$[\mathrm{S}]_0 = \frac{n}{v} = \frac{\frac{m}{M(\mathrm{S})}}{V} = \frac{m}{M(\mathrm{S}) \times V} = \frac{68{,}4}{342{,}0 \times 500 \times 10^{-3}} = 0{,}400 \text{ mol.L}^{-1}.$$

On retrouve bien la valeur du tableau.

3. L'expression de la vitesse volumique de disparition du saccharose est :

$$v_\mathrm{s} = -\frac{\mathrm{d}[\mathrm{S}]}{\mathrm{d}t}$$

4. Si la concentration en saccharose suit une loi de vitesse d'ordre 1, alors la courbe ln [S] = $f(t)$ est une droite, ce qui est bien le cas ici.

5. Le temps de demi-réaction est le temps au bout duquel l'avancement de la réaction a atteint la moitié de sa valeur finale.

Pour cette hydrolyse qui est une réaction totale, lorsque $t = t_{1/2}$, on a :

$$[\mathrm{S}] = \frac{[\mathrm{S}]_0}{2} = \frac{0{,}400}{2} = 0{,}200 \text{ mol.L}^{-1}.$$

Ici, $\boldsymbol{t_{1/2} = 497}$ **h.**

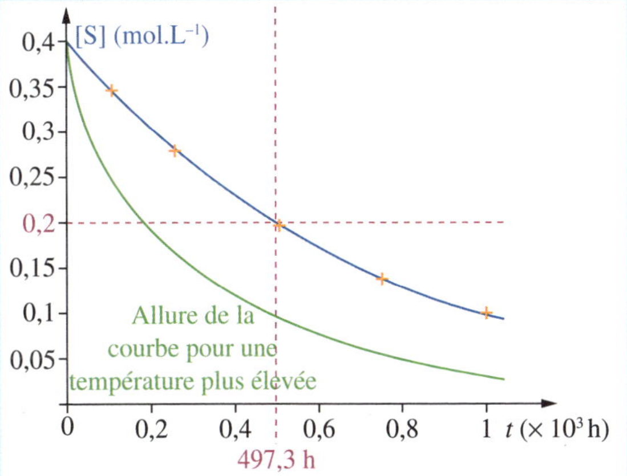

6. La température est un facteur cinétique. Si elle augmente, le nombre de chocs efficaces entre les molécules de saccharose augmente également. Sa vitesse de disparition est plus élevée au début de la réaction. Cela s'atténue par la suite du fait de la forte diminution du nombre de molécules de saccharose dans le milieu réactionnel. (voir courbe verte ci-dessus).

7. Les ions H^+ sont un catalyseur de cette réaction et l'accélèrent donc.

8. La concentration est un facteur cinétique, comme la température et l'utilisation d'un catalyseur.

L'augmentation de la concentration initiale en saccharose permettrait d'avoir une hydrolyse plus rapide.

9. On a vu que $[S](t_{1/2}) = 0{,}200$ mol.L^{-1}.

On peut retrouver la valeur de la concentration à $t = 2t_{1/2}$ graphiquement, ou plus simplement : $[S]\left(2t_{1/2}\right) = \dfrac{[S](t_{1/2})}{2} = 0{,}100$ mol.L^{-1}.

> **Remarque**
> À chaque fois que le temps augmente de $t_{1/2}$, la concentration se trouve divisée par deux. Ainsi, $[S](3t_{1/2}) = 0{,}050$ mol.L^{-1}.

Déterminons la valeur de l'avancement de la réaction à cette date sachant que :

$n(S) = n_0(S) - x$

$x = n_0(S) - n(S)$.

En divisant par le volume, on obtient la relation :

$$\frac{x}{V} = [S]_0 - [S]$$

Soit : $x = ([S]_0 - [S]) \times V = (0{,}400 - 0{,}100) \times 500 \times 10^{-3} = 0{,}150$ mol.

D'après l'équation-bilan, on a $n(G) = n(F) = x$.

On en déduit la masse de sucre inverti m_i .

$$m_i = m(G) + m(F) = n(G) \times M(G) + n(F) \times M(F) = x \times M(G) + x \times M(F)$$
$$= 0{,}150 \times 180{,}0 + 0{,}150 \times 180{,}0$$

$\boldsymbol{m_i = 54{,}0}$ **g.**

D'après l'énoncé, pour avoir une saveur sucrée équivalente à 100 g de sucre inverti, il faut 125 g de sucre, soit 1,25 fois plus.

$m_{éq} = m_i \times 1{,}25 = 54{,}0 \times 1{,}25$

$\boldsymbol{m_{éq} = 67{,}5}$ **g.**

Évolution spontanée d'un système chimique

CHAPITRE 5

1 Qu'est-ce qu'un état d'équilibre ?

■ On considère un système comportant initialement $n_i(A)$ moles d'une espèce A et $n_i(B)$ moles d'une espèce B.
Ce système se transforme avec formation de deux espèces C et D de quantité respective $n(C)$ et $n(D)$ selon l'équation-bilan :

$aA(\text{aq}) + bB(\text{aq}) = cC(\text{aq}) + dD(\text{aq})$ (a, b, c, d coefficients stœchiométriques)

■ Cette transformation est caractérisée, à chaque instant, par le quotient de réaction Q_r défini par :

$$Q_r = \frac{[C]^c \times [D]^d}{[A]^a \times [B]^b}$$

Par convention :
– Si l'eau intervient dans la réaction et qu'elle est aussi solvant, alors sa concentration est remplacée par 1.
– Si un ou plusieurs solides interviennent dans la réaction, alors leur concentration est remplacée par 1.
– Les concentrations s'expriment en mol.L^{-1} mais Q_r n'a pas d'unité

■ Les transformations dans lesquelles au moins un des réactifs disparaît totalement sont dites totales, mais, dans de nombreux cas, les réactifs et les produits coexistent dans un état appelé **état d'équilibre.** Cela signifie que, lorsque les espèces A et B réagissent pour former les espèces C et D (dans le sens appelé sens direct), celles-ci réagissent simultanément pour former les espèces A et B (sens inverse). Les vitesses de disparition et d'apparition des réactifs sont égales et les quantités de matières de chaque espèce restent ainsi constantes.

Remarque : Un équilibre chimique dans lequel les paramètres macroscopiques (pH, concentrations…) n'évoluent plus, mais dont les réactions directes et inverses se déroulent à vitesse égale est appelé **équilibre dynamique**.
Alors, l'équilibre est caractérisé par une valeur particulière de Q_r :

$$Q_{r,\text{éq}} = \frac{[C]_{\text{éq}}^c \times [D]_{\text{éq}}^d}{[A]_{\text{éq}}^a \times [B]_{\text{éq}}^b} = \text{K}$$

Cette valeur est notée **K** et est appelée **constante d'équilibre**. Elle ne dépend que de la température T.

2 Évolution d'un système chimique

■ Spontanément, un système évolue vers son état d'équilibre, c'est-à-dire que Q_r va tendre vers la valeur K.
Trois cas de figure peuvent se présenter :

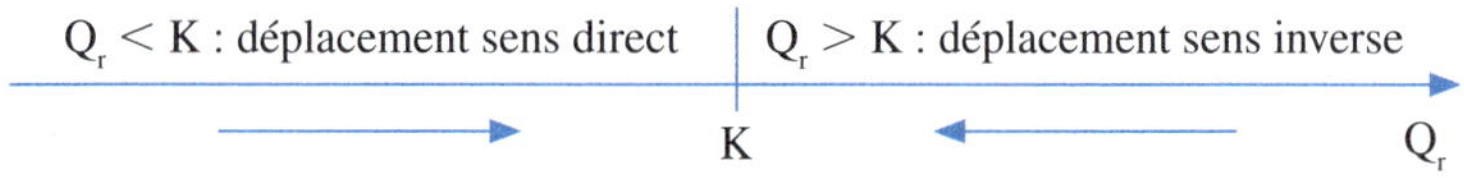

$Q_r < K$: la transformation va évoluer dans le sens direct.
$Q_r > K$: la transformation évolue dans le sens inverse.
$Q_r = K$: la transformation est à l'équilibre : elle n'évolue plus au niveau macroscopique

3 Taux d'avancement final d'une transformation

■ Le taux d'avancement τ se définit comme le quotient de l'avancement final x_f sur l'avancement maximal x_{max}.

$$\tau = \frac{x_f}{x_{max}}$$

L'avancement maximal se calcule grâce au tableau d'avancement

■ L'avancement final se détermine grâce aux paramètres expérimentaux (mesure de pH, conductimétrie…)
Si $\tau = 1$, la transformation est totale : au moins un des réactifs a entièrement disparu.
Si $\tau < 1$, la transformation est équilibrée.

EXERCICES TYPES

1 Définir un équilibre chimique

EXERCICE TYPE

On se propose d'étudier la réaction d'estérification en faisant réagir 0,40 mole d'acide éthanoïque CH_3COOH avec 0,40 mole de propanol $CH_3CH_2CH_2OH$ et quelques gouttes d'acide sulfurique agissant comme catalyseur. Il se forme un ester E et de l'eau. Le volume total est de 50 mL.

1. Écrire l'équation-bilan de cette transformation.

2. Calculer les concentrations initiales des réactifs.

À la transformation étudiée, on associe la constante d'équilibre K = 3,7.

3. Donner l'expression de Q_r, puis de K.

4. Calculer l'avancement maximal x_{max}.

Au bout de quelques minutes, l'avancement x atteint la valeur de 0,15.

5. Calculer le quotient de réaction Q_r à cet instant de la transformation.

6. La transformation est-elle finie ? Sinon, dans quelle sens évolue-t-elle ?

7. Quelle sera la valeur du quotient réactionnel lorsque l'équilibre sera atteint ?

CORRIGÉ COMMENTÉ

1. $CH_3CO_2H(\ell) + CH_3CH_2CH_2OH(\ell) = E(\ell) + H_2O(\ell)$

2. Pour l'acide éthanoïque : $[CH_3CO_2H] = \dfrac{n(CH_3CH_2CH_2OH)}{V} = \dfrac{0,40}{50 \times 10^{-3}} = 8,0 \text{ mol.L}^{-1}$.

Pour le propanol : $[CH_3CH_2CH_2OH] = \dfrac{n(C_3H_8O)}{V} = \dfrac{0,40}{50 \times 10^{-3}} = 8,0 \text{ mol.L}^{-1}$.

3. Expression du quotient de réaction : $Q_r = \dfrac{[E] \times [H_2O]}{[C_2H_4O_2] \times [C_3H_8O]}$.

À l'équilibre : $K = \dfrac{[E]_{éq} \times [H_2O]_{éq}}{[C_2H_4O_2]_{éq} \times [C_3H_8O]_{éq}}$.

> **Attention !**
> Ici, H_2O est un produit de la réaction et non le solvant ; on doit en tenir compte dans l'écriture de Q_r.

4. Faisons un tableau d'avancement :

Équation de la réaction		$CH_3CO_2H(\ell)$ +	$C_3H_8O(\ell)$ =	$E(\ell)$ +	$H_2O(\ell)$
État du système	**Avancement (mol)**	Quantités de matière (mol)			
État initial	$x = 0$	0,40	0,40	0	0
État intermédiaire	x	$0,40 - x$	$0,40 - x$	x	x
État final si transformation totale	x_{max}	$0,40 - x_{max}$	$0,40 - x_{max}$	x_{max}	x_{max}
État final réel	x_f	$0,40 - x_f$	$0,40 - x_f$	x_f	x_f

Calculons x_{max} : $0{,}40 - x_{max} = 0$; $x_{max} = 0{,}40$ mol.

5. On prend l'expression de Q_r donnée à la question **3.** et on y intègre la valeur donnée de l'avancement $x = 0{,}15$ mol.

$$Q_r = \frac{(0{,}15)(0{,}15)}{(0{,}40 - 0{,}15)(0{,}40 - 0{,}15)} = 0{,}36.$$

6. Q_r a une valeur inférieure à K, donc la réaction n'est pas terminée et évolue dans le sens direct.

7. À l'équilibre, $Q_r = K$.

À RETENIR

• La réaction $aA(aq) + bB(aq) = cC(aq) + dD(aq)$
est caractérisée par une grandeur nommée quotient de réaction telle que :

$$Q_r = \frac{[C]^c \times [D]^d}{[A]^a \times [B]^b}$$

• Si les réactifs n'ont pas totalement disparu, mais que les concentrations des réactifs et des produits n'évoluent plus, le système a atteint l'état d'équilibre, caractérisé par une constante K dite constante d'équilibre :

$$K = Q_{r,éq} = \frac{[C]_{éq}^c \times [D]_{éq}^d}{[A]_{éq}^a \times [B]_{éq}^b}$$

2 Déterminer l'évolution d'un système chimique

EXERCICE TYPE

On verse 0,60 mol d'iodure de potassium (KI) et 0,30 mol de nitrate de plomb ($PbNO_3$) dans 50 mL d'eau distillée. La constante K associée à cet équilibre vaut $7{,}4 \times 10^7$ à 25 °C. Il se forme un précipité d'iodure de plomb selon l'équation :

$$Pb^{2+}(aq) + 2I^-(aq) = PbI_2(s)$$

1. Donner l'expression du quotient de réaction Q_r. Calculer $Q_{r,i}$ le quotient de réaction à l'état initial.

2. La réaction va-t-elle évoluer ? Si oui, dans le sens direct ou inverse ?

CORRIGÉ COMMENTÉ

1. Le quotient de réaction $Q_{r,i}$ se calcule à l'aide des concentrations initiales. Ici, PbI_2 est un solide et sa concentration est remplacée par 1.

$$Q_r = \frac{1}{[Pb^{2+}] \times [I^-]^2}.$$

Calculons d'abord les concentrations initiales des réactifs :

$$[Pb^{2+}] = \frac{n(Pb^{2+})}{V} = \frac{0{,}30}{50 \times 10^{-3}} = 6{,}0 \text{ mol.L}^{-1}$$

$$[I^-] = \frac{n(I^-)}{V} = \frac{0{,}60}{50 \times 10^{-3}} = 12 \text{ mol.L}^{-1}.$$

$$Q_{r,i} = \frac{1}{[Pb^{2+}]_i \times [I^-]_i^2} = \frac{1}{6{,}0 \times 12^2} = 1{,}2 \times 10^{-3}.$$

2. $Q_{r,i} < K$: la réaction va évoluer dans le sens direct.

À RETENIR

• Pour connaître le sens d'évolution spontanée d'une réaction chimique, il convient de comparer le quotient de réaction Q_r à la constante d'équilibre K.

Pour la réaction $aA(aq) + bB(aq) = cC(aq) + dD(aq)$, trois cas de figure se présentent :

$Q_r < K$, la transformation évolue dans le sens direct : la quantité de matière des espèces *C* et *D* augmente.

$Q_r > K$, la transformation évolue dans le sens inverse : la quantité de matière des espèces *A* et *B* augmente.

$Q_r = K$, la transformation est à l'équilibre ; les quantités de matière n'évoluent pas.

SUJET DU BAC

Exercice 50 min **10 points**

Données :

pK_a des couples acide/base :

acide méthanoïque $HCOOH(aq)$/ion méthanoate $HCOO^-(aq)$: $pK_{a_1} = 3,8$;

acide benzoïque $C_6H_5COOH(aq)$/ion benzoate $C_6H_5COO^-(aq)$: $pK_{a_2} = 4,2$.

1. Étude de solutions aqueuses d'acide méthanoïque et d'acide benzoïque de même concentration

On dispose de deux béchers contenant respectivement 10 mL d'acide méthanoïque et 10 mL d'acide benzoïque en solution aqueuse. La concentration des deux acides est identique : $1,0 \times 10^{-2}$ mol.L^{-1}. Elle sera notée C.

On mesure le pH de ces deux solutions :

– solution aqueuse d'acide méthanoïque : $pH_1 = 2,9$;

– solution aqueuse d'acide benzoïque : $pH_2 = 3,9$.

La réaction des deux acides avec l'eau

1. [1 pt] Écrire l'équation bilan de la réaction de l'acide méthanoïque sur l'eau.

2. [2 pts] À l'aide d'un tableau d'avancement, calculer l'avancement maximal, puis l'avancement final.

3. [1,5 pt] En déduire le taux d'avancement final de cette transformation. Est-elle totale ou équilibrée ?

4. [1,5 pt] Répondre aux mêmes questions avec l'acide benzoïque. Quelle est la réaction la plus avancée ?

2. Évolution d'un système chimique

Soit la réaction chimique suivante :

$$HCOOH(aq) + C_6H_5COO^-(aq) = HCOO^-(aq) + C_6H_5COOH(aq)$$

5. [2 pts] Exprimer la constante d'équilibre de cette réaction, puis calculer sa valeur en fonction de K_{a_1} et K_{a_2}.

On mélange maintenant les deux solutions précédentes et on y ajoute 20,0 mL d'une solution contenant un mélange équimolaire de méthanoate de sodium et de benzoate de sodium de concentration $C' = 2,5 \times 10^{-3}$ mol.L^{-1}.

6. [0,5 pt] Calculer le quotient de réaction dans l'état initial $Q_{r,i}$. Le système chimique est-il à l'équilibre ? Sinon, comment va-t-il évoluer ?

→ *Corrigé p. 253*

CORRIGÉ

Exercice → Énoncé p. 252

1. La réaction des deux acides avec l'eau

1. L'équation de la réaction s'écrit : $HCOOH(aq) + H_2O(\ell) = HCOO^-(aq) + H_3O^+(aq)$

2. Construisons le tableau d'avancement :

Équation de la réaction		$HCOOH(aq)$ +	$H_2O(\ell)$	$= HCOO^-(aq)$ +	$H_3O^+(aq)$
État du système	Avancement (mol)	Quantités de matière (mol)			
État initial	$x = 0$	$n = C \times V$	excès	0	0
État intermédiaire	x	$C \times V - x$	excès	x	x
État final si transformation totale	x_{max}	$C \times V - x_{max}$	excès	x_{max}	x_{max}
État final réel	x_f	$C \times V - x_f$	excès	x_f	x_f

• Calculons maintenant l'avancement maximal x_{max} :

$C \times V - x_{max} = 0$

$x_{max} = C \times V = 1,0 \times 10^{-2} \times 10 \times 10^{-3}$

$x_{max} = 1,0 \times 10^{-4}$ mol.

• Calculons l'avancement final :

$x_f = n(H_3O^+)_f = [H_3O^+]_f \times V = 10^{-pH} \times V$

$x_f = 10^{-2,9} \times 10 \times 10^{-3}$

$x_f = 1,3 \times 10^{-5}$ mol.

3. Nous pouvons maintenant calculer le taux d'avancement τ :

$$\tau = \frac{x_f}{x_{max}} = \frac{10^{-pH} \times V}{C \times V} = \frac{10^{-pH}}{C} = \frac{10^{-2,9}}{1,0 \times 10^{-2}} = 0,13.$$

Le taux d'avancement est nettement inférieur à 1, donc la réaction n'est pas totale.

4. À l'aide de la formule du taux d'avancement trouvée à la question précédente, calculons celui de la réaction de dissociation de l'acide benzoïque dans l'eau :

$$\tau = \frac{10^{-3,9}}{1,0 \times 10^{-2}} = 1,3 \times 10^{-2}.$$

La réaction entre l'acide méthanoïque et l'eau est donc la plus avancée.

2. Évolution d'un système chimique

5. La constante d'équilibre de la réaction vaut :

$$K = \frac{[C_6H_5COOH]_{éq} \times [HCOO^-]_{éq}}{[C_6H_5COO^-]_{éq} \times [HCOOH]_{éq}}$$

Soit la réaction de dissociation de l'acide méthanoïque avec l'eau :

$HCOOH(aq) + H_2O(\ell) = HCOO^-(aq) + H_3O^+(aq)$

La constante d'équilibre de cette réaction s'écrit :

$$K_{a_1} = \frac{[HCOO^-]_{éq} \times [H_3O^+]_{éq}}{[HCOOH]_{éq}}$$

Appliquons le même raisonnement à l'acide benzoïque :

$C_6H_5COOH(aq) + H_2O(\ell) = C_6H_5COO^-(aq) + H_3O^+(aq)$

$$K_{a_2} = \frac{[C_6H_5COO^-]_{éq} \times [H_3O^+]_{éq}}{[C_6H_5COOH]_{éq}}$$

Point maths

Multiplier par $\frac{[H_3O^+]}{[H_3O^+]}$ équivaut à multiplier par 1.

Reprenons l'expression de K et multiplions par $\frac{[H_3O^+]}{[H_3O^+]}$:

$$K = \frac{[C_6H_5COOH]_{éq} \times [HCOO^-]_{éq}}{[C_6H_5COO^-]_{éq} \times [HCOOH]_{éq}} \times \frac{[H_3O^+]}{[H_3O^+]}$$

$$= \frac{[C_6H_5COOH]_{éq}}{[C_6H_5COO^-]_{éq} \times [H_3O^+]} \times \frac{[HCOO^-]_{éq} \times [H_3O^+]}{[HCOOH]_{éq}}$$

$$= \frac{1}{K_{a_2}} \times K_{a_1} = \frac{K_{a_1}}{K_{a_2}}$$

Donc $K = \frac{K_{a_1}}{K_{a_2}} = \frac{10^{-pK_{a_1}}}{10^{-pK_{a_2}}} = 10^{(pK_{a_2} - pK_{a_1})}$

$K = 10^{4,2 - 3,8} = 10^{0,4} = \mathbf{2,5}$.

6. Reprenons la réaction précédente :

$$Q_{r,i} = \frac{[C_6H_5COOH]_i \times [HCOO^-]_i}{[C_6H_5COO^-]_i \times [HCOOH]_i}$$

$$= \frac{\frac{C \times V}{V_T} \times \frac{C' \times V'}{V_T}}{\frac{C' \times V'}{V_T} \times \frac{C \times V}{V_T}} = 1.$$

$Q_{r,i} < K$: le système n'est pas à l'équilibre et évolue dans le sens direct.

Fonctionnement d'une pile

CHAPITRE 6

1 Réaction d'oxydoréduction par contact entre réactifs

On considère le système chimique obtenu par immersion d'une lame de zinc dans une solution contenant des ions cuivre (II) Cu^{2+}.

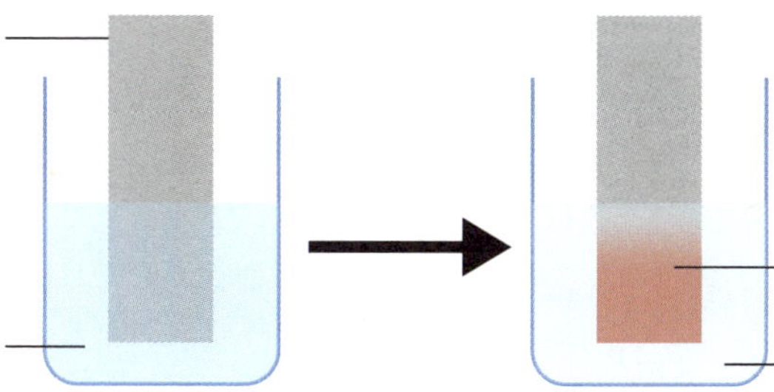

■ La décoloration de la solution et la formation du dépôt rouge s'expliquent par la **réduction** des ions cuivre (II) Cu^{2+} en métal cuivre Cu suivant la demi-équation électronique : $Cu^{2+}(aq) + 2\ e^- \leftrightarrows Cu(s)$.

■ Ces électrons captés par les ions cuivre (II) sont cédés par le métal zinc Zn qui subit une réaction d'**oxydation** : $Zn(s) \leftrightarrows Zn^{2+}(aq) + 2\ e^-$.

■ **La transformation qui s'opère ici est spontanée et modélisée par une réaction d'oxydoréduction.**

Rappelons que, lors d'une telle réaction, le réducteur (ici, **Zn**) d'un couple oxydant/réducteur ($Zn^{2+}(aq)$/**Zn(s)**) cède un (des) électron(s) à l'oxydant (**Cu^{2+}**) d'un autre couple oxydant/réducteur (**$Cu^{2+}(aq)$**/Cu(s)).

■ L'équation-bilan de cette réaction s'obtient en combinant les deux demi-équations électroniques de manière à ne pas faire apparaître d'électrons.

$$\begin{array}{l|l} Cu^{2+}(aq) + 2\ e^- \leftrightarrows Cu(s) & \times 1 \\ Zn(s) \leftrightarrows Zn^{2+}(aq) + 2\ e^- & \times 1 \\ \hline Cu^{2+}(aq) + Zn(s) \rightarrow Cu(s) + Zn^{2+}(aq) & \end{array}$$

2 Réaction d'oxydoréduction par l'intermédiaire d'un circuit extérieur

On reprend les espèces chimiques précédentes mais en modifiant le dispositif expérimental de la manière suivante :

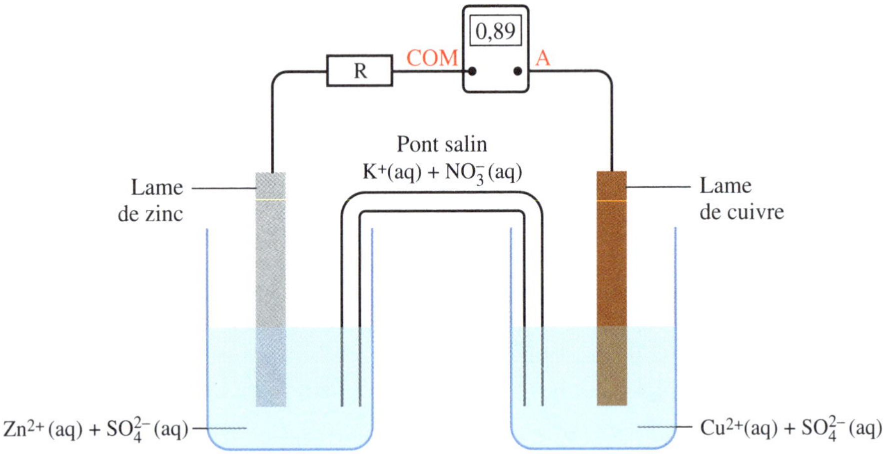

- L'ampèremètre indique une valeur non nulle : **un courant électrique circule dans cet ensemble** qui constitue ainsi un circuit électrique fermé. La valeur positive de cette intensité indique que le courant électrique est orienté de la lame de cuivre (qui constitue donc le pôle positif) à la lame de zinc (pôle négatif), à l'extérieur du circuit.

- **Ce dispositif qui génère un courant électrique est une pile** (plus généralement appelée **générateur électrochimique**).

- Chaque bécher contenant un cation et son réducteur métallique associé est appelé **demi-pile**.

- **Les porteurs de charge dans les parties métalliques (lames, fils électriques) sont des électrons**. Cette circulation d'électrons est assurée par l'oxydation du métal zinc en ions zinc (II) : $Zn(s) \leftrightarrows Zn^{2+}(aq) + \mathbf{2\ e^-}$; par la réduction des ions cuivre (II) en métal cuivre : $Cu^{2+}(aq) + \mathbf{2\ e^-} \leftrightarrows Cu(s)$.
Ces électrons circulent dans le sens inverse du sens conventionnel du courant électrique.

- **Dans les autres parties du circuit, ce sont les ions qui assurent le passage du courant électrique**. Les cations (Zn^{2+}, Cu^{2+} et K^+) se déplacent dans le sens du courant électrique et les anions (SO_4^{2-}, NO_3^-) dans le sens inverse.

- Résumons le sens de déplacement des porteurs de charge dans cette pile :

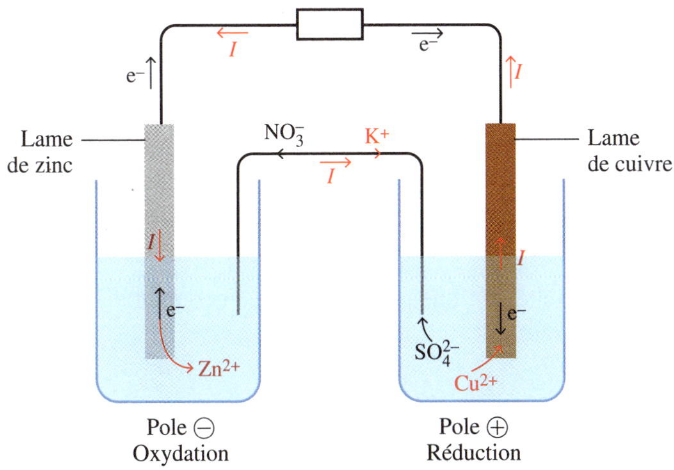

■ **Une pile est donc l'association de deux demi-piles reliées par un pont salin.**
Le pont salin permet de fermer le circuit électrique, mais également d'assurer l'électroneutralité de chaque demi-pile par migration de ses ions constitutifs.
Dans certains dispositifs (pile à combustible, par exemple), **une membrane est utilisée à la place du pont salin.**

■ **C'est une réaction d'oxydoréduction qui permet à une pile de débiter.**
Son équation-bilan s'obtient en combinant les demi-équations électroniques des réactions électrochimiques se produisant à chaque électrode.

$$\text{Pôle } \ominus \text{ (oxydation)} : Zn(s) \leftrightarrows Zn^{2+}(aq) + 2\,e^- \quad | \times 1$$
$$\text{Pôle } \oplus \text{ (réduction)} : Cu^{2+}(aq) + 2\,e^- \leftrightarrows Cu(s) \quad | \times 1$$
$$Cu^{2+}(aq) + Zn(s) \rightarrow Cu(s) + Zn^{2+}(aq)$$

La réaction chimique est donc la même que celle qui a été vue en 1 mais le dispositif ainsi constitué permet une conversion d'énergie chimique en énergie électrique.

■ **L'électrode où se produit une oxydation est appelée anode. La cathode est le siège d'une réduction.**

3 Tension à vide, capacité électrique et usure d'une pile

■ **La tension à vide**, caractéristique importante d'une pile, **correspond à la différence de potentiel entre ses deux électrodes, en l'absence de charge**. On l'appelle également force électromotrice (f.é.m) de la pile. Elle s'exprime en volt (V) et est notée E. On la mesure à l'aide d'un voltmètre.

■ Lors de son fonctionnement, une pile fait circuler des électrons (chaque électron portant une charge $q = -e = -1{,}6 \times 10^{-19}$ C) et donc une certaine quantité d'électricité.

■ La quantité d'électricité Q et la quantité de matière d'électrons échangés $n(e^-)$ lorsque la pile a débité sont reliées par la relation :

$$Q = n(e^-) \times F$$

avec Q : quantité d'électricité, en coulomb (C) ;
$n(e^-)$: quantité de matière d'électrons échangés, en mole (mol) ;
F : le faraday (charge portée par une mole d'électrons), $F = 9{,}65 \times 10^4$ coulombs par mole ($C.mol^{-1}$).

■ La quantité d'électricité Q d'une pile qui débite un courant d'intensité constante I pendant une durée Δt vaut :

$$Q = I \times \Delta t$$

avec Q : quantité d'électricité, en coulomb (C) ;
I : intensité du courant électrique dans la pile, en ampère (A) ;
Δt : durée de fonctionnement de la pile, en seconde (s).

Attention !

La quantité d'électricité est souvent exprimée en « ampère-heure » (unité de symbole Ah).
Si l'on reprend la formule précédente, I est en ampère et Δt en heure.
Pour passer d'une unité à l'autre : 1 Ah = 3 600 C.

■ Une pile est le siège d'une réaction chimique. On peut donc calculer le quotient de réaction associée Q_r. Une pile débite tant que $Q_r \neq K$, K étant la constante d'équilibre de la réaction, suivant les critères d'évolution spontanée énoncés dans le chapitre 5.
À l'équilibre, on aura $Q_{r,éq} = K$. La pile ne débite plus : elle est dite usée et $I_{éq} = 0$.

■ La **capacité électrique d'une pile**, autre caractéristique importante, est la quantité maximale d'électricité qu'elle peut faire circuler. On la notera Q_{max}.

4 Forcer le sens d'évolution d'un système : exemple de l'électrolyse

■ Considérons une pile, siège d'une réaction d'oxydoréduction se déroulant suivant le sens direct de l'équation-bilan suivante :

$$Ox_1 + Réd_2 \rightarrow Réd_1 + Ox_2$$

Cela correspond au sens d'évolution spontanée de ce système électrochimique.
Si l'on relie les électrodes constituant cette pile à un générateur de tension continue, sous certaines conditions, on peut avoir un déroulement de cette réaction dans l'autre sens. Cela aboutit à la régénération des espèces Ox_1 et $Réd_2$. Il y a conversion d'énergie électrique en énergie chimique.
On dit que l'on a forcé le système. C'est le principe des électrolyses.

■ Lors d'une électrolyse (décomposition d'un composé chimique sous l'effet d'un courant électrique), un générateur va imposer le sens du courant et induire le comportement du système électrochimique qui lui est relié.

■ Un dispositif d'électrolyse peut être schématisé de la façon suivante :

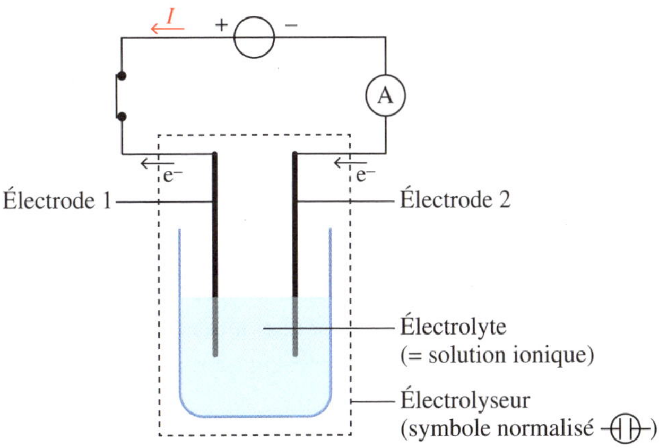

– des électrons partent de l'électrode 1, qui est donc le siège d'une oxydation ;
– ces électrons entrent dans l'électrode 2 où se déroule une réduction ;
– la connaissance de l'intensité du courant I et de la durée de fonctionnement Δt permet de déterminer les quantités de matière consommées ou formées.

■ Similitudes et différences :

Pile	**Électrolyseur**
Comportement de générateur	**Comportement de récepteur**
Évolution spontanée (de $Q_{r,i}$ vers K, axe Q_r)	Évolution forcée (de $Q_{r,i}$ en s'éloignant de K, axe Q_r)
Anode : constitue la borne ⊖ de la pile Cathode : constitue la borne ⊕ de la pile	Anode : reliée à la borne ⊕ du générateur Cathode : reliée à la borne ⊖ du générateur
Anode : réaction d'oxydation Cathode : réaction de réduction	
Formules à utiliser pour décrire le système électrochimique : $Q = n(e^-) \times F$ $\quad$ $Q = I \times \Delta t$	
Conversion d'énergie chimique en énergie électrique	**Conversion d'énergie électrique en énergie chimique**

■ Certains systèmes électrochimiques, comme la batterie d'un téléphone portable par exemple, se comportent tantôt comme un générateur, tantôt comme un récepteur. Ce sont des accumulateurs appelés plus communément, de manière impropre, « piles rechargeables ».

EXERCICES TYPES

1 Modéliser et schématiser le fonctionnement d'une pile

EXERCICE TYPE

On associe deux demi-piles par l'intermédiaire d'un pont salin contenant une solution gélifiée de nitrate de potassium ($K^+(aq) + NO_3^-(aq)$).
La première demi-pile est constituée d'une lame de cuivre plongeant dans une solution de sulfate de cuivre (II) ($Cu^{2+}(aq) + SO_4^{2-}(aq)$), la seconde d'un fil d'argent plongeant dans une solution de nitrate d'argent ($Ag^+(aq) + NO_3^-(aq)$).
Le circuit est fermé à l'aide d'une résistance et d'un ampèremètre, après avoir pesé au préalable les deux électrodes. Au bout d'un certain temps, une nouvelle pesée montre une diminution de la masse pour la lame de cuivre et une augmentation pour le fil d'argent.

1. Écrire les demi-équations électroniques se produisant dans chaque demi-pile.
2. En déduire la polarité de cette pile, le sens du courant et le sens de déplacement de tous les ions présents.
3. Écrire l'équation-bilan de la réaction de fonctionnement de cette pile.
4. Faire le schéma de cette pile. Indiquer notamment les bornes de l'ampèremètre, le sens du courant et celui de déplacement des électrons.

Données : couples oxydant/réducteur : $Cu^{2+}(aq)/Cu(s)$; $Ag^+(aq)/Ag(s)$.

CORRIGÉ COMMENTÉ

1. Dans la **demi-pile avec le cuivre**, la masse du métal diminue. On en déduit le sens dans lequel écrire la demi-équation électronique impliquant le couple oxydant/réducteur $Cu^{2+}(aq)/Cu(s)$.
$Cu(s) \leftrightarrows Cu^{2+}(aq) + 2\,e^-$
Il s'agit d'une **oxydation**.
Dans la **demi-pile avec l'argent**, du métal se forme.
$Ag^+(aq) + e^- \leftrightarrows Ag(s)$
C'est une **réduction**.

2. D'après les deux demi-équations, les électrons circulent de la lame de cuivre au fil d'argent. Le cuivre constitue donc la borne négative de cette pile et le fil d'argent sa borne positive.

> **Remarque**
> Dans un énoncé, des informations permettront toujours d'identifier la demi-pile siège d'une oxydation et celle où se produit une réduction. Ici, c'est la précision sur la masse des électrodes qui guide le raisonnement.

> **Rappel**
> Les électrons circulent de la borne négative à la borne positive, à l'extérieur du circuit. Le courant est orienté dans le sens inverse.

Le courant électrique est donc orienté du fil d'argent à la lame de cuivre, à l'extérieur du circuit.
Les cations (Cu^{2+}, K^+ et Ag^+) se déplacent dans le sens du courant et les anions (NO_3^- et SO_4^{2-}) dans le sens inverse.

3. Pôle ⊖ (oxydation) : $Cu(s) \leftrightarrows Cu^{2+}(aq) + 2\,e^-$ | × 1

Pôle ⊕ (réduction) : $Ag^+(aq) + e^- \leftrightarrows Ag(s)$ | × 2

$$2\,Ag^+(aq) + Cu(s) \rightarrow 2\,Ag(s) + Cu^{2+}(aq)$$

> **Rappel**
> Les demi-équations doivent être combinées de manière à ce que les électrons n'apparaissent pas dans l'équation-bilan.

4.

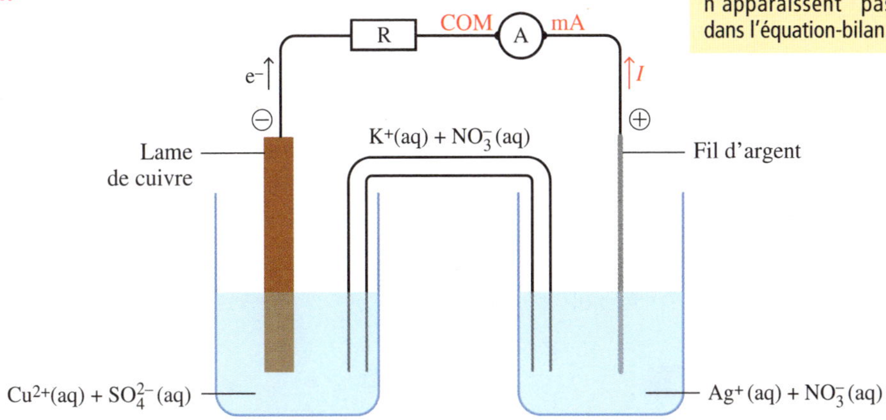

> **Rappel**
> Il faut impérativement brancher l'ampèremètre en série et de telle manière que le courant entre par la borne « mA » (ou « A ») et sorte par la borne « COM ».

À RETENIR

- Il faut respecter la conservation des éléments et la conservation de la charge électrique pour équilibrer les demi-équations électroniques.
- On s'appuie sur le sens de déplacement des électrons pour déterminer la polarité de la pile étudiée : les électrons sortent de la borne ⊖ pour entrer dans la borne ⊕.
- On positionne toujours à gauche, par convention, la demi-pile correspondant à la borne négative.

2 Déterminer la capacité électrique d'une pile

EXERCICE TYPE

La réaction de fonctionnement d'une pile constituée des couples $Cu^{2+}(aq)/Cu(s)$ et $Zn^{2+}(aq)/Zn(s)$ correspond au sens direct de l'équation :

$$Cu^{2+}(aq) + Zn(s) \rightarrow Cu(s) + Zn^{2+}(aq)$$

Les concentrations initiales en quantité de matière des cations métalliques sont $[Cu^{2+}]_i = [Zn^{2+}]_i = 1,0 \times 10^{-2}$ mol.L^{-1}, chaque demi-pile contenant un volume $V = 50,0$ mL de solution.

L'électrode de zinc a une masse $m_i(Zn) = 10,7$ g et celle de cuivre $m_i(Cu) = 13,4$ g.

1. Déterminer les quantités de matière initiales en réactifs.

2. Construire le tableau d'avancement de cette réaction et calculer la valeur de l'avancement maximal.

3. En déduire la capacité de cette pile.

Donnée : $F = 9,65 \times 10^4$ C.mol^{-1}.

CORRIGÉ COMMENTÉ

1. Déterminons les quantités de matière initiales.

- $n_i(Cu^{2+}) = [Cu^{2+}]_i \times V$
  $= 1,0 \times 10^{-2} \times 50,0 \times 10^{-3}$
  $\boldsymbol{n_i(Cu^{2+}) = 5,0 \times 10^{-4}}$ **mol**

- $n_i(Zn) = \dfrac{m_i(Zn)}{M(Zn)}$
  $= \dfrac{10,7}{65,4}$
  $\boldsymbol{n_i(Zn) = 1,64 \times 10^{-1}}$ **mol**

Rappel
Effectuer les conversions nécessaires afin d'utiliser les bonnes unités dans les formules.

2. Dressons le tableau d'avancement correspondant à cette réaction.

Équation de la réaction		$Cu^{2+}(aq)$ +	$Zn(s)$ →	$Cu(s)$ +	$Zn^{2+}(aq)$
État du système	**Avancement (en mol)**	Quantités de matière (mol)			
Initial	$x = 0$	$n_i(Cu^{2+})$	$n_i(Zn)$	$\boldsymbol{n_i(Cu)}$	$\boldsymbol{n_i(Zn^{2+})}$
Intermédiaire	x	$n_i(Cu^{2+}) - x$	$n_i(Zn) - x$	$n_i(Cu) + x$	$n_i(Zn^{2+}) + x$
Final	x_{max}	$n_i(Cu^{2+}) - x_{max}$	$n_i(Zn) - x_{max}$	$n_i(Cu) + x_{max}$	$n_i(Zn^{2+}) + x_{max}$

Déterminons maintenant le réactif limitant.

• Si Cu^{2+} est le réactif limitant, on aura :

$n_i(Cu^{2+}) - x_{max1} = 0$

$x_{max1} = n_i(Cu^{2+})$

$x_{max1} = 5{,}0 \times 10^{-4}$ mol

• Si Zn est le réactif limitant, on aura :

$n_i(Zn) - x_{max2} = 0$

$x_{max2} = n_i(Zn)$

$x_{max2} = 1{,}64 \times 10^{-1}$ mol

Rappel

Le système contient du cuivre et des ions zinc (II), produits de la réaction étudiée, à l'état initial. Il faut y penser lors du remplissage du tableau.

$x_{max1} < x_{max2}$

Le réactif limitant est Cu^{2+} et $x_{max} = x_{max1} = 5{,}0 \times 10^{-4}$ mol.

3. Écrivons la demi-équation électronique concernant le réactif limitant.

$1\ Cu^{2+}(aq) + 2\ e^- \leftrightarrows Cu(s)$

Celle-ci montre que lorsque 1 mole d'ions Cu^{2+} a réagi, 2 moles d'électrons ont circulé, soit 2 fois plus.

$n(e^-) = 2 \times n(Cu^{2+})_{\text{ayant réagi}}$

Rappel

Pour ce type de question, il faut impérativement établir une relation entre la quantité de matière d'une espèce chimique et la quantité de matière des électrons ayant circulé. S'appuyer sur l'une des demi-équations électroniques pour cela.

La capacité d'une pile correspond à la quantité d'électricité maximale qu'elle peut faire circuler.

Lorsque cette valeur est atteinte, la pile n'est plus capable de débiter : le réactif limitant a totalement disparu.

On aura alors :

$n(Cu^{2+})_{\text{ayant réagi}} = x_{max}$

Soit $n(e^-) = 2 \times n(Cu^{2+})_{\text{ayant réagi}} = 2x_{max}$

On peut maintenant déterminer la valeur de la capacité de cette pile.

$Q_{max} = n(e^-) \times F$

$= 2x_{max} \times F$

$= 2 \times 5{,}0 \times 10^{-4} \times 9{,}65 \times 10^4$

Q_{max} **= 96 C**

À RETENIR

• Construire un tableau d'avancement permet de déterminer le réactif limitant et la valeur de l'avancement maximal x_{max}.

• Calculer la capacité nécessite de considérer l'état final du système : le réactif limitant a alors disparu et $x = x_{max}$.

• Pour établir une relation entre $n(e^-)$ et x_{max}, on s'appuie sur une demi-équation électronique.

SUJET DU BAC

Exercice 30 min **10 points**

La batterie au plomb, utilisée dans les voitures, est constituée par la mise en série de plusieurs accumulateurs dans un électrolyte contenant de l'acide sulfurique. On considère ici son fonctionnement lors de la décharge (générateur).
L'une des électrodes est faite de plomb et l'autre de plomb recouvert d'oxyde de plomb PbO_2. Ces deux électrodes ne sont pas inertes : ces espèces interviennent donc dans la transformation chimique mise en jeu.
Les caractéristiques de cette batterie sont :
tension : 12 V ; capacité : 55 Ah ; intensité au démarrage : 460 A.

Données : couples oxydant/réducteur : $PbO_2(s)/Pb^{2+}(aq)$ et $Pb^{2+}(aq)/Pb(s)$;
puissance consommée par un appareil en courant continu : $P = U \times I$, où U est la tension entre ses bornes et I l'intensité du courant qui le traverse ;
$M(Pb) = 207{,}2\ g.mol^{-1}$.

1. [1 pt] Écrire la demi-équation électronique de la réaction qui se produit à l'électrode recouverte d'oxyde de plomb. Indiquer s'il s'agit de la borne positive ou de la borne négative de la batterie.

2. [1 pt] Même question pour l'électrode de plomb.

3. [0,5 pt] Établir l'équation-bilan de la réaction de fonctionnement de la batterie.

4. On considère une batterie dans laquelle $[H^+] = 7{,}4\ mol.L^{-1}$ et $[Pb^{2+}] = 2{,}0 \times 10^{-6}\ mol.L^{-1}$.
a) [0,5 pt] Expliquer pourquoi il faut manipuler cette batterie avec précaution.
b) [1 pt] Calculer le quotient de réaction pour cet état du système.
c) [0,5 pt] Comment évolue le quotient de réaction lorsque la pile débite ?

5. [1,5 pt] Calculer la durée de vie de la batterie si elle fournit en permanence son courant maximal.

6. Un conducteur oublie d'éteindre les deux phares de sa voiture. Il reprend le volant 2 heures après.
Les caractéristiques pour une lampe sont :
tension : 12 V ; puissance nominale : 60 W.
a) [2 pts] La batterie est-elle déchargée au moment où il reprend le volant ?
b) [2 pts] Calculer la masse de plomb qui a réagi pendant ces 2 heures de fonctionnement.

→ *Corrigé p. 265*

CORRIGÉ

Exercice → *Énoncé p. 264*

1. PbO_2 est l'oxydant du couple $PbO_2(s)/Pb^{2+}(aq)$. Il va donc subir une réduction selon :

$\mathbf{PbO_2(s) + 4\,H^+(aq) + 2\,e^- \leftrightarrows Pb^{2+}(aq) + 2\,H_2O(\ell)}$

Cette électrode est donc une cathode et constitue la **borne positive** de la batterie.

2. On considère maintenant le couple $Pb^{2+}(aq)/Pb(s)$. Le plomb va être oxydé :

$\mathbf{Pb(s) \leftrightarrows Pb^{2+}(aq) + 2\,e^-}$

Il constitue la **borne négative**.

3. Combinons les deux demi-équations pour écrire l'équation-bilan.

$$Pb(s) \leftrightarrows Pb^{2+}(aq) + 2\,e^- \quad |\times 1$$
$$PbO_2(s) + 4\,H^+(aq) + 2\,e^- \leftrightarrows Pb^{2+}(aq) + 2\,H_2O(\ell) \quad |\times 1$$
$$\mathbf{PbO_2(s) + Pb(s) + 4\,H^+(aq) \rightarrow 2\,Pb^{2+}(aq) + 2\,H_2O(\ell)}$$

4. a) La concentration en ions H^+ est élevée, donc la valeur du pH très faible. **La solution est très corrosive.**

b) Donnons l'expression du quotient de réaction Q_r.

$$Q_r = \frac{[Pb^{2+}]^2}{[H^+]^4}$$

Avec les valeurs indiquées, on a :

$$Q_r = \frac{(2{,}0 \times 10^{-6})^2}{7{,}4^4}$$

$$\mathbf{Q_r = 1{,}3 \times 10^{-15}}$$

> **Rappel**
> Les espèces PbO_2 et Pb n'apparaissent pas dans l'expression de Q_r car elles sont solides. Le solvant, ici H_2O, ne doit pas non plus y figurer.

c) Lorsque la pile débite, le **quotient de réaction augmente jusqu'à atteindre la valeur de la constante d'équilibre de la réaction**.

5. Le courant maximal correspond à l'intensité au démarrage : $I_{max} = 460$ A.

La capacité vaut $Q_{max} = 55$ Ah.

Convertissons cette capacité en coulomb.

$Q_{max} = 55 \times 3\,600 = 2{,}0 \times 10^5$ C

$Q_{max} = I_{max} \times \Delta t$

$$\Delta t = \frac{Q_{max}}{I_{max}} = \frac{2{,}0 \times 10^5}{460}$$

$$\mathbf{\Delta t = 4{,}3 \times 10^2\ s}$$

Ce qui représente environ 7 minutes de fonctionnement.

6. a) Calculons l'intensité du courant I qui traverse une lampe.
On sait que $P = 60$ W et que $U = 12$ V.
On applique la formule $P = U \times I$, soit, en isolant I :

$$I = \frac{P}{U}$$

$$= \frac{60}{12}$$

$I = 5,0$ A

On en déduit la quantité d'électricité Q nécessaire pour une durée de fonctionnement $\Delta t = 2$ h.

$Q = I \times \Delta t$

$= 5,0 \times 2$

$Q = 10$ Ah

Il y a deux lampes. Calculons la quantité d'électricité totale Q_T.

$Q_T = 2 \times Q = 2 \times 10 = 20$ Ah

La capacité de la batterie vaut $Q_{max} = 55$ Ah.

$\boldsymbol{Q_T < Q_{max}}$

La batterie n'est pas déchargée au moment où il reprend le volant.

> **Remarque**
> On suppose ici que la charge de la batterie est maximale avant l'arrêt du véhicule. Cela n'est jamais le cas, l'alternateur n'étant plus programmé pour recharger constamment la batterie. De plus, l'électronique embarquée (plus de 100 capteurs par exemple) est également à prendre en considération. Cependant, la valeur de Q_T est suffisamment éloignée de celle de Q_{max} pour pouvoir conclure.

b) On a $Q_T = 20$ Ah.
Convertissons cette valeur en coulomb.

$Q_T = 20 \times 3\,600$

$Q_T = 7,2 \times 10^4$ C

Calculons maintenant la quantité de matière d'électrons ayant circulé $n(e^-)$.

$$Q_T = n(e^-) \times F$$

$$n(e^-) = \frac{Q_T}{F}$$

$$n(e^-) = \frac{7,2 \times 10^4}{9,65 \times 10^4}$$

$$n(e^-) = 0,75 \text{ mol}$$

Déterminons enfin la masse de plomb qui a réagi.
D'après la demi-équation écrite à la question 2, $n(\text{Pb}) = \frac{n(e^-)}{2}$.

$$m(\text{Pb}) = n(\text{Pb}) \times M(\text{Pb})$$

$$m(\text{Pb}) = \frac{n(e^-)}{2} \times M(\text{Pb})$$

$$m(\text{Pb}) = \frac{0,75}{2} \times 207,2$$

$\boldsymbol{m(\text{Pb}) = 77}$ **g**

La force des acides et des bases

CHAPITRE 7

1 L'eau, solvant ampholyte

L'eau est une **espèce ampholyte**, c'est-à-dire qu'elle est à la fois une espèce acide (dans le couple H_2O/HO^-) et une espèce basique (dans le couple H_3O^+/H_2O). Deux molécules d'eau vont donc pouvoir réagir ensemble selon l'équation :

$$H_2O + H_2O \leftrightarrows OH^- + H_3O^+$$

$$2\,H_2O \leftrightarrows OH^- + H_3O^+$$

Une des molécules d'eau joue ici de rôle de base (selon la définition de Brønsted) et perd un proton H^+, tandis que l'autre joue le rôle d'acide et le récupère. On obtient donc des ions oxonium et hydroxyde. Cette réaction équilibrée s'appelle **autoprotolyse** de l'eau et est caractérisée par une constante de réaction K_e, appelée produit ionique de l'eau telle que :

$$K_e = [OH^-] \times [H_3O^+]$$

À 25 °C, $K_e = 1{,}0 \times 10^{-14}$.

On définit le pK_e tel que :

$$pK_e = -\log K_e$$

À 25 °C, $pK_e = 14$.

Remarque : cette réaction est très limitée : la concentration de ces ions dans l'eau pure vaut 10^{-7} mol.L^{-1}, d'où une valeur de pH de 7.

2 Acide fort, base forte

- **Un acide AH est dit « fort »** s'il réagit totalement avec l'eau selon l'équation :

$$AH(aq) + H_2O(\ell) \rightarrow A^-(aq) + H_3O^+(aq)$$

La quantité d'acide n(AH) restante est considérée comme nulle.

Le pH d'une solution d'acide fort de concentration C_0 est donné par la relation :

$$pH = -\log [H_3O^+] = -\log C_0$$

Inversement, on peut déterminer la concentration en ions oxonium si l'on connaît le pH grâce à la relation :

$$[H_3O^+] = 10^{-pH}.$$

Exemples d'acides forts : acide chlorhydrique $HC\ell$, acide nitrique HNO_3, acide sulfurique H_2SO_4.

■ **Une base est dite « forte »** si elle réagit totalement avec l'eau selon l'équation :

$$A^-(aq) + H_2O(\ell) \rightarrow AH(aq) + OH^-(aq)$$

La quantité de base $n(A^-)$ restante est considérée comme nulle.

Exemples de bases fortes : hydroxyde de sodium (soude) NaOH, ion amidure NH_2^-.

Le pH d'une solution de base forte de concentration C_0 est donné par la relation :

$$pH = -\log \frac{K_e}{C_0} = pK_e + \log C_0$$

À 25 °C, pH = 14 + log C_0.

3 Acide faible, base faible

A. Définitions

■ **Un acide AH est dit « faible »** s'il réagit partiellement avec l'eau :

$$AH(aq) + H_2O(\ell) \leftrightarrows A^-(aq) + H_3O^+(aq)$$

Pour savoir si un acide AH est faible, on calcule, à partir du pH mesuré, la concentration en ions H_3O^+ grâce la relation $[H_3O^+] = 10^{-pH}$. Si cette concentration est inférieure à la concentration initiale d'acide AH, l'acide est faible.

■ **Une base B est dite « faible »** si elle réagit partiellement avec l'eau :

$$B(aq) + H_2O(\ell) \leftrightarrows BH^+(aq) + OH^-(aq)$$

Pour savoir si une base B est faible, on calcule, à partir du pH mesuré et du K_e, la concentration en ions HO^-. Si cette concentration est inférieure à la concentration initiale de base B, la base est faible.

B. Constante d'acidité K_a

■ Soit un couple acide/base AH/A^-. Mis en solution, l'acide réagit avec l'eau selon l'équation :

$$AH(aq) + H_2O(\ell) \leftrightarrows A^-(aq) + H_3O^+(aq)$$

La constante d'équilibre associée à cette réaction, notée K_a, est définie par :

$$K_a = \frac{[A^-]_{éq} \times [H_3O^+]_{éq}}{[AH]_{éq}}$$

Cette constante est sans unité et ne dépend que de la température. Les concentrations sont celles lorsque l'équilibre est atteint.

■ Pour définir un couple acide/base, on utilise souvent le $\mathbf{pK_a}$:

$$pK_a = -\log K_a \text{ ou } K_a = 10^{-pK_a}$$

Ainsi, plus le pK_a d'un couple est grand, plus l'acide AH est faible.

C. Relations entre pH, pK_a, concentrations d'acide et de base conjuguée

Pour un couple AH/A^-, on peut écrire :

$$pK_a = -\log K_a = -\log \frac{[A^-] \times [H_3O^+]}{[AH]}.$$

En utilisant les propriétés de la fonction logarithme, on obtient :

$$pK_a = -\log [H_3O^+] - \log \frac{[A^-]}{[AH]}$$

Soit :

$$pH = pK_a + \log \frac{[A^-]}{[AH]}$$

> **Point maths**
> $\log (a \times b) = \log a + \log b$.
> $\log \frac{a}{b} = \log a - \log b$.
> Si $a < 1$, alors $\log a < 0$.
> Si $a > 1$, alors $\log a > 0$.
> Si $a = 1$, alors $\log a = 0$.

D. Diagramme de prédominance

La relation précédente fait apparaître trois cas de figure :

- si $[AH] = [A^-]$, alors $pH = pK_a$, car $\frac{[A^-]}{[AH]} = 1$: les deux espèces sont présentes dans les mêmes quantités.
- si $[AH] > [A^-]$, alors $pH < pK_a$, car $\frac{[A^-]}{[AH]} < 1$: l'espèce acide AH est majoritaire (elle prédomine).
- si $[AH] < [A^-]$, alors $pH > pK_a$, car $\frac{[A^-]}{[AH]} > 1$: l'espèce basique A^- est majoritaire (elle prédomine).

On résume ces informations sur un diagramme de prédominance : sur un axe de pH, on indique le domaine d'existence de chacune des formes du couple acide/base considéré en fonction du pH ainsi que du pK_a du couple.

E. Solution tampon

Les **solutions tampon** sont des solutions dont le pH varie peu lors d'ajout de faibles quantités d'acide, de base ou lors d'une dilution modérée.

Le pH d'une telle solution est donnée par la relation de Henderson-Hasselbalch :

$$pH = pK_a + \log \frac{[A^-]_{éq}}{[AH]_{éq}}.$$

Le sang est une solution tamponnée dont le pH ne varie qu'entre 7,35 et 7,45.

EXERCICES TYPES

1 Utiliser le produit ionique de l'eau

EXERCICE TYPE

Pour une solution aqueuse à 25 °C :

1. Calculer $[HO^-]$ si $[H_3O^+] = 10^{-1}$ mol.L^{-1}.
2. Calculer $[H_3O^+]$ si $[HO^-] = 10^{-3}$ mol.L^{-1}.

Donnée : $K_e = 10^{-14}$.

CORRIGÉ COMMENTÉ

1. Nous sommes en présence d'une solution aqueuse, nous allons donc pouvoir utiliser le produit ionique de l'eau :

$$K_e = [OH^-] \times [H_3O^+]$$

$$[OH^-] = \frac{K_e}{[H_3O^+]}$$

$$[OH^-] = \frac{10^{-14}}{10^{-1}}$$

$$\mathbf{[OH^-]} = 10^{-14+1} = \mathbf{10^{-13}\ mol.L^{-1}}.$$

> **Rappel**
>
> $$\frac{10^a}{10^b} = 10^{a-b}$$

2. Comme précédemment, on utilise le produit ionique de l'eau :

$$K_e = [OH^-] \times [H_3O^+]$$

$$[H_3O^+] = \frac{K_e}{[OH^-]}$$

$$[H_3O^+] = \frac{10^{-14}}{10^{-3}}$$

$$\mathbf{[OH^-]} = 10^{-14+3} = \mathbf{10^{-11}\ mol.L^{-1}}.$$

> **Rappel**
>
> Dans l'eau pure, les concentrations en ions hydroxyde et oxonium sont égales :
>
> $K_e = [H_3O^+] \times [OH^-] = [H_3O^+]^2 = 1{,}0 \times 10^{-14}$
>
> $\text{pH} = -\log [H_3O^+] = -\frac{1}{2} \log K_e$
>
> $\text{pH} = \frac{1}{2} \text{p}K_e = 7$

À RETENIR

En solution aqueuse, les concentrations des ions H_3O^+ et OH^- sont liées par la relation :

$$K_e = [OH^-] \times [H_3O^+]$$

K_e est appelé produit ionique de l'eau.

À 25 °C, ce produit vaut $1{,}0 \times 10^{-14}$.

2 Calculer le pH de solutions d'acides et de bases forts

EXERCICE TYPE

Soit une solution aqueuse d'acide chlorhydrique préparée en dissolvant $4{,}0 \times 10^{-3}$ mol de chlorure d'hydrogène dans 100 mL d'eau pure.
Le pH de la solution obtenue vaut 1,4.

1. Écrire l'équation de dissolution de l'acide dans l'eau.
2. Déterminer la concentration initiale en acide de la solution.
3. Quelle est la concentration en ions oxonium H_3O^+ ?
4. La réaction de dissolution de l'acide chlorhydrique est-elle totale ? Justifier à l'aide d'un tableau d'avancement.
5. Quel serait le pH de cette solution si on la diluait 5 fois ?
6. Quel serait le pH d'une solution aqueuse d'hydroxyde de sodium NaOH de concentration $5{,}0 \times 10^{-2}$ mol.L^{-1} ?
7. En déduire la concentration en ions oxonium de cette solution.
8. Quelle serait la nouvelle concentration en ions oxonium et quel pH obtiendrait-on si l'on diluait 10 fois la solution précédente ?

Donnée : $K_e = 1{,}0 \times 10^{-14}$.

CORRIGÉ COMMENTÉ

1. Le chlorure d'hydrogène, en solution, va réagir avec l'eau pour former les ions oxonium et chlorure selon :

$$\mathbf{HC\ell(aq) + H_2O(\ell) \rightarrow H_3O^+(aq) + C\ell^-(aq)}$$

2. Calculons la concentration initiale en utilisant la relation liant concentration, quantité de matière et volume :

$$C(\mathrm{HC\ell}) = \frac{n(\mathrm{HC\ell})}{V}$$

$$C(\mathrm{HC\ell}) = \frac{4{,}0 \times 10^{-3}}{0{,}100}$$

$$= \mathbf{4{,}0 \times 10^{-2}\ mol.L^{-1}}.$$

> **Conseil**
> Penser à convertir le volume de solution en litre.

3. La concentration en ions oxonium H_3O^+ est donnée par la relation : $[H_3O^+] = 10^{-pH}$.
Donc $\mathbf{[H_3O^+]} = 10^{-1,4} = \mathbf{4{,}0 \times 10^{-2}\ mol.L^{-1}}$.

4. Construisons le tableau d'avancement de la réaction :

Équation de la réaction		$HC\ell(aq)$	$+ H_2O(\ell) \rightarrow$	$H_3O^+(aq)$	$+ C\ell^-(aq)$
État du système	**Avancement (en mol)**	Quantité de matière (en mol)			
État initial	$x = 0$	$n(HC\ell) = 4{,}0 \times 10^{-3}$	excès	0	0
État intermédiaire	x	$4{,}0 \times 10^{-3} - x$	excès	x	x
État final si transformation totale	x_{max}	0	excès	$x_{max} = 4{,}0 \times 10^{-3}$	$x_{max} = 4{,}0 \times 10^{-3}$
État final réel	x_f	$4{,}0 \times 10^{-3} - x_f$	excès	$x_f = [H_3O^+] \times V$	x_f

Calculons maintenant l'avancement final :

$x_f = [H_3O^+] \times V = 10^{-pH} \times V$

$= 10^{-1,4} \times 0{,}100$

$= 4{,}0 \times 10^{-3}$ mol.L^{-1}.

Déterminons la quantité de chlorure d'hydrogène restante :

$n(HC\ell)_f = 4{,}0 \times 10^{-3} - x_f = 0$.

La quantité finale de chlorure d'hydrogène finale étant nulle, **la réaction est totale**.

Remarque

Pour répondre à cette question, nous pouvons aussi calculer le taux d'avancement τ :

$$\tau = \frac{x_f}{x_{max}} = 1.$$

Comme le taux d'avancement vaut 1, la réaction est totale.

5. Calculons la concentration en ions oxonium de la solution diluée :

$$[H_3O^+]' = \frac{[H_3O^+]}{5} = \frac{10^{-1,4}}{5} = 8{,}0 \times 10^{-3} \text{ mol.L}^{-1}.$$

Nous pouvons maintenant calculer le pH de la solution en utilisant la relation $pH = -\log [H_3O^+]$:

$$\mathbf{pH} = -\log[H_3O^+]' = -\log\left(\frac{10^{-1,4}}{5}\right) \mathbf{= 2{,}1}.$$

6. Commençons par écrire l'équation de dissolution de l'hydroxyde de sodium dans l'eau :

$$NaOH(s) \rightarrow Na^+(aq) + HO^-(aq)$$

L'hydroxyde de sodium est une base forte, sa réaction avec l'eau est totale. Donc $[OH^-] = 5{,}0 \times 10^{-2}$ mol.L^{-1}.

Calculons maintenant le pH de la solution :

$$\mathbf{pH} = 14 + \log C = 14 + \log (5{,}0 \times 10^{-2}) \mathbf{= 12{,}7}.$$

7. Pour calculer $[H_3O^+]$, utilisons le produit ionique de l'eau :

$$K_e = [OH^-] \times [H_3O^+].$$

Exprimons la concentration en ions oxonium en fonction de K_e et $[OH^-]$:

$$\mathbf{[H_3O^+]} = \frac{K_e}{[OH^-]} = \frac{1{,}0 \times 10^{-14}}{5{,}0 \times 10^{-2}} = \mathbf{2{,}0 \times 10^{-13}\ mol.L^{-1}}.$$

8. Si la solution est diluée par 10, la concentration en ions hydroxyde est aussi divisée par 10 :

$$[OH^-]' = \frac{[OH^-]}{10} = 5{,}0 \times 10^{-3}\ mol.L^{-1}.$$

Comme précédemment :

$$[H_3O^+]' = \frac{K_e}{[OH^-]'} = \frac{1{,}0 \times 10^{-14}}{5{,}0 \times 10^{-3}} = 2{,}0 \times 10^{-12}\ mol.L^{-1}.$$

On peut maintenant calculer le pH de la solution :

$$\mathbf{pH} = -\log[H_3O^+] = -\log(2{,}0 \times 10^{-12}) = \mathbf{11{,}7}.$$

Remarque

Le pH étant une échelle logarithmique, une dilution par 10 d'une solution acide ou basique n'entraînera une variation que d'une unité de pH.

À RETENIR

• Un acide de concentration C_0 est fort s'il réagit totalement avec l'eau selon l'équation :

$$AH(aq) + H_2O(\ell) \rightarrow A^-(aq) + H_3O^+(aq)$$

Le pH de cette solution est donné par la relation :

$$pH = -\log[H_3O^+] = -\log C_0.$$

La concentration en ions oxonium est alors donnée par la relation :

$$[H_3O^+] = 10^{-pH}.$$

• Une base de concentration C_0 est « forte » si elle réagit totalement avec l'eau selon l'équation :

$$A^-(aq) + H_2O(\ell) \rightarrow AH(aq) + OH^-(aq)$$

Le pH de cette solution est donné par la relation :

$$pH = 14 + \log C_0.$$

Exercice 50 min 12 points

Un aquarium et tout ce qu'il contient forment un système complexe à l'équilibre fragile. De nombreux facteurs peuvent provoquer un déséquilibre dangereux pour la vie et la santé des poissons. En particulier, le pH de l'eau est une grandeur à mesurer régulièrement et à réguler si nécessaire. Il ne doit pas varier de plus de 0,5 unité de pH.
Un aquariophile débutant n'arrive pas à réguler le pH de son aquarium qui contient des plantes et des poissons (scalaires, néons cardinal et guppys). Le matin, le pH de l'eau est d'environ 6,7 et le soir de 7,5.
Cet exercice a pour but d'aider l'aquariophile à réguler le fonctionnement de son aquarium.
Sur les forums d'aquariophilie, on peut trouver quatre techniques d'ajustement du pH :

Technique n° 1. Ajouter un peu d'acide sulfurique, commercialisé, par exemple, sous la dénomination « pH minus ». Il s'agit d'un acide fort, la variation du pH sera rapide et peut-être plus importante que souhaitée.

Technique n° 2. Injecter du dioxyde de carbone dans l'eau.
Pour injecter du dioxyde de carbone dans un aquarium, le plus simple est d'utiliser un kit comprenant un bulleur, un détendeur et une bouteille pressurisée.
Ce système peut être couplé à une électrovanne programmable permettant de choisir les horaires des périodes d'injection du dioxyde de carbone.
Le système peut encore être optimisé en combinant un pH-mètre à l'installation, permettant une gestion automatisée de la régulation du pH.

D'après *http://www.aqua-planete.com/CO2.php*

Technique n° 3. Ajouter une solution contenant des ions hydroxyde de formule HO^-.
L'ajout doit être modéré car, si l'eau devient trop basique, les ions ammonium présents dans l'eau pourraient se transformer en ammoniac, un gaz dissous particulièrement toxique pour les poissons.

Technique n° 4. Ajouter de la craie dans l'eau de l'aquarium.

Données :

• Les craies traditionnelles sont composées presque exclusivement de carbonate de calcium, un solide ionique constitué d'ions calcium Ca^{2+} et carbonate CO_3^{2-}.
• Masse molaire du carbonate de calcium : $M(CaCO_3) = 100\ g.mol^{-1}$.
• Masse d'un bâton de craie : environ 10 g.

Couples acide/base	pK_a
H_2CO_3/HCO_3^-	6,3
HCO_3^-/CO_3^{2-}	10,3

Consommation et production de dioxyde de carbone et de dioxygène par les plantes aquatiques et les poissons

De jour comme de nuit, les poissons respirent ; ils absorbent donc du dioxygène et rejettent du dioxyde de carbone.

En ce qui concerne les plantes, deux phénomènes sont à prendre en compte :

– de jour comme de nuit, elles respirent ;

– de jour, lorsqu'elles reçoivent de la lumière, les plantes réalisent la photosynthèse : elles captent du dioxyde de carbone et produisent du glucose. La photosynthèse est modélisée par la réaction d'équation suivante :

$$6\,CO_2 + 6\,H_2O \xrightarrow{h\nu} C_6H_{12}O_6 + 6\,O_2$$

Globalement, lorsqu'elle reçoit suffisamment de lumière, une plante absorbe plus de dioxyde de carbone par la photosynthèse qu'elle n'en rejette par la respiration.

1. [1 pt] Une solution « pH minus » vendue pour faire baisser le pH dans un aquarium contient des ions H_3O^+ à la concentration de 3,0 mol.L^{-1}. Pour mettre en œuvre une des techniques, un aquariophile conseille sur un forum de prélever de l'eau de l'aquarium dans un récipient propre afin de diluer 50 fois la solution de « pH minus » avant de l'introduire dans l'aquarium. Déterminer la valeur du pH de la solution versée dans l'aquarium.

2. Une des techniques propose d'injecter du dioxyde de carbone. Le dioxyde de carbone se dissout dans l'eau et y forme l'acide carbonique H_2CO_3 selon la réaction d'équation suivante :

$$CO_2(aq) + H_2O(\ell) \leftrightarrows H_2CO_3(aq)$$

a) [1 pt] À l'aide des couples acide/base mis en jeu, écrire l'équation de la réaction intervenant entre l'acide carbonique et l'eau.

b) [2 pts] Quel est l'effet de cette injection de dioxyde de carbone sur la valeur du pH de l'eau de l'aquarium ? Cette injection est-elle à conseiller à l'aquariophile débutant ?

c) [1,5 pt] Tracer, sur un axe gradué, les domaines de prédominance des espèces acido-basiques H_2CO_3, HCO_3^- et CO_3^{2-}. Déterminer l'espèce prédominante le matin et le soir dans l'eau de l'aquarium étudié.

3. On considère un aquarium de volume 100 L dont l'eau a une valeur de pH égale à 3,0. On se propose d'étudier l'effet de l'ajout de craie dans l'eau comme proposé dans l'une des techniques.

a) [2 pts] L'ajout d'un quart de bâton de craie permettra-t-il d'obtenir une solution neutre ?

Pour répondre à cette question, on modélisera la transformation par la réaction intervenant entre les ions carbonate CO_3^{2-} présents dans la craie et les ions oxonium H_3O^+ de l'aquarium formant de l'acide carbonique et de l'eau. On considèrera cette réaction comme totale.

b) **[1 pt]** Déterminer l'espèce prédominante après traitement. La modélisation choisie est-elle pertinente ?

4. **[1 pt]** Quelles sont les techniques proposées sur Internet permettant de faire diminuer ou augmenter le pH ?

5. **[2,5 pts]** Synthèse.

En s'appuyant, entre autres, sur les équilibres acide/base mis en jeu, rédiger un paragraphe expliquant :

– la variation de pH de 6,7 à 7,5 observée en journée.

– laquelle des quatre techniques convient pour réguler le pH dans l'aquarium considéré.

→ *Corrigé p. 277*

CORRIGÉ

Exercice → Énoncé p. 274

1. Dans la solution « pH minus », on a $[H_3O^+]_0 = 3{,}0$ mol.L^{-1}.
$pH = -\log [H_3O^+]$
Lorsqu'on dilue la solution 50 fois, on obtient une solution de concentration en ions oxonium $[H_3O^+] = \dfrac{[H_3O^+]_0}{50}$

$pH = -\log \dfrac{[H_3O^+]_0}{50}$

pH = 1,2.

> **Remarque**
> Lorsqu'on dilue une solution acide ou basique, son pH évolue vers 7.

2. a) $\mathbf{H_2CO_3(aq) + H_2O(\ell) \leftrightarrow HCO_3^-(aq) + H_3O^+(aq)}$

b) Le dioxyde de carbone forme de l'acide carbonique H_2CO_3. Celui-ci réagit avec les molécules d'eau et forme des ions oxonium H_3O^+. Ainsi, $[H_3O^+]$ augmente et entraîne une diminution du pH dans le milieu.
Cette méthode est à conseiller à l'aquariophile, mais elle doit être couplée à un système automatique (électrovanne et pH–mètre)

c)

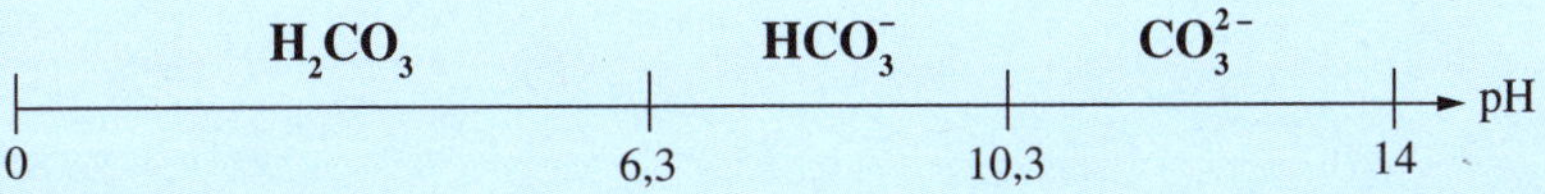

Avec un pH évoluant en journée entre 6,7 et 7,5, on est dans le domaine de pH où **HCO_3^- est prédominant**.

3. a) Soit l'équation de dissolution du carbonate dans l'eau (supposée totale) :

$$CaCO_3(s) \rightarrow Ca^{2+}(aq) + CO_3^{2-}(aq).$$

D'après cette équation, $n(CO_3^{2-}) = n(CaCO_3)$.
Donc $n(CO_3^{2-}) = n(CaCO_3)$

$$= \frac{m(CaCO_3)}{M(CaCO_3)} = \frac{2{,}5}{100} = 2{,}5 \times 10^{-2} \text{ mol.}$$

Ces ions carbonate réagissent avec les ions oxonium présents dans le milieu selon :

$$2\ H_3O^+(aq) + CO_3^{2-}(aq) \rightarrow H_2CO_3(aq) + 2\ H_2O(\ell)$$

D'après cette équation, $n(H_3O^+) = 2 \times n(CO_3^{2-}) = 5{,}0 \times 10^{-2}$ mol.
Calculons la quantité d'ions oxonium restant après la dissolution totale de la craie :

$$n(H_3O^+)_f = n(H_3O^+)_i - n(H_3O^+)$$
$$n(H_3O^+)_f = 10^{-pH} \times V - n(H_3O^+)$$
$$n(H_3O^+)_f = 10^{-3{,}0} \times 100 - 5{,}0 \times 10^{-2}$$
$$n(H_3O^+)_f = 5{,}0 \times 10^{-2} \text{ mol.}$$

Calculons le pH final :

$$pH = -\log [H_3O^+]_f = -\log \frac{n(H_3O^+)_f}{V} = -\log \frac{5,0 \times 10^{-2}}{100} = 3,3$$

pH = 3,3.

La solution reste acide.

b) D'après le diagramme de prédominance, à un pH de 3,3, c'est la forme acide H_2CO_3 qui prédomine. **La modélisation n'est pas pertinente.**

4. Les techniques 1 et 2 vont permettre d'abaisser le pH.
Les deux autres vont au contraire l'augmenter.

5. En conclusion :

En journée, les plantes réalisent la photosynthèse, consomment du CO_2 et font baisser la concentration en ions oxonium. Le pH augmente.

Il faut donc utiliser une méthode faisant baisser le pH :

- ajout d'acide sulfurique concentré ;
- injection de CO_2.

La première solution est risquée, car elle pourrait entraîner une baisse trop brutale du pH. La meilleure méthode reste donc l'ajout de CO_2.

Synthèses organiques

CHAPITRE 8

1 Structure et propriétés

A. Formule topologique

■ Il existe différentes représentations possibles pour une même molécule. La plus simple est la formule brute, qui indique uniquement les atomes présents, ainsi que leur nombre. La plus détaillée est la représentation de Lewis, qui montre tous les doublets liants entre atomes, ainsi que les doublets non liants s'il y en a.

■ Il existe une représentation intermédiaire, la **formule topologique**. Dans celle-ci, on s'intéresse uniquement au **squelette carboné** de la molécule, c'est-à-dire qu'on retire de la molécule tous les atomes d'hydrogène. On ne représente que les doublets liants entre les atomes de carbone et les autres atomes. Cette représentation ne comporte donc que des segments et les atomes autres que ceux de carbone.

Exemple : molécule d'éthanamine :

Formule brute	Formule semi-développée	Formule topologique
C_2H_7N	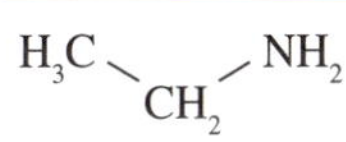	

B. Groupes caractéristiques et nomenclature

■ Les propriétés des molécules dépendent essentiellement des hétéroatomes présents dans la molécule, ainsi que de l'environnement de ces atomes. On définit ainsi des arrangements particuliers, qu'on appelle **groupes caractéristiques** (ou fonctionnels). Ce sont ces groupes qui permettent de nommer les molécules.

Nom	Groupe caractéristique	Famille
hydroxyle	– OH	**alcools**
carbonyle	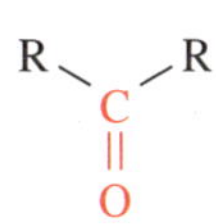	si l'un des groupements R est un atome d'hydrogène : **aldéhydes**
		sinon : **cétones**
carboxyle	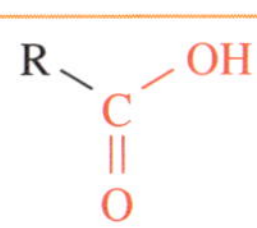	**acides carboxyliques**

Nom	Groupe caractéristique	Famille
amine	$-NH_2$	**amines**
ester	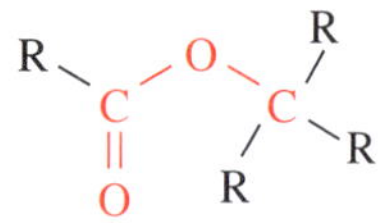	**esters**
amide	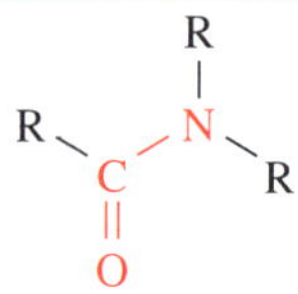	**amides**
halogène	$-X$ avec X halogène	**halogénoalcanes**

■ Nomenclature :

• **Halogénoalcanes :** pour les nommer, on nomme l'alcane correspondant et on rajoute le nom de l'halogène en indiquant sa position, qui doit être la plus petite possible.

Exemple : le 2-iodobutane $CH_3-CH(I)-CH_2-CH_3$.

• **Amines :** il existe trois types d'amines : les amines primaires $R-NH_2$, secondaires $R-NH-R'$ et tertiaires $R-N(R')-R''$, et leur nom dépend du type d'amine :

– Amines primaires : on nomme la chaîne carbonée et on rajoute « amine » à la fin.

Exemples : éthanamine  ; 2-méthylpropanamine 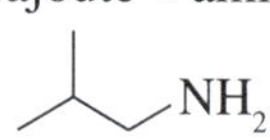.

– Amines secondaires : la chaîne la plus longue donne le nom de l'amine et on considère la chaîne la plus courte comme étant un substituant de l'azote. On l'indique alors, précédée de la lettre N.

Exemples : N-méthyl-éthanamine  ;

N-méthyl-2-méthylpropanamine 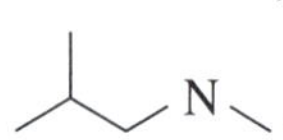.

– Amines tertiaires : la chaîne la plus longue donne le nom de l'amine et on considère les deux autres chaînes comme étant des substituants de l'azote.

Exemples : N-éthyl N-méthylpropanamine 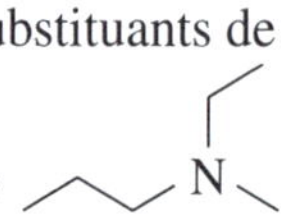 ;

N,N-diméthyléthanamine 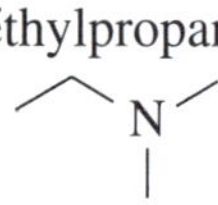.

• **Esters :** un ester est composé de deux parties distinctes. On nomme la chaîne carbonée attachée au groupement C=O en la terminant par « oate de », puis on nomme la chaîne attachée à l'atome O et on la termine par « yle ».

Exemples : butanoate d'éthyle $H_3C - CH_2 - CH_2 - C(=O) - O - CH_2 - CH_3$;

4 atomes de carbone : butane (partie $H_3C - CH_2 - CH_2 - C$) ; 2 atomes de carbone : éthane (partie $CH_2 - CH_3$)

3-méthylbutanoate de propyle 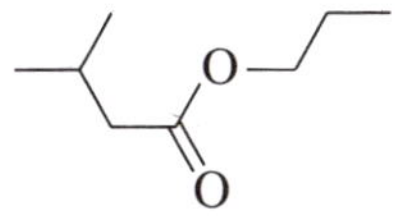

.

• **Amides :** le nom des amides est obtenu à partir du nom de l'acide carboxylique dont ils dérivent, en remplaçant la terminaison « oïque » par « amide ».

Exemple : butanamide 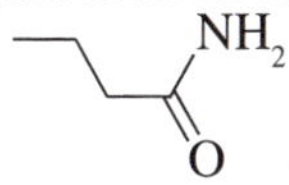

.

Si l'azote est substitué, on nomme les substituants comme pour les amines secondaires ou tertiaires.

Exemples : N-éthylpropanamide 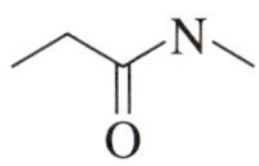

;

N-éthyl N-méthylpropanamide 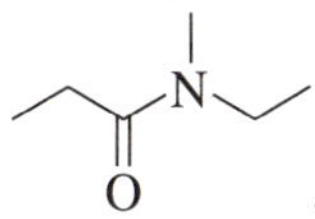

.

C. Isomères de constitution

À une même formule brute peuvent correspondre plusieurs formules développées différentes. On parle alors d'**isomérie**. Il existe différents types d'isomérie :

• **Isomérie de position** si la position d'un substituant diffère le long de la chaîne carbonée.

Exemples : avec la formule brute C_3H_8O, on peut avoir soit le propan-2-ol 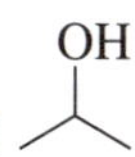

, soit le propan-1-ol 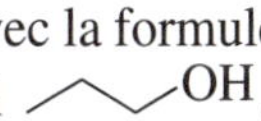

.

• **Isomérie de constitution** si les enchaînements d'atomes sont différents.

Exemples : avec la formule brute $C_4H_8O_2$, on peut avoir soit l'acide butanoïque 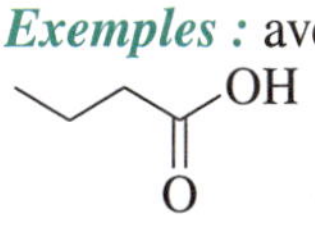

soit le propanoate de méthyle 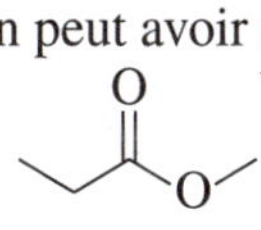

.

2 Optimisation d'une étape de synthèse

■ On rappelle qu'une **synthèse chimique** est le processus d'enchaînement de réactions chimiques permettant d'obtenir un produit souhaité.

■ On peut optimiser une synthèse en travaillant sur deux axes :

• **Un axe cinétique.** On peut augmenter (ou diminuer) la vitesse d'une transformation en jouant sur les facteurs cinétiques tels que la concentration initiale des réactifs et la température. On peut aussi ajouter un catalyseur.

• **Un axe quantitatif.** Si l'on introduit un réactif en excès, on déplace l'équilibre de la transformation dans le sens de formation des produits, augmentant ainsi le rendement. Dans ce cas, le réactif en excès sera celui qui est le moins cher, ou bien celui qu'on peut le plus facilement récupérer. On peut aussi éliminer l'un des produits au fur et à mesure de sa formation, augmentant ainsi le rendement par déplacement d'équilibre.

3 Stratégies de synthèses

A. Types de chaînes

■ Il existe trois types de chaînes carbonées :

• les chaînes linéaires pour lesquelles les atomes de carbone sont sur une seule chaîne.

Exemple : l'hexane C_6H_{14} 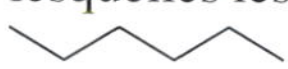.

• les chaînes ramifiées pour lesquelles des atomes d'hydrogène sont remplacés par des atomes de carbone.

Exemple : le 2,3-diméthylbutane C_6H_{14} 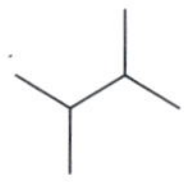.

• les chaînes cycliques.

Exemple : le cyclohexane C_6H_{12} .

■ Chacune de ces chaînes peut aussi être saturée ou insaturée (présence ou non de double liaison).

> **À savoir**
> On appelle insaturation une double ou triple liaison.

B. Types de réactions

■ Il existe différents types de réactions, en fonction des réactifs et des produits :

• **réaction acide-base** s'il y a un échange de proton H^+ entre les réactifs.

Exemple : $CH_3–COOH + H_2O \rightarrow CH_3–COO^- + H_3O^+$.

• **réaction d'oxydo-réduction** s'il y a échange d'électrons entre les réactifs.

Exemple : $Cu^{2+} + Fe \rightarrow Cu + Fe^{2+}$.

• **réaction de substitution** si un atome ou groupe d'atomes (lié à un carbone par une liaison simple) est remplacé par un autre.

Exemples : 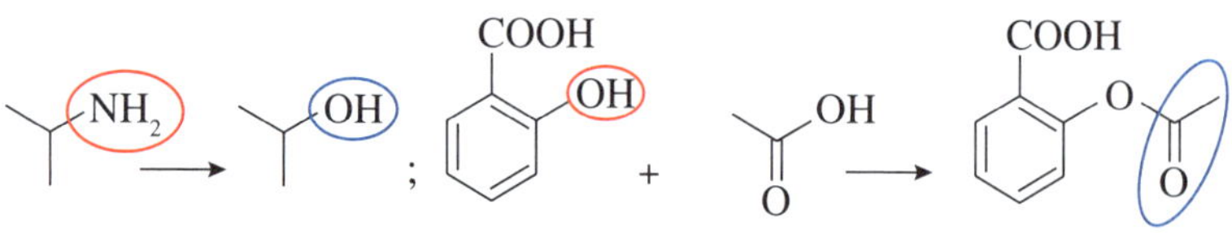

(acide salicylique + acide éthanoïque → acide acétylsalicylique, ou aspirine).

> **À savoir**
> Lors de l'étude de synthèses organiques, les équations chimiques ne sont pas forcément équilibrées, car on se concentre uniquement sur les espèces qui nous intéressent.

• **réaction d'addition** si des atomes ou groupes d'atomes sont ajoutés à une molécule possédant une insaturation.

Exemples : 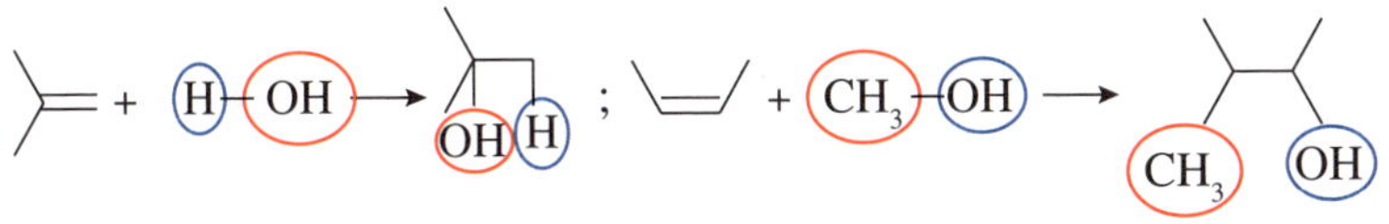

• **réaction d'élimination** si des atomes ou groupes d'atomes sont ôtés à une molécule en créant une insaturation ou une cyclisation.

Exemples : 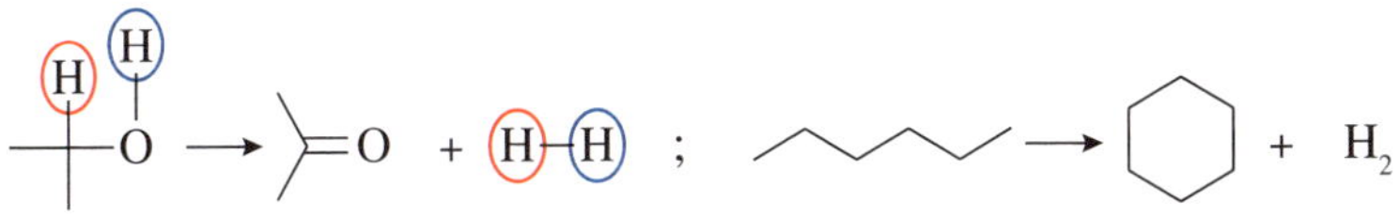

C. Modifications

■ Modification de chaîne

On réalise une modification de chaîne si la transformation utilisée **modifie la chaîne carbonée** de la molécule. On a 3 possibilités de modification :

• avec conservation du nombre d'atomes de carbone. C'est alors le type de chaîne qui est modifié.

Exemple : 

• avec diminution du nombre d'atomes de carbone. On a un raccourcissement de la chaîne.

Exemple : 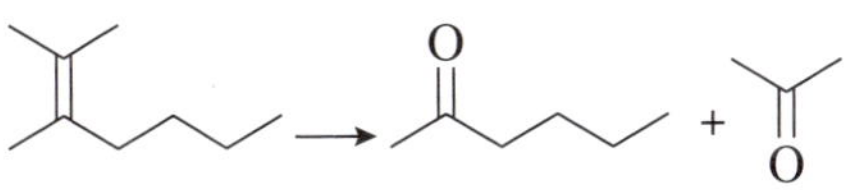

• avec augmentation du nombre d'atomes de carbone. On a alors un allongement de la chaîne carbonée.

Exemple : synthèse du polystyrène à partir du styrène :

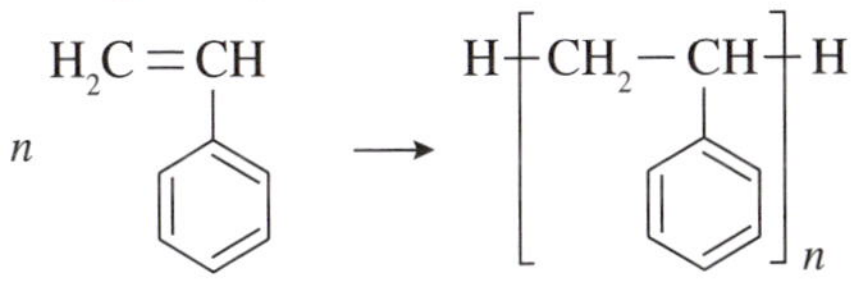

■ Modification de groupe caractéristique

On réalise une modification de groupe caractéristique lorsque la transformation utilisée ajoute, enlève ou remplace, un groupe caractéristique sans modifier la chaîne.

Exemple : 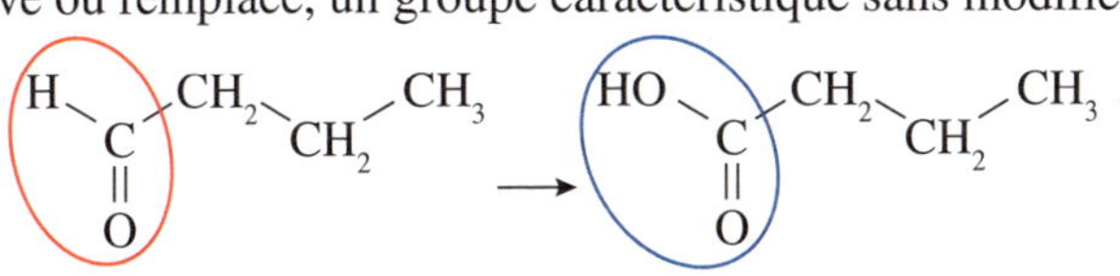

D. Polymérisation

Par réactions d'addition successives en très grand nombre de la même molécule, qu'on appelle monomère, on obtient un **polymère**. En fonction du monomère, on obtient différents polymères aux propriétés différentes :

Monomère	Polymère	Utilisation
éthylène $H_2C=CH_2$	polyéthylène PE $H-[CH_2-CH_2]_n-H$	emballages
propylène 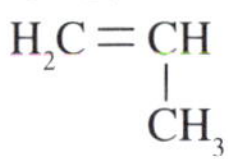	polypropylène PP 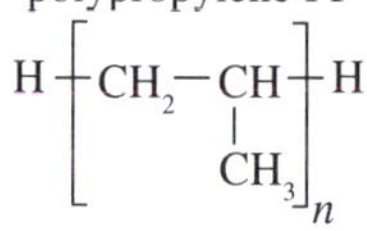	plomberie
chlorure de vinyle 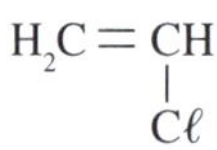	polychlorure de vinyle PVC 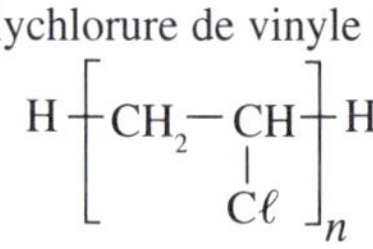	tubes, vêtements
tétrafluoroéthylène 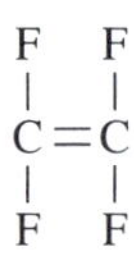	polytétrafluoroéthylène PTFE 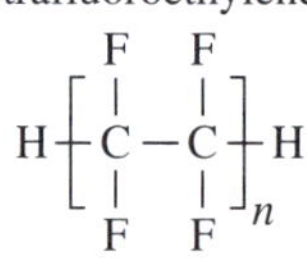	plus connu sous le nom de Téflon®
styrène 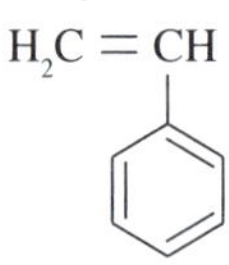	polystyrène PS 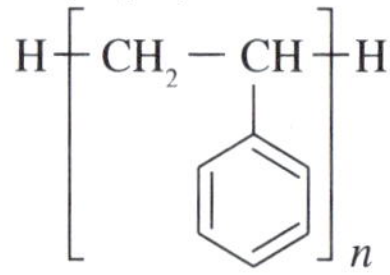	emballages
méthacrylate de méthyle 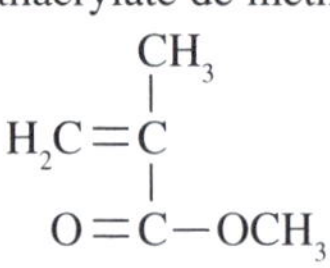	polyméthacrylate de méthyle PMMA 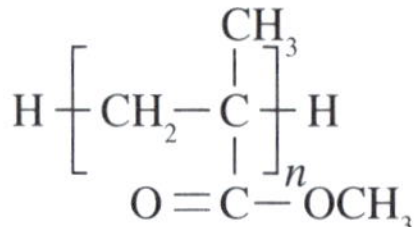	fabrication du Plexiglas®
acides aminés H_2N-CH_2-COOH	polyamides 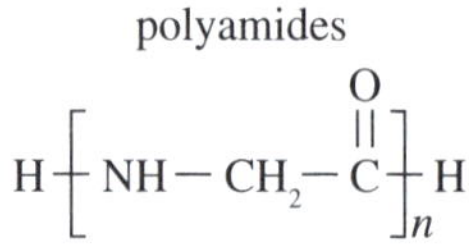	fibres synthétiques, dont le nylon

Dans la formule du polymère, *n* est appelé degré de polymérisation, c'est-à-dire le nombre de fois où le monomère se répète dans la macromolécule (*n* très grand).

E. Protection et déprotection

Au cours des différentes étapes d'une synthèse, on peut avoir besoin de ne modifier qu'une partie de la molécule. Malheureusement, le réactif utilisé peut réagir avec plusieurs fonctions. On doit alors protéger les fonctions qu'on ne veut pas modifier. On va ainsi utiliser des réactions réversibles pour protéger les fonctions que l'on souhaite garder, puis faire réagir celles que l'on veut modifier. Une fois la transformation faite, on doit déprotéger les fonctions que l'on a bloquées.

Exemple : pour protéger les fonctions carboxyles, on peut les transformer en fonction ester en les faisant réagir avec un alcool. Il suffit ensuite, pour les déprotéger, de faire réagir la fonction ester avec de l'eau, et on régénère les fonctions carboxyles.

4 Synthèses écoresponsables

Afin d'avoir des synthèses plus soucieuses de l'environnement, on recherche de nouvelles voies de synthèse qui permettent d'économiser les atomes en limitant le nombre de réactifs, d'utiliser des solvants moins polluants et en plus petite quantité, d'économiser l'énergie nécessaire grâce à l'emploi, par exemple, de biocatalyseurs.
On essaiera le plus possible d'utiliser des agroressources, de valoriser les sous-produits et d'imaginer des voies de recyclage, en s'appuyant tant que faire se peut sur la chimie verte.

EXERCICES TYPES

1 Nommer une espèce chimique

EXERCICE TYPE

Nommer les molécules suivantes :

1. 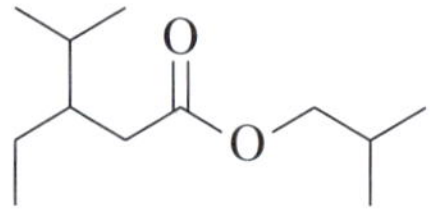

2. 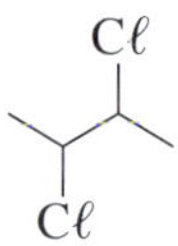

3. 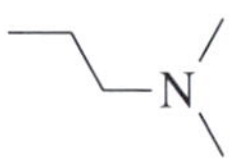

4. 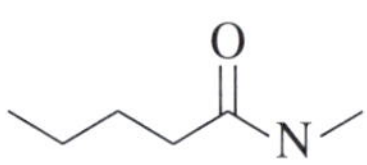

CORRIGÉ COMMENTÉ

1. La fonction (ou groupe caractéristique) portée par cette molécule est la **fonction ester** ; cette molécule est donc 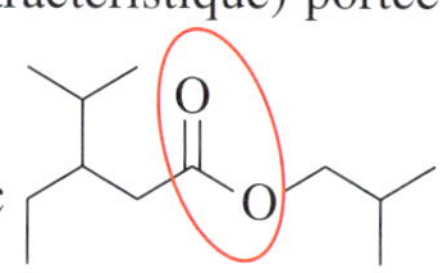. Le nom de cette molécule est donc composé de deux parties, la partie bleue et la partie verte : 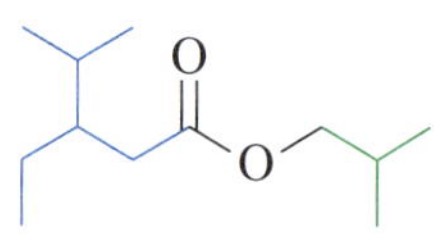.

– La chaîne carbonée bleue est constituée de 5 atomes de carbone, c'est donc un pentane. 2 atomes d'hydrogène sont substitués par un groupement éthyle (2 C) sur le carbone 3 et un groupement méthyle (1 C) sur le carbone 4 :

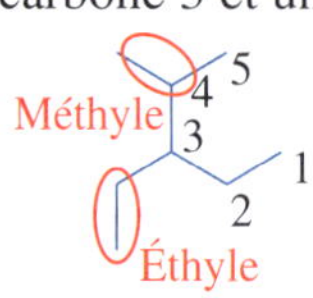

3-éthyl-4-méthylpentane.

> **À savoir**
> Dans un ester, le carbone porteur de la fonction ester est obligatoirement le carbone n° 1.

– La chaîne carbonée verte est constituée de 3 atomes de carbone, c'est donc un propane. Un atome d'hydrogène est substitué par un groupement méthyle (1 C) sur le carbone 2 : 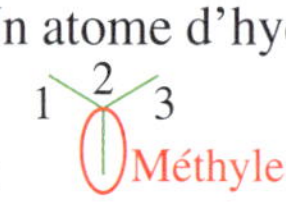

2-méthylpropane.

La molécule est donc du **3-éthyl-4-méthylpentanoate de 2-méthylpropanyle**.

2. Cette molécule porte deux substituants chlore : c'est donc un **halogénoalcane**. La chaîne carbonée la plus longue est de 4 atomes de carbone : c'est donc un butane. Les 2 atomes de chlore sont situés sur les carbones 2 et 3 : la molécule est donc du **2,3-dichlorobutane**.

> **À savoir**
> Si une molécule possède deux substituants identiques, on précède le nom du substituant par « di », sans oublier d'indiquer la position.

3. La fonction portée par cette molécule est la **fonction amine**, cette molécule est donc une **amine** : 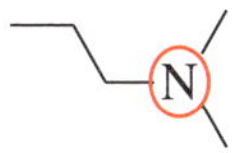

. L'atome d'azote porte 3 chaînes carbonées, c'est donc une amine tertiaire.

– La chaîne carbonée la plus longue (bleue) compte 3 atomes de carbone : c'est du propane.
– Les deux autres chaînes (vertes) ne comptent qu'un seul atome de carbone : ce sont des méthyles.
La molécule est donc du **N,N-diméthyl-propanamine**.

4. La fonction portée par cette molécule est la **fonction amide**, cette molécule est donc un **amide** : 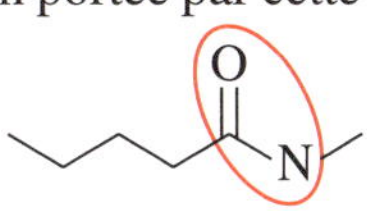

. La chaîne carbonée contenant la fonction comporte 5 atomes de carbone (chaîne bleue) : c'est donc du pentane. L'atome d'azote porte un substituant constitué d'un seul atome de carbone (en vert), groupement méthyle.

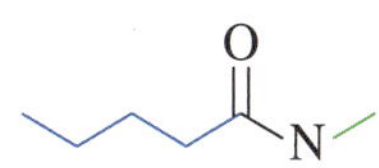

La molécule est donc du **N-méthyl-pentanamide**.

À RETENIR

- Il faut commencer par identifier la fonction (ou groupe caractéristique) de la molécule, puis identifier la chaîne carbonée la plus longue contenant la fonction.
- On identifie ensuite les différents substituants en repérant le carbone qui les porte.
- Les substituants sont rangés par ordre alphabétique.

2 Représenter une espèce chimique

EXERCICE TYPE

Donner la formule semi-développée des molécules suivantes.
1. 2-chloro-3-iodopentane.
2. N-éthyl,N-méthyl-2-éthyl-3-méthylbutanamide.
3. N-éthyl-2-méthylpropanamine.
4. Propanoate de 2-méthylbutyle.

CORRIGÉ COMMENTÉ

1. La molécule de 2-chloro-3-iodopentane est un halogénoalcane (chloro et iodo). La chaîne carbonée la plus longue contient 5 atomes de carbone (pentane). Cette chaîne est disubstituée sur les atomes de carbone 2 et 3. On obtient donc la représentation suivante :

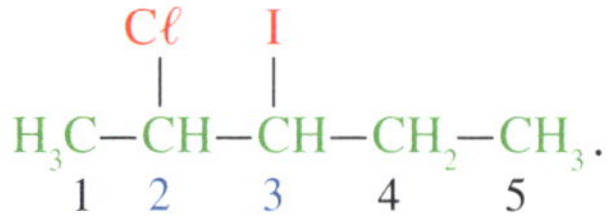

2. La molécule de N-éthyl,N-méthyl-2-éthyl-3-méthylbutan**amide** est un amide : elle comporte donc la fonction amide

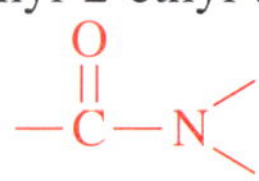

> **Rappel**
> Les substituants portés par l'azote sont précédés de la lettre N.

La représentation de la molécule est donc :

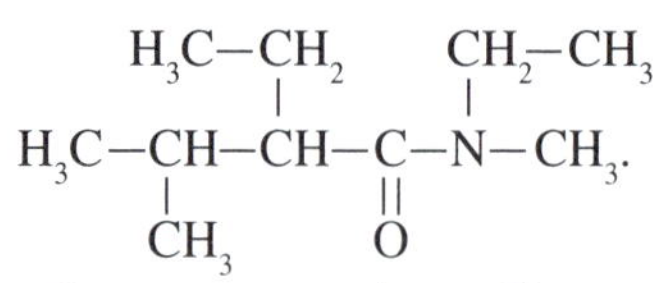

3. La molécule de N-éthyl-2-méthylpropan**amine** est une **amine** : elle comporte donc la fonction **amine C–NH$_2$**.

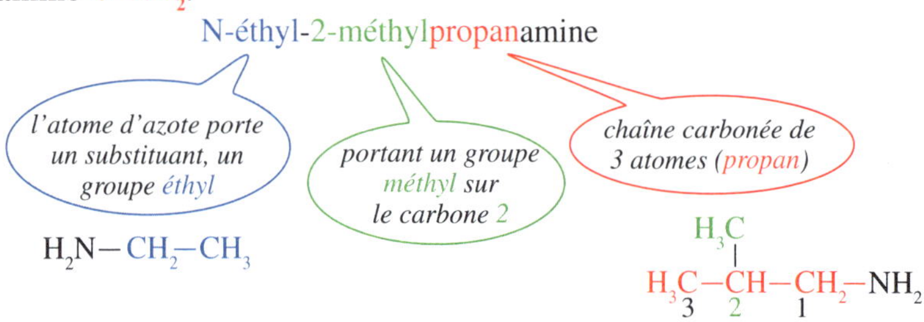

La représentation de la molécule est donc :

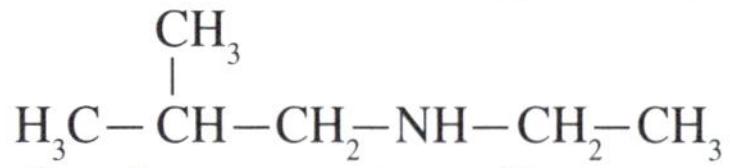

4. La molécule de propan**oate** de 2-méthylbut**yle** est un **ester** : elle comporte donc la fonction **ester**

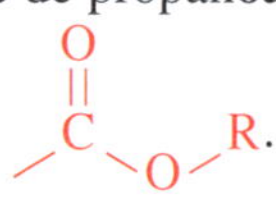

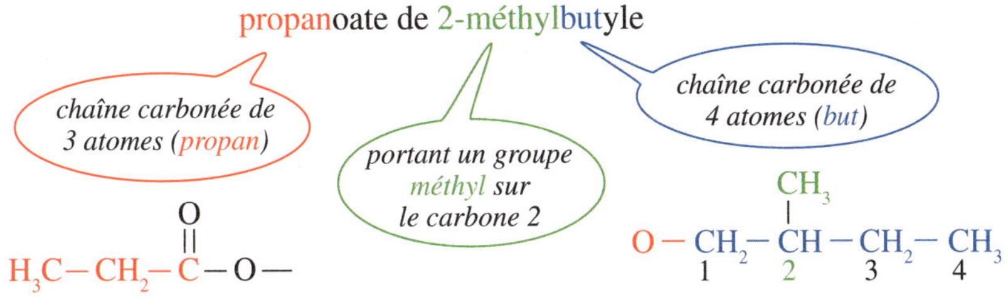

La représentation de la molécule est donc : $H_3C-CH_2-\overset{\overset{\large O}{||}}{C}-O-CH_2-\overset{\overset{\large CH_3}{|}}{CH}-CH_2-CH_3$.

À RETENIR

- Il faut commencer par identifier la fonction de la molécule, puis représenter la chaîne carbonée la plus longue contenant la fonction.
- On ajoute ensuite les différents substituants sur les atomes qui les portent.

SUJET DU BAC

Exercice 30 min **10 points**

L'acide cinnamique

L'acide cinnamique est utilisé dans l'industrie des parfums, des saveurs, des cosmétiques et dans l'industrie pharmaceutique. Il est présent dans certaines plantes comme le xuan shen (*Scrophularia ningpoensis*) ; il s'agit d'une plante vivace qui pousse en Asie et principalement en Chine. L'acide cinnamique peut également être facilement synthétisé en laboratoire à faible coût.

Données :

Espèce chimique	Caractéristiques	Formule
benzaldéhyde	– masse molaire : 106 $g.mol^{-1}$ – masse volumique à 20 °C : ρ = 1,04 $g.mL^{-1}$	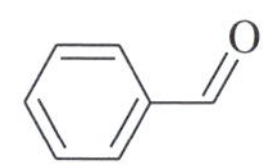
acide malonique	masse molaire : 104 $g.mol^{-1}$	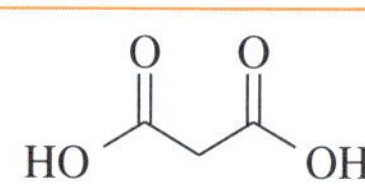
acide cinnamique	masse molaire : 148 $g.mol^{-1}$	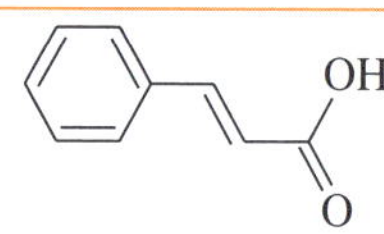

A. Étude de la molécule d'acide cinnamique

1. [2 pts] Recopier la formule de la molécule d'acide cinnamique. Entourer le groupe caractéristique et nommer la fonction chimique correspondante.

B. Synthèse de l'acide cinnamique au laboratoire

La synthèse de l'acide cinnamique peut se faire à partir du benzaldéhyde et de l'acide malonique selon la réaction d'équation suivante :

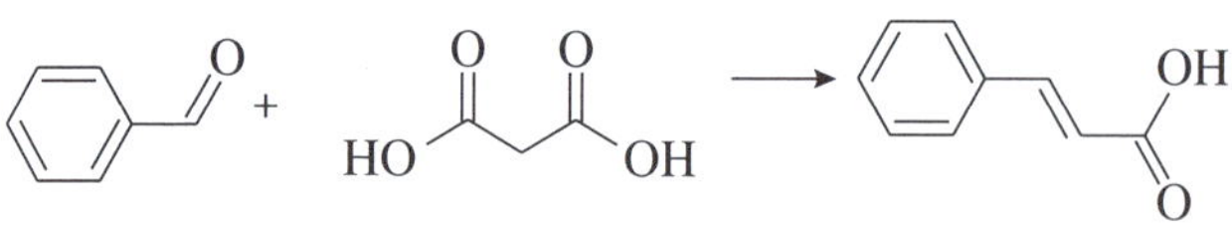

+ H_2O + B

Le protocole expérimental de cette synthèse est le suivant.
– Dans un ballon à fond rond, introduire 25,0 g d'acide malonique, 10,0 mL de benzaldéhyde, en présence de bêta-alanine et de pyridine. Placer un barreau aimanté.
– Chauffer à reflux à 130 °C et agiter pendant une heure et demie.
– Laisser refroidir, ajouter 130 mL d'eau froide, puis de l'acide chlorhydrique concentré (H_3O^+, $C\ell^-(aq)$) pour amener la valeur du pH du mélange à 1. L'acide cinnamique précipite.

2. [1 pt] Déterminer la formule brute de la molécule notée B.

3. [2 pts] Choisir le nom, en nomenclature officielle, de l'acide malonique parmi les trois propositions suivantes : acide 2-méthylpropanoïque, acide propanedioïque, acide 3-hydroxypropanoïque. Justifier.

4. [1 pt] De quel type de réaction s'agit-il ?

Dans l'une des étapes de la synthèse, la pyridine réagit avec l'acide cinnamique dès sa formation suivant la réaction d'équation :

$$C_6H_5\text{–}CH{=}CH\text{–}COOH + C_5H_5N \rightarrow C_6H_5\text{–}CH{=}CH\text{–}COO^- + C_5H_5NH^+$$

5. [2 pts] Quelle est la nature de la réaction ? Justifier.

6. [2 pts] Lors de la synthèse, des étudiants ont obtenu 11,6 g d'acide cinnamique. Déterminer la valeur du rendement de la réaction.

→ *Corrigé p. 292*

CORRIGÉ

Exercice → Énoncé p. 290

1. 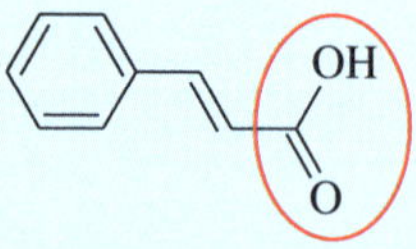 : c'est la **fonction carboxyle**.

2. Dans les réactifs, il y a 10 atomes de carbone, 5 atomes d'oxygène et 10 atomes d'hydrogène. Dans les produits, il y a, hors B, 9 atomes de carbone, 3 atomes d'oxygène et 10 atomes d'hydrogène. Ainsi, la formule brute de la molécule B est $\mathbf{CO_2}$: c'est le dioxyde de carbone.

3. Le nom, en nomenclature officielle, de l'acide malonique est l'**acide propanedioïque**. L'acide 2-méthylpropanoïque est 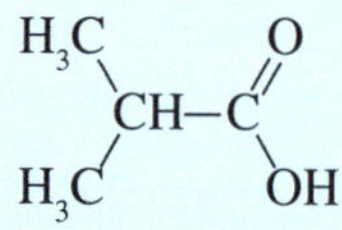 et l'acide 3-hydroxypropanoïque est 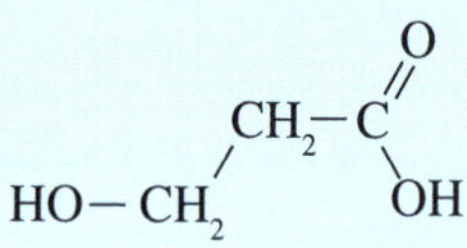 .

4. Il s'agit d'une réaction de **substitution**.

5. C'est une réaction **acide/base**. L'acide cinnamique a donné un proton à la pyridine.

6. Déterminons les quantités de matière des réactifs :

– Acide malonique : $n_{\text{malonique}} = \dfrac{m_{\text{malonique}}}{M_{\text{malonique}}} = \dfrac{25{,}0}{104} = 0{,}240$ mol.

– Benzaldéhyde :

$$n_{\text{benzaldéhyde}} = \frac{m_{\text{benzaldéhyde}}}{M_{\text{benzaldéhyde}}} = \frac{\rho \times V_{\text{benzaldéhyde}}}{M_{\text{benzaldéhyde}}} = \frac{1{,}04 \times 10{,}0}{106} = 9{,}81 \times 10^{-2} \text{ mol.}$$

Rappel

La masse volumique d'un corps correspond à la masse par unité de volume : $\rho_{\text{espèce}} = \dfrac{m_{\text{espèce}}}{V_{\text{espèce}}}$, avec $m_{\text{espèce}}$ la masse de l'espèce et $V_{\text{espèce}}$ le volume occupé par cette espèce. L'unité officielle dans le SI de la masse volumique est le kg.m^{-3}, mais on utilise plus souvent le g.mL^{-1} ou le g.L^{-1}.

Les coefficients stœchiométriques des deux réactifs étant égaux et comme $n_{\text{benzaldéhyde}} < n_{\text{malonique}}$, le benzaldéhyde est le réactif limitant.

Les coefficients stœchiométriques du benzaldéhyde et de l'acide cinnamique étant égaux, il se formera donc au maximum $n_{\text{acide max}} = n_{\text{benzaldéhyde}} = 9{,}81 \times 10^{-2}$ mol, soit une masse de $m_{\text{théorique}} = n_{\text{acide max}} \times M_{\text{acide}} = 9{,}81 \times 10^{-2} \times 148 = 14{,}5$ g.

Le rendement de cette réaction est donc $r = \dfrac{m_{\text{expérimentale}}}{m_{\text{théorique}}} = \dfrac{11{,}6}{14{,}5} = 0{,}799$, soit **79,9 %**.

Mouvement d'un système

CHAPITRE 9

1 Décrire un mouvement

A. Repère, référentiel

■ La notion d'immobilité ou de mouvement n'a de sens que si l'on se sert d'un objet comme référence. Si l'on associe à cet objet de référence trois axes gradués, alors on définit un **repère**. Si ce repère est muni d'un appareil permettant la mesure du temps, on définit alors un **référentiel**. Si l'on considère un système ponctuel, alors les coordonnées de ce système sont au nombre de quatre : les trois coordonnées spatiales x, y et z et une coordonnée temporelle t.

■ On définira ainsi, en se servant de l'origine O du référentiel $(O, \vec{i}, \vec{j}, \vec{k})$, le **vecteur position** $\overrightarrow{OM}(t)$ que l'on écrira, en fonction de ses coordonnées :

$$\overrightarrow{OM}(t)\begin{pmatrix} x(t) \\ y(t) \\ z(t) \end{pmatrix} \text{ ou encore } \overrightarrow{OM}(t) = x(t)\vec{i} + y(t)\vec{j} + z(t)\vec{k}$$

B. Vecteurs vitesse et accélération

■ On définit la vitesse comme étant la rapidité de déplacement d'un objet. La vitesse moyenne correspond au rapport de la distance parcourue d par la durée de ce parcours Δt : $v = \dfrac{d}{\Delta t}$. Si l'on veut savoir de façon plus précise quelle est la vitesse réelle d'un système à un instant donné, il faut déterminer la distance parcourue par ce système pendant une durée très petite centrée sur l'instant voulu. Pour être encore plus précis, il faut déterminer la limite, lorsque Δt tend vers 0, du rapport $\dfrac{d}{\Delta t}$. On calcule alors une dérivée et, par définition, **le vecteur vitesse instantanée $\vec{v}(t)$ correspond à la dérivée par rapport au temps du vecteur position.**

$$\vec{v}(t) = \frac{\mathrm{d}\overrightarrow{OM}(t)}{\mathrm{d}t}$$

■ Les **coordonnées du vecteur vitesse** sont :

$$\vec{v}(t)\begin{pmatrix} v_x(t) \\ v_y(t) \\ v_z(t) \end{pmatrix} \quad \text{soit} \quad \vec{v}(t) = v_x(t)\vec{i} + v_y(t)\vec{j} + v_z(t)\vec{k}$$

ou encore :

$$\vec{v}(t) = \frac{\mathrm{d}x(t)}{\mathrm{d}t}\vec{i} + \frac{\mathrm{d}y(t)}{\mathrm{d}t}\vec{j} + \frac{\mathrm{d}z(t)}{\mathrm{d}t}\vec{k}$$

car $v_x(t) = \frac{\mathrm{d}x(t)}{\mathrm{d}t}$, $v_y(t) = \frac{\mathrm{d}y(t)}{\mathrm{d}t}$ et $v_z(t) = \frac{\mathrm{d}z(t)}{\mathrm{d}t}$, où $\frac{\mathrm{d}x(t)}{\mathrm{d}t}$ représente la dérivée par rapport au temps de la coordonnée $x(t)$ du vecteur position, $\frac{\mathrm{d}y(t)}{\mathrm{d}t}$ représente la dérivée par rapport au temps de la coordonnée $y(t)$ du vecteur position et $\frac{\mathrm{d}z(t)}{\mathrm{d}t}$ représente la dérivée par rapport au temps de la coordonnée $z(t)$ du vecteur position.

- On définit l'**accélération** comme étant la rapidité à laquelle la vitesse change. Elle correspond à la variation de la vitesse Δv par unité de temps Δt : $a = \frac{\Delta v}{\Delta t}$. Ainsi, si l'on veut connaître de façon plus précise l'accélération à un instant donné, on doit déterminer la variation de vitesse pendant une durée très petite centrée sur l'instant voulu. Pour être encore plus précis, il faut déterminer la limite, lorsque Δt tend vers 0, du rapport $\frac{\Delta v}{\Delta t}$. On définit alors la dérivée et, par définition, **le vecteur accélération $\vec{a}(t)$ correspond à la dérivée par rapport au temps du vecteur vitesse.**

$$\vec{a}(t) = \frac{\mathrm{d}\vec{v}(t)}{\mathrm{d}t}$$

- Le vecteur vitesse étant égal au vecteur dérivé par rapport au temps du vecteur position, on a aussi : $\vec{a}(t) = \frac{\mathrm{d}}{\mathrm{d}t}\left(\frac{\mathrm{d}\overrightarrow{OM}(t)}{\mathrm{d}t}\right) = \frac{\mathrm{d}^2\overrightarrow{OM}(t)}{\mathrm{d}t^2}$, où $\frac{\mathrm{d}^2\overrightarrow{OM}(t)}{\mathrm{d}t^2}$ est la dérivée seconde du vecteur position par rapport au temps. Les coordonnées du vecteur accélération sont ainsi :

$$\vec{a}(t)\begin{pmatrix} a_x(t) \\ a_y(t) \\ a_z(t) \end{pmatrix} \quad \text{soit} \quad \vec{a}(t) = a_x(t)\vec{i} + a_y(t)\vec{j} + a_z(t)\vec{k},$$

ou encore :

$$\vec{a}(t) = \frac{\mathrm{d}v_x(t)}{\mathrm{d}t}\vec{i} + \frac{\mathrm{d}v_y(t)}{\mathrm{d}t}\vec{j} + \frac{\mathrm{d}v_z(t)}{\mathrm{d}t}\vec{k} = \frac{\mathrm{d}^2x(t)}{\mathrm{d}t^2}\vec{i} + \frac{\mathrm{d}^2y(t)}{\mathrm{d}t^2}\vec{j} + \frac{\mathrm{d}^2z(t)}{\mathrm{d}t^2}\vec{k}$$

où $\frac{\mathrm{d}v_x(t)}{\mathrm{d}t}$ représente la dérivée par rapport au temps de la coordonnée $v_x(t)$ du vecteur vitesse, $\frac{\mathrm{d}^2x(t)}{\mathrm{d}t^2}$ représente la dérivée seconde par rapport au temps de la coordonnée $x(t)$ du vecteur position, etc.

C. Repère de Frenet

On rappelle qu'un mouvement est dit **circulaire** si sa trajectoire est un arc de cercle.

■ Dans le cas de mouvements circulaires, les repères cartésiens sont plus difficiles à utiliser. On leur préférera alors un repère « tournant », qui se déplace en même temps que le système sur sa trajectoire. Ce repère, dit **repère de Frenet**, est noté $(M, \vec{u}_t, \vec{u}_n)$, avec M (position du mobile à l'instant t) comme origine ; $\vec{u}_t$ (ou vecteur tangentiel) vecteur unitaire tangent à la trajectoire et dans le sens du mouvement ; $\vec{u}_n$ (ou vecteur normal) vecteur unitaire dirigé vers le centre de la trajectoire

■ Le vecteur vitesse étant toujours tangent à la trajectoire, il est dirigé suivant $\vec{u}_t$. D'où $\vec{v}(t)\begin{pmatrix} v_t = v \\ v_n = 0 \end{pmatrix}$, ou encore :

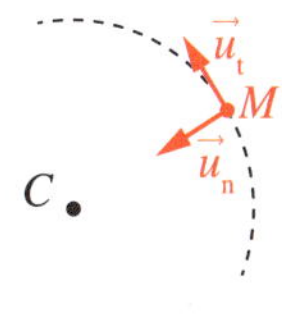

$$\vec{v}(t) = v \times \vec{u}_t$$

■ Les coordonnées du vecteur accélération dans ce repère sont :

$$\vec{a}(t)\begin{pmatrix} a_t = \dfrac{dv}{dt} \\ a_n = \dfrac{v^2}{R} \end{pmatrix} \quad \text{soit} \quad \vec{a}(t) = \frac{dv}{dt}\vec{u}_t + \frac{v^2}{R}\vec{u}_n$$

où R est le rayon de la trajectoire, $\dfrac{dv}{dt}$ la dérivée par rapport au temps de la vitesse et v la norme du vecteur vitesse.

Remarque : Si le mouvement circulaire se fait à vitesse constante, alors on parle de **mouvement circulaire uniforme** et les coordonnées du vecteur accélération sont $\vec{a}(t)\begin{pmatrix} a_t = 0 \\ a_n = \dfrac{v^2}{R} \end{pmatrix}$, car $\dfrac{dv}{dt}$ est nulle.

D. Quelques mouvements particuliers

Mouvements	Caractéristiques du vecteur accélération
Rectiligne	Le vecteur accélération garde une direction constante, celle de la trajectoire.
Rectiligne uniforme	Le vecteur accélération est égal au vecteur nul.
Rectiligne uniformément accéléré	Le vecteur accélération est égal à un vecteur constant dont la direction est celle de la trajectoire. Si le mouvement est accéléré, les vecteurs vitesse et accélération sont dans le même sens. Si le mouvement est ralenti, ils sont en sens opposés.
Circulaire	Le vecteur accélération est dirigé vers l'intérieur de la trajectoire. Si le mouvement est accéléré, l'angle entre les vecteurs vitesse et accélération est inférieur à 90°. Si le mouvement est ralenti, l'angle est supérieur à 90°.
Circulaire uniforme	Le vecteur accélération est dirigé vers le centre de la trajectoire et est normal au vecteur vitesse.

2 Deuxième loi de Newton

A. Centre de masse

Le centre de masse correspond au point particulier du système où s'applique le poids. Dans la plupart des études, le centre de masse va correspondre au centre d'inertie du système.

Rappel : Le centre d'inertie correspond au point d'application des forces qui s'exercent à distance.

B. Référentiel galiléen

- Un **référentiel galiléen** est un référentiel dans lequel le principe d'inertie s'applique, c'est-à-dire que si aucune force ne s'applique sur un corps, ou si celles-ci se compensent, le mouvement de ce corps est un mouvement rectiligne uniforme.

Remarque : L'immobilité est un cas particulier de mouvement rectiligne uniforme pour lequel la vitesse est nulle.

- Tous les référentiels galiléens sont en mouvement de translation rectiligne les uns par rapport aux autres. Tous les référentiels usuels ne sont pas galiléens dans l'absolu, mais ils peuvent être considérés comme quasiment galiléens pour des durées variant de cinq minutes pour le référentiel terrestre à une journée pour le référentiel géocentrique.

C. Principe fondamental de la dynamique

- La **deuxième loi de Newton**, ou **principe fondamental de la dynamique**, permet de déterminer quel va être le mouvement d'un système si l'on connaît les forces qui agissent sur lui, ou bien de prédire quelles sont les forces qui agissent sur un système par la connaissance de son mouvement. Il s'énonce de la manière suivante :

Dans un référentiel galiléen, la somme vectorielle des forces extérieures qui s'appliquent sur un système est égale au produit de la masse du système par le vecteur accélération du centre d'inertie du système :

$$\sum \vec{F}_{ext} = m \times \vec{a}$$

- Ainsi, la première loi de Newton, ou principe d'inertie, est un cas particulier de la deuxième loi de Newton. En effet, si les forces se compensent, alors la somme vectorielle de ces forces est égale au vecteur nul, et donc l'accélération est égale au vecteur nul, donc le mouvement est rectiligne uniforme.

1 Trouver les coordonnées du vecteur vitesse à partir du vecteur position

EXERCICE TYPE

On considère un objet ponctuel M en mouvement de coordonnées $M(t)(2t+3\ ;4t)$ dans le repère cartésien $(O, \vec{i}, \vec{j})$.
Quelles sont les coordonnées de son vecteur vitesse ?

CORRIGÉ COMMENTÉ

Les coordonnées du point M sont $M(2t + 3\ ;\ 4t)$. Par conséquent, les coordonnées du vecteur position sont $\overrightarrow{OM}(t)\begin{pmatrix} x(t) = 2t + 3 \\ y(t) = 4t \end{pmatrix}$. Sachant que le vecteur vitesse est égal à la dérivée par rapport au temps du vecteur position, $\vec{v}(t) = \dfrac{\mathrm{d}\overrightarrow{OM}(t)}{\mathrm{d}t}$, on a :

$$\vec{v}(t)\begin{pmatrix} v_x(t) = \dfrac{\mathbf{d}x(t)}{\mathbf{d}t} \\ v_y(t) = \dfrac{\mathbf{d}y(t)}{\mathbf{d}t} \end{pmatrix}.$$

Par conséquent :

- $v_x(t) = \dfrac{\mathrm{d}x(t)}{\mathrm{d}t} = \dfrac{\mathrm{d}(2t+3)}{\mathrm{d}t} = 2$;
- $v_y(t) = \dfrac{\mathrm{d}y(t)}{\mathrm{d}t} = \dfrac{\mathrm{d}(4t)}{\mathrm{d}t} = 4$.

Ainsi, les coordonnées du vecteur vitesse sont :

$$\vec{v}(t)\begin{pmatrix} 2 \\ 4 \end{pmatrix}.$$

> **Point maths**
>
> La notation $\dfrac{\mathrm{d}}{\mathrm{d}t}$ se lit « dérivée de … par rapport au temps ». Les systèmes physiques pouvant varier suivant des grandeurs spatiales ou temporelles, on doit préciser par rapport à quoi on dérive.

À RETENIR

Les coordonnées du vecteur vitesse sont obtenues en dérivant par rapport au temps chacune des coordonnées du vecteur position.

2 Trouver les coordonnées du vecteur accélération à partir du vecteur vitesse

EXERCICE TYPE

On considère un objet ponctuel M en mouvement dans le repère cartésien $(O, \vec{i}, \vec{j}, \vec{k})$.

Les coordonnées de son vecteur vitesse sont $\vec{v}(t)\begin{pmatrix} 4t^3 + 3t^2 - 6t + 2 \\ -2t^2 + 1 \\ 5 \end{pmatrix}$.

Quelles sont les coordonnées de son vecteur accélération ?

CORRIGÉ COMMENTÉ

Sachant que le vecteur accélération est égal à la dérivée par rapport au temps du vecteur vitesse, $\vec{a}(t) = \dfrac{\mathrm{d}\vec{v}(t)}{\mathrm{d}t}$, on a : $\vec{\boldsymbol{a}}(t)\begin{pmatrix} \boldsymbol{a_x(t) = \dfrac{dv_x}{dt}} \\ \boldsymbol{a_y(t) = \dfrac{dv_y}{dt}} \\ \boldsymbol{a_z(t) = \dfrac{dv_z}{dt}} \end{pmatrix}$.

Ainsi :

$$a_x(t) = \frac{\mathrm{d}v_x}{\mathrm{d}t} = \frac{\mathrm{d}\left(4t^3 + 3t^2 - 6t + 2\right)}{\mathrm{d}t} = 12t^2 + 6t - 6\,;$$

$$a_y(t) = \frac{\mathrm{d}v_y}{\mathrm{d}t} = \frac{\mathrm{d}\left(-2t^2 + 1\right)}{\mathrm{d}t} = -4t\,;$$

$$a_z(t) = \frac{\mathrm{d}v_z}{\mathrm{d}t} = \frac{\mathrm{d}(5)}{\mathrm{d}t} = 0.$$

Ainsi, les coordonnées du vecteur accélération sont : $\vec{\boldsymbol{a}}(t)\begin{pmatrix} \boldsymbol{12t^2 + 6t - 6} \\ \boldsymbol{-4t} \\ \boldsymbol{0} \end{pmatrix}$.

Point maths

La dérivée d'une fonction polynôme $a \times x^n$ par rapport à x, avec a constante et n entier, se calcule de la façon suivante : $\dfrac{\mathrm{d}(ax^n)}{\mathrm{d}x} = n \times a \times x^{n-1}$.

À RETENIR

Les coordonnées du vecteur accélération sont obtenues en dérivant par rapport au temps chacune des coordonnées du vecteur vitesse.

SUJET DU BAC

Exercice 40 min **13 points**

Cet exercice étudie un modèle très simplifié du mouvement du centre d'inertie G d'un skieur dans différentes phases de son parcours. Le skieur est considéré comme un solide.

Données : masse du skieur et de son équipement : $m = 80$ kg ;
intensité de pesanteur terrestre : $g = 9{,}8$ N.kg^{-1} ;
record du monde de vitesse à ski : 255 km.h^{-1}.

Montée et plat

L'ensemble des forces de frottement est assimilé à une force unique, de sens opposé au vecteur vitesse, de norme constante $F = 50$ N. Le skieur reste constamment en contact avec le sol.

Afin de monter au sommet de la piste, le skieur se présente sur l'aire de départ, horizontale, d'un téléski. Initialement immobile, il s'accroche à une perche formant un angle constant α égal à 45° avec l'horizontale. La perche exerce une force de traction dirigée suivant sa propre direction.

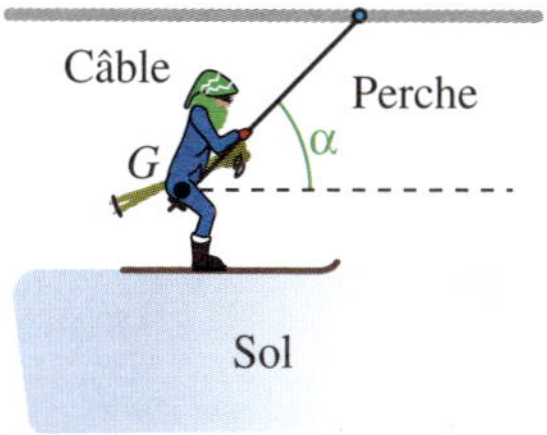

Après un parcours de longueur $\ell = 8{,}0$ m qui dure 8,0 s, la vitesse se stabilise à la valeur $v = 2{,}0$ m.s^{-1}.

1. [2 pts] Faire l'inventaire de toutes les forces s'exerçant sur le skieur pendant la phase de démarrage.

Les représenter sur un schéma sans souci d'échelle.

2. [1 pt] Calculer l'accélération du skieur durant la phase de démarrage.

3. [2 pts] Déterminer l'expression littérale puis la valeur numérique de la force constante $\vec{T}$ exercée par la perche sur le skieur.

4. [2 pts] Le skieur, toujours tiré par la perche, monte à la vitesse constante $v = 2$ m.s^{-1} une pente rectiligne inclinée d'un angle $\beta = 40°$ par rapport à l'horizontale. La perche elle-même forme un angle $\delta = 30°$ avec le sol.

Après avoir schématisé le skieur, déterminer littéralement puis numériquement l'intensité de la force $\vec{T}$ exercée par la perche sur le skieur.

Descente

Le skieur, participant à un concours de vitesse, s'élance à partir d'une position de repos sur une piste rectiligne inclinée d'un angle $\beta' = 28°$ par rapport à l'horizontale.

5. **[2 pts]** En admettant l'existence de force de frottement de même valeur qu'à la montée, quelle vitesse atteindrait-il après 10 s ?

6. **[1 pt]** La vitesse mesurée n'est en réalité que de 107 $km.h^{-1}$. En déduire l'intensité moyenne de la force de frottement supposée constante qui s'exerce sur le skieur au cours de la descente.

7. **[1 pt]** La valeur F de la force de frottement varie en réalité avec la vitesse suivant la loi $F = k \times v^2$ avec un coefficient $k = 0{,}33$ SI. Déterminer l'unité de k.

8. **[2 pts]** Si l'accélération du skieur pouvait s'annuler, pour quelle valeur de la vitesse cela se produirait-il ? On suppose que cette vitesse est la vitesse limite vers laquelle tend celle du skieur au bout d'un temps très long. Peut-il espérer battre le record du monde sur cette piste ?

→ *Corrigé p. 301*

CORRIGÉ

Exercice → Énoncé p. 299

1. Les forces s'exerçant sur le skieur pendant la phase de démarrage sont le poids $\vec{P}$, la réaction du support $\vec{R}$, les forces de frottement $\vec{F}$ et la force de traction $\vec{T}$.

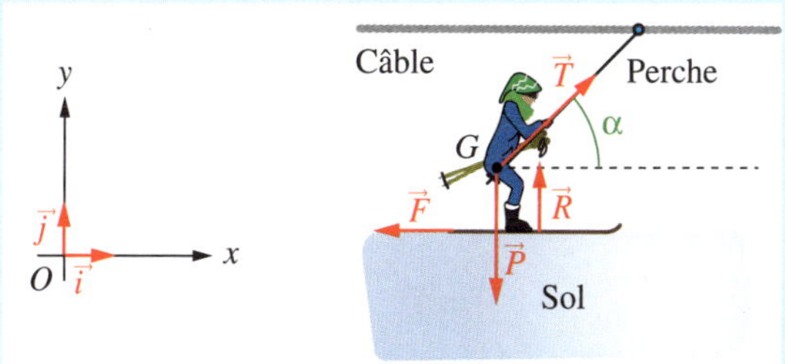

2. L'accélération pendant la phase de démarrage est déterminée en calculant l'accélération moyenne $a = \dfrac{\Delta v}{\Delta t}$, avec Δv la variation de vitesse et Δt la durée.

Ainsi, $\boldsymbol{a} = \dfrac{2{,}0 - 0}{8{,}0 - 0} = \mathbf{0{,}25\ m.s^{-2}}$.

3. Référentiel d'étude : référentiel terrestre, supposé galiléen.
Système : skieur et son équipement, de masse $m = 80$ kg.
Bilan des forces : voir question **1**.
En utilisant le repère indiqué sur le schéma, on détermine les coordonnées des différentes forces présentes : $\vec{P}\begin{pmatrix}0\\-P\end{pmatrix}$, $\vec{R}\begin{pmatrix}0\\R\end{pmatrix}$, $\vec{F}\begin{pmatrix}-F\\0\end{pmatrix}$ et $\vec{T}\begin{pmatrix}T\times\cos\alpha\\T\times\sin\alpha\end{pmatrix}$.

À l'aide de la deuxième loi de Newton, ou principe fondamental de la dynamique, on sait que la somme vectorielle des forces extérieures qui s'appliquent au système est égale au produit de la masse du système par le vecteur accélération du centre de masse du système : $\sum \vec{F}_{ext} = m \times \vec{a}$, soit $\vec{P} + \vec{R} + \vec{F} + \vec{T} = m \times \vec{a}$.

Ainsi, $\vec{P}\begin{pmatrix}0\\-P\end{pmatrix} + \vec{R}\begin{pmatrix}0\\R\end{pmatrix} + \vec{F}\begin{pmatrix}-F\\0\end{pmatrix} + \vec{T}\begin{pmatrix}T\times\cos\alpha\\T\times\sin\alpha\end{pmatrix} = m \times \vec{a}\begin{pmatrix}a_x\\a_y\end{pmatrix} = m \times \vec{a}\begin{pmatrix}a\\0\end{pmatrix}$

car le mouvement est horizontal.
En utilisant la coordonnée horizontale, on a alors $0 + 0 - F + T \times \cos\alpha = m \times a$,

ce qui conduit à $\boldsymbol{T = \dfrac{m \times a + F}{\cos\alpha}}$.

Application numérique : $\boldsymbol{T} = \dfrac{80 \times 0{,}25 + 50}{\cos 45°} = \mathbf{99\ N}$.

4. En utilisant le repère indiqué sur le schéma page suivante, on a les coordonnées suivantes pour les quatre forces : $\vec{P}\begin{pmatrix}-P\times\sin\beta\\-P\times\cos\beta\end{pmatrix}$, $\vec{R}\begin{pmatrix}0\\R\end{pmatrix}$, $\vec{F}\begin{pmatrix}-F\\0\end{pmatrix}$ et $\vec{T}\begin{pmatrix}T\times\cos\delta\\T\times\sin\delta\end{pmatrix}$.

MATHÉMATIQUES
PHYSIQUE-CHIMIE
GRAND ORAL
MATHS EXPERTES

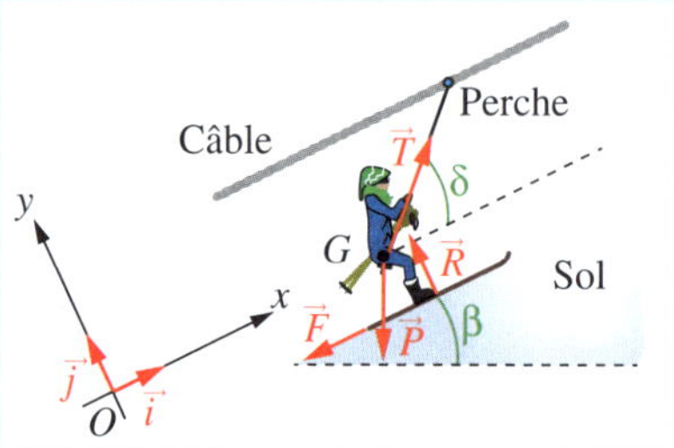

Le mouvement étant rectiligne uniforme, le vecteur accélération est égal au vecteur nul, et donc l'application de la deuxième loi de Newton conduit à $\vec{P} + \vec{R} + \vec{F} + \vec{T} = \vec{0}$, soit :

$$\vec{P}\begin{pmatrix} -P \times \sin\beta \\ -P \times \cos\beta \end{pmatrix} + \vec{R}\begin{pmatrix} 0 \\ R \end{pmatrix} + \vec{F}\begin{pmatrix} -F \\ 0 \end{pmatrix} + \vec{T}\begin{pmatrix} T \times \cos\delta \\ T \times \sin\delta \end{pmatrix} = \vec{0}.$$

En considérant les coordonnées suivant (Ox), on a ainsi :

$-P \times \sin\beta + 0 - F + T \times \cos\delta = 0$,

soit : $\boldsymbol{T = \dfrac{F + P \times \sin\beta}{\cos\delta}}$.

Application numérique : $T = \dfrac{50 + 80 \times 9{,}8 \times \sin 40°}{\cos 30°}$ $\mathbf{= 6{,}4 \times 10^2\ N.}$

5. À l'aide du schéma ci-contre, on déduit les coordonnées des trois forces qui agissent sur le système :

$$\vec{P}\begin{pmatrix} P \times \sin\beta' \\ -P \times \cos\beta' \end{pmatrix}, \vec{R}\begin{pmatrix} 0 \\ R \end{pmatrix}, \vec{F}\begin{pmatrix} -F \\ 0 \end{pmatrix}.$$

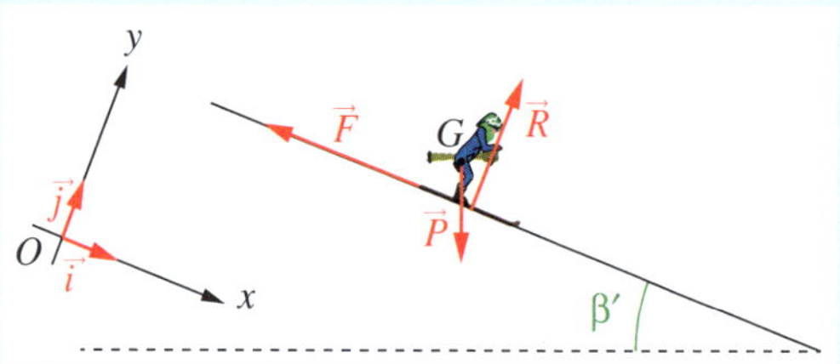

Grâce à la deuxième loi de Newton, on sait que la somme vectorielle des forces extérieures qui s'appliquent au système est égale au produit de la masse du système par le vecteur accélération du centre de masse du système :

$\sum \vec{F}_{\text{ext}} = \vec{F} + \vec{P} + \vec{R} = m \times \vec{a}$.

En passant aux coordonnées, on obtient :

$$\vec{P}\begin{pmatrix} P \times \sin\beta' \\ -P \times \cos\beta' \end{pmatrix} + \vec{R}\begin{pmatrix} 0 \\ R \end{pmatrix} + \vec{F}\begin{pmatrix} -F \\ 0 \end{pmatrix} = m \times \vec{a}\begin{pmatrix} a_x \\ a_y \end{pmatrix}$$

soit $\begin{pmatrix} P \times \sin\beta' + 0 - F \\ -P \times \cos\beta' + R + 0 \end{pmatrix} = \begin{pmatrix} P \times \sin\beta' - F \\ -P \times \cos\beta' + R \end{pmatrix} = \begin{pmatrix} m \times a_x \\ m \times a_y \end{pmatrix}$.

Le mouvement étant rectiligne le long de la piste, $a_y = 0$ et donc :

$$\begin{pmatrix} P \times \sin\beta' - F \\ -P \times \cos\beta' + R \end{pmatrix} = \begin{pmatrix} m \times a_x \\ 0 \end{pmatrix}.$$

Ainsi, $P \times \sin\beta' - F = m \times a_x = m \times a$, d'où $\boldsymbol{a = \dfrac{P \times \sin\beta' - F}{m}}$.

L'accélération est donc constante, le mouvement est donc un mouvement rectiligne uniforme et donc $\Delta v = a \times \Delta t$, soit $\Delta v = \dfrac{P \times \sin\beta' - F}{m} \times \Delta t$.

Ainsi, $v(10) - v(0) = \dfrac{P \times \sin\beta' - F}{m} \times (10 - 0)$, et donc :

$$\boldsymbol{v(10) = \dfrac{P \times \sin\beta' - F}{m} \times 10.}$$

Application numérique : $v(10) = \dfrac{80 \times 9{,}8 \times \sin 28° - 50}{80} \times 10 = \mathbf{40\ m.s^{-1}}$.

6. En considérant que la vitesse est plus faible que celle calculée ($30\ m.s^{-1}$ contre $40\ m.s^{-1}$), on utilise la relation précédente, et on a $\boldsymbol{F = P \times \sin\beta' - m \times \dfrac{v(10)}{10}}$.

Application numérique :

$$F = 80 \times 9{,}8 \times \sin 28° - 80 \times \frac{30}{10}$$

$$\boldsymbol{F = 1{,}3 \times 10^2\ N.}$$

> **Méthode**
>
> Pour passer de la vitesse en $km.h^{-1}$ à la vitesse en $m.s^{-1}$, on peut utiliser le schéma ci-dessous :
>
> $m.s^{-1}$ → $\times 3{,}6$ → $km.h^{-1}$
>
> $km.h^{-1}$ → $/3{,}6$ → $m.s^{-1}$

7. De $F = k \times v^2$, on tire $k = \dfrac{F}{v^2}$. Par analyse dimensionnelle, on obtient donc :

$$[k] = \left[\frac{F}{v^2}\right] = \frac{[F]}{[v^2]} = \frac{[F]}{[v]^2} = \frac{kg \times m \times s^{-2}}{(m \times s^{-1})^2} = \frac{kg \times m \times s^{-2}}{m^2 \times s^{-2}} = kg \times m^{-1}.$$

8. Si l'accélération du skieur pouvait s'annuler, alors l'équation obtenue à la question **5.** deviendrait $P \times \sin\beta' - F = m \times a = m \times 0 = 0$, soit $P \times \sin\beta' = F$.
En reportant dans cette équation l'expression de F, on a $P \times \sin\beta' = k \times v^2$, d'où $\boldsymbol{v = \sqrt{\dfrac{P \times \sin\beta'}{k}}}$.

Application numérique : $v = \sqrt{\dfrac{80 \times 9{,}8 \times \sin 28°}{0{,}33}} = \mathbf{33\ m.s^{-1}}$.

Le record du monde étant de $255\ km.h^{-1}$, soit $71\ m.s^{-1}$, **le skieur ne le battra pas sur cette piste** !

CHAPITRE 10

Relier les actions appliquées à un système à son mouvement

1 Deux exemples de champ uniforme

■ La notion de champ en physique, très présente, associe à chaque point de l'espace une grandeur physique. On parle de **champ vectoriel** lorsque la grandeur décrite est un vecteur.

■ Un **champ uniforme** est un champ dont les caractéristiques (direction, sens et norme) ne dépendent pas du point de l'espace considéré.

A. Champ de pesanteur

■ Soit $\vec{P}$ le poids d'un objet de masse m.
Le vecteur **champ de pesanteur** $\vec{g}$ est défini par :

$$\vec{g} = \frac{\vec{P}}{m}$$

La valeur de g s'exprime en $N.kg^{-1}$, celle de P en N et m en kg.

■ Localement, le champ de pesanteur est **uniforme**. Il est vertical, orienté vers le bas et sa valeur moyenne à la surface de la Terre est $g = 9{,}8\ N.kg^{-1}$.

B. Champ électrique créé par un condensateur plan

■ Un **condensateur plan** est constitué de deux armatures conductrices planes, parallèles et face à face. Lorsqu'une tension U est appliquée entre ces deux armatures, il règne dans l'espace situé entre les deux un **champ électrique** $\vec{E}$.

■ Ce champ est **uniforme** (sauf à proximité des extrémités des armatures) et il est orienté de l'armature positive vers l'armature négative. Sa valeur dépend de la valeur de la tension U appliquée (en volt) et de la distance d (en mètre) qui sépare les deux armatures. On a :

$$E = \frac{|U|}{d}$$

avec E en $V.m^{-1}$, U en V et d en m.

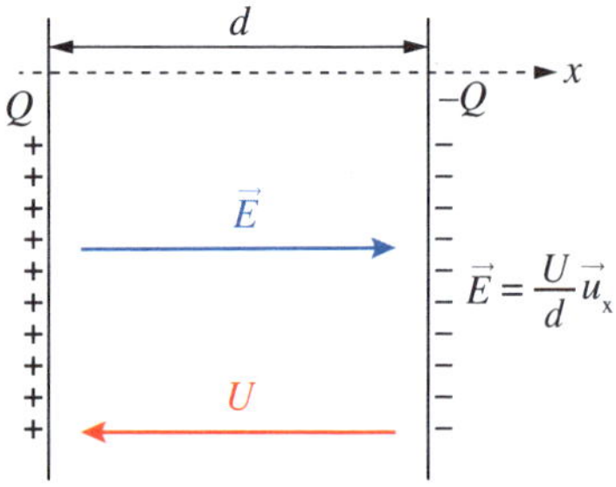

■ Le champ électrique est d'autant plus important que :

- la tension appliquée est grande ;
- la distance entre les armatures est faible.

■ Une particule de charge q placée dans une région de l'espace où règne un champ électrique $\vec{E}$ est soumise à une **force électrostatique** : $\vec{F} = q \times \vec{E}$

Le **vecteur champ électrique** $\vec{E}$ est donc défini par :

$$\vec{E} = \frac{\vec{F}}{q}$$

2 Mouvement dans le champ de pesanteur

A. Étude du mouvement

■ Un objet de masse m, modélisé par son centre de gravité G, est lancé en l'air avec une vitesse initiale $\vec{v_0}$. L'étude se fait dans un repère orthonormé $\left(O, \vec{i}, \vec{j}, \vec{k}\right)$ choisi tel que la vitesse initiale soit dans le plan vertical $\left(O, \vec{i}, \vec{j}\right)$. À la date $t = 0$, l'objet se trouve à l'origine du repère.

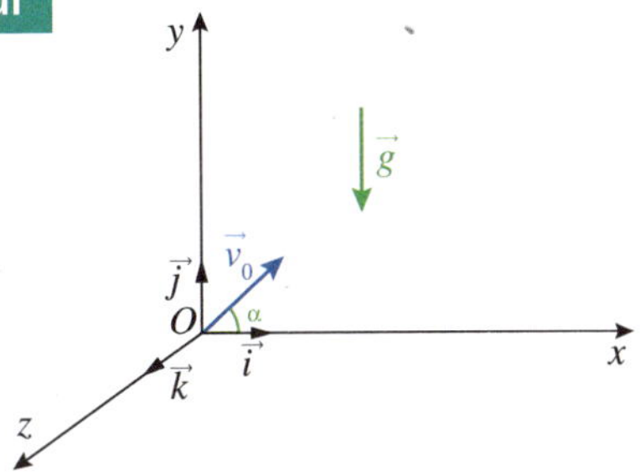

Référentiel : Terrestre considéré galiléen

Système : Objet de masse m

Bilan des forces : Poids de l'objet : $\vec{P} = m \times \vec{g} = -m \times g \times \vec{j}$
On néglige l'action de l'air sur l'objet.

2e loi de Newton : $\vec{P} = m \times \vec{a}_M = m \times \left(a_x\vec{i} + a_y\vec{j} + a_z\vec{k}\right)$
Soit $\vec{g} = -g \times \vec{j} = a_x\vec{i} + a_y\vec{j} + a_z\vec{k}$

On connaît donc les coordonnées du vecteur accélération :

$$\vec{a}\begin{pmatrix} 0 \\ -g \\ 0 \end{pmatrix}$$

Le champ est uniforme, donc g est constant.

■ Pour connaître les coordonnées du vecteur vitesse, il faut rechercher la primitive par rapport au temps de chaque coordonnée du vecteur accélération en tenant compte de la vitesse initiale ($\vec{v_0} = v_0 \times \cos\alpha \times \vec{i} + v_0 \times \sin\alpha \times \vec{j}$) :

$$\vec{v}\begin{pmatrix} v_0 \times \cos\alpha \\ -gt + v_0 \times \sin\alpha \\ 0 \end{pmatrix}$$

■ Pour connaître les coordonnées du vecteur position, il faut rechercher la primitive par rapport au temps de chaque coordonnée du vecteur vitesse en tenant compte de la position initiale ($\overrightarrow{OG_0} = \vec{0}$).

$$\overrightarrow{OG}\begin{pmatrix} v_0 \times \cos\alpha \times t \\ -\frac{1}{2}gt^2 + v_0 \times \sin\alpha \times t \\ 0 \end{pmatrix}$$

On obtient ainsi les coordonnées du vecteur position $x(t)$, $y(t)$ et $z(t)$, qui sont appelées les **équations horaires du mouvement**.

■ **La coordonnée z est constamment nulle, ce qui signifie que le mouvement est plan** : il s'effectue dans le plan $\left(O, \vec{i}, \vec{j}\right)$.

B. Trajectoire

L'équation de la trajectoire dans le repère $\left(O, \vec{i}, \vec{j}\right)$ est de la forme $y = f(x)$.

De l'équation de $x(t)$, on tire $t = \dfrac{x}{v_0 \times \cos\alpha}$, que l'on substitue dans $y(t)$. On obtient :

$$y = -\frac{1}{2}g\left(\frac{x}{v_0 \times \cos\alpha}\right)^2 + v_0 \sin\alpha \times \frac{x}{v_0 \times \cos\alpha}$$
$$= -\frac{1}{2}g\left(\frac{x}{v_0 \times \cos\alpha}\right)^2 + \tan\alpha \times x.$$

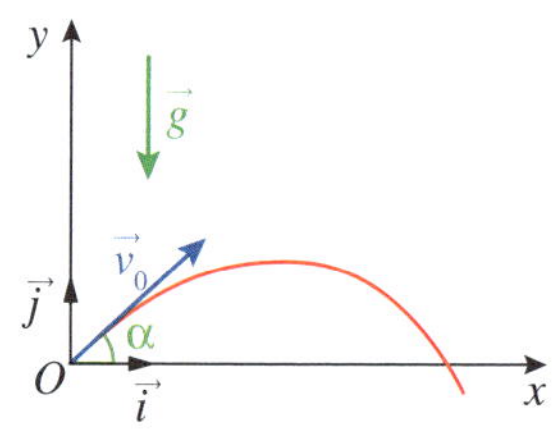

La trajectoire est une **portion de parabole**, représentée en rouge sur le schéma ci-contre.

C. Aspect énergétique

Dans le cas du mouvement dans le champ de pesanteur uniforme, si les frottements sont négligeables, il y a **conservation de l'énergie mécanique**.

La variation d'énergie mécanique au cours du mouvement est donc nulle :

$$\Delta E_m = \Delta E_c + \Delta E_p = 0$$

> **Rappel de Première**
>
> Énergie cinétique : $E_c = \frac{1}{2}mv^2$
>
> Énergie potentielle de pesanteur : $E_p = mgy$

Il y a transfert de l'énergie potentielle de pesanteur en énergie cinétique, ou inversement.

3 Mouvement d'une particule chargée dans un champ électrique

A. Équations horaires et trajectoire

■ Une particule M supposée ponctuelle, de masse m et de charge électrique q, est placée dans un champ électrique uniforme $\vec{E}$ avec une vitesse initiale $\overrightarrow{v_0}$. L'étude se fait dans un repère orthonormé $\left(O, \vec{i}, \vec{j}, \vec{k}\right)$ choisi tel que la vitesse initiale soit dans le plan vertical $\left(O, \vec{i}, \vec{j}\right)$. À la date $t = 0$, la particule se trouve à l'origine du repère.

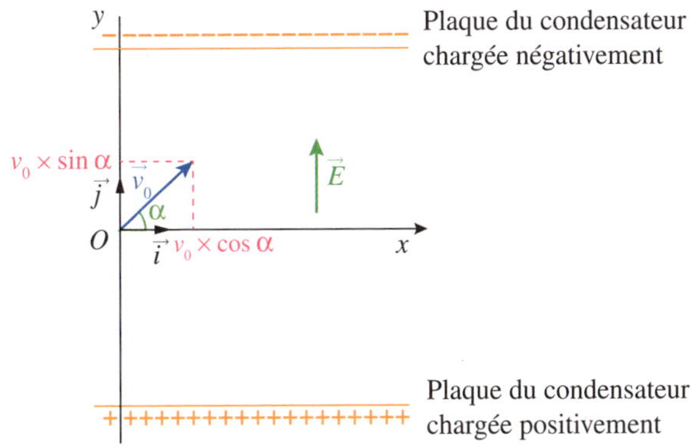

Référentiel	Terrestre considéré galiléen
Système	Particule de masse m, de charge q
Bilan des forces	Force électrique : $\vec{F} = q \times \vec{E} = q \times E \times \vec{j}$ Les valeurs du poids $\vec{P}$ et des forces exercées par l'air sur la particule sont très faibles devant la force électrique : on les néglige.
2e loi de Newton	$\vec{F} = q\vec{E} = m \times \left(a_x\vec{i} + a_y\vec{j} + a_z\vec{k}\right)$ Soit $q \times \frac{E}{m} \times \vec{j} = a_x\vec{i} + a_y\vec{j} + a_z\vec{k}$.

On connaît donc les coordonnées du vecteur accélération :

$$\vec{a}\begin{pmatrix} 0 \\ \frac{qE}{m} \\ 0 \end{pmatrix}$$

Par un raisonnement identique au cas du champ de pesanteur, on obtient les équations horaires du mouvement, puis l'équation de la trajectoire :

$$\vec{a}\begin{pmatrix} 0 \\ \frac{qE}{m} \\ 0 \end{pmatrix} \xrightarrow{\text{Primitive}} \vec{v}\begin{pmatrix} v_0 \times \cos\alpha \\ \frac{qE}{m}t + v_0 \times \sin\alpha \\ 0 \end{pmatrix} \xrightarrow{\text{Primitive}} \overrightarrow{OM}\begin{pmatrix} v_0 \times \cos\alpha \times t \\ \frac{qE}{2m}t^2 + v_0 \times \sin\alpha \times t \\ 0 \end{pmatrix}$$

- **La coordonnée z est constamment nulle,** ce qui signifie que **le mouvement est plan** : il s'effectue dans le plan $\left(O, \vec{i}, \vec{j}\right)$.
- On obtient $y = \frac{qE}{2m}\left(\frac{x}{v_0 \times \cos\alpha}\right)^2 + \tan\alpha \times x$.

La trajectoire est une portion de parabole, représentée en rouge sur le schéma ci-contre dans le cas d'une particule chargée négativement.

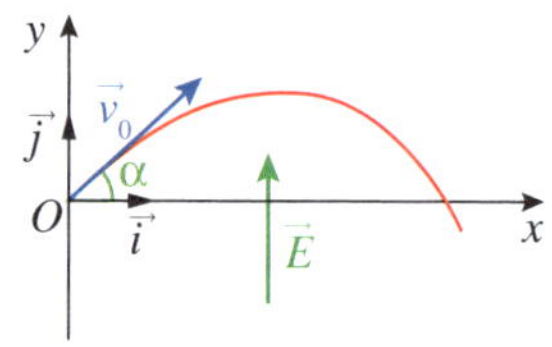

B. Accélérateur de particules

■ Dans un **accélérateur linéaire de particules**, le champ électrique $\vec{E}$ et la vitesse initiale de la particule $\vec{v_0}$ sont colinéaires (la vitesse initiale peut être nulle).

■ Dans le cas ci-contre, $\vec{v_0} = v_0\vec{i}$ et $\vec{E} = -E\vec{i}$

Une étude similaire au cas précédent donne :

$$x(t) = -\frac{qE}{2m}t^2 + v_0 \times t.$$

Dans le référentiel terrestre supposée galiléen, le théorème de l'énergie cinétique appliquée à la particule entre O et B s'écrit, si la seule force prise en compte est la force électrique :

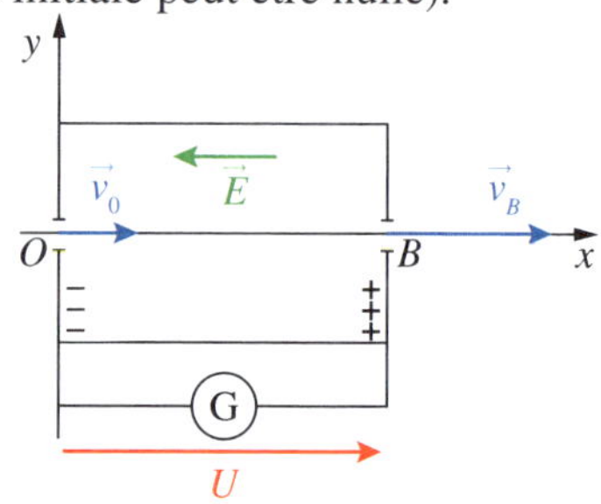

Cas d'une particule chargé négativement

$$E_c(B) - E_c(O) = W_{OB}(\vec{F}) = |q| \times E \times OB$$
$$= |q| \times \frac{U_{OB}}{OB} \times OB = |q|U_{BO} = |q|(V_B - V_O)$$

Application : Si la vitesse de la particule est nulle à l'entrée, on peut trouver la vitesse à la sortie de l'accélérateur, qui vaut : $v_B = \sqrt{\frac{2|q|U}{m}}$. Plus la tension est élevée, plus la vitesse en sortie est grande.

Rappel de Première

Si la force $\vec{F}$ est constante, colinéaire au vecteur $\overrightarrow{AB}$ et de même sens alors :

$W_{AB}(\vec{F}) = \vec{F}\cdot\overrightarrow{AB} = F \times AB$

4 Mouvement dans un champ de gravitation

A. Lois de Kepler

Les lois de Kepler (astronome allemand, 1571-1630) ont été formulées historiquement pour décrire le mouvement des planètes autour du Soleil.

■ **Première loi de Kepler**

Dans le référentiel héliocentrique, la trajectoire du centre de gravité d'une planète est une **ellipse** dont le centre de gravité du Soleil est l'un des foyers.

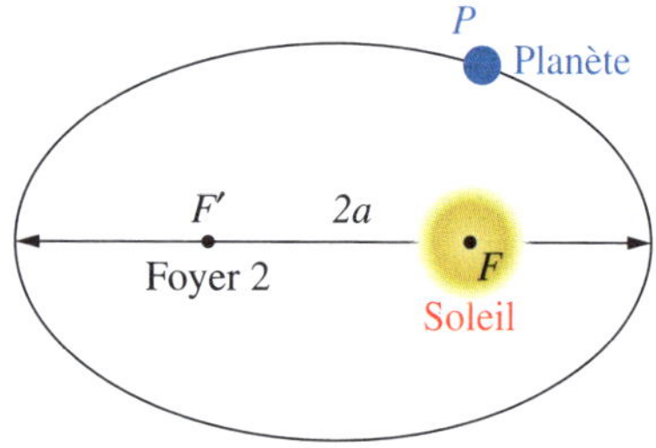

a est le demi-grand axe de l'ellipse

■ **Deuxième loi de Kepler**

Le segment de droite reliant le centre du Soleil à celui de la planète balaie des aires égales pendant des durées égales.

■ **Troisième loi de Kepler**

Pour toutes les planètes du système solaire, le rapport entre le carré de la période de révolution T et le cube du demi-grand axe est égal à une constante :

$$\frac{T^2}{a^3} = \text{constante}$$

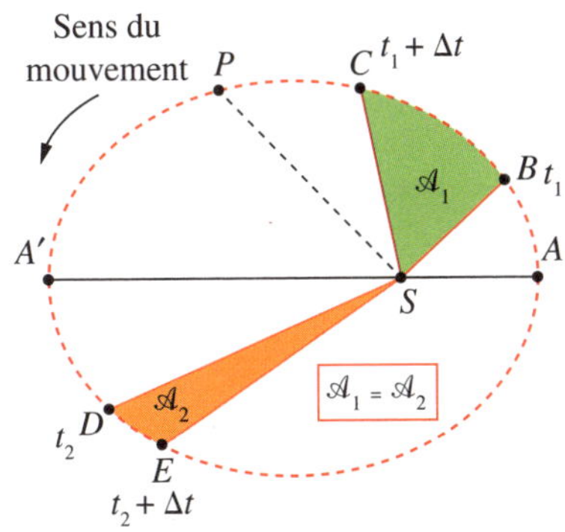

Généralisation : Les trois lois de Kepler énoncées dans le cas de planètes en orbite autour du Soleil peuvent être généralisées à tout satellite ou planète en orbite autour d'un astre de masse M.

Exemple : On souhaite calculer la période de révolution de la planète Mars autour du Soleil.

	Demi-grand axe de l'orbite elliptique	Période de révolution
Terre	$1{,}50 \times 10^8$ km	365,3 jours
Mars	$2{,}28 \times 10^8$ km	?

On utilise la troisième loi de Kepler : $\dfrac{T^2_{\text{Terre}}}{a^3_{\text{Terre}}} = \dfrac{T^2_{\text{Mars}}}{a^3_{\text{Mars}}}$.

D'où $T_{\text{Mars}} = T_{\text{Terre}}\sqrt{\dfrac{a^3_{\text{Mars}}}{a^3_{\text{Terre}}}} = 365{,}3 \times \sqrt{\dfrac{2{,}28^3}{1{,}50^3}} = 684{,}6$ jours.

■ Dans certains cas, les foyers de l'ellipse sont suffisamment proches pour que l'on puisse approximer l'orbite elliptique par une orbite circulaire de rayon R. La troisième loi de Kepler, qui sera démontrée dans ce cas particulier, s'écrit alors :

$$\frac{T^2}{R^3} = \text{constante}$$

B. Cas du mouvement circulaire

■ **Champ de gravitation**

On étudie le mouvement d'un satellite S de masse m, assimilé à un point matériel, en orbite autour de la Terre de centre O et de masse M_T. On se place dans le cadre de l'approximation d'une orbite circulaire de rayon $r = OS$.

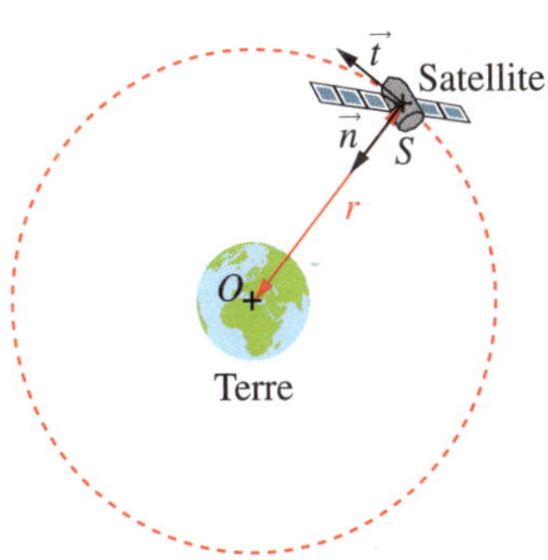

La force d'attraction gravitationnelle exercée par la Terre $\vec{F}_{T/S}$ a pour expression :

$$\vec{F}_{T/S} = G \times \frac{m \times M_T}{r^2}\vec{n}$$

On définit le **champ de gravitation** par : $\vec{\mathcal{G}} = \dfrac{\vec{F}_{T/S}}{m} = G \times \dfrac{M_T}{r^2}\vec{n}$.

Vitesse et accélération

Pour étudier le mouvement du satellite autour de la Terre, on applique la démarche habituelle.

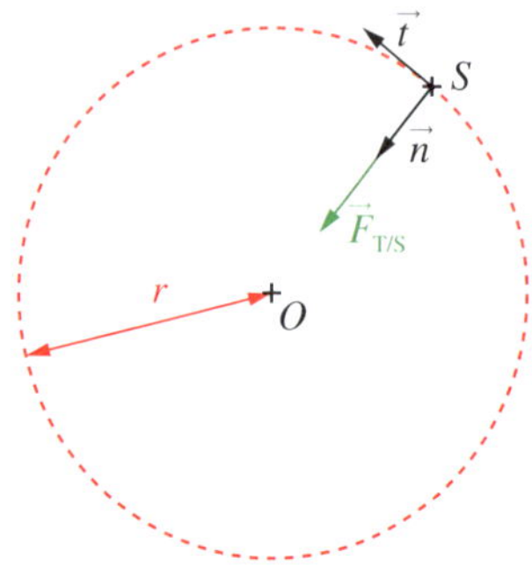

Référentiel : Géocentrique considéré galiléen. On utilise le repère de Frenet $(S, \vec{n}, \vec{t})$, adapté aux mouvements circulaires.

Système : Satellite S de masse m

Bilan des forces : Force de gravitation :

$$\vec{F}_{T/S} = G \times \frac{m \times M_T}{r^2}\vec{n}$$

On néglige l'action des autres astres sur le satellite.

2e loi de Newton :

$$\vec{F}_{T/S} = G \times \frac{m \times M_T}{r^2}\vec{n} = m \times \vec{a}$$

Soit $\vec{a} = G \times \dfrac{M_T}{r^2}\vec{n}$.

On utilise l'expression de l'accélération dans la base de Frenet : $\vec{a} = \dfrac{dv}{dt}\vec{t} + \dfrac{v^2}{r}\vec{n}$.

On en déduit, en identifiant les deux expressions de l'accélération, les coordonnées du vecteur accélération :

$$\vec{a}\begin{pmatrix} a_n = \dfrac{v^2}{r} = G \times \dfrac{M_T}{r^2} \\ a_t = \dfrac{dv}{dt} = 0 \end{pmatrix}$$

Par conséquent :

- **le vecteur accélération est centripète** : il est dirigé vers le centre de la trajectoire.
- le fait que $\dfrac{dv}{dt} = 0$ implique que la vitesse du satellite est constante : **le mouvement est circulaire uniforme**.
- l'égalité $\dfrac{v^2}{r} = G \times \dfrac{M_T}{r^2}$ permet de trouver la vitesse du satellite sur son orbite circulaire : $v = \sqrt{\dfrac{G \times M_T}{r}}$.

■ Période de révolution

La durée T pour effectuer un tour complet est appelée **période de révolution**. Elle est égale au périmètre de la trajectoire circulaire divisé par la valeur de la vitesse pour un mouvement uniforme :

$$T = \frac{2\pi r}{v}$$

En utilisant l'expression de la vitesse du satellite, on obtient :

$$T = \frac{2\pi r}{v} = \frac{2\pi r}{\sqrt{G \times \frac{M_T}{r}}} = 2\pi \sqrt{\frac{r^3}{G \times M_T}}$$

En élevant cette relation au carré, on retrouve la troisième loi de Kepler dans le cas du mouvement circulaire :

$$\frac{T^2}{r^3} = \frac{4\pi^2}{G \times M_T}$$

■ Satellite géostationnaire

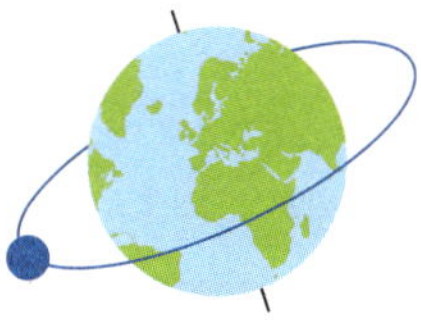

Dans le référentiel géocentrique, la période de révolution T d'un satellite géostationnaire est égale à la période propre de rotation de la Terre, soit 23 h 56 min 4 s (jour sidéral).
Un satellite géostationnaire reste à la verticale d'un point fixe de la surface de la Terre.
Tous les satellites géostationnaires évoluent à une altitude voisine de 35 800 km, suivant une trajectoire circulaire dans le plan de l'équateur terrestre.

1 Établir et utiliser les équations horaires du mouvement

EXERCICE TYPE

Une personne de masse $m = 80$ kg fait du saut à l'élastique. Elle se laisse tomber verticalement sans vitesse initiale par rapport au pont d'où elle saute. Durant la première phase du saut, tant que l'élastique n'est pas tendu, on considère qu'il s'agit d'une chute libre (les frottements dus à l'air seront négligés). La hauteur du pont par rapport au fond de la rivière est $H = 50$ m.

On choisit un repère représenté par un axe (Oz) orienté vers le haut, son origine O prise au niveau de la rivière. Le champ de pesanteur terrestre g est $\vec{g} = -g\vec{u_z}$, avec $g = 9{,}8$ m.s^{-1}.

1. Définir le système et le référentiel d'étude.

2. Déterminer les coordonnées du vecteur accélération du système.

3. Déterminer les équations horaires de la vitesse et de la position du système. Montrer que le mouvement est accéléré.

4. L'élastique mesure $L = 15$ m lorsqu'il n'est pas étiré. Calculer la vitesse du sauteur à l'instant où l'élastique commence à se tendre.

CORRIGÉ COMMENTÉ

1. Le système étudié est **le sauteur** (M), le référentiel d'étude est **le référentiel terrestre**, considéré galiléen.

2. Durant la première phase du saut, on considère qu'il s'agit d'une chute libre : la seule force exercée sur le sauteur est donc son poids $\vec{P} = m \times \vec{g}$.

D'après la deuxième loi de Newton, on a $\vec{P} = m \times \vec{a} = m \times \vec{g}$.

Dans un repère où l'axe (Oz) est ascendant et son origine prise au niveau de la rivière, on a donc la seule composante non nulle de l'accélération qui est a_z, soit :

$$\vec{a}\begin{pmatrix} 0 \\ 0 \\ -g \end{pmatrix}$$

Remarque

La deuxième loi de Newton, vectorielle, donne trois équations scalaires.

3. En intégrant une première fois en tenant compte du fait que la vitesse initiale du sauteur est nulle, on obtient :

$$\vec{v}\begin{pmatrix} 0 + v_{0x} \\ 0 + v_{0y} \\ -gt + v_{0z} \end{pmatrix}, \text{ soit } \vec{v}\begin{pmatrix} 0 \\ 0 \\ -gt \end{pmatrix}.$$

Attention !

La composante selon (Oz) de v est négative car la vitesse est orientée vers le bas alors que l'axe (Oz) est orienté vers le haut.

En intégrant la vitesse, on obtient la position du sauteur pendant cette première phase en tenant compte de sa position initiale qui est, à $t = 0$, $z_0 = H$.

$$\overrightarrow{OM}\begin{pmatrix} 0 + x_0 \\ 0 + y_0 \\ -\frac{1}{2}gt^2 + z_0 \end{pmatrix}, \text{ soit } \overrightarrow{OM}\begin{pmatrix} \mathbf{0} \\ \mathbf{0} \\ -\frac{\mathbf{1}}{\mathbf{2}}\boldsymbol{gt^2 + H} \end{pmatrix}.$$

On calcule le produit scalaire $\vec{a}\cdot\vec{v} = g^2 \times t > 0$:
le mouvement est accéléré.

> **Point maths**
>
> Si $\vec{u}\begin{pmatrix} x \\ y \\ z \end{pmatrix}$ et $\vec{v}\begin{pmatrix} x' \\ y' \\ z' \end{pmatrix}$, alors :
> $\vec{u}\cdot\vec{v} = xx' + yy' + zz'$

4. On peut calculer l'instant t qui correspond à une longueur d'élastique de 15 m : cela correspond à une valeur de z égale à 35 m ($H - L$), car on a pris l'origine du repère au niveau de la rivière. Ensuite, on reporte cette durée dans l'expression de la vitesse.

$$H - L = -\frac{1}{2}gt^2 + H, \text{ soit } t = \sqrt{\frac{2L}{g}}.$$

$$|v| = g \times \sqrt{\frac{2L}{g}} = \sqrt{2gL} = \sqrt{2 \times 9{,}8 \times 15} = \mathbf{17\ m.s^{-1}} = \mathbf{62\ km.h^{-1}}$$

À RETENIR

- On applique la deuxième loi de Newton après avoir choisi un référentiel d'étude et le système puis effectué le bilan des forces.
- On projette l'équation vectorielle obtenue.
- On tient compte des conditions initiales pour trouver les constantes lors de la recherche des primitives.

2 Utiliser trajectoire et énergie mécanique pour résoudre un problème

EXERCICE TYPE

Le poisson archer est une espèce d'une dizaine de centimètres de long, originaire de la Polynésie française. Il peut, en projetant un puissant jet d'eau avec sa bouche, faire tomber des proies en surface avant de les attraper. Le comportement du jet d'eau sera assimilé à celui d'une goutte d'eau de masse m.

On note $\overrightarrow{v_0}$ le vecteur vitesse initiale du centre d'inertie incliné d'un angle α par rapport à l'horizontale.

Une mouche est posée sur une feuille située à une hauteur $H = 75$ cm au-dessus de la surface de l'eau. Le poisson archer utilise son jet d'eau et percute l'insecte au moment où l'eau atteint le sommet de sa trajectoire.

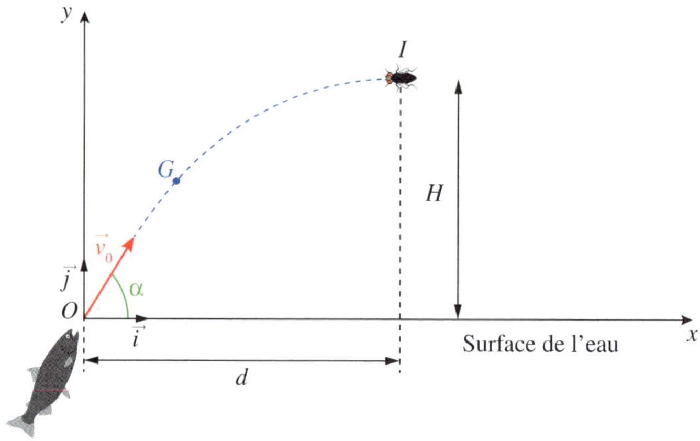

Données : intensité du champ de pesanteur : $g = 9{,}81$ m.s^{-2} ;
$v_0 = 4{,}0$ m.s^{-1}.

1. En appliquant la deuxième loi de Newton, déterminer les coordonnées du vecteur accélération $\overrightarrow{a_G}$ du centre de gravité de la goutte d'eau.

2. Exprimer les coordonnées du vecteur vitesse $\vec{v}$ du centre de gravité de la goutte d'eau au cours du mouvement.

3. Établir l'équation de la trajectoire de la goutte d'eau.

4. Quelle relation peut-on déduire de l'information soulignée dans l'énoncé ?

5. Exprimer l'énergie mécanique de la goutte d'eau en fonction de m, v_0, g, α et H au point O, puis au point d'impact avec l'insecte. On choisira comme origine des énergies potentielles la surface de l'eau : $E_p(y = 0) = 0$.

6. En déduire que la valeur de l'angle permettant au jet d'eau d'atteindre la mouche est telle que $\sin\alpha = \dfrac{\sqrt{2gH}}{v_0}$. Calculer la valeur de cet angle.

CORRIGÉ COMMENTÉ

1. On choisit un référentiel terrestre supposé galiléen. Le système étudié sera la goutte d'eau, qui est soumise à une seule force dans ce cas : son poids $\vec{P} = m \times \vec{g} = -m \times g\vec{j}$. L'action de l'air sur la goutte d'eau est négligée. La deuxième loi de Newton appliquée à la goutte s'écrit : $\vec{P} = m \times \vec{a}_G$.
Les coordonnées du vecteur accélération sont donc : $\vec{a}_G\begin{pmatrix} 0 \\ -g \end{pmatrix}$.

2. Les coordonnées du vecteur vitesse sont obtenues par intégration en tenant compte de la vitesse initiale projetée dans la base $(O, \vec{i}, \vec{j})$: $\overrightarrow{v_0} = v_0 \times \cos\alpha \times \vec{i} + v_0 \times \sin\alpha \times \vec{j}$.

Soit $\vec{v}\begin{pmatrix} v_0 \times \cos\alpha \\ -gt + v_0 \times \sin\alpha \end{pmatrix}$.

3. Pour obtenir l'équation de la trajectoire, il faut d'abord obtenir les équations horaires en intégrant une nouvelle fois. On tient compte du fait que la goutte d'eau est à l'origine du repère à l'instant initial. On a :

$$\overrightarrow{OG}\begin{pmatrix} v_0 \times \cos\alpha \times t \\ -\frac{1}{2}gt^2 + v_0 \times \sin\alpha \times t \end{pmatrix}$$

De l'équation $x(t)$, on tire $t = \frac{x}{v_0 \times \cos\alpha}$, que l'on substitue dans $y(t)$.

On obtient $\boldsymbol{y = -\frac{1}{2}g\left(\frac{x}{v_0 \times \cos\alpha}\right)^2 + \tan\alpha \times x}$ et on reconnaît l'équation d'une parabole.

4. L'indication de l'énoncé implique que le point I est le sommet de la parabole. La tangente en ce point, donc à la trajectoire, est horizontale : la vitesse de la goutte d'eau en ce point est donc horizontale. Elle vaut donc $\boldsymbol{v_0 \times \cos\alpha}$.

5. L'énergie mécanique en O vaut :

$E_m(O) = \frac{1}{2}mv_0^2$ car $y(t = 0) = 0$, donc $E_p(O) = 0$.

L'énergie mécanique en I vaut :

$$E_m(I) = \frac{1}{2}mv_I^2 + mgH = \frac{1}{2}mv_0^2 \times \cos^2\alpha + mgH.$$

Comme les frottements ne sont pas pris en compte, l'énergie mécanique se conserve au cours du mouvement. On obtient :

$$\frac{1}{2}mv_0^2 = \frac{1}{2}mv_0^2 \times \cos^2\alpha + mgH.$$

En utilisant la relation mathématique $1 = \cos^2\alpha + \sin^2\alpha$, on obtient la relation donnée par l'énoncé : $\boldsymbol{\sin\alpha = \frac{\sqrt{2gH}}{v_0}}$.

Application numérique : $\sin\alpha = \frac{\sqrt{2 \times 9{,}8 \times 0{,}75}}{4{,}0} = 0{,}96$, d'où $\boldsymbol{\alpha \approx 74°}$.

Point maths

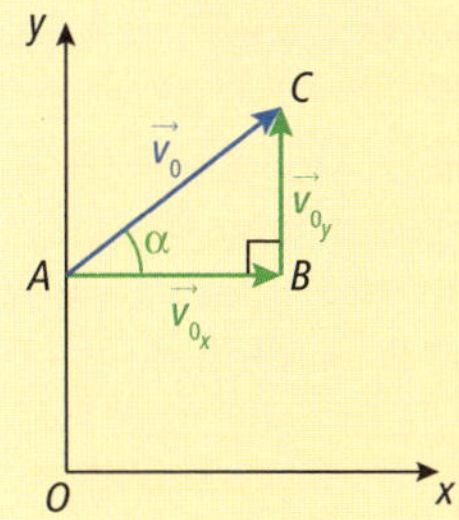

$$\cos\alpha = \frac{AB}{AC} = \frac{v_{0_x}}{v_0}$$

$$\sin\alpha = \frac{BC}{AC} = \frac{v_{0_y}}{v_0}$$

Remarque

Comme $\vec{g}$ est vertical, la composante horizontale de la vitesse reste constante.

À RETENIR

- Pour obtenir l'équation de la trajectoire, il faut d'abord rechercher les équations horaires du mouvement.
- Les compétences mathématiques sur l'étude des fonctions et de leurs courbes représentatives sont utiles pour résoudre ce type d'exercice.
- La conservation de l'énergie mécanique peut s'écrire pour un objet en mouvement dans le champ de pesanteur uniforme s'il y a absence de frottement.

Exercice 45 min 11 points

Partie 1. Décollage de la fusée Ariane 5

Pour son lancement, la fusée Ariane 5 a une masse totale M. Sa propulsion est assurée par un ensemble de dispositifs fournissant une force de poussée verticale constante $\vec{F}$. Tout au long du décollage, on admet que la valeur du champ de pesanteur g est également constante. On étudie le mouvement du système {fusée} dans le référentiel terrestre supposé galiléen et on choisit un repère $(O, \vec{j})$ dans lequel $\vec{j}$ est un vecteur unitaire vertical dirigé vers le haut et porté par l'axe (Oy).

À l'instant $t_0 = 0$ s, Ariane 5 est immobile et son centre d'inertie G est confondu avec l'origine O.

On utilise les notations :

a, valeur de l'accélération du centre d'inertie de la fusée, avec $\vec{a} = a_y\vec{j} = a\vec{j}$;

v, valeur de la vitesse de son centre d'inertie, avec $\vec{v} = v_y\vec{j} = v\vec{j}$;

y, valeur de la position de son centre d'inertie, avec $\overrightarrow{OG} = y\vec{j}$.

Données : masse totale de la fusée : $M = 7{,}3 \times 10^5$ kg ;

force de poussée : $F = 1{,}16 \times 10^7$ N ;

intensité de pesanteur : $g = 10$ m.s^{-2}.

Dans ce cas, on supposera que seuls le poids $\vec{P}$ et la force de poussée $\vec{F}$ agissent sur la fusée. Pendant la durée de fonctionnement, on admettra que la masse de la fusée reste constante.

1. [0,5 pt] Sans faire de calcul, représenter ces forces sur un schéma pendant le décollage.

2. [0,5 pt] En appliquant une loi de Newton au système {fusée}, trouver l'expression littérale de la valeur a de l'accélération dès que la fusée a quitté le sol.

3. [0,5 pt] Calculer la valeur de cette accélération a.

4. [1 pt] Pendant le lancement, on suppose que la valeur de l'accélération reste constante. Déterminer l'équation horaire de la valeur $v(t)$ de la vitesse.

5. [1 pt] En déduire l'équation horaire de la valeur $y(t)$ de la position.

6. [0,5 pt] La trajectoire ascensionnelle de la fusée reste verticale jusqu'à la date $t_1 = 6{,}0$ s. Quelle distance la fusée a-t-elle parcourue depuis son décollage ?

7. [0,5 pt] Au cours de ce lancement, Ariane 5 a en réalité parcouru un peu moins de 90 m pendant les 6 premières secondes. Citer un phénomène permettant d'interpréter cette donnée.

Dans la suite de l'exercice, on suppose que la Terre est une sphère de centre T, de masse M_T, de rayon R_T et qu'elle présente une répartition de masse à symétrie sphérique. On assimile par ailleurs le satellite à son centre d'inertie S. L'étude de son mouvement se fait dans un référentiel géocentrique supposé galiléen.

Données : masse de la Terre : $M_T = 6{,}0 \times 10^{24}$ kg ;

rayon de la Terre : $R_T = 6{,}4 \times 10^3$ km ;

constante de gravitation universelle : $G = 6{,}67 \times 10^{-11}$ kg^{-1}.m^3.s^{-2}.

Partie 2. Mise en orbite basse du satellite

La mise en orbite complète du satellite MSG-2 de masse $m = 2{,}0 \times 10^3$ kg s'accomplit en deux étapes. Dans un premier temps, il est placé sur une orbite circulaire à vitesse constante v_S à basse altitude $h = 6{,}0 \times 10^2$ km autour de la Terre et il n'est soumis qu'à la force gravitationnelle exercée par la Terre.

On choisit un repère (S, $\vec{t}$, $\vec{n}$) dans lequel $\vec{t}$ est un vecteur unitaire tangent à la trajectoire dans le sens du mouvement et $\vec{n}$ un vecteur unitaire perpendiculaire à la trajectoire orienté vers le centre de la Terre.

1. [0,5 pt] Donner l'expression vectorielle de la force gravitationnelle $\overrightarrow{F_{T/S}}$ exercée par la Terre sur le satellite en fonction des données.

2. [1 pt] En appliquant une loi de Newton, trouver l'expression du vecteur accélération $\overrightarrow{a_S}$ du centre d'inertie du satellite.

3. [1,5 pt] Déterminer l'expression de la vitesse v_S du centre d'inertie du satellite. Vérifier que sa valeur est de l'ordre de $7{,}6 \times 10^3$ m.s^{-1} sur son orbite basse.

4. [1 pt] On note T le temps mis par le satellite pour faire un tour autour de la Terre. Comment appelle-t-on cette grandeur ? Montrer qu'elle vérifie la relation :

$$T^2 = \frac{4\pi^2 (R_T + h)^3}{G \times M_T}$$

Partie 3. Transfert du satellite en orbite géostationnaire

Une fois le satellite MSG-2 placé sur son orbite circulaire basse, on le fait passer sur une orbite géostationnaire à l'altitude $h' = 3{,}6 \times 10^4$ km. Ce transit s'opère sur une orbite de transfert qui est elliptique. Le schéma de principe est représenté sur la figure ci-dessous.

Le périgée P est sur l'orbite circulaire basse et l'apogée A est sur l'orbite définitive géostationnaire.

À un moment convenu, lorsque le satellite est au point P de son orbite circulaire basse, on augmente sa vitesse de façon bien précise : il décrit ainsi une orbite elliptique de transfert afin que l'apogée A de l'ellipse soit sur l'orbite géostationnaire définitive. On utilise pour cela un petit réacteur qui émet en P, pendant un très court instant, un jet de gaz donnant au satellite l'impulsion nécessaire.

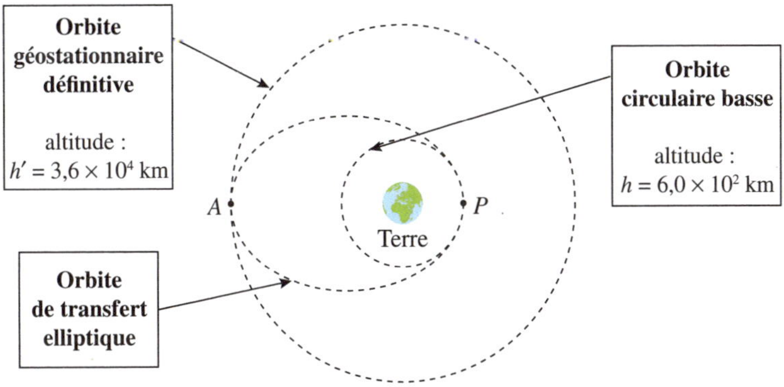

1. [0,5 pt] Énoncer la deuxième loi de Kepler, ou « loi des aires ».

2. [1 pt] Montrer, en s'aidant éventuellement d'un schéma, que la vitesse du satellite MSG-2 n'est pas constante sur son orbite de transfert. Préciser en quels points de son orbite de transfert sa vitesse est maximale, puis minimale.

3. [0,5 pt] Exprimer la distance AP en fonction de R_T, h et h'.
Montrer que $AP = 4{,}9 \times 10^7$ m.

4. [0,5 pt] Dans le cas de cette orbite elliptique, la durée de révolution pour faire un tour complet de l'orbite vaut $T' = 10$ h 42 min.

Déterminer la durée minimale Δt du transfert du satellite MSG-2 du point P de son orbite basse au point A de son orbite géostationnaire définitive.

→ *Corrigé p. 319*

Modèle du gaz parfait

CHAPITRE 11

1 Notion de gaz parfait

■ L'**état d'un gaz** est défini par **trois grandeurs physiques** qui sont la **pression *P***, la **température absolue *T*** et le **volume *V***.

La pression d'un gaz sur une paroi est due aux chocs des particules de gaz sur cette paroi. Plus le nombre de chocs par unité de surface et de temps est important, plus la pression est élevée.

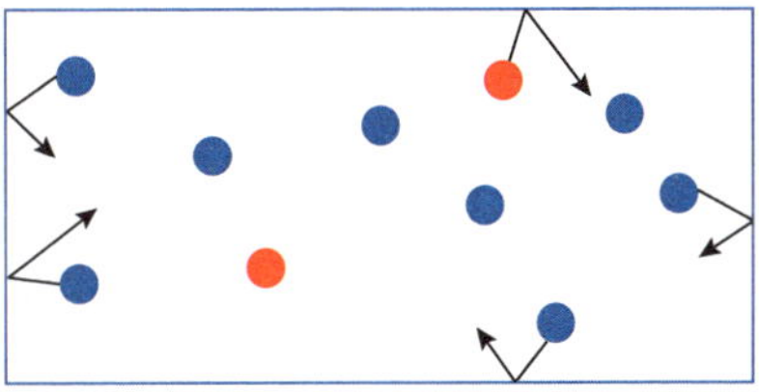

La température renvoie à l'agitation thermique des particules. Plus la température est élevée, plus grande est la vitesse moyenne d'agitation de celles-ci.

■ Lors de l'étude de la **transformation d'un gaz**, c'est-à-dire le **passage d'un état 1 à un état 2** (qui s'accompagne alors de la modification d'au moins deux grandeurs physiques), **le gaz constitue le système et tout le reste le « milieu extérieur »**.

■ Lorsque la **valeur de chaque grandeur ne change plus au cours du temps** et qu'elle est **la même en tout point du système**, on dit que **le gaz est dans un état d'équilibre thermodynamique**. À ce moment-là, les trois grandeurs sont liées entre elles par une relation du type $f(P, T, V) = 0$.

■ **Le nombre de particules par unité de volume peut être caractérisé par la grandeur masse volumique ρ.**

■ **Un gaz est dit parfait si ses particules constitutives** satisfont aux conditions suivantes :

• elles **peuvent être assimilées à des points** (et occupent donc une portion d'espace négligeable dans le volume global de gaz) ;

• **les interactions entre elles sont uniquement des chocs élastiques**.

Le comportement des gaz parfaits est décrit par différentes lois.

MATHÉMATIQUES
PHYSIQUE-CHIMIE
GRAND ORAL
MATHS EXPERTES

2 Des lois historiques…

A. Loi de Boyle-Mariotte (1679)

■ Lors d'une **transformation s'effectuant à température constante** (transformation **isotherme**), le produit de la pression par le volume est constant pour un gaz parfait.

$$PV = \text{cte}$$

État 1 : P_1, $\boldsymbol{T_1}$, V_1 **Transformation isotherme** État 2 : P_2, $\boldsymbol{T_2 = T_1}$, V_2

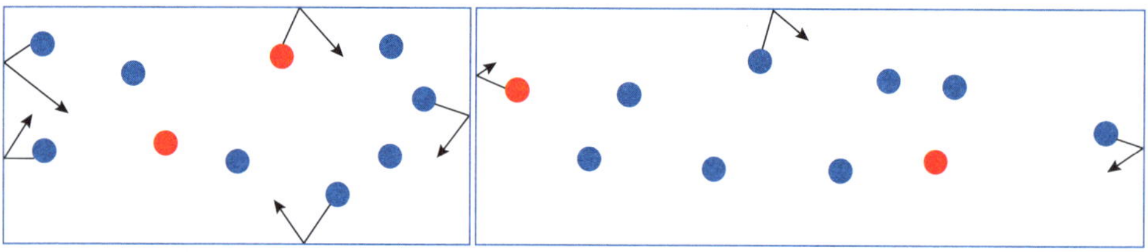

■ **Intuitivement :** l'espace offert aux particules est plus important, mais l'agitation thermique n'a pas varié. Le nombre de chocs par unité de surface et de temps est plus faible : la pression diminue.

Loi de Boyle-Mariotte : $P_1V_1 = P_2V_2$

Si $V_2 > V_1$, nécessairement $P_2 < P_1$.

B. Loi de Charles (1787)

■ Lors d'une **transformation s'effectuant à pression constante** (transformation **isobare**), le rapport du volume par la température est constant pour un gaz parfait.

$$\frac{V}{T} = \text{cte}$$

État 1 : $\boldsymbol{P_1}$, T_1, V_1 **Transformation isobare** État 2 : $\boldsymbol{P_2 = P_1}$, T_2, V_2

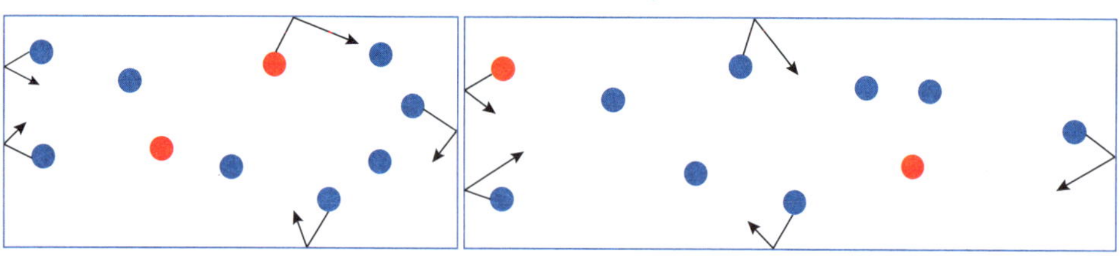

■ **Intuitivement :** l'espace offert aux particules est plus important. Si l'on veut que le nombre de chocs par unité de surface et de temps soit le même, il faut que l'agitation des particules soit plus élevée : la température augmente.

Loi de Charles : $\dfrac{V_1}{T_1} = \dfrac{V_2}{T_2}$

Si $V_2 > V_1$, nécessairement $T_2 > T_1$.

C. Loi de Gay-Lussac (1802)

Louis Joseph Gay-Lussac (1778-1850), médaille gravée par Antoine Bovy, 1850 (©Paris Musées/Musée Carnavalet)

■ Lors d'une **transformation s'effectuant à volume constant** (transformation **isochore**), le rapport de la pression par la température est constant pour un gaz parfait.

$$\frac{P}{T} = \text{cte}$$

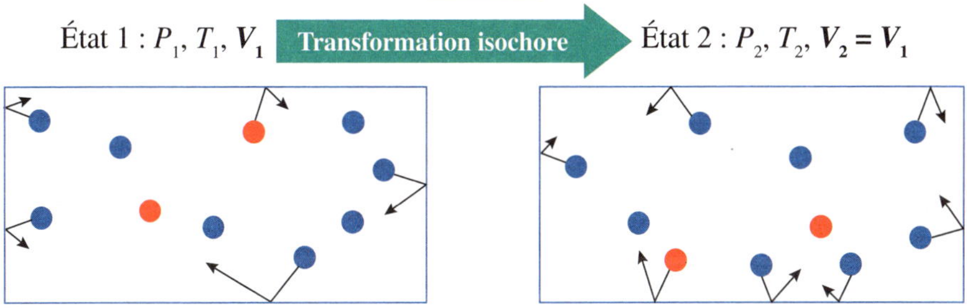

■ **Intuitivement :** le volume étant inchangé, si la température augmente, le nombre de chocs par unité de surface et de temps augmente également. La pression en fait de même.

Loi de Gay-Lussac : $\dfrac{P_1}{T_1} = \dfrac{P_2}{T_2}$

Si $T_2 > T_1$, nécessairement $P_2 > P_1$.

3 ... à l'équation d'état des gaz parfaits

■ En tenant compte de toutes ces lois, il en résulte **qu'un gaz est parfait s'il vérifie l'équation d'état** :

$$PV = n\text{R}T$$

avec P : pression du gaz, en pascal (Pa) ;
V : volume du gaz, en mètre cube (m^3) ;
n : quantité de matière du gaz, en mole (mol) ;
R : constante universelle des gaz parfaits (R = 8,314 $J.mol^{-1}.K^{-1}$) ;
T : température absolue du gaz, en kelvin (K).

■ **Dans le cas d'un système constitué de plusieurs gaz parfaits, chaque gaz se comporte comme s'il occupait le volume V seul. La pression P_i due à un gaz est appelée pression partielle et la pression totale est la somme des pressions partielles.**
On peut donc écrire que :

• $P_i = \dfrac{n_i \mathrm{R}T}{V}$

• $P = \sum_i P_i = \dfrac{\sum_i n_i \mathrm{R}T}{V} = \dfrac{n\mathrm{R}T}{V}$ où n désigne la quantité de matière de l'ensemble des gaz.

■ **Remarques**

• La **température absolue T et la température θ en degré Celsius sont liées par la relation : $T = \theta + 273$.**

• **Différentes unités de pression sont utilisées dans la littérature scientifique et notamment** :
– le bar (bar) : 1 bar = 10^5 Pa ;
– l'atmosphère (atm) : 1 atm = 1,013 bar = 1 013 hPa ;
– le millimètre de mercure (mm Hg) : 760 mm Hg = 1 atm.

• On parle souvent des **C**onditions **N**ormales de **T**empérature et de **P**ression (**CNTP**) lorsque l'on travaille avec des gaz. Dans ces conditions, **P = 1 atm et T = 273 K**.

4 Comportement des gaz réels

■ **Les gaz ont un comportement de gaz parfait à basse pression**, autrement dit lorsque le nombre de particules par unité de volume est suffisamment faible. **Ce gaz est alors suffisamment dilué pour que les deux conditions énoncées en début de chapitre soient vérifiées.**

■ **Dans le cas contraire, le modèle du gaz parfait n'est plus applicable. On parle alors de gaz réels**. L'équation d'état des gaz parfaits s'en trouve modifiée suivant :

$$(P + \Pi)(V - B) = n\mathrm{R}T$$

Quantification des interactions entre particules (Π) — Volume occupé par les particules de gaz (B)

Les termes Π et B sont étroitement liés au gaz considéré.

■ Van der Waals a établi une équation tenant compte de ces éléments correctifs :

$$\left(P + \frac{n^2 a}{V^2}\right)(V - nb) = n\mathrm{R}T$$

avec P : pression du gaz (kPa) ;
n : quantité de matière du gaz (mol) ;
a : constante de pression de cohésion ($bar.L^2.mol^{-2}$) ;
V : volume du gaz (L) ;
b : constante de covolume ($L.mol^{-1}$) ;
R : constante universelle des gaz parfaits ($R = 8{,}314\ J.mol^{-1}.K^{-1}$) ;
T : température absolue du gaz (K).

Note : Cette dernière équation n'est pas à mémoriser. Elle sera indiquée lorsque nécessaire, les unités et les valeurs tabulées de a et de b étant également précisées.

1 Exploiter l'équation d'état du gaz parfait

EXERCICE TYPE

(extrait d'un sujet de BTS)

Une bombe aérosol neuve, de volume $V = 200$ mL, contient comme propulseur du gaz diazote, considéré comme gaz parfait.
La pression maximale que peut supporter la bombe aérosol, en toute sécurité, est $P_{max} = 10{,}0$ bar.

1. À la température $\theta = 25$ °C, le gaz propulseur occupe 40 % du volume du boîtier et se trouve à la pression $P = 6{,}00$ bar.

Déterminer la quantité de matière n de gaz propulseur présente dans le dispositif.

2. Déterminer la température θ_{max} de la bombe neuve pour atteindre la valeur P_{max} (pour ce calcul, on supposera que le volume du gaz propulseur reste constant).

3. Cette situation peut-elle arriver dans la vie courante ? Indiquer éventuellement comment.

Donnée : constante des gaz parfaits $R = 8{,}314$ J.mol^{-1}.K^{-1}.

CORRIGÉ COMMENTÉ

1. Le diazote étant un gaz parfait, on peut utiliser l'équation d'état
$PV = nRT$.
Isolons n :

$$n = \frac{PV}{RT}$$

Effectuons les conversions nécessaires :

- $P = 6{,}00 \text{ bar} = 6{,}00 \times 10^5 \text{ Pa}$;
- $T = \theta + 273 = 25 + 273 = 298 \text{ K}$;
- $V = \frac{40}{100} \times 200 = 80 \text{ mL} = 80 \times 10^{-6} \text{ m}^3$;

> **Rappel**
> Utiliser les unités appropriées pour les différentes grandeurs intervenant dans l'équation d'état d'un gaz parfait.

$$n = \frac{6{,}00 \times 10^5 \times 80 \times 10^{-6}}{8{,}314 \times 298}$$

$$\mathbf{n = 1{,}9 \times 10^{-2} \text{ mol}}.$$

2. D'après l'énoncé, on serait dans le cas d'une transformation isochore.
On peut donc écrire, d'après la loi de Gay-Lussac, que :

$$\frac{P}{T} = \frac{P_{max}}{T_{max}}$$

$$T_{max} = \frac{P_{max} \times T}{P} = \frac{10,0 \times 10^5 \times 298}{6,00 \times 10^5}$$

$T_{max} = 497$ K.

Soit $\boldsymbol{\theta_{max} = T - 273 = 224}$ **°C.**

Remarque

Il est pratique d'utiliser les lois de Boyle-Mariotte, de Charles ou encore de Gay-Lussac.
Cependant, il est tout à fait possible de répondre à la question en utilisant l'équation d'état : $P_{max}V = nRT_{max}$, V, n et P_{max} étant connus.

3. Cette température « critique » peut très bien être atteinte si l'aérosol est jeté dans le feu, par exemple.

À RETENIR

- Il faut s'assurer que le gaz étudié a un comportement de gaz parfait pour pouvoir utiliser la loi $PV = n\mathrm{R}T$. Sauf indication contraire dans l'énoncé, cela sera toujours le cas.
- Il est indispensable d'exprimer les grandeurs dans les unités appropriées (qui sont ici les unités légales) lors de l'utilisation de l'équation d'état d'un gaz parfait.
- Penser à utiliser les lois de Boyle-Mariotte (lors d'une transformation isotherme), de Charles (transformation isobare) et de Gay-Lussac (transformation isochore) lorsque nécessaire.

2 Identifier les limites d'un modèle

EXERCICE TYPE

On considère une enceinte de volume $V = 10,0$ L contenant $n = 20,0$ mol d'hélium He et maintenue à une température $\theta = 30$ °C.

1. En considérant que l'hélium a un comportement de gaz parfait, calculer la valeur de la pression P dans le système. Exprimer le résultat en bar.
2. En réalité, la pression dans l'enceinte est de 53 bar. Expliquer l'écart avec la valeur calculée précédemment.
3. En utilisant l'équation d'état de Van der Waals décrivant le comportement des gaz réels, retrouver la valeur de la pression effectivement mesurée.

Données :

- constante des gaz parfaits R = 8,314 J.mol^{-1}.K^{-1} ;
- équation de Van der Waals : $\left(P + \frac{n^2a}{V^2}\right)(V - nb) = n\mathrm{R}T$

avec P en kPa, n en mol, V en L et T en K ;
- pour l'hélium : $a = 0,0346$ bar.L^2.mol^{-2} et $b = 0,0238$ L.mol^{-1}.

CORRIGÉ COMMENTÉ

1. Appliquons l'équation d'état du gaz parfait :

$$PV = n\text{R}T$$

$$P = \frac{n\text{R}T}{V}$$

avec $V = 10{,}0 \text{ L} = 10{,}0 \times 10^{-3} \text{ m}^3$;

$T = \theta + 273 = 30 + 273 = 303 \text{ K}$;

$$P = \frac{20{,}0 \times 8{,}314 \times 303}{10{,}0 \times 10^{-3}} = 50{,}4 \times 10^5 \text{ Pa}.$$

Sachant que 1 bar = 10^5 Pa, **la pression dans le système devrait donc être de 50,4 bar.**

2. La valeur mesurée fait apparaître un écart sensible par rapport à cette valeur théorique. En effet, la pression ici (plusieurs dizaines de bars) ne permet pas de considérer l'hélium comme suffisamment dilué : le volume occupé par les atomes n'est pas négligeable, tout comme les forces s'exerçant entre eux.

3. Calculons la valeur de la pression à l'aide de l'équation d'état de Van der Waals.

$$\left(P + \frac{n^2a}{V^2}\right)(V - nb) = n\text{R}T$$

$$P + \frac{n^2a}{V^2} = \frac{n\text{R}T}{V - nb}$$

$$P = \frac{n\text{R}T}{V - nb} - \frac{n^2a}{V^2}$$

$$= \frac{20{,}0 \times 8{,}314 \times 303}{10{,}0 - 20{,}0 \times 0{,}0238} - \frac{(20{,}0)^2 \times 0{,}0346}{(10{,}0)^2}$$

$\boldsymbol{P = 5{,}29 \times 10^3}$ **kPa** $\boldsymbol{= 5{,}29 \times 10^6}$ **Pa = 52,9 bar.**

On retrouve bien la valeur mesurée.

> **Remarque**
>
> Il s'agit ici d'une « simple » application de formule. Deux points importants cependant :
> - faire preuve d'une grande rigueur pour isoler la grandeur à calculer ;
> - être vigilant au niveau des conversions sur le résultat final.

À RETENIR

- Il faut savoir qu'un gaz a un comportement de gaz parfait lorsqu'il est suffisamment dilué.
- On a recours au modèle du gaz réel lorsque les limites du gaz parfait sont éprouvées (particules non ponctuelles et/ou interactions non négligeables entre elles).
- Il faut faire attention aux unités mentionnées dans l'énoncé lors de l'utilisation de l'équation d'état d'un gaz réel.

SUJET DU BAC

Exercice 40 min **10 points**

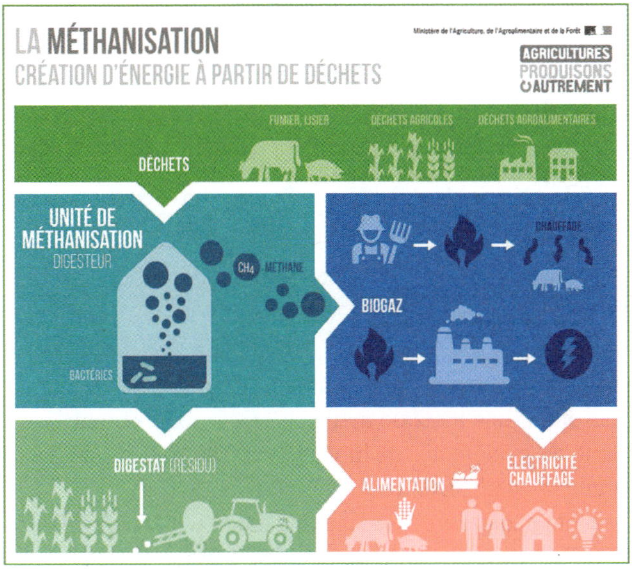

La méthanisation consiste à produire du biogaz à partir de déchets organiques. Réduction des déchets, chauffage domestique, fonctionnement des centrales thermiques, réutilisation agricole : les applications sont nombreuses ! À l'heure où il s'agit de relever de grands défis énergétiques, ce procédé se révèle ainsi très intéressant.

(**Source :** *Ministère de l'agriculture, de l'agroalimentaire et de la forêt*)

Schéma d'une unité de méthanisation

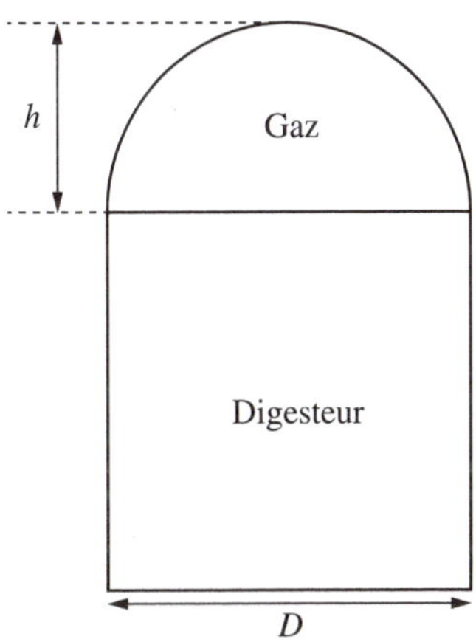

Principe de la méthanisation

Une unité de production se compose d'une cuve cylindrique en béton, le digesteur, contenant la matière organique qui va se décomposer en milieu anaérobie.

La température y est maintenue constante et doit être comprise entre 35 et 40 °C.

Cette décomposition donne un résidu solide, le digestat, et du biogaz, mélange de gaz contenant principalement du méthane et du dioxyde de carbone.

Ce gaz s'accumule dans une poche ayant la forme d'une calotte sphérique et constituée d'une membrane souple.

La mesure du débit de gaz (mesuré en mètre cube par heure, $m^3.h^{-1}$) est corrigée par le calcul pour le ramener à des conditions normalisées de température et de pression (norme DIN 1342). **On parle alors de Normo mètre cube par heure ($Nm^3.h^{-1}$).**

On considère, dans cet exercice, une unité de production telle que $D = 10{,}0$ m et $h = 2{,}5$ m.

La température y est maintenue constante à $\theta_U = 38$ °C de manière à optimiser la méthanisation et le débit vaut $d = 125$ Nm³.h⁻¹. Le biogaz produit comporte 60 % en volume de méthane.

Pour simplifier, l'unité de méthanisation est considérée ici comme un système fermé (pas d'échange de matière avec le milieu extérieur) et le méthane comme un gaz parfait.

Données :

- constante des gaz parfaits : $R = 8{,}314$ J.mol⁻¹.K⁻¹ ;
- conditions normalisées de température et de pression : $P = 1\,013$ hPa et $\theta = 0$ °C ;
- température absolue T : $T(\text{K}) = \theta(°\text{C}) + 273$;
- équation de Van der Waals (gaz réels) : $\left(P + \frac{n^2 a}{V^2}\right)(V - nb) = nRT$

avec P en kPa, n en mol, V en L et T en K ;
pour le méthane : $a = 2{,}283$ bar.L².mol⁻² et $b = 0{,}04278$ L.mol⁻¹ ;

- 1 kWh = 3 600 kJ ;
- consommation énergétique annuelle moyenne par habitant : $E_{hab} = 1{,}0$ MWh ;
- énergie libérée par la combustion d'une mole de méthane : $E_{meth} = 838$ kJ.mol⁻¹.

1. a) [1,5 pt] Calculer la quantité de matière n_{gaz} de biogaz formé au bout d'une heure de fonctionnement de cette unité de méthanisation.

b) [0,5 pt] En déduire la quantité de matière n_{meth} de méthane dans ce mélange de gaz.

2. a) [1 pt] Calculer la pression P_{meth} de n_{meth} moles de méthane lorsque $V = 125$ m³ et $\theta = 0$ °C en considérant que ce gaz a en fait un comportement de gaz réel.

b) [0,5 pt] Déduire du résultat précédent la valeur de la pression P_{biogaz} du biogaz.

c) [0,5 pt] Comparer votre dernier résultat à la valeur de la pression atmosphérique normale. Montrer que cela conforte l'information soulignée dans l'énoncé.

3. On considère dans cette question l'espace permettant de stocker le gaz produit, délimité par le digesteur et la membrane souple.

a) [1 pt] Calculer son volume V_{CS}, à l'aide de la formule ci-après, en supposant qu'il s'agit d'une calotte sphérique.

$$\mathbf{V_{CS} = \frac{\pi h}{6} \times \left(\frac{3D^2}{4} + h^2\right)}$$

b) [1 pt] Calculer la pression P'_{meth} due au méthane dans ce volume au bout d'une heure de fonctionnement.

c) [0,5 pt] En déduire la valeur de la pression P'_{biogaz} du biogaz.

d) [0,5 pt] Justifier la présence de soupapes de respiration dans un méthaniseur.

e) [1 pt] Quel pourrait être l'intérêt d'avoir une température moindre dans le méthaniseur ? Pourquoi cette solution ne peut-elle être retenue ?

4. [1,5 pt] Calculer le nombre d'habitants dont la consommation énergétique serait couverte par cette unité de méthanisation. Commenter votre résultat.

5. [0,5 pt] Certaines voix s'élèvent contre la méthanisation. Expliquer pourquoi.

→ *Corrigé p. 331*

CORRIGÉ

Exercice → *Énoncé p. 329*

1. a) Le débit de cette unité est de 125 $Nm^3.h^{-1}$. D'après les indications sur cette norme de débit, on a au bout d'une heure de fonctionnement, dans les CNTP, un volume de biogaz qui est de 125 m^3.

Utilisons l'équation d'état des gaz parfaits pour déterminer la quantité de matière n_{gaz} de gaz formés :

$$PV = n_{gaz}RT$$

$$n_{gaz} = \frac{PV}{RT} \text{ avec } P = 1\,013 \text{ hPa} = 1\,013 \times 10^2 \text{ Pa}$$

$$T = \theta + 273 = 0 + 273 = 273 \text{ K}$$

$$n_{gaz} = \frac{1\,013 \times 10^2 \times 125}{8{,}314 \times 273}$$

$$\boldsymbol{n_{gaz} = 5{,}58 \times 10^3 \text{ mol}}.$$

1. b) Le méthane constitue 60 % du biogaz, ce qui représente une quantité de matière :

$$n_{meth} = \frac{60}{100} \times n_{gaz} = \frac{60}{100} \times 5{,}58 \times 10^3$$

$$\boldsymbol{n_{meth} = 3{,}3 \times 10^3 \text{ mol}}.$$

2. a) On suppose ici que le méthane a en fait un comportement de gaz réel. Calculons la pression de n_{meth} moles à l'aide de l'équation de Van der Waals.

$$\left(P_{meth} + \frac{n_{meth}^2 a}{V^2}\right)\left(V - n_{meth}b\right) = n_{meth}RT$$

> **Rappel**
> • Ce terme permet de quantifier les interactions entre les molécules de méthane.
> • Ce terme correspond au volume occupé par les molécules de méthane (on parle également de *covolume*).

$$P_{meth} + \frac{n_{meth}^2 a}{V^2} = \frac{n_{meth}RT}{V - n_{meth}b}$$

$$P_{meth} = \frac{n_{meth}RT}{V - n_{meth}b} - \frac{n_{meth}^2 a}{V^2} \text{ avec } V = 125 \text{ m}^3 = 125 \times 10^3 \text{ L}$$

$$P_{meth} = \frac{3{,}3 \times 10^3 \times 8{,}314 \times 273}{125 \times 10^3 - 3{,}3 \times 10^3 \times 0{,}04278} - \frac{(3{,}3 \times 10^3)^2 \times 2{,}283}{(125 \times 10^3)^2}$$

$$\boldsymbol{P_{meth} = 61 \times 10^3 \text{ Pa}}.$$

2. b) Le méthane représente 60 % du biogaz.

$$\text{Donc : } P_{meth} = \frac{60}{100} \times P_{biogaz}$$

$$P_{biogaz} = \frac{100}{60} \times P_{meth} = \frac{100}{60} \times 61 \times 10^3$$

$$\boldsymbol{P_{biogaz} = 1{,}0 \times 10^5 \text{ Pa} \approx 1 \text{ atm}}.$$

2. c) La pression du biogaz correspond bien à la pression atmosphérique normale. On peut donc considérer dans cet exercice que le méthane se comporte comme un gaz parfait.

Remarque

On a en effet considéré dans le 1. que le méthane avait un comportement de gaz parfait, ce qui a permis de calculer la quantité de matière n_{meth}, avec $T = 273$ K et $P = 1$ atm.

On a ensuite « injecté » cette valeur dans l'équation de Van der Waals. On a alors montré que, pour une telle quantité de matière de méthane, à 273 K et avec un comportement de gaz réel, la pression dans le système est bien de 1 atm, ce qui conforte l'information soulignée dans l'énoncé.
En revanche, un résultat trop éloigné de cette valeur l'aurait invalidée.

3. a) $V_{CS} = \dfrac{\pi h}{6} \times \left(\dfrac{3D^2}{4} + h^2\right) = \dfrac{\pi \times 2,5}{6} \times \left(\dfrac{3 \times (10,0)^2}{4} + 2,5^2\right)$

$\mathbf{V_{CS} = 1,1 \times 10^2\ m^3.}$

3. b) On en déduit la valeur de la pression P'_{meth} due au méthane dans ce volume.

$P'_{meth} V_{CS} = n_{meth} RT_U$ avec $T_U = \theta_U + 273 = 38 + 273 = 311$ K

$$P'_{meth} = \frac{n_{meth} RT_U}{V_{CS}} = \frac{3,3 \times 10^3 \times 8,314 \times 311}{1,1 \times 10^2}$$

$\mathbf{P'_{meth} = 8,1 \times 10^4\ Pa = 0,81\ bar.}$

3. c) $P'_{biogaz} = \dfrac{100}{60} \times P'_{meth} = \dfrac{100}{60} \times 0,81$

$\mathbf{P'_{biogaz} = 1,4\ bar.}$

3. d) Les soupapes de respiration permettent de réguler la valeur de la pression dans l'espace de stockage, comme dans un autocuiseur. Sans cela, il y aurait un risque d'explosion.

3. e) Une température moindre permettrait de faire baisser la pression dans le méthaniseur (le nombre de chocs par unité de surface et de temps étant moindre). Cependant, cette solution ne peut être retenue, car cela nuirait à l'efficacité de la méthanisation.

4. L'énergie libérée par la combustion d'une mole de méthane est de 838 kJ.

Pendant une heure de fonctionnement, il se forme n_{meth} moles de méthane. Soit E l'énergie que l'on peut récupérer par combustion.

1 mol $\leftrightarrow$ 838 kJ

$n_{meth} = 3,3 \times 10^3$ mol $\leftrightarrow E$

$$E = \frac{3,3 \times 10^3 \times 838}{1} = \mathbf{2,8 \times 10^6\ kJ.}$$

Pour une année de fonctionnement (24 heures dans une journée et 365,25 jours dans une année), on aurait une énergie $E_{total} = E \times 24 \times 365,25 = 2,5 \times 10^{10}$ kJ.

Par an, un habitant consomme en moyenne 1,0 MWh soit $1,0 \times 10^3$ kWh.

Sachant que 1 kWh = 3 600 kJ, cela représente une énergie $E_{hab} = 3,6 \times 10^6$ kJ.

Le nombre d'habitants dont les besoins en énergie seraient couverts est donné par :

$$\frac{E_{\text{total}}}{E_{\text{hab}}} = \frac{2,5 \times 10^{10}}{3,6 \times 10^{6}} = 6,8 \times 10^{3}$$

Le fonctionnement en continu et durant une année de cette unité de méthanisation permettrait de couvrir les besoins en énergie de près de 7 000 personnes !

Évidemment, ce calcul ne permet de donner qu'un ordre de grandeur, mais il montre bien la pertinence du développement des méthaniseurs comme réponse aux enjeux énergétiques.

5. Des aspects négatifs existent : gêne olfactive, pollution visuelle, risques d'incendie et d'explosion, fuites de méthane. Soulignons que, si le méthane est un combustible à fort potentiel, il est aussi l'un des principaux gaz à effet de serre.

CHAPITRE 12

Premier principe de la thermodynamique

1 Les états de la matière

■ On distingue essentiellement trois états de la matière :
• **l'état solide** : les particules constitutives peuvent être des atomes, des ions ou des molécules ; elles sont régulièrement distribuées dans l'espace. Les interactions entre particules sont importantes, ce qui assure rigidité et cohésion au solide.
• **l'état liquide :** l'organisation des particules est désordonnée. Les interactions entre particules sont importantes mais permettent le mouvement des unes par rapport aux autres.
• **l'état gazeux :** les particules sont quasiment libres, elles se déplacent suivant des mouvements désordonnés. Les interactions entre particules sont faibles, car elles sont éloignées les unes des autres, ce qui assure des propriétés de compressibilité importantes.

■ On parle d'**état condensé** de la matière pour les états **solide et liquide** : un système à l'état condensé a un volume qui varie très peu sous l'influence de la température (peu dilatable) et très peu sous l'influence de la pression (peu compressible) : de tels systèmes seront considérés comme des systèmes **incompressibles**.

2 Décrire un système thermodynamique

A. Décrire le système

■ On appelle **système thermodynamique** un corps délimité par une surface fermée (réelle ou fictive). Tout le reste de l'espace constitue le **milieu extérieur**.

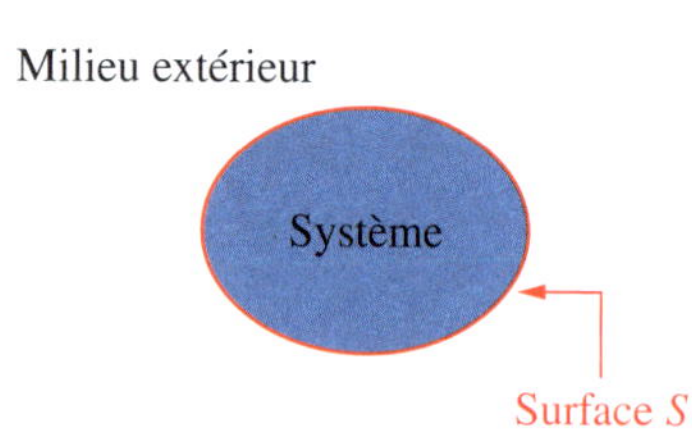

■ Il est important en thermodynamique de bien définir le système étudié et de bien connaître la surface S qui le délimite.

B. Grandeurs descriptives du système

■ Pour caractériser un système, on utilise de nombreuses grandeurs caractéristiques, parmi lesquelles on peut citer :
• sa **masse** m, qui s'exprime en kg.
• son **volume** V, qui s'exprime en m^3.

• sa **masse volumique** $\rho = \frac{m}{V}$, dans le cas d'une répartition homogène de la matière dans le système, qui s'exprime en $kg.m^{-3}$.
• sa **température absolue** T, qui s'exprime en kelvin (K). Le lien entre les échelles de température Celsius θ(°C) et kelvin T(K) est : $T(K) = \theta(°C) + 273$.

Remarque : un écart de température peut s'exprimer indifféremment en °C ou en K : $\Delta\theta = \Delta T$.

• sa **pression** P, qui s'exprime en pascal (Pa) et qui est définie en un point du système.

■ **L'état du système** est décrit par la connaissance de ces grandeurs qui le caractérisent.

3 Énergie et échanges d'énergie

A. Les formes d'énergie

■ **En mécanique**, l'énergie d'un système est caractérisée par :
• son énergie cinétique E_c ;
• son énergie potentielle E_p.

En l'absence de frottements, l'énergie mécanique $E_m = E_c + E_p$ se conserve (voir le chapitre 10). S'il y a des frottements, de l'énergie se dissipe : cela se traduit souvent par un échauffement du système.

■ **Les particules** (atomes, molécules) qui constituent un système, quel que soit son état physique, **sont en mouvement** désordonné : c'est l'agitation thermique, que l'on mesure à l'échelle macroscopique par la **température**.

■ Plus l'agitation thermique est importante, plus **l'énergie cinétique microscopique** (c'est-à-dire l'énergie cinétique de chaque particule) est grande.

■ Les interactions entre particules (électromagnétiques, forte et faible) et l'interaction gravitationnelle confèrent au système une **énergie potentielle microscopique**.

■ **L'énergie interne** U d'un système thermodynamique résulte de la contribution des énergies microscopiques :

$$U = \sum_{\text{particules}} E_{\text{cinétique micro}} + \sum_{\text{particules}} E_{\text{potentielle micro}}$$

Elle s'exprime en joule (J).

■ **L'énergie totale** d'un système est la somme de son énergie interne et de son énergie mécanique :

$$E_{tot} = U + E_m$$

Elle s'exprime en joule (J).

B. Les échanges énergétiques

■ Le système peut échanger de l'énergie avec le milieu extérieur. Ces échanges d'énergie sont de deux types :
• échange d'énergie sous forme de **travail** (noté *W*). Par exemple, l'existence d'une force de frottement au niveau de la surface *S* qui délimite le système peut être la source d'un échange d'énergie de ce type.
• échange d'énergie sous forme de **transfert thermique** ou **chaleur** (noté *Q*). Par exemple, une source de chaleur au contact du système (plaque électrique) peut être à l'origine d'un tel échange.

■ Ces échanges, appelés aussi transferts d'énergie, peuvent avoir lieu du milieu extérieur vers le système, ou inversement. **Un transfert thermique s'effectue spontanément (ou naturellement) des zones chaudes vers les zones froides.**

■ Il n'est pas interdit d'effectuer un transfert thermique des zones froides vers les zones chaudes, mais cela ne se fera pas spontanément et nécessitera un apport d'énergie.

4 Le premier principe de la thermodynamique

A. Transformation en thermodynamique

■ Un système à l'**équilibre thermodynamique** est tel que les grandeurs qui le caractérisent sont constantes et ne subit aucun échange d'énergie avec l'extérieur.

■ En thermodynamique, un système subit une transformation (ou évolution) lorsqu'il passe d'un état d'équilibre à un autre état d'équilibre.

■ Lors d'une transformation, il peut exister des échanges d'énergie qui entraînent une modification de l'énergie totale du système.

■ **Par convention**, le travail *W* et le transfert thermique *Q* sont comptés positivement s'ils sont reçus par le système et négativement s'ils sont cédés au milieu extérieur.

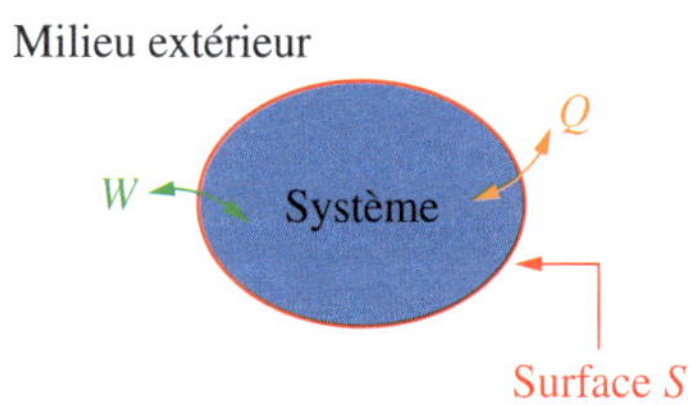

• W ou $Q > 0$: le transfert d'énergie est effectivement reçu par le système, il va du milieu extérieur vers le système.
• W ou $Q < 0$: le transfert d'énergie est effectivement cédé par le système : il va du système vers le milieu extérieur.

B. Énoncé du premier principe

■ Lors d'une transformation entre un état initial (i) et un état final (f), la variation d'énergie totale $\Delta E_{tot} = E_{tot_f} - E_{tot_i}$ d'un système est la conséquence d'échanges d'énergies entre ce système et le milieu extérieur, soit par travail W (mécanique ou électrique par exemple), soit par transfert thermique Q.

■ **Le premier principe de la thermodynamique** donne le bilan d'énergie correspondant :

$$\underbrace{\Delta E_{tot}}_{\text{Variation de l'énergie totale du système}} = \Delta U + \Delta E_m = \underbrace{W + Q}_{\text{Transferts d'énergie entre le système et le milieu extérieur}}$$

avec $\Delta U = U_f - U_i$ et $\Delta E_m = E_{m_f} - E_{m_i}$.

Cas usuel : dans de nombreux cas, le système est au repos et son énergie mécanique est constante. Le premier principe s'écrit alors :

$$\Delta U = U_f - U_i = W + Q$$

C. Cas d'une transformation dite infinitésimale

■ Il arrive que l'on doive faire des bilans d'énergie sur de **très courtes durées**, notées **d*t***. Dans ce cas, les transferts d'énergie entre le système et le milieu extérieur sont très faibles : on les note δW et δQ. Il en résulte une très faible variation de l'énergie totale du système, notée $\mathrm{d}E_{tot}$.

L'écriture du premier principe est alors :

$$\mathrm{d}E_{tot} = \mathrm{d}U + \mathrm{d}E_m = \delta W + \delta Q$$

Petites varations : notation avec un « d » ($\mathrm{d}E_{tot}$, $\mathrm{d}U$, $\mathrm{d}E_m$)

Petits « paquets » d'énergie : notation avec un « δ » (δW, δQ)

Cas usuel : dans le cas où le système est au repos, l'écriture du premier principe devient :

$$\mathrm{d}U = \delta \mathrm{W} + \delta \mathrm{Q}$$

5 Cas d'un système incompressible

A. Capacité thermique

■ Lorsque la température d'un **corps en phase condensée** de masse m (liquide ou solide) passe de la température T_1 à la température T_2, son énergie interne U varie.

Cette variation d'énergie interne, notée ΔU, a pour expression :

$$\Delta U = m \times c \times \underbrace{(T_2 - T_1)}_{\Delta T}$$

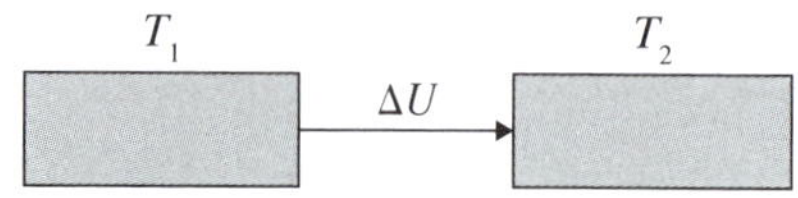

Corps (liquide ou solide) de masse m

avec ΔU en J, ΔT en K, m en kg et c, la **capacité thermique massique du corps**, en $J.kg^{-1}.K^{-1}$.

■ $C = m \times c$ est la **capacité thermique** du système et s'exprime en $J.K^{-1}$. On peut donc aussi écrire :

$$\Delta U = U_2 - U_1 = C \times (T_2 - T_1) = C \times \Delta T$$

■ D'après le premier principe appliqué au système de masse m supposé au repos, cette variation d'énergie interne est due à un transfert d'énergie entre le système et le milieu extérieur. Si $T_2 > T_1$, alors ΔU est positif, donc l'énergie interne du système augmente lors de la transformation car $U_2 > U_1$: c'est donc qu'il a reçu de l'énergie de la part du milieu extérieur. Cette énergie apportée par l'extérieur au système peut l'être :
• uniquement sous forme de travail ;
• ou uniquement sous forme d'un transfert thermique ;
• ou répartie entre travail et transfert thermique.

Interprétation physique : La capacité thermique C représente l'énergie à apporter au système pour voir sa température varier de 1 K (ou 1 °C). Elle dépend de la nature du corps, de sa masse et de son état physique.

B. Variation infinitésimale de température

■ Si l'on fait tendre la température T_2 vers la température T_1, alors la variation de température du corps entre les deux états est dite infinitésimale (très faible) et elle se note dT.

■ Ainsi, lorsque la température d'un **corps en phase condensée** de masse m (liquide ou solide) passe de la température T à la température $T + dT$, son énergie interne U varie. Cette variation d'énergie interne, notée dU, a pour expression :

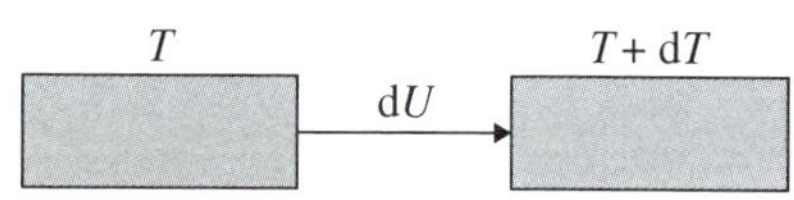

Corps (liquide ou solide) de masse m

$$dU = m \times c \times dT$$

Méthode

Pour effectuer un bilan énergétique :
– définir le système thermodynamique étudié ;
– relever la nature des transferts énergétiques (par travail et/ou par transfert thermique) entre le système et le milieu extérieur ;
– repérer le sens des transferts afin de connaître leur signe ;
– écrire le premier principe de la thermodynamique.

EXERCICES TYPES

1 Interpréter et exploiter les transferts thermiques

EXERCICE TYPE

On fait chauffer 0,5 L d'eau, initialement prise à 20 °C, dans une casserole au moyen d'une plaque électrique de puissance $P = 2\ 000$ W. La température de la plaque électrique en fonctionnement est estimée à 600 °C. La pression extérieure est de 1 bar et la température extérieure de 20 °C.

1. On considère que 85 % de l'énergie délivrée par la plaque électrique est transférée à l'eau. Faire un schéma de la situation en représentant les transferts thermiques mis en jeu.
2. En appliquant le premier principe de la thermodynamique, déterminer la température de l'eau au bout d'une minute.
3. Établir l'équation différentielle vérifiée par la température de l'eau contenue dans la casserole.
4. En déduire la loi $T(t)$ donnant l'évolution de la température en fonction du temps.
5. Combien de temps faut-il pour atteindre l'ébullition ?

Données : capacité thermique massique de l'eau : $c_{eau} = 4{,}18$ kJ.kg^{-1}.K^{-1} ;
température d'ébullition de l'eau sous pression de 1 bar : 100 °C ;
masse volumique de l'eau : $\rho_{eau} = 1{,}0$ kg.L^{-1}.

CORRIGÉ COMMENTÉ

1. Les transferts thermiques se font spontanément du chaud vers le froid. Ici, la plaque électrique est à 600 °C, donc l'énergie thermique va **de la plaque vers l'eau (flèche bleue)** de la casserole (85 %) et **de la plaque vers l'extérieur (flèches orange)** (15 %).

2. Considérons comme système l'eau contenue dans la casserole. Le seul transfert d'énergie mis en jeu ici est un transfert thermique. Le système est au repos, donc le premier principe s'écrit dans ce cas : $\Delta U = U_f - U_i = Q$.

Or l'eau est considérée comme incompressible, donc :
$\Delta U = m \times c_{eau} \times \Delta T = \rho \times V \times c_{eau} \times \Delta T$.
Calculons l'énergie reçue par l'eau en 1 minute :

$$Q = \frac{85}{100} \times 2\,000 \times 1 \times 60 = 1{,}02 \times 10^5 \text{ J} = 102 \text{ k.}$$

On obtient $\Delta T = \dfrac{Q}{\rho \times V \times c_{eau}} = \dfrac{102}{1 \times 0{,}5 \times 4{,}18} = 49$ K.

La température de l'eau au bout d'une minute est donc :
$T = (273 + 20) + 49 = 342$ K, soit $\boldsymbol{\theta = 69}$ **°C.**

> **Rappel**
> L'écart de température peut s'exprimer indifféremment en °C ou en K : $\Delta\theta = \Delta T$. Le résultat est le même.

3. Le premier principe de la thermodynamique appliqué à l'eau entre deux instants très proches t et $t + \mathrm{d}t$ donne :
$\mathrm{d}U = m \times c_{eau} \times \mathrm{d}T = \delta Q = P \times \mathrm{d}t$.

On en déduit l'équation différentielle : $\boldsymbol{\dfrac{\mathrm{d}T}{\mathrm{d}t} = \dfrac{P}{\rho \times V \times c_{eau}}}$.

4. Comme $\dfrac{P}{\rho \times V \times c_{eau}}$ est constant, la loi donnant l'évolution de la température en fonction du temps est une fonction affine du temps : $T(t) = \dfrac{P}{\rho \times V \times c_{eau}} \times t + \mathrm{A}$.

La constante A est obtenue grâce aux conditions initiales, soit $T(0) = 273 + 20 = 293$ K.

D'où : $\boldsymbol{T(t) = \dfrac{P}{\rho \times V \times c_{eau}} \times t + 293}$.

5. L'ébullition commence lorsque la température atteint la valeur de 100 °C, soit 373 K.
Cela est le cas à l'instant :

$$t = \frac{T_{éb} - T(0)}{P} \times \rho \times V \times c_{eau}$$

$$t = \frac{373 - 293}{2\,000} \times 1{,}0 \times 10^3 \times 0{,}5 \times 4{,}18 = \mathbf{84\ s.}$$

> **Astuce**
> Une donnée en J.g^{-1}.K^{-1} est identique à une donnée en kJ.kg^{-1}.K^{-1}.
> Par exemple, 4,18 J.g^{-1}.K^{-1} = 4,18 kJ.kg^{-1}.K^{-1}.

À RETENIR

- Les transferts thermiques s'effectuent spontanément du chaud vers le froid.
- Lors des applications numériques, il faut bien regarder les unités à utiliser.
- C'est l'application du premier principe sous sa forme infinitésimale qui permet l'obtention d'équations différentielles.

2 Effectuer l'étude énergétique d'un système thermodynamique

EXERCICE TYPE

La stéatite est une roche qui peut être utilisée sous forme de petits cubes de 2 cm de côté comme alternative aux glaçons : cela permet de refroidir une boisson sans la diluer.

On introduit, dans un verre contenant 10 cL d'une boisson assimilée à de l'eau (liquide incompressible), 4 cubes de stéatite préalablement placés dans le congélateur à la température de $\theta_2 = -18$ °C.

La température initiale de la boisson est $\theta_1 = 16$ °C.

Au bout de quelques minutes, la température de la boisson se stabilise à une valeur θ_3.

1. Sachant que l'état final est un état d'équilibre, quelle est la température des pierres dans cet état ?

2. Exprimer la variation d'énergie interne de la boisson en fonction de son volume V, de la masse volumique de l'eau, de la capacité thermique massique de l'eau et des températures θ_1 et θ_3.

3. Exprimer la variation d'énergie interne des pierres en fonction du volume d'une pierre v, de la masse volumique de la stéatite, de la capacité thermique massique de la stéatite et des températures θ_1 et θ_3.

On suppose que la boisson n'échange de l'énergie qu'avec les pierres, et inversement. Il n'y a pas d'échange énergétique sous forme de travail.

4. Appliquer le premier principe de la thermodynamique à la boisson.

5. Appliquer le premier principe de la thermodynamique aux pierres.

6. En déduire une relation permettant de trouver la valeur de la température finale, puis la calculer.

7. La température réellement obtenue est en réalité légèrement supérieure. Donner un argument permettant d'interpréter ce fait.

Données :

	Eau	Stéatite
Masse volumique (kg.m^{-3})	$1{,}0 \times 10^3$	$3{,}0 \times 10^3$
Capacité thermique massique (kJ.K^{-1}.kg^{-1})	4,2	1,0

CORRIGÉ COMMENTÉ

1. Les pierres ont **la même température** que la boisson à l'état final, soit θ_3.

2. L'eau est considérée comme incompressible, donc :

$$\Delta U_{eau} = m_{eau} \times c_{eau} \times \Delta T = \rho_{eau} \times V \times c_{eau} \times (T_3 - T_1) = \boldsymbol{\rho_{eau} \times V \times c_{eau} \times (\theta_3 - \theta_1)}.$$

3. Considérons le système constitué par les quatre cubes de pierre. La variation d'énergie interne des pierres (système incompressible) est :

$\Delta U_{\text{pierres}} = m_{\text{pierres}} \times c_{\text{stéa}} \times \Delta T = 4 \times \rho_{\text{stéa}} \times v \times c_{\text{stéa}} \times (T_3 - T_2)$

$\boldsymbol{\Delta U_{\text{pierres}} = 4 \times \rho_{\text{stéa}} \times v \times c_{\text{stéa}} \times (\theta_3 - \theta_2)}$

4. Le système considéré est la boisson. Par hypothèse, le seul transfert énergétique qui existe est celui avec les pierres : on le note Q_1 car c'est un transfert thermique. Il n'y a pas de transfert d'énergie par travail, donc : $\boldsymbol{\Delta U_{\text{eau}} = Q_1}$.

5. Le système considéré est l'ensemble des pierres. Par hypothèse, le seul transfert énergétique qui existe est celui avec la boisson : on le note Q_2 car c'est un transfert thermique. Il n'y a pas de transfert d'énergie par travail, donc : $\boldsymbol{\Delta U_{\text{pierres}} = Q_2}$.

> **Remarque**
> Aux questions 4 et 5, les systèmes étudiés sont au repos, donc la variation d'énergie mécanique est nulle.

> **Remarque**
> Un transfert thermique peut être positif ou négatif : cela dépend de quel point de vue on se place.

6. Comme les échanges énergétiques se limitent à ceux entre les pierres et la boisson, on peut affirmer que l'énergie reçue par les pierres a été donnée par la boisson. La boisson est plus chaude que les pierres, donc le sens du transfert thermique va de la boisson vers les pierres. Ainsi, Q_2 est positif car l'énergie est réellement reçue par les pierres, alors que Q_1 est négatif car l'énergie est réellement fournie par la boisson.

On obtient $Q_1 = -Q_2$, soit $\Delta U_{\text{eau}} = -\Delta U_{\text{pierres}}$.

$\rho_{\text{eau}} \times V \times c_{\text{eau}} \times (\theta_3 - \theta_1) = -4 \times \rho_{\text{stéa}} \times v \times c_{\text{stéa}} \times (\theta_3 - \theta_2)$

La seule inconnue est θ_3. On obtient :

$$\theta_3 = \frac{\rho_{\text{eau}} \times V \times c_{\text{eau}} \times \theta_1 + 4\rho_{\text{stéa}} \times v \times c_{\text{stéa}} \times \theta_2}{\rho_{\text{eau}} \times V \times c_{\text{eau}} + 4\rho_{\text{stéa}} \times v \times c_{\text{stéa}}}$$

$$\theta_3 = \frac{1{,}0\times10^3\times0{,}1\times10^{-3}\times4{,}2\times10^3\times16+4\times3{,}0\times10^3\times(2\times10^{-2})^3\times1{,}0\times10^3\times(-18)}{1{,}0\times10^3\times0{,}1\times10^{-3}\times4{,}2\times10^3+4\times3{,}0\times10^3\times(2\times10^{-2})^3\times1{,}0\times10^3} = \mathbf{9{,}7\,°C}$$

> **Astuce**
> On peut appliquer le premier principe au système global {boisson + pierres}. Ce système n'échange pas d'énergie avec l'extérieur : $\Delta U_{\text{global}} = \Delta U_{\text{eau}} + \Delta U_{\text{pierres}} = 0$, ce qui permet bien sûr d'obtenir la même relation !

7. On peut raisonnablement penser que l'air ambiant est plus chaud que le liquide dans le verre. Il existe donc **un transfert thermique qui n'a pas été pris en compte dans le calcul** : celui de l'air vers la boisson (énergie reçue réellement par la boisson).

À RETENIR

- La relation permettant d'exprimer la variation de l'énergie interne pour un système incompressible est à connaître.
- Faire un bilan d'énergie en thermodynamique, c'est appliquer le premier principe.
- Les transferts énergétiques qui apparaissent dans l'expression du premier principe sont algébriques.

SUJET DU BAC

Exercice — 30 min — 6 points

D'après un sujet du Bac

Des chercheurs de l'université de Tokyo ont découvert une céramique capable de stocker de l'énergie. Son principe de fonctionnement est simple : une courte exposition au soleil permet de la « charger » ! Cette énergie peut être stockée pendant une longue durée et restituée selon les besoins.

Sous certaines conditions (élévation de température, exposition à un rayonnement électromagnétique, application d'un courant électrique…), le matériau change de structure cristalline. L'énergie reçue permet le passage du beta-pentoxyde de trititane (β-Ti_3O_5) au lambda-pentoxyde de trititane (λ-Ti_3O_5). Pour réaliser cette transformation, le matériau doit recevoir une énergie volumique $E = 230$ J.cm^{-3}.

Stockage puis restitution de l'énergie

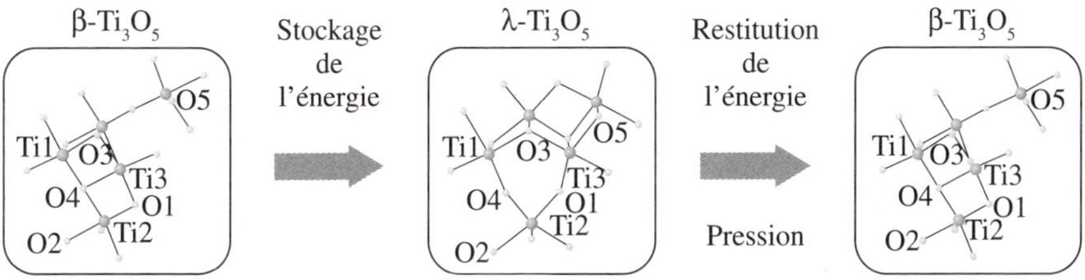

Pour restituer l'énergie, il suffit de soumettre ce matériau à une certaine pression.

Les caractéristiques de la pastille cylindrique de pentoxyde de trititane utilisée dans les expériences présentées dans cet exercice sont :

- diamètre : 13,0 mm ;
- épaisseur : 0,500 mm ;
- masse : 0,265 g.

D'après TOKORO H. *et al.* (2015). *External stimulation-controllable heat-storage ceramics. Nature communications. 6. 7037. 10. 1038/ncomms8037*

Stockage de l'énergie

On expose la pastille au soleil. On suppose qu'il n'y a aucun transfert d'énergie entre la pastille et son environnement proche. La puissance surfacique reçue de la part du Soleil est, ce jour-là, $p = 1\,000$ W.m^{-2}.

1. [1 pt] Vérifier que l'énergie qu'il faut fournir à la pastille utilisée dans l'expérience vaut $E_{past} = 15{,}3$ J.

2. [1 pt] Sachant que la face supérieure de la pastille est éclairée, calculer le temps d'exposition au soleil, en supposant que la totalité de l'énergie reçue de la part du Soleil est « utile ».

3. [0,5 pt] Que représente l'énergie interne d'un système ?

4. [0,5 pt] Que penser de l'énergie interne de la pastille lors de cette opération ?

Restitution de l'énergie

Pour libérer l'énergie stockée, il suffit d'exercer une pression qui va entraîner la transformation inverse de celle réalisée lors du stockage. Le dispositif utilisé en laboratoire utilise une enceinte avec du diazote dont on peut faire varier la pression.

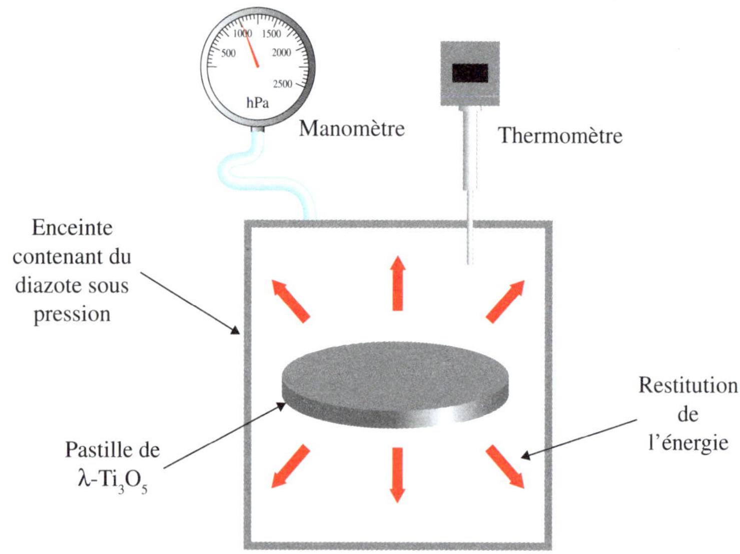

Au cours de l'expérience, l'enceinte utilisée est considérée comme parfaitement isolée thermiquement et elle contient 40,0 mmol de diazote. Lorsque la pression P est exercée, la pastille restitue l'énergie stockée, ce qui entraîne une élévation de la température du gaz de 18,2 K. L'équilibre thermique est alors atteint.

Données :

- la variation d'énergie interne d'un gaz dont la température varie de ΔT, supposé parfait, est donnée par $\Delta U = \frac{5}{2} n_{gaz} \times R \times \Delta T$, où n_{gaz} est la quantité de matière de gaz (en mol) dans l'enceinte et R la constante des gaz parfaits : $R = 8{,}31\ J.K^{-1}.mol^{-1}$;
- capacité thermique massique de l'eau : $c_{eau} = 4\,180\ J.K^{-1}.kg^{-1}$;
- masse volumique de l'eau : $\rho = 1{,}0\ kg.L^{-1}$.

5. [0,5 pt] Appliquer le premier principe de la thermodynamique au gaz. En déduire le transfert thermique reçu par le gaz au cours de l'expérience.

6. [0,5 pt] Comparer à la valeur de l'énergie stockée dans la pastille. Commenter le résultat.

7. [2 pts] En considérant que les échanges thermiques s'effectuent sans perte, calculer la masse de pentoxyde de trititane nécessaire pour chauffer 250 mL d'eau pure depuis la température ambiante jusqu'à 80 °C.

Le candidat est invité à prendre des initiatives et à présenter la démarche même s'il n'a pas abouti.

→ Corrigé p. 345

CORRIGÉ

Exercice → Énoncé p. 343

1. On commence par calculer le volume de la pastille. Ainsi, connaissant l'énergie volumique nécessaire à la transformation, on pourra calculer E_{past}.

On a $V_{past} = \pi \times R^2 \times e$ (volume d'un cylindre) et $E_{past} = V_{past} \times E$.

Application numérique :

$$\boldsymbol{E_{past}} = \pi \times \left(\frac{13{,}0}{2} \times 10^{-1}\right)^2 \times 0{,}500 \times 10^{-1} \times 230 = \mathbf{15{,}3\ J}.$$

> **Remarque**
> On met les mesures en cm, car E est en $J.cm^{-3}$.

2. La surface exposée au Soleil est πR^2. On en déduit la puissance reçue par la pastille de la part du Soleil :

$P_{past} = p \times \pi \times R^2$ et, comme $P_{past} = \dfrac{E_{past}}{\Delta t}$, on trouve :

$$\Delta t = \frac{E_{past}}{P_{past}} = \frac{15{,}3}{1\,000 \times \pi \times (6{,}5 \times 10^{-3})^2} = \mathbf{115\ s}.$$

3. L'énergie interne U d'un système thermodynamique résulte de **la contribution des énergies microscopiques (cinétique et potentielle d'interaction)**.

4. Sachant que la pastille est au repos et que le seul transfert d'énergie mis en jeu est reçu de la part du Soleil par la pastille, le premier principe permet d'affirmer que **l'énergie interne de la pastille a augmenté pendant l'opération de charge.**

5. Le premier principe appliqué au gaz s'écrit : $\boldsymbol{\Delta U = \frac{5}{2} n_{gaz} \times R \times \Delta T = Q}$.

On peut donc calculer le transfert thermique reçu par le gaz :

$$Q = \frac{5}{2} \times 40{,}0 \times 10^{-3} \times 8{,}31 \times 18{,}2 = \mathbf{15{,}1\ J}.$$

6. On peut calculer un écart relatif pour les deux valeurs obtenues :

$$\text{écart} = \left(\frac{|Q - E_{past}|}{E_{past}}\right) = 1{,}3 \times 10^{-2}.$$

L'écart est faible (environ 1,3 %), les valeurs sont donc concordantes et la restitution de l'énergie semble excellente.

7. Lors de l'échauffement de 250 mL d'eau, l'énergie interne varie de :

$\Delta U = m_{eau} \times c_{eau} \times \Delta T = \rho_{eau} \times V \times c_{eau} \times (T_2 - T_1)$.

Prenons pour valeur de la température ambiante 20 °C. L'écart de température est donc de 60 °C. En supposant que toute l'énergie stockée est restituée à l'eau :

> **Remarque**
> La valeur de la température ambiante est à estimer en prenant une valeur raisonnable, entre 15 °C et 25 °C par exemple.

$$\Delta U = m_{eau} \times c_{eau} \times \Delta T = \rho_{eau} \times V_{eau} \times c_{eau} \times \Delta T = Q = V_{trititane} \times E = \frac{m_{trititane}}{\rho_{trititane}} \times E.$$

MATHÉMATIQUES
PHYSIQUE-CHIMIE
GRAND ORAL
MATHS EXPERTES

Connaissant le volume, il faut accéder à la masse. La masse volumique n'est pas fournie, mais il est possible de la calculer, car on connaît la masse et le volume d'une pastille.

Ainsi : $\rho = \dfrac{m_{\text{past}}}{V_{\text{past}}}$. On obtient la relation :

$$m_{\text{trititane}} = \frac{\rho_{\text{eau}} \times V_{\text{eau}} \times c_{\text{eau}} \times \Delta T}{E} \times \rho_{\text{trititane}} = \frac{\rho_{\text{eau}} \times V_{\text{eau}} \times c_{\text{eau}} \times \Delta T}{E} \times \frac{m_{\text{past}}}{V_{\text{past}}}.$$

Application numérique :

$$\boldsymbol{m}_{\textbf{trititane}} = \frac{1 \times 0{,}250 \times 4\,180 \times 60}{230 \times 10^{6}} \times \frac{0{,}265 \times 10^{-3}}{\pi \times (6{,}5 \times 10^{-3})^{2} \times 0{,}500 \times 10^{-3}} = \mathbf{1{,}09\ kg}.$$

Cela semble assez élevé par rapport à la masse d'eau réchauffée (0,25 kg), donc la technologie n'est pas adaptée à ce genre d'applications.

Les transferts thermiques

CHAPITRE 13

1 Les différents modes de transfert thermique

■ On appelle **transfert thermique** l'échange de chaleur d'un corps chaud vers un corps froid (voir chapitre 12). Cet échange se fait toujours du corps chaud vers le corps froid jusqu'à l'équilibre thermique, c'est-à-dire la même température finale pour les deux corps.

■ Il existe trois types de transferts thermiques : la conduction thermique, la convection et le rayonnement

A. La conduction thermique

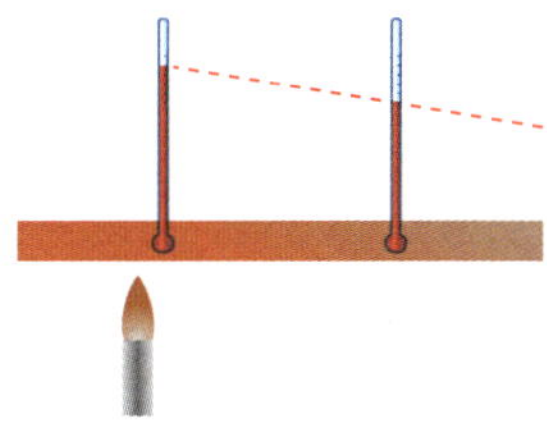

Dans ce mode de transfert, l'agitation thermique des atomes passe de proche en proche : chaque atome communique une partie de son énergie cinétique à l'atome voisin. Ce mode de transfert se fait **sans transport de matière** et concerne les solides.

B. La convection

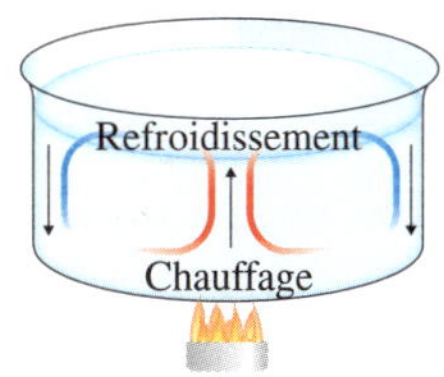

Lorsqu'on chauffe un fluide (liquide ou gaz), on diminue sa densité. Celui-ci va donc monter et, en se mélangeant avec le fluide froid, homogénéiser la température de l'ensemble (courant de convection). Ce mode de transfert se fait donc **avec transport de matière.**

C. Le rayonnement

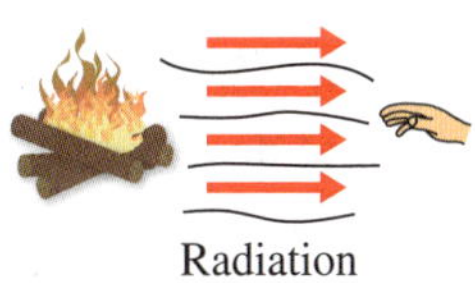

■ Tout corps à une température T émet un rayonnement électromagnétique pouvant se déplacer dans le vide et susceptible d'être absorbé par un autre corps qui pourra ainsi être chauffé. C'est ainsi que la Terre est chauffée par le Soleil.

■ La **loi de Stefan-Boltzmann** établit que la puissance P rayonnée par un corps de surface S est liée à la température T par la relation :

$$P = \sigma \times S \times T^4$$

avec P en watt (W) ;

$\sigma = 5{,}67 \times 10^{-8}$ W.m².K⁻⁴ , constante de Stefan-Boltzmann ;

T : température du corps en kelvin (K) ;

S : surface du corps en m².

2 La conduction thermique

A. Conductivité et résistance thermiques

■ La **conductivité thermique** d'un matériau, notée λ, désigne sa capacité à laisser passer la chaleur. Elle s'exprime en $W.m^{-1}.K^{-1}$. Plus cette conductivité thermique est élevée, plus le matériau conduit la chaleur en facilitant le transfert thermique.

■ La **résistance thermique** R_{th} d'une paroi décrit sa capacité à s'opposer au passage de la chaleur. Pour un matériau d'épaisseur e et de conductivité λ, elle est définie par :

$$R_{th} = \frac{e}{\lambda \times S}$$

avec R_{th} : résistance thermique de la paroi (en $K.W^{-1}$) ;

e : épaisseur du matériau (en m) ;

λ : conductivité thermique du matériau (en $W.m^{-1}.K^{-1}$) ;

S : aire de la surface d'échange (en m^2).

Remarques :

• Plus R_{th} est grand, plus le matériau est isolant.

• La résistance d'une paroi composée de différentes couches de matériaux est égale à la somme des résistances thermiques de chacune des couches.

B. Flux thermique

■ Soit une paroi rectangulaire constituée de deux surfaces S et d'épaisseur e. Si les deux parois sont soumises à des températures T_1 et T_2 différentes, un transfert thermique va se faire spontanément du côté le plus chaud vers le côté le plus froid.

On définit alors le **flux thermique** Φ comme la quantité de chaleur Q transférée par unité de temps Δt à travers ce matériau :

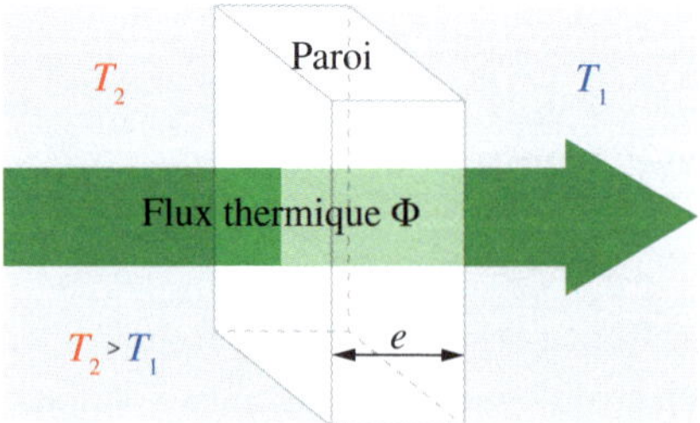

L'énergie est transférée de la pièce chaude vers la pièce froide.

$$\Phi = \frac{Q}{\Delta t}$$

avec Φ : flux thermique (en W) ;

Q : quantité de chaleur transférée par conduction à travers la paroi (en J) ;

Δt : durée du transfert thermique (en s).

■ Lorsque le flux est constant (on parle de régime permanent), Φ est proportionnel à la différence de température $T_2 - T_1$: c'est **la loi de Fourier**.

$$\Phi = \frac{\lambda \times S \times (T_2 - T_1)}{e} = \frac{T_2 - T_1}{R_{th}}$$

avec Φ : flux thermique à travers la paroi (en W) ;
e : épaisseur du matériau (en m) ;
λ : conductivité thermique du matériau (en $W.m^{-1}.K^{-1}$) ;
S : aire de la surface d'échange (en m^2) ;
T_2 et T_1 : températures de part et d'autre de la paroi ($T_2 > T_1$) (en K ou en °C) ;
R_{th} : résistance thermique de la paroi (en $K.W^{-1}$).

C. Loi de refroidissement de Newton

■ La **loi de refroidissement de Newton** s'énonce ainsi : la vitesse du refroidissement d'un corps inerte est proportionnelle à la différence de température entre ce corps $T(t)$ et celle du milieu ambiant T_a. Elle est donnée par la relation :

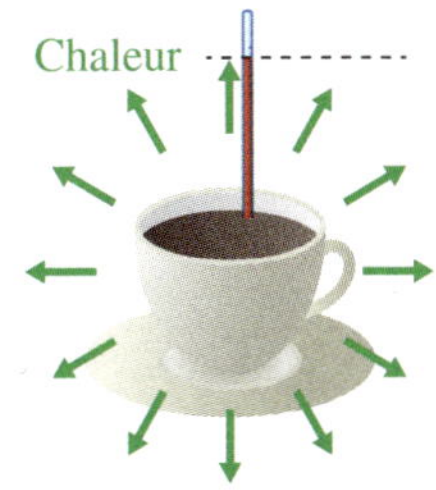

$$\frac{dT}{dt} = -k \times (T(t) - T_a)$$

où T_a est la température du milieu ambiant, k une constante positive qui dépend du corps et $\frac{dT}{dt}$ la dérivée de la température par rapport au temps.

■ Après résolution de cette équation différentielle, on trouve :

$$T(t) = T_a + (T(0) - T_a) \times e^{-k \times t}$$

où $T(0)$ est la température initiale du corps.
La courbe suivante montre l'évolution au cours du temps de la température d'un corps à la température initiale $T(0)$ dans un milieu de température T_a.

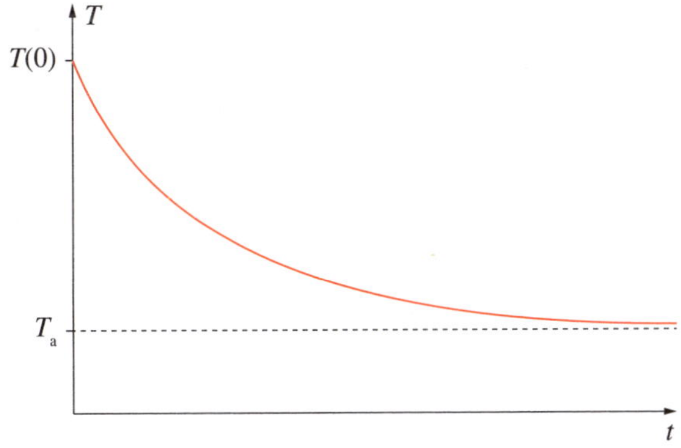

3 Bilan radiatif de la Terre

■ Le Soleil produit plus de 99 % de l'énergie reçue par la Terre. Cette énergie, issue des réactions thermonucléaires à l'intérieur de notre étoile, nous parvient sous forme de **rayonnements électromagnétiques**.

■ Effectuer le **bilan radiatif de la Terre** consiste à faire la différence entre l'énergie reçue par la planète et l'énergie renvoyée vers l'espace.

A. Puissance émise par le Soleil

Pour la puissance émise par le Soleil, on utilise la loi de Stefan-Boltzmann (voir p. 347) : $P = \sigma \times S \times T^4$. La température à la surface du Soleil est $T = 5\,800$ K et son rayon R est de l'ordre de $6{,}96 \times 10^8$ m. On obtient donc : $P = \sigma \times 4\pi \times R^2 \times T^4$ (la surface d'une sphère de rayon R étant donnée par la relation $S = 4\pi \times R^2$), soit :

$P = 5{,}67 \times 10^{-8} \times 4 \times \pi \times (6{,}96 \times 10^8)^2 \times 5\,800^4$

$\boldsymbol{P = 3{,}91 \times 10^{26}}$ **W**

B. Puissance reçue par la Terre

■ La puissance solaire, émise à partir d'une sphère et constante, va se propager sous forme sphérique dans toutes les directions.

On cherche la puissance reçue par unité de surface par la Terre située à une distance moyenne $D = 1{,}50 \times 10^{11}$ m

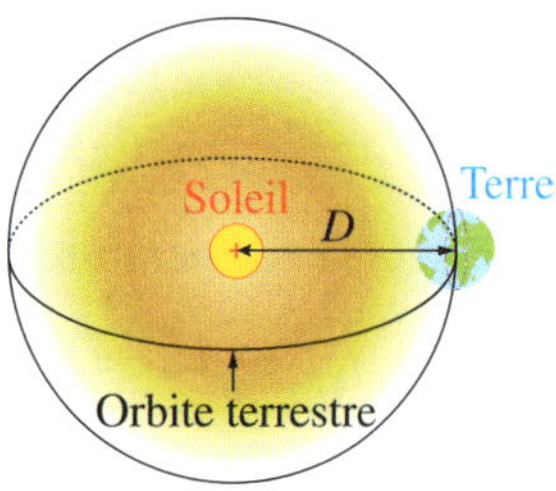

$$P_s = \frac{P}{S_{\text{sphère}}} = \frac{P}{4 \times \pi \times D^2} = \frac{3{,}91 \times 10^{26}}{4 \times \pi \times (1{,}50 \times 10^{11})^2}$$

$$= 1{,}38 \times 10^3 \text{ W.m}^{-2}$$

■ La puissance ainsi reçue par la Terre correspond à la puissance traversant un disque de rayon équivalent. Cette puissance va être répartie sur toute la surface terrestre :

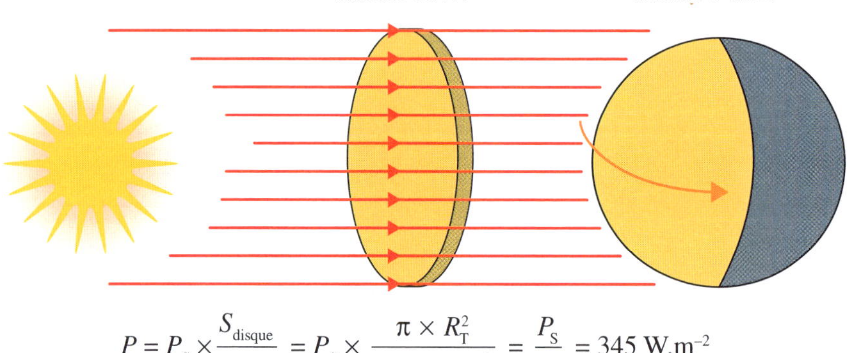

$$P = P_S \times \frac{S_{\text{disque}}}{S_{\text{sphère}}} = P_S \times \frac{\pi \times R_T^2}{4 \times \pi \times R_T^2} = \frac{P_S}{4} = 345 \text{ W.m}^{-2}$$

C. Albédo terrestre, absorption et effet de serre

■ Une partie de la lumière reçue par la Terre est réfléchie par celle-ci. On appelle **albédo** la fraction du rayonnement solaire réfléchie vers l'espace sans être absorbée. Sur Terre, l'albédo moyen est d'environ 30 %.

■ L'énergie solaire parvenant sur Terre est **absorbée** soit par l'atmosphère, soit par la Terre ou les océans. Cela provoque une élévation de leur température et une réémission vers l'espace d'un rayonnement électromagnétique infrarouge.

■ Une partie de ce rayonnement infrarouge est piégée par l'atmosphère qui est ainsi réchauffée : c'est **l'effet de serre**. Sans cet effet de serre, la température de la Terre serait de –18 °C. On estime que, grâce à l'effet de serre, la puissance surfacique émise par la surface de la Terre est de l'ordre de 390 $W.m^{-2}$.
Grâce à la loi de Stefan-Boltzmann, on peut calculer la température moyenne T à la surface de la Terre :

$P_s = \frac{P}{S} = \sigma \times T^4$, avec P_s la puissance surfacique en $W.m^{-2}$. D'où :

$$T = \sqrt[4]{\frac{P_s}{\sigma}} = \sqrt[4]{\frac{390}{5{,}67 \times 10^{-8}}} = 288 \text{ K}$$ soit **15 °C.**

Rappel
La relation entre la température θ en °C et la température T en K est donnée par :
$T = 273 + \theta$

■ L'effet de serre permet d'avoir une température moyenne idéale pour le développement de la vie sur Terre. Mais l'augmentation du taux de dioxyde de carbone dans l'atmosphère entraîne une augmentation de la température moyenne à la surface de la planète.

D. Bilan

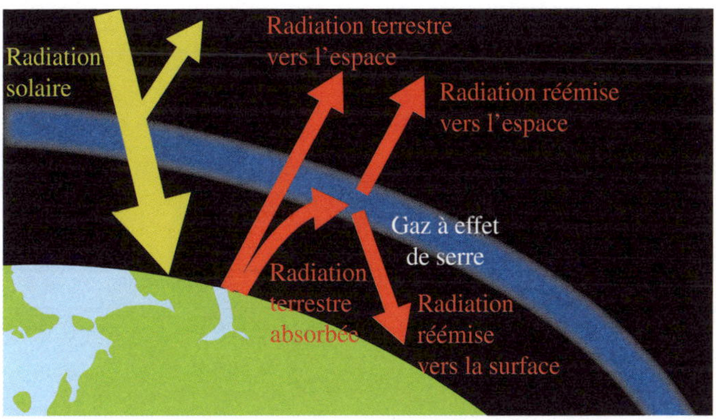

EXERCICES TYPES

1 Identifier les transferts thermiques et utiliser la loi de Stefan-Boltzmann

EXERCICE TYPE

1. Lorsqu'on utilise une douche solaire, on expose aux rayons solaires un film plastique noir contenant de l'eau. Identifier les trois types de transferts thermiques mis en jeu.

2. Même question avec une tasse de café à 50 °C posée en plein soleil sur une table à 20 °C alors que la température ambiante vaut 25 °C.

3. Pour chauffer une chambre, on utilise un radiateur assimilable à un parallélépipède rectangle de largeur 50 cm, de longueur 80 cm et de 5,0 cm de largeur. Sa puissance est de 1 000 W.
Calculer la température T du radiateur.

CORRIGÉ COMMENTÉ

1. Le Soleil transmet de l'énergie au film plastique par **rayonnement**.
Cette énergie est amenée à l'eau par **conduction** à travers le film, car c'est le seul transfert de chaleur possible dans un solide.
L'eau à proximité du film est chauffée. Cela crée de la **convection** à l'intérieur du liquide.

2. Le Soleil transmet de l'énergie à la tasse par **rayonnement**.
La tasse et son contenu sont à 50 °C, alors que la table sur laquelle la tasse est posée est à 20 °C : il y a donc transfert thermique sous forme de **conduction** entre la tasse et la table, seul mode de transfert possible entre deux solides.
Il y a aussi un transfert thermique sous forme de **convection** entre la surface du café au contact de l'air qui refroidit et le reste du liquide.

3. On utilise la loi de Stefan-Boltzmann :

$$P = \sigma \times S \times T^4$$

$$T = \sqrt[4]{\frac{P}{\sigma \times S}}$$

Point maths

La surface d'un parallélépipède rectangle est donnée par la formule :
$S = 2 \times (L \times \ell + h \times \ell + L \times h)$

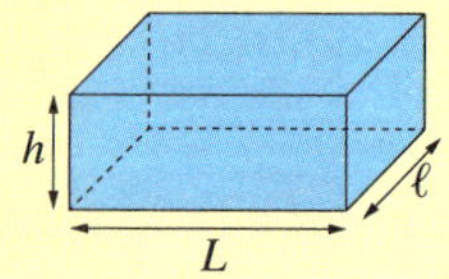

$$T = \sqrt[4]{\frac{1\,000}{5{,}67 \times 10^{-8} \times 2 \times (0{,}50 \times 0{,}80 + 0{,}50 \times 0{,}050 + 0{,}80 \times 0{,}050)}} = \mathbf{371\ K.}$$

À RETENIR

Il existe trois modes de transfert de chaleur :

- la conduction, dans les solides et sans transport de matière ;
- la convection, dans les fluides et avec transport de matière ;
- le rayonnement, qui peut se faire dans le vide. La puissance rayonnée se calcule grâce la loi de Stefan-Boltzmann : $P = \sigma \times S \times T^4$.

2 Étudier la conduction thermique dans les matériaux

EXERCICE TYPE

Un mur, de 6,0 m de longueur sur 3,0 m de hauteur, est constitué d'une épaisseur de 20 cm de parpaings.

1. Quel est le nom du mode de transfert thermique qui a lieu ici ? Expliquer son principe en quelques mots.
2. Calculer la résistance thermique de ce mur.
3. La température extérieure est de 30 °C et la température intérieure est de 16 °C. Calculer le flux thermique à travers ce mur.

On veut isoler ce mur en ajoutant un bardage en bois constitué d'une lame d'air de 3,0 cm et d'une épaisseur de bois de 2,0 cm.

4. Calculer la nouvelle résistance thermique $R_{th(mur)}$.
5. Calculer le nouveau flux thermique.
6. L'isolation du mur est-elle efficace ?

Données : conductivités thermiques en $W.m^{-1}.K^{-1}$:
$\lambda_{parpaing} = 0{,}90$; $\lambda_{air} = 0{,}025$; $\lambda_{bois} = 0{,}040$.

CORRIGÉ COMMENTÉ

1. Le seul transfert thermique possible dans les solides est la **conduction thermique. La chaleur se déplace de proche en proche sans transport de matière.**
2. Calculons la résistance thermique du matériau :

$$R_{th} = \frac{e}{\lambda_{parpaing} \times S}$$

$$R_{th} = \frac{0{,}20}{0{,}9 \times 18} = \mathbf{1{,}2 \times 10^{-2}\ K.W^{-1}}.$$

Rappel

Le transfert de chaleur se fait toujours du corps le plus chaud vers le corps le plus froid.

3. Utilisons la loi de Fourier :

$$\Phi = \frac{T_2 - T_1}{R_{th}}$$

$$\Phi = \frac{30 - 16}{1,2 \times 10^{-2}} = \mathbf{1,2 \times 10^3\ W}$$

4. Le mur est maintenant constitué de trois matériaux : le parpaing, l'air et le bois. La résistance totale est la somme des résistances de chacun d'eux.

$$R_{th(mur)} = R_{th(parpaing)} + R_{th(air)} + R_{th(bois)}$$

$$R_{th(mur)} = \frac{e}{\lambda_{parpaing} \times S} + \frac{e'}{\lambda_{bois} \times S} + \frac{e''}{\lambda_{air} \times S}$$

$$R_{th(mur)} = \left(\frac{e}{\lambda_{parpaing}} + \frac{e'}{\lambda_{bois}} + \frac{e''}{\lambda_{air}}\right) \times \frac{1}{S}$$

$$\mathbf{R_{th(mur)}} = \left(\frac{0,20}{0,90} + \frac{0,030}{0,025} + \frac{0,020}{0,040}\right) \times \frac{1}{18} = \mathbf{1,1 \times 10^{-1}\ K.W^{-1}}.$$

5. Utilisons à nouveau la loi de Fourier :

$$\Phi_2 = \frac{T_2 - T_1}{R_{th}}$$

$$\Phi_2 = \frac{30 - 16}{1,1 \times 10^{-1}} = \mathbf{1,3 \times 10^2\ W}.$$

> **Rappel**
> La différence de deux températures exprimées en degré Celsius donne le même résultat que la différence de ces mêmes températures exprimées en kelvin.

6. Calculons le rapport entre les deux flux, avant et après isolation :

$$r = \frac{\Phi}{\Phi_2}$$

$$\mathbf{r} = \frac{1,2 \times 10^3}{1,3 \times 10^2} \approx \mathbf{9,2}.$$

Le flux est neuf fois moins important après isolation du mur : l'isolation est donc efficace.

À RETENIR

• La conduction thermique des matériaux dépend :
– de la conductivité thermique λ (en $W.m^{-1}.K^{-1}$) du matériau, qui caractérise la quantité de chaleur se propageant par conduction thermique ;
– de la résistance thermique du matériau (en $K.W^{-1}$), liée à sa conductivité thermique, à sa surface et à son épaisseur.

• Le flux thermique Φ (en W) est la quantité de chaleur Q transférée par unité de temps Δt à travers ce matériau : $\Phi = \frac{Q}{\Delta t}$.

SUJET DU BAC

Exercice 50 min **7 points**

Obligatoire depuis l'année 2006 lors de la vente d'un logement et depuis 2007 lors de la location d'un logement, le diagnostic de performance énergétique (DPE) renseigne sur la performance énergétique d'un logement ou d'un bâtiment, en évaluant sa consommation d'énergie totale annuelle (chauffage, eau chaude, électroménager).

La lecture du DPE est facilitée par une étiquette énergie comportant 7 classes de A à G (A correspondant à la meilleure performance, G à la plus mauvaise, voir ci-contre).

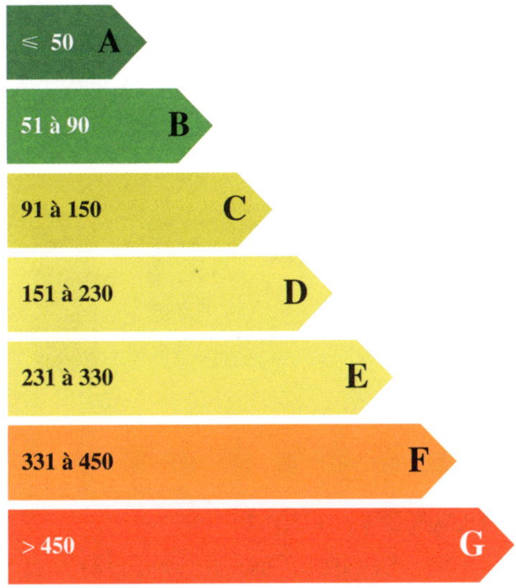

Consommations énergétiques en kWh/an et par m² de surface habitable

Un couple souhaite connaître le DPE d'une maison sans étage de surface habitable 100 m². La maison est construite dans une région où la température de l'air extérieur durant la période de chauffage vaut en moyenne $T_e = 4,0$ °C. Pendant la période de chauffage, l'intérieur de la maison est maintenu à une température constante $T_i = 19$ °C grâce au système de chauffage. On estime la durée annuelle de chauffage à 120 jours.

Données :

• Caractéristiques thermiques de la maison :

	Surface (m²)	**Matériau**	**Épaisseur *e* (mm)**	**Conductivité thermique λ (W.m⁻¹.K⁻¹)**	**Résistance thermique R_{th} (K.W⁻¹)**
Toiture	115	Laine de chanvre	100	0,042	$R_{th(toit)}$
		Terre cuite (tuile)	40	0,60	
Murs	91	Plâtre	13	0,46	0,020
		Polystyrène	50	0,036	
		Brique pleine	210	0,50	

• Valeurs des flux thermiques moyens lorsque $T_e = 4{,}0$ °C et $T_i = 19$ °C :

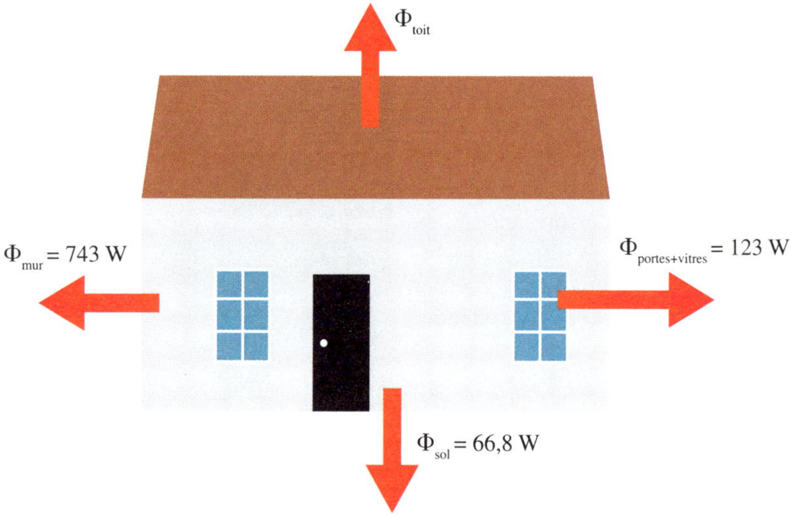

• 1 kWh = $3{,}6 \times 10^6$ J

1. [1,5 pt] Les transferts thermiques s'effectuent suivant trois modes.

Associer à chacune des propriétés suivantes le nom du transfert thermique correspondant.

• Propriété 1 : le transfert thermique dans un milieu matériel se fait de proche en proche sans transport de matière.

• Propriété 2 : le transfert thermique ne nécessite pas de milieu matériel et se fait sans transport de matière.

• Propriété 3 : le transfert thermique se fait par déplacement macroscopique de matière, généralement au sein d'un gaz ou d'un liquide.

2. [2,5 pts] Calculer la résistance thermique de la toiture, notée $R_{th(toit)}$, et en déduire que le flux thermique moyen à travers le toit en hiver est égal à $\Phi_{toit} = 7{,}1 \times 10^2$ W.

3. [3 pts] Afin de conserver une température constante dans la maison, la puissance moyenne du système de chauffage doit être égale au flux thermique moyen sortant de la maison.

En estimant que le chauffage représente 60 % de la consommation d'énergie annuelle, déterminer la classe énergétique de cette maison. → Corrigé p. 357

CORRIGÉ

Exercice → Énoncé p. 355

1. Propriété 1 : **conduction**. Propriété 2 : **rayonnement**. Propriété 3 : **convection**.

2. Pour calculer le flux thermique passant par le toit, il faut commencer par calculer la résistance thermique du toit.

Cette résistance thermique est la somme des résistances thermiques de chacun des matériaux le composant :

$R_{th(toit)} = R_{th(laine)} + R_{th(tuile)}$, avec $R_{th} = \dfrac{e}{\lambda \times S}$ et $S = 115\ m^2$.

$$R_{th(toit)} = \frac{100 \times 10^{-3}}{0{,}042 \times 115} + \frac{40 \times 10^{-3}}{0{,}60 \times 115} = 2{,}1 \times 10^{-2}\ K.W^{-1}.$$

Nous pouvons maintenant calculer le flux thermique avec la relation :

$$\Phi = \frac{T_i - T_e}{R_{th}}$$

$$\Phi = \frac{19 - 4{,}0}{2{,}1 \times 10^{-2}} = 7{,}0 \times 10^2\ W.$$

Ce résultat est proche du résultat présenté dans l'énoncé ($\Phi_{toit} = 7{,}1 \times 10^2$ W).

3. Nous allons tout d'abord calculer le flux total sortant de la maison.

$\Phi_{total} = \Phi_{toit} + \Phi_{murs} + \Phi_{sol} + \Phi_{portes+vitres}$

$\Phi_{total} = 7{,}1 \times 10^2 + 743 + 66{,}8 + 123 = 1{,}6 \times 10^3\ W.$

Pour garder une température constante dans la maison, ce flux (assimilable à une puissance) doit être compensé par la puissance du chauffage : $P = 1{,}6 \times 10^3$ W.

Calculons maintenant la consommation énergétique du chauffage par m² et par an.

La maison de surface $S = 100\ m^2$ est chauffée pendant 120 jours.

Convertissons le temps en heure pour pouvoir exprimer l'énergie en kWh :

$\Delta t = 120 \times 24 = 2\,880$ h.

Nous pouvons maintenant calculer la consommation surfacique :

$$E_{surfacique} = \frac{P \times \Delta t}{S}$$

$$E_{surfacique} = \frac{1{,}6 \times 2\,880}{100} = 46\ kWh.m^{-2}.an^{-1}.$$

> **Remarque**
> L'énergie E (en joule) se calcule à partir de la puissance P (en watt) et du temps Δt (en seconde) grâce à la relation $E = P \times \Delta t$.

Or, d'après l'énoncé, cette consommation ne représente que 60 % de la consommation totale. Déterminons donc la consommation totale :

$$E = \frac{E_{surfacique}}{0{,}60}$$

$$E = \frac{46}{0{,}60} = 77\ kWh.m^{-2}.an^{-1}.$$

La maison a pour classe énergétique B.

Les phénomènes ondulatoires

CHAPITRE 14

1 Caractéristiques d'une onde sonore

■ Une onde mécanique est caractérisée par la propagation d'une perturbation dans un milieu matériel. Il y a transport d'énergie sans transport de matière.
Le son est une onde mécanique ; la perturbation est une alternance de **compressions et de dilatations** du milieu qui se propage dans tout l'espace qui lui est offert.

■ Pour émettre un son, la source va délivrer une certaine puissance, que l'on nomme **puissance acoustique,** exprimée en watt (W).
La puissance reçue par unité de surface est **l'intensité sonore *I*.** L'unité de *I* est donc le watt par mètre carré ($W.m^{-2}$).

■ L'être humain peut entendre des sons dont les fréquences s'étalent d'environ 20 Hz à 20 kHz.
Cependant, pour entendre une fréquence appartenant à cette bande passante, il faut que l'intensité sonore associée ait une valeur seuil. Ainsi, l'oreille humaine normale va-t-elle entendre un son de 1 000 Hz si l'intensité sonore vaut au moins $I_0 = 10^{-12}$ **W.m**$^{-2}$**. Cette dernière valeur est importante car elle constitue l'intensité sonore de référence de l'acoustique physique.**
Lorsqu'on évalue la capacité auditive d'un individu, on va mesurer cette valeur seuil pour différentes fréquences.

■ La perception de l'oreille n'est pas linéaire. En effet, deux instruments jouant avec la même intensité ne seront pas perçus deux fois plus forts qu'un seul.
On définit donc **le niveau d'intensité sonore *L*** :

$$L = 10 \times \log\left(\frac{I}{I_0}\right)$$

avec $I_0 = 10^{-12}$ W.m^{-2} ;
I : intensité sonore en W.m^{-2} ;
L : niveau d'intensité sonore en dB.

> **Point maths**
> $\log(A \times B) = \log A + \log B$
> $\log\left(\frac{A}{B}\right) = \log A - \log B$
> La fonction **puissance de 10** est la fonction réciproque de la fonction **log** : $10^{(\log x)} = x$;
> de même : $\log(10^x) = x$;
> $\log(1) = 0$.

Le niveau d'intensité sonore se mesure directement avec un **sonomètre.**
Attention : *La suite du cours concerne aussi bien les ondes mécaniques, comme le son, que les ondes électromagnétiques (des rayonnements gamma jusqu'aux ondes radio en passant par la lumière visible).*

2 Diffraction

■ Lorsqu'un faisceau d'ondes (lumière ou sonore) cylindrique (surfaces d'ondes planes, rayons d'ondes parallèles) rencontre une ouverture circulaire dont le diamètre ***a*** est inférieur ou du même ordre de grandeur que **la longueur d'onde λ** du faisceau, il se produit un phénomène physique appelé **diffraction**. Le faisceau cylindrique est transformé en faisceau conique d'angle d'ouverture α.

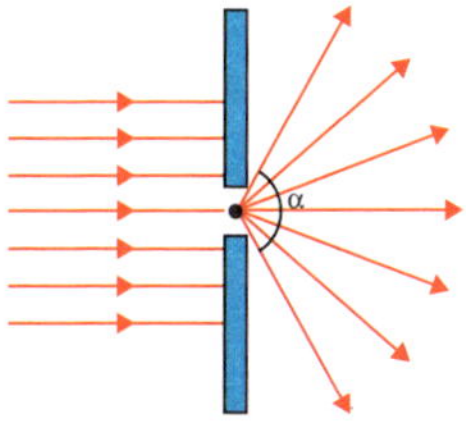

C'est comme si l'onde, en arrivant à l'ouverture ou sur un obstacle, était « repropagée ».

■ L'angle d'ouverture du cône de diffraction est donné par la relation :

$$\alpha = \frac{2 \times \lambda}{a}$$

avec :
λ : longueur d'onde en m ; *a* : diamètre de l'ouverture circulaire en m.
α est exprimé en rad.

■ En réalité, il se produit plus qu'un étalement, car l'onde produit un phénomène d'interférence que l'on nomme **figure de diffraction**.
Par exemple, lorsqu'une lumière monochromatique issue d'un laser traverse une fente étroite (ou un fil), elle produit sur un écran une figure de diffraction. Cette figure n'a pas la forme de l'ouverture ; elle est perpendiculaire à l'ouverture et se compose d'un maximum d'intensité large et brillant (appelé **tache centrale**) et d'un nombre de maxima d'intensité moins brillants et plus étroits (**taches secondaires**) de chaque côté, ces maxima d'intensité étant séparés par des minima d'intensité (taches sombres appelées **zones d'extinction**).
En optique géométrique, une telle figure serait totalement inattendue…

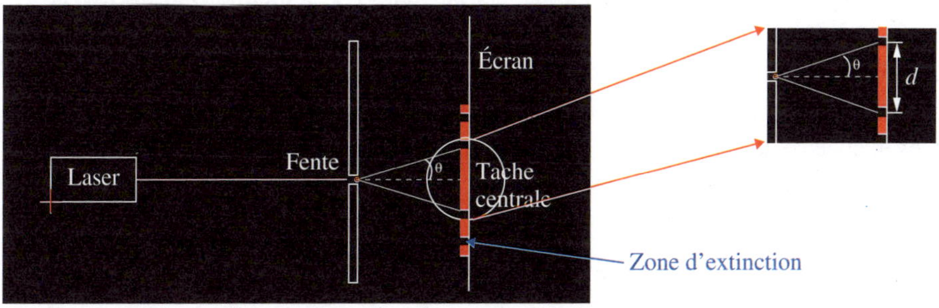

$$\theta \approx \frac{\lambda}{a}$$

avec :
θ : angle de diffraction en rad ;
λ : longueur d'onde en m ;
a : largeur de l'ouverture en m ;
d : dimension de la tache centrale en m.

Remarques

1. L'angle θ est situé entre le milieu de la tache centrale et le milieu du premier minimum de lumière.
2. La mesure de la tache centrale ***d*** se fait entre les milieux des deux premières taches sombres autour de la tache centrale.

■ La longueur d'onde du laser **λ** et la largeur ***a*** de l'ouverture sont du même ordre de grandeur.

Si λ n'est pas du même ordre de grandeur que ***a*,** on doit envisager deux cas :
– Si $\lambda \ll a$, alors θ sera proche de 0, c'est-à-dire qu'il n'y a pas de déviation de l'onde.
– Si $\lambda \gg a$, alors θ sera très grand (supérieur à π/2), ce qui signifie que la lumière sera envoyée dans toutes les directions.

■ Dans le cas d'une figure de diffraction, on peut trouver une relation entre la longueur d'onde λ et la dimension de la tache centrale ***d*** en utilisant la distance ***L*** entre la fente et l'écran :

$$\tan\theta = \frac{\text{côté opposé}}{\text{côté adjacent}} = \frac{d/2}{L} = \frac{d}{2L}$$

Pour θ (rad) très petit devant 1, on peut approximer : tan θ ≈ sin θ ≈ θ. On a alors :

$$\theta \approx \frac{d}{2L}$$

On a deux approximations de θ que l'on peut rapprocher :

$$\frac{\lambda}{a} = \frac{d}{2L}$$

Point maths

Exprimer une grandeur en fonction des autres paramètres :

$\lambda = \frac{ad}{2L}$ ou $a = \frac{2\lambda L}{d}$ ou $d = \frac{2\lambda L}{a}$

3 Interférences

■ Les bulles d'eau savonneuse et les nappes d'huiles peuvent révéler des couleurs saisissantes lorsqu'elles sont éclairées par le soleil. Ces couleurs sont produites, non pas par la réfraction comme les arcs-en-ciel, mais par un autre phénomène : des **interférences** constructives et destructives de la lumière.
Les ondes se combinent, soit pour supprimer, soit pour accentuer certaines couleurs dans le spectre de la lumière solaire incidente. C'est un phénomène de **superposition**.
Les interférences permettent notamment de réaliser des hologrammes.

■ Une onde monochromatique peut être modélisée par une succession de crêtes et de creux, comme une fonction sinusoïdale :

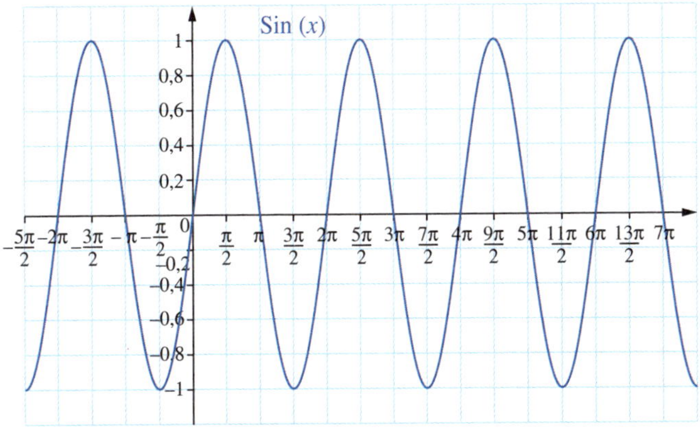

■ On considère d'abord deux ondes monochromatiques de même longueur d'onde se superposant : si les creux et les crêtes coïncident, les ondes se renforcent : elles sont en **phase** ; on parle donc d'**interférences constructives**.

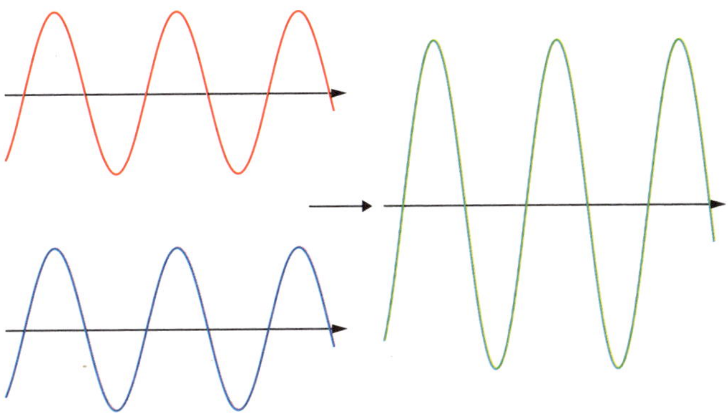

Plusieurs valeurs du déphasage, qui correspond à la différence de phase entre les deux ondes, permettent d'obtenir ce type d'interférences : 0 ; -2π ; 2π ; -4π ; 4π ; etc. soit $2k\pi$ avec $k \in \mathbb{Z}$.

■ Voici un autre cas de superposition :

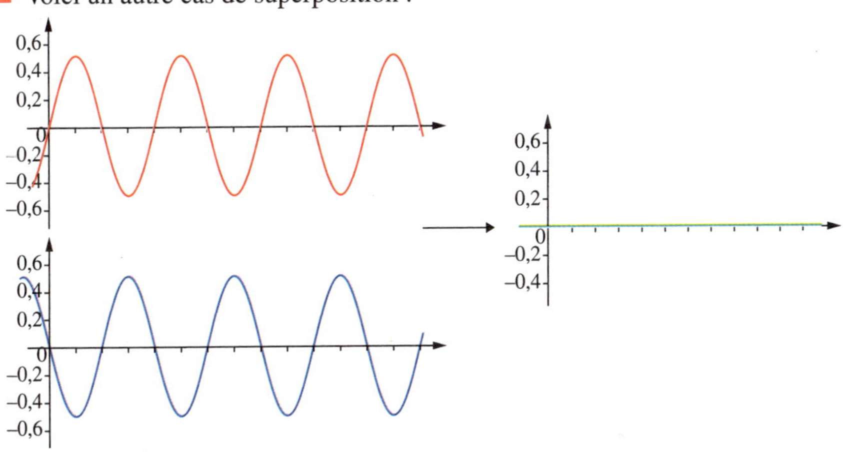

Si un creux de l'une coïncide avec une crête de l'autre, les ondes s'annulent : elles sont en **opposition de phase**, on parle donc d'interférences **destructives.**
Là aussi, plusieurs valeurs du déphasage sont possibles : $-\pi$; π ; -3π ; 3π ; etc. soit $(2k + 1)\pi$ avec $k \in \mathbb{Z}$.

■ Autrement dit, pour voir quels types d'interférences on aura en un point M, il faut donc considérer le déphasage entre les deux ondes qui y interfèrent.
Définissons maintenant la différence de marche δ.
Soient S_1 et S_2 deux sources synchrones (sources ponctuelles émettant des ondes de même fréquence et en phase <u>à l'origine</u>).

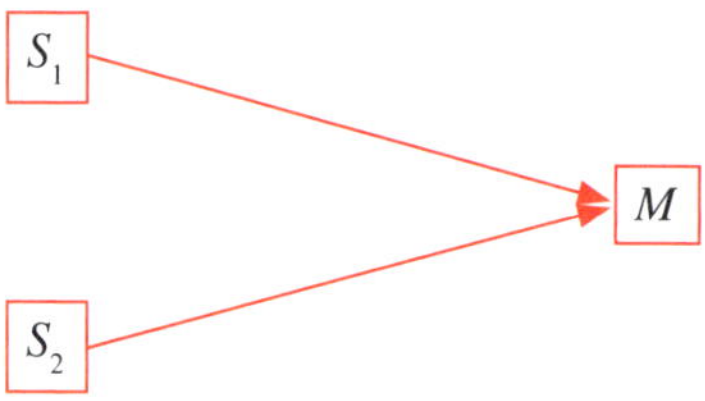

Différence de marche :
$\delta = S_2M - S_1M$
δ peut être positif ou négatif.

Au point M, l'interférence de 2 ondes, issues de 2 sources synchrones et de longueur d'onde λ, sera :
– **constructive** si $\delta = k\lambda$ (avec $k \in \mathbb{Z}$) ;
– **destructive** si $\delta = (k + 1/2)\lambda$ (avec $k \in \mathbb{Z}$).
Remarque : si la différence de marche est quelconque, alors l'amplitude n'est ni nulle, ni maximale.

■ Pour la lumière, on ne peut pas avoir plusieurs sources synchrones ; c'est pourquoi les interférences lumineuses sont créées en divisant l'onde émise par une seule source, de sorte qu'elle prenne deux trajets différents, créant ainsi une différence de marche : c'est le dispositif des fentes d'Young.
Un faisceau laser est envoyé sur une plaque percée de deux fentes fines, proches l'une de l'autre (la distance entre les deux fentes est notée a et elle est inférieure au millimètre) :

Montage des fentes d'Young

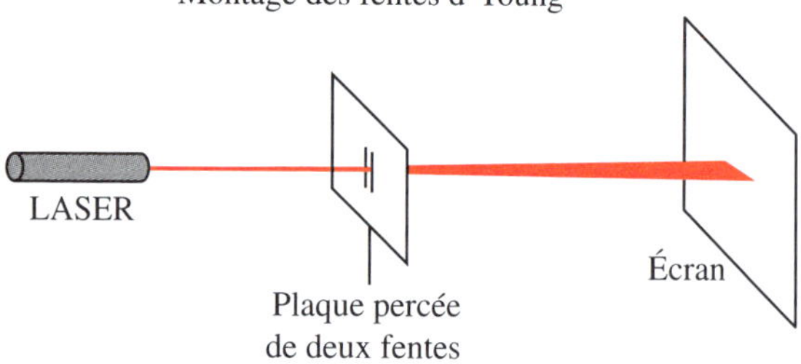

On observe sur l'écran une alternance de franges brillantes et sombres.

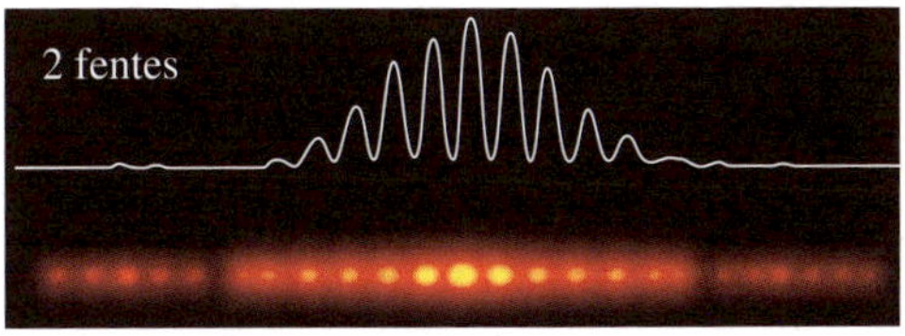

> **Remarque**
> La courbe au-dessus de la tache centrale est le profil d'intensité. On remarque dans la tache centrale une alternance de taches claires et de taches sombres.

(https://phitem.univ-grenoble-alpes.fr/diffraction-interferences/diffraction-interferences-173444.kjsp)

En effet, chaque fente diffracte la lumière. Un point de l'écran reçoit donc 2 ondes, ayant traversé 2 fentes différentes. On observe ainsi une figure de diffraction donnée par une fente fine, avec des franges beaucoup plus fines à l'intérieur de celle-ci : ce sont des **franges d'interférences**.

Les franges sont à égales distances et la distance qui les sépare est **l'interfrange,** notée ***i***.
Expérimentalement, on montre que ***i*** augmente si :
– la distance D entre l'écran et les fentes augmente ;
– la longueur d'onde λ de la source utilisée augmente ;
– la distance a entre les fentes diminue.

On aura donc pour l'interfrange i : $$i = \frac{\lambda D}{a}$$

avec : l'interfrange $\boldsymbol{i}$ en m ; la longueur d'onde $\boldsymbol{\lambda}$ dans le milieu en m ; la distance entre l'écran et les fentes $\boldsymbol{D}$ en m ; la distance $\boldsymbol{a}$ entre les fentes en m.

■ Démonstration de la formule de l'interfrange

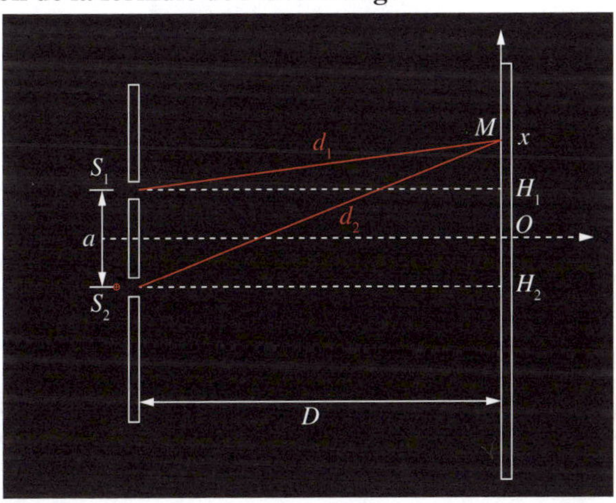

On suppose que $D >> a$ et que $D >> x$. Calculons la différence de marche pour le point M en utilisant le théorème de Pythagore dans les triangles S_1H_1M et S_2H_2M :

$$d_2^2 = D^2 + \left(x + \frac{a}{2}\right)^2 \text{ et } d_1^2 = D^2 + \left(x - \frac{a}{2}\right)^2$$

$$d_2^2 - d_1^2 = 2xa.$$

En utilisant une identité remarquable :

$$d_2^2 - d_1^2 = (d_2 - d_1)(d_2 + d_1) = \delta 2D.$$

En effet, la différence de marche $\delta = (d_2 - d_1)$ et, comme $D >> x$, alors $(d_2 + d_1) \approx 2D$.

En regroupant les deux égalités, on a : $\delta 2D = 2xa$. Donc $\delta = \frac{xa}{D}$.

Le point M est au centre d'une frange brillante si la différence de marche $\delta = k\lambda$.

$$k\lambda = \frac{xa}{D} \Rightarrow x = \frac{k\lambda D}{a}$$

La frange brillante après le point M se trouve à : $x' = \frac{(k+1)\lambda D}{a}$.

Entre les deux franges, on aura donc : $x' - x = \frac{\lambda D}{a} = i$ (interfrange).

4 Effet Doppler

■ La **fréquence** d'un phénomène périodique est perçue **différemment** par un observateur selon qu'il existe ou non un **déplacement** relatif entre lui et le phénomène.
Cet effet a été démontré en **1842** par le physicien autrichien Johann Christian **Doppler**.
Il a été vérifié expérimentalement en 1845 par Buys Ballot en Hollande « à l'aide d'une locomotive tirant un wagon découvert sur lequel prenaient place plusieurs trompettistes ».
– **La fréquence augmente** si la source et l'observateur **se rapprochent.**
– **La fréquence diminue** si la source et l'observateur **s'éloignent.**

■ L'effet Doppler s'applique non seulement aux ondes sonores, mais aussi aux ondes électromagnétiques (micro-ondes, ondes radio et lumière visible).

A. Démonstration de l'effet Doppler

■ **Premier cas :** soit une source fixe qui émet des ondes périodiques, de période T, se propageant dans le milieu à la célérité c.
Un observateur fixe situé à une distance D de la source reçoit les ondes sonores avec un retard, mais avec la même période.

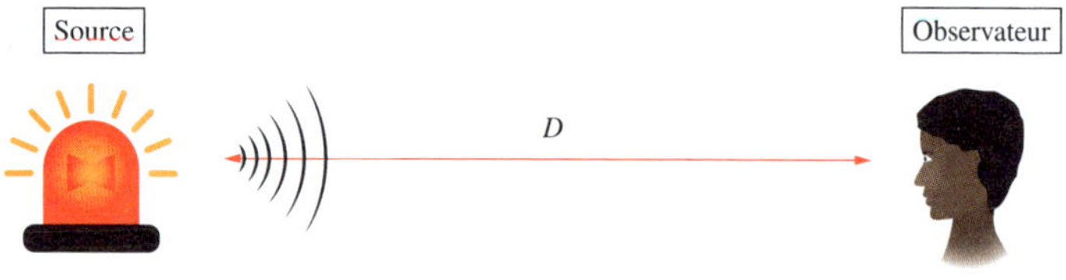

■ **Second cas :** la même source que précédemment se déplace à la vitesse v en direction de l'observateur qui est fixe.
À une date $t_1 = 0$, la première période est émise, lorsque la source est à la distance D de l'observateur.
Celui-ci la reçoit à la date $t_2 = D/c$.

La deuxième période de l'onde est émise à la date $t_3 = T$: la source ayant parcouru la distance vT, elle se trouve à $D - vT$ de l'observateur.

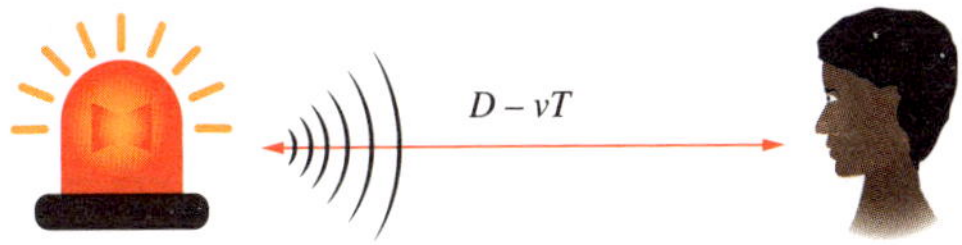

La durée de son trajet jusqu'à l'observateur est $(D - vT)/c$, donc l'observateur la reçoit à la date $t_4 = T + (D - vT)/c$.

Pour l'observateur, la période est alors $T' = t_4 - t_2$ soit $T' = T - vT/c = (1 - v/c)T$.

On remarque que T' est différent de T.

$$T' = T\left(1 - \frac{v}{c}\right)$$

Remarque

Si la source s'éloigne de l'observateur fixe, on utilise la même méthode, mais on remplace v par $-v$ et on aura $T' = T\left(1 + \frac{v}{c}\right)$.

On peut aussi déterminer la fréquence f' ou la longueur d'onde λ' de l'onde perçue :

$$f' = \frac{1}{T'} = \frac{f}{1 - \frac{v}{c}} = f\left(\frac{1}{1 - \frac{v}{c}}\right) = f\left(\frac{c}{c - v}\right) \qquad \lambda' = cT' = \lambda\left(1 - \frac{v}{c}\right)$$

■ On peut faire des approximations dans le cas où la vitesse de la source v est faible par rapport à la célérité c de l'onde :

– Lorsque la source se **rapproche** de l'observateur :

$$f' = f\left(1 + \frac{v}{c}\right)$$

– Lorsque la source **s'éloigne** de l'observateur :

$$f' = f\left(1 - \frac{v}{c}\right)$$

Attention !

L'unité de :
- δf en Hz
- f (fréquence d'émission) en Hz
- v (vitesse de la source par rapport à l'observateur) : m.s^{-1}
- c (célérité de l'onde) : m.s^{-1}

La différence $f' - f$ est notée δf ; c'est le **décalage Doppler.**

$$\delta f = f\frac{v}{c}$$

– Quand la source se **rapproche** de l'observateur, la fréquence est **plus élevée** : $f + \delta f$.
– Quand la source s'**éloigne** de l'observateur, la fréquence est **plus faible** : $f - \delta f$.

B. Applications

– Déterminer la vitesse, c'est le principe d'un Radar (***RA****dio* ***D****etection* ***A****nd* ***R****anging*).
– En médecine, on peut mesurer la vitesse du sang.
– En astronomie, l'analyse du spectre de la lumière émise par un astre permet de mettre en évidence un décalage en fréquence. Si l'on a un décalage vers le **bleu** (la fréquence augmente), alors l'astre se rapproche de nous. En revanche, si l'on observe un décalage vers **le rouge** (la fréquence diminue), alors l'astre s'éloigne de nous. On peut également étudier le décalage des raies d'absorption du spectre des étoiles.

EXERCICES TYPES

1 Calculer une intensité sonore

EXERCICE TYPE

Lors d'un concert, un trompettiste en jouant de son instrument produit un son d'un niveau sonore de 80 dB.

1. Calculez la valeur de l'intensité sonore correspondante.

2. Calculez la valeur du niveau sonore lorsque deux trompettistes jouent de la même manière et en même temps, sachant que seules les intensités sonores s'additionnent.

CORRIGÉ COMMENTÉ

1. Avant d'effectuer le calcul, il faut donner l'expression littérale de l'intensité sonore :

$$L = 10\log\left(\frac{I}{I_0}\right)$$

$$\frac{L}{10} = \log\left(\frac{I}{I_0}\right)$$

La fonction inverse de log, c'est la puissance de 10 :

$$10^{\frac{L}{10}} = 10^{\log\left(\frac{I}{I_0}\right)}$$

$$10^{\frac{L}{10}} = \frac{I}{I_0}$$

D'où :

$$I = I_0 \times 10^{\frac{L}{10}}$$

Application numérique :

$I = 10^{-12} \times 10^{(80/10)} = 10^{-4}$ W.m^{-2}

$$\mathbf{I = 1{,}0 \times 10^{-4}\ W.m^{-2}}$$

2. Comme les deux trompettistes jouent de manière identique, ils vont avoir la même intensité sonore.

Donc l'intensité sonore finale I_f : $I_f = 2 \times I$.

Le niveau d'intensité sonore final sera :

> **Point maths**
> $\log(A \times B) = \log A + \log B$

$$L_f = 10 \times \log\left(\frac{I_f}{I_0}\right) = 10 \times \log\left(\frac{2I}{I_0}\right) = 10 \times \log(2) + 10 \times \log\left(\frac{I}{I_0}\right)$$

On reconnaît l'expression de L :

$$L_f = 10 \times \log(2) + L$$

On peut calculer : $10 \times \log(2) \approx 3$.

Donc $L_f = 3 + L = 3 + 80 = 83$.

En conclusion, le niveau sonore lorsque deux trompettistes jouent de la même manière et en même temps est de $\mathbf{L_f = 83}$ **dB.**

À RETENIR

- La formule du niveau d'intensité sonore : $L = 10 \times \log\left(\frac{I}{I_0}\right)$

L'unité du niveau sonore L est le décibel (dB).
avec I l'intensité sonore en W.m^{-2} : c'est une puissance par unité de surface.
$I_0 = 10^{-12}$ W.m^{-2} : c'est une valeur de référence.

- La fonction puissance de 10 est la fonction réciproque de la fonction logarithme décimal :

$$y = \log(x) \Leftrightarrow x = 10^y$$

- Ne pas oublier les unités et de tenir compte du nombre de chiffres significatifs.
- On peut ajouter les intensités sonores afin de déterminer le niveau sonore final : $I_f = I_1 + I_2 + \ldots$

Attention !
Les niveaux sonores ne s'ajoutent pas, car l'échelle logarithmique a un rapport de 10 entre chaque graduation.

2 Calculer un effet Doppler

EXERCICE TYPE

La sirène d'un camion de pompiers à l'arrêt émet un son sinusoïdal de fréquence $f = 480$ Hz. Lors d'un déplacement d'urgence de ce véhicule, un piéton reste immobile pour le regarder passer toute sirène hurlante. Le piéton perçoit, pour cette sirène, un son de fréquence $f' = 508$ Hz. Quelle est la vitesse v du camion ? La célérité du son dans l'air est $c = 340$ m.s^{-1}.

CORRIGÉ COMMENTÉ

Déterminons, dans un premier temps, le décalage Doppler entre la fréquence du son à l'arrêt et celle du son perçu par le piéton : $\delta f = f' - f = 508 - 480 = 28$ Hz.
Dans un second temps, utilisons la formule du décalage Doppler à faible vitesse :

$$\delta f = \frac{f \times v}{c}$$

Isolons v : $v = \frac{c \times \delta f}{f}$.

Application numérique : $v = \frac{340 \times 28}{480} = 20$ m.s^{-1}.

La vitesse du camion est de v = 20 m.s^{-1} = 71 km.h^{-1}.

Rappel
Vitesse :
1 m.s^{-1} = 3,6 km.h^{-1}
v(km/h) = v(m/s) × 3,6
v(m/s) = v(km/h)/3,6

À RETENIR

Une source se déplaçant à la vitesse v émet une onde de célérité c, dont la fréquence d'émission f est perçue par un observateur fixe avec un décalage Doppler de fréquence :

Remarque

Ne pas confondre δf le décalage Doppler, et δ la différence de marche pour les interférences.

$$\delta f = f' - f = f \times \frac{v}{c}$$

Attention !

Cette formule n'est valable que pour des vitesses v petites par rapport à la célérité de l'onde.

- Si l'observateur et la source se rapprochent l'un de l'autre, la fréquence perçue est $f' = f + \delta f$.
- Si l'observateur et la source s'éloignent l'un de l'autre, la fréquence perçue est $f' = f - \delta f$.

SUJET DU BAC

Exercice 20 min **10 points**

On vous invite à prendre des initiatives et à présenter la démarche suivie, même si elle n'a pas abouti. La démarche est évaluée et nécessite d'être correctement présentée.
Vous êtes en mission secrète pour votre gouvernement dans un pays lointain afin de découvrir si les cristaux fabriqués par ce pays représentent une menace ou pas…

• **Première étape** [3 pts]

Vous êtes devant le complexe industriel où sont fabriqués ces cristaux ; il est entouré d'une seule route circulaire dont le diamètre est de $d = 7{,}00$ km. Les gardes patrouillent dans une voiturette électrique qui siffle.
À l'arrêt, grâce à votre téléphone qui vous donne la fréquence d'un son enregistré, vous trouvez comme fréquence 1 000 Hz. Quand les gardes se rapprochent de vous dans leur voiturette, vous mesurez un son d'une fréquence de 1 035 Hz.
Déterminer le temps dont vous disposez pour aller fouiller l'usine avant que les gardes ne repassent devant vous.

• **Deuxième étape** [3 pts]

Vous êtes à l'intérieur de l'usine à la sortie de la chaîne de fabrication des cristaux. Pour mesurer la taille des cristaux, vous allez utiliser un laser rangé dans votre poche. Malheureusement, à force de courir, les frottements ont effacé les informations inscrites sur le boîtier du laser.
Vous avez à votre disposition une règle graduée, un décamètre et une plaque de métal percée de deux petits trous distants de 0,20 mm.
Expliquer comment déterminer la longueur d'onde de votre laser. Calculer sa valeur.
Voici les données de votre manipulation :
- Distance laser-obstacle : 20,0 cm.
- Distance laser-écran : 3,00 m.
- Distance entre 9 franges sombres : 7,30 cm.

• **Troisième étape** [3 pts]

Avec le même laser, vous allez mesurer la taille du plus gros cristal.
Avec la même configuration que précédemment, vous trouvez que la tache centrale mesure 4,0 cm.
Si la taille des cristaux dépasse 125 µm, la planète est alors en danger ; sinon, il s'agit juste de cristaux de décoration ! **Montrer comment la tache centrale de la figure de diffraction permet d'évaluer la dangerosité de ces cristaux.**
Vous allez transmettre vos informations à votre hiérarchie.
Faites votre rapport. [1 pt]
Mission accomplie…
Données : Célérité du son dans l'air : $c_{son} = 340\ m.s^{-1}$.
Célérité de la lumière dans l'air : $c = 3 \times 10^8\ m.s^{-1}$.

→ Corrigé p. 370

Exercice → Énoncé p. 369

Première étape

Grâce à l'effet Doppler, on peut déterminer la vitesse de la voiturette des gardes :

$$\delta f = f\frac{v}{c} \Leftrightarrow v = \frac{\delta f}{f} \times c. \quad \text{A. N. : } \boldsymbol{v} = \frac{35}{1\,000} \times 340 = \mathbf{12\ m.s^{-1}}.$$

La vitesse de la voiturette est de $v = 12$ m.s^{-1} soit $12 \times 3{,}6 = 43$ km.h^{-1}.

La distance à parcourir pour les gardiens est le périmètre du cercle de 7 km de diamètre : $P = \pi \times d$ A. N. : $P = \pi \times 7 \approx 22$ km.

Comme $v = \dfrac{d}{t}$, le temps pour faire un tour est $t = \dfrac{d}{v}$. A. N. : $t = \dfrac{22}{43{,}2} = 0{,}5$ h.

Le temps disponible avant que les gardes ne repassent au point de départ est de **30 min**.

Deuxième étape

On met en place le dispositif des fentes d'Young qui donne des franges d'interférences rectilignes et équidistantes, séparées par un interfrange i, où $i = \lambda \times \dfrac{D}{a}$.

Donc $\lambda = \dfrac{i \times a}{D}$ avec λ la longueur d'onde du laser utilisé en m, i l'interfrange en m, a la distance entre les fentes en m et D la distance entre l'obstacle et l'écran en m.

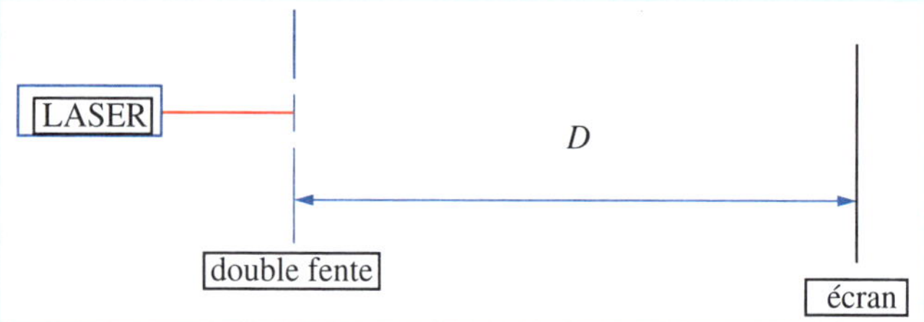

Comme on a mesuré la distance entre 9 franges sombres (pour diminuer les erreurs), c'est qu'il y a 8 interfranges. D'où $i = 7{,}3/8 = 0{,}91$ cm $= 9{,}1$ mm.

Pour la longueur d'onde : $\lambda = \dfrac{9{,}1 \times 10^{-3} \times 0{,}20 \times 10^{-3}}{(3{,}00 - 20 \times 10^{-2})} = 6{,}5 \times 10^{-7}\,\text{m} = 650$ nm.

La longueur du laser est de 650 nm.

Troisième étape

En utilisant la diffraction, on remplace la double fente par le cristal. On obtient à l'écran un étalement de la lumière avec une tache centrale qui mesure $d = 40$ cm.

Grâce à la relation des petits angles : $\theta = \dfrac{d}{2D} = \dfrac{\lambda}{a}$ avec a : la taille du cristal en m.

D'où $a = \dfrac{\lambda \times 2 \times D}{d}$. A.N.: $\boldsymbol{a} = \dfrac{650 \times 10^{-9} \times 2 \times (3{,}00 - 20 \times 10^{-2})}{4{,}0 \times 10^{-2}} = \mathbf{9{,}1 \times 10^{-5}\ m}$.

La taille du plus gros cristal est d'environ 100 µm. Pour l'instant, aucun danger…

Lunette astronomique

CHAPITRE 15

1 Étude de la lunette astronomique

■ Une lunette astronomique est un instrument qui collecte la lumière : l'objet observé est donc vu plus grand et plus lumineux.

■ C'est en 1609 que l'astronome italien Galilée présente la première lunette astronomique (découverte des satellites de Jupiter, des montagnes de la Lune, des nébuleuses, etc.). Son confrère allemand Johannes Kepler en perfectionne le principe, en proposant une formule optique à deux lentilles convergentes.

Galilée (1564–1642)

■ Une lunette astronomique est constituée d'un **objectif** assimilable à une lentille convergente de grande distance focale f_1 (jusqu'à 19 m comme à l'observatoire Yerkes) et d'un **oculaire** constitué d'une lentille convergente de faible distance focale f_2 (quelques cm) jouant le rôle de loupe.
En effet, l'oculaire placé devant l'œil permet d'observer l'image intermédiaire réelle A_1B_1 fournie par l'objectif.
L'oculaire en fournit une image définitive virtuelle renversée : celle-ci ne peut pas être projetée sur un écran et elle est à l'envers.

■ Pour les observations astronomiques, une image renversée ne pose pas de problème. Cependant il existe des redresseurs pour des observations terrestres.

■ Un observateur possédant un œil normal utilise la lunette dans sa configuration **afocale :** le foyer objet $\boldsymbol{F_2}$ de l'oculaire coïncide avec le foyer image $\boldsymbol{F'_1}$ de l'objectif.

2 Construction des images

■ L'astre, objet *AB*, étant à l'infini (*A* est dans la direction de l'axe optique), il est vu par l'œil sous un angle α. L'objectif de la lunette donne de cet astre une image réelle A_1B_1.

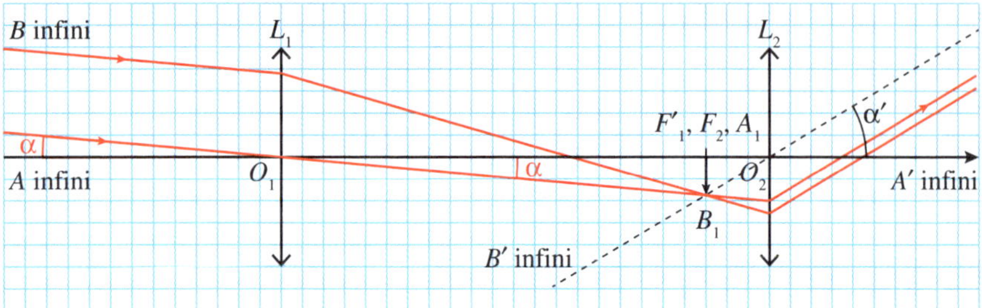

■ L'image intermédiaire A_1B_1 se forme dans le plan passant par F'_1 ; A_1 est confondu avec F'_1 et F_2. $A'B'$, l'image définitive de AB, se trouve à l'infini ; en effet, A' est à l'infini dans la direction de l'axe optique et B' se trouve sur la droite (B_1O_2). Tous les rayons passant par B_1 ressortent de la lentille L_2 parallèles à la droite (B_1O_2).

3 Grossissement de la lunette astronomique

■ Le grossissement de la lunette se définit par $G = \frac{\alpha'}{\alpha}$

■ Pour des angles en radian et petits (c'est-à-dire inférieurs à 0,17 rad ≈ 9°), on a :

$$\tan \alpha \approx \alpha = \frac{A_1B_1}{f'_1}$$

$$\tan \alpha' \approx \alpha' = \frac{A_1B_1}{f'_2}$$

Donc $G = \dfrac{\dfrac{A_1B_1}{f'_2}}{\dfrac{A_1B_1}{f'_1}} = \dfrac{A_1B_1}{f'_2} \times \dfrac{f'_1}{A_1B_1} = \dfrac{f'_1}{f'_2}$.

On retient : $G = \dfrac{f'_1}{f'_2}$

> **Rappel**
> • $f'_1 = O_1F'_1$, c'est la distance focale de la lentille L_1.
> • $f'_2 = f_2 = O_2F_2$, c'est la distance focale de la lentille L_2.

4 Caractéristiques d'une lunette commerciale

■ En général, sur une lunette, les constructeurs indiquent les **distances focales** de l'oculaire et de l'objectif. Ces distances focales permettent ensuite de calculer **le grossissement** de l'instrument.

■ L'autre donnée importante est le diamètre de l'objectif, car il détermine la quantité de lumière captée par l'instrument. Plus le diamètre est important, meilleure sera la qualité de la lunette.

■ On peut également augmenter le grossissement en rajoutant une **lentille de Barlow**, qui est une lentille divergente. Cependant, on va perdre en qualité d'image.

Exemple : sur un site commercial, on trouve le modèle suivant :
« Sky-Watcher 70/700 avec un système de mise au point à crémaillère de 31,75 mm. Cette lunette astronomique est livrée avec deux oculaires : super 25 mm et super 10 mm. »

Explications :

– L'objectif de cette lunette a un diamètre de 70 mm et une distance focale f'_1 de 700 mm.

– Ce modèle dispose de deux oculaires de $f'_2 = 25$ mm et 10 mm.

On aura donc deux grossissements possibles : $G_1 = \dfrac{700}{25} = 28$ et $G_2 = \dfrac{700}{10} = 70$.

On remarque que plus la valeur de l'oculaire est élevée, moins le grossissement sera grand.

Cependant, un faible grossissement donne davantage de champ visuel et une image plus lumineuse.

– La lunette est équipée d'un système à crémaillère afin de rendre **la lunette afocale**, et ceci pour un plus grand confort d'observation. En effet, l'œil sans défaut est au repos quand il regarde un objet à l'infini.

Une lunette astronomique

1 Construire des images à travers une lunette astronomique afocale

EXERCICE TYPE

Soit une lunette afocale dont l'objectif et l'oculaire sont des lentilles minces convergentes L_1 et L_2 d'axe optique commun et de distances focales f'_1 = 34,0 cm et f'_2 = 12,0 cm.

1. Schématiser la lunette à l'échelle 1/4.

2. Le diamètre apparent d'un objet AB à l'infini est $\alpha = 5{,}0°$, A étant dans la direction de l'axe optique de la lunette. L'image définitive $A'B'$ de la lunette est vue à la sortie de la lunette sous un angle α'.
Construire l'image intermédiaire A_1B_1 de AB par L_1, puis l'image définitive $A'B'$ par $L_{2.}$

CORRIGÉ COMMENTÉ

1. La distance séparant les deux lentilles est la somme des deux distances focales, car l'énoncé précise que la lunette est afocale, donc F'_1, est confondu avec F_2.
Sur un même axe optique, on représente les deux lentilles séparées d'une distance de 11,5 cm.

> **Remarque**
> Le schéma est demandé à l'échelle 1/4 ; les valeurs réelles seront donc divisées par 4 pour obtenir les mesures du schéma.
> Attention ! les angles restent les mêmes.

2. A_1 et F'_1 sont confondus. Pour construire B_1, on trace un rayon issu de B passant par O_1 et B_1 sera dans le plan focal de F'_1.
La direction de B' est donnée par le rayon B_1O_2.

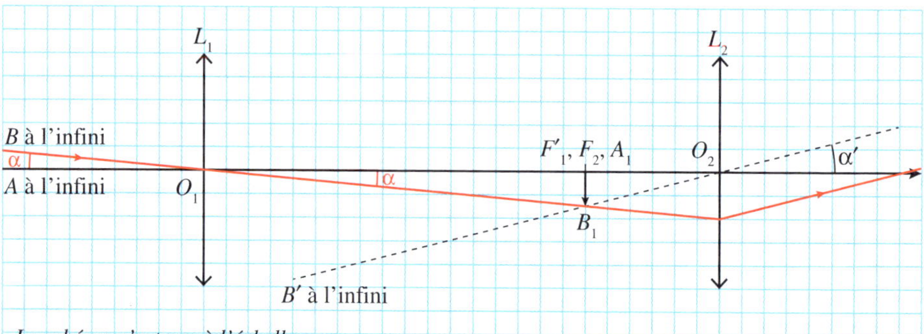

Le schéma n'est pas à l'échelle.

À RETENIR

- L'image d'un objet à l'infini à travers une lentille convergente se forme dans le plan focal image.
- L'image d'un objet se trouvant dans le plan focal objet d'une lentille convergente se forme à l'infini.

2 Étudier les caractéristiques d'une lunette commerciale

EXERCICE TYPE

Sur un site de vente en ligne, on trouve une annonce pour une lunette astronomique : « La lunette astronomique Alien se distingue par un design compact et portable, ainsi qu'une importante performance optique destinée à encourager tout nouvel arrivant dans l'univers des astronomes amateurs !
Caractéristiques : 50/600 ; livrée avec trois oculaires de 20 mm, de 12 mm et 4 mm et d'un renvoi coudé redresseur d'image. »

1. Que signifie l'information 50/600 donnée dans les caractéristiques ?

2. Calculer les grossissements possibles.

3. La notice indique également que cette lunette convient parfaitement aux observations terrestres. Expliquer comment cela est possible.

CORRIGÉ COMMENTÉ

1. 50/600 : 50 est le diamètre du tube en mm, et 600 la distance focale de l'objectif en mm.

2. Les grossissements possibles se calculent à partir de la formule : $G = \frac{f'_1}{f'_2}$, avec $f'_1 = 600$ mm.
Applications numériques : $G_1 = \frac{600}{20} = 30$; $G_2 = \frac{600}{12} = 50$; $G_3 = \frac{600}{4} = 150$.
On aura au choix un grossissement de 30 fois, 50 fois ou 150 fois.

3. La lunette astronomique est constituée de deux lentilles convergentes, donc l'image finale sera renversée. Pour observer le ciel, une image inversée ne pose pas de problème ; en revanche, pour une observation terrestre, une image à l'envers peut perturber. C'est pourquoi on a à disposition un redresseur d'image qu'on pourra installer sur la lunette au niveau de l'oculaire.

À RETENIR

- Les caractéristiques d'une lunette commerciale :
– diamètre du tube en mm ;
– distance focale de l'objectif en mm ;
– distances focales des oculaires en mm ;
– calcul du grossissement :
G = distance focale de l'objectif/distance focale de l'oculaire.

SUJET DU BAC

Exercice 25 min 10 points

En 1611, Kepler propose le principe de la lunette astronomique, avec des lentilles convergentes pour l'oculaire et l'objectif. Il améliore la lunette de Galilée, mais l'image est renversée. Kepler ne mettra cependant pas son idée en pratique, et il faudra attendre 1617 pour voir apparaître les premières lunettes astronomiques.

Johannes Kepler (1571–1630)

On se propose de modéliser une lunette astronomique à l'aide de deux lentilles convergentes :
– une lentille L_1 de distance focale $f'_1 = 60$ cm ;
– une lentille L_2 de distance focale $f'_2 = 10$ cm.
On se place dans le cas où l'image intermédiaire A_1B_1 est située dans le plan focal objet de la lentille L_2. La distance entre les centres optiques des deux lentilles est fixée à 70 cm.

1. [1 pt] Quel rôle joue A_1B_1 pour la lentille L_2 ?

2. [1 pt] Comment, dans ce système optique, nomme-t-on les lentilles L_1 et L_2 ?

3. [2 pts] Sur un schéma à l'échelle 1/10 pour l'axe horizontal et 1/1 pour l'axe vertical, représenter les deux lentilles L_1 et L_2, les foyers des deux lentilles L_1 et L_2, l'image intermédiaire A_1B_1 de hauteur 1 cm et tracer deux rayons lumineux traversant les deux lentilles en passant par B_1

4. [1 pt] D'après la construction précédente, où se trouve l'objet AB ? où se trouve l'image définitive A_2B_2 ?

5. [1 pt] Définir le diamètre apparent α de l'objet et le diamètre apparent α' de l'image.

6. [1 pt] Indiquer ces deux diamètres apparents sur le schéma.

7. [2 pts] Exprimer le grossissement de la lunette en fonction des distances focales des deux lentilles, puis le calculer.

8. [1 pt] En déduire un moyen d'augmenter le grossissement d'une lunette astronomique.

→ Corrigé p. 377

CORRIGÉ

Exercice → Énoncé p. 376

1. A_1B_1 est son objet. **2.** L_1 est l'objectif et L_2 l'oculaire.

3. Schéma d'une lunette astronomique.

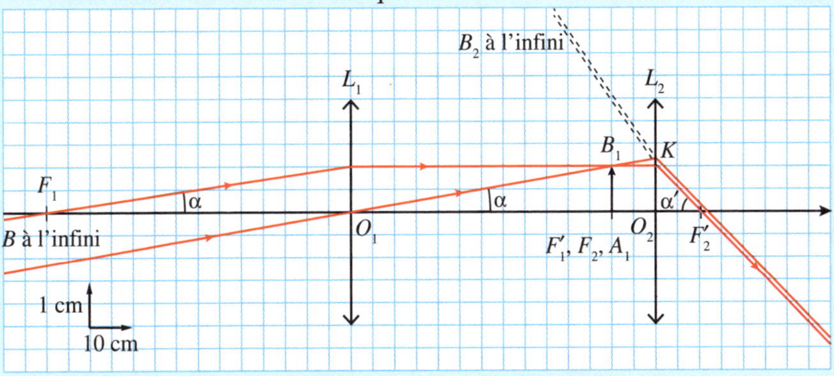

4. L'objet AB est à l'infini, car son image est dans le plan contenant F'_1 et perpendiculaire à l'axe optique.
L'image définitive A_2B_2 est à l'infini, car son objet est situé dans le plan contenant F_2.

5. Le diamètre apparent α de l'objet est l'angle sous lequel on observe l'objet AB à l'œil nu. Le diamètre apparent α′ de l'image est l'angle sous lequel on voit l'objet AB à travers l'oculaire. Les diamètres apparents s'expriment en radian.

6. Voir schéma ci-dessus de la lunette astronomique.

7. Dans le triangle $O_2F'_2K$ rectangle en O_2, avec K projeté de B_1 sur L_2, on peut écrire $\tan\alpha' = \dfrac{O_2K}{O_2F'_2} = \alpha'$ car est α′ petit.

Comme $O_2K = A_1B_1$ et $O_2F'_2 = O_2F_2 = f'_2$, on a $\alpha' = \dfrac{A_1B_1}{f'_2}$.

De même dans le triangle $O_1B_1A_1$ rectangle en A_1, on a $\alpha = \dfrac{A_1B_1}{f'_1}$.

Par définition : $G = \dfrac{\alpha'}{\alpha}$.

$$G = \frac{\dfrac{A_1B_1}{f'_2}}{\dfrac{A_1B_1}{f'1}} = \frac{A_1B_1}{f'_2} \times \frac{f'_1}{A_1B_1} = \frac{f'_1}{f'_2}.$$

A.N. : $\mathbf{G = \dfrac{60}{10} = 6{,}0}$.

> **Point maths**
>
> Pour des angles petits, c'est-à-dire inférieurs à 10° quand la valeur de l'angle est en degré, ou plus petits que 1 pour des angles en radian, on peut faire l'approximation suivante :
>
> $\tan\alpha \approx \sin\alpha \approx \alpha$
>
> **Attention ! α doit être en radian.**

8. Pour augmenter le grossissement, il suffit d'augmenter la distance focale f'_1 de l'objectif ou de diminuer la distance focale f'_2 de l'oculaire. Cependant, il est plus simple de changer d'oculaire et de lui adjoindre une lentille de Barlow.

MATHÉMATIQUES
PHYSIQUE-CHIMIE
GRAND ORAL
MATHS EXPERTES

CHAPITRE 16

Dynamique d'un système électrique

1 Intensité d'un courant électrique en régime variable

■ Le déplacement ordonné de charges électriques dans un circuit est appelé **courant électrique**. Très souvent, les porteurs de charge sont des électrons. Par convention, le sens du courant est le sens opposé à celui du déplacement des électrons. Dans un récepteur, le courant électrique circule du potentiel (tension) le plus élevé vers le potentiel le moins élevé.

■ On appelle **intensité** d'un courant électrique traversant la section S d'un conducteur la **quantité d'électricité** traversant S par **unité de temps** :

$$i(t) = \frac{\mathrm{d}q}{\mathrm{d}t} \quad (\mathrm{d}q \text{ traversant } S \text{ pendant } \mathrm{d}t)$$

avec $i(t)$ l'intensité en ampère (A) ; $\mathrm{d}q$ en coulomb (C) ; $\mathrm{d}t$ en seconde (s).

2 Le condensateur

■ Un condensateur C est un dipôle électrique formé par l'association de deux conducteurs en regard, appelés **armatures**. Lorsqu'il est soumis à une différence de potentiel u non nulle, des charges opposées $q_A = q$ et $q_B = -q$ s'accumulent sur les deux armatures.

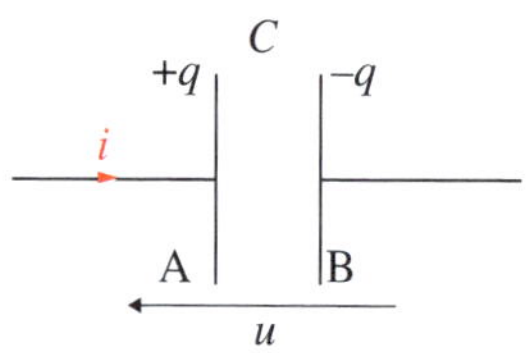

■ Très souvent, les armatures sont deux surfaces conductrices séparées par une faible épaisseur d'un **matériau isolant**, aussi appelé **diélectrique**, comme l'air sec, l'alumine ($A\ell_2O_3$), le polyéthylène, le papier, le papier métallisé, le papier huilé, le verre, la céramique…

■ Historiquement, le premier condensateur est la bouteille de Leyde, inventée au XVIIIe siècle. Une bouteille en verre isolant est remplie à moitié environ d'eau et est tapissée extérieurement par une feuille métallique. La feuille externe et l'eau forment les armatures. Le verre est le diélectrique.

■ Les caractéristiques d'un condensateur dépendent :
– de sa géométrie ;
– de la nature du diélectrique.
La forme géométrique la plus simple est celle du **condensateur plan** dont les armatures sont deux plaques conductrices parallèles distantes de d.

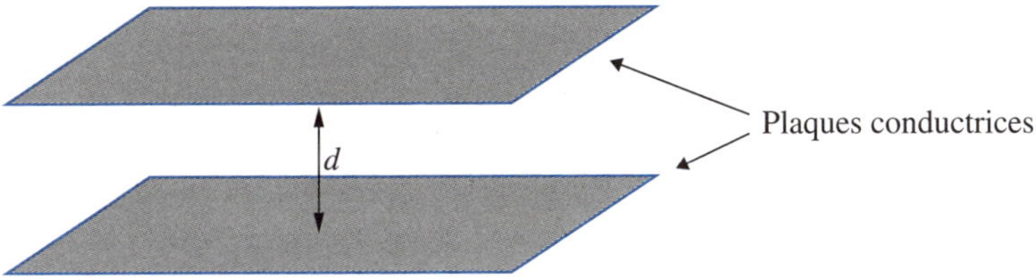

■ Pour chaque condensateur, il existe une tension maximale applicable à ses bornes. Cette tension est dite **disruptive** ou de claquage.
Au-delà de la tension de claquage, une étincelle peut apparaître dans l'isolant et provoquer la destruction du condensateur.

■ La charge Q d'un condensateur est proportionnelle à la tension U appliquée à ses armatures.

$$Q = C \times U$$ avec Q en coulomb (C) et U en volt (V).

La constante de proportionnalité C est appelée **capacité du condensateur** et s'exprime en farad (F), en hommage à Michael Faraday (1791-1867), physicien et chimiste britannique connu pour ses travaux dans le domaine de l'électromagnétisme.
Le terme de « capacité » se justifie bien. En effet, le condensateur a la capacité d'emmagasiner une charge Q d'autant plus importante que la valeur de C est grande.

■ On peut toujours appliquer cette relation de proportionnalité lorsque la tension u_{AB} appliquée aux bornes du condensateur varie au cours du temps :

$$q(t) = C \times u_{AB}(t)$$

■ Dans la pratique, l'unité de la capacité n'est pas adaptée aux ordres de grandeur usuels. On emploie alors les sous-multiples du farad : 1 picofarad (pF) = 10^{-12} F ; 1 nanofarad (nF) = 10^{-9} F ; 1 microfarad (μF) = 10^{-6} F, etc.

■ On utilise les condensateurs pour stabiliser les alimentations (découplage : quelques centaines de nF), filtrer les signaux électriques (quelques nF), avoir de la mémoire pour quelques bits dans les ordinateurs, servir de temporisateur pour allumer une lampe (quelques centaines de μF à quelques mF), servir d'oscillateur pour un métronome, enlever les parasites hautes fréquences d'un moteur, éviter l'effet rebond d'un interrupteur, etc.

3 Circuit RC série : charge du condensateur

■ On appelle **dipôle *RC*** l'association en série d'un condensateur de capacité C et d'une résistance R.

■ Un échelon de tension est un signal électrique de la forme :
$u(t) = 0$ pour $t < 0$; $u(t) = E$ pour $t \geqslant 0$.

A. Établissement de l'équation différentielle

■ On étudie un circuit RC soumis à un échelon de tension de valeur E.

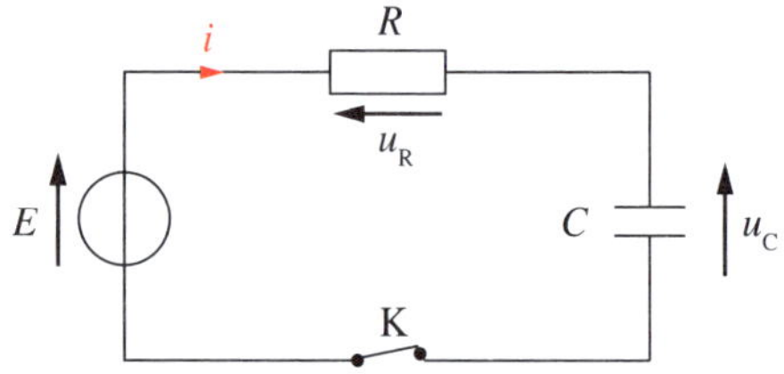

Le condensateur est initialement déchargé. À $t = 0$, on ferme l'interrupteur K. On applique la loi d'additivité des tensions (aussi appelée loi des mailles) :

$$E - u_R - u_C = 0$$

$$\Leftrightarrow u_R + u_C = E$$

Or, d'après la loi d'Ohm, $u_R = R \times i$. D'où :

$$R \times i + u_c = E$$

Comme $i = \dfrac{dq}{dt}$ et $q = C \times u_C$, on a : $i = \dfrac{d(C \times u_C)}{dt} = C \times \dfrac{du_C}{dt}$ (car C est une constante).

L'équation devient : $$R \times C \times \frac{du_C}{dt} + u_C = E$$

avec R en ohm (Ω) ; C en farad (F) et E en volt (V).

■ On obtient une **équation différentielle** linéaire du premier ordre à coefficients constants et second membre constant.

■ En posant $\boldsymbol{\tau = RC}$, on peut écrire : $$\tau \times \frac{du_C}{dt} + u_C = E \quad (1)$$

■ On peut également remplacer u_C par $\dfrac{q}{C}$:

$$R \times C \times \frac{1}{C} \times \frac{dq}{dt} + \frac{q}{C} = E \Leftrightarrow \frac{dq}{dt} + \frac{q}{RC} = \frac{E}{R} \Leftrightarrow \frac{dq}{dt} + \frac{1}{\tau}q = \frac{E}{R} \quad (2)$$

B. Résolution de l'équation différentielle

Pour obtenir la solution la plus générale de l'équation (1), on additionne :
– une solution de l'équation homogène associée (sans second membre) qui correspond à la réponse du circuit *RC* sans excitation : c'est ce que l'on appelle le régime libre ;
– et une solution particulière qui correspond au régime permanent.

■ Solution de l'équation homogène

On cherche une solution à l'équation homogène de la forme $u_1 = \mathrm{A} \times \mathrm{e}^{\alpha t}$, avec A et α des constantes. On injecte u_1 dans l'équation homogène : $\tau \times \alpha \mathrm{A}\mathrm{e}^{\alpha t} + \mathrm{A}\mathrm{e}^{\alpha t} = 0$.
Cela donne $\alpha = -\dfrac{1}{\tau}$.

■ Solution particulière

On cherche une solution particulière u_2 constante. On a $\dfrac{\mathrm{d}u_2}{\mathrm{d}t} = 0$, donc $u_2 = E$.

■ Solution globale

$$u_C(t) = u_1 + u_2 = \mathrm{A} \times \mathrm{e}^{-\frac{t}{\tau}} + E$$

■ Utilisation de la condition initiale pour déterminer *A*

Le condensateur est initialement déchargé. La tension à ses bornes est donc nulle.
À $t = 0$, $u_C(0) = 0$, donc $A + E = 0$ et $A = -E$.
Finalement, la tension aux bornes du condensateur qui se charge est :

$$u_C(t) = E\left(1 - \mathrm{e}^{-\frac{t}{\tau}}\right)$$

■ L'allure de la tension aux bornes du condensateur lors de sa charge est :

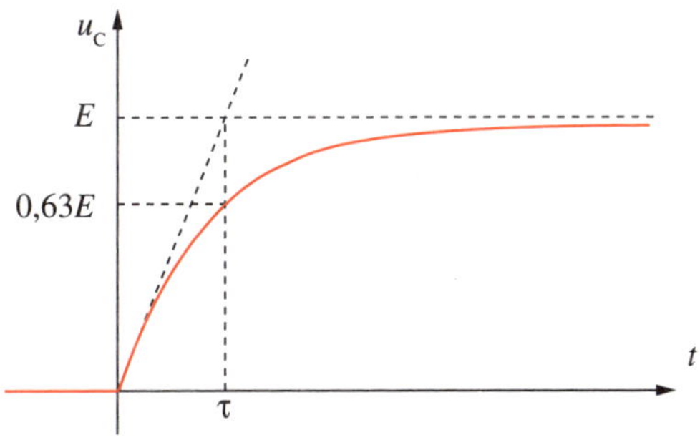

■ La tension $u_C(t)$ aux bornes d'un condensateur ne passe pas instantanément de 0 V à une valeur non nulle lors de la fermeture du circuit : la **tension** $u_C(t)$ est une grandeur **continue**.

■ À partir de l'expression de la tension aux bornes du condensateur, on peut obtenir la fonction donnant la valeur de la charge *q* de l'armature positive du condensateur :

$$q(t) = C \times u_C(t) = C \times E \times \left(1 - \mathrm{e}^{-\frac{t}{\tau}}\right)$$

■ τ est appelé **constante de temps** et permet de caractériser la vitesse de charge du condensateur. Plus τ est faible, plus le condensateur se charge vite. On peut l'obtenir graphiquement. En effet :
– pour $t = \tau$; $u_C = 0{,}63 \times E$;
– la tangente à l'origine coupe l'asymptote $u_C = E$ au point d'abscisse $t = \tau$.

■ Pour $0 \leqslant \tau < 5\tau$, le condensateur se charge : le régime est dit **transitoire**.
Pour $t \geqslant 5\tau$, le condensateur est totalement chargé : c'est le régime **permanent**.

■ L'expression de l'intensité $i(t)$ du courant dans le circuit s'obtient en dérivant $q(t)$ par rapport au temps, car $i(t) = \dfrac{\mathrm{d}q}{\mathrm{d}t}$, ou en utilisant la relation $i(t) = C \times \dfrac{\mathrm{d}u}{\mathrm{d}t}$.
Donc, au cours de la charge d'un conducteur par un échelon de tension, l'intensité du courant dans le circuit s'écrit :

$$i(t) = \frac{E}{R}\mathrm{e}^{-\frac{t}{\tau}}$$

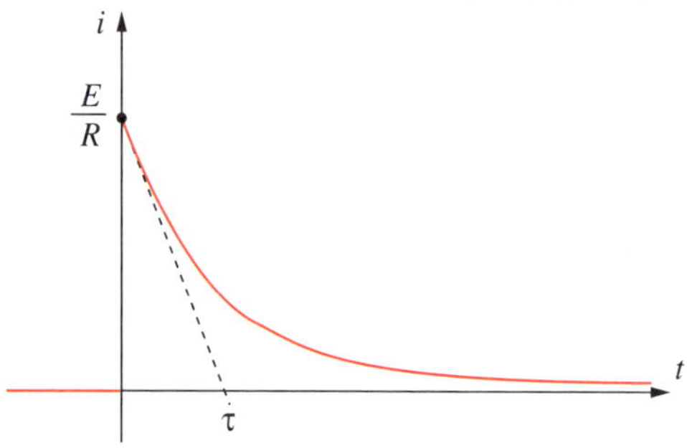

Remarque
La tangente à l'origine coupe l'axe des abscisses au point d'abscisse $t = \tau$.

Contrairement aux courbes de $u_C(t)$ et de $q(t)$, la courbe de $i(t)$ présente une **discontinuité** à l'instant $t = 0$ correspondant à la fermeture du circuit.

4 Circuit *RC* série : décharge du condensateur

A. Établissement de l'équation différentielle

■ On suppose que le condensateur a été complètement chargé. À $t = 0$, on bascule l'interrupteur en position 2 :

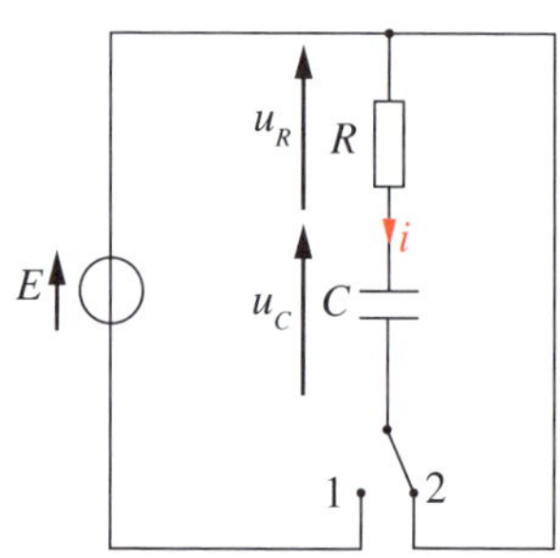

Le condensateur se trouve en série avec uniquement la résistance R. En l'absence de générateur dans le circuit, les électrons accumulés sur l'armature négative B lors de la charge du condensateur se déplacent vers l'armature A positive. Un bref courant électrique apparaît dans le circuit.

- D'après la loi des mailles : $u_C + u_R = 0$; d'après la loi d'Ohm : $u_R = R \times i$.

Comme $i = \frac{dq}{dt}$ et $q = C \times u_C$; $i = C\frac{du_C}{dt}$.

On obtient donc l'équation différentielle suivante : $RC\frac{du_C}{dt} + u_C = 0$.

En posant $\tau = \boldsymbol{RC}$, on a : $$\tau \times \frac{du_C}{dt} + u_C = 0$$

et également : $$\tau \times \frac{dq}{dt} + q = 0$$

B. Résolution de l'équation différentielle

- Il s'agit une équation différentielle linéaire du premier ordre à coefficients constants sans second membre. La solution est de la forme : $u_C(t) = Ae^{\alpha t}$, avec A et α des constantes. On injecte $u_C(t)$ dans l'équation : $\tau \times \alpha Ae^{\alpha t} + Ae^{\alpha t} = 0$.

Cela donne : $\alpha = -\frac{1}{\tau}$. La solution s'écrit donc : $u_C(t) = Ae^{-\frac{t}{\tau}}$.

- Pour déterminer A, on utilise la condition initiale : le condensateur, initialement chargé, **se décharge dans la résistance**. La tension u_C reste positive et diminue pour s'annuler en même temps que le courant. À $t = 0$; $u_C(0) = E$, donc $A = E$.

- Finalement, la tension aux bornes du condensateur qui se décharge s'écrit :

$$u_C(t) = E \times e^{-\frac{t}{\tau}}$$

On peut vérifier que la fonction $u_C(t)$ est bien **continue**.

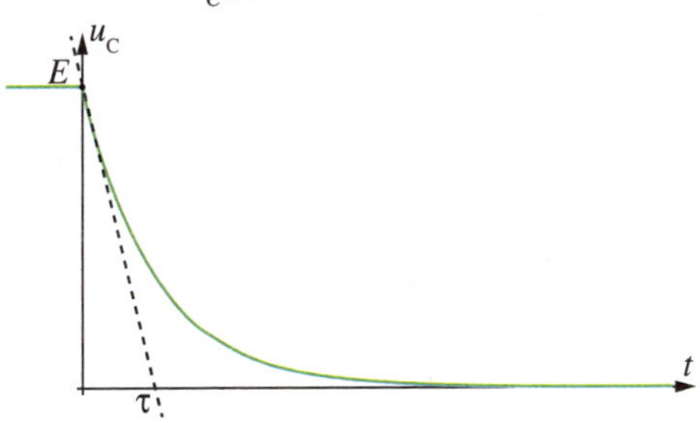

- Pour l'intensité dans le circuit : $i(t) = C\frac{du_C}{dt}$, d'où :

$$i(t) = -\frac{E}{R}e^{-\frac{t}{\tau}}$$

L'inversion du sens du courant entre la fin de la charge et le début de la décharge engendre une **discontinuité** de la fonction $i(t)$.

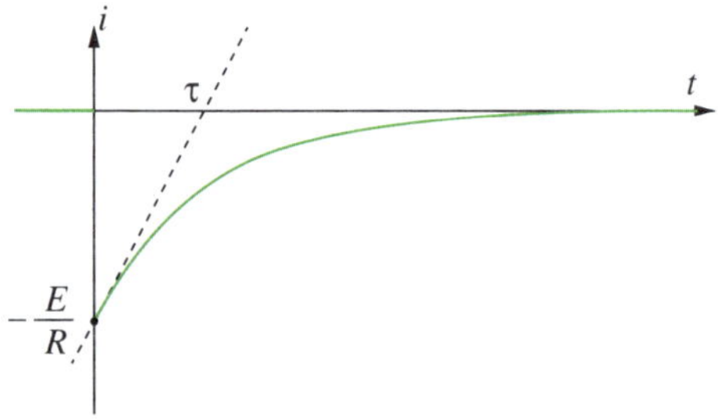

En effet, l'intensité augmente progressivement de la valeur initiale $-\frac{E}{R}$, obtenue après basculement de l'interrupteur en position 2, à la valeur 0 correspondant à l'instant où la décharge du condensateur est terminée et où u_C devient nulle (c'est le **régime permanent**). Là encore, la tangente à l'origine des deux courbes coupe l'axe des abscisses au point d'abscisse $t = \tau$, la constante de temps du dipôle RC.

5 Capteurs capacitifs

■ Afin de mesurer les niveaux des liquides dans un récipient opaque ou de compter des matériaux en vrac, on utilise des **capteurs capacitifs**. Ils ont une grande sensibilité et sont utilisés dans différents domaines comme l'agroalimentaire, la chimie, l'automobile…
On utilise la variation du champ électrique entre les électrodes du capteur. En effet, lorsque les électrodes détectent un objet dans leur champ, des oscillations sont induites, ce qui entraîne une modification de la capacité du condensateur dans le capteur.
Cette variation de capacité est mesurée en continu par l'électronique intégrée. Plus la capacité est grande, plus le niveau est élevé, et inversement. On peut ainsi associer la capacité au niveau correspondant.

■ Ces capteurs fonctionnent **sans contact** et sont très résistants dans des environnements hostiles.

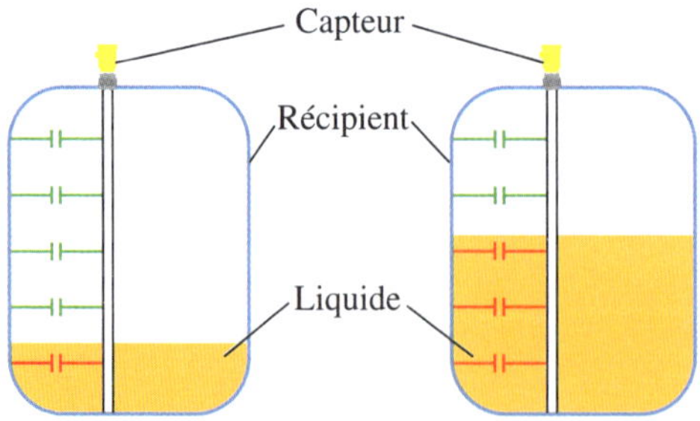

EXERCICES TYPES

1 Étudier la charge du condensateur dans un circuit *RC* série

EXERCICE TYPE

Un circuit électrique (schématisé ci-dessous) comporte, en série, un générateur idéal de tension de force électromotrice $E = 15,0$ V, un conducteur ohmique de résistance R inconnue, un condensateur de capacité $C = 150$ µF et un interrupteur K.
Le condensateur est initialement déchargé. À la date $t = 0$ s, on ferme le circuit.

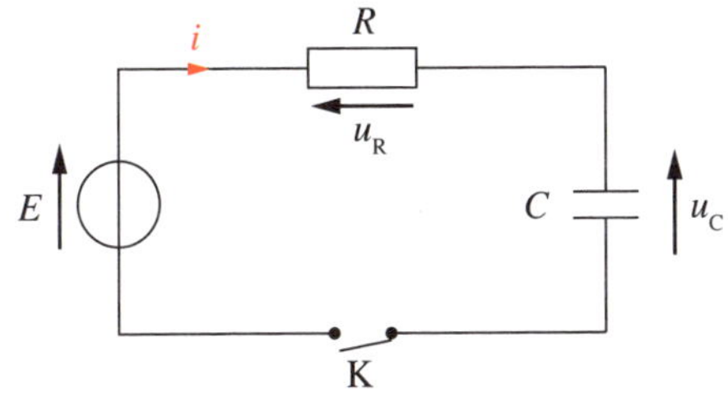

1. Établir l'équation différentielle, notée (1), à laquelle obéit u_C.
2. Vérifier que $u_C(t) = E\left(1 - e^{-\frac{t}{\tau}}\right)$, avec $\tau = RC$, est solution de l'équation (1) et respecte la condition initiale.
3. Par une analyse dimensionnelle, vérifier que τ est bien homogène à une durée.
4. À l'aide de la courbe $u_C = f(t)$ tracée ci-après, déterminer graphiquement la valeur de τ par la méthode de son choix.

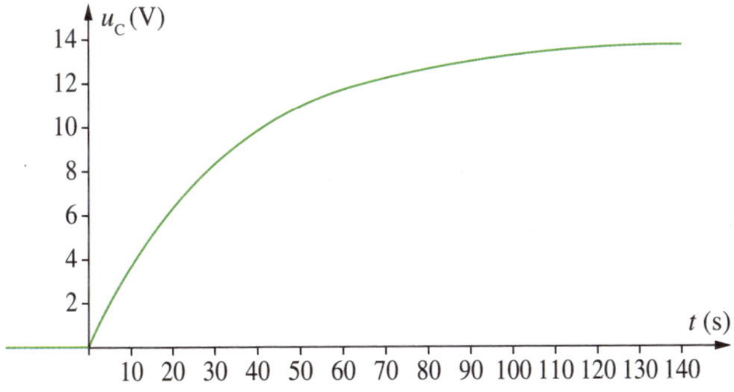

5. En déduire la valeur de la résistance R. Cette valeur sera donnée avec 2 chiffres significatifs.

CORRIGÉ COMMENTÉ

1. Relation entre le courant $i(t)$ et la charge q du condensateur :

$i(t) = \dfrac{\mathrm{d}q(t)}{\mathrm{d}t}$.

En convention récepteur :

– la charge q du condensateur et la tension u_C à ses bornes sont liées par la relation : $q(t) = C \times u_C(t)$;

– la tension u_R aux bornes du conducteur ohmique et l'intensité i du courant sont liées par la loi d'Ohm : $u_R(t) = R \times i(t)$.

D'où $u_R(t) = R\dfrac{\mathrm{d}q(t)}{\mathrm{d}t} = RC\dfrac{\mathrm{d}u_C}{\mathrm{d}t}$.

Or, d'après la loi des mailles : $u_C(t) + u_R(t) = E$.

D'où l'équation différentielle (1) :

$$\boldsymbol{u_C(t) + RC\frac{\mathrm{d}u_C(t)}{\mathrm{d}t} = E}.$$

2. Si $u_C(t) = E(1 - \mathrm{e}^{-\frac{t}{\tau}})$, alors la dérivée de u_C par rapport au temps est : $\dfrac{\mathrm{d}u_C}{\mathrm{d}t} = \dfrac{E}{\tau}\mathrm{e}^{-\frac{t}{\tau}}$.

En reportant dans l'équation différentielle (1), on obtient :

$E\left(1 - \mathrm{e}^{-\frac{t}{\tau}}\right) + RC\dfrac{E}{\tau}\mathrm{e}^{-\frac{t}{\tau}} = E$, soit $E + E\left(\dfrac{RC}{\tau} - 1\right)\mathrm{e}^{-\frac{t}{\tau}} = E$.

Cette relation est donc bien vérifiée quelle que soit la date t, si $\tau = RC$.

De plus, $u_C(t = 0) = E(1 - \mathrm{e}^0) = 0$: **le condensateur est donc bien initialement déchargé.**

3. D'après la relation charge-tension : $q = C \times u_C$ et $q = i \times t$.

Et, d'après la loi d'Ohm : $u_R = R \times i$.

En faisant une analyse dimensionnelle :

$[C] = \dfrac{[q]}{[u_C]} = \dfrac{[I] \times [T]}{[U]}$ et $[R] = \dfrac{[U]}{[I]}$

Donc $[\tau] = [RC] = \dfrac{[U]}{[I]} \times \dfrac{[I] \times [T]}{[U]} = [T]$.

Le produit RC est **homogène à un temps**. Son unité est la **seconde**.

4. La constante de temps τ est la durée nécessaire pour que, lors de la charge, la tension u_C atteigne 63 % de la valeur finale de E (15,0 V), soit :

$0{,}63 \times E = 0{,}63 \times 15{,}0 = 9{,}5$ V.

Sur le graphe, on lit $u_C = 9{,}5$ V à la date $t = \boldsymbol{\tau = 33}$ **s**.

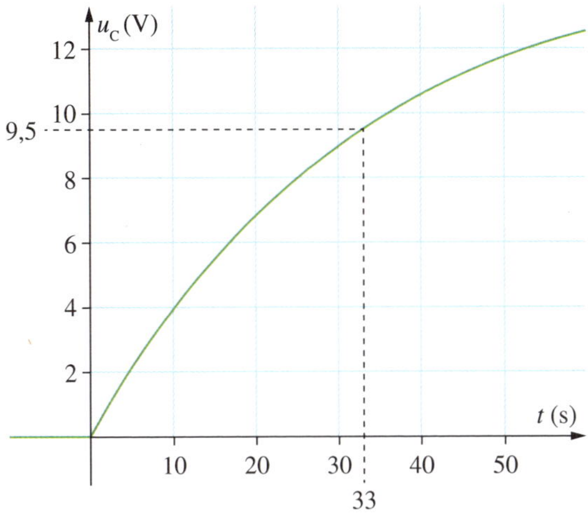

Remarque

On peut tracer la tangente à l'origine mais la méthode est, en général, moins précise.

Point maths

Quand $t = \tau$, $u_C = E(1 - e^{-1}) = E \times 0,63$.
Donc, quand $t = \tau$, la tension u_C vaut 63 % de E.

5. $\tau = RC$, d'où $R = \dfrac{\tau}{C}$, soit $R = \dfrac{33}{150 \times 10^{-6}} = 220\ 000$.

La valeur de la résistance avec 2 chiffres significatifs est donc : $\mathbf{R = 2,2 \times 10^5\ \Omega}$.

À RETENIR

- Lorsque le dipôle RC est soumis à un échelon de tension à partir de $t = 0$, l'équation différentielle vérifiée par la tension u_C aux bornes du condensateur est :

$$\tau \frac{\mathrm{d}u_C}{\mathrm{d}t} + u_C = E \text{, avec } \tau = RC.$$

- La solution de cette équation est :

$$u_C(t) = E\left(1 - e^{-\frac{t}{\tau}}\right)$$

- Le produit $\tau = RC$, homogène à un temps, est appelé constante de temps du dipôle. Pour déterminer expérimentalement sa valeur, on peut utiliser la courbe $u_C(t)$ lors de la charge : quand $t = \tau$, la tension aux bornes au condensateur vaut $u_C(\tau) = 0,63 \times E$ (63 % de sa valeur finale).

2 Étudier la décharge du condensateur dans un circuit *RC* série

EXERCICE TYPE

On réalise un circuit électrique en branchant en série un condensateur *C* chargé par un générateur de tension continue $E = 12$ V, une résistance $R = 500\ \Omega$ et un interrupteur K. À l'instant $t = 0$, on ferme le circuit. Le condensateur se décharge dans la résistance.

1. En appliquant la loi d'additivité des tensions lors de la décharge, établir la relation entre les tensions aux bornes des différents dipôles. Montrer que l'on obtient, pour $t > 0$:

$$RC\frac{\mathrm{d}u_C}{\mathrm{d}t} + u_C = 0.$$

2. Vérifier que la solution $u_C(t)$ de l'équation différentielle établie peut être exprimée sous la forme : $u_C(t) = \mathrm{A}\,\mathrm{e}^{-\frac{t}{\tau}}$, avec *A* constante que l'on exprimera à l'aide des conditions initiales.

3. Établir l'expression $i(t)$. Tracer l'allure de la courbe correspondant à $i(t)$ lors de la décharge.

CORRIGÉ COMMENTÉ

1. Schéma du circuit :

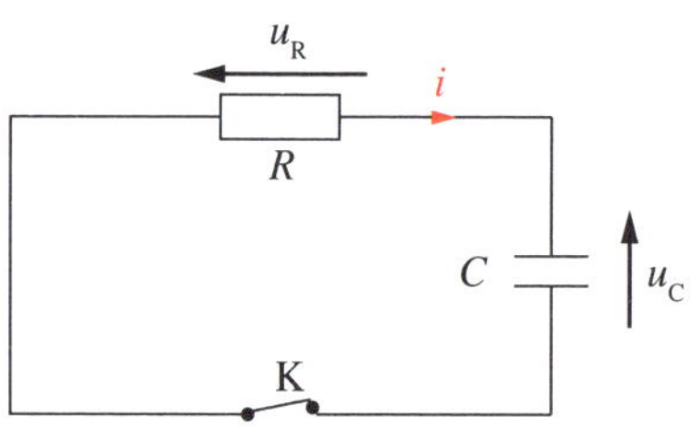

> **Remarque**
> Nous gardons cette convention pour l'orientation du circuit afin d'éviter des signes « – » dans les équations.

Selon la loi d'additivité des tensions : $u_C + u_R = 0$.

Soit $u_C + Ri = 0$ (1). Or, $i = \frac{\mathrm{d}q}{\mathrm{d}t}$ et $q = C \times u_C$; donc $i = C\frac{\mathrm{d}u_C}{\mathrm{d}t}$ en remplaçant *i* dans l'équation (1). Il vient : $u_C + R\left(C\frac{\mathrm{d}u_C}{\mathrm{d}t}\right) = 0$, d'où $RC\frac{\mathrm{d}u_C}{\mathrm{d}t} + u_C = 0$. **On obtient bien la bonne équation différentielle.**

2. Si $u_C(t) = \mathrm{A}\,\mathrm{e}^{-\frac{t}{\tau}}$, alors $\frac{\mathrm{d}u_C}{\mathrm{d}t} = -\frac{\mathrm{A}}{\tau}\mathrm{e}^{-\frac{t}{\tau}}$.

D'où $RC\frac{\mathrm{d}u_C}{\mathrm{d}t} + u_C = -\frac{\mathrm{A}RC}{\tau}\mathrm{e}^{-\frac{t}{\tau}} + \mathrm{A}\mathrm{e}^{-\frac{t}{\tau}} = 0$. **La solution vérifie l'équation différentielle** en posant $\tau = RC$.

Calcul de la constante A : à l'instant $t = 0$, $u_C = E$, soit $u_C(0) = Ae^0 = E$.
D'où A = E. La tension u_C, solution de l'équation différentielle, s'écrit donc :
$\boldsymbol{u_C(t) = E\,e^{-\frac{t}{\tau}}}$.

3. On peut écrire $i(t) = C\dfrac{du_C}{dt}$; d'où $i(t) = -\dfrac{CE}{\tau}e^{-\frac{t}{\tau}}$.

En simplifiant, car $\tau = RC$, on a : $\boldsymbol{i(t) = -\dfrac{E}{R}e^{-\frac{t}{\tau}}}$.

Lors de la décharge du condensateur, l'intensité $i(t)$ a donc l'allure suivante :

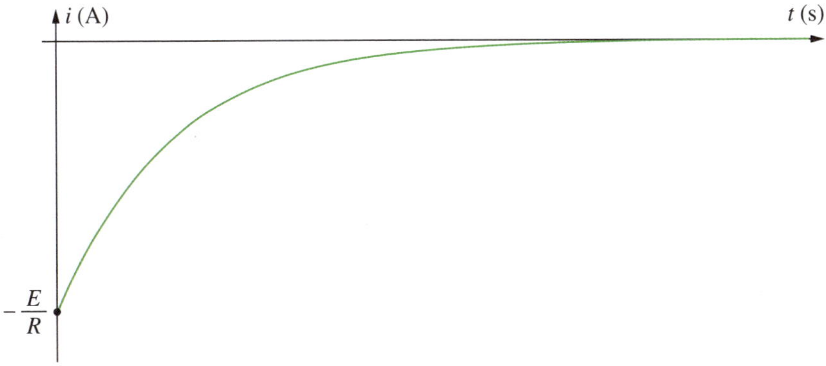

À RETENIR

- Lorsqu'un dipôle RC est soumis à un échelon de tension descendant, le condensateur se décharge et la tension à ses bornes vérifie l'équation différentielle :
$\tau\dfrac{du_C}{dt} + u_C = 0$, en posant $\tau = RC$.
- Lors de la décharge, la tension aux bornes du condensateur ne s'annule pas instantanément : elle décroît selon une loi exponentielle.
- L'inversion de sens du courant entre la fin de la charge et le début de la décharge engendre une discontinuité de la fonction $i(t)$.
- Lors de la décharge du condensateur, la tension u_C atteint 37 % de sa valeur initiale E au bout d'une durée τ.
- Lors de la décharge, la tangente à l'origine de la courbe $u_C = f(t)$ coupe l'axe des temps au point d'abscisse $t = \tau$.

Point maths

On a $e^{-1} = 0,37$,
donc, quand $t = \tau$,
$i(\tau) = -\dfrac{E}{R} \times 0,37$
$u_C(\tau) = E \times 0,37$.

Exercice 30 min **10 points**

D'après un exercice du Bac

1re partie

On réalise le circuit ci-contre (schéma n° 1) constitué d'un générateur de courant, d'un condensateur, d'un ampèremètre et d'un interrupteur. Le condensateur est préalablement déchargé. À la date $t = 0$ s, on ferme l'interrupteur K. L'ampèremètre indique alors une valeur constante pour l'intensité : $I = 12$ µA.

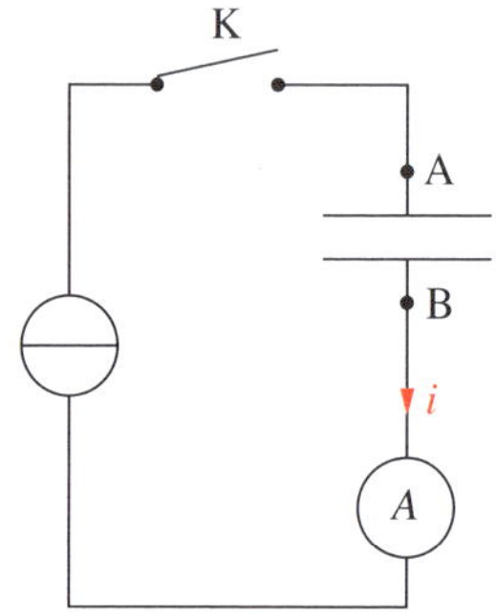

Un ordinateur muni d'une interface (non représentée) relève, à des intervalles de temps réguliers, la tension u_{AB} aux bornes du condensateur. Les résultats sont les suivants :

t (s)	0	0,5	1,0	1,5	2,0	2,5	3,0	3,5	4,0
u_{AB} (V)	0,00	1,32	2,64	4,00	5,35	6,70	7,98	9,20	10,6

1. [1 pt] Rappeler la relation permettant de calculer la charge q du condensateur en fonction de I. Calculer q à la date $t = 3,0$ s.

2. [1 pt] On a représenté (graphe n° 1) la courbe donnant la charge q du condensateur en fonction de u_{AB}. Déterminer à partir de cette dernière, par une méthode que l'on explicitera, la valeur de la capacité C du condensateur.

3. [1 pt] La valeur indiquée par le constructeur est $C = 4,7$ µF à 10 % près. La valeur obtenue est-elle en accord avec la tolérance du constructeur ?

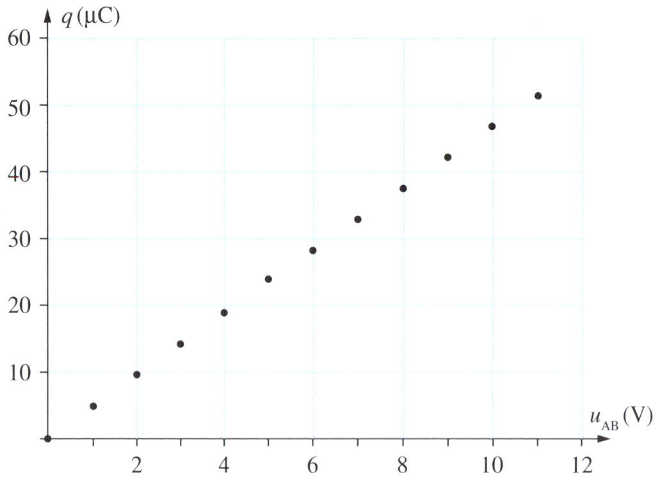

Graphe n° 1

2de partie

On étudie maintenant la charge et la décharge d'un condensateur à travers un conducteur ohmique. Pour cela, on réalise le montage suivant (schéma n° 2).

Le condensateur est initialement déchargé et, à la date $t = 0$ s, on bascule l'interrupteur en position 1.

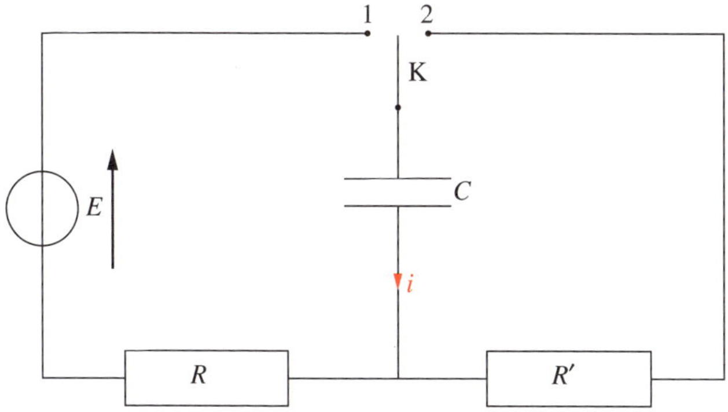

Schéma n° 2

Données : $R = 2{,}2$ kΩ ; $C = 4{,}7$ µF ; $R' = 10$ kΩ.

1. [1 pt] Établir l'équation différentielle $E = RC\dfrac{\mathrm{d}u_C}{\mathrm{d}t} + u_C$ vérifiée par la tension u_C aux bornes du condensateur pendant la phase de charge.

2. [1 pt] La solution analytique de cette équation est de la forme : $u_C = \mathrm{A}(1 - \mathrm{e}^{-\alpha t})$, compte tenu de la condition initiale relative à la charge du condensateur.

En vérifiant que cette expression est solution de l'équation différentielle, identifier A et α en fonction de E, R et C.

3. [0,5 pt] À partir du graphe n° 2 page suivante, déterminer la valeur de E.

4. La méthode d'Euler permet de calculer, pas à pas, les valeurs de u_C et de $\left(\dfrac{\mathrm{d}u_C}{\mathrm{d}t}\right)$ à intervalles de temps réguliers choisis Δt. Si Δt est considéré comme suffisamment petit dans le cadre de l'expérience, on peut écrire :

$$u_C(t + \Delta t) = u_C(t) + \left(\frac{\mathrm{d}u_C}{\mathrm{d}t}\right) \times \Delta t$$

On choisit $\Delta t = 1$ ms.

a) **[0,5 pt]** À l'aide de l'équation différentielle établie à la question **1.**, déterminer la valeur initiale de la dérivée notée : $\left(\dfrac{\mathrm{d}u_C}{\mathrm{d}t}\right)_0$.

b) [1 pt] En appliquant la méthode d'Euler, compléter le tableau suivant :

t (ms)	0	1	2	3
$u_C(t)$ (…)	0			
$\dfrac{\mathrm{d}u_C}{\mathrm{d}t}$ (…)				

5. Sur le graphe n° 2, on a représenté trois courbes :

- Courbe n° 1 : courbe obtenue par la méthode d'Euler avec un pas $\Delta t = 5$ ms.
- Courbe n° 2: courbe obtenue par la méthode d'Euler avec un pas $\Delta t = 2$ ms.
- Courbe n° 3 : représentation de la solution analytique de l'équation différentielle.

a) [0,5 pt] Quelle est l'influence du pas Δt utilisé dans la méthode d'Euler ?

b) [0,5 pt] Quels sont les avantages et les inconvénients d'avoir un Δt très grand ou très petit ?

c) [0,5 pt] Qu'entend-on, à la question **4.**, par « si Δt est considéré comme suffisamment petit dans le cadre de l'expérience » ?

6. [0,5 pt] Définir la constante de temps du circuit. Déterminer sa valeur à partir du graphe n° 2 par une méthode que l'on explicitera. En déduire une nouvelle valeur expérimentale de C et la comparer à la valeur nominale donnée dans la première partie.

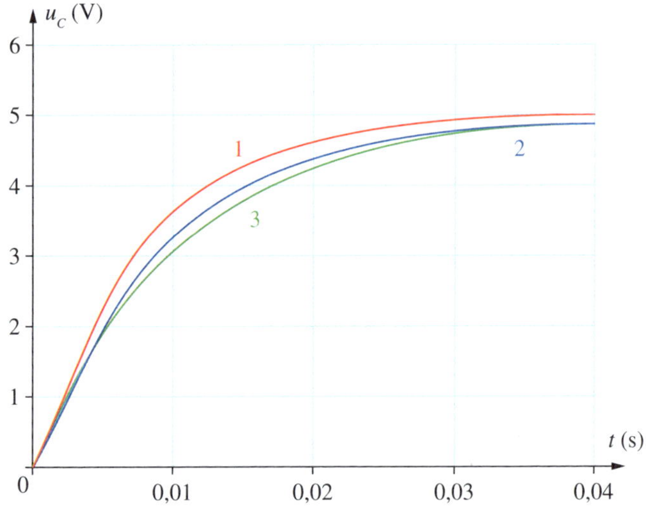

Graphe n° 2

7. On bascule alors l'interrupteur en position 2. En justifiant, indiquer si chacune des propositions suivantes est vraie ou fausse.

a) [0,5 pt] La durée de la décharge du condensateur est supérieure à celle de la charge.

b) [0,5 pt] La constante de temps du circuit lors de la décharge est égale à $(R + R') \times C$.

→ Corrigé p. 393

CORRIGÉ

Exercice → Énoncé p. 390

1re partie

1. $\boldsymbol{q = I \times \Delta t}$, où q est la charge portée par une armature du condensateur exprimée en coulomb, I l'intensité du courant exprimée en ampère et Δt la durée de la charge exprimée en seconde.

À la date $t = 3{,}0$ s, on a $q = 12 \times 10^{-6} \times 3{,}0 =$ **$3{,}6 \times 10^{-5}$ C.**

2. La courbe de $q = f(u_{AB})$ est une droite passant par l'origine. La charge q est donc proportionnelle à la tension u_{AB}. On sait que $q = C \times u_{AB}$.

C est le coefficient directeur de la droite. On prend deux points sur la droite :

$$C = \frac{q(12) - q(0)}{u_{AB}(12) - u_{AB}(0)} = \frac{55 \times 10^{-6} - 0}{12 - 0} = 4{,}6 \times 10^{-6}\ \text{F}$$

La valeur de C est 4,6 µF.

> **Remarque**
> On prolonge la droite et on prend les points les plus extrêmes.

3. Le constructeur indique la valeur de C à 10 % près, soit :

$$4{,}7 - \frac{10}{100} \times 4{,}7\ \mu\text{F} < C < 4{,}7 + \frac{10}{100} \times 4{,}7\ \mu\text{F}.$$

Donc $4{,}2\ \mu\text{F} < C < 5{,}2\ \mu\text{F}$.

La valeur trouvée de 4,6 µF est **en accord** avec la tolérance du constructeur.

2de partie

1. D'après la loi d'additivité des tensions, on a :

$E = u_R + u_C$ (1)

D'après la loi d'Ohm : $u_R = R \times i$.

Or, $i = \dfrac{dq}{dt}$ et $q = C \times u_C$.

Comme C est une constante, $i = C\dfrac{du_C}{dt}$.

En remplaçant dans la relation (1) :

$$\boldsymbol{E = RC \times \frac{du_C}{dt} + u_C}.$$

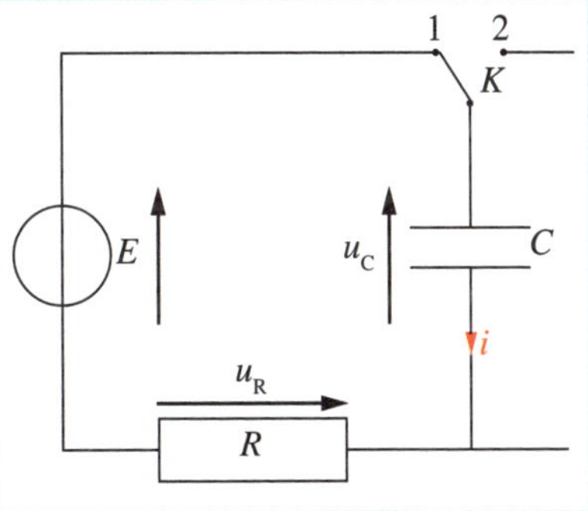

C'est l'équation différentielle que vérifie la tension u_C aux bornes du condensateur pendant la charge.

2. La solution proposée $u_C = A(1 - e^{-\alpha t})$ peut s'écrire $u_C = A - Ae^{-\alpha t}$.

On sait que, quand le condensateur est chargé, la tension à ses bornes est E.

Donc $\boldsymbol{A = E}$ car, pour t tendant vers $+\infty$, $e^{-\alpha t}$ tend vers 0.

De plus, $\dfrac{du_C}{dt} = \alpha E e^{-\alpha t}$.

En remplaçant dans l'équation différentielle :

$E = R \times C \times \alpha \times E \times e^{-\alpha t} + E - E \times e^{-\alpha t} \Leftrightarrow E = E + Ee^{-\alpha t}(RC\alpha - 1)$

Pour que cette relation soit valable quel que soit t, il faut que :

$RC\alpha - 1 = 0 \Leftrightarrow \boldsymbol{\alpha = \frac{1}{RC}}$.

3. Quand t tend vers $+\infty$, alors u_C tend vers E.

D'après le graphe n° 2, u_C tend vers 5,0 V, donc $\boldsymbol{E = 5,0}$ **V.**

> **Point maths**
> Graphiquement, quand t tend vers l'infini, la courbe se rapproche d'une asymptote horizontale $u_C = E$.

4. a) L'équation différentielle est : $E = RC \times \frac{du_C}{dt} + u_C$.

Donc, à la date t : $\left(\frac{du_C}{dt}\right)_t = \frac{E - u_C(t)}{RC}$.

À la date $t = 0$ s, $u_C(0) = 0$ V :

$$\left(\frac{du_C}{dt}\right)_0 = \frac{E - 0}{RC}$$

$$= \frac{5,0}{2,2 \times 10^3 \times 4,7 \times 10^{-6}} = \mathbf{4,8 \times 10^2\ V.s^{-1}}.$$

b)

t **(ms)**	0	1	2	3
$u_C(t)$ **(V)**	0	0,48	0,92	1,3
$\frac{du_C}{dt}$ **(V.s⁻¹)**	$4,8 \times 10^2$	$4,4 \times 10^2$	$3,9 \times 10^2$	$3,6 \times 10^2$

Calculs :

$$u_C(t + \Delta t) = u_C(t) + \left(\frac{du_C}{dt}\right)_t \times \Delta t$$

- $u_C(0 + 1) = u_C(0) + \left(\frac{du_C}{dt}\right)_0 \times \Delta t$

$\boldsymbol{u_C(1)} = 0 + 4,8 \times 10^2 \times 1 \times 10^{-3} = \mathbf{0,48\ V.}$

> **Remarque**
> On peut traiter facilement ces calculs soit à l'aide d'un tableur, soit avec une programmation sous Python, par exemple.

- $\left(\frac{du_C}{dt}\right)_1 = \frac{E - u_C(1)}{R \times C}$

$$\left(\frac{\mathbf{d}u_C}{\mathbf{d}t}\right)_1 = \frac{5,0 - 0,48}{2,2 \times 10^3 \times 4,7 \times 10^{-6}} = \mathbf{4,4 \times 10^2\ V.s^{-1}}.$$

- $u_C(2) = u_C(1) + \left(\frac{du_C}{dt}\right)_1 \times \Delta t$

$\boldsymbol{u_C(2)} = 0,48 + 4,4 \times 10^2 \times 1 \times 10^{-3} = \mathbf{0,92\ V.}$

- $\left(\frac{du_C}{dt}\right)_2 = \frac{E - u_C(2)}{R \times C}$

$$\left(\frac{\mathbf{d}u_C}{\mathbf{d}t}\right)_2 = \frac{5,0 - 0,92}{2,2 \times 10^3 \times 4,7 \times 10^{-6}} = \mathbf{3,9 \times 10^2\ V.s^{-1}}.$$

• $u_C(3) = u_C(2) + \left(\frac{\mathrm{d}u_C}{\mathrm{d}t}\right)_2 \times \Delta t$

$u_C(3) = 0{,}92 + 3{,}9 \times 10^2 \times 1 \times 10^{-3} = \mathbf{1{,}3\ V}$.

• $\left(\frac{\mathrm{d}u_C}{\mathrm{d}t}\right)_3 = \frac{E - u_C(3)}{R \times C}$

$\left(\frac{\mathrm{d}u_C}{\mathrm{d}t}\right)_3 = \frac{5{,}0 - 1{,}3}{2{,}2 \times 10^3 \times 4{,}7 \times 10^{-6}} = \mathbf{3{,}6 \times 10^2\ V.s^{-1}}$.

5. a) Sur le graphe n° 2, on constate que, plus le pas Δt choisi est petit, plus la courbe obtenue par la méthode d'Euler se rapproche de la courbe représentative de la solution de l'équation différentielle. **L'approximation effectuée pour le calcul de $u_C(t)$ est meilleure quand le pas Δt est faible.**

b) Lorsque le pas Δt est très grand, il n'y a alors que peu de points pour tracer la courbe représentative de $u_C(t)$. On a donc moins de calculs à faire. Dans ce cas, la courbe est obtenue rapidement, mais elle est éloignée de la courbe réelle. **Lorsque le pas Δt est très faible, il faut effectuer de très nombreux calculs, mais la courbe obtenue est proche de la courbe réelle.**

c) La tension aux bornes du condensateur devient égale à la f.é.m. du générateur au bout d'environ 0,04 s. Pour que la méthode d'Euler donne de bons résultats, **il faut choisir un pas Δt très inférieur à cette durée**. Ainsi, la courbe sera construite avec un nombre de points assez important entre $t = 0$ s et $t = 0{,}04$ s.

6. La constante de temps τ est la durée au bout de laquelle le condensateur est chargé à 63 % : $u_C(\tau) = 0{,}63 \times E = 0{,}63 \times 5{,}0 = 3{,}15$ V.

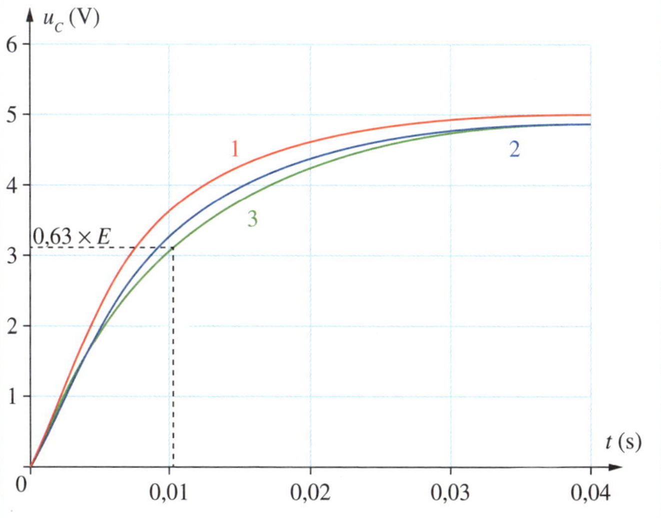

Graphe n° 2

En utilisant la courbe 3, **τ vaut entre 0,010 et 0,011 s.**

$\tau = RC \Leftrightarrow C = \frac{\tau}{R}$.

$$C = \frac{0{,}011}{2{,}2 \times 10^3} = 5{,}0 \times 10^{-6}\ \text{F} = 5{,}0\ \mu\text{F}$$ ou

$$C = \frac{0{,}010}{2{,}2 \times 10^3} = 4{,}5 \times 10^{-6}\ \text{F} = 4{,}5\ \mu\text{F}.$$

À la question **3.** de la **partie 1**, on avait établi que, d'après le constructeur, $4{,}2\ \mu\text{F} < C < 5{,}2\ \mu\text{F}$. La valeur obtenue graphiquement reste dans cet intervalle.

Remarque

Le choix de la courbe doit être celui qui se rapproche le plus de la réalité. C'est donc la courbe qui donne la solution analytique de l'équation différentielle.

7. a) Pour la charge : $\tau = RC = 0{,}01$ s.

Pour la décharge : $\tau' = R'C = 10 \times 10^3 \times 4{,}7 \times 10^{-6} = 0{,}047$ s.

La durée de la décharge du condensateur est supérieure à celle de la charge.

La proposition est vraie.

b) Le condensateur se décharge dans la résistance R'. La résistance R n'est donc pas concernée. $\tau' = R' \times C$.

La proposition est fausse.

GRAND ORAL

- ✓ Les méthodes pour réussir son Grand Oral
- ✓ 3 questions traitées de Mathématiques
- ✓ 3 questions traitées de Physique-Chimie

SOMMAIRE

MÉTHODES ET CONSEILS

EXEMPLES DE QUESTIONS TRAITÉES

MATHS

PHYSIQUE-CHIMIE

DÉFINITION DE L'ÉPREUVE

Préparation	20 min		
Exposé	5 min	**Échange sur le projet d'orientation**	5 min
Échange sur l'exposé	10 min	**Coefficient**	10

1. Les deux questions et le jury

- Durant l'année de Terminale, le candidat formule et prépare **deux questions**. Elles portent sur les deux enseignements de spécialité, soit pris isolément, soit abordés de manière transversale.
- Le **jury choisit une des deux questions**. Deux professeurs de disciplines différentes constituent le jury qui évalue le candidat. Seul un des membres du jury enseigne la spécialité correspondant au sujet ; le candidat devra donc veiller à ce que l'autre professeur comprenne aussi son exposé.

2. Les étapes de l'épreuve

- **Choix de la question par le jury** parmi les deux sujets préparés durant l'année par le candidat.
- **Préparation : 20 minutes**
  Le candidat dispose de vingt minutes pour rassembler ses idées et se remémorer le contenu de son exposé. Il a des feuilles de brouillon à sa disposition mais il ne pourra pas les avoir en main quand il parlera. Durant ces vingt minutes, le candidat peut, s'il le souhaite, préparer sur une feuille qui lui est fournie un support qu'il remettra au jury au début de son exposé. Ce support ne fera pas l'objet d'une évaluation.
- **Première partie de l'épreuve : un exposé de 5 minutes**
  L'exposé débute par l'explication du choix de la question problématisée par le candidat et se poursuit avec une réponse argumentée et illustrée de cette question. Le candidat se tient debout, sauf aménagement spécifique pour raisons médicales, et montre sa maîtrise de l'expression orale.
- **Deuxième partie de l'épreuve : un échange de 10 minutes** avec le candidat **dans le prolongement de l'exposé**
  Le jury revient sur l'exposé, demande des précisions, des justifications, aborde éventuellement de nouvelles perspectives. Il vérifie la solidité des connaissances, la capacité à argumenter et l'aisance à l'oral.
- **Troisième partie de l'épreuve : un échange de 5 minutes sur le projet d'orientation** du candidat
  Le candidat explique le choix de sa question en lien avec son projet d'études. Il présente les différentes étapes de sa réflexion. Le jury n'évaluera pas le choix lui-même mais la capacité du candidat à l'analyser.

> **Les compétences évaluées**
> Le jury valorise la solidité des connaissances du candidat, sa capacité à argumenter et à relier les savoirs, son esprit critique, la précision de son expression, la clarté de son propos, son engagement dans sa parole, sa force de conviction.

CHAPITRE 1 Choisir ses sujets de Maths ou de Physique-Chimie et se documenter

1 Choisir les deux questions

Les critères du choix

– Chacun de vos sujets doit se rattacher à l'une au moins de vos **spécialités de Terminale**.

– Vos sujets doivent avoir un rapport avec votre **projet d'orientation** et vous aurez à expliciter ce lien dans la seconde partie de l'entretien.

La démarche

– Dressez la liste des domaines qui vous intéressent ; pensez aux métiers que vous envisagez. Demandez conseil à votre entourage et vos professeurs, sans oublier les documentalistes.

– Vous pouvez partager un thème avec des camarades et mener conjointement les recherches mais veillez à présenter ensuite un travail personnel.

La formulation des questions

– Vous pouvez proposer une **interrogation totale** (*est-ce que…* → réponses *oui/non*) qui vous permettra d'envisager différents points de vue selon un plan dialectique.

Ex. : Est-il possible de nourrir la planète en préservant l'environnement ?

> **Conseils**
>
> Formulez votre question de façon à ce qu'elle appelle un plan dynamique et non pas descriptif et veillez à ce qu'elle s'inscrive dans une problématique qui vous concerne. Pensez qu'une formulation large ouvrira des voies que l'entretien pourra approfondir.

– Si vous préférez ne développer qu'une perspective, choisissez une **interrogation partielle** introduite par un mot interrogatif *(en quoi, dans quelle mesure…)*.

Ex. : Comment nos agricultures peuvent-elles nourrir la planète tout en préservant l'environnement ?

2 Réunir les connaissances nécessaires

La diversité des sources d'information

– Selon votre sujet, vous pouvez consulter des **articles** ou des **livres** au CDI de votre lycée, à la médiathèque de votre ville. Interrogez les documentalistes et parcourez les **bibliographies** qui accompagnent les articles que vous avez trouvés.

– Certaines **émissions** peuvent vous éclairer ; pensez aux **podcasts** et aux **MOOC** *(Massive Open Online Courses)* qui sont de véritables cours en ligne, souvent gratuits.
– Rencontrez des **spécialistes** et prenez bien note des informations qu'ils vous apportent.
– Élargissez votre recherche à des **documents inattendus** qui pourront piquer la curiosité de votre jury : films, romans, tableaux...

> **Ressources**
> Le site podcastfrance.fr propose une classification thématique des podcasts diffusés en France tandis que le site my-mooc.com/fr répertorie les MOOC.

■ **Les recherches sur Internet**

– Internet est un espace de recherche incontournable à condition de bien l'utiliser. Dans certains cas cependant, s'appuyer sur un livre ou un article synthétique dans une revue est plus rapide et efficace.
– **Évitez les pages personnelles** et **privilégiez les sites officiels** (ac-, gouv, edu...) ou reconnus (journaux, universités...). Prêtez attention à la date des articles et pensez à croiser vos sources.

> **Ressources**
> Certains sites vous aideront à détecter les fausses informations. Sur celui du journal *Le Monde* (www.lemonde.fr/verification/), en entrant l'adresse d'une page Web, il est possible de vérifier sa fiabilité.

3 Utiliser les connaissances réunies

■ **L'utilisation des informations**

– Le « copier-coller » est à proscrire, d'abord parce qu'il s'apparente à un vol ensuite parce qu'il vous sera préjudiciable.
– Notez précisément les références des ouvrages ou sites consultés ; enregistrez les pages Internet dans un autre format sur votre ordinateur et classez-les dans des dossiers ; tenez un répertoire des documents réunis. Surlignez les passages importants et indiquez en marge ce qui a retenu votre attention dans le document.

> **Attention !**
> Ne présentez jamais au jury des arguments qui vous échappent en imaginant que les professeurs, qui les comprennent, vont penser que vous les maîtrisez aussi. L'entretien aura vite fait de démasquer cette démarche maladroite.

■ **La démarche du chercheur**

– Effectuer des recherches suppose des qualités particulières : persévérance, rigueur et méthode. Sans idée préconçue, le chercheur est capable d'admettre ses erreurs et de modifier son point de vue.
– Il réunit une documentation fiable et confronte les analyses existantes avant de bâtir sa propre réflexion.

> **Conseils**
> Dans le cadre du baccalauréat, on attend de vous un exposé sérieux et approfondi mais ne placez pas la barre trop haut. Ne vous acharnez pas sur des articles trop compliqués ; ne vous dispersez pas non plus dans une documentation trop abondante.

CHAPITRE 2

Organiser son exposé

1 Construire un plan cohérent

La progression

– L'exposé doit présenter une **progression** pour être convaincant.
– Chaque partie développe **une idée essentielle** et comprend des sous-parties incluant **les idées secondaires**.
– Le plan le plus équilibré comprend trois parties mais la démarche en deux parties reste possible.
– On présente généralement les arguments du plus simple au plus complexe.

La cohérence

– L'**enchaînement** des parties et sous-parties doit refléter une **logique** d'ensemble.
– À l'oral, vous mettrez en relief cette cohérence en marquant nettement les **articulations de votre progression** : *tout d'abord, ensuite, enfin*. Vous utiliserez aussi des **silences** bien placés.
– Les **transitions** sont essentielles : elles soulignent la cohérence du discours, en établissant un lien entre deux parties.
– Utilisez des **connecteurs logiques** pour exprimer votre raisonnement. Veillez à bien les choisir et à les varier.

Quelques connecteurs logiques

• Pour **ajouter une idée** : *et, de plus, par ailleurs, en outre, de surcroît*
• Pour introduire une **cause** : *car, en effet, parce que, comme, dans la mesure où*
• Pour introduire une **conséquence** : *donc, ainsi, alors, de sorte que, c'est pourquoi*
• Pour introduire une **finalité** : *pour, en vue de, afin de, pour que*
• Pour exprimer une **concession** : *mais, cependant, pourtant, néanmoins, en revanche, bien que*

Le lien avec la problématique

– Revenez constamment à la problématique présentée dans l'introduction.
– Traquez le **hors-sujet**.

2 Choisir le type de plan

Le plan classique

On distingue trois grandes parties : l'introduction, l'argumentation, la conclusion. L'argumentation comprend : la narration qui rappelle les faits, la confirmation qui présente des arguments, la réfutation qui désamorce les critiques.

Ex. : Quel avenir pour les panneaux photovoltaïques ?
1. L'histoire du panneau, son fonctionnement
2. Les avantages
3. Le rejet des inconvénients

- **Le plan dialectique**

Le plan dialectique se présente en trois parties : la thèse qui va dans le sens du sujet *(certes…)*, l'antithèse qui conteste ou nuance ce point de vue *(mais…)*, la synthèse qui est un dépassement de la contradiction apparente *(en fait…)*. **Attention lors de la synthèse à ne pas faire un hors-sujet !**

Ex. : Les recherches sur l'embryon sont-elles l'avenir de la médecine ?
1. Les recherches sur l'embryon sont essentielles pour l'avenir de la médecine
2. Mais elles présentent des risques de dérive et il y a d'autres recherches intéressant l'avenir
3. Il faut limiter les risques (rôle des comités d'éthique)

- **Le plan pragmatique**

Il comporte trois étapes : le constat, les causes et les conséquences ou solutions éventuelles.

3 Illustrer ses arguments par des exemples

- **Les différents types d'arguments**

Pour étayer votre réflexion vous présenterez des arguments empruntés à des domaines variés, économiques, culturels, scientifiques…

- **Le choix des exemples**

L'exemple a un rôle essentiel dans la démonstration avec plusieurs visées, argumentative, pédagogique ou émotionnelle. Sélectionnez les exemples significatifs que vous analyserez en évitant tout catalogue.

4 Réussir l'introduction et la conclusion

– L'**introduction** se construit en **trois temps** :
1. l'exorde : il s'agit de capter l'attention de l'auditoire ;
2. l'énoncé du sujet vous permet de justifier le choix de la question ;
3. l'annonce du plan donne le fil directeur de l'exposé.

– La **conclusion** se construit en **deux temps** :
1. la synthèse permet de retracer le cheminement intellectuel de la démonstration ;
2. l'ouverture peut se tourner vers l'avenir ou proposer une nouvelle problématique.

Conseil

Pensez à l'entretien qui va suivre : évoquez une perspective sur laquelle vous aimeriez être interrogé(e).

CHAPITRE 3

Rédiger l'exposé

1 Le vocabulaire

■ Utiliser le mot juste et varier le vocabulaire

– Veillez au bon usage des termes techniques de vos spécialités.

– Évitez les erreurs de vocabulaire.

Ex. : Ne dites pas *voire même, car en effet, comme par exemple* mais *voire* ou *même, car* ou *en effet, comme* ou *par exemple*. Dites *aujourd'hui* et non *au jour d'aujourd'hui*. Évoquez *une alternative* et non *une autre alternative*.

– Évitez les anglicismes *(en live, un challenge, une conf-call...)*.

– Supprimez les répétitions en utilisant un synonyme, un pronom ou un concept plus large.

Ex. : Greta Thunberg est devenue une icône. Cette militante écologiste...

– Remplacez les mots passe-partout par des termes précis et nuancés.

■ Choisir le niveau de langue qui convient

– Proscrivez le registre familier.

– Selon votre personnalité, votre sujet ou les effets requis, utilisez une langue courante ou soutenue. Ne cédez ni à la facilité ni à l'affectation !

2 La syntaxe

■ Éviter les phrases incorrectes

– N'oubliez pas le subjonctif dans les subordonnées introduites par *bien que, afin que, pour que, avant que...*

– Les phrases elliptiques, sans verbe conjugué ou sans proposition principale, sont à éviter.

– Les locutions négatives ou restrictives *(ne... pas, ne... que)* doivent être complètes même à l'oral.

– Veillez à la construction des interrogations directes ou indirectes.

> **L'interrogation indirecte**
>
> Quand vous annoncerez votre problématique ou votre plan, maniez correctement l'interrogation indirecte : *Nous verrons en quoi l'écologie ~~est-elle~~ est une préoccupation avec laquelle les grandes surfaces doivent compter.*

■ Varier la construction des phrases

– L'expression de la cause : *en raison de, à cause de, grâce à, car, parce que, comme, étant donné que*, un participe...

– L'expression de la conséquence : *donc, de sorte que, si bien que...*

– L'expression de la condition : *si, au cas où, en admettant que*, un adjectif ou un participe détachés…

Ex. : Plus ambitieuses, ces mesures pourraient séduire l'électorat.

– L'expression d'une opposition : *en dépit de, mais, cependant, bien que, quoique*… Attention, *malgré que* est incorrect.

3 La rhétorique

▪ Utiliser les figures d'insistance

– Les figures de **répétition** soulignent les mots importants : l'**anaphore**, quand le mot est repris en tête de phrase ou l'**épiphore**, en fin de phrase.
– La **paronomase** (mots aux sonorités voisines) crée des échos sonores.
– Le **parallélisme syntaxique** peut rythmer votre propos.

> **Attention !**
> Pour capter l'attention de l'auditoire, il faut manier avec finesse et mesure le lexique, les tonalités, les figures de style. Évitez les excès qui pourraient vous desservir ! Un recours brillant aux figures de style et une aisance devant le jury ne pallieront jamais un contenu défaillant.

▪ Utiliser les figures d'amplification et d'atténuation

– L'**hyperbole** est le procédé de l'exagération qui peut frapper l'auditoire.
– L'**accumulation** permet de discréditer la thèse adverse par un effet de saturation et de désordre.
– L'**euphémisme** (atténuation) au contraire évitera de choquer.

▪ Utiliser les figures d'analogie

La **comparaison** ou la **métaphore**, en donnant des images concrètes, permettent de toucher, voire de surprendre ceux qui vous écoutent.

▪ Utiliser les figures d'opposition et de substitution

– L'**antithèse** entre deux mots ou expressions de sens contraire, le **paradoxe** contraire aux vérités communes marqueront l'auditoire. L'**oxymore** qui réunit audacieusement deux termes antithétiques peut aussi amener à réagir.
– La **périphrase** en se substituant à un mot unique évite la répétition et met l'idée en relief.

> **De l'écrit à l'oral : travailler la mémorisation**
> Durant le temps de préparation, il vous sera difficile de rédiger des passages de votre exposé. Entraînez-vous à le présenter à l'oral, en surveillant la posture, la gestuelle, l'élocution.
>
> **Que faut-il mémoriser ?**
> Le plan avec l'introduction et la conclusion. Puis la ligne directrice de chaque partie. Enfin le détail de l'argumentation à restituer de manière spontanée.
>
> **Comment y parvenir ?**
> Vous avez le choix entre la mémoire visuelle, auditive ou scripturale ou même une approche kinésique qui vous permettra de mettre en scène votre discours en marchant.

CHAPITRE 4

Se présenter devant le jury et tirer parti du temps de préparation

1 Travailler sa confiance en soi

▪ Se préparer en amont

– Certain(e)s d'entre vous montrent plus d'assurance que d'autres. Rappelez-vous qu'il est toujours possible, avec de l'entraînement, de la volonté, de **maîtriser sa timidité**. Pensez aussi qu'une aisance excessive peut indisposer.

– Une des causes du manque d'assurance est souvent une **mauvaise représentation de l'épreuve**. Retenez très précisément son déroulement, étape par étape, et soyez certain(e) que **la réussite est liée au travail fourni tout au long de l'année**.

– En **anticipant**, vous pourrez réduire la part d'imprévu et serez plus à l'aise. Si vous maîtrisez votre sujet, le temps de préparation deviendra un simple temps de révision.

Deux films pour vous inspirer

Regardez les films *Le Brio* et *À voix haute* : repérez le manque d'aisance des adolescent(e)s au début de leur entraînement et leur assurance à la fin, lors d'un concours d'éloquence beaucoup plus ambitieux que l'oral de Terminale. Les progrès sont possibles à condition de s'entraîner.

▪ Apprivoiser son stress le jour J

– Le stress peut être un aiguillon, s'il est dominé. Pour **apprivoiser** – et non chasser – **votre stress** avant l'épreuve, **respirez** profondément et régulièrement. Adoptez de préférence une respiration abdominale. L'apport d'oxygène favorise la détente et, en fixant votre attention sur le va-et-vient de l'air, vous éviterez les pensées anxiogènes.

– Une heure avant votre oral, prenez un en-cas, par exemple une barre protéinée.

– Buvez de l'eau durant votre temps de préparation.

Conseils

Faites confiance aux professeurs qui vous écoutent et qui n'attendent pas de vous l'aplomb d'un ténor du barreau. Ils mesurent la difficulté de l'épreuve et se montreront bienveillants, appréciant vos efforts et votre implication.

2 Se présenter devant le jury : respecter les codes de l'examen oral

- **Les codes vestimentaires**

Privilégiez une **tenue correcte et soignée**, des vêtements de couleur **sobre** dans lesquels vous vous sentez **à l'aise**. Évitez les excès en tous genres qui risquent de brouiller le message. Optez pour la discrétion !

- **Les codes de politesse**

Vous vous adressez à des professeurs avec **courtoisie**. En entrant dans la salle d'examen, n'oubliez pas la formule de **politesse** : « Bonjour Madame, bonjour Monsieur/ Bonjour Mesdames/Bonjour Messieurs ». Vous ferez de même en sortant.

- **Les codes de l'échange**

– Vous adopterez une **démarche assurée**, une attitude avenante suggérant un **désir d'ouverture**. Maîtrisant votre stress, vous présenterez un visage souriant et expressif.
– Un regard direct et franc instaurera d'emblée des liens et invitera au dialogue.

3 Tirer parti du temps de préparation de 20 minutes

- **Se remémorer le contenu de son exposé**

– Après un temps de pause et de respiration, vous pouvez rassembler sur une feuille **les points essentiels pour répondre au sujet choisi par le jury**.
– Notez votre plan, les idées principales, la phrase d'accroche de l'introduction et l'envol de la conclusion.
– **Vous ne disposerez pas de cette feuille lors de votre exposé.**

> **Attention !**
> Vous devrez éteindre votre téléphone durant l'examen et toutes les salles ne sont pas équipées d'une horloge. Pensez à apporter une montre pour mesurer votre temps de préparation.

- **Préparer le document à remettre au jury**

– Un **document facultatif** : le support que vous remettrez au jury n'est pas obligatoire et ne sera pas évalué. L'organisation de votre temps de préparation dépendra donc de la réalisation ou non de ce document.
– Vous pourrez disposer de cette feuille durant la première partie de l'entretien.
– Les **fonctions du document** : préparer cette page vous aide à retrouver l'exposé que vous avez mémorisé. Ce document permet aux **professeurs** de bien **vous suivre** ou de **vous aider** si, en l'absence de notes, vous perdez le fil de vos idées. Il peut aussi **susciter des questions** durant l'entretien.
– Le **contenu du document** : vous êtes libre d'y inscrire ce que vous voulez – plan de l'exposé, schémas, dates... Adoptez une **présentation concise, claire et soignée**. Utilisez des couleurs.

CHAPITRE 5 Présenter l'exposé : première partie de l'épreuve

1 Solliciter l'attention du jury

Des procédés qui interpellent l'auditoire

– L'**apostrophe** détachée par la syntaxe est un procédé de mise en relief. N'en abusez pas !

Ex. : « Nature, il est temps que nous te respections »

– Les **pronoms de première personne** sont utiles également : le pronom **« je »** exprime un investissement personnel. Le pronom **« nous »** peut vous désigner vous-même mais aussi être un moyen habile d'inclure le jury dans votre argumentation.

Ex. : « Nous avons dans le domaine de l'environnement une obligation de résultat. »

– L'**impératif** permet de solliciter énergiquement votre auditoire.

Ex. : « Un homme marchera sur Mars dans les prochaines décennies. Relevons ce défi technologique ! »

– L'**interrogation rhétorique** (question oratoire) n'attend pas de réponse car cette dernière est sous-entendue. En créant l'illusion d'introduire une objection ou une délibération, elle amène le destinataire à adhérer au raisonnement.

> **Créer un lien avec le jury**
>
> Un visage expressif et souriant, un regard direct et franc instaurent d'emblée des liens. Vous pouvez aussi souligner l'importance d'une assertion par un regard soutenu adressé au jury et ponctuer votre discours de quelques gestes mesurés.

Un lien de complicité

– La **prétérition** est une figure par laquelle on feint de taire un propos, afin de mieux le souligner. Elle éveille l'attention et introduit une connivence en insistant sur l'évidence de ce qui va être dit.

Ex. : « Je ne rappellerai pas qui est Steve Jobs, l'inventeur américain visionnaire, le pionnier du numérique, le fondateur de l'entreprise Apple… »

– En laissant entendre autre chose que ce que l'on dit littéralement, l'**ironie** met à distance un énoncé et suggère que le locuteur s'en désolidarise. À manier avec prudence !

Ex. : « C'est bien connu. Le Parti a toujours raison. »

2 Adopter une parole vivante

■ La qualité de l'élocution

– Un **rythme** posé, ni trop rapide ni trop lent, vous permettra de maîtriser votre stress et d'être mieux compris(e). Évitez une **articulation** négligée. Il faut parler lentement et prononcer toutes les syllabes.

Ex. : les p'tits commerces → les petits commerces

– N'oubliez pas les **liaisons**. Faites entendre les consonnes finales des mots quand le mot qui suit commence par une voyelle ou un *h* muet.

Ex. : Nous avons‿entendu. Ils fleurissent‿en mai.

■ La fluidité du discours

– **Entraînez-vous** avec de très courtes présentations pour commencer, en veillant au tempo calme de l'énonciation.

– Enregistrez-vous pour repérer vos **tics de langage** *(bon, bien, alors, voilà, donc, euh...)*. On peut remplacer les mots parasites par de brefs silences.

■ L'utilisation de sa voix

– Le **volume sonore** : vous ne devez parler **ni trop fort ni trop bas**. Adaptez votre voix à la taille de la salle et à la distance qui vous sépare du jury.

Le volume sonore n'est pas constant. Sans exagérer, faites-le varier pour ne pas lasser votre auditoire. Veillez surtout à adapter le volume sonore à vos arguments et exemples afin de suggérer la place qu'ils occupent dans l'argumentation.

> **Conseils**
>
> En haussant le ton, vous exprimerez aisément votre indignation, en le baissant vous obligerez votre jury à rester attentif et donnerez l'impression de propos confidentiels.

– Les **variations de rythme** : on peut, à des moments choisis, accélérer ou ralentir le rythme pour changer de dynamique et éviter la monotonie. Détachez les phrases qui doivent accrocher le jury.

– On peut **rythmer son propos avec des silences** : une pause avant ou après un mot ou une expression leur donnera du relief ; marquez un temps d'arrêt pour indiquer les articulations de votre exposé : à la fin de l'introduction, avant la conclusion et entre chaque partie.

– La **musicalité de la langue** : L'orateur joue sur la mélodie des phrases, sur les graves et les aigus. Pour varier les intonations, vous pouvez choisir des types de phrases différentes (interrogatives, exclamatives, injonctives).

> **Conseils**
>
> • Pensez au solfège qui propose des signes pour marquer les silences. L'éloquence, comme la musique, est l'art des silences.
>
> • Pour faire vivre et vibrer les mots, il faut s'entraîner, travailler l'intensité de sa voix, ses intonations, la vitesse de son débit de parole, jouer de la musicalité de sa voix.

CHAPITRE 6

Réussir les entretiens : deuxième et troisième parties de l'épreuve

1 La préparation du premier entretien durant l'année

■ Compléter les informations

– Retenez les **références** des articles ou sites que vous citez durant votre exposé afin de justifier précisément votre analyse si nécessaire.
– Effectuez des **recherches sur les auteurs mentionnés**. Cherchez la **définition exacte des termes** techniques utilisés.
– À partir de votre sujet, imaginez les **perspectives voisines** qui peuvent être abordées.

> **Attention !**
> Un des membres du jury enseigne la spécialité à laquelle est rattaché votre sujet : assurez-vous de bien maîtriser les notions au programme.

■ Préparer les questions

Vous pouvez **anticiper une partie des questions posées**. Dressez-en la liste et préparez les réponses. Attendez-vous à **différentes sortes de questions** :
– un **approfondissement** d'une des perspectives ;

Ex. : Vous avez mentionné… Pourriez-vous préciser ce qu'il en est ?

– un **élargissement** à partir d'une piste esquissée en conclusion ;
– une **rectification** ;

Ex. : Êtes-vous certain(e) que… ? Vos données tiennent-elles compte des dernières mises à jour ?

– une interrogation quant à la **démarche** que vous avez **adoptée**.

Rappelez-vous que vous pourrez disposer du document réalisé durant le temps de préparation.

2 Adopter la bonne posture durant les entretiens

■ Vous avez choisi de rester debout.

–Veillez à vous tenir droit, la tête haute, les jambes ancrées au sol, gage de stabilité.
– Évitez tout mouvement pendulaire d'un pied sur l'autre.
– Gardez les épaules descendues et ouvertes en signe d'accueil de la discussion.

- **Vous avez choisi de vous asseoir.**

– Il convient de s'installer sur le siège sans être avachi, le buste droit, légèrement penché vers votre interlocuteur, prêt à communiquer avec lui.
– Ne croisez pas les jambes, et posez vos pieds à plat.
– Ne croisez pas non plus les bras, autre attitude de repli.
– Maintenez la posture bien droite, ne vous recroquevillez pas au fil de l'entretien !

- **La gestuelle**

Évitez les gestes parasites comme se balancer de droite à gauche, jouer avec son stylo, relever une mèche, se tordre les mains (signe de nervosité)...

3 Bien réagir aux questions

- **L'attitude à adopter**

– Tout d'abord, il est essentiel d'**écouter votre jury sans l'interrompre**. Soyez prêt(e) à entrer dans le dialogue, voire à nuancer certaines de vos positions. Si vous constatez une erreur dans votre démonstration, n'hésitez pas à l'admettre. Vos interlocuteurs apprécieront cette démarche d'autocritique et votre nouvelle capacité d'argumentation.
– Si **vous ne comprenez pas une question, proposez ou demandez une reformulation**.

Ex. : Je suis désolé(e) mais je n'ai pas bien saisi votre question. Voulez-vous dire que… ? Je vous prie de m'excuser mais le sens du mot que vous avez employé m'échappe.

> **N'oubliez pas !**
> Le baccalauréat n'est pas un concours sélectif. Le jury est bienveillant ; il ne cherche pas à vous déstabiliser mais à vous aider.

– Il peut arriver **que vous ne sachiez pas répondre à une question** : admettez honnêtement et sans vous affoler que vous ne connaissez pas la réponse. Vous pouvez toutefois, ensuite, émettre avec prudence différentes hypothèses ou bien aborder une perspective voisine.

Ex. : Je crains de ne pas savoir répondre à cette question concernant cet événement précis mais d'autres faits similaires se sont produits comme…

– Si on conteste votre prise de position, **soyez ferme mais habile**, en prenant en compte les arguments opposés dans un raisonnement concessif : *certes… mais.*
– Si la question concerne votre **démarche personnelle**, optez pour la **spontanéité** et la **sincérité**.

- **La formulation des réponses**

Développez vos réponses en **reprenant les termes de la question** ; argumentez et illustrez votre propos en évitant les exemples déjà proposés dans votre exposé. Soignez votre expression ainsi que votre élocution.

CHAPITRE 7

Éclairer son projet d'orientation : troisième partie de l'épreuve

1 Faire le lien entre les questions choisies et le parcours envisagé

▪ Le choix des questions en fonction du projet d'études

– Les spécialités choisies puis les questions retenues pour le Grand Oral correspondent en principe à vos centres d'intérêt et à vos projets d'avenir.
– Dégagez clairement **le lien entre chacun de vos sujets et les voies envisagées** : ce lien sera sans doute le point de départ de la seconde partie de l'entretien.

▪ Que faire si le lien est fragile, voire inexistant ?

– Certains d'entre vous ont suivi jusqu'au baccalauréat une filière générale alors que le parcours qu'ils envisagent est très différent : ébéniste, cuisinier…
– D'autres parmi vous, en réfléchissant durant leur année de Terminale, s'aperçoivent que les spécialités choisies ne correspondent pas à leurs qualités ou leurs centres d'intérêt.
– Dans ce cas, **soyez honnête et reconnaissez vouloir choisir une voie à laquelle ni vos spécialités ni les sujets retenus ne vous préparent**. Vous pourrez toutefois ajouter que la formation suivie en Terminale, en vous apportant des méthodes et une culture générale, vous a été malgré tout utile.

2 Approfondir la réflexion sur le (ou les) parcours envisagé(s)

▪ Les sources

Pour présenter la façon dont s'est élaboré au fil des mois votre projet, vous pouvez faire référence aux **sources que vous avez rencontrées ou consultées** :
– les fiches disponibles sur le site Parcoursup, dans votre lycée ou au CIO ;
– le stage en entreprise de 3e : a-t-il influencé vos choix d'orientation ?
– les séances consacrées à l'orientation au lycée ;
– les entretiens avec le professeur principal, la conseillère d'orientation ou bien des professionnels du secteur qui vous intéresse ;
– les journées portes ouvertes des différents établissements susceptibles de vous convenir.

▪ La démarche

– Pour nourrir la seconde partie de l'entretien, **notez au fil de l'année les étapes de votre réflexion**.

– Dressez la liste de vos centres d'intérêt, de vos points forts et de vos fragilités. Quels métiers vous attirent particulièrement ? Quelles qualités nécessitent-ils selon vous ? Si ces métiers ne sont pas à votre portée, lesquels s'en approchent ?
– Pensez aux voies que vous avez écartées et notez pour quelles raisons.
– Préparez les questions : nature et durée de la formation envisagée, diversité des débouchés, passerelles éventuelles, étapes de la sélection, métiers possibles...

Le droit de changer d'avis

– Votre recherche ne suit pas obligatoirement une ligne droite et il est possible de changer d'avis. Peut-être vos sujets ne sont-ils plus en adéquation avec vos projets. Les réflexions conduites pour préparer le Grand Oral vous aident justement à choisir votre voie.
– Vous pouvez avoir **plusieurs parcours en tête** ; cette attitude souple est d'ailleurs prudente.

> **Conseil**
> Si, à la date du Grand Oral, vos vœux sur Parcoursup n'ont pas été satisfaits, préparez d'autres questions : quel parcours envisagez-vous pour rester dans le domaine qui vous intéresse malgré les refus que vous avez essuyés ? Ou bien quelle autre voie très différente pourriez-vous emprunter ?

3 Proposer une réflexion personnelle sur le parcours envisagé

Mettre en avant la dimension personnelle de la réflexion

– N'hésitez pas à exprimer vos sentiments à condition de ne pas adopter un ton théâtral.
– La réflexion que vous mènerez de manière sincère, personnelle, enthousiaste ou inquiète, éclairera le jury sur votre personnalité, vos expériences, vos attentes.

> **À savoir**
> Les examinateurs, s'ils ont pu mesurer le sérieux de votre travail, manifesteront leur bienveillance.
> S'ils vous sentent hésitant(e), l'échange pourra donner lieu à des conseils. S'ils vous découvrent volontaire, ils vous céderont volontiers la parole.

Adapter langage et attitude à cet entretien plus personnel

– En évitant de recourir à un langage familier, optez pour la **spontanéité**. Appuyez-vous, sans exagérer, sur des lectures ou des films que vous avez aimés, sur des projets (humanitaires, artistiques) qui dépassent le cadre des études.
– La **sincérité** mais aussi la **mesure** (absence d'exagération) sont les maîtres-mots de cette seconde partie de l'entretien.

MATHÉMATIQUES
Exemples de questions traitées

1 Peut-on déterminer des parties du plan de périmètre infini et d'aire finie ?

Mon exposé (5 minutes)

Les raisons de mon choix (1 min)

- L'étude de certaines figures géométriques peut avoir des applications importantes dans certains domaines comme la médecine, la géographie ou l'économie.
- J'ai souhaité étudier et présenter certaines figures géométriques aux dimensions et aux caractéristiques particulières.

Développement (3 min)

- Approche de la notion d'aire d'une figure géométrique du plan.
- Existe-t-il des figures géométriques de périmètre infini et d'aire finie ?
- Présentation de certaines fractales.
- Générer des fractales avec un ordinateur à l'aide de suites numériques.
- Présenter certaines applications des fractales.

Réponse à la question (1 min)

L'étude de certaines formes géométriques qui présentent des caractéristiques particulières est justifiée par des applications possibles dans la vie quotidienne. Une fractale est une figure géométrique qui présente des similitudes de forme dans des agrandissements ou réductions. Certaines figures fractales ont pour caractéristique d'avoir une aire finie et mesurable comprise dans un périmètre infini.

Mon entretien avec le jury (10 minutes d'échange)

Quelques questions possibles du jury

- Y a-t-il différents moyens de calculer une aire pour une figuer du plan donnée ?
- Donnez-nous quelques exemples de modélisations en médecine ou en économie.
- Existe-t-il des fractales en dimension 3 ?

Échange avec le jury sur mon projet d'orientation (5 minutes d'échange)

Quelques questions possibles du jury

- Pensez-vous que les théories mathématiques ont toutes une application pratique ?
- Envisagez-vous de pouvoir faire des mathématiques sans avoir une idée de leur domaine d'application ?

2 Quelles modélisations pour étudier des évolutions de populations ?

Mon exposé (5 minutes)

Les raisons de mon choix (1 min)
- L'étude de l'évolution du nombre d'individus dans une population peut avoir un intérêt majeur, notamment pour la survie même de la population.
- J'ai souhaité étudier quelques modèles mathématiques d'évolution de populations dans des domaines différents (biologiques, humains), en envisageant des hypothèses de développement propres aux populations considérées.

Développement (3 min)
- Présentation des différences entre modèles discrets et continus.
- Modèles de Malthus, de Verhulst, de Feigembaum.
- Étude des modèles avec un ordinateur.

Réponse à la question (1 min)
Les évolutions du nombre d'individus dans une population donnée permettent de connaître, à plus ou moins long terme, le devenir de la population. Lorsque la population est constituée de bactéries ou de virus, l'évolution de la taille de la population peut conduire à une épidémie. Lorsqu'il s'agit d'individus humains, les modèles d'évolution peuvent permettre de prévoir les effets de la surpopulation, de prévenir les famines ou les risques de pauvreté.

Mon entretien avec le jury (10 minutes d'échange)

Quelques questions possibles du jury
- De quoi dépendent les hypothèses données ou envisagées au préalable dans les différents modèles mathématiques utilisés ?
- Comment savoir si un modèle donné est réaliste et pertinent ?

Échange avec le jury sur mon projet d'orientation (5 minutes d'échange)

Quelques questions possibles du jury
- Les mathématiques peuvent-elles intervenir dans des métiers dits « littéraires » ?
- Les études mathématiques et plus largement scientifiques doivent-elles également inclure une formation philosophique ou déontologique ?
- Quels types de mathématiques vont être utilisées lors des études supérieures que vous envisagez de suivre ?

3 Comment étudier des courbes dans le plan ?

Mon exposé (5 minutes)

Les raisons de mon choix (1 min)

- Beaucoup de problèmes mathématiques utilisent l'étude de courbes planes. Certaines sont des courbes fonctionnelles mais d'autres ne représentent pas des fonctions d'une variable.
- J'ai souhaité étudier différents moyens d'études de courbes planes et d'en présenter des applications concrètes.

Développement (3 min)

- Étude d'une courbe représentative d'une fonction.
- Étude d'une courbe plane par sa représentation paramétrique.
- Présentations de certaines courbes particulières : courbes de Bézier.

Réponse à la question (1 min)

La modélisation de phénomènes physiques, mécaniques ou chimiques peut se faire à l'aide de courbes planes. Certaines de ces courbes représentent des fonctions et donc s'étudient avec des outils mathématiques comme la dérivabilité.

D'autres courbes planes ne peuvent pas être des courbes représentatives de fonctions : par exemple, le déplacement d'un mobile dans le plan, le schéma du profil d'une aile d'avion ou la forme d'un logo peuvent être étudiés par des courbes paramétriques

Mon entretien avec le jury (10 minutes d'échange)

Quelques questions possibles du jury

- À partir d'une courbe, peut-on avoir d'autres informations ? Par exemple, à partir de la courbe du déplacement d'un mobile dans le plan, peut-on avoir sa vitesse ? Son accélération ?
- Existe-t-il des courbes paramétriques dans l'espace ?
- Existe-t-il des surfaces paramétriques dans l'espace ?

Échange avec le jury sur mon projet d'orientation (5 minutes d'échange)

Quelques questions possibles du jury

- Pourquoi les mathématiques sont-elles indispensables dans de nombreux domaines d'études ?
- Pensez-vous travailler en équipe dans votre futur métier et donc avoir besoin de connaissances de base dans d'autres domaines que celui de vos études strictes ?

1 Les aurores polaires sont-elles prévisibles ?

Mon exposé (5 minutes)

Les raisons de mon choix (1 min)

- Les aurores polaires m'ont toujours fasciné(e). Je souhaitais comprendre les phénomènes physiques qui expliquent leur formation.
- Le programme de spécialité de Première traitant de la dualité onde-corpuscule de la lumière m'a permis d'en amorcer la compréhension.

Développement (3 min)

- Ce sont des protons et des électrons éjectés du Soleil qui en sont à l'origine. La fréquence et l'intensité des aurores sont donc corrélées à son activité ; il n'est pas possible d'anticiper les tempêtes solaires.
- Le vent solaire, qui renferme ces particules élémentaires, est dévié par le champ magnétique terrestre. Une petite partie de ces particules arrive à pénétrer dans la magnétosphère qui est déformée par ce flux de plasma. Il semblerait qu'une reconnexion magnétique se produise, permettant aux protons et aux électrons d'être guidés vers les zones polaires suivant les lignes de champ.
- Des particules sont stockées dans la magnétosphère et subissent une accélération causée par des champs électrique et magnétique, suivant une chaîne de processus qui n'est pas encore totalement comprise.
- Une interaction lumière-matière se produit dans l'atmosphère, principalement entre 80 et 200 km d'altitude, comme dans les tubes à décharge. Si la couleur est prévisible (atome mis en jeu, altitude), la forme de l'aurore ne l'est pas.

Réponse à la question (1 min)

- Si la compréhension du phénomène s'affine, des questions demeurent : les aurores polaires gardent un caractère en partie imprévisible.
- La météorologie de l'espace, discipline récente, devrait permettre d'améliorer les prévisions sur leur formation.

Mon entretien avec le jury (10 minutes d'échange)

Quelques questions possibles du jury

- Démontrer qu'une particule chargée peut être accélérée par un champ électrique.
- Expliquer précisément comment l'interaction lumière-matière dans l'atmosphère permet la formation de lumières colorées.
- Des aurores polaires se produisent-elles sur d'autres planètes du système solaire ?

Échange avec le jury sur mon projet d'orientation (5 minutes d'échange)

Quelques questions possibles du jury

- Comment votre sujet de Grand Oral a-t-il nourri votre projet d'orientation ?
- Souhaiteriez-vous vous spécialiser dans l'une des branches de la physique qui étudie les aurores polaires ?

2 Dans quelle mesure la chimie contribue-t-elle à un développement durable ?

Mon exposé (5 minutes)

Les raisons de mon choix (1 min)

- Considérant la pollution générée par l'industrie chimique, je voulais voir comment la chimie se positionnait, et éventuellement se repensait, face aux grands enjeux actuels et à venir.
- Je voulais approfondir la notion de synthèses écoresponsables.

Développement (3 min)

- Les bases d'une chimie écoresponsable sont posées dès le début des années 1990 aux États-Unis. La chimie verte repose sur douze principes établis en 1998 dont celui de l'économie d'atomes.
- Les chimistes mettent au point des procédés qui permettent de limiter l'empreinte carbone des synthèses.
- La métathèse, qui consiste en la permutation d'atomes ou de groupes d'atomes entre deux entités chimiques, est un exemple de procédé innovant : réduction du nombre d'étapes, utilisation de solvants non polluants, recyclabilité des catalyseurs...
- Il ne s'agit plus de prélever dans la nature mais de s'en inspirer. La chimie biomimétique cherche à reproduire des réactions enzymatiques se produisant au sein du vivant.

Réponse à la question (1 min)

- Après y avoir contribué, la chimie s'emploie depuis de nombreuses années à lutter contre la pollution et s'inscrit maintenant dans une démarche de développement durable.
- La chimie verte a encore une portée limitée. Les possibilités qui en découlent doivent atteindre le stade de procédé industriel et elle doit faire face à des procédés classiques plus concurrentiels. Les pouvoirs publics ont un rôle à jouer pour la soutenir.

Mon entretien avec le jury (10 minutes d'échange)

Quelques questions possibles du jury

- Énoncer quelques principes de la chimie verte.
- Qu'est-ce qu'une synthèse écoresponsable ?
- Quelles sont les quatre catégories de réactions chimiques qui ont été abordées en classe ? De laquelle la métathèse se rapproche-t-elle le plus ?
- Quels sont les avantages et les inconvénients de l'utilisation de l'eau comme solvant lors d'une synthèse organique ?

Échange avec le jury sur mon projet d'orientation (5 minutes d'échange)

Quelques questions possibles du jury

- Souhaiteriez-vous travailler dans le secteur de la chimie ? Si oui, quelle formation envisagez-vous ?
- Quel est le potentiel de développement de la chimie verte en France ?

3 La course aux satellites : quels enjeux pour l'Homme ?

Mon exposé (5 minutes)

Les raisons de mon choix (1 min)

- Ces dernières années ont vu une accélération des lancements de satellites artificiels, avec notamment le début du déploiement des constellations de satellites.
- De nombreux articles soulignent cette nouvelle donne spatiale. Je me suis alors intéressé(e) aux avancées scientifiques qui y ont contribué et à ce qui la motive.

Développement (3 min)

- De 1957 (mise en orbite de *Spoutnik*) à 2020, plus de 8 000 satellites ont été lancés. Ce chiffre va augmenter de façon exponentielle avec les constellations de satellites.
- Des progrès technologiques rendent ce déploiement possible : lanceurs réutilisables, miniaturisation des circuits électroniques, batteries et moteurs ioniques de plus en plus performants, etc.
- Il va s'agir notamment d'améliorer la visualisation et la modélisation des changements induits par le réchauffement climatique.
- Les constellations de satellites permettront un accès mondial à Internet depuis l'espace.
- D'une manière générale, ces satellites contribuent au progrès : communications, géolocalisation, Internet des objets (IoT spatial), etc.
- Les risques de collisions en orbite sont de plus en plus élevés et menacent l'activité spatiale. La pollution lumineuse qui émane des satellites inquiète la communauté scientifique.

Réponse à la question (1 min)

- Un « nouvel âge spatial » est en train de voir le jour et vise à répondre à des enjeux majeurs d'aujourd'hui et de demain (éradication des déserts numériques, collecte de données pour des stratégies de développement urbain et de protection des citoyens, lutte contre le réchauffement climatique, etc.).
- L'encombrement de l'orbite basse et les déchets en orbite autour de la Terre doivent inciter à une meilleure régulation de l'espace.

Mon entretien avec le jury (10 minutes d'échange)

Quelques questions possibles du jury

- Énoncer la loi de Kepler qui permet de calculer l'altitude d'un satellite géostationnaire. Donner la valeur de cette altitude.
- Qu'est-ce qu'une orbite de transfert ? Comment un satellite passe-t-il d'une orbite de transfert à l'orbite finale ?
- Expliquer le principe de fonctionnement d'un moteur ionique.

Échange avec le jury sur mon projet d'orientation (5 minutes d'échange)

Quelques questions possibles du jury

- Avez-vous considéré les métiers de la data pour définir votre projet d'orientation ?
- Envisagez-vous de devenir ingénieur en aéronautique ?

MATHS EXPERTES

- Tous les chapitres au programme du Bac
- Des exercices d'entraînement entièrement résolus et commentés

SOMMAIRE

CHAPITRES 1 À 3

COURS / EXERCICES / CORRIGÉS

L'ENSEIGNEMENT OPTIONNEL DE MATHÉMATIQUES EXPERTES

Présentation

■ L'option Mathématiques expertes est destinée aux élèves qui ont choisi la Spécialité mathématiques et qui veulent approfondir leurs connaissances ou en acquérir de nouvelles.

■ Les élèves qui choisissent cette option envisagent généralement de poursuivre des études dans des formations où les mathématiques sont indispensables (médecine, informatique, ingénierie...).

■ L'option Mathématiques expertes représente 3 heures par semaine en plus des 6 heures de la Spécialité. Cet enseignement permet de :
– consolider les acquis de l'enseignement de spécialité de Première ;
– développer le goût des mathématiques ;
– chercher, expérimenter ;
– développer des interactions avec d'autres enseignements de spécialités.
Durant les cours de Mathématiques expertes, l'usage de certains logiciels sur calculatrice ou ordinateur est développé.

■ Dans ce livre, nous vous proposons pour chaque notion, un résumé de cours, une série d'exercices de difficulté graduée et une correction détaillée de chaque exercice, assortie de conseils.

Évaluation

Pour le baccalauréat, il n'y a pas d'épreuve terminale comme c'est le cas pour la Spécialité mathématiques, ni d'évaluation commune (EC).

L'option Mathématiques expertes est évaluée en contrôle continu et, à ce titre, fait partie des notes des bulletins de Terminale et de Première qui comptent pour 10 % de la note finale, soit avec un coefficient 10.

Ce coefficient 10 se compose de la façon suivante : coefficient 5 pour la moyenne des moyennes de tous les enseignements de Première et coefficient 5 pour la moyenne des moyennes de tous les enseignements de Terminale.

CHAPITRE 1

Nombres complexes

1 Point de vue algébrique

A. Ensemble $\mathbb{C}$

Le nombre i vérifie :

$$\mathbf{i^2 = -1}$$

L'ensemble des nombres complexes $x + \mathrm{i}y$, avec $\boldsymbol{x}$ et $\boldsymbol{y}$ réels, est noté $\mathbb{C}$; il contient l'ensemble des réels $\mathbb{R}$.

$\mathbb{C}$ est muni d'une addition et d'une multiplication qui prolongent celles de $\mathbb{R}$ et qui suivent les mêmes règles de calcul.

Tout nombre complexe z s'écrit de façon unique sous la forme $\boldsymbol{x} + \mathrm{i}\boldsymbol{y}$, où $\boldsymbol{x}$ et $\boldsymbol{y}$ sont des réels.

• $\boldsymbol{x} + \mathrm{i}\boldsymbol{y}$ est la **forme algébrique** de z ;

• la **partie réelle** de z est le nombre réel $\boldsymbol{x}$, ce qui se note :

$$\mathfrak{R}\mathrm{e}(z) = x \text{ ;}$$

• la **partie imaginaire** de z est le nombre réel $\boldsymbol{y}$, ce qui se note :

$$\mathfrak{I}\mathrm{m}(z) = y.$$

Deux nombres complexes sont égaux si, et seulement si, ils ont la même partie réelle et la même partie imaginaire.

Un nombre complexe est réel si, et seulement si, sa partie imaginaire est nulle.

On appelle **imaginaire pur** tout nombre complexe de la forme i$\boldsymbol{y}$, avec $\boldsymbol{y}$ réel.

Un nombre complexe est un imaginaire pur si, et seulement si, sa partie réelle est nulle.

B. Conjugué d'un nombre complexe

Le **conjugué** d'un nombre complexe z de forme algébrique $\boldsymbol{x} + \mathrm{i}\boldsymbol{y}$ est le nombre complexe $\overline{z}$ défini par :

$$\overline{z} = \boldsymbol{x} - \mathbf{i}\boldsymbol{y}$$

■ **Propriétés**

z et z' désignent des nombres complexes.

• $z + \overline{z} = 2\mathfrak{R}\mathbf{e}(z)$ et $z - \overline{z} = 2\mathrm{i}\mathfrak{I}\mathbf{m}(z)$

• **z est réel si, et seulement si, $\overline{z} = z$.**

• **z est imaginaire pur si, et seulement si, $\overline{z} = -z$.**

- $\overline{\overline{z}} = z$
- $\overline{z + z'} = \overline{z} + \overline{z'}$
- $\overline{zz'} = \overline{z}\,\overline{z'}$
- Si z est non nul, alors :

$$\overline{\left(\frac{1}{z}\right)} = \frac{1}{\overline{z}}$$

- Si z' est non nul, alors :

$$\overline{\left(\frac{z}{z'}\right)} = \frac{\overline{z}}{\overline{z'}}$$

- Si n est un entier naturel non nul, alors :

$$\overline{z^n} = \left(\overline{z}\right)^n$$

C. Formule du binôme

Soient a et b des nombres complexes et n un entier naturel non nul.

$$(a+b)^n = \sum_{k=0}^{n} \binom{n}{k} a^k b^{n-k}$$

2 Point de vue géométrique

A. Image d'un nombre complexe

À tout complexe z de forme algébrique $x + iy$, on associe le point M de coordonnées (x, y).

M est appelé le **point image** de z et $\overrightarrow{OM}$ est appelé le **vecteur image** de z.

On dit que z est **l'affixe du point M** et aussi que z est **l'affixe du vecteur $\overrightarrow{OM}$**.

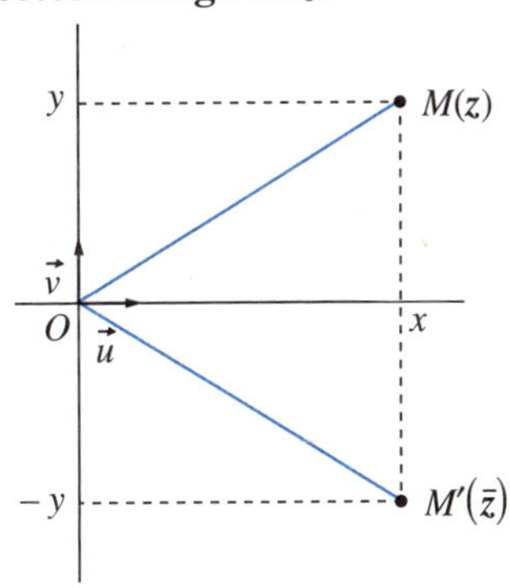

- Un nombre complexe est réel si, et seulement si, son point image est situé sur l'axe des abscisses.
- Un nombre complexe est un imaginaire pur si, et seulement si, son point image appartient l'axe des ordonnées.
- Les points images d'un nombre complexe z et de son conjugué $\overline{z}$ sont symétriques par rapport à l'axe des abscisses.

B. Module d'un nombre complexe

■ **Calcul d'un module**

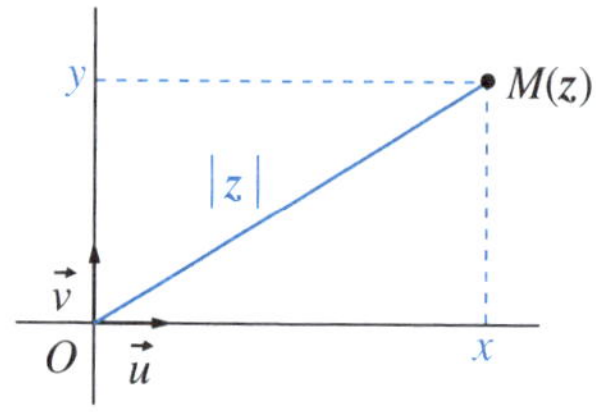

Le module d'un nombre complexe z de forme algébrique $x + iy$ et de point image M est le réel noté $|z|$ tel que :

$$|z| = OM = \sqrt{x^2 + y^2}$$

■ **Distance de deux points**

Soient A et B des points d'affixes respectives z_A et z_B.
La **distance** AB est le module de la différence des affixes de A et de B :

$$AB = |z_B - z_A|$$

■ z et z' désignent des nombres complexes.

- $|z|^2 = z\bar{z}$
- $|z| = 0$ **si, et seulement si,** $z = 0$
- $|-z| = |z|$ **et** $|\bar{z}| = |z|$
- $|z + z'| \leqslant |z| + |z'|$ ***inégalité triangulaire.***
- $|zz'| = |z||z'|$
- Si z est non nul, alors :

$$\left|\frac{1}{z}\right| = \frac{1}{|z|}$$

- Si z' est non nul, alors :

$$\left|\frac{z}{z'}\right| = \frac{|z|}{|z'|}$$

- Pour tout entier naturel n non nul :

$$|z^n| = |z|^n$$

C. Argument d'un nombre complexe non nul

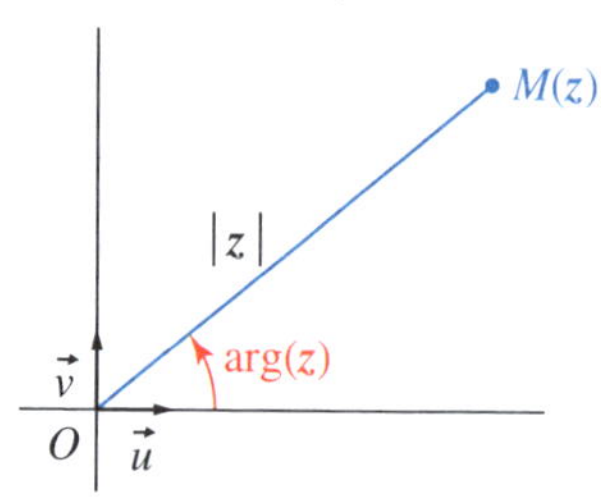

Soient z un nombre complexe non nul et M son image.
On appelle argument de z et l'on note $\arg(z)$ une mesure en radians de l'angle $(\vec{u}, \overrightarrow{OM})$:

$$\arg(z) = (\vec{u}, \overrightarrow{OM})$$

■ z et z' désignent des nombres complexes non nuls.

- z est réel si, et seulement si, 0 ou π est un argument de z.

• z est imaginaire pur si, et seulement si, $\frac{\pi}{2}$ ou $-\frac{\pi}{2}$ est un argument de z.

$$\arg(zz') = \arg(z) + \arg(z') \quad [2\pi]$$

$$\arg\left(\frac{1}{z}\right) = -\arg(z) \quad [2\pi]$$

$$\arg\left(\frac{z}{z'}\right) = \arg(z) - \arg(z') \quad [2\pi]$$

D. Forme trigonométrique d'un nombre complexe non nul

Soient z un nombre complexe non nul et M son image.

En notant θ un argument de z, on a : $z = |z|(\cos(\theta) + \mathrm{i}\sin(\theta))$.

$|z|(\cos(\theta) + \mathrm{i}\sin(\theta))$ est une forme trigonométrique de z.

3 Nombres complexes et trigonométrie

Soient a et b des nombres réels.

■ Formules d'addition

$$\cos(a+b) = \cos(a)\cos(b) - \sin(a)\sin(b)$$

$$\cos(a-b) = \cos(a)\cos(b) + \sin(a)\sin(b)$$

$$\sin(a+b) = \sin(a)\cos(b) + \cos(a)\sin(b)$$

$$\sin(a-b) = \sin(a)\cos(b) - \cos(a)\sin(b)$$

■ Formules de duplication

- $\cos(2a) = \cos^2(a) - \sin^2(b)$
- $\sin(2a) = 2\sin(a)\cos(a)$

■ Exponentielle imaginaire

Soient θ et θ′ des réels.

Par définition : $e^{i\theta} = \cos(\theta) + \mathrm{i}\sin(\theta)$

Conséquences : $|e^{i\theta}| = 1$ et $\arg(e^{i\theta}) = \theta \quad [2\pi]$

Opérations : $e^{i\theta}e^{i\theta'} = e^{i(\theta+\theta')}$ et $\frac{e^{i\theta}}{e^{i\theta'}} = e^{i(\theta-\theta')}$

MATHÉMATIQUES PHYSIQUE-CHIMIE GRAND ORAL MATHS EXPERTES

■ **Formules d'Euler**

Soit θ un réel.

- $\cos(\theta) = \frac{1}{2}(e^{i\theta} + e^{-i\theta})$ • $\sin(\theta) = \frac{1}{2i}(e^{i\theta} - e^{-i\theta})$

■ **Formule de Moivre**

Soient θ un réel et n un entier naturel.

$$(\cos(\theta) + i\sin(\theta))^n = \cos(n\theta) + i\sin(n\theta)$$

ou encore :

$$(e^{i\theta})^n = e^{in\theta}$$

4 Équations polynomiales

A. Équations $z^2 = \alpha$

Soit α un nombre réel strictement négatif.
L'équation du second degré $z^2 = \alpha$ admet dans $\mathbb{C}$ deux solutions, qui sont les complexes opposés $i\sqrt{|\alpha|}$ et $-i\sqrt{|\alpha|}$.

B. Équations $az^2 + bz + c = 0$

Soient a, b, c des réels, a étant non nul, et (E) l'équation du second degré :

$$az^2 + bz + c = 0.$$

Son discriminant Δ est le réel $b^2 - 4ac$.

- Si $\Delta > 0$, alors les solutions de (E) dans $\mathbb{C}$ sont celles dans $\mathbb{R}$:

$$\frac{-b-\sqrt{\Delta}}{2a} \quad \text{et} \quad \frac{-b+\sqrt{\Delta}}{2a}.$$

- Si $\Delta = 0$, alors (E) admet dans $\mathbb{C}$ une seule solution :

$$\text{le réel } \frac{-b}{2a}.$$

- Si $\Delta < 0$, alors les solutions de (E) dans $\mathbb{C}$ sont les complexes conjugués :

$$\frac{-b-i\sqrt{|\Delta|}}{2a} \quad \text{et} \quad \frac{-b+i\sqrt{|\Delta|}}{2a}.$$

C. Factorisation d'un polynôme

Soient a un complexe et n un entier naturel non nul.

$$z^n - a^n = (z-a)(z^{n-1} + az^{n-2} + \ldots + a^{n-2}z + a^{n-1}) = (z-a)\sum_{k=0}^{n-1}(a^k z^{n-1-k})$$

- Si P est un polynôme et $P(a)=0$, alors il existe un polynôme Q tel que :

$$P(z)=(z-a)Q(z).$$

On dit alors que a **est une racine** de P et que P est **factorisable par** $z-a$.

- Un polynôme de degré n admet au plus n racines.

5 Nombres complexes et géométrie

A. Interprétation géométrique d'un quotient

A, B et C désignent des points du plan tels que $B \neq A$.

En notant a, b, et c leurs affixes respectives :

$$\left|\frac{c-a}{b-a}\right| = \frac{AC}{AB}$$ et si de plus $C \neq A$: $$\arg\left(\frac{c-a}{b-a}\right) = \left(\overrightarrow{AB}, \overrightarrow{AC}\right) \quad [2\pi]$$

B. Racines n-ièmes de l'unité

Soit n un entier naturel non nul.

On appelle racine n-ième de l'unité tout nombre complexe z tel que :

$$z^n = 1.$$

L'ensemble des racines n-ièmes de l'unité se note $\mathbb{U}_n$.

Les racines n-ièmes de l'unité sont les nombres complexes $\mathrm{e}^{\mathrm{i}k\frac{2\pi}{n}}$, où k est un entier naturel inférieur ou égal à $n-1$.

$$\mathbb{U}_n = \left\{\mathrm{e}^{\mathrm{i}k\frac{2\pi}{n}}, k \in [\![0\,;n-1]\!]\right\}$$

Les images des racines n-ièmes de l'unité sont les sommets d'un polygone régulier à n côtés inscrit dans le cercle trigonométrique, dont un sommet est le point d'affixe 1.

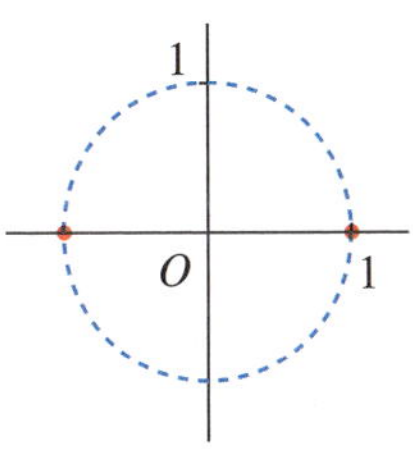

$n=2$

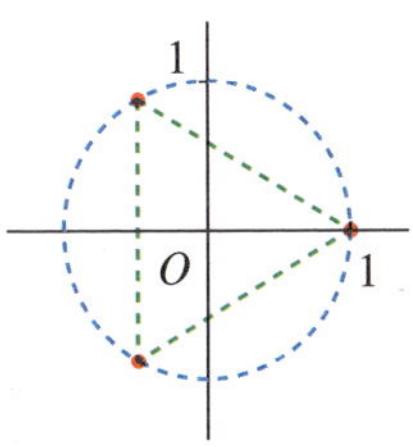

$n=3$

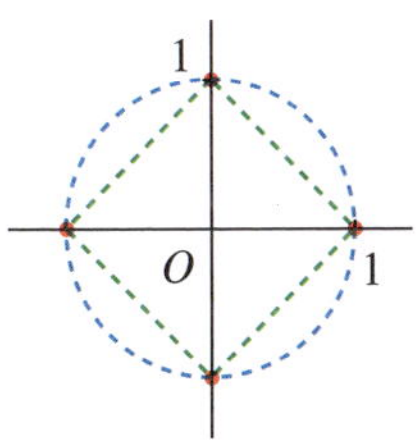

$n=4$

EXERCICES

Point de vue algébrique

1 2 min ★ → Corrigé p. 433

Donner la partie réelle et la partie imaginaire de chacun des complexes suivants.

$$1-3\text{i},\quad 2\text{i},\quad 5\sqrt{2},\quad 0,\quad 9\text{i}-4,\quad \text{i}(3+\text{i}).$$

2 5 min ★ → Corrigé p. 433

Parmi les complexes suivants, lesquels sont réels ? lesquels sont imaginaires purs ?

$$2\text{i},\quad \sqrt{3},\quad 0,\quad 9\text{i}-\text{i}^2,\quad 0{,}75-\frac{3}{4}+7\text{i},\quad (2-\text{i})(2+\text{i}),\quad \text{i}(2+\text{i}),\quad (1+\text{i})^2.$$

3 10 min ★ → Corrigé p. 433

Écrire chacun des complexes suivants sous forme algébrique.

$$2(3-4\text{i})-5(2+7\text{i}),\quad (5+6\text{i})(9-\text{i}),\quad (1-\text{i})^2,\quad (8+5\text{i})(8-5\text{i}),$$

$$\overline{11-13\text{i}},\quad \overline{3\text{i}-7},\quad \frac{-2}{1-\text{i}\sqrt{3}}.$$

4 15 min ★★ → Corrigé p. 433

Résoudre dans $\mathbb{C}$ l'équation (E) proposée.

1. $\text{i}z+1+\text{i}=0$.
2. $(3+2\text{i})z=1+4\text{i}$.
3. $(1-9\text{i})\bar{z}=3+2\text{i}$.
4. $(z+1-\text{i})(\bar{z}+3+4\text{i})=0$.

Point de vue géométrique

5 2 min ★ → Corrigé p. 434

Soient M et M' des points du plan, z et z' leurs affixes respectives.
Donner l'affixe de chacun des vecteurs suivants.

1. $2\overrightarrow{OM}$.
2. $3\overrightarrow{MM'}$.
3. $-2\overrightarrow{OM}+5\overrightarrow{OM'}$.

6 5 min ★★ → Corrigé p. 434

1. Que peut-on dire d'un point dont l'affixe est un réel ?
2. Que peut-on dire du point image d'un imaginaire pur ?

7 10 min ★★ → Corrigé p. 434

Soient A, B, C et D les points d'affixes respectives :

$$2-\text{i},\quad 3+2\text{i},\quad -1+4\text{i}\quad \text{et}\quad -2+\text{i}.$$

Démontrer que le quadrilatère $ABCD$ est un parallélogramme.

Module d'un nombre complexe

8 10 min ★★ → Corrigé p. 435

Calculer le module de chacun des complexes proposés.

1. $1+i\sqrt{3}$. **2.** $1-i\sqrt{3}$. **3.** $1-i$. **4.** $3i$.

5. $-2\,030$. **6.** $200-200i$. **7.** $3\sqrt{2}-i\sqrt{7}$. **8.** $(1-i)\left(3\sqrt{2}-i\sqrt{7}\right)$.

9. $\dfrac{1+i\sqrt{3}}{1-i}$. **10.** $\left(1+i\sqrt{3}\right)^5$.

9 10 min ★★ → Corrigé p. 435

On considère les points A, B et C d'affixes respectives $-i\sqrt{3}$, $3+2i\sqrt{3}$, $-3+2i\sqrt{3}$. Quelle est la nature du triangle ABC ?

10 15 min ★★ → Corrigé p. 436

Déterminer et construire l'ensemble $\mathscr{E}$ des points M dont l'affixe z vérifie la condition proposée.

1. $|z+1+2i|=|z-4|$. **2.** $|z-3i|=2$.

Argument d'un nombre complexe non nul

11 10 min ★★ → Corrigé p. 436

1. Placer les points A, B, C, D, E et F d'affixes respectives $2i$, 3, -1, $1-i$, $-2+2i$ et $3+3i$.

2. Par lecture graphique, donner un argument de chacun des complexes précédents.

Forme trigonométrique d'un nombre complexe non nul

12 10 min ★★ → Corrigé p. 436

Déterminer une forme trigonométrique de chacun des complexes suivants.

1. $-3+3i$; **2.** $\sqrt{2}+i\sqrt{6}$; **3.** $-2\left(\cos\dfrac{\pi}{6}+i\sin\dfrac{\pi}{6}\right)$.

13 10 min ★★ → Corrigé p. 437

Donner la forme algébrique des complexes suivants.

1. $e^{i\pi}$. **2.** $e^{i\frac{\pi}{2}}$. **3.** $2e^{i\frac{\pi}{3}}$. **4.** $e^{-i2\pi}$.

Nombres complexes et trigonométrie

14 10 min ★★ → Corrigé p. 437

Donner les formes trigonométrique et exponentielle des complexes suivants :

$$\sqrt{3}+\mathrm{i},\quad \sqrt{3}-\mathrm{i},\quad -\frac{1}{2}-\mathrm{i}\frac{\sqrt{3}}{2}.$$

Placer leurs points images respectifs A, B et C.

Équations du second degré

15 10 min ★★ → Corrigé p. 438

Résoudre dans $\mathbb{C}$ l'équation proposée.

1. $z^2 = -9$. **2.** $z^2 = 3$. **3.** $z^2 = -7$. **4.** $z^4 = 1$.

16 10 min ★★ → Corrigé p. 438

Résoudre dans $\mathbb{C}$ l'équation $\mathscr{E}$ proposée.

1. $z^2 + 4z + 5 = 0$. **2.** $4z^2 - 2z + 1 = 0$.

Racines *n*-ièmes complexes de 1

17 20 min ★★ → Corrigé p. 439

Soit n un entier naturel supérieur ou égal à 2.

1. Démontrer que la somme des racines n-ièmes complexes de 1 est nulle.

2. Interpréter ce résultat graphiquement dans les trois cas suivants :

$$n = 2,\quad n = 3,\quad n = 4.$$

CORRIGÉS

1 → *Énoncé p. 430*

- $\mathcal{R}e(1-3i) = 1$ et $\mathcal{I}m(1-3i) = -3$.
- $\mathcal{R}e(2i) = 0$ et $\mathcal{I}m(2i) = 2$.
- $\mathcal{R}e(5\sqrt{2}) = 5\sqrt{2}$ et $\mathcal{I}m(5\sqrt{2}) = 0$.
- $\mathcal{R}e(0) = 0$ et $\mathcal{I}m(0) = 0$.
- $\mathcal{R}e(9i-4) = -4$ et $\mathcal{I}m(9i-4) = 9$.
- $i(3+i) = 3i + i^2 = -1 + 3i$,

donc : $\mathcal{R}e(i(3+i)) = -1$ et $\mathcal{I}m(i(3+i)) = 3$.

Remarque
La partie réelle d'un imaginaire pur est nulle.

Remarque
La partie imaginaire d'un réel est nulle.

Remarque
0 est le seul complexe dont les parties réelle et imaginaire sont nulles.

2 → *Énoncé p. 430*

- $\sqrt{3}$, **0 et** $(2-i)(2+i)$ **sont réels.** $(2-i)(2+i) = 2^2 - i^2 = 4 + 1 = 5$
- $2i$, 0, $0{,}75 - \frac{3}{4} + 7i$ **et** $(1+i)^2$ **sont imaginaires purs.**

$$0{,}75 - \frac{3}{4} + 7i = 7i$$

$$(1+i)^2 = 1^2 + 2i + i^2 = 1 + 2i - 1 = 2i$$

- $9i - i^2 = 1 + 9i$ et $i(2+i) = -1 + 2i$, donc $9i - i^2$ **et** $i(2+i)$ **ne sont ni réels, ni imaginaires purs.**

3 → *Énoncé p. 430*

- $2(3-4i) - 5(2+7i) = 6 - 8i - 10 - 35i = \mathbf{-4 - 43i}$.
- $(5+6i)(9-i) = 45 - 6i^2 - 5i + 54i = 45 + 6 + 49i = \mathbf{51 + 49i}$.
- $(1-i)^2 = 1^2 - 2 \times 1 \times i + i^2 = 1 - 2i - 1 = \mathbf{-2i}$.
- $(8+5i)(8-5i) = 8^2 + 5^2 = 64 + 25 = \mathbf{89}$.
- $\overline{11 - 13i} = \mathbf{11 + 13i}$.
- $\overline{3i - 7} = \overline{-7 + 3i} = \mathbf{-7 - 3i}$.
- $\dfrac{-2}{1 - i\sqrt{3}} = \dfrac{-2(1+i\sqrt{3})}{(1-i\sqrt{3})(1+i\sqrt{3})} = \dfrac{-2(1+i\sqrt{3})}{1^2 + (\sqrt{3})^2}$

$= \dfrac{-2(1+i\sqrt{3})}{4} = \mathbf{-\dfrac{1}{2} - i\dfrac{\sqrt{3}}{2}}$

Remarque
On multiplie numérateur et dénominateur par le conjugué du dénominateur.

4 → *Énoncé p. 430*

1. $(E) : iz + 1 + i = 0$. **(E) est une équation du premier degré. On applique les mêmes techniques de résolution que pour une équation de la forme $ax + b = 0$ d'inconnue x dans $\mathbb{R}$.**
Pour tout complexe z :

$$(E) \Leftrightarrow iz = -1 - i \Leftrightarrow z = \frac{-1-i}{i}, \text{et : } \frac{-1-i}{i} = \frac{(-1-i)(-i)}{i(-i)} = -1 + i,$$

donc (E) **admet pour seule solution** $\mathbf{-1 + i}$.

2. $(E) : (3+2i)z = 1 + 4i$. **(E) est une équation du premier degré.**

Pour tout complexe z :

$$(E) \Leftrightarrow z = \frac{1+4i}{3+2i} \quad \text{et :} \quad \frac{1+4i}{3+2i} = \frac{(1+4i)(3-2i)}{(3+2i)(3-2i)} = \frac{3+12i-2i+8}{9+4} = \frac{11+10i}{13}.$$

Donc **la seule solution de (*E*) est** $\mathbf{\frac{11}{13} + \frac{10}{13}i.}$

3. $(E) : (1-9i)\overline{z} = 3+2i.$

Pour tout nombre complexe z :

$$(E) \Leftrightarrow \overline{z} = \frac{3+2i}{1-9i} \Leftrightarrow z = \frac{3-2i}{1+9i}, \text{ et :}$$

$$\frac{3-2i}{1+9i} = \frac{(3-2i)(1-9i)}{1^2+9^2} = \frac{3-2i-27i-18}{82} = \frac{-15-29i}{82}.$$

> **Remarque**
> Le conjugué d'un quotient est le quotient des conjugués.

Donc (*E*) **admet pour seule solution** $\mathbf{-\frac{15}{82} - \frac{29}{82}i.}$

4. $(E) : (z+1-i)(\overline{z}+3+4i) = 0.$

Pour tout complexe z :

$$(E) \Leftrightarrow z+1-i = 0 \text{ ou } \overline{z}+3+4i = 0 \Leftrightarrow z = -1+i \text{ ou } \overline{z} = -3-4i,$$
$$\Leftrightarrow z = -1+i \text{ ou } z = \overline{-3-4i} \Leftrightarrow z = -1+i \text{ ou } z = -3+4i.$$

Les solutions de l'équation (*E*) sont $-1 + i$ et $-3 + 4i$.

5 → Énoncé p. 430

1. L'affixe du vecteur $\overrightarrow{OM}$ est z, donc **l'affixe de $2\overrightarrow{OM}$ est $2z$.**
2. L'affixe du vecteur $\overrightarrow{MM'}$ est $z' - z$, donc **l'affixe de $3\overrightarrow{MM'}$ est $3(z' - z)$.**
3. Les affixes des vecteurs $\overrightarrow{OM}$ et $\overrightarrow{OM'}$ sont respectivement z et z', donc **le vecteur $-2\overrightarrow{OM} + 5\overrightarrow{OM'}$ a pour affixe $-2z + 5z'$.**

6 → Énoncé p. 430

1. Dire que l'affixe d'un point est un réel signifie que ce point a une ordonnée nulle, autrement dit, qu'**il appartient à la droite des abscisses**.
2. Dire qu'un point est l'image d'un imaginaire pur signifie qu'**il appartient à la droite des ordonnées**.

> **Remarque**
> Les imaginaires purs sont les complexes de partie réelle nulle.

7 → Énoncé p. 430

$z_A = 2 - i$, $z_B = 3 + 2i$, $z_C = -1 + 4i$, $z_D = -2 + i$.

- $z_B - z_A = 3 + 2i - 2 + i = 1 + 3i.$
- $z_C - z_D = -1 + 4i + 2 - i = 1 + 3i.$

Les vecteurs $\overrightarrow{AB}$ et $\overrightarrow{DC}$ ont donc la même affixe, ce qui prouve :

$$\overrightarrow{AB} = \overrightarrow{DC},$$

c'est-à-dire que **le quadrilatère *ABCD* est un parallélogramme.**

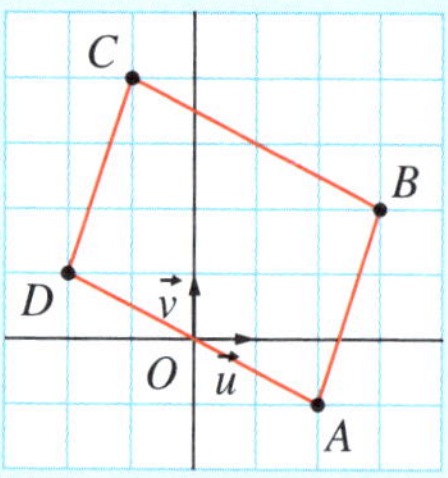

8 → *Énoncé p. 431*

1. $\left|1+i\sqrt{3}\right| = \sqrt{1^2+\sqrt{3}^2} = \sqrt{1+3} = \sqrt{4}$,

donc : $\mathbf{\left|1+i\sqrt{3}\right| = 2.}$

> **Remarque**
> Des complexes conjugués ont le même module.

2. $\left|1-i\sqrt{3}\right| = \left|1+i\sqrt{3}\right|$,

$1-i\sqrt{3}$ est le conjugué de $1+i\sqrt{3}$

donc : $\mathbf{\left|1-i\sqrt{3}\right| = 2.}$

3. $\left|1-i\right| = \sqrt{1^2+(-1)^2} = \sqrt{1+1} = \mathbf{\sqrt{2}}.$

4. $\mathbf{\left|3i\right| = 3.}$

On peut écrire : $\left|3i\right| = \left|3\right| \times \left|i\right| = 3 \times 1 = 3.$

> **Remarque**
> Le module d'un imaginaire pur est la valeur absolue de sa partie imaginaire.

5. $\mathbf{\left|-2\,030\right| = 2\,030.}$

> **Remarque**
> Le module d'un réel est sa valeur absolue.

6. $\left|200-200i\right| = \left|200(1-i)\right| = 200 \times \left|1-i\right|$,
d'où : $\mathbf{\left|200-200i\right| = 200\sqrt{2}.}$

7. $\left|3\sqrt{2}-i\sqrt{7}\right| = \sqrt{\left(3\sqrt{2}\right)^2+\sqrt{7}^2} = \sqrt{18+7} = \sqrt{25}$,

donc : $\mathbf{\left|3\sqrt{2}-i\sqrt{7}\right| = 5.}$

8. On a :

$\left|(\mathbf{1-i})(\mathbf{3\sqrt{2}-i\sqrt{7}})\right| = \left|1-i\right| \times \left|3\sqrt{2}-i\sqrt{7}\right| = \sqrt{2} \times 5 = \mathbf{5\sqrt{2}}.$

> **Remarque**
> Le module d'un produit est le produit des modules.

9. $\left|\dfrac{1+i\sqrt{3}}{1-i}\right| = \dfrac{\left|1+i\sqrt{3}\right|}{\left|1-i\right|} = \dfrac{2}{\sqrt{2}}$, donc : $\mathbf{\left|\dfrac{1+i\sqrt{3}}{1-i}\right| = \sqrt{2}.}$

> **Remarque**
> Le module d'un quotient est le quotient des modules.

10. $\left|\left(1+i\sqrt{3}\right)^5\right| = \left|1+i\sqrt{3}\right|^5 = 2^5$, d'où : $\mathbf{\left|\left(1+i\sqrt{3}\right)^5\right| = 32.}$

> **Remarque**
> $\left|z^n\right| = \left|z\right|^n$

9 → *Énoncé p. 431*

$A\left(-i\sqrt{3}\right)$, $B\left(3+2i\sqrt{3}\right)$ et $C\left(-3+2i\sqrt{3}\right)$.

La figure conduit à conjecturer que le triangle *ABC* est équilatéral.

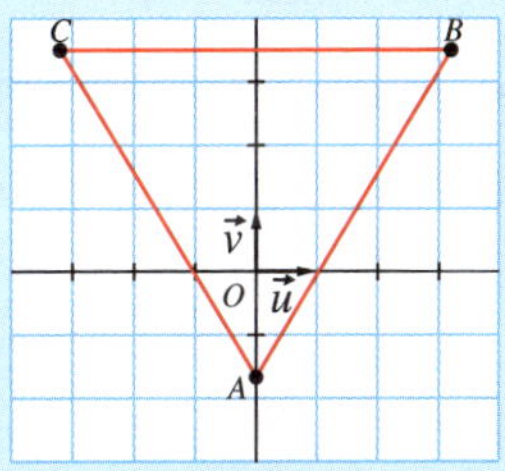

- $AB = \left|\left(3+2i\sqrt{3}\right)-\left(-i\sqrt{3}\right)\right| = \left|3+2i\sqrt{3}+i\sqrt{3}\right| = \left|3+3i\sqrt{3}\right|$,
  $AB = 3\left|1+i\sqrt{3}\right| = 3 \times \sqrt{1+3} = 3 \times 2 = 6.$
- $AC = \left|\left(-3+2i\sqrt{3}\right)-\left(-i\sqrt{3}\right)\right| = \left|-3+2i\sqrt{3}+i\sqrt{3}\right| = \left|-3+3i\sqrt{3}\right|$,
  $AC = 3\left|-1+i\sqrt{3}\right| = 3 \times \sqrt{1+3} = 3 \times 2 = 6.$
- $BC = \left|\left(-3+2i\sqrt{3}\right)-\left(3+2i\sqrt{3}\right)\right| = \left|-3+2i\sqrt{3}-3-2i\sqrt{3}\right| = \left|-6\right| = 6.$

On a : $AB = AC = BC$, donc **le triangle *ABC* est équilatéral**.

10 → *Énoncé p. 431*

1. $|z+1+2i|=|z-4|$. Soient A et B les points d'affixes respectives $-1-2i$ et 4.
Dire que l'on a : $|z+1+2i|=|z-4|$ signifie : $AM = BM$.
On en déduit : $M \in \mathscr{E} \Leftrightarrow AM = BM$.
Donc $\mathscr{E}$ **est la médiatrice de [*AB*].**

On peut aussi poser $z = x + iy$ avec x et y réels. On a alors :

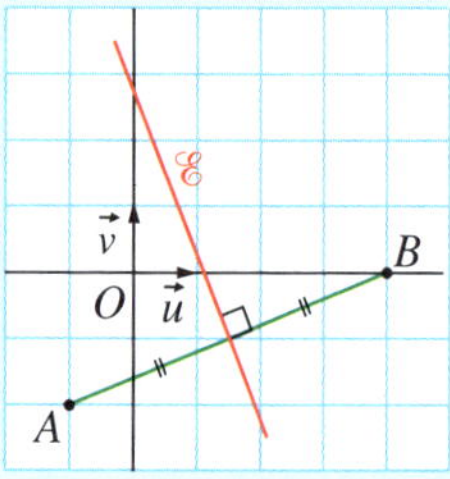

$$M \in \mathscr{E} \Leftrightarrow |x+iy+1+2i| = |x+iy-4|$$
$$\Leftrightarrow |x+1+i(y+2)| = |x-4+iy|$$
$$\Leftrightarrow |x+1+i(y+2)|^2 = |x-4+iy|^2$$
$$\Leftrightarrow (x+1)^2+(y+2)^2 = (x-4)^2+y^2$$
$$\Leftrightarrow x^2+2x+1+y^2+4y+4 = x^2-8x+16+y^2$$
$$\Leftrightarrow 2x+1+4y+4 = -8x+16$$
$$\Leftrightarrow 10x+4y-11=0,$$

ce qui permet de conclure que $\mathscr{E}$ est la droite d'équation $10x+4y-11=0$.

2. $|z-3i|=2$. Notons A le point d'affixe $3i$. La condition $|z-3i|=2$ se traduit par : $AM = 2$.
Donc :

$$M \in \mathscr{E} \Leftrightarrow AM = 2.$$

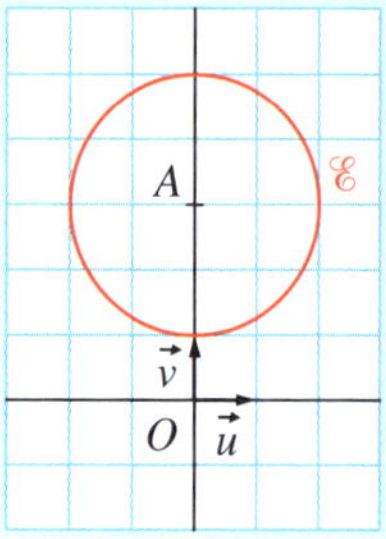

On en déduit : $\mathscr{E}$ **est le cercle de centre *A* et de rayon 2.**

On pouvait aussi poser $z = x + iy$ avec x et y réels. On a alors :

$$M \in \mathscr{E} \Leftrightarrow |z-3i| = 2 \Leftrightarrow |x+iy-3i| = 2 \Leftrightarrow |x+i(y-3)|^2 = 4 \Leftrightarrow x^2+(y-3)^2 = 4.$$

11 → *Énoncé p. 431*

1. $A(2i)$, $B(3)$, $C(-1)$, $D(1-i)$, $E(-2+2i)$ et $F(3+3i)$.

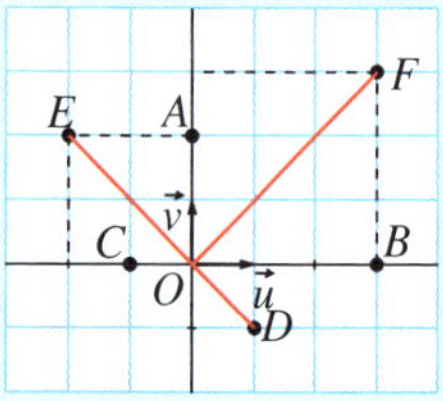

2. On obtient par lecture graphique, modulo 2π :

- $\arg(2i) = (\vec{u}, \overrightarrow{OA}) = \frac{\pi}{2}$, • $\arg(-2+2i) = (\vec{u}, \overrightarrow{OE}) = \frac{3\pi}{4}$,
- $\arg(3) = (\vec{u}, \overrightarrow{OB}) = 0$, • $\arg(3+3i) = (\vec{u}, \overrightarrow{OF}) = \frac{\pi}{4}$.
- $\arg(-1) = (\vec{u}, \overrightarrow{OC}) = \pi$, • $\arg(1-i) = (\vec{u}, \overrightarrow{OD}) = -\frac{\pi}{4}$,

> **Remarque**
> Pour tout complexe non nul z d'image M :
> $\arg(z) = (\vec{u}, \overrightarrow{OM})$.

12 → *Énoncé p. 431*

1. $|-3+3i| = \sqrt{9+9} = 3\sqrt{2}$; θ désignant un argument de $-3+3i$:

$$\cos(\theta) = \frac{-3}{3\sqrt{2}} = -\frac{\sqrt{2}}{2}, \quad \sin(\theta) = \frac{3}{3\sqrt{2}} = \frac{\sqrt{2}}{2},$$

or, on sait :

$\cos\left(\frac{3\pi}{4}\right) = -\frac{\sqrt{2}}{2}$ et $\sin\left(\frac{3\pi}{4}\right) = \frac{\sqrt{2}}{2}$, donc $\frac{3\pi}{4}$ est un argument de $-3 + 3i$.

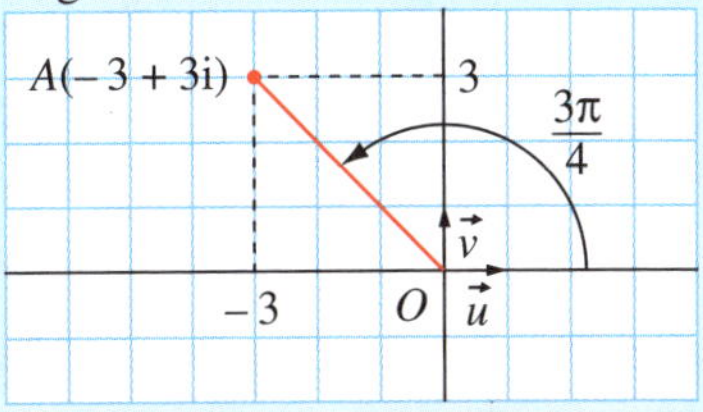

Finalement, $\mathbf{3\sqrt{2}\left(\cos\frac{3\pi}{4} + i\sin\frac{3\pi}{4}\right)}$ **est une forme trigonométrique de –3 + 3i**.

En pratique, certains calculs intermédiaires se font de tête, ce qui conduit à une présentation abrégée du type :

$-3+3i = 3\sqrt{2}\left(-\frac{\sqrt{2}}{2} + i\frac{\sqrt{2}}{2}\right)$ ← calcul du module, sa mise en facteur

$= 3\sqrt{2}\left(\cos\frac{3\pi}{4} + i\sin\frac{3\pi}{4}\right)$ ← recherche d'un argument (éventuellement à l'aide du cercle trigonométrique)

ou : $-3+3i = 3(-1+i$ ← mise en facteur d'un réel positif

$= 3\sqrt{2}\left(\cos\frac{3\pi}{4} + i\sin\frac{3\pi}{4}\right)$ ← lecture graphique du module et d'un argument de $-1 + i$

2. $\sqrt{2} + i\sqrt{6} = 2\sqrt{2}\left(\frac{1}{2} + i\frac{\sqrt{3}}{2}\right) = \mathbf{2\sqrt{2}\left(\cos\frac{\pi}{3} + i\sin\frac{\pi}{3}\right)}$.

3. $-2\left(\cos\frac{\pi}{6} + i\sin\frac{\pi}{6}\right) = 2\left(-\cos\frac{\pi}{6} - i\sin\frac{\pi}{6}\right) = 2\left(\cos\left(\frac{\pi}{6}+\pi\right) + i\sin\left(\frac{\pi}{6}+\pi\right)\right)$

donc : $\mathbf{-2\left(\cos\frac{\pi}{6} + i\sin\frac{\pi}{6}\right) = 2\left(\cos\frac{7\pi}{6} + i\sin\frac{7\pi}{6}\right)}$.

$\frac{7\pi}{6} = -\frac{5\pi}{6} + 2\pi$, donc : $-2\left(\cos\frac{\pi}{6} + i\sin\frac{\pi}{6}\right) = 2\left(\cos\left(-\frac{5\pi}{6}\right) + i\sin\left(-\frac{5\pi}{6}\right)\right)$.

13 → *Énoncé p. 431*

1. $\mathbf{e^{i\pi}} = \cos(\pi) + i\sin(\pi) = \mathbf{-1}$.

2. $\mathbf{e^{i\frac{\pi}{2}}} = \cos\left(\frac{\pi}{2}\right) + i\sin\left(\frac{\pi}{2}\right) = \mathbf{i}$.

3. $\mathbf{2e^{i\frac{\pi}{3}}} = 2\left(\cos\frac{\pi}{3} + i\sin\frac{\pi}{3}\right) = \mathbf{1 + i\sqrt{3}}$.

4. $\mathbf{e^{-i2\pi}} = \cos(-2\pi) + i\sin(-2\pi) = \cos(0) + i\sin(0) = \mathbf{1}$.

14 → *Énoncé p. 432*

• On a : $|\sqrt{3}+i| = \sqrt{(\sqrt{3})^2 + 1^2} = \sqrt{3+1} = 2$, $\sqrt{3} + i = 2\left(\frac{\sqrt{3}}{2} + \frac{1}{2}i\right)$,

donc : $\mathbf{\sqrt{3} + i = 2\left(\cos\frac{\pi}{6} + i\sin\frac{\pi}{6}\right)}$, c'est-à-dire : $\mathbf{\sqrt{3} + i = 2e^{i\frac{\pi}{6}}}$.

• $\sqrt{3}-\mathrm{i}$ est le conjugué de $\sqrt{3}+\mathrm{i}$, donc :

$\mathbf{\sqrt{3}-i=2\left(\cos\left(-\frac{\pi}{6}\right)+i\sin\left(-\frac{\pi}{6}\right)\right)}$, c'est-à-dire : $\mathbf{\sqrt{3}-i=2e^{-i\frac{\pi}{6}}}$.

• On a : $\left|-\frac{1}{2}-\mathrm{i}\frac{\sqrt{3}}{2}\right|=\sqrt{\left(-\frac{1}{2}\right)^2+\left(\frac{\sqrt{3}}{2}\right)^2}=\sqrt{\frac{1}{4}+\frac{3}{4}}=1,$

$$\cos\left(-\frac{2\pi}{3}\right)=-\frac{1}{2} \quad \text{et} \quad \sin\left(-\frac{2\pi}{3}\right)=-\frac{\sqrt{3}}{2}.$$

On en déduit :

$$\mathbf{-\frac{1}{2}-i\frac{\sqrt{3}}{2}=\cos\left(-\frac{2\pi}{3}\right)+i\sin\left(-\frac{2\pi}{3}\right)},$$

c'est-à-dire : $$\mathbf{-\frac{1}{2}-i\frac{\sqrt{3}}{2}=e^{i\left(-\frac{2\pi}{3}\right)}}$$

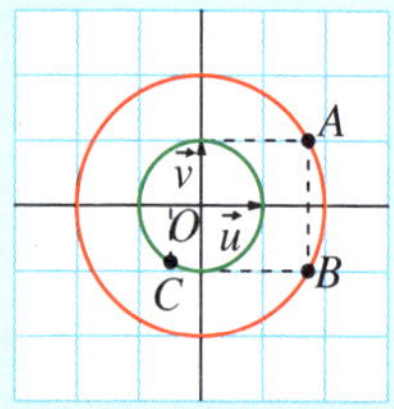

Le triangle *OAB* est équilatéral indirect.

A appartient au cercle de centre *O* et de rayon 2, son ordonnée est égale à 1 et son abscisse est positive. *B* est le symétrique du point *A* par rapport à la droite des abscisses. *C* appartient au cercle trigonométrique, son abscisse est $-\frac{1}{2}$ et son ordonnée est négative.

15 → *Énoncé p. 432*

1. Pour tout complexe z :

$$z^2=-9 \Leftrightarrow z^2=9\mathrm{i}^2 \Leftrightarrow z^2-9\mathrm{i}^2=0$$
$$\Leftrightarrow (z-3\mathrm{i})(z+3\mathrm{i})=0 \Leftrightarrow z=3\mathrm{i} \text{ ou } z=-3\mathrm{i}.$$

Par conséquent, **les solutions dans $\mathbb{C}$ de l'équation $z^2=-9$ sont 3i et –3i.**

Remarque

Si a est un réel strictement positif, les solutions de l'équation $z^2=-a$ sont $i\sqrt{a}$ et $-i\sqrt{a}$.

2. Pour tout complexe z : $z^2=3 \Leftrightarrow z=\sqrt{3}$ ou $z=-\sqrt{3}$.

Les solutions dans $\mathbb{C}$ de l'équation $z^2=3$ sont $\sqrt{3}$ et $-\sqrt{3}$.

Remarque

Si a est un réel strictement positif, les solutions de l'équation $z^2=a$ sont les mêmes dans $\mathbb{C}$ et $\mathbb{R}$: ce sont les réels $\sqrt{a}$ et $-\sqrt{a}$.

3. Pour tout complexe z : $z^2=-7 \Leftrightarrow z^2=7\mathrm{i}^2$.

On en déduit que **les solutions dans $\mathbb{C}$ de l'équation $z^2=-7$ sont $\sqrt{7}$i et $-\sqrt{7}$i.**

4. Pour tout complexe z :

$$z^4=1 \Leftrightarrow z^4-1=0 \Leftrightarrow (z^2-1)(z^2+1)=0 \Leftrightarrow (z^2-1^2)(z^2-\mathrm{i}^2)=0,$$
$$z^4=1 \Leftrightarrow (z-1)(z+1)(z-\mathrm{i})(z+\mathrm{i})=0 \Leftrightarrow z=1 \text{ ou } z=-1 \text{ ou } z=\mathrm{i} \text{ ou } z=-\mathrm{i}.$$

Finalement, **les solutions dans $\mathbb{C}$ de l'équation $z^4=1$ sont 1, –1, i et –i.**

16 → *Énoncé p. 432*

1. $\mathscr{E}$: $z^2+4z+5=0$. Le discriminant Δ de $\mathscr{E}$ vérifie : $\Delta=16-20=-4=(2\mathrm{i})^2$,

donc **les solutions de $\mathscr{E}$ sont** les complexes conjugués : $\frac{-4-2\mathrm{i}}{2}$ et $\frac{-4+2\mathrm{i}}{2}$,
c'est-à-dire **–2 – i** et **–2 + i**.

2. $\mathscr{E}$: $4z^2 - 2z + 1 = 0$. Le discriminant Δ de $\mathscr{E}$ vérifie : $\Delta = 4 - 16 = -12 = \left(2i\sqrt{3}\right)^2$, donc **les solutions de $\mathscr{E}$ sont les complexes conjugués z_1 et z_2 tels que** :

$$z_1 = \frac{2-2i\sqrt{3}}{8} = \mathbf{\frac{1-i\sqrt{3}}{4}},\ z_2 = \mathbf{\frac{1+i\sqrt{3}}{4}}.$$

17 → *Énoncé p. 432*

$n \geqslant 2$.

1. Notons S la somme des racines n-ièmes complexes de 1.

On peut écrire :

$$S = \sum_{k=0}^{n-1} e^{ik\frac{2\pi}{n}} = \sum_{k=0}^{n-1}\left(e^{i\frac{2\pi}{n}}\right)^k,$$

$$S = 1 + e^{i\frac{2\pi}{n}} + e^{2\times i\frac{2\pi}{n}} + \ldots + e^{(n-1)\times i\frac{2\pi}{n}} = 1 + e^{i\frac{2\pi}{n}} + \left(e^{i\frac{2\pi}{n}}\right)^2 + \ldots + \left(e^{i\frac{2\pi}{n}}\right)^{n-1}$$

donc S est la somme des n premiers termes de la suite géométrique de premier terme 1 et de raison $e^{i\frac{2\pi}{n}}$.

De plus par hypothèse : $n \geqslant 2$, donc : $e^{i\frac{2\pi}{n}} \neq 1$, donc :

$$S = \frac{1-\left(e^{i\frac{2\pi}{n}}\right)^n}{1-e^{i\frac{2\pi}{n}}} = \frac{1-e^{in\times\frac{2\pi}{n}}}{1-e^{i\frac{2\pi}{n}}} = \frac{1-e^{i2\pi}}{1-e^{i\frac{2\pi}{n}}},\ S = \frac{1-e^{2i\pi}}{1-e^{\frac{2i\pi}{n}}}$$

c'est-à-dire : $S = 0$.

On a prouvé que **la somme des racines n-ièmes complexes de 1 est nulle.**

2. • Cas : $n = 2$.

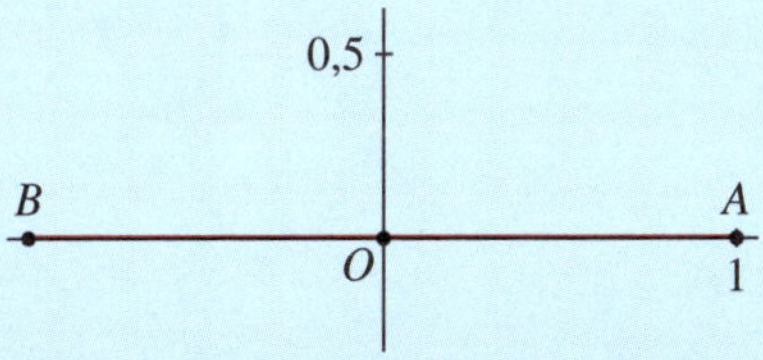

Les points-images des racines 2-ièmes de 1 sont les extrémités d'un segment **$[AB]$ de milieu O.**

$z_A + z_B = 0$, autrement dit : $\overrightarrow{OA} + \overrightarrow{OB} = \vec{0}$.

• Cas : $n = 3$.

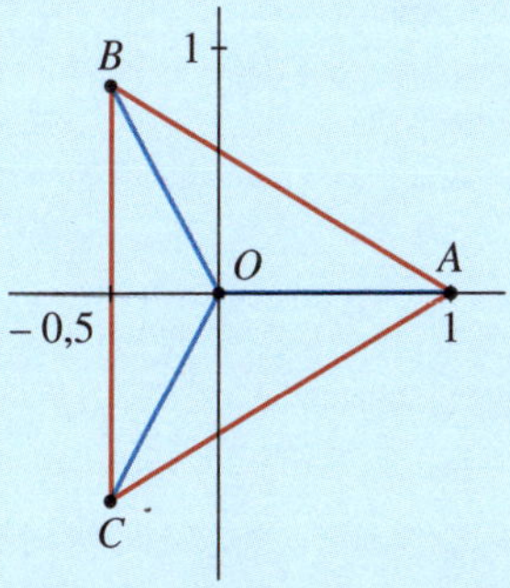

> **Remarque**
> Les racines n-ièmes de l'unité dans $\mathbb{C}$ sont les nombres complexes $e^{ik\frac{2\pi}{n}}$, où k est un entier naturel inférieur ou égal à $n - 1$.

> **Remarque**
> $e^{i2\pi} = 1$

> **Remarque**
> $\mathbb{U}_2 = \{1; -1\}$

> **Remarque**
> $\mathbb{U}_3 = \{1, j, j^2\}$ avec $j = e^{i\frac{2\pi}{3}}$

Les images des racines 3-ièmes de 1 sont les sommets d'un triangle équilatéral ***ABC*** **de centre *O*.**

L'égalité sur des complexes : $z_A + z_B + z_C = 0$,

se traduit vectoriellement par : $\overrightarrow{OA} + \overrightarrow{OB} + \overrightarrow{OC} = \vec{0}$.

O **est le centre de gravité du triangle *ABC*.**

• **Cas : *n* = 4.**

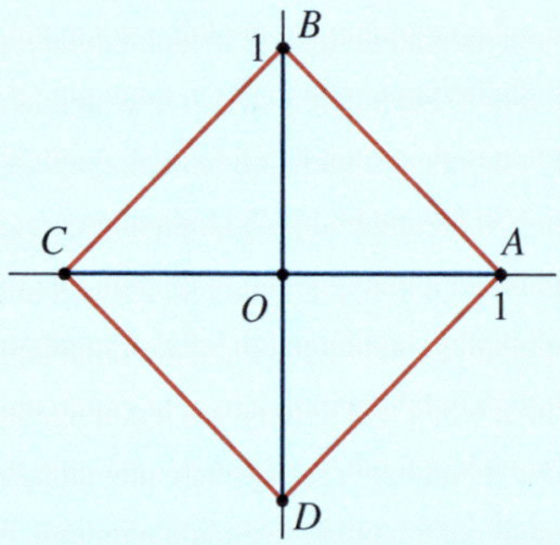

Remarque

$\mathbb{U}_4 = \{1, i, -1, -i\}$

Les images des racines 4-ièmes de 1 sont les sommets d'un carré ***ABCD*** **de centre *O*.**

$z_A + z_B + z_C + z_D = 0$, autrement dit : $\overrightarrow{OA} + \overrightarrow{OB} + \overrightarrow{OC} + \overrightarrow{OD} = \vec{0}$.

Arithmétique

CHAPITRE 2

1 Divisibilité dans $\mathbb{Z}$

A. Définition

Soient a et b des entiers relatifs, b étant non nul.
On dit que b est un diviseur de a lorsqu'il existe un entier relatif k tel que :

$$a = kb.$$

Les quatre assertions suivantes sont équivalentes :

(1) a est **divisible** par b
(2) b est **un diviseur** de a
(3) a est **un multiple** de b
(4) b **divise** a

B. Premières conséquences

- Les diviseurs de 1 sont -1 et 1.
- 1 et -1 sont des diviseurs de n'importe quel entier.
- 0 est multiple de n'importe quel entier.
- Les entiers pairs sont les multiples de 2, c'est-à-dire ceux qui s'écrivent $2k$, avec k entier.
- Les entiers impairs sont les entiers qui ne sont pas multiples de 2, c'est-à-dire ceux qui s'écrivent $2k + 1$, avec k entier.

C. Propriétés

a, b et c désignent des entiers non nuls.

- Si a divise b et si b divise c, alors a divise c.
- Si a divise b, alors a divise bc.
- Si a divise b et c, alors a divise la somme $b + c$, la différence $b - c$ et plus généralement toute combinaison linéaire $mb + nc$ de b et c avec m et n entiers.
- Si b divise a, alors $|b| \leqslant |a|$.
- Si b divise a et a divise b, alors $a = b$ ou $a = -b$.

2 Division euclidienne

Soient a un entier relatif et b un entier naturel non nul.
Il existe un unique couple (q, r) d'entiers relatifs tels que :

$$a = bq + r \quad \text{et} \quad 0 \leqslant r < b.$$

Déterminer le couple (q, r), c'est effectuer la division euclidienne de a par b.
q est le **quotient** et r le **reste** dans la division euclidienne de a par b.

3 Congruences dans $\mathbb{Z}$

n désigne un entier supérieur ou égal à 2.
a, b, c et d sont des entiers relatifs.

A. Définition

On dit que a et b sont congrus modulo n lorsque $a - b$ est un multiple de n.
On note alors : $a \equiv b\ [n]$.

B. Propriété caractéristique

a et b sont congrus modulo n si, et seulement si, a et b ont le même reste dans la division euclidienne par n.

C. Compatibilité avec les opérations

Si l'on sait : $\begin{cases} a \equiv c\ [n] \\ b \equiv d\ [n] \end{cases}$

alors :

$$a + b \equiv c + d\ [n]$$

$$a - b \equiv c - d\ [n]$$

$$ab \equiv cd\ [n]$$

$$\text{pour tout } k \text{ de } \mathbb{N}^*,\ a^k \equiv c^k\ [n].$$

4 PGCD de deux entiers

a et b désignent des entiers relatifs non nuls.

A. Définition

Le **plus grand commun** diviseur de a et b, noté PGCD(a, b), est le plus grand entier qui divise a et b.

B. Lemme d'Euclide

En notant r le reste de la division euclidienne de a par b (entier naturel non nul), l'ensemble des diviseurs communs à a et b est l'ensemble des diviseurs communs à b et r.

C. Propriétés

- L'ensemble des diviseurs communs à a et b est l'ensemble des diviseurs de $\text{PGCD}(a, b)$.
- Si k est un entier naturel non nul, alors $\text{PGCD}(ka, kb) = k\ \text{PGCD}(a, b)$.

5 Couple d'entiers premiers entre eux

A. Définition

On dit que deux entiers relatifs sont premiers entre eux lorsque leur seul diviseur positif commun est 1.

B. Théorème de Bézout

Deux entiers relatifs a et b sont premiers entre eux si, et seulement si, il existe des entiers relatifs u et v tels que $au + bv = 1$.

C. Théorème de Gauss

a, b et c désignent des entiers relatifs.
Si c divise le produit ab et si c et a sont premiers entre eux, alors c divise b.

6 Nombres premiers

A. Définition

Dire qu'un entier naturel est premier signifie qu'il admet exactement deux diviseurs positifs.

B. Théorèmes

- Tout entier n supérieur ou égal à 2 admet au moins un diviseur premier p tel que :
$$p \leqslant \sqrt{n}.$$
- Il existe une infinité de nombres premiers.

C. Crible d'Ératosthène

Les nombres écrits en noir sont les nombres premiers inférieurs à 100.

1	2	3	4	5	6	7	8	9	10
11	12	13	14	15	16	17	18	19	20
21	22	23	24	25	26	27	28	29	30
31	32	33	34	35	36	37	38	39	40
41	42	43	44	45	46	47	48	49	50
51	52	53	54	55	56	57	58	59	60
61	62	63	64	65	66	67	68	69	70
71	72	73	74	75	76	77	78	79	80
81	82	83	84	85	86	87	88	89	90
91	92	93	94	95	96	97	98	99	100

7 Décomposition en produit de facteurs premiers

A. Décomposition primaire

Tout entier n supérieur ou égal à 2 est un nombre premier ou s'écrit sous forme d'un produit de nombres premiers. Cette écriture est unique à l'ordre des facteurs près.

B. Nombre de diviseurs positifs

n désigne un entier supérieur ou égal à 2.
On peut écrire : $n = (p_1)^{\alpha_1} \times (p_2)^{\alpha_2} \times \cdots \times (p_r)^{\alpha_r}$,
où $p_1, p_2, \ldots, p_r$ sont des nombres premiers deux à deux distincts et $\alpha_1, \alpha_2, \ldots, \alpha_r$ des entiers naturels non nuls.
Le nombre de diviseurs positifs de n est égal à $(\alpha_1 + 1) \times (\alpha_2 + 1) \times \ldots \times (\alpha_r + 1)$.

7 Petit théorème de Fermat

Si p est un nombre premier, alors pour tout entier n :

$$n^p \equiv n\ [p],$$

et si de plus p ne divise pas n :

$$n^{p-1} \equiv 1\ [p].$$

EXERCICES

Divisibilité dans $\mathbb{Z}$

1 10 min ★ → Corrigé p. 448

Déterminer les entiers naturels x et y tels que :

$$x^2 - y^2 = 15.$$

2 10 min ★★ → Corrigé p. 448

Soit n un entier relatif.
On pose :

$$a = 7n^2 + 4 \quad \text{et} \quad b = n^2 + 1.$$

Démontrer que tout diviseur commun à a et b est un diviseur de 3.

Division euclidienne

3 10 min ★★ → Corrigé p. 448

Le reste de la division euclidienne par 17 de l'entier m est 8, celui de l'entier n est 12.
Déterminer le reste de la division euclidienne par 17 de $m + n$, de mn et de m^2.

Congruences dans $\mathbb{Z}$

4 5 min ★ → Corrigé p. 449

Démontrer que, pour tout entier naturel n, $3^{2n} - 2^n$ est divisible par 7.

5 15 min ★★ → Corrigé p. 449

Pour tout entier naturel n, on note u_n le reste dans la division euclidienne de 2^n par 9.

1. a) Compléter le tableau suivant.

n	0	1	2	3	4	5	6
u_n							

b) Soient n un entier naturel et r le reste dans la division euclidienne de n par 6.
Démontrer que $u_n = u_r$.

2. Déterminer le reste dans la division euclidienne de 65^n par 9 suivant les valeurs de l'entier naturel n.

3. Quel est le reste dans la division euclidienne de 65^{2029} par 9 ?

Codages

6 15 min ★★ → Corrigé p. 449

Louis et Noémie ont l'habitude d'échanger entre eux des messages secrets, qu'ils ont décidé de coder afin d'en préserver la confidentialité.

Leurs messages ne sont écrits qu'en lettres majuscules, sans espace entre les mots.

À chaque lettre de l'alphabet, on fait correspondre un rang selon le tableau ci-après.

lettre	**A**	**B**	**C**	**D**	**E**	**F**	**G**	**H**	**I**	**J**	**K**	**L**	**M**
rang	0	1	2	3	4	5	6	7	8	9	10	11	12
lettre	**N**	**O**	**P**	**Q**	**R**	**S**	**T**	**U**	**V**	**W**	**X**	**Y**	**Z**
rang	13	14	15	16	17	18	19	20	21	22	23	24	25

La lettre de rang x est codée par la lettre de rang r, où r est le reste de la division euclidienne de $3x + 20$ par 26.

Par exemple, la lettre T a pour rang 19. Le reste de la division euclidienne de $3 \times 19 + 20$ par 26 est 25, qui est le rang de la lettre Z. Ainsi, T est codée par Z et on peut montrer que T est la seule lettre codée par Z.

Plus généralement, tout message ne peut se décoder que d'une seule façon.

1. Vérifier que la lettre M est codée par la lettre E.

2. Coder le message « MATHS ».

3. On veut déterminer la lettre codée par B. On appelle x son rang.
Démontrer : $3x \equiv 7\ [26]$, puis conclure.

4. Compléter le tableau suivant pour décoder le message « JUASBG ».

lettre						
rang x						
rang lettre codée r						
lettre codée	J	U	A	S	B	G

PGCD

7 5 min ★ → Corrigé p. 450

Déterminer PGCD(168 ; 288) en utilisant l'algorithme d'Euclide.

8 10 min ★★ → Corrigé p. 451

n désigne un entier non nul.

1. Déterminer PGCD(n, $n + 1$).

2. Déterminer PGCD($n + 1$, $2n + 1$).

Entiers premiers entre eux

9 15 min ★★ → Corrigé p. 451

Déterminer un couple (u, v) d'entiers relatifs vérifiant la condition proposée.

1. $14u + 25v = 1$.
2. $3u + 4v = 1$.

10 20 min ★★ → Corrigé p. 452

On considère l'équation (E) : $43x - 26y = 1$, d'inconnue (x, y) dans $\mathbb{Z}^2$.

1. Pourquoi peut-on affirmer que l'équation (E) admet des solutions dans $\mathbb{Z}^2$?
2. Vérifier que le couple $(-3 ; -5)$ est solution de (E).
3. Déterminer toutes les solutions de (E) dans $\mathbb{Z}^2$.
4. Déterminer, à l'aide de la question 3., le seul entier naturel x inférieur ou égal à 25 tel que : $43x \equiv 1\ [26]$.

On dit que cet entier est l'inverse de 43 modulo 26.

Nombres premiers

11 10 min ★ → Corrigé p. 452

Trouver tous les diviseurs positifs de 144.

12 15 min ★★ → Corrigé p. 453

1. Quels sont les nombres premiers qui figurent dans la décomposition primaire de 100 ! ?
2. Quel est l'exposant de 5 dans cette décomposition primaire ?
3. Combien y a-t-il de zéros dans l'écriture décimale de 100 ! ?

Petit théorème de Fermat

13 10 min ★★ → Corrigé p. 453

Calculer le reste de la division euclidienne de 7^{10} par 11, puis celui de 7^{3281} par 11.

14 10 min ★★ → Corrigé p. 453

Démontrer que, pour tout entier naturel n, $n^5 - n$ est divisible par 30.

CORRIGÉS

1 → Énoncé p. 445

Soient x et y des entiers naturels.

• Supposons que (x, y) vérifie : $x^2 - y^2 = 15$.

De l'équivalence : $x^2 - y^2 = 15 \Leftrightarrow (x - y)(x + y) = 15$,

on déduit que $x - y$ et $x + y$ sont des diviseurs positifs de 15.

Or, les diviseurs positifs de 15 sont 1, 3, 5, 15, et $x - y$ est inférieur ou égal à $x + y$, donc $(x - y\ ;\ x + y)$ ne peut être qu'un des deux couples suivants :

$$(1\ ;\ 15), (3\ ;\ 5).$$

• Si $(x - y\ ;\ x + y) = (1\ ;\ 15)$, alors : $x = 8$ et $y = 7$; de plus : $x^2 - y^2 = 8^2 - 7^2 = 64 - 49 = 15$.

• Si $(x - y\ ;\ x + y) = (3\ ;\ 5)$, alors : $x = 4$ et $y = 1$; de plus $x^2 - y^2 = 4^2 - 1^2 = 16 - 1 = 15$.

Finalement, les couples (x, y) d'entiers naturels tels que $x^2 - y^2 = 15$ sont $(8\ ;\ 7)$ et $(4\ ;\ 1)$.

2 → Énoncé p. 445

$a = 7n^2 + 4$ et $b = n^2 + 1$ $(n \in \mathbb{Z})$

Soit d un diviseur commun à a et b.

L'entier d divise à la fois $7n^2 + 4$ et $n^2 + 1$, donc d divise la combinaison linéaire :

$$-(7n^2 + 4) + 7(n^2 + 1),$$

c'est-à-dire d divise 3.

$$-(7n^2 + 4) + 7(n^2 + 1) = -7n^2 - 4 + 7n^2 + 7 = 3$$

On a ainsi prouvé que **tout diviseur commun à a et b est un diviseur de 3.**

3 → Énoncé p. 445

Le reste de la division euclidienne de l'entier m par 17 est 8, celui de l'entier n est 12.

Il existe donc un entier q tel que : $m = 17q + 8$, et un entier q' tel que :

$$n = 17q' + 12.$$

• On en déduit : $m + n = 17(q + q') + 20$, donc :

$$m + n = 17(q + q' + 1) + 3.$$

De plus : $0 \leqslant 3 < 17$,

donc **le reste de la division euclidienne par 17 de $m + n$ est 3.**

> **Remarque**
> Le reste dans une division euclidienne par un entier naturel b est un entier naturel strictement inférieur à b.

• De même : $mn = (17q + 8)(17q' + 12) = 17(17qq' + 8q' + 12q) + 96$, or $96 = 17 \times 5 + 11$,

donc : $mn = 17(17qq' + 8q' + 12q + 5) + 11$, avec $0 \leqslant 11 < 17$.

On a ainsi prouvé que **le reste de la division euclidienne par 17 de mn est 11**.

• Enfin : $m^2 = (17q + 8)^2 = 17^2q^2 + 2 \times 17 \times 8q + 8^2 = 17(17q^2 + 16q) + 64$,

de plus : $64 = 17 \times 3 + 13$,

donc : $m^2 = 17(17q^2 + 16q + 3) + 13$, avec $0 \leqslant 3 < 17$,

ce qui permet de conclure :

le reste de la division euclidienne par 17 de m^2 est 13.

4 → *Énoncé p. 445*

Pour tout entier naturel n :
$3^{2n} = (3^2)^n = 9^n$, or : $9 \equiv 2 \ [7]$, donc : $9^n \equiv 2^n \ [7]$,
c'est-à-dire : $3^{2n} \equiv 2^n \ [7]$,
ce qui prouve que **$3^{2n} - 2^n$ est divisible par 7.**

> **Remarque**
> $a - b$ divisible par $n \Leftrightarrow a \equiv b \ [n]$

5 → *Énoncé p. 445*

1. u_n est le reste dans la division euclidienne de 2^n par 9.

a)

n	0	1	2	3	4	5	6
2^n	1	2	4	8	16	32	64
u_n	**1**	**2**	**4**	**8**	**7**	**5**	**1**

$1 = 0 \times 9 + 1$, …, $8 = 0 \times 9 + 8$, $16 = 1 \times 9 + 7$, $32 = 3 \times 9 + 5$, $64 = 7 \times 9 + 1$

b) Soit n un entier naturel.
Effectuons la division euclidienne de n par 6 : $n = 6q + r$, $0 \leqslant r < 6$.
On a alors les congruences modulo 9 suivantes : $2^n \equiv 2^{6q+r} \equiv (2^6)^q \times 2^r \equiv 1^q \times 2^r$,
d'où : $2^n \equiv 2^r \ [9]$,
ce qui prouve que 2^n et 2^r ont le même reste dans la division euclidienne par 9, autrement dit :

$$u_n = u_r.$$

Pour tout entier naturel n : $u_{n+6} = u_n$. La suite (u_n) est périodique de période 6.

2. Effectuons la division euclidienne de 65 par 9 : $65 = 9 \times 7 + 2$,
donc : $65 \equiv 2 \ [9]$, d'où : $65^n \equiv 2^n \ [9]$.
D'après la question **1.**, il vient :

si $n \equiv 0 \ [6]$, alors $65^n \equiv 1 \ [9]$
si $n \equiv 1 \ [6]$, alors $65^n \equiv 2 \ [9]$
si $n \equiv 2 \ [6]$, alors $65^n \equiv 4 \ [9]$
si $n \equiv 3 \ [6]$, alors $65^n \equiv 8 \ [9]$
si $n \equiv 4 \ [6]$, alors $65^n \equiv 7 \ [9]$
si $n \equiv 5 \ [6]$, alors $65^n \equiv 5 \ [9]$.

3. On a : $2\,029 \equiv 1 \ [6]$, $2\,029 = 6 \times 338 + 1$
donc : $65^{2\,029} \equiv 65^1 \ [9]$, or : $65^1 \equiv 2 \ [9]$, donc : $65^{2\,029} \equiv 2 \ [9]$.
Finalement, **le reste dans la division euclidienne de $65^{2\,029}$ par 9 est 2.**

6 → *Énoncé p. 446*

La lettre de rang x est codée par la lettre de rang r, avec r le reste de la division euclidienne de $3x + 20$ par 26.

1. La lettre M a pour rang 12, et : $3 \times 12 + 20 = 36 + 20 = 56$.
De plus : $56 = 26 \times 2 + 4$ et $0 < 4 < 26$, donc le reste de la division euclidienne de 56 par 26 est 4.
Enfin, comme 4 est le rang de la lettre E, on peut affirmer que **la lettre M est codée par la lettre E**.

2. « MATHS »
• La lettre A a pour rang 0, le reste de la division euclidienne de $3 \times 0 + 20$ par 26 est 20,

$3 \times 0 + 20 = 20$ $\quad 20 = 26 \times 0 + 20$ et $0 \leqslant 20 < 26$

de plus 20 est le rang de U, donc A est codée par U.

On a l'enchaînement : A → 0 → 20 → U

• D'après l'énoncé, la lettre T est codée par Z.
• On a l'enchaînement : H → 7 → 15 → P,

$3 \times 7 + 20 = 41 \qquad 41 = 26 \times 1 + 15$ et $0 < 15 < 26$

donc la lettre H est codée par P.
• On a l'enchaînement : S → 18 → 22 → W,

$3 \times 18 + 20 = 74 \qquad 74 = 26 \times 2 + 22$ et $0 < 22 < 26$

donc la lettre S est codée par W.
Finalement : **le message « MATHS » est codé par « EUZPW ».**

3. On appelle x le rang de la lettre codée par B.
Le rang x vérifie : $3x + 20 \equiv 1 \ [26]$, c'est-à-dire : $3x \equiv -19 \ [26]$, ou encore : $3x \equiv 7 \ [26]$.

$7 \equiv -19 \ [26]$ car $7 - (-19) = 26$.

Le plus petit multiple positif de 3 qui est congru à 7 modulo 26 est 33.
D'où, puisque x est un entier compris entre 0 et 25 : $x = 11$.
Comme la lettre chiffrée par 11 est L, on peut conclure que **la lettre B code la lettre L.**

4. Notons x le rang de la lettre codée par J.
Le rang x vérifie : $3x + 20 \equiv 9 \ [26]$, c'est-à-dire : $3x \equiv -11 \ [26]$, ou encore : $3x \equiv 15 \ [26]$.

$15 \equiv -11 \ [26]$ car $15 - (-11) = 26$.

On a bien sûr : $3 \times 5 \equiv 15 \ [26]$.
Comme la lettre chiffrée par 5 est F, on peut conclure que la lettre J (et elle seule) code la lettre F.

Deux lettres distinctes ne sont jamais codées par la même lettre.

En procédant comme ci-dessus, on peut remplir le tableau suivant.

lettre initiale	F	A	C	I	L	E
rang *x*	5	0	2	8	11	4
rang lettre codée *r*	9	20	0	18	1	6
lettre codée	J	U	A	S	B	G

Finalement, **le message JUASBG est décodé par FACILE.**

7 → *Énoncé p. 446*

Utilisons l'algorithme d'Euclide pour déterminer le PGCD de 168 et 288.
$288 = 168 \times 1 + 120$
$168 = 120 \times 1 + 48$
$120 = 48 \times 2 + 24$
$48 = 24 \times 2 + \mathbf{0}$.
Ces divisions euclidiennes successives jusqu'au premier reste nul peuvent se présenter dans un tableau de la façon suivante :

	1	1	2	2
288	168	120	48	24
	120	48	**24**	**0**

Le dernier reste non nul obtenu dans les divisions successives étant 24, on en déduit :
PGCD(168 ; 288) = 24.

8 → *Énoncé p. 446*

1. • Si un entier divise n et $n + 1$, alors il divise leur différence $(n + 1) - n$, c'est-à-dire 1, donc le seul diviseur positif commun à n et $n + 1$ est 1.

> **Remarque**
> Si a divise b et c, alors a divise $b - c$.

Par conséquent : **PGCD(n, n + 1) = 1.**

Ce résultat pouvait s'établir en invoquant le théorème de Bézout après avoir écrit :

$$1 \times (n + 1) + (-1) \times n = 1.$$

2. • Si un entier divise $n + 1$ et $2n + 1$, alors il divise aussi leur différence $(2n + 1) - (n + 1)$, c'est-à-dire n. Comme le seul diviseur positif commun à n et $n + 1$ est 1, on peut affirmer :

PGCD(n + 1, 2n + 1) = 1.

$$2 \times (n + 1) + (-1) \times (2n + 1) = 1.$$

9 → *Énoncé p. 447*

1. $14u + 25v = 1$.

Les entiers 14 et 25 sont clairement premiers entre eux.

$$14 = 2 \times 7 \text{ et } 25 = 5^2$$

Le théorème de Bézout assure alors l'existence d'entiers relatifs u et v vérifiant l'égalité :

$$14u + 25v = 1.$$

> **Remarque**
> Si a et b sont premiers entre eux, alors il existe des entiers u et v tels que : $au + bv = 1$.

Déterminons de tels entiers u et v en employant l'algorithme d'Euclide.

• Par divisions euclidiennes successives :

$25 = 14 \times 1 + 11$ **(1)**

$14 = 11 \times 1 + 3$ **(2)**

$11 = 3 \times 3 + 2$ **(3)**

$3 = 2 \times 1 + 1$ **(4)**

• Par reports successifs en partant de la dernière égalité, on peut écrire :

$1 = 3 - 2$ **(4)**

$1 = 3 - (11 - 3 \times 3) = 4 \times 3 - 11$ **(3)**

$1 = 4 \times (14 - 11) - 11 = 4 \times 14 - 5 \times 11$ **(2)**

$1 = 4 \times 14 - 5 \times (25 - 14) = 9 \times 14 - 5 \times 25.$ **(1)**

On a ainsi obtenu : $14 \times 9 + 25 \times (-5) = 1$, ce qui permet de conclure qu'en prenant :

$$\boldsymbol{u = 9 \quad \text{et} \quad v = -5,}$$

l'égalité $14u + 25v = 1$ est satisfaite.

2. $3u + 4v = 1$.

Il n'est pas nécessaire ici d'appliquer une méthode savante, car de façon évidente : $3 \times (-1) + 4 \times 1 = 1$, ce qui permet d'affirmer que l'égalité $3u + 4v = 1$ est vérifiée lorsque :

$$\boldsymbol{u = -1 \quad \text{et} \quad v = 1.}$$

10 → *Énoncé p. 447*

(E) : $43x - 26y = 1$.

1. Les entiers 43 et –26 sont premiers entre eux, **43 est premier et 26 < 43** donc d'après le théorème de Bézout**, il existe des entiers relatifs x et y tels que $43x - 26y = 1$.**

2. On a : $43 \times (-3) - 26 \times (-5) = -129 + 130$, donc : $43 \times (-3) - 26 \times (-5) = 1$, ce qui prouve que **le couple (–3 ; –5) est une solution de l'équation (E).**

3. Soient x et y des entiers relatifs. D'après la question **2.**, les équations suivantes sont équivalentes : $43x - 26y = 1$, $43x - 26y = 43 \times (-3) - 26 \times (-5)$, $43(x+3) = 26(y+5)$.

• Supposons que (x, y) vérifie : $43x - 26y = 1$.

Alors : $43(x+3) = 26(y+5)$, donc 26 divise $43(x+3)$.

Comme de plus 26 et 43 sont premiers entre eux, le théorème de Gauss permet d'affirmer que 26 divise $x + 3$, c'est-à-dire qu'il existe un entier k tel que : $x = -3 + 26k$.

De : $43(x + 3) = 26 \times (y + 5)$, on déduit : $43 \times 26k = 26(y + 5)$, ou encore : $y = -5 + 43k$.

• Réciproquement, s'il existe un entier k tel que :

$$x = -3 + 26k \quad \text{et} \quad y = -5 + 43k,$$

alors : $43x - 26y = 43(-3 + 26k) - 26(-5 + 43k) = 43 \times (-3) - 26 \times (-5) = 1$, donc (x, y) est un couple d'entiers solution de (E).

Finalement, **les solutions dans $\mathbb{Z}^2$ de l'équation (E) : $43x - 26y = 1$ sont les couples $(26k - 3, 43k - 5)$, avec $k \in \mathbb{Z}$.**

4. Dire : $43x \equiv 1\ [26]$ signifie qu'il existe un entier y tel que : $43x - 26y = 1$, c'est-à-dire qu'il existe un entier k tel que : $x = -3 + 26k$.

Le seul entier naturel x inférieur ou égal à 25 tel que $43x \equiv 1\ [26]$ est donc obtenu pour $k = 1$, et il est égal à **23**. **L'inverse de 43 modulo 26 est 23.**

11 → *Énoncé p. 447*

144	2
72	2
36	2
18	2
9	3
3	3
1	

Décomposons 144 en produit de facteurs premiers.

L'algorithme présenté ci-contre conduit à : $144 = 2^4 \times 3^2$.

On aurait pu écrire : $144 = 12^2 = (2^2 \times 3)^2 = 2^4 \times 3^2$.

Les diviseurs positifs de 144 sont donc les entiers naturels qui s'écrivent $2^m \times 3^n$, où m et n sont des entiers tels que :

$$0 \leqslant m \leqslant 4 \quad \text{et} \quad 0 \leqslant n \leqslant 2.$$

Il y a donc 5 valeurs possibles pour m et 3 valeurs possibles pour n, donc 5×3 diviseurs positifs de 144.

Les quinze diviseurs positifs de $2^4 \times 3^2$ sont les termes de la somme obtenue en développant le produit : $(1 + 2 + 2^2 + 2^3 + 2^4)(1 + 3 + 3^2)$.

Les diviseurs positifs de 144 sont donc les quinze entiers suivants : 1, 2, 2^2, 2^3, 2^4, 3, 2×3, $2^2 \times 3$, $2^3 \times 3$, $2^4 \times 3$, 3^2, 2×3^2, $2^2 \times 3^2$, $2^3 \times 3^2$, $2^4 \times 3^2$, c'est-à-dire 1, 2, 4, 8, 16, 3, 6, 12, 24, 48, 9, 18, 36, 72, 144. **24 est obtenu pour $m = 3$ et $n = 1$.**

Rangés dans l'ordre croissant, **les diviseurs positifs de 144 sont : 1, 2, 3, 4, 6, 8, 9, 12, 16, 18, 24, 36, 48, 72, 144.**

12 → Énoncé p. 447

1. Chaque nombre premier inférieur à 100 figure dans la décomposition primaire de 100 ! De plus, aucun nombre premier supérieur à 100 ne peut figurer dans la décomposition primaire de 100 !.

> **Remarque**
> $100\,! = 1 \times 2 \times 3 \times \ldots \times 98 \times 99 \times 100$

Les nombres premiers qui figurent dans la décomposition primaire de 100 ! sont ceux qui sont inférieurs à 100.

> **Remarque**
> Si un entier naturel d divise un entier naturel n, alors : $d \leqslant n$.

2. **L'exposant de 5 dans la décomposition primaire de 100 ! est 24.** En effet, il y a vingt entiers naturels non nuls qui sont à la fois multiples de 5 et inférieurs ou égaux à 100.

5 ; 10 ; 15 ; 20 ; 25 ; 30 ; 35 ; 40 ; 45 ; 50 ; 55 ; 60 ; 65 ; 70 ; 75 ; 80 ; 85 ; 90 ; 95 ; 100

Parmi ceux-ci, quatre sont multiples de 5^2. 25 ; 50 ; 75 et 100. Et on s'arrête là car $5^3 > 100$.

3. Parmi les entiers de 1 à 100, cinquante sont pairs, donc l'exposant de 2 dans la décomposition primaire de 100 ! est au minimum 50. Avec de la patience, on trouve 97.

Ainsi, dans la décomposition primaire de 100 ! figurent le facteur premier 5 avec l'exposant 24 et le facteur premier 2 avec un exposant supérieur à 24.

$100! = (2 \times 5)^{24} \times m$, avec m entier non divisible par 10

l'écriture décimale de 100 ! comporte 24 zéros.

> **Remarque**
> Le nombre de zéros dans l'écriture décimale d'un entier n est le plus grand entier α tel que $n = 10^{\alpha} \times m$, avec m entier.

13 → Énoncé p. 447

> **Remarque**
> Si p est un nombre premier ne divisant pas n, alors :
> $n^{p-1} \equiv 1 \quad [p]$.

• Comme 11 ne divise pas 7, on peut écrire : $7^{11-1} \equiv 1 \quad [11]$,

c'est-à-dire : $7^{10} \equiv 1 \quad [11]$, $0 \leqslant 1 < 11$

ce qui prouve **que le reste de la division euclidienne de 7^{10} par 11 est 1.**

• On a : $3\,281 = 10 \times 328 + 1$, donc : $7^{3281} = \left(7^{10}\right)^{328} \times 7^1 = \left(7^{10}\right)^{328} \times 7$.

En outre : $7^{10} \equiv 1 \quad [11]$, donc : $\left(7^{10}\right)^{328} \equiv 1 \quad [11]$, $1^{328} = 1$

d'où : $\left(7^{10}\right)^{328} \times 7 \equiv 7 \quad [11]$, c'est-à-dire : $7^{3281} \equiv 7 \quad [11]$. $0 \leqslant 7 < 11$

On peut alors conclure **que le reste de la division euclidienne de 7^{3281} par 11 est 7.**

14 → Énoncé p. 447

Démontrer qu'un entier a est divisible par 30 revient à prouver que 2, 3 et 5 figurent dans la décomposition primaire de a, c'est-à-dire que 2, 3 et 5 divisent a. $30 = 2 \times 3 \times 5$

Soit n un entier naturel.

$n^5 - n = n\left(n^4 - 1\right) = n\left(n^2 + 1\right)\left(n^2 - 1\right) = n\left(n^2 + 1\right)(n-1)(n+1)$.

• $n-1$, n et $n+1$ sont trois entiers consécutifs, donc l'un au moins est pair, et l'un d'entre eux est divisible par 3.

• D'après le petit théorème de Fermat : $n^5 \equiv n \quad [5]$, donc 5 divise $n^5 - n$. 5 est premier

Finalement, 2, 3 et 5 sont des nombres premiers qui divisent $n^5 - n$, donc leur produit 30 divise $n^5 - n$.

On peut conclure que **pour tout entier naturel n, $n^5 - n$ est divisible par 30.**

Graphes et matrices

CHAPITRE 3

1 Graphes non orientés

A. Définitions

- On appelle **graphe** un ensemble constitué par des points et des lignes reliant certains de ces points.
Les points sont appelés **sommets** du graphe, les lignes sont appelées **arêtes** du graphe.
- L'**ordre** d'un graphe est le nombre de ses sommets.
- Des **sommets adjacents** sont des sommets reliés par une arête.
- Le **degré d'un sommet** est le nombre d'arêtes dont il est l'origine.

B. Théorème

La somme des degrés d'un graphe est égale au double du nombre de ses arêtes.

C. Graphe complet

Un graphe est dit **complet** lorsque tous ses sommets sont deux à deux adjacents.

D. Chaîne

- Une **chaîne** est une liste ordonnée de sommets où chaque sommet (s'il n'est pas une extrémité de la chaîne) est adjacent au précédent et au suivant.
- La **longueur** d'une chaîne est le nombre de ses arêtes.
- Une **chaîne fermée** est une chaîne dans laquelle le premier sommet est égal au dernier.
- Une **chaîne eulérienne** d'un graphe G est une chaîne qui contient une seule fois chaque arête du graphe G.
- Un **cycle eulérien** est une chaîne eulérienne fermée.

E. Graphe connexe

- Un graphe est dit **connexe** lorsque deux sommets quelconques sont toujours reliés par au moins une chaîne.

■ **Théorème d'Euler**
Un graphe connexe G admet une chaîne eulérienne si, et seulement si, soit tous les sommets de G sont de degré pair (G est alors un cycle eulérien), soit seuls deux sommets de G sont de degré impair.

F. Matrice d'adjacence d'un graphe

Soit G un graphe d'ordre n dont les sommets sont numérotés de 1 à n.
■ La matrice d'adjacence du graphe G est la matrice carrée A d'ordre n dont le terme de position (i, j) est le nombre d'arêtes reliant les sommets i et j.
■ Le nombre de chaînes de longueur k du graphe G reliant le sommet i au sommet j est égal au terme de position (i, j) de la matrice A^k.

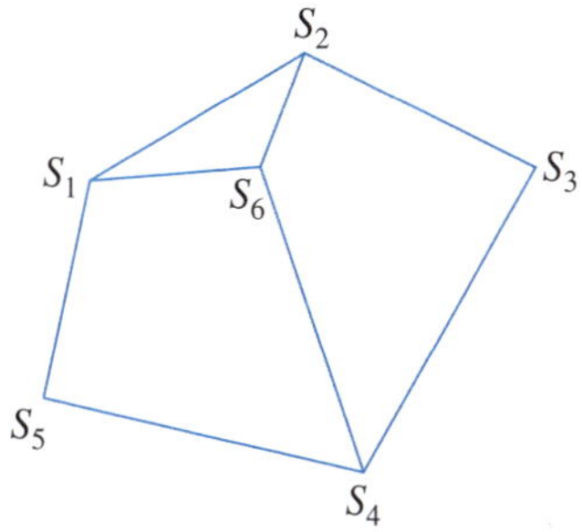

$$A = \begin{pmatrix} 0 & 1 & 0 & 0 & 1 & 1 \\ 1 & 0 & 1 & 0 & 0 & 1 \\ 0 & 1 & 0 & 1 & 0 & 0 \\ 0 & 0 & 1 & 0 & 1 & 1 \\ 1 & 0 & 0 & 1 & 0 & 0 \\ 1 & 1 & 0 & 1 & 0 & 0 \end{pmatrix}$$

2 Matrices

m, n, p, q désigneront des entiers naturels non nuls.

A. Définitions

■ On appelle matrice de format (m, n) à coefficients réels tout tableau rectangulaire A de $m \times n$ réels, disposés sur m lignes et n colonnes.
Si i et j sont des entiers tels que $1 \leqslant i \leqslant m$ et $1 \leqslant j \leqslant n$, le terme situé à l'intersection de la i-ème ligne et de la j-ème colonne de A est appelé le terme de position (i, j) de A.
■ **Cas particuliers**
Une matrice de format $(1, n)$ est appelée **matrice-ligne.**
Une matrice de format $(n, 1)$ est appelée **matrice-colonne.**
On appelle **matrice nulle** une matrice dont tous les coefficients sont nuls.
■ Des matrices de même format sont égales si, et seulement si, elles ont à toute position des coefficients égaux.
■ Une matrice carrée d'ordre n est une matrice de format (n, n).
■ Les **coefficients diagonaux** d'une matrice carrée sont ceux dont la position est de la forme (i, i).

- Une **matrice diagonale** est une matrice carrée dont tous les coefficients non diagonaux sont nuls.
- On appelle **matrice identité** d'ordre n la matrice diagonale I_n d'ordre n dont tous les coefficients diagonaux valent 1.

B. Opérations

- **Addition**

On ne peut additionner que des matrices de même format.
L'addition se fait terme à terme :
la somme de deux matrices A et B de même format est la matrice $A+B$ de même format que A et B, dont chaque coefficient est la somme des coefficients de A et B situés à la même ligne et à la même colonne.

- **Multiplication par un réel**

Le produit λA d'une matrice A par un réel λ est la matrice de même format que A obtenue en multipliant par λ chaque terme de la matrice A.

- **Multiplication matricielle**

La multiplication se fait ligne par colonne.
• On ne peut effectuer le produit $A \times B$ de deux matrices A et B qu'à condition que le nombre de colonnes de A soit égal au nombre de lignes de B.
• Le produit d'une matrice ligne par une matrice colonne de même taille est un nombre réel :

$$\begin{pmatrix} x_1 \dots x_n \end{pmatrix} \begin{pmatrix} y_1 \\ \vdots \\ y_n \end{pmatrix} = x_1 y_1 + \dots + x_n y_n = \sum_{k=1}^{n} x_k y_k .$$

• Le produit d'une matrice A de format (m, n) par une matrice B de format (n, p) est la matrice de format (m, p) dont le coefficient de position (i, j) est le produit de la i-ème ligne de A par la j-ème colonne de B.

C. Inverse d'une matrice carrée

On dit qu'une matrice A carrée d'ordre n est **inversible** lorsqu'il existe une matrice B carrée d'ordre n telle que : $AB = I_n$ et $BA = I_n$.
Si une telle matrice B existe, alors elle est unique, on l'appelle la matrice inverse de A et on la note A^{-1}.

D. Propriétés des opérations sur les matrices

- Les règles opératoires concernant l'addition et la multiplication par un réel sont analogues avec celles dans $\mathbb{R}$.
- Sous réserve de compatibilité des formats :

$$(AB)C = A(BC), \qquad A(B+C) = AB + AC, \qquad (A+B)C = AC + BC.$$

- Pour toute matrice A de format (m, n) : $AI_n = I_m A = A$.

E. Puissances d'une matrice carrée

Pour toute matrice A carrée d'ordre n, on pose :
- $A^0 = I_n$,
- pour tout entier naturel k, $A^{k+1} = A^k \times A$.

Pour toute matrice A carrée d'ordre n et tous k et ℓ de $\mathbb{N}$:

$$A^k \times A^\ell = A^{k+\ell} = A^\ell \times A^k.$$

■ **Cas des matrices diagonales**

Pour tout entier naturel k, $\begin{pmatrix} a_1 & & (0) \\ & \ddots & \\ (0) & & a_n \end{pmatrix}^k = \begin{pmatrix} a_1{}^k & & (0) \\ & \ddots & \\ (0) & & a_n{}^k \end{pmatrix}$

3 Représentations matricielles

A. Systèmes linéaires

Soit (S) le système à coefficients réels et d'inconnue $(x_1, x_2, \ldots, x_n)$:

$$\begin{cases} a_{11}\ x_1 + a_{12}\ x_2 + \ldots + a_{1n}\ x_n = b_1 \\ a_{21}\ x_1 + a_{22}\ x_2 + \ldots + a_{2n}\ x_n = b_2 \\ \qquad \vdots \\ a_{n1}\ x_1 + a_{n2}\ x_2 + \ldots + a_{nn}\ x_n = b_n. \end{cases}$$

En posant :

$$A = \begin{pmatrix} a_{11} & a_{12} & \ldots & a_{1n} \\ a_{21} & a_{22} & \ldots & a_{2n} \\ \vdots & \vdots & & \vdots \\ a_{n1} & a_{n2} & \ldots & a_{nn} \end{pmatrix}, \quad X = \begin{pmatrix} x_1 \\ x_2 \\ \vdots \\ x_n \end{pmatrix}, \quad B = \begin{pmatrix} b_1 \\ b_2 \\ \vdots \\ b_n \end{pmatrix},$$

on peut écrire (S) sous forme matricielle $AX = B$.

Lorsque la matrice A est inversible, (S) admet une seule solution :

$$\boldsymbol{AX = B \Leftrightarrow X = A^{-1}B.}$$

B. Suites récurrentes

Soient A et B des matrices carrées de même ordre.

■ **Suites de matrices colonnes vérifiant $U_{n+1} = AU_n$**

Si (U_n) est une suite de matrices colonnes vérifiant :

$$\text{pour tout entier naturel } n, \quad U_{n+1} = AU_n,$$

alors : pour tout entier naturel n, $U_n = A^n U_0$.

■ **Suites de matrices colonnes vérifiant $U_{n+1} = AU_n + B$**

Si (U_n) est une suite de matrices colonnes vérifiant :

$$\text{pour tout entier naturel } n, U_{n+1} = AU_n + B,$$

et s'il existe une matrice C telle que $C = AC + B$,

alors : pour tout entier naturel n, $U_{n+1} - C = A(U_n - C)$.

4 Chaînes de Markov à deux ou trois états

■ Une chaîne de Markov est une suite d'épreuves aléatoires où les états possibles sont donnés et la distribution de probabilité évolue selon des probabilités de transition constantes.

■ Un **graphe probabiliste** est un graphe orienté dans lequel :

- les sommets du graphe représentent les différents états possibles,
- les poids des arcs indiquent les probabilités de passage d'un état à l'autre.

Dans un graphe probabiliste, la somme des poids des arcs issus d'un même sommet est égale à 1.

■ Après avoir ordonné les états, on définit la matrice carrée P, appelée **matrice de transition**, telle que le terme de position (i, j) soit la probabilité de passer de l'état i à l'état j.

- La somme des coefficients de chaque ligne de P vaut 1.
- Le coefficient de position (i, j) de la matrice P^n est la probabilité de passer de l'état i à l'état j après n transitions.
- En notant π_0 la matrice ligne qui représente la distribution initiale, la matrice ligne $\pi_0 P^n$ représente la distribution après n transitions.

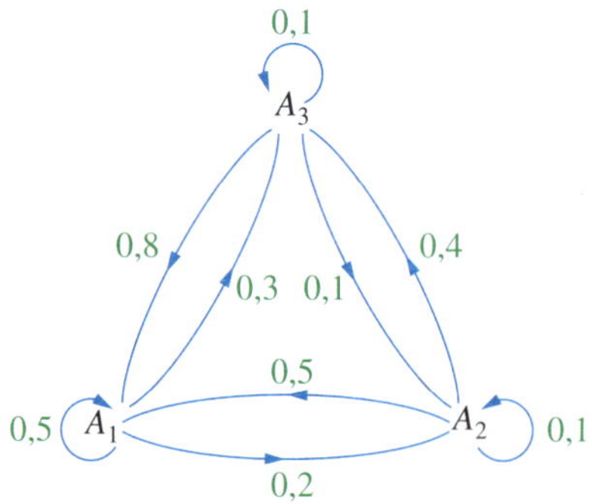

$$P = \begin{pmatrix} 0,5 & 0,2 & 0,3 \\ 0,5 & 0,1 & 0,4 \\ 0,8 & 0,1 & 0,1 \end{pmatrix}$$

EXERCICES

Graphes non orientés

1 10 min ★★ → Corrigé p. 464

Le responsable d'une agence de services à domicile implantée dans la ville de LAIRE a représenté par le graphe $\mathscr{G}$ ci-dessous toutes les rues dans lesquelles se trouvent des clients qu'il doit visiter quotidiennement. Dans ce graphe, les arêtes sont les rues et les sommets sont les intersections des rues.

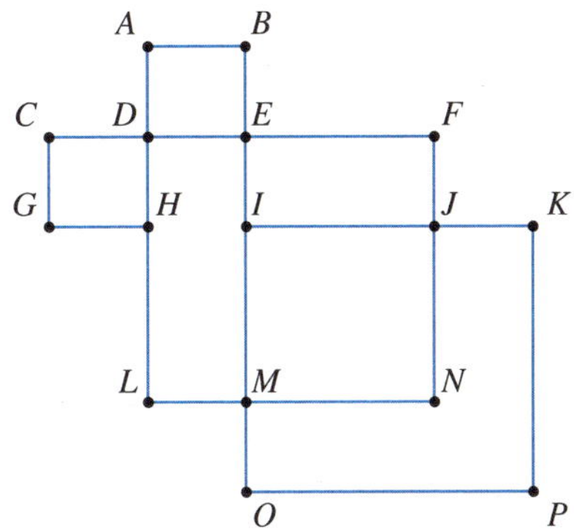

1. Quel est l'ordre du graphe $\mathscr{G}$? Le graphe $\mathscr{G}$ est-il complet ? Est-il connexe ?

2. Le responsable voudrait effectuer un parcours qui passe une seule fois par chaque rue où se trouvent les clients.

Déterminer si un tel parcours existe dans les deux cas suivants.

a. Le point d'arrivée est le même que le point de départ.

b. Le point d'arrivée n'est pas le même que le point de départ.

2 10 min ★★ → Corrigé p. 464

Dans la ville de Graaff, on s'intéresse aux principales rues permettant de relier différents lieux ouverts au public, à savoir la mairie M, le centre commercial C, la bibliothèque B, la piscine P et le lycée L.

Les cases vertes du tableau ci-dessous indiquent les rues reliant deux de ces lieux.

1. Dessiner un graphe représentant cette situation.

Le graphe est-il connexe ?

2. Démontrer qu'il existe au moins un trajet empruntant une seule fois chacune de ces rues. Proposer un tel trajet.

3. Est-il possible de passer une seule fois dans chaque rue et de revenir à la fin à son point de départ ?

	B	C	L	M	P
B		■		■	■
C	■		■	■	
L		■		■	
M	■	■	■		■
P	■			■	

Matrices et opérations

3 5 min ★ → Corrigé p. 465

On pose : $A = \begin{pmatrix} 1 & 1 \\ 0 & 2 \end{pmatrix}$ $B = \begin{pmatrix} 0 & 1 \\ 2 & -2 \end{pmatrix}$

Calculer les matrices suivantes :

1. $2A$.
2. $-B$.
3. $2A + 3B$.
4. $5A - 4B$.
5. $2A - 3I_2$.
6. $A - 2B - 6(A - B)$.

4 10 min ★★ → Corrigé p. 465

Soit A une matrice carrée d'ordre $n\ (n \in \mathbb{N}^*)$.

1. Développer $(3A - I_n)A$, $(A - 3I_n)(A + I_n)$, $(A - 2I_n)^2$.
2. Factoriser $A^2 - 2A$, $A^2 - 3A + 2I_n$, $A^2 - I_n$.

Puissances d'une matrice

5 10 min ★ → Corrigé p. 466

Soit A la matrice $\begin{pmatrix} 1 & -1 \\ 1 & -1 \end{pmatrix}$. Calculer A^2. Que vaut A^{10} ?

6 15 min ★★ → Corrigé p. 466

Soit A la matrice $\begin{pmatrix} 1 & 1 \\ 1 & 1 \end{pmatrix}$. Calculer A^2, puis A^3. Quelle conjecture est-on amené à formuler concernant A^n, n désignant un entier naturel non nul ? La démontrer par récurrence.

Matrice inverse

7 30 min ★★ → Corrigé p. 466

Soit A la matrice $\begin{pmatrix} \frac{1}{2} & \frac{2}{3} \\ \frac{1}{2} & \frac{1}{3} \end{pmatrix}$.

Le but de l'exercice est de calculer $A^n\ (n \in \mathbb{N}^*)$. Pour cela, on pose :

$$B = \begin{pmatrix} 4 & -1 \\ 3 & 1 \end{pmatrix}, \qquad D = \begin{pmatrix} 1 & 0 \\ 0 & -\frac{1}{6} \end{pmatrix}.$$

1. a. À l'aide de la calculatrice, vérifier que B est inversible et expliciter B^{-1}, puis effectuer le produit $B^{-1}AB$.

b. Expliciter la matrice D^n pour tout n de $\mathbb{N}^*$.

c. Écrire A à l'aide de D, B et B^{-1}.

2. Démontrer par récurrence que, pour tout n de $\mathbb{N}^*$: $A^n = BD^nB^{-1}$.
3. Conclure.

Matrices et systèmes d'équations linéaires

8 5 min ★ → Corrigé p. 468

Traduire le système suivant :

$$\begin{cases} 2x + y = 3 \\ 5x - 4y = 7 \end{cases}$$

1. par une égalité entre deux matrices colonnes ;
2. par une égalité portant sur des matrices colonnes, de la forme $xC_1 + yC_2 = Y$;
3. par une égalité entre matrices, de la forme $AX = Y$.

9 15 min ★★ → Corrigé p. 468

1. Soit A la matrice $\begin{pmatrix} 4 & -13 \\ -5 & 7 \end{pmatrix}$.

À l'aide de la calculatrice, vérifier que A est inversible et expliciter la matrice A^{-1}.

2° Applications.

a. Résoudre le système (Σ) d'inconnue (x, y) : $\begin{cases} 4x - 13y = -53 \\ -5x + 7y = 20. \end{cases}$

b. Le plan étant rapporté à un repère $(O\,; \vec{i}, \vec{j})$, on considère les vecteurs définis par :

$$\vec{u} = 4\vec{i} - 5\vec{j}, \quad \vec{v} = -13\vec{i} + 7\vec{j}, \quad \vec{w} = -53\vec{i} + 20\vec{j}.$$

Démontrer que $\vec{w}$ s'écrit de façon unique comme combinaison linéaire de $\vec{u}$ et $\vec{v}$.

Suites récurrentes

10 30 min ★★★ **Les cuves d'Ehrenfest** → Corrigé p. 469

Deux cuves A et B contiennent à l'origine la même quantité d'eau.
On crée dans A et B deux solutions homogènes de concentrations différentes :

a_0 grammes de sucre ont été dissous dans A et b_0 grammes dans B.

Le temps est discrétisé, l'unité étant la minute. À l'instant $t = 0$, on ouvre une vanne de telle sorte que les solutions présentes dans les deux cuves ne se trouvent plus séparées que par une membrane qui possède les propriétés suivantes :
à chaque instant, 30 % des molécules de sucre présentes la minute précédente dans A passent dans B, tandis que 10 % des molécules de sucre de B passent dans A.

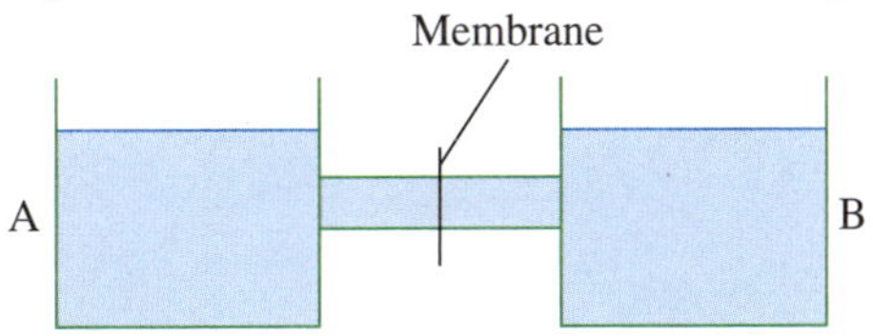

On note a_n et b_n les masses de sucre en grammes présentes n minutes après l'ouverture de la vanne, respectivement dans les cuves A et B.

1. Justifier que pour tout entier naturel n : $\begin{cases} a_{n+1} = 0{,}7a_n + 0{,}1b_n \\ b_{n+1} = 0{,}3a_n + 0{,}9b_n \end{cases}$.

2. Pour tout entier naturel n, on note X_n la matrice $\begin{pmatrix} a_n \\ b_n \end{pmatrix}$, et on pose :

$$M = \begin{pmatrix} 0{,}7 & 0{,}1 \\ 0{,}3 & 0{,}9 \end{pmatrix}.$$

a. Exprimer X_{n+1} en fonction de X_n et de M.

b. Exprimer X_n en fonction de X_0, de M et de l'entier naturel n.

3. On pose : $P = \begin{pmatrix} 1 & 1 \\ -1 & 3 \end{pmatrix}$, $D = P^{-1}MP$,

et l'on note I la matrice identité d'ordre 2.

a. Qu'obtient-on à l'affichage de la calculatrice si on demande le calcul de l'inverse de P ? Comment vérifier « à la main » la validité de la réponse ?

b. Vérifier que D est une matrice diagonale.

c. Exprimer la matrice M en fonction des matrices D, P^{-1} et P.

d. Démontrer : pour tout entier naturel n, $M^n = PD^nP^{-1}$.

e. Démontrer que pour tout entier naturel n :

$$M^n = \frac{1}{4}\begin{pmatrix} 0{,}6^n + 1 & -0{,}6^n + 1 \\ 0{,}6^n + 3 & 0{,}6^n + 3 \end{pmatrix}.$$

4. a. Exprimer X_n en fonction de a_0, b_0 et n.

b. Déterminer la limite des suites (a_n) et (b_n) en fonction de a_0 et b_0. Interpréter le résultat.

Chaînes de Markov

11 10 min ★★

→ Corrigé p. 471

Donner la matrice de transition associée à chacun des graphes probabilistes suivants. *Les sommets sont rangés dans l'ordre alphabétique.*

1.

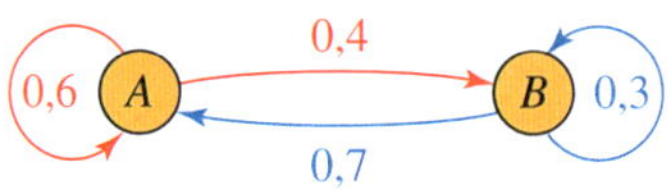

2.

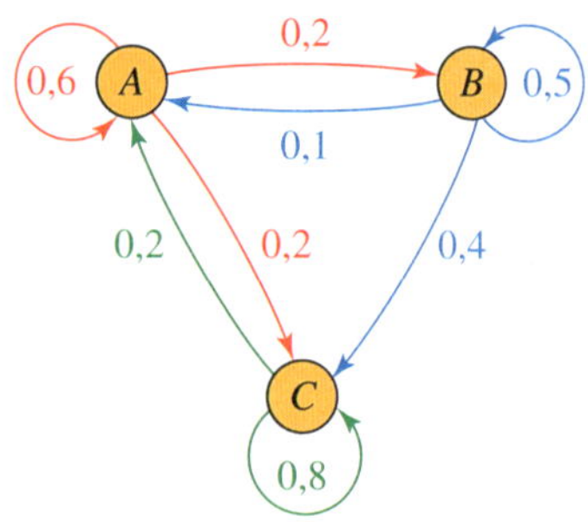

12 30 min ★★★ → Corrigé p. 471

Afin de réduire son emprunte carbone, Selma décide d'utiliser lors de ses trajets quotidiens soit les transports en commun, soit le covoiturage. Elle applique ces résolutions à compter du 1er janvier 2021 et utilise le covoiturage ce jour là.
On considère le modèle mathématique suivant (correspondant à l'âge de Selma et à son mode de vie) :
• si Selma prend les transports en commun un certain jour, alors elle utilise le covoiturage le jour suivant avec une probabilité de 0,53 ;
• si Selma utilise le covoiturage un certain jour, alors elle prend les transports en commun le jour suivant avec une probabilité de 0,78.
On numérote les jours à partir du 1er janvier 2021, considéré comme le jour 0.
Pour tout entier naturel n, on note :
• c_n la probabilité que Selma utilise le covoiturage le jour n,
• t_n la probabilité que Selma utilise les transports en commun le jour n,
• P_n la matrice ligne $\begin{pmatrix} c_n & t_n \end{pmatrix}$ appelée distribution au jour n.

1. Préciser la distribution P_0.

2. Traduire les données de l'énoncé par un graphe probabiliste $\mathcal{G}$ dont on notera les deux sommets C (pour le covoiturage) et T (pour les transports en commun).

3. Déterminer la matrice de transition M de la chaîne de Markov associée au graphe $\mathcal{G}$ en considérant ses sommets dans l'ordre alphabétique.

4. Quel mode de transport sera utilisé par Selma le 3 janvier 2021 avec la plus forte probabilité ?

5. On peut démontrer, et on admettra :

$$\text{pour tout } n \text{ de } \mathbb{N},\ M^n = \frac{1}{131}\begin{pmatrix} 53+78(-0{,}31)^n & 78-78(-0{,}31)^n \\ 53-53(-0{,}31)^n & 78+53(-0{,}31)^n \end{pmatrix}.$$

a. Expliciter c_n et t_n en fonction de l'entier naturel n.

b. Préciser la limite des suites (c_n) et (t_n). Interpréter le résultat.

c. On pose : $c = \lim\limits_{n\to+\infty} c_n$, $\quad P = \begin{pmatrix} c & 1-c \end{pmatrix}$.

Vérifier que P est une distribution invariante.

CORRIGÉS

1 → Énoncé p. 459

1. • Le graphe admet 16 sommets : **le graphe $\mathcal{G}$ est d'ordre 16.**

• **Le graphe $\mathcal{G}$ n'est pas complet** car les sommets *B* et *D*, par exemple, ne sont pas reliés par une arête.

• **Le graphe $\mathcal{G}$ est connexe** car chaque sommet est relié à n'importe quel autre sommet par une chaîne.

2. Commençons par déterminer le degré de chaque sommet.

Sommet	Degré	Sommet	Degré
A	2	*I*	**3**
B	2	*J*	4
C	2	*K*	2
D	4	*L*	2
E	4	*M*	4
F	2	*N*	2
G	2	*O*	2
H	**3**	*P*	2

> **Remarque**
> Une chaîne est eulérienne lorsqu'elle contient une seule fois chaque arête du graphe.
> Un cycle eulérien est une chaîne eulérienne dans laquelle le premier sommet est égal au dernier.

a. Les sommets de $\mathcal{G}$ n'étant pas tous de degré pair, $\mathcal{G}$ n'admet pas de cycle eulérien : **il n'existe aucun parcours passant une seule fois par chaque rue et dont le point de départ est aussi celui d'arrivée.**

b. Seuls les sommets *H* et *I* sont de degré impair, donc $\mathcal{G}$ **admet une chaîne eulérienne** joignant *H* et *I*. **Il existe** donc **un parcours passant une seule fois par chaque rue et dont le point de départ est différent de celui d'arrivée.**

En ne gardant que les sommets qui correspondent à un « tournant », voici un « parcours » eulérien du graphe : *H-G-C-F-N-L-A-B-O-P-K-I*.

2 → Énoncé p. 459

1. Le graphe $\mathcal{G}$ ci-dessous représente la situation.

Le graphe $\mathcal{G}$ est connexe car chaque sommet est relié à n'importe quel autre par une chaîne.

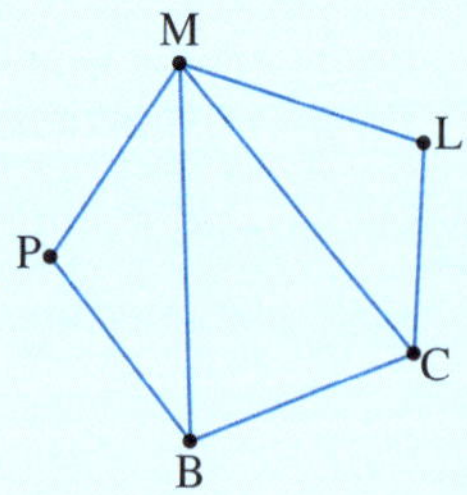

2. Un trajet empruntant une seule fois chacune des rues correspond à une chaîne eulérienne.

Consignons le degré de chaque sommet dans un tableau.

Sommet	B	C	L	M	P
Degré	3	3	2	4	2

> **Remarque**
> Si exactement deux sommets d'un graphe connexe sont de degré impair, alors ce graphe admet une chaîne eulérienne.

B et C sont de degré impair, tous les autres sont de degré pair, donc $\mathcal{G}$ admet une chaîne eulérienne. On en déduit qu'**il existe au moins un trajet empruntant une seule fois chacune des rues. B-C-L-M-P-B-M-C est un tel trajet.**

3. Un trajet qui passe une seule fois dans chaque rue et revient à la fin à son point de départ correspond à un cycle eulérien.

Les sommets B et C ont un degré impair, donc **aucun trajet ne peut à la fois passer une seule fois dans chaque rue et revenir à son point de départ.**

> **Remarque**
> Un graphe connexe admet un cycle eulérien si, et seulement si, tous ses sommets sont de degré pair.

3 → *Énoncé p. 459*

1. $2A = \begin{pmatrix} 2 & 2 \\ 0 & 4 \end{pmatrix}$. **2.** $-B = \begin{pmatrix} 0 & -1 \\ -2 & 2 \end{pmatrix}$.

3. $2A + 3B = \begin{pmatrix} 2 & 2 \\ 0 & 4 \end{pmatrix} + \begin{pmatrix} 0 & 3 \\ 6 & -6 \end{pmatrix}$,

donc : $\mathbf{2A + 3B} = \begin{pmatrix} 2 & 5 \\ 6 & -2 \end{pmatrix}$.

> **Remarque**
> La somme de deux matrices (de même format) s'effectue terme à terme.

4. $5A - 4B = \begin{pmatrix} 5 & 5 \\ 0 & 10 \end{pmatrix} - \begin{pmatrix} 0 & 4 \\ 8 & -8 \end{pmatrix}$,

donc : $\mathbf{5A - 4B} = \begin{pmatrix} 5 & 1 \\ -8 & 18 \end{pmatrix}$.

5. $2A - 3I_2 = \begin{pmatrix} 2 & 2 \\ 0 & 4 \end{pmatrix} - \begin{pmatrix} 3 & 0 \\ 0 & 3 \end{pmatrix}$, $\mathbf{2A - 3I_2} = \begin{pmatrix} -1 & 2 \\ 0 & 1 \end{pmatrix}$.

6. $A - 2B - 6(A - B) = A - 2B - 6A + 6B = -5A + 4B = -(5A - 4B)$,

donc : $\mathbf{A - 2B - 6(A - B)} = \begin{pmatrix} -5 & -1 \\ 8 & -18 \end{pmatrix}$.

4 → *Énoncé p. 460*

A : matrice carrée d'ordre n.

1. • $(3A - I_n)A = 3A^2 - I_nA$, d'où : $\mathbf{(3A - I_n)A = 3A^2 - A}$.

> **Remarque**
> $AI_n = I_nA = A$

• $(A - 3I_n)(A + I_n) = A^2 + A - 3A - 3I_n$, $I_n^2 = I_n$

donc : $\mathbf{(A - 3I_n)(A + I_n) = A^2 - 2A - 3I_n}$.

• $\mathbf{(A - 2I_n)^2 = A^2 - 4A + 4I_n}$.

2. • $\mathbf{A^2 - 2A = A(A - 2I_n) = (A - 2I_n)A}$.

Attention à ne pas oublier « I_n » dans l'écriture « $A - 2I_n$ ».

• $\mathbf{A^2 - 3A + 2I_n = (A - 2I_n)(A - I_n) = (A - I_n)(A - 2I_n)}$.

Pour tout réel x : $x^2 - 3x + 2 = (x - 2)(x - 1) = (x - 1)(x - 2)$.

• $\mathbf{A^2 - I_n = (A - I_n)(A + I_n) = (A + I_n)(A - I_n)}$.

Bien observer que ces calculs sont valides car les matrices A et I_n commutent.

> **Remarque**
> I_n commute avec toute matrice carrée d'ordre n.

5 → Énoncé p. 460

A^2 est la matrice nulle carrée d'ordre 2 : $\mathbf{A^2} = \begin{pmatrix} \mathbf{0} & \mathbf{0} \\ \mathbf{0} & \mathbf{0} \end{pmatrix} = (\mathbf{0})_2$.

		1	−1
		1	−1
1	−1	0	0
1	−1	0	0

On en déduit $\mathbf{A^{10}} = (\mathbf{0})_2$. $A^{10} = A^2 \times A^8 = (0)_2 \times A^8 = (0)_2$

6 → Énoncé p. 460

On obtient sans difficulté :

$\mathbf{A^2} = \begin{pmatrix} \mathbf{2} & \mathbf{2} \\ \mathbf{2} & \mathbf{2} \end{pmatrix} = \mathbf{2A}$, $A^2 = 2^1 A$ $\mathbf{A^3} = \begin{pmatrix} \mathbf{4} & \mathbf{4} \\ \mathbf{4} & \mathbf{4} \end{pmatrix} = \mathbf{4A}$, $A^3 = 2^2 A$

ce qui conduit à conjecturer que, pour tout entier naturel n non nul : $A^n = 2^{n-1}A$.
Démontrons cette conjecture par récurrence.

- **Initialisation**

On a : $A^1 = A$ et $2^{1-1}A = 2^0 A = 1A = A$, donc : $A^1 = 2^{1-1}A$.

- **Hérédité**

Soit p un entier naturel non nul.
Supposons : $A^p = 2^{p-1}A$, et démontrons : $A^{p+1} = 2^p A$.
Par définition des puissances d'une matrice : $A^{p+1} = A^p \times A$,
donc, d'après l'hypothèse de récurrence : $A^{p+1} = \left(2^{p-1}A\right) \times A$,
d'où : $A^{p+1} = 2^{p-1}(A \times A) = 2^{p-1}A^2$,
or $A^2 = 2A$, donc : $A^{p+1} = 2^{p-1}(2A) = \left(2^{p-1} \times 2\right)A$,
et finalement : $A^{p+1} = 2^p A$.
Le principe de récurrence permet de conclure : **pour tout n de $\mathbb{N}^*$, $A^n = 2^{n-1}A$.**

7 → Énoncé p. 460

$A = \begin{pmatrix} \frac{1}{2} & \frac{2}{3} \\ \frac{1}{2} & \frac{1}{3} \end{pmatrix}$, $B = \begin{pmatrix} 4 & -1 \\ 3 & 1 \end{pmatrix}$, $D = \begin{pmatrix} 1 & 0 \\ 0 & -\frac{1}{6} \end{pmatrix}$.

1. a. On lit à l'affichage de la calculatrice, d'une part : $\mathbf{B^{-1}} = \begin{pmatrix} \frac{\mathbf{1}}{\mathbf{7}} & \frac{\mathbf{1}}{\mathbf{7}} \\ -\frac{\mathbf{3}}{\mathbf{7}} & \frac{\mathbf{4}}{\mathbf{7}} \end{pmatrix}$,

d'où : $B^{-1} = \frac{1}{7}\begin{pmatrix} 1 & 1 \\ -3 & 4 \end{pmatrix}$, d'autre part : $B^{-1}AB = \begin{pmatrix} 1 & 0 \\ 0 & -\frac{1}{6} \end{pmatrix}$, c'est-à-dire : $\mathbf{B^{-1}AB = D}$.

b. D'après les règles opératoires sur les matrices diagonales, **pour tout n de $\mathbb{N}^*$** :

$$\mathbf{D^n} = \begin{pmatrix} \mathbf{1} & \mathbf{0} \\ \mathbf{0} & \left(-\frac{\mathbf{1}}{\mathbf{6}}\right)^{n} \end{pmatrix}.$$

Remarque

$\begin{pmatrix} a & 0 \\ 0 & b \end{pmatrix}^n = \begin{pmatrix} a^n & 0 \\ 0 & b^n \end{pmatrix}$.

c. En multipliant chaque membre de l'égalité $B^{-1}AB = D$ à gauche par B et à droite par B^{-1}, on obtient :

$$B\times\left(B^{-1}AB\right)\times B^{-1} = BDB^{-1},$$

c'est-à-dire : $\boldsymbol{A = BDB^{-1}}$**.**

$$B\times(B^{-1}AB)\times B^{-1}=(BB^{-1})\times A\times(BB^{-1})=I_3\times A\times I_3=A.$$

2. Pour tout entier naturel n non nul, notons $\mathcal{P}(n)$ la proposition : $A^n = BD^nB^{-1}$.

- **Initialisation**

On a les égalités : $BD^1B^{-1} = BDB^{-1} = A = A^1$ donc $\mathcal{P}(1)$ est vraie.

- **Hérédité**

Soit p un entier naturel non nul.
Supposons $\mathcal{P}(p)$ vraie, c'est-à-dire : $A^p = BD^pB^{-1}$,
et démontrons que $\mathcal{P}(p+1)$ est vraie, c'est-à-dire : $A^{p+1} = BD^{p+1}B^{-1}$.
On a : $A^{p+1} = A^p \times A$,
donc, d'après l'hypothèse de récurrence : $A^{p+1} = \left(BD^pB^{-1}\right)\times A$.
De plus $A = BDB^{-1}$, donc : $A^{p+1} = \left(BD^pB^{-1}\right)\times BDB^{-1}$,
d'où : $A^{p+1} = BD^p\times\left(B^{-1}B\right)\times DB^{-1} = BD^p\times I_3\times DB^{-1} = BD^p\times DB^{-1} = B\times\left(D^pD\right)\times B^{-1}$,
et finalement : $A^{p+1} = BD^{p+1}B^{-1}$, autrement dit, $\mathcal{P}(p+1)$ est vraie.
D'après le principe de récurrence, on a ainsi prouvé : **pour tout n de $\mathbb{N}^*$, $A^n = BD^nB^{-1}$.**

3. Soit n un entier naturel non nul.
Posons, par commodité d'écriture : $\alpha = \left(\frac{-1}{6}\right)^n$.

		D^n		$7B^{-1}$	
		1	0	1	1
		0	α	-3	4
4	-1	4	$-\alpha$	$4+3\alpha$	$4-4\alpha$
3	1	3	α	$3-3\alpha$	$3+4\alpha$
B		BD^n		$7BD^nB^{-1}$	

$(BD^n)\times(7B^{-1})=7(BD^nB^{-1})$

D'après l'algorithme ci-dessus : $7BD^nB^{-1} = \begin{pmatrix} 4+3\alpha & 4-4\alpha \\ 3-3\alpha & 3+4\alpha \end{pmatrix}$.

On est en mesure de conclure que, **pour tout entier naturel n non nul :**

$$A^n = \begin{pmatrix} \frac{4}{7}+\frac{3}{7}\left(\frac{-1}{6}\right)^n & \frac{4}{7}-\frac{4}{7}\left(\frac{-1}{6}\right)^n \\ \frac{3}{7}-\frac{3}{7}\left(\frac{-1}{6}\right)^n & \frac{3}{7}+\frac{4}{7}\left(\frac{-1}{6}\right)^n \end{pmatrix},$$

ce qui peut aussi s'écrire : $A^n = \frac{1}{7}\begin{pmatrix} 4 & 4 \\ 3 & 3 \end{pmatrix} + \frac{1}{7}\left(\frac{-1}{6}\right)^n\begin{pmatrix} 3 & -4 \\ -3 & 4 \end{pmatrix}$.

8 → *Énoncé p. 461*

Pour tous réels x et y, on a les équivalences :

1. $\begin{cases} 2x+y=3 \\ 5x-4y=7 \end{cases} \Leftrightarrow \begin{pmatrix} 2x+y \\ 5x-4y \end{pmatrix} = \begin{pmatrix} 3 \\ 7 \end{pmatrix}$.

2. $\begin{cases} 2x+y=3 \\ 5x-4y=7 \end{cases} \Leftrightarrow x\begin{pmatrix} 2 \\ 5 \end{pmatrix} + y\begin{pmatrix} 1 \\ -4 \end{pmatrix} = \begin{pmatrix} 3 \\ 7 \end{pmatrix}$.

3. $\begin{cases} 2x+y=3 \\ 5x-4y=7 \end{cases} \Leftrightarrow \begin{pmatrix} 2 & 1 \\ 5 & -4 \end{pmatrix}\begin{pmatrix} x \\ y \end{pmatrix} = \begin{pmatrix} 3 \\ 7 \end{pmatrix}$.

9 → *Énoncé p. 461*

1. $A = \begin{pmatrix} 4 & -13 \\ -5 & 7 \end{pmatrix}$.

On lit à l'affichage de la calculatrice : $\boldsymbol{A^{-1}} = \begin{pmatrix} -\frac{\mathbf{7}}{\mathbf{37}} & -\frac{\mathbf{13}}{\mathbf{37}} \\ -\frac{\mathbf{5}}{\mathbf{37}} & -\frac{\mathbf{4}}{\mathbf{37}} \end{pmatrix}$,

ce qui peut s'écrire : $\boldsymbol{A^{-1} = -\frac{1}{37}\begin{pmatrix} 7 & 13 \\ 5 & 4 \end{pmatrix}}$.

2. a. $(\Sigma) : \begin{cases} 4x-13y=-53 \\ -5x+7y=20. \end{cases}$

Pour tous réels x et y, on a l'équivalence : $(\Sigma) \Leftrightarrow A\begin{pmatrix} x \\ y \end{pmatrix} = \begin{pmatrix} -53 \\ 20 \end{pmatrix}$,

or A est inversible, donc : $(\Sigma) \Leftrightarrow \begin{pmatrix} x \\ y \end{pmatrix} = A^{-1}\begin{pmatrix} -53 \\ 20 \end{pmatrix}$,

de plus, à l'aide de la calculatrice : $A^{-1}\begin{pmatrix} -53 \\ 20 \end{pmatrix} = \begin{pmatrix} 3 \\ 5 \end{pmatrix}$

donc : $(\Sigma) \Leftrightarrow \begin{pmatrix} x \\ y \end{pmatrix} = \begin{pmatrix} 3 \\ 5 \end{pmatrix}$,

ce qui permet de conclure : **(3 ; 5) est la seule solution de (Σ) dans $\mathbb{R}^2$.**

b. $\vec{u} = 4\vec{i} - 5\vec{j}$, $\vec{v} = -13\vec{i} + 7\vec{j}$, $\vec{w} = -53\vec{i} + 20\vec{j}$.

Pour tous réels x et y, on a les équivalences :

$$(\Sigma) \Leftrightarrow \begin{pmatrix} 4 & -13 \\ -5 & 7 \end{pmatrix}\begin{pmatrix} x \\ y \end{pmatrix} = \begin{pmatrix} -53 \\ 20 \end{pmatrix} \Leftrightarrow x\begin{pmatrix} 4 \\ -5 \end{pmatrix} + y\begin{pmatrix} -13 \\ 7 \end{pmatrix} = \begin{pmatrix} -53 \\ 20 \end{pmatrix},$$

donc : $(\Sigma) \Leftrightarrow x\vec{u} + y\vec{v} = \vec{w}$,

dans la base $(\vec{i}, \vec{j})$ $\vec{u}\begin{pmatrix} 4 \\ -5 \end{pmatrix}$, $\vec{v}\begin{pmatrix} -13 \\ 7 \end{pmatrix}$, $\vec{w}\begin{pmatrix} -53 \\ 20 \end{pmatrix}$

et on déduit de la question précédente : $x\vec{u} + y\vec{v} = \vec{w} \Leftrightarrow x = 3$ et $y = 5$.

On a ainsi prouvé que $\vec{w}$ **s'écrit de façon unique comme combinaison linéaire de $\vec{u}$ et $\vec{v}$,** et que l'on a l'égalité : $\vec{w} = 3\vec{u} + 5\vec{v}$.

10 → Énoncé p. 461

Au bout de n minutes : a_n grammes de sucre dans A, b_n grammes de sucre dans B.

1. Au bout de $n+1$ minutes :

• dans la cuve A, il reste 70 % des a_n grammes de sucre, et il arrive 10 % des b_n grammes de sucre,

• dans la cuve B, il arrive 30 % des a_n grammes de sucre, et il reste 90 % des b_n grammes de sucre.

On en déduit que **pour tout entier naturel n :**

$$\begin{cases} a_{n+1} = 0{,}7a_n + 0{,}1b_n \\ b_{n+1} = 0{,}3a_n + 0{,}9b_n. \end{cases}$$

$$1 - \frac{30}{100} = \frac{70}{100} = 0{,}7$$

$$1 - \frac{10}{100} = \frac{90}{100} = 0{,}9$$

2. $M = \begin{pmatrix} 0{,}7 & 0{,}1 \\ 0{,}3 & 0{,}9 \end{pmatrix}$.

a. Du système précédent, on déduit : **pour tout n de $\mathbb{N}$, $X_{n+1} = MX_n$.**

b. À l'aide d'une récurrence élémentaire, on peut affirmer que **pour tout entier naturel n : $X_n = M^n X_0$.**

3. a. • La calculatrice donne : $P^{-1} = \begin{pmatrix} 0{,}75 & -0{,}25 \\ 0{,}25 & 0{,}25 \end{pmatrix}$.

$$P^{-1} = \begin{pmatrix} \frac{3}{4} & -\frac{1}{4} \\ \frac{1}{4} & \frac{1}{4} \end{pmatrix} = \frac{1}{4}\begin{pmatrix} 3 & -1 \\ 1 & 1 \end{pmatrix}$$

• On vérifie « à la main » que l'on a bien : $\begin{pmatrix} 0{,}75 & -0{,}25 \\ 0{,}25 & 0{,}25 \end{pmatrix}\begin{pmatrix} 1 & 1 \\ -1 & 3 \end{pmatrix} = I.$

b. À l'aide de la calculatrice, on obtient : $D = P^{-1}MP = \begin{pmatrix} 0{,}6 & 0 \\ 0 & 1 \end{pmatrix}$,

donc **D est une matrice diagonale.**

c. On sait : $D = P^{-1}MP$, donc : $PDP^{-1} = PP^{-1}MPP^{-1}$, or PP^{-1} est la matrice-identité d'ordre 2, donc : $PDP^{-1} = M$.

$$PDP^{-1} = P(P^{-1}MP)P^{-1} = (PP^{-1})M(PP^{-1})$$

On a prouvé : $\boldsymbol{M = PDP^{-1}}$.

d. Démontrons par récurrence que pour tout entier naturel n : $M^n = PD^n P^{-1}$.

• **Initialisation**

$M^0 = I$ et $PD^0P^{-1} = PIP^{-1} = I$, donc : $M^0 = PD^0P^{-1}$.

• **Hérédité**

Soit un entier naturel n.

On suppose : $M^n = PD^n P^{-1}$.

Alors : $M^{n+1} = M^n M = PD^n P^{-1} PDP^{-1} = PD^n DP^{-1} = PD^{n+1} P^{-1}$.

Le principe de récurrence permet d'affirmer : **pour tout entier naturel n, $M^n = PD^n P^{-1}$.**

e. Soit n un entier naturel.

On sait : $M^n = PD^n P^{-1}$, et d'après la règle opératoire sur les puissances d'une matrice diagonale :

$$D^n = \begin{pmatrix} 0{,}6^n & 0 \\ 0 & 1^n \end{pmatrix} = \begin{pmatrix} 0{,}6^n & 0 \\ 0 & 1 \end{pmatrix}.$$

		D^n		$4P^{-1}$	
		$0{,}6^n$	0	3	-1
		0	1	1	1
1	1	$0{,}6^n$	1	$3\times 0{,}6^n + 1$	$-0{,}6^n + 1$
-1	3	$-0{,}6^n$	3	$-3\times 0{,}6^n + 3$	$0{,}6^n + 3$
P		PD^n		$4PD^nP^{-1}$	

D'après l'algorithme ci-dessus : $4PD^nP^{-1} = \begin{pmatrix} 3\times 0{,}6^n + 1 & -0{,}6^n + 1 \\ -3\times 0{,}6^n + 3 & 0{,}6^n + 3 \end{pmatrix}$.

Finalement, **pour tout n de $\mathbb{N}$:** $\boldsymbol{M^n = \frac{1}{4}\begin{pmatrix} 3\times 0{,}6^n + 1 & -0{,}6^n + 1 \\ -3\times 0{,}6^n + 3 & 0{,}6^n + 3 \end{pmatrix}}$.

4. a. $X_0 = \begin{pmatrix} a_0 \\ b_0 \end{pmatrix}$ et d'après la question **2. b.**, **pour tout entier naturel n :** $X_n = M^n X_0$,

donc d'après la question **2. e.** :

$$\boldsymbol{X_n = \frac{1}{4}\begin{pmatrix} a_0(1+3\times 0{,}6^n) + b_0(1-0{,}6^n) \\ a_0(3-3\times 0{,}6^n) + b_0(3+0{,}6^n) \end{pmatrix}}.$$

b. Pour tout entier naturel n :

$$a_n = \frac{1}{4}\left[a_0\left(1+3\times 0{,}6^n\right) + b_0\left(1-0{,}6^n\right)\right] = \frac{1}{4}(a_0+b_0) + \frac{1}{4}(3a_0-b_0)0{,}6^n,$$

$$b_n = \frac{1}{4}\left[3a_0\left(1-0{,}6^n\right) + b_0\left(3+0{,}6^n\right)\right] = \frac{3}{4}(a_0+b_0) - \frac{1}{4}(3a_0-b_0)0{,}6^n.$$

De plus : $-1 < 0{,}6 < 1$ donc : $\lim\limits_{n\to+\infty} (0{,}6)^n = 0$,

et par conséquent : $\boldsymbol{\lim\limits_{n\to+\infty} a_n = \frac{1}{4}(a_0+b_0),\ \lim\limits_{n\to+\infty} b_n = \frac{3}{4}(a_0+b_0)}$.

Le processus tend vers une position d'équilibre pour laquelle la masse de sucre dans la cuve B est trois fois plus élevée que dans la cuve A.

$$M\begin{pmatrix} 1 \\ 3 \end{pmatrix} = \begin{pmatrix} 0{,}7 & 0{,}1 \\ 0{,}3 & 0{,}9 \end{pmatrix}\begin{pmatrix} 1 \\ 3 \end{pmatrix} = \begin{pmatrix} 1 \\ 3 \end{pmatrix}$$